帘十里
著

口白 × 哨色

KOU BAI SHAO SE

[上册]

青岛出版社
QINGDAO PUBLISHING HOUSE

图书在版编目（CIP）数据

白色口哨 / 帘十里著.--青岛：青岛出版社，2018.4

ISBN 978-7-5552-6647-1

Ⅰ.①白… Ⅱ.①帘… Ⅲ.①长篇小说－中国－当代 Ⅳ.①I247.5

中国版本图书馆CIP数据核字(2018)第012584号

书　　名　白色口哨
著　　者　帘十里
出版发行　青岛出版社
社　　址　青岛市海尔路182号（266061）
本社网址　http://www.qdpub.com
邮购电话　010-85787680-8015　13335059110
　　　　　　0532-85814750（传真）　0532-68068026
责任编辑　郭林祥
责任校对　经兴风
特约编辑　崔　悦　倪　静
装帧设计　46
照　　排　梁　霞
印　　刷　北京润田金辉印刷有限公司
出版日期　2018年4月第1版　2021年9月第2次印刷
开　　本　32开（880mm×1230mm）
印　　张　15.5
字　　数　350千
书　　号　ISBN 978-7-5552-6647-1
定　　价　55.00元

编校印装质量、盗版监督服务电话　4006532017　0532-68068638

建议陈列类别:畅销·青春文学

目 录 [上册]

目 录 [下册]

楔子

2047年，冬。

裴致煦从公司加完班连夜提前赶回家过年，路走到一半接到母亲的电话。

电话那头说："小清来不来？"

"在我边上坐着呢。"裴致煦看了一眼坐副驾驶座上的女人。

电话里传出一声淡淡的"好"。

挂断电话，裴致煦说："我妈电话，问我你来不来。"

夏清说："阿姨今年还要回江州？"

夏清和他恋爱六年，前年开始登门拜访。裴致煦的母亲人很温和，虽然已经五十出头，但保养得很好，可能因为是教师的关系，浑身总透着一股别样的文雅正气。他母亲唯一奇怪的地方就是过年从不在桐城，这都第三回了，裴致煦带她回去吃年夜饭都是提前一个星期的。

裴致煦蹙眉，似有点无奈，说："她觉得开心就好，我爸把她惯坏了。"

外头不知何时开始下雪，白茫茫的雪花纷纷扬扬。

第一章　暗恋的船只

2017年。

7月的桐城炎热得像火炉，一连高温好几天，天气预报说今天会下雨，还会有台风。转眼已是黄昏，云层压得低，灰蒙蒙一片，可一滴雨也没落下。

越临近夜幕这天气越差，防护栏被风吹得左右摇晃，和成排的树木撞在一起，咯吱咯吱响。铁轨周遭荒芜一片，只剩高山田野，而这天又沉又闷，快将绵延的山峦吞噬了。

“坤哥，台风来了。”周金抬头望了眼天，风打在脸上真疼。

裴郸坤尿完抖了几下拉紧裤腰带：“傻愣着干啥，那还不快点干活，早点弄完早点回去。”他眯眼看向东倒西歪的树，嘀咕了一句，“什么鬼天气。”

桐城南站1到24股道最西边的护网生锈老化，台风一吹，螺丝不争气地掉了。几个人还在量水平只听身后砰的一声，震天动地。

那块护网边缘已经砸到铁轨，倒了一块连带着那一侧都开始倾斜扭歪，被护网拦住的树木犹如脱逃猛兽，所有枝叶藤蔓一股脑都钻了出来，在风里肆意摇曳。

裴郕坤蹲在轨道边上回头望着那处低声咒骂了一句。

他放下扳手，压了压安全帽逆风而行。

风卷起沙土从一望无际的铁轨上方席卷而来，裤管都被吹得笔直，要用几分力才能在石堆上站稳脚跟。

周金拎起工具包急匆匆跟上去，被风吹得睁不开眼，脚下一崴差点摔个大跟头。

“刚才谁检查的护网？”裴郕坤厉声问道。

几个人一抖，蒋城为难道：“真的仔细检查过了，没问题的……”

裴郕坤一脚踹在护网上：“要是这时候列车正好过来呢？几百条人命谁负责？你吗？”

“可真的检查过了……”

裴郕坤问：“那这是什么？你干什么吃的？”

蒋城不说话了。

其实大家心里都明白，做这工作，一点失误都不能有。

“还戳着干吗，喝西北风？”

蒋城和陆北忙把护网扶起来，一个在护网连接处扛着，一个在断截那儿扛着。

裴郕坤从工具包里翻出螺丝和螺丝刀，周金帮蒋城一起扛，虽然只断了一块护网，可都是连着的，风一吹一压，那分量杠杠的。

三个人扛得咬牙切齿。

拧上最后一个螺丝帽时突然下起瓢泼大雨，豆大般的雨滴打在黄色安全帽上发出啪嗒啪嗒的响声，裴郕坤握着螺丝刀使劲拧紧，宽大的手背上青筋凸起，虎口处沾上锈渍，被雨水一冲锈味更腥了。

树枝藤条从网缝里窜出来，借着风力嚣张挥舞。裴郕坤抹了把脸刚直起腰，脸就被尖锐的枝条划了一道。

“坤哥，出血了！”陆北眼尖，那细长的伤口渐渐渗出血来，雨冲得快，可渗得也快。

雨水夹着血腥味流了裴郢坤一嘴，他扣住网狠狠拉扯了几下确定不会再倒塌，五指还搭在护网上，低头努了努下颌朝旁边吐了口口水，咧咧嘴，他抹了把流血的伤口，手上血迹斑斑。

裴郢坤拉下挂在脖颈间的毛巾随手抹了抹脸说：“再给我仔细检查一遍！弄不好就别回去！”

漫天大雨，风雨呼啸，四个人将桐城南站1到24股道的护网再次逐个排查过去。蒋城和陆北检查靠右的护栏。

几个人都被淋得浑身湿透，风一吹更是瑟瑟发抖。蒋城是最近新来的，工作出现失误被责骂是应该，可心里难免有些不痛快，和陆北嘴碎了几句。

陆北进来得也不算晚，拍拍蒋城的肩膀说：“坤哥平常不是这样的人，对兄弟都好着呢，只是这工作上的事情他看得重，要求也严格，这也怪不得他，出现点小失误那可真是人命关天的事情，以后仔细着点。”

蒋城闷声不响。

平常一般5点就收工，这会儿折腾到了七点，一路上气氛沉甸甸的。

几人回到职工宿舍各自理了理，然后去澡堂洗澡时，裴郢坤叫住蒋城。

蒋城以为他要再训几句，谁知裴郢坤递了支烟给他。蒋城将盆搁在腰间，另一只手接过烟，裴郢坤给他点烟，他有些惊恐，赶忙放下盆双手去接火。

裴郢坤吸了口烟道：“今儿的事我没训你的意思。”

蒋城点点头。

裴郢坤说：“我们这活日夜颠倒没假没休，一年到头也就这么几个人可以谈天说地，都是兄弟。”

蒋城心宽了几分：“坤哥，工作失误是我的责任。”

裴郧坤静默片刻，最后说："以后仔细点，你手上有一列车的人命。"

蒋城蓦地一僵。

抽完这支烟蒋城重新拿起盆打算去澡堂："坤哥，我先去了。"他被冻得浑身发冷。

裴郧坤掐灭烟："好。"

宿舍门开着，走廊里来来往往有男有女。

这里男女混住，男的糙女的也糙，都没那么多讲究。

一阵穿堂风溜进来打在湿漉漉的背心上，带来莫名的一阵凉意，裴郧坤提起衣角将又脏又湿的背心脱下挂在椅子上，不一会儿地上就积了一摊水。

他刚脱下裤衩门口响起三声敲门声："今儿个怎么回来晚了？"

裴郧坤睨了一眼来人，拿过干毛巾挂在脖子上："台风坏事。"

林莉把热饭热菜放桌上，双手抱臂从上到下扫描他，笑语盈盈道："怎么不继续脱了？"

他嗤笑一声："骚娘儿们。"

林莉的目光停在他双腿之间的饱满上，靠在他耳边轻声道："旱这么久也不渴？"她边说，那双手边挽住了裴郧坤的胳膊。

林莉穿得暴露，V领的贴身T恤和短到没边的牛仔裤，那里压着他的手臂，那叫一个软。

裴郧坤拿毛巾擦了擦脸，视线往下瞥，勾唇一笑："发浪呢？"

他线条硬朗，眼睛又黑，一笑，特别有男人味儿，林莉顿时被迷得七荤八素。

她身子不由自主往前靠："不喜欢？"

林莉倚在他身上，顶多就够到胸口，身上的汗味烟味重她也不反感，觉得男人就该是这样。

他叼上根烟笑了笑，拿起脸盆就走了，没继续搭理林莉。

林莉抬眸就只能瞧见裴郧坤离去的背影，窄腰宽背，两条腿又长又结实。她跺跺脚，心痒死了，恨不得挠个底朝天。

林莉刚出门口就碰上隔壁宿舍的几个爷们，大家嘿嘿一笑打趣道：

“又来找坤哥啊。”

林莉哼一声扭着腰走了。

“瞧这骚样，坤哥怎么会瞧得上这种货色，野鸡也想上天，做什么白日梦。”

学校组织为期十天的写生，已经接近尾声，明天就开始回学校然后解散，学生们个个脸上都开出了花。

李蔓吃完晚餐回到宿舍。这次安排的宿舍是两个老师一间，环境简陋，别说学生就是老师也有些不满。

见李蔓回来，陈玉开始发牢骚：“你看看你看看，这画得和鬼画符似的，什么作业。”

李蔓在一旁坐下随手拿过几份作业瞧了瞧：“本来已经是暑假，学生早就没耐心了，学校又安排写生，饭菜、住宿条件都不怎么样，这段时间高温，谁愿意天天在外面待着画画，不怪他们。”

陈玉：“现在的孩子真是越来越管不住了。”

李蔓笑了笑。

陈玉想到白天的事情，对李蔓说：“你话少，会管不住学生，别让这帮兔崽子骑到你头上。”

李蔓点点头。

初入这行她还有很多要学习的东西。

陈玉摘下眼镜看向窗外的天：“这是要来台风了，不知道明天天气怎么样，能不能回去。”

李蔓披上外套：“陈老师，我出去走走。”

“刮风下雨的出去干什么啊，外面乌漆墨黑的，不安全。”

“没事，我去逛逛。”

她们住宿的地方离古宅街道有一千来米，那条路没有路灯，周遭都是一望无际的田野，空旷又荒芜。

因为下雨的关系学生都不乱跑了，路上无人。

李蔓买了把十块钱的透明雨伞撑着。

在路口有一盏路灯，也是宿舍这边唯一的路灯，浓稠如墨的夜色下灯光淡薄而涣散，淅淅沥沥的雨飘散坠落，李蔓的影子被路灯拉长但很快就融入黑暗中。

她打开了手机的手电筒，微弱的光勉强能照亮前路，除了雨声便是鞋与石子的摩擦声，夹着雨的湿润气息。

走到路的尽头，她没有往古宅的方向走，而是右转拐进了一条栽满柳树的小道。民居的屋檐宽阔，她走在青石板上也不需要打伞，只是左肩偶尔被雨滴打湿。

柳树边上是一条贯穿这里的大河，河水还算清澈。中间有个亭子，李蔓走进亭子坐下，石板冰凉，没了酷暑的闷热。

在她的斜对面三百多米开外是轨道，黑暗中什么也看不见，可她知道那里是轨道。

李蔓从包里拿出烟盒，轻点了支烟，细细的烟雾缭绕，很快被风吹散。

河岸对面今天新种植了五棵柳树苗，种得不巧，这会儿赶上台风，风一吹就摇摇欲坠，根基不牢，外力一使劲就得散。

李蔓抖了抖烟灰，拿起手机，找到韩傅明的电话拨了过去。

韩傅明好一会儿才接电话，嗓音有些疲惫，但依旧温柔："怎么了？"

李蔓听得出他的累："最近很忙？"

"新手上任，得表现好点。"

李蔓："注意休息。"

韩傅明轻声笑了："想我吗？"

李蔓示以缄默。

韩傅明："算了，你那边快结束了吧，我后天去找你？好久没见了，吃顿饭怎么样？"

"傅明。"

"嗯？"

“我们算了吧。”

韩傅明久久不出声，连呼吸都沉了几分。

李蔓说：“问题出在我这儿。”

李蔓听到电话里传来了椅子和地板摩擦的嘶啦声，他隔了几秒说：“什么问题，你说出来。”

李蔓知道自己欠他一个说法，她也不是什么遮遮掩掩的人，干脆将一切说白。

“你很适合我，不论是家庭条件还是为人，你都很好。你对我来说是很好的合作伙伴，是优秀的指导老师，也是非常尽职的男朋友。我们相处半年，很愉快，也几乎没吵过架，真的很合适。”

韩傅明比同龄人成熟上进，虽然家庭条件优越但没有少爷的架子和不良习惯。

韩傅明：“你继续说。”

李蔓深深吸了口烟，凝视着黑暗中的轨道。

“你知道的，我很喜欢他。”

韩傅明知道那个“他”。

当初韩傅明和李蔓刚结识，聊了很多，后来他问她为什么选择桐城的大学，她说她有一个朋友在桐城。那个时候他就知道，这绝对不仅仅是朋友的情分。

再到前段时间他追求她，她说会尝试着重新开始，那个时候李蔓就说过，他会是很适合她的人。

她一向很坦诚，非常直白地告诉他，她有喜欢的人。

韩傅明：“你再考虑考虑，别深更半夜一个人胡思乱想，晚上的时候人容易冲动。”

他是真喜欢李蔓，不娇气不矫情，也没一般小姑娘的虚荣心，性子也直爽，有什么说什么。两个人的相处模式他也觉得很舒服，各自有各自的理想，为此拼搏的时候互不干扰，同时相互扶持，她也绝不会像别的姑娘那样疑神疑鬼，而是给予他充分信任。

李蔓轻声道：“这几天我一直在想这件事，我已经决定好了。”

韩傅明静了足足有三分钟，说："是我们时机不对。"

李蔓张了张嘴也不知该说什么，她不擅长安慰人。

韩傅明很快冷静下来，理清前前后后所有可能，也许他需要等待和另一个契机。

他说："早点休息吧，不用觉得欠我。"

一厢情愿就得做好这种准备。

李蔓只是轻轻嗯了声，不说谢谢也不说对不起。

手机屏幕变暗，风雨下的世界又归于最初的模样。

李蔓想起四年前的那天。

院子里都是积雪，熙熙攘攘的好多人，放眼望去被围在中间的人身材高大，叼着根烟笑了几下。

他穿着黑色的短款羽绒服，下面搭了条牛仔裤，犹如挺拔笔直的松柏矗立在那儿。他低头吸了几口烟与旁人说笑几句，忽然抬头朝前看去，眸子又黑又沉，却又夹着点温柔。

他看见了她，也朝她笑了，随后他搂住身边的女人随着亲戚朋友进屋。

几个人从澡堂回来身板还没贴上床板，宿舍铁门就被敲响，比风狂比雨急，砰砰砰的，就差撞门了。

"坤哥！阿金！出事了，出事了！"

周金下床去开门。

孙兵站在门口气喘吁吁，浑身湿透，下巴还在滴水，指着外头说："出大事了！赵师傅他们扩建的那个京桐普速线的祥源一号隧道岩石坍塌！赵师傅他们都还在里头呢！还有两名学生！我在隔壁的轨道上正量轨距呢，突然轰隆隆一声，跑去一看隧道里都是大石头，人影都没一个，有个新来的在外面撒尿没被砸。坤哥，我打你的电话打不通就一路跑来了！"

裴郱坤下颌瞬间绷紧："什么时候的事情？怎么会有学生？报警了吗？"他边说着边下床迅速穿衣穿鞋。

“就刚刚，大约十分钟前。我也不知道学生咋会进去。报警？我……还没报……”

裴邺坤：“出人命的事情不报警你在干什么？！脑子是水泥做的？”

孙兵结巴道：“我……我就想着向上级报告……就来找你了！你手机又不通，我怎么敢……”

裴邺坤是桐南工区工长，虽然这职位仅在工人之上，可总归是个领导，不熟的客客气气喊他一声工长或者班长，搭过几句话认识的都跟着喊坤哥。

孙兵只是个普通工人，怕担责任。

裴邺坤按了按手机，没电。他插上插头，对周金说：“现在打119，请求最快的救援。”

手机开机后，裴邺坤翻了翻电话簿打给线路车间主任，立即将事情汇报上去。

他随手拿过工作服套上，电话被接通。

整个职工宿舍人声鼎沸，楼道里都是杂乱的脚步声，很快楼底下有汽车出发的声音。

挂断电话，裴邺坤拿上安全帽二话不说，跑出宿舍冲进雨里，正巧赶上最后一辆车。

裴邺坤拉住卡车的铁链一蹬脚就上了。卡车完全敞篷，十几个人紧紧抓着边杆顶风顶雨，台风一吹人都要晃几晃，再加上道路崎岖，那颠簸可想而知，像逆风而行翻滚在风浪里的船只。

隧道洞口外站着那个因为撒尿躲过一劫的小伙子，哆哆嗦嗦还沉浸在后怕中连话都讲不清。地上泥泞一片，一帮人来回走几步这地就成了泥潭，雨滴打在泥水里，溅得半裤管都是黄泥。

隧道800米处是事故点，大量岩石垮塌堵断了隧道。隧道口高13米宽20米，一眼望去挤满了尖锐的岩石。整个隧道共1008米，入口宽高并不是水平延伸，越往里洞口越窄，塌方的点偏偏就卡在最狭窄的那块。

浩浩荡荡几十人站在夜里任雨淋任风吹。

浓重的夜色里唯一的光源就是车灯，可实在太轻微。

裴郢坤站在隧道正前方凝视了一会儿，对陆北说："通知电路部门，立马叫人在隧道口打吊灯，要够亮。"

说完裴郢坤拿过手电筒往里走，很快走到尽头，棱角畸形的岩石堵住了整个隧道。

"老赵！老赵！季凯！"裴郢坤喊着，沙哑沉重的声音在隧道里回荡。

"老赵！"

没有半点回应。

裴郢坤狠狠咒骂了一声。

蒋城跑过来，扶住安全帽指着外头说："坤哥，黄主任来了，还有段长处长都来了，正找你呢。"

裴郢坤看了一眼塌方点，跨大步子跑出隧道。

吊灯已经打好，还搭了顶棚，用来挡雨，几位领导人被风雨弄得也是一身狼狈。

消防队和救护车后脚赶到。

几十米开外的小路上有咚咚咚的震动声，车灯照过来无比刺眼，七八辆车后面跟着两辆钻机。

"里头情况怎么样？"黄主任问道。

裴郢坤："都堵着，没人应答。"

许处长和消防队长拿着隧道图纸正在制订计划。

中铁十二局的人二十分钟后赶到，这片地上陆陆续续站满了人，黑压压一片。大夏天的因为台风气温直线下降，工人们穿得单薄又被大雨淋得没一处干的，深更半夜，甚是折磨。

经商讨，众人开始用直径180毫米的钻机试钻。

裴郢坤站在最边上默默等待着，周金递来一支烟，烟有些湿。

裴郢坤接过咬住，周金给他点火，说："别担心，等生命通道打通取得联系，天一亮，兄弟们齐心协力一起挖，都会没事的。"

裴邺坤吸了口烟，安全帽边沿在滴水，落在他的肩膀上、手背上。

那双漆黑如墨的眸子比夜还深比石还沉。

周金知道他担心赵师傅，安慰道："坤哥，赵师傅是个好人，好人都命大。"

裴邺坤默默抽着烟，两道剑眉拧成一团。

他不信好人这一说。

大雨渐收，天灰蒙蒙的，只飘着一层细雨，只有这风愈演愈烈。

生命通道成功打通，通过这条通道已与里面四个人取得联系。

听到取得联系人员名单，裴邺坤咬牙，握紧双拳，哑着嗓音问道："老赵呢？"

孙兵哽咽："联系不上。"

医疗队很快送来水和食物，都通过生命通道运输过去了，也送去了手机，用以和外界视频连线。

四个人情绪稳定，生命体征正常。

救援队正在通道外开挖一条可供被困人员通行的导洞。

裴邺坤捞过铲子二话不说就开挖。

这是体力活，尽管温度很低，没一会儿人就热得冒汗。

满头满脑的汗顺着额角、脸颊滑落，他掌心的粗茧和铲子木柄不断摩擦，掌心干得连掌纹都清晰可见。

岩石不比泥土，挖掘的同时还要注意隧道结构，要打通一条18米左右的通道救人，不是件容易事。

狭窄的通道只能容一个人通过，要用木条固定通道，这些活都可以交给别人干，但裴邺坤不听劝，自己顺着通道匍匐前进。

消防队员扛来了木条，用于固定通道上方防止坍塌。

"裴工长，接好。"消防队员向里张望，小心翼翼地把木条递进去。

陆北："坤哥这何必呢，交给消防员做就可以了。"

周金叹了口气，和陆北说："现在也没联系到赵师傅，坤哥比谁都急。"

陆北："那也不能——"

他话音未落只听见轰一声，有什么东西坍塌了。

那消防队员大喊一声："坏了！"

周金脑子瞬间一空，随即喊道："坤哥！坤哥！"

李蔓抽完第四根烟坐了会儿打算回去，刚起身就见轨道那头亮起了强烈的灯光，人声嘈杂。

风雨越发肆虐，李蔓开始往回走。

回到宿舍陈玉躺在床上在看剧，李蔓脱下外套绑起头发进了浴室去洗热水澡。

她洗完澡这头发还没吹干，教导主任就急匆匆冲进来。

"陈玉，你们班学生出事了。"

陈玉一怔，一股脑从床上起来："出什么事了？"

李蔓关了电吹风看向主任。

"铁轨那边的人打来电话说有两个男学生被困在隧道里，那里发生坍塌，叫徐鹏和杨盼，不就是白天你们班那两个闹事的学生吗？"

一听隧道坍塌陈玉的心都提到喉咙口，她看看李蔓又看看周围，有点缓不过来。

主任又说："那边在救援，说是和被困的人取得联系了，学生精神状态还算不错。"

李蔓比较冷静，对陈玉说："陈老师，换衣服，我们快点过去。"

"好好好，哎哟，这俩孩子怎么这么不省心？"陈玉被吓得一身冷汗。

李蔓换上衬衫和牛仔裤，也顾不上还在滴水的头发，拿好包和陈玉很快就出发了。

她是实习老师，跟着陈玉学习，和陈玉带一个班。这两个学生李蔓印象还算深刻，白天刚和她闹了一通，男生嘛，比较心高气傲，又处于青春期，难免会闯祸。

路上，陈玉眼睛都红了。

陈玉的年纪和李蔓母亲差不多，但她没有这个年龄段的人的古板和守旧，她活得随性潇洒。李蔓知道她，虽然平常挺喜欢怼学生的，但其实骨子里很软，她非常爱她的学生。

李蔓很尊敬她。

隧道口挤了许多人，风雨交加，夜又黑，看上去一片混乱。

李蔓给陈玉撑着伞跟在主任后面往人群里走去。

教导主任和黄主任谈话时，陈玉望着隧道口揪紧了手。

“坤哥！坤哥！”

“工长！”

隧道左边的一条通道里有几个医护人员抬着单脚架出来，李蔓下意识地朝那边望去，但被人围住什么也看不到。

黄主任见裴郧坤被抬出来，说：“学生会没事的，医药费我们会全部承担，来，孙兵，带几位老师和学生视频聊天，安抚一下学生的情绪。”黄主任说完匆匆朝医护车那边走去。

孙兵带她们在帐篷左边的小方桌前坐下，把手机给了她们。

两个男生看到陈玉一下子扛不住了，鼻涕眼泪流得满脸都是。

李蔓看到学生的脸后，神经也不再那么紧绷。

李蔓说：“已经联系你们父母了，这边正在实施救援措施，老师们会在这里等你们。”

徐鹏颤颤地叫了声李老师。

李蔓：“等出来了这个假期作业双倍。”

俩男生收住眼泪嗷嗷直叫：“老师！我受伤了！不能画画啊！”

陈玉也总算松了一口气，骂道：“你们两个兔崽子！”

李蔓对陈玉说：“我去喝点水。”

得到工作人员的允许，李蔓拿了瓶矿泉水一口气喝了半瓶。

她站在帐篷最边缘，风对着她吹，雨难免打在她身上，耳边发丝便湿黏在一侧。

李蔓握紧瓶子，塑料瓶扭曲得发出咯吱咯吱的声音，她浅浅地吸了口气。

站了十来分钟她打算回去找陈玉。

“坤哥，你还是去医院吧，得好好检查一下！”

裴郧坤头绑纱布，右臂简单包扎，正铆着劲往通道口走。

夜色浓重，他的轮廓在灯光下却格外清晰明朗。

李蔓的视线随他移动，风打在身上激起一阵冷意，可她浑然不知。

因为要处理外伤口，裴郧坤把上衣脱了，赤裸着上半身，平日里风吹日晒皮肤比较黑，宽阔双肩下的两臂肌肉结实蓬勃，腰部肌肉线条分明有致，往人群里一站怎么都是显眼的。

李蔓收回视线，走到陈玉身边。

陈玉说：“要不你先回去，我等着。”

“没事，我答应了学生会等他们的。”

“坐一会儿吧，也不知道什么时候才能把人救出来。我去问问情况。”

夜越来越深，气温也越来越低，单穿一件长袖衬衫实在是冷。

李蔓双手抱臂捋了捋。

和消防队长简单交流后裴郧坤安下心，刚才的坍塌不算严重，只要清理出石块和泥土就可以继续进行。

周金：“现在可以跟救护车走了吧？”

裴郧坤上下牙抵着，问道：“老赵有消息吗？”

周金不说话。

裴郧坤一脚踹翻边上的凳子：“这叫什么事！”

他抓了抓短硬的头发，像发狂的野兽。

李蔓背脊一僵，听得一清二楚。

裴郧坤单手叉腰走向小方桌，问周金要了支烟，深深吸了好几口，眉间的褶皱才宽松一点。他在桌边坐下，心烦意乱，倒也没在意边上有什么人。

周金跟在他身边劝他去医院好好处理伤口。

背斜对着李蔓，他自顾自地抽着烟。

周金：“坤哥，这不是一时半会儿就能解决的，今天这速度已经算是空前绝后了，记得五六年前济州那起隧道坍塌吗？就连打钻机都是四五个小时后才施工的，那次可是弄了整整四天啊！你先去医院好好处理伤口，等明儿个天明再回来，赵师傅一有消息我就通知你。”

裴郧坤抖了抖烟灰，垂下眼。

李蔓看见他右臂的纱布上已经渗出血迹。

她说：“你同事说得挺有道理的，先去医院明天再回来。”

听到女人的声音裴郧坤侧过头，夹着香烟的手顿住，眉头一蹙：“李蔓？你怎么在这儿？”

“学生出事，我来接人。”

裴郧坤：“做老师了？”

“嗯。”

裴郧坤眯眯眼继续抽烟。

烟尽，裴郧坤瞥了眼李蔓，她穿着白衬衫，也不知道是什么料子，又薄又软，沾点雨就成半透明的了，里面套了件白色吊带衫。

裴郧坤对周金说：“把救护车那边我的外套拿来。”

“好。”

李蔓看了眼手机，深夜11：10分。

裴郧坤说：“狗样，吓得脸都白了。”李蔓的嘴唇一点气色都没有。她是什么性子他还不清楚？

李蔓不否认，这一路她和陈玉一样都在担惊受怕。

周金拿来外套，裴郧坤抖了抖，上面都是泥和石头碎末，他扔给李蔓：“穿上。”

李蔓套上，外套十分宽大，隐约能闻到他的气味。

周金瞪瞪眼，心想着这俩人关系不一般啊。

裴郧坤起身，说：“去医院。”

望着他高大挺拔的身影渐渐淹没在黑暗中，李蔓紧了紧衣领，觉得暖和了许多。

李蔓找了个人问清楚隧道里的情况，顺便问了问谁是老赵，这才得知那人是裴邺坤的师傅。

到黎明时天已经不下雨，只是太阴沉，风又强了些。李蔓本来是坐在那边小憩一会儿，没想到就这么睡着了。

陈玉拿来早饭看她睡得熟也没叫醒她。

周围人来来往往，李蔓却睡得很熟。

裴邺坤大清早就赶来了，勘察完现场情况走到方桌边上盯着李蔓的侧脸看。他刚想叫醒她，陈玉看到忙阻止他，轻声说："让她睡一会儿，要是叫醒了她肯定不肯睡。"

裴邺坤："她胃不好，这么趴着睡会胃胀。"

裴邺坤叫醒李蔓。她睡眼惺忪，像意识到什么，眼睛瞬间清明起来："学生呢？"

裴邺坤："还没出来，最起码明天。"

李蔓："怎么会这么久？"

"我带你去我宿舍睡。"

"不用。"李蔓揉了揉眉心，"我——"

"你什么？你能帮什么忙？看看你的脸色，白得和纸一样。"

裴邺坤拽着她的臂膀拖着走，李蔓觉得小腹有些疼，浑身酸软。她确实需要稍微眯一会儿，索性不再拒绝。

陆北开着大卡车把两人送回了职工宿舍。

他的宿舍在三楼，靠走廊西边，宿舍里裤子衣服袜子摊了一地，饭盒都堆了一桶，房间里隐隐有股汗味。

裴邺坤指着里面靠东边的床说："那是我的床，你就睡那边，要是放心不下学生，睡饱了打我电话我来接你。这是我的电话。"他把号码写在纸上。

李蔓盯着那串号码轻声嗯了声。

裴邺坤拉开衣柜，翻腾出干净的T恤和外套扔在床上："等会儿把衣服换一换，这边没独立的浴室，就别洗了，我走的时候把门反锁。"

李蔓抬头对上他深邃的眼眸，说：“你也需要休息。”他的眼睛里都是红血丝。

裴郅坤勾唇一笑：“这话还好是对我说的，别的男人听了得咋想？长点心，跟猪脑子似的。”

李蔓看着他，眼波如水。

裴郅坤自小头脑聪明，相比之下，她确实不如他，猪脑子，他经常这么说她。

“坤哥——你怎么回——”林莉看到里头的女人，话音戛然而止。

她在楼下看到陆北才知道裴郅坤回来了，想上来瞧瞧问问，可陆北也没告诉她裴郅坤带了个女人回来。

“这你女朋友啊？呀，你怎么受伤了？”

裴郅坤没理睬林莉，对李蔓说：“记得锁门。”转而把林莉推了出去。

“这谁啊？瞧你那心疼样！”林莉说。

“妹妹。”

“长得一点都不像嘛。”

裴郅坤轻哼一声：“长得像就有鬼了。”

李蔓锁上门，脱下衣服，套上他的T恤衫，躺上他的床，鼻间萦绕的都是他的气味。她侧过身，手搭在枕头上。

墙上贴着一张海报，是个外国女星，穿着性感的比基尼。

李蔓定了两小时后的闹钟，闭上眼打算入睡。

这些年他变化不大，只是更有男人味了。

她和他上次见面是四年前，在老家。那时候她还是个高三学生，他已经是要成家立业的男人，他们之间差太多。

那个春节他带了个女人回来，母亲说是他要结婚的对象。她的志愿却依旧填了桐城的大学，后来在大一的暑假听裴郅坤的爷爷说两个人散了，无非女方嫌他没房没车。

他自那个春节后再没回过江州。

被褥紧贴着她后背好似他就在身后抱着她，鼻息间都是他的气味。

李蔓很快睡着，但做了个梦。

梦里他为所欲为，疯狂至极，那种疯狂如冲出牢笼的猛兽，又似席卷而来的猛浪。

惊醒的时候她浑身都是汗，心跳特别快。

李蔓坐在床边上看了眼他的床褥，双手掩面深吸口气，想起自己做的梦，思绪乱成一团，随后她给裴郅坤打了个电话，如他所说救援还在进行。

裴郅坤床头放着烟，李蔓拿过来点了一根。

她在学校不会抽，在陈玉和学生面前也不会，虽然她不认为女人抽烟是件可耻的事情，但总归是不良习惯，而她想给学生展现正面形象和正能量。

抽完，李蔓起身换衣服。

裴郅坤习惯直接开门，这门一扭还真开了，只见李蔓牛仔裤拉到一半，宽大的T恤遮到大腿根部。她快速拉上裤子扣好纽扣。

裴郅坤挪开眼，说："怎么没锁门？"

"我锁了。"

裴郅坤拧了几下锁扣，这锁坏了。

李蔓："你们平常不锁门的？"

裴郅坤："都是一帮老爷们——你脸色怎么那么差？"

李蔓："有点胃疼。"

"没吃早饭？"

"嗯。"

他揶揄道："活该。"

"……"

裴郅坤拿过热水壶烧水："先喝点热水，我等会儿带你去食堂吃饭。"

"好。"

热水壶嗡嗡嗡地响着，裴郅坤随手拉过一张椅子坐下，跷起二郎腿。

李蔓在他床上坐下。

裴郅坤：“怎么跑到桐城工作，你妈不留你在江州？”

“这里挺好。”

裴郅坤看到自己的烟盒和打火机都被动了，前天烟灰缸刚清过，现在里面却多了个烟头。裴郅坤眯起眼睛：“还学会抽烟了？”

李蔓坦然：“嗯。”

“好的不学就学坏的，女孩子抽什么烟，戒了。”

李蔓就这么直勾勾看着他不说话。

李蔓的眼睛比较细长，脸蛋也尖瘦，是典型的东方美人长相，可能是性格使然，她浑身都透着一股清冷气质。

从小那些男同学都不敢欺负她，也就裴郅坤知道她什么人，就那点小伎俩他从来不放在眼里，该欺负的时候就欺负，该逗的时候就逗一逗，还挺好玩的。

裴郅坤：“你妈知道你抽烟吗？”

“不知道。”

他笑：“你也就骗骗他们了。”

水开，裴郅坤挪挪眼珠子示意她自己去倒。

他说：“棕色那个茶杯，我的。”

李蔓把里面的茶叶渣倒掉，简单冲洗后倒入白开水。

她背对着他，宽大的黑色工作服遮到她屁股那，蓝色的牛仔裤紧紧包裹住她的两条细腿，她穿的是他的拖鞋，又白又小的一双脚和这拖鞋显得格格不入。

裴郅坤穿着昨儿的背心，手臂轻微骨折打着石膏，也不好穿袖口紧的衣服，这背心淋过雨还沾过土，这会儿不知怎么，他只觉得浑身难受。

李蔓喝了两口，她不爱喝热水，总觉得喉咙里有股沙沙感，裴郅坤一眼看穿她的想法，下命令：“给我喝完。”

李蔓一口气干掉，像赴死的战士。

她揉着喉咙，转身看见裴郎坤把背心卷到胸口，双指夹着烟，懒懒地看着她，模样活像个地痞流氓。

“你很热？”她问。

“穿着难受。”裴郎坤站起身，“带你去吃饭。”

李蔓：“你换件衣服再去吧。”

裴郎坤晃了晃受伤的右手：“不方便。”

“我帮你换。”

他衣柜里衣服不多，两件工作服、几件背心和T恤，还有乱七八糟堆在一起的裤子，李蔓翻来翻去找到一件短袖的白色衬衫。

裴郎坤：“再帮我拿条长裤。”

裴郎坤叼着烟站在那，凝视李蔓的背影。

李蔓走到他面前，她个子也不算矮，一米六七，但还是比他矮了一个头。

她拉住背心的左侧：“你左臂先出来。弯点腰。”然后她把背心从他脑袋上褪下。

裴郎坤弓着背，嘲笑道：“小矮子。”

李蔓不甘示弱：“猿人泰山。”

裴郎坤直起腰朝她脸上吐了口烟：“找抽呢。”

李蔓看他一眼，细长的眸子里没有太大的情绪变化。

她小心翼翼把背心从他的石膏手上脱下，又拿过衬衫，先给石膏手套上。

裴郎坤裤袋里的手机振动两下，是短信，他拿出来看了看直接丢桌上。

李蔓问道：“背心谁给你穿的？”

裴郎坤吸了口烟，说：“护士。”

她给他扣上纽扣，他腹部有一排毛发，从肚脐渐渐往下，越往下越浓密，彰显男人野性。

两人贴得近，他身上的荷尔蒙气息完全将她包围。

她想到自己做的梦，梦里他的身躯也是这样伟岸。

李蔓抿了抿唇，浅浅地呼了口气。

裴郧坤垂眸打量她，他只能看到她的头顶，李蔓的手偶尔不小心会碰到他的腹部，纤细白嫩的手软得不得了。

她把裤子给他："这你自己换。"

他把烟叼嘴里，单手解裤腰带。

李蔓背过身，听到他轻轻的笑声，接着是衣料摩擦的声音。

裴郧坤把换下的裤子往地上一扔，捣鼓了会儿，说："过来，给我扣个皮带。"

他平日里很少会穿牛仔裤，主要是小解太麻烦，还要系皮带。

李蔓拿起挂在床头钢杆上的黑色皮带，双手圈住他的腰身，脑袋蹭到他的胸膛，毛茸茸的，挠得人心口痒。

她很生疏，给自己系皮带很顺畅，换个方向就怎么也扳不过来。

李蔓微微蹲下身从下往上看着。

陆北想上来给手机充电，走到门口却发现是这幅光景，大喊道："坤哥，对不住！你们继续！继续！"说完撒腿就跑。

裴郧坤一个字都没说陆北就没影了。

李蔓缓过神才发现自己对着他的裆部，耳根瞬间一烫。

她直起身："怎么穿进去？"

裴郧坤握住她的手："往这里。你这智商别把学生往阴沟里带。"

李蔓故意收紧，裴郧坤嘶了声。

简直和以前没两样。

长得清秀水灵，实际性格要强，半点亏都吃不得，就跟带刺的玫瑰一样。

裴郧坤带她去食堂吃完饭后找陆北搭车。陆北只觉得这俩人红光满面，上车时，他靠在裴郧坤耳边嘿嘿一笑，说："弄这么久？"

裴郧坤抬手给了他脑袋一掌："尽瞎扯。"

陆北拍拍胸脯："我懂我懂，人妹子脸皮薄，我不说了不说了。"

李蔓别过头，装作没听到。

男人音色粗嗓门大，总自以为自己在讲悄悄话。

凌晨1点多，救援队与赵师傅取得联系，裴郷坤本在车里休息，听到消息鞋都来不及穿就赤脚奔过去。

他皱着眉，漆黑的眸子深邃无边，面对着视频，似有很多话说，最后咬牙只对赵师傅说了一句：“再撑一会儿。”

赵师傅的家人喜极而泣，一家老小抱在一起痛哭。

裴郷坤扶着额头慢腾腾往回走。

李蔓拎着他的鞋子站在几米开外看着他。

他在边上的管道上坐下，李蔓走过去把鞋放他脚边，军绿色的工作布鞋，他直接蹬进去，脚跟露在外面。

“你跟赵师傅认识多久了？”李蔓坐在他身旁问道。

“七八年了吧。”

“赵师傅多大年龄？”

“那老头干完今年就退休，都五十多了。”

李蔓忽然懂了什么，但她不愿多说，转了话锋问道：“你的手得多久才好？”

“两三个月。”

“在这里养伤？”

“嗯。”

李蔓说：“今年春节的时候你爷爷做了个手术。”

裴郷坤一怔：“什么？”

“裴叔没和你说吧，爷爷他肺癌晚期。”李蔓说，“处理完这边的事情回趟江州吧。”

裴郷坤漫不经心地笑着，眸子越发深沉，沉默不语。

李蔓：“你自己做决定就好。”

黎明时分又开始下起小雨，浑浑噩噩中众人只听见有人大喊：“医生！医生！”

李蔓和裴邺坤一同被惊醒，医护人员忙抬起单脚架快速移动过去。

消防员把人从里面抬出来，第一个出来的是老赵，老骨头禁不起折腾，全靠家人在才硬撑着一口气。那辆救护车坐不下那么多人，等学生被抬出来后裴邺坤和李蔓上了同一辆救护车，陈玉则上了后面那辆。

徐鹏这个一米八的大胖子看见爸妈和老师就差去报效国家以表忠心了。

李蔓知道裴邺坤担心赵师傅，说："会没事的。"

徐鹏哭着说："师公，你别担心，我以后一定好好听李老师的话。"

一句师公让裴邺坤笑了，他看了几眼徐鹏倒也没否认。

李蔓说："假期作业三倍。"

徐鹏："我……老师的话……好……"自己发的誓言哭着也要实现。

除了赵师傅其余人都只是受了点轻伤，休养一段时间就能好，赵师傅则在接受手术。

徐鹏的家长还算明事理，学校和铁路局都赔偿了损失，倒也没为难人，反倒是杨盼的家长，典型的咬住人就不撒口。

李蔓处理完徐鹏的事情想去隔壁病房找陈玉，只见走廊尽头杨盼的母亲和陈玉正拉拉扯扯，那女人又哭又喊。

陈玉问她到底想怎么样，那女人只知道哭闹说不出个所以然，她丈夫还算有点理智，拉着她，小声劝她不要闹了。

女人不肯。

李蔓走过去挡在陈玉面前，说："铁路局赔偿三万五，学校赔偿两万七，一共六万二，而实际医药费不会超过一万。学生擅自闯入危险区域，而坍塌原因还未查明，铁路局不找麻烦已经是万幸，如果嫌钱少就打官司，到时候一分钱都捞不到。"

女人木然地看着李蔓。

李蔓："陈老师，我们走。"她看向杨盼的父亲说，"学校在8月末有美术补习，如果到时伤还没养好给陈老师打个电话，让孩子在家好好休养。"

陈玉深深叹了口气："好在是有惊无险，不然……"

李蔓把陈玉送到大厅，说："陈老师，你先回去，张老师说行李放在办公室了，我晚点再回去。"

陈玉说："明天要开教师会议，早上8点，你也得去。"

李蔓颔首："我会去的。"

送走陈玉，李蔓去了手术室，只有赵师傅的家人在那边等待。

她问了问才知道裴郦坤"到外头走走"去了。

李蔓知道他肯定找地儿抽烟去了，医院楼里严禁吸烟。不出十分钟她就找到他了。

李蔓径自走向他，看到满地的烟头直皱眉，夺走他手中的烟。

"烟瘾这么重？"

裴郦坤吐出最后一口烟雾："老子高兴。"

李蔓踩灭那半截烟，说："等赵师傅做完手术你早点回去。"

裴郦坤抬头看她，李蔓的发被风吹得扬起，只是这脸色怎么还那么差。

"你是不是胃还不舒服？"

李蔓："不是。"

"少蒙人，去整点药吃吃。"

"真的不是。"

他起身，宽厚的身躯为她挡去一方风雨。

他捏住她的下巴，说："嘴巴一点血色都没有。"

李蔓："我生理痛。"

裴郦坤："那多喝点热水。"这玩意儿他也不懂。

李蔓说："我知道了。"

李蔓到医院才发现来了"大姨妈"，好在医院有小卖部，可以买卫生巾。她平常生活规律，一般不会痛经，这两天休息不好，又风里来雨里去，不过还好，是一阵一阵地抽痛，她还能忍受。

李蔓和裴邺坤往手术室走去，她抬手钩发丝时，正巧看到有个护士从一号楼往二号楼走，视线对上一秒，那护士低下头匆匆离开。

李蔓脚步没有停顿，跟在他后面，一如既往的淡然模样。

周蔚初咬着唇，心思不集中，上楼梯在转角处还撞到人，连忙道歉。

她捏了捏眉心，满脑子都是刚才裴邺坤和那个女生的一举一动。

据她所知裴邺坤这几年都没交女朋友，他和那个女孩又是什么时候的事情？看她的眼神，说话的口气，那种熟稔轻松的气氛是自己和他从前没有的。

说来也是巧，昨天是她给裴邺坤包扎的伤口，她有些不自然，但他似乎很从容，随便说了几句话，两人之间倒也不算尴尬，那一瞬间倒像是回到了从前平淡却美好的时候。

后来她也不知道自己怎么了，鬼使神差地给他发了条短信，可到现在也没得到回复。

而短信内容也不过是一句注意伤口好好休息。

赵师傅这场手术直到下午5点多才结束，听到医生说无大碍时裴邺坤才彻底放下心。

他坐在走廊椅子上，仰头靠在墙上，忽然觉得疲惫至极。

李蔓坐在他身侧，说："挺少见你对一个人这样紧张。"

"你倒是了解我。"裴邺坤闭上眼。

他不得不承认，李蔓了解他，纵使这几年没什么联系，可他知道她是最了解他的人，并且以后，再也不会有第二个人像她这样。

而他，对她也了如指掌，所以不论多久没见他们之间永远不会变得陌生。

李蔓知道他的性格，有可能他对周围的人都很仗义，但能让他冒着生命危险去抢救的，只寥寥几个。

人都会变，但根本的东西不会变。

他们彼此知根知底。

从市中心到铁轨那边要一个多小时，公交要转两次，李蔓说：“去我那儿睡一晚明天再回去吧。”

李蔓任教的高中就在市中心，而她租的房子就在学校前面，打车过去也就三分钟的事情。

桐城不是北上广那些城市，即使是市中心房价也不是很贵，在这里也没有学区房一说。

静默片刻，裴郅坤说：“远吗？”

李蔓：“不远。”

裴郅坤睁眼起身：“那就走呗，真累。”

老式的公寓总共就五层楼，前几天下过大雨，楼道里还泛着霉锈味。这里多数租户是高三陪读的家长，现在一放假有种人去楼空的感觉。

她租在三楼，价格折中，路程折中。

裴郅坤打量周遭，问道：“一个月多少钱？”

“五百。”

“那还好。”

“嗯。”

两人刚从楼梯拐角上来就看到一个男人手捧花束站在门口。

李蔓微微皱眉，她没想到韩傅明在这儿。

住在对面的徐荞要出门买东西正好撞见这一幕，她嚼着口香糖像看戏一样瞧着，哼笑两声给了李蔓一个白眼，绕过韩傅明下楼。

韩傅明没给李蔓难堪，跟着徐荞下楼，特意说了句：“徐荞，你走慢点。”

裴郅坤挑挑眉：“还以为是你男朋友。”

李蔓开门：“不是。”

她租的是一室一厅，三十平方米左右的那种，格局不大。裴郅坤挨着小沙发坐下，环顾一圈，黑色窗帘黑色沙发黑色茶几白色地毯，格调沉闷。

李蔓回房间换好衣服出来，说：“我回学校拿个行李，你休息会儿。”

“行。”

韩傅明还在楼下等李蔓，那束花被徐荞带走了，她说这是找她做戏的酬劳。

韩傅明陪李蔓走了一段路，问道："刚才那个男人就是他？"

"嗯。"

韩傅明是怎样都没想到李蔓喜欢的会是这样的男人，他以为那个男人家境显赫，文质彬彬。

他觉得自己输给他有点不甘心，说："小蔓，他以后能给你什么好生活？"

女孩子一生有两次机会，一是努力读书自己闯出一番天地，二是嫁个好老公从此平步青云。

李蔓选择的职业很好，家境算小康，但这样的条件根本经不起贫穷的折腾，她要么找个比她有钱的，要么找个实力相当的。

李蔓解释道："我和他没有在恋爱。"

"那你怎么把他……"

"徐荞，是叫徐荞吧，她应该和你说了吧，前两天写生那边出了点事情，偶然遇见他，他好几天没合眼，刚才在医院，我让他休息一晚再回去。"

韩傅明所有想说的话都被噎住。

休息一晚？

他都还没踏进过她的房间。

他突然觉得很无力。

韩傅明停在车子边，说："我回去了，以后……有机会再见。"

"好，路上小心。"

李蔓回办公室拿好行李箱顺道去了趟超级市场，买了半只乌鸡，一些土豆、排骨，还有一打啤酒。

徐荞推着购物车回荡在零食区，瞥见李蔓，冲她嘲讽似的一笑。

李蔓对她印象浅，但还是知道点的。

徐荞和她同一所大学同一届，现在在同一所高中做助教，听说大学时特别喜欢韩傅明。

李蔓走到小区楼道口时看见裴郸坤倚在墙上抽烟，他看见她随即掐灭烟上去帮她提行李，瞟见她手里的袋子，说："还买菜了？"

"你出来钥匙带了吗？"

"你以为我跟你一样，猪脑子。"

裴郸坤拎起行李箱掂掂分量，说："还挺重的，不是肚子痛吗，逞什么强？"

他单手提起行李箱往楼上走，看起来很轻松。

李蔓跟在后面，瞥了几眼他的背影，这人就算穿白衬衫也没半点温润的气质，反倒显得更狂野，就像猛兽被困在牢笼里，这种囚禁只会让它想要冲出去。

李蔓在厨房里忙活的时候裴郸坤在狭小的客厅里看电视，什么男女情爱的瞧着没劲，他挑了个打仗片，又是炸弹又是射机枪，那音效，感觉可以震动整个楼层。

李蔓将乌鸡洗净，超市给做过清理，处理起来还算便捷。她把乌鸡放进锅里，加上生姜丝和枸杞，加水开始煲汤。

裴郸坤朝厨房瞄了一眼，电饭锅冒着腾腾热气，李蔓似乎在切什么，菜刀和砧板相撞发出噔噔噔的声音，刀法了得。

李蔓穿的是黑色雪纺短袖，下面套了条黑色九分裤，居家拖鞋是灰色的，长发随意夹起，偶有几缕发丝垂荡，添了几分女人味。

他没心思看电视了，起身走到阳台上打算抽根烟。

阳台是全封闭的，只是东边的玻璃坏了一小角，漏风，又赶上台风，吹得衣杆上的衣物那叫一个飘，而这晾衣架拉得很低。这阳台小得就够站两个人，角落有两个花盆，花草枯得连尸体都找不到。他刚把烟递到嘴边还没来得及点，转个身一块布料顺着风啪的一下糊他脸上，带着点香味。

他咬住烟头，伸手拿走那块布料，定眼一瞧，是条白色带蕾丝的三角内裤。

裴郅坤摸了摸额头，回头望了眼李蔓，确定她没看见，然后把衣架挪到最西边，接着若无其事地抽烟。

他背过身，弹了弹烟灰，眉眼挤在一块，像是在思索。

李蔓烧了乌鸡汤、炒土豆丝和糖醋排骨。

可以说是色香味俱全，裴郅坤觉得真是女大十八变。

他说："我记得你小时候挺爱在灶前捣腾的，就是烧得不怎么样。"

李蔓的黑暗料理中顶峰之作是蛋包牛奶榨菜，焦黑的蛋皮裹着用牛奶炒过的榨菜。

李蔓："小时候不懂，弄着玩的。"

"弄着玩的东西往我嘴里塞？"

李蔓装作没听到。

这事她是愧对他的。她曾经把他送进医院，因为食物中毒。

李蔓把啤酒端上桌，裴郅坤这才发现她买酒了。

他手指敲着桌面，李蔓给他拉开易拉罐盖头。

他酒量好，一点啤酒根本醉不倒，反倒是李蔓，喝了半罐就都泛在脸上了，脸蛋红扑扑的。

李蔓盯着他看，好像要把他盯出个洞。

随即她垂下脑袋，起身，说："我来收拾碗筷。"

裴郅坤拉住她的手腕往边上赶："你那眼睛红得跟兔子似的，洗洗早点睡吧。明天再收拾。"

李蔓低着头，看见两人交织的双手，说："那我给你去拿枕头和毛毯。"

他松开手，她皮肤的细腻感似还停在手心。

客厅地上铺了拼图垫子，裴郅坤拿过枕头和毛毯倒下就能睡。他坐在垫子上抽烟时，转头又瞥见阳台上的衣物。

李蔓把枕头和毛毯铺在垫子上，说："今天天气凉，倒也不会热，如果觉得热来我房间拿电扇。”

“行。”

李蔓好几天没洗澡，浑身黏糊糊的，在拿睡衣的时候犹豫了，抿抿唇拿了那条黑色的吊带长裙。

李蔓从浴室出来时他坐在地上背靠着茶几，左腿屈膝，手搭在膝盖上，不知道在琢磨什么。

她把湿发盘起，把洗完的衣物拿到阳台上晾，并取下数十天前晾在那儿的衣服。

裴郢坤下意识地看向李蔓。

李蔓的裙子并不暴露，长度到脚踝，裙子是全棉的，柔软又贴身，勾勒出完美的曲线。吊带后面露出蝴蝶骨，被盘起的发滴着水，从脊椎骨的凹处慢慢滑下。

外头疾风凛冽，夜色浓重。客厅亮着灯，微弱的暖光，照亮阳台一角。

她俯身弯腰从脸盆里拿衣服，屁股又圆又翘。

裴郢坤用舌尖顶了顶腮帮子。

他再望去，李蔓在晾胸罩，黑色的，还有内裤，也是黑色的。

李蔓把脸盆放在衣物下面用来接水，转身就见裴郢坤直勾勾盯着她，狭眸又黑又沉，线条硬朗的脸庞有棱有角，薄唇紧抿，仿佛在压抑着什么。

“不累？还洗衣服。”

“还好。”

裴郢坤站起来，单手叉腰，静了几秒，说：“刚才周金发短信说领导找我，我现在回去。”他顿了顿，加上一句，“被你男朋友知道我在你这里过夜也影响你们的感情。”

李蔓知道这是谎话，但她没戳破，说：“你带现金了吗？现在没公交了，得打车。”

“带了。”

“好，那到了给我发个短信。”她把他送到门口。

“嗯。”

裴邺坤解开两粒衬衫扣，露出精壮的胸膛，下了一步楼梯回头说：“你早点睡。”

李蔓点头，门关一半解释道：“我没男朋友。”

裴邺坤已经走到楼梯的转角，黑暗中只能看到一个轮廓，他只是顿了顿脚步。

李蔓关门，走进卧室，站在镜子前打量自己。

她觉得也许应该买一条短一点的睡裙。

屋子里静悄悄的，她一向喜静，眼下却有些不习惯。

李蔓走到客厅打开电视机，那部剧还在放，房间里瞬间热闹起来。

她收拾他的枕头和毛毯，上面沾了点他的气味。

明知道不适合、不可能，可她还是故意让他过来休息，故意穿这样的裙子，她这一生所有理智加在一起都不足以抵抗他。

突然之间又开始下雨，天地之间只有震风陵雨，风夹着雨卷着沙土将这世界腐蚀。

雨点打在阳台的玻璃窗上啪嗒啪嗒的，引人注意。

李蔓抬眸望去，只见挂在正中间的他借给她的外套在微微摇晃。

林莉刚从澡堂出来，身上还带着沐浴露的香气，远远就瞧见北边走来个人，人高马大的，她一眼就认出来那是裴邺坤，心中一喜。

楼底的灯坏了，黑黝黝一片，林莉倚在墙边等他，周围也没啥人。

裴邺坤大步流星走过去，也没注意墙边站了个人，刚跨上一级台阶突然被人从后面抱住，那两团东西紧贴着他的背。

他握住腰间的手让她松开。

林莉哼哼两声：“我不松。”

他没耐心：“松开。”

林莉绕到他面前，站在比他高一级的台阶上和他平视。

她说：“我都追你这么久了，给点甜头总行吧。”

她双手搂住他的脖颈，脑袋往前凑。

还差一秒就亲上时裴郗坤扭过头，林莉扑了个空。

裴郗坤扯开她的手："发骚找别人去。"

林莉看着他离去的背影咬牙，这人怎么说翻脸就翻脸。

什么人啊。

周金见裴郗坤回来一下子从床上跳起来，连连看也不玩了，问道："咋回来了？"

陆北手撑着下巴倚着身体观望。

裴郗坤一屁股坐在床上，习惯性地到枕头边拿烟，瞥见那根烟头勾了勾嘴角。

陆北说："和嫂子吵架了？"

周金惊呼："嫂子？"

陆北说："可不是嘛，昨儿下午咱这宿舍里发生了不得了的事情！"

裴郗坤倚在床杆上："一边儿去。"

周金饶有意味地一笑："我就瞅着你俩不对劲，那姑娘是老相好还是前两天刚勾搭上的？"

裴郗坤抬起眼皮看他一眼，点了支烟："我和她没啥，老家的，从小就认识，关系还算不错。"

"呀，青梅竹马！"两人同时惊呼道。

陆北和周金都是二十出头的小伙子，思想比较潮，不像那些四五十的人，他们一惊一乍配合得极好。

陆北说："那姑娘脸蛋身材都没的挑，还是个老师，坤哥，你过去是不是眼瞎啊？"

周金倒在床上哈哈大笑："可不是嘛，眼睛瞎着呢。"

可能是因为救援结束人都没事，大家的心情似乎格外放松。

裴郗坤低头瞥见皮带扣，吐了口烟，不说话。

陆北说："不打小就认识吗？以前没点想法吗？"

裴郗坤不回答。

陆北一瞧就敢肯定这绝对有戏，说："沉默就是默认，哎呀呀，坤哥，你这心思可真够深的。"

裴郢坤说："瞎叽歪。"

他十六岁就离开青雾乡了，上了别地儿的技校后很少回家，那时候李蔓在初中大概课业比较重，两人也就节假日碰着几面，再后来，也就四年前见着了一次。

周金说："我瞧着她对你有点意思。坤哥，反正你也单着不如去试试，都快三字打头的人了还不找老婆。"

裴郢坤捏着烟头深吸一口。

能没有意思吗？

又是过夜又是酒，还穿成那样。

他弹弹烟灰，想起后来为数不多的几次相见。

记着呢，他都记着呢。

早上8点的教师会议，气氛沉重，校长总结完这次写生，不出所料讲到事故，音量瞬间提高八倍。

李蔓坐在下面默默听着，这场景就和小时候被老师批评一样，李蔓垂眼看自己的掌心，一层的薄汗。

这毛病她还是改不掉。

学校是靠美术闻名的高中，本科升学率也比一般学校高，今年学校在扩建校区和扩大招生，这次事故给学校造成不小的负面影响。

就连陈玉，教了十几年的资深老教师也难免被训了一通。

这火势，果不其然，也烧到了李蔓头上。

校长只留下一句话："做不好就走人！"

李蔓条件反射似的颤抖起来，随即试着平稳自己的呼吸，还好不是单单走人。

散会。

李蔓要去医院看望学生，问陈玉去不去，陈玉关节痛说改天。

李蔓去了趟洗手间。

不知为何，她有种死里逃生的错觉。

李蔓走出洗手间，见会议室门口站了四五个穿西装的男人，校长笑脸相迎。

徐荞也从洗手间走出来，站在李蔓身后，说："带头的那男人是富二代，比韩傅明有钱多了，对你胃口吗？"

李蔓没理她的酸言酸语，说："你很喜欢傅明？"

徐荞直言不讳："是啊，很喜欢。"

李蔓说："喜欢为什么不追？"

徐荞："老娘倒是想追，可人家眼里只有你啊。"说完，她抬起下巴踩着高跟鞋就走了。

李蔓拿纸巾擦手，望着徐荞的背影笑了笑。

陈玉因为关节痛走得很慢，李蔓走到校门口的时候正好看见陈玉上了一辆好车，接她的似乎是她的丈夫。

平常听陈玉的言语，她和她的丈夫很恩爱，生活也十分幸福。

李蔓尊敬她，也有点羡慕她。

在去医院的路上她买了两个果篮，学生情绪都很好，简单探望过后她在医院的走廊坐了会儿。

假期了，停止忙碌的生活她有点不习惯。

黄美凤打来电话，说："我刚才看到新闻，那个隧道的新闻，你怎么在那边？没事吧？"

救援的时候有记者和电视台在，也许她是上镜了。

李蔓去坐电梯，边走边说："没事，带学生去写生，学生被困在隧道里，都没事。"

黄美凤松口气："放假了吧，什么时候回来？"

"就这几天。你药在坚持吃吗？别太累了，等我回去了陪你再做一次检查。"

"我一直按时在吃，你不用担心。"

"妈……"

“怎么了？发生不开心的事情了？”

李蔓默了默，转而问道：“裴郅坤他爷爷怎么样了？”

“晚期，你说能怎么样，这个夏天不知道能不能熬过去。”

李蔓从医院出来，台风不再那么烈，吹在人身上倒是凉爽得很，只是这天依旧阴沉沉的，好似下一秒就会塌下。

她在大门口迎面碰上裴郅坤，他手里提着两盒保健品。

两人简单打了个招呼，李蔓没打算结束话题，说：“快中午了，要一起吃午饭吗？”

裴郅坤弯了弯嘴角：“行。”

李蔓陪他一起去看望赵师傅，本来她只想在走廊等，裴郅坤却拉她一起进去。

病房里赵师傅的儿孙都在，对病人来说开心的就是有亲人陪在身旁。

裴郅坤把保健品放一边，关心了几句，赵师傅看见他身后的李蔓，笑了。

赵师傅又说：“找着媳妇了？啥时候的事情？”

李蔓不语。

裴郅坤：“朋友。”

赵师傅：“缺心眼。”

裴郅坤笑了笑。

赵师傅说：“你这手臂弄折了，这几个月工资可都没了，犯不着。”

裴郅坤靠在椅子上：“不缺这点钱。”

赵师傅鼻子出气：“娶媳妇的时候就知道缺钱了。”

两人闲聊了个把小时，李蔓十分耐心地站在一侧等待，临走时赵师傅叫住李蔓，说：“这臭小子脾气不咋样，但是个好人。”

李蔓说：“我知道。”

裴郅坤嘁一声，说：“我当然是好人，一不偷二不抢的。”

后来周金和陆北来看望赵师傅的时候，赵师傅提起李蔓，感慨道：“这浑小子终于有人治治了，我看得出，这姑娘别瞧着年纪小，但保管治得住他。”

李蔓和裴邺坤在路边找了家快餐店，坐在窗边。

李蔓吃东西慢条斯理，汤的热气熏红了她的脸。

裴邺坤瞧了两眼看向窗外，对面开了一家珠宝店，门口挂满气球，粉色的，跟李蔓的脸差不多一个色儿，粉嫩粉嫩的。

裴邺坤灌了几口饮料，又看向李蔓。

头发没染没烫，简单地扎了个马尾，穿得也很简单，T恤加短裤，干干净净的，可偏偏特别有女人味。真的是长大了。

李蔓忽然开口道："我过两天回江州。"她看着他，眼神仿佛是在询问要不要一起回去。

裴邺坤知道她在暗示什么，转了话锋问道："一个人？"

李蔓："嗯。"

裴邺坤身子往后仰，拿起桌上的易拉罐饮料，手肘靠在椅背上。

他说："火车还是高铁？"

李蔓："高铁。"

裴邺坤："路上小心点，这几年你这个年纪出事的女孩子挺多的。"

"我知道。"

裴邺坤仰头喝完剩余的饮料，视线始终落在她身上。

李蔓放下筷子，说："昨天你借给我的外套我洗了，去拿吧。"

裴邺坤手叩着桌面，第三下时说好。

下午1点，因为是周末，加上台风，天气比较凉爽，街上人还挺多。

从快餐店出来，裴邺坤便跟她回去。

他步子大，个子也高，走起路来自带气场，李蔓穿着高跟鞋，有点追不上。

路过的女生总会不自觉瞟几眼，李蔓心细，都看在眼里。

他皮相是好，从小就挺招女生喜欢的。

裴邺坤想和她说句话，转眼发现身边没人，回头一看她加快步子走来，他勾唇一笑，站在原地等她。

裴邺坤："矮就算了，腿也这么短。"

李蔓："在女生中我的个子不算矮。"

"矮子。"

两人并排走着，裴邺坤放慢了步调。

若说昨天他对这边的路不熟悉，这会儿走第二次他完全记住了。

李蔓开门时，他站在她身后，钥匙转动两下，声音清脆。

李蔓去阳台收衣服，裴邺坤倚在鞋柜那边等着。

他又瞥见那排内衣，昨晚灯光太暗看不清，这会儿是瞧得一清二楚。

李蔓说："我给你拿个袋子装。"她转身走进卧室。

他顺着门缝望去，她弯腰对着书桌在找袋子，T恤向上卷起一小截露出了腰背。

李蔓把衣服给他装好，说："我卧室的灯坏了，今天买了灯泡还没换，我够不着，能帮我换一下吗？"

"灯泡呢？"

李蔓从包里拿出新买的灯泡，跟着他走到卧室，把书桌边上的椅子推到灯底下。

裴邺坤站上去，伸手就将坏灯泡拧了下来。

李蔓昨晚踮脚都够不着。

"把新的灯泡拿过来。"

李蔓一手扶住椅子一手将灯泡递给他。

裴邺坤："要是今儿个我不在你找谁换？"

李蔓："房东吧。"

"男的女的？"

"男的。"

裴邺坤拧好灯泡："你倒是心大，你一姑娘一个人在外，怎么这么缺心眼？"

李蔓抬头望去，他伸胳膊的时候衬衣往上拉，腹肌若隐若现。

裴邺坤从椅子上跨下："看看，亮不亮。"

李蔓打开开关，亮的。

他随意瞟了眼她的卧室，和客厅一样黑白灰色调，书桌上书籍排列有序，倒像个读书人。那张小床上堆了几个娃娃，他想，到底还是女生。

李蔓说："要喝水吗？"

裴郧坤挑眉："好啊。"

这一步步，跟连环计似的。

他挨着她床边坐下，压到个娃娃，随手拿起来捏了捏。

黄色的娃娃，丑不拉几。

他把娃娃一丢，转眸看见床头柜上的烟灰缸，里面有四五个烟头，李蔓烟瘾应该不重，可女孩子抽什么烟。

台灯边上放着个小盒子，盒盖半遮半掩。

李蔓进来的时候他正在看书。

李蔓夺过他手里的书，把果汁递给他。

裴郧坤："你看书还挺认真，做这么多标注。"

"习惯。"

他哼笑一声："就整天看这种酸不拉几的书。"

他话音刚落，外头响起淅淅沥沥的雨声，这天阴沉了大半天终于是落雨了。

夏天的雨总是说来就来，时大时小，这场雨不知要下多久。

李蔓说："我给你拿伞。"

裴郧坤扬眉，往她床上一靠："等雨停了我再走，又是风又是雨，我坏了只手还拿个袋子，怎么走？"

李蔓点点头："那你坐会儿。"

就这暴雨的情势，要雨停早着呢。

她的床又软又香，裴郧坤拿过枕头垫在脑后，说："我睡会儿。"

昨晚他翻来覆去硬是没睡着，凌晨勉强入睡后还做了乱七八糟的梦，这会儿温饱后就犯困，眼睛都快被糊得睁不开了。

"把鞋脱了再睡。"

裴郧坤摆摆手："老子脚臭。"

"没关系的。"

裴郧坤没脱鞋，就那么半躺着睡，脚搁在床边上，没一会儿便睡熟了。

李蔓坐在书桌前写课业计划，笔唰唰响，与窗外的雨声交相辉映，夏季的午后这么凉这么静。

两个小时一晃而过，大雨渐细。

李蔓起身去厨房拿了果汁，边往回走边喝。她站在床头看向裴郧坤，八尺男儿横在这小床上，软床中间微微坍陷，他双腿搭在一起搁在边上，脸庞线条硬朗，只是胡楂没刮干净。

李蔓放下果汁，走到他身边，目光落在他的唇上。

一弯腰就能闻到他的味道，男人专属的荷尔蒙味道，她凑近他，彼此呼吸交融，她就这么看着他，有点鬼迷心窍。

她在他的唇上蜻蜓点水般落下一吻，轻如羽毛，以为不为人知。

李蔓直起腰，转而去了阳台，轻手轻脚，每一步都走得像个小偷。

她的脚步声渐行渐远，裴郧坤睁开眼，白花花的天花板有点晃眼，他捏了捏眉心起身，余光落在那个半遮半掩的盒子上。

李蔓在阳台上抽烟。

裴郧坤走到她身后，手臂从后面绕过去拿走她的烟，说："把烟戒了。"

李蔓不知道他什么时候出来的，被吓一跳，侧过肩却撞在他胸口上。

裴郧坤把烟递自己嘴里，烟头上沾着口红，水蜜桃味的。

李蔓转过身抬头看他，他一口接一口，也看着她，四目相对，眼神带着道不明的暧昧。

裴郧坤又说："戒了，听到没？"

"好。"她答应得爽快。

李蔓别过头，说："雨差不多停了。"

裴郧坤夹着烟，低头盯着她看："赶我走？"

他靠得很近，李蔓往后没有退路，只能绕过他，说："等会儿你回去得晚了。"

裴邺坤把烟蹍灭在阳台墙边上，盯着她的身影，半晌后道了声“行”。

裴邺坤回到宿舍，里头没人，周金他们都去上班了。

他躺床上，闲来无事，打了几把游戏，又登上微信，好友通信录跳出李蔓的微信号，他顺手点了个好友请求。

他很少上微信，里头也没几个人，常年在这边工作，圈子小。

除了腾讯新闻，就是钱江海的几条信息。

他7月底要结婚，叫裴邺坤去参加婚礼，信息是前几天的。

钱江海是他初中的好友，住得也不远，挺豪爽的一哥们，那时候打架罚站都一块儿的。

裴邺坤回了个好字。

钱江海回复得很快，说道：叫上小蔓呗，过年的时候我还在镇上遇到她了，长得可真是漂亮，正好，我这里高学历的光棍一大把。

裴邺坤：……

钱江海：行不行啊?

裴邺坤：你倒是惦记得紧。

钱江海：不是我，那天我朋友也看见她了，事后问我有没有微信，我哪里有呀，后来就忘了这茬了，你不是她发小嘛，我就想着让你带过来，到时候做个媒。

裴邺坤：回头我问问她。

钱江海：那你呢，啥时候结婚?

裴邺坤：不知道。

钱江海又问他李蔓的近况，裴邺坤没再回他。

李蔓通过了他的好友请求，他点进她的相册看，动态寥寥几条，都是一些有的没的。

大半年没发过朋友圈的裴邺坤发了条动态。

“这年头小偷的嘴倒是挺甜。”

他设置了权限。

李蔓是隔天在高铁上看到的，她的车次是下午12：50分的，从桐城到江州一共两个小时零五分。

她的位置靠窗，行李不多，就一个书包。

列车开动，轻微抖动后正式踏上路途。

她不知道裴郢坤发的东西是什么意思，但隐隐觉得和她有关。

手机振动，他发来微信说：到家给我打个电话。

李蔓回了个好。

裴郢坤又发来一个表情，是一个猪头。

李蔓退出微信没回他，望向窗外，一辆列车与之交错，短暂并且无人知晓，列车驶过露出原本的铁轨模样，满地土黄色的小石块浸着雨水。

她在桐城待了这么多年，直到那天才与他在这里相遇，就在她想他想得发疯的时候，在她确定自己忘不了他的时候，被压抑多年的欲望就像春雨破竹再难克制。

她忍不住想靠近他，忍不住想和他多一点接触。这是感性。

她却也忍不住往后却步。这是理性。

这场多年的暗恋就如同沉入大海的船只，存在着，却不能浮出水面。

到达江州北站，李蔓乘坐大巴回到青雾乡，再在车站打车到家。

已经临近黄昏，天开始变沉。

黄美凤还在院子里择菜，见到李蔓擦了擦手起身去迎接。

“就背了个包回来？”

“嗯，没带太多东西，衣服家里也有。”

黄美凤点点头：“家里有，都有。饿不饿？冰箱里有酸奶。”

李蔓把背包放进屋，随后搬了张凳子和黄美凤一起剥毛豆。

李蔓自从高中开始只有周末和寒暑假才会回来，现在又去了外地，母女俩一年见面的次数屈指可数，好在李蔓从小独立，周围的邻居都说黄美凤有福气，不用为女儿操心，就连高考，最忙碌的一年，李蔓也是一个人过的。

黄美凤说：“工作在这里找不好吗？离家近点。”

李蔓：“那边挺好。”

黄美凤：“你想以后在桐城生活？妈妈攒了笔钱打算给你买房，你要是以后真的要定在桐城，不如就在桐城买。那边房价多少？”

李蔓手一顿，抬头看向黄美凤：“买房？”

之前她根本没有和自己提过。

黄美凤语重心长道：“虽说现在结婚都是男人买房子，但自己在城里有个窝才是最好的，别人出来工作还要考虑房租，自己有房子省力。”

李蔓忽然想通很多事情。

这几年黄美凤起早贪黑，十里八乡有点什么生意她准是第一个到的，要论买卖谁也拼不过她。

一套房子，少说百十来万。一个女人靠卖黄豆和水产，要卖多少才能攒到这个数？更何况去年她还生了一场大病。

黄美凤看着李蔓担忧的眼神笑了：“妈妈也就攒了四十多万，买不起多大的房子，到时候再在银行贷点款。”

“不用，工作后我自己可以照顾自己。你好好休息。”

“没事了，现在攒攒就可以买房了，买不起地段好的就挑个偏一点的地方买。”

李蔓敏锐：“妈，他给你钱了？”

黄美凤一愣，倒也没否认，说：“前段时间他打了五万块。”

李蔓：“他一个做生意的，只能给五万块？”

黄美凤知道李蔓在犯倔，说道：“这世上有谁会和钱过不去？”

李蔓说：“区区五万块算什么？”

黄美凤握住她的手，拍了拍：“不必这样。”

李蔓：“你不用这么拼命赚钱，他有的是钱。你问他要，他总会给的。”

她不争这一口气，现实归现实，骨气归骨气。

黄美凤叹气，自己的女儿她清楚得很，就跟牛一样，倔劲一犯，就知道往死胡同里钻，非要撞个头破血流。

吃完晚饭母女俩都早早洗漱上楼休息，黄美凤最近很累，合眼就能睡着，反倒是李蔓，即使赶了一天路却也难以入眠。

黄美凤的房间在最西边，李蔓的房间在东边，她走到阳台上朝东望去，那间砌着白墙的平屋多年如一日，只是边上多了套一层半楼的房子。

那是去年裴江新盖的，房子是给儿女的，所以裴江还是住在那间平屋里。

李蔓倚在墙上，墙面挡去了台风。

她拉开窗户，从靠窗的桌子上拿过烟和打火机，背对着风，一手点火一手挡风，按了两下点燃香烟，点点火星随风散落。

她一包烟可以抽很久，黄美凤不知道她抽烟，往年在家她也极少会抽烟。

风里带着雨的湿气，吹散所有烟味，这个夜晚也因此显得肆无忌惮。

李蔓单腿屈膝抵在墙上，右臂环在腹部，左手夹着烟撑在右手上，微微仰着头，余光瞥向那间平屋。

屋后有一条河，河边上是一座土堆，周边种了几棵杨树，还有野生的香樟树。

小时候，她一直觉得那是一座山丘，那时候那里还有一小片竹林，所以她更觉得那是山丘。

小时候，她就常跑到竹林里一个人哭。

那时候她还不明白，为什么父亲不能忠诚于母亲，为什么男人总要对别的女人感兴趣。

即使不懂婚姻是什么，对她来说至少应该是忠诚的，彼此只有对方一个。

有一次，她偷偷翻李建忠的手机，找到那个女人的电话打过去，是那个女人的丈夫接的，她就像一头发狂的狮子竭尽所能地警告，恨不得咬得所有人都鲜血横流。

李蔓又想到多年前李建忠要求离婚时的嘴脸，她抖了抖烟灰，捏着烟头狠狠吸上一口，随后扔了半截烟，将其踩灭。

她双手掩面插入发里，深吸了口气。

拉回她的是裴郅坤的电话，李蔓怕吵到黄美凤睡觉，拿着手机去了楼下接。

裴郅坤：“不是让你到家了给我个电话吗？当耳旁风？”

李蔓：“忘记了。”

裴郅坤：“抽烟了吗？”

“没有。”

“讲实话。”

李蔓：“心烦，就抽了一根。”

“就知道你。”

李蔓走到冰箱边上拿水：“以后不抽了。”

裴郅坤嗓音慵懒：“再抽怎么着？”

李蔓：“你说怎么着？”

他笑了声，说：“要听我的？”

“嗯。”

裴郅坤：“再抽那就——”

突然，外头有人大喊大叫，似乎是裴江的声音，在喊街坊邻里。

李蔓走出去一看，平屋屋里屋外都亮起了光，那座新建的房子一楼二楼的灯也都亮了起来。

裴江跑到隔壁杨昌家，喊道：“杨昌，我爸走了，杨昌！”

李蔓木然，有些反应不过来。

这边办葬礼有个习俗，亲人去世一般会找街坊帮忙，一家人根本筹办不好。

奶奶走的时候她记得很清楚，是裴江和李建忠一起把遗体抬到大厅的。

李蔓听到裴郅坤的呼吸声都重了。

她说：“回来吧。”

挂断电话，李蔓走到那边，杨昌的妻子和隔壁的婶婶正在大厅搭床，杨昌和裴江将人抬了过去。

裴爷爷骨瘦如柴，这场病拖了大半年，到底还是撑不住了。

裴江抹了把泪，跪在床边哭道："邺坤都来不及见您一面……"

他今天刚给裴邺坤打过电话，裴邺坤说再过两三天就会回来，没想到老爷子今天就撑不住了。

周围七八户人家都亮起了灯，有人筹备明天的吃食，有人筹备明天要用的桌凳，裴江则给亲戚打电话。

风一阵又一阵，人声嘈杂却又万籁俱寂。

男人办事，女人们坐在外头，七嘴八舌什么都有。

李蔓和黄美凤坐在一起，黄美凤说："要是妈妈有一天突然这么走了，你得好好的。"

黄美凤和裴爷爷一样，都是肺癌，一个早期一个晚期。

李蔓："你按时吃药多休息就没事。"

黄美凤哽咽着："人啊，一眨眼就这么没了。你不知道，老爷子这几天心心念念要看一看邺坤，可最终还是没看着。也不知道那孩子在较什么劲。"

这是一件除了李蔓所有人都不知道的事情。

裴爷爷对裴邺坤一向很疼爱，因为裴邺坤很小就失去母亲，所以爷爷十分疼惜他，况且隔代亲。

裴家上下，裴邺坤自小就只对爷爷亲。

李蔓记不清那是几岁了，她似乎刚上幼儿园吧，那时候裴邺坤也不过十来岁的年纪，李蔓奶奶的钱不见了，奶奶跑到裴家就破口大骂，说是裴邺坤偷的。

在那之前他偷过一次钱，被人发现，从此他就被贴上了小偷的标签。

他告诉过李蔓他偷钱只是想买点阴钞烧给他妈，他母亲的祭日裴家没有人祭奠。他说他从前不知道，但是现在知道了有祭日这回事，那他就想做点什么。

爷爷又气又急，和裴江两个人把他绑起来吊在房梁上，用烧火钳打，一记又一记。

李蔓站在奶奶身边看着他。

他吼道："不是我偷的！不是我！"

没人信他。

爷爷见他死不承认捞起火钳就狠狠地抽。

李蔓奶奶仍喋喋不休。

李蔓看见他死咬着唇，就是不松口，被打得衣服都破掉也不求饶。

那双眼睛，李蔓到现在也忘不了，他当时看人的眼神仿佛要吃人。

也是后来，李蔓奶奶提起这件事时轻描淡写地说在床和柜子的夹层里找到了，没丢钱。

因为这个事情裴郅坤和爷爷之间生了嫌隙，他生性高傲，自尊心又强，一口气憋到了现在。初中毕业后他就很少会回来，李蔓知道，他厌恶极了这里。

后来他跑出去，李蔓找了很久，他躲在田边哭。

那是她第一次看到他哭，也是唯一一次。

小时候她不懂，后来才想明白，一个自尊心那么强的人流眼泪，那他该是被伤得多深。

李蔓对他说："我信你。"

裴郅坤怒红着眼，吼道："滚！"

"郅坤哥哥，我信你的。"

他头也不回地一直往前走，她就跟在他身后，夕阳西下，两个彷徨的影子相互交叠，印在地上，印在这尘世之间。

第二章　明知故问的把戏

天微微亮的时候小路里拐进一辆出租车，裴邺坤拎着个黑色小型行李箱走来。

李蔓起身，目光不由自主被他吸引。

周围邻居说："邺坤回来了，好几年没回来了啊。"

"这个子高的。"

裴邺坤点头示意，走进灵堂，一切还没搭建，棺材也还没运来，他放下行李，就地朝遗体磕了几个头。

裴江说："把东西放一放，去帮杨叔搭个棚。"

早上8点左右，办丧礼的人送来桌凳和碗筷，殡仪馆也运来棺材，早上十点左右，都准备得差不多了，灵堂摆满了花圈。

妇女们都在洗碗，帮着弄菜。

亲戚都差不多已经入座。

裴邺坤穿上孝服守在棺材边上。

李蔓朝遗像跪拜，随后插上香，裴江给她系上白布。

李蔓坐到裴邺坤身边，在底下握住他的手。

裴郸坤拽紧她的手，拽得李蔓生疼。

他们雇了人来哭丧，外边是乐队在吹奏，李蔓看着棺材里的老人，眼睛不知不觉渗出泪。

这样的环境气氛，很难叫人不伤感。

可偏偏他面无表情，半滴眼泪也没有。

黄美凤本来是来叫李蔓去吃饭的，可看见她纹丝不动，那双握紧的手她也看见了。

她知道两个孩子自小感情好，却不知道什么时候走到一起了。

黄美凤转身离去，帮着给人端菜。

午饭散场，亲戚该走的走，该去打牌的打牌，李蔓摇了摇他的手小声说："去吃点东西吧。"

"不饿，你去吃饭。"

李蔓不动。

裴郸坤松开她的手："去吃饭，听话。"

李蔓起身，说："我给你端点过来。"

李蔓去厨房里盛菜时，黄美凤在洗碗，看到她出来，走过去说："你和郸坤……"

李蔓："没有。"

黄美凤说："妈妈不想干涉太多你这方面的事情，他到底值不值、适合不适合，你得自己掂量清楚。别像妈妈这样，做了个错误的决定。"

下午的时候裴江的妻子和继子赶了回来。

明明他们就在江州市中心，可下午才赶回来，而远在桐城的裴郸坤清晨就能到，到底不是一家人。

夜深宾客散尽的时候，裴江让裴郸坤出去透透气，换他守。

"再过个两三天吧。"

"嘁，关我屁事，我还等着裴江死呢，早点把钱分光走人，那对父子——"

话没说完，张盛屁股挨了一脚，身子往前倾，手机哐当摔在地上，屏幕四分五裂，这是他新买的苹果机。

裴郧坤原本只是想到后院抽根烟，没想到张盛说出这种畜生不如的话。

张盛看着摔碎的手机火气噌噌噌就上来，撸起袖子就准备干："操你妈，你吃错药了啊！"

"操谁？"裴郧坤把烟一扔，冷冷问道。

张盛："操、你、妈！"

裴郧坤抬脚对着他的膝盖就是一脚，张盛差点跪下。

"你有本事再说一遍。"他居高临下地看着张盛。

张盛面目狰狞，扑上去就伸拳打他的右手。

李蔓洗完澡从家里出来，刚跨出院子就瞥见裴家后院两个人影缠在一起。

她跑过去，挂在脖子上的毛巾落在地上。

"张盛！"李蔓厉声喊道。

裴郧坤一把揪住他的手，张盛另一拳打在裴郧坤的脸上："操你妈！操你妈！听得爽吗？"

李蔓抓住张盛的手臂，可就是扯不开："你疯了吗？他的手受伤了看不见吗？"

"是他惹我的！"张盛长臂一挥，甩开李蔓。

脚底下是青砖，有青苔，李蔓鞋底滑，身子一斜，撞在大杨树上，凸起的小枝干戳在她的腰窝处，头磕在树干上，她差那么一点点就滚下河了。

李蔓扶住树站直，揉了揉腰部。

嘴里有血腥味，裴郧坤朝一边吐了口口水，拧着张盛的胳膊，疼得他嗷嗷直叫。

李蔓趁其不备在张盛膝盖上踹了一脚，张盛腿一软，跪在裴郧坤面前。

两个人踹的是不同的膝盖，解气。

裴郵坤将张盛的手一甩："下次老子弄到你残废。"

裴郵坤从小路里绕出去，没回屋里，往田野的方向走去，李蔓跟在他身后。

走到河边，他重新点了根烟，说："下次踢人踢老二。"

李蔓："你怎么不踢？"

"我一踢他就废了。"

"为什么和他动手？"

"他嘴巴不干净。"

李蔓："他全身上下哪里干净了？"

裴郵坤抬起眼皮看她，嘴角微扬。

夜空无月无星，漆黑得像一张密不透风的网，晚风吹动岸边的杂草，触在脚上有些痒。

李蔓忽然问："遗憾吗？"

"有点儿。"裴郵坤沉着眸子。

李蔓："我妈说这几天爷爷总念起你。"

"嗯。"

是不是觉得更遗憾了？

李蔓说："你得回头看一看，不能总一个劲地往前冲。"

裴郵坤掐灭烟，吐出最后一口烟，弹了一记她的脑门："李老师和我讲道理呢？"

李蔓后知后觉，眼下才觉着脑门有点疼，她轻轻嘶了声。

"娇弱样儿。"

"刚撞树上了。"

裴郵坤低头仔细瞧她的额头，还真青了一小块，他扣住她的后脑勺，大拇指磨蹭了几下，说："还撞哪了？"

李蔓："腰。"

裴郵坤拍了拍她的脑袋，漆黑的瞳仁里是她的倒影，他笑着说："哥给你揉揉？”语气带着点匪气。

也不知是她的错觉还是她想多了，李蔓总觉得他们的相处模式变了，纵使他从小就爱调侃她，可感觉不一样了。

她不说话。

裴郲坤手往下移，大手贴在她的腰上。

李蔓刚洗完澡，身上清凉得很，还特别香。

他使坏，故意按了按，见李蔓皱眉，便说：“等会儿回去用冰块敷一敷。”

李蔓拿开他的手，语气平坦，说：“还以为你真好心给我揉。”

“那行，给你揉。”

他手还没伸过去，李蔓就走了。

裴郲坤仰起下巴凝视着她的背影，那腰那么瘦，好像一握就能断。

出殡那天台风停了，温度渐渐开始回升。

晚上有个仪式，亲人要跟着纸灯走圈，裴江捧着遗像走在最前面，裴郲坤站在他身边。

李蔓站在边上看着。

裴郲坤突然看向她，伸出手，说：“过来。”

李蔓皱眉，摇头。

他说：“过来。”

裴郲坤拉着她的手让她站在自己身边。

有人说：“小蔓怎么也过去了，不符合礼仪啊？”

裴江说：“没事，我爸把小蔓当亲孙女呢。”

裴郲坤目视前方，没什么特别的反应。

他的手指宽大炙热，李蔓抬头看他，无数想法从脑海中跳跃而出，她想，她对他而言应该是特别的。

吃完晚饭，宾客散尽，他们开始清理场地。

人的一生就这样落下帷幕。

李蔓和裴郲坤倚在水池边讲话时，裴江走过来对裴郲坤说：“明天下午我要和你阿姨去市里，你一个人在家行吗？”

裴郸坤眼皮抬也没抬：“行。”

裴江说：“上次和你说过了，你阿姨在市里买了套房，这会儿忙着装修，遇上你爷爷的事又耽搁了，那边挺急的。”

“嗯。”

裴江又说：“这次打算待多久？”

裴郸坤：“没多久。”

见他爱理不理，裴江叹了口气，对李蔓说：“你们先聊着，很久没见了吧。”

李蔓嗯了声。

李蔓问裴郸坤：“打算在这里待多久？”

裴郸坤瞥她一眼：“你想我待多久？”

“不喜欢这里就别待着，没意思的。”

裴郸坤喉咙里溢出一声笑，一转话锋，说：“钱江海记得吗？7月底结婚，叫你一起去。”

“叫我？我和他不是很熟。”

裴郸坤磁性的嗓音落在她微垂的睫毛上，说：“他朋友惦记着你呢，有兴趣吗？”

“没什么兴趣。”

“婚礼回头一块去，从前他可是左一句妹妹右一句妹妹的，疼着你呢。”

钱江海有个妹妹，可小时候得白血病死了，所以他对李蔓很好，但那也是小时候的事情了。

“好。”

裴郸坤说：“我参加完婚礼就走。你呢，什么时候去桐城？”

“大约8月中旬。”

裴郸坤拨了拨短硬的发，拿过搁在耳后的烟递到嘴边，说：“明儿个早上看日出，去吗？”

“怎么突然——”

他按了两下打火机，猩红的火苗在他眼里跳跃，他吸了口，说：“闲着无事。”

李蔓突然想起从前有一次他骑着自行车带她到东滩看日出，当然，还有他的狐朋狗友。

别人后座上坐的都是女朋友，他介绍时说“这是我妹”。

那天看日出并不顺利，因为突然下雨了，回家后李蔓生了场大病。

那次没看成，后来他又带她去了，初夏，太阳初升的光芒特别清晰透彻，不掺一丝杂质。

他说：“看着挺有希望的。”

而他那时候正面临着初三学生最重要的抉择。

台风的痕迹消失得无影无踪，清晨还算凉快，但一过8点，太阳能毒死人。

凌晨4点多，天还黑着。

裴郧坤站在路口等李蔓，倚在树上，叼着支烟。

灰蒙蒙的光线里李蔓骑着电动车过来：“上来吧。”

裴郧坤跨上后座，小小的电动车挤两个人正好。

“回来能有电吗？”

“那边应该有充电的。”

“从家到江滩估计得一个小时。”

裴郧坤低头抖烟灰，这才注意到李蔓穿了件露脐的衣服，黑色无袖上衣，后背镂空系带，下半身穿的裙裤似乎和衣服是一套的，腰部中间露出的一圈皮肤那么白。

他靠在后备箱上，修长的双腿跨在两侧，视线落在李蔓圆润的屁股上。

他说：“你这衣服挺好看的。”

李蔓没回应。

裴郧坤双腿收拢，夹了下她的臀股：“和你说话呢。”

李蔓：“我知道好看。”

“小样儿。”

一支烟尽，裴郕坤困意上头，打了个哈欠靠在李蔓的肩上，左手环住她的腰搁在她的大腿上。

他说：“我眯会儿。”

宽阔的身躯似乎将她包裹住了。

李蔓肩头沉甸甸的，搭在她腿上的手又那么烫，她忙挺起腰身努力支撑起这份重量。

这里的日出一向有名，又正值暑假，游人难免会多，堤坝上坐满了人。

两个人寻觅好一会儿才找到个好位置。

江水粼粼，遥远的东边灰蓝一片，交叠的云层里透出几丝微弱的光芒。

裴郕坤单膝屈着，左手搭在膝盖上。

李蔓看他一眼，黑色背心和棕色中裤，还有一双塑料拖鞋。

哪儿哪儿都透着随意。

周围的人你一言我一语，江风吹动着边上的芦苇荡，并不安宁。

裴郕坤说：“挺久没这么放松了。”

李蔓知道，他的工作很辛苦，在铁路工作的工务段是最辛苦的，没假没休，三班颠倒，日夜不分。

为了他，她从前特意去了解过。

她说：“不打算换个工作吗？”

“换了老子去找什么工作？”

李蔓把发别在耳后，低下头，神情淡淡。

这也是她觉得可惜的一个地方。他自小就很聪明，李蔓知道他考试都是故意不及格的，他给她讲题目的时候逻辑思路都非常清晰，而且他皮囊好，人又血性，不知道多受女生爱慕，搁小说里就是全能的男主角。很可惜，他中考直接选择了技校，一方面是裴江的原因，一方面则是他自己的原因。

她想，如果换作是她，她会忍受，然后选择一个好的高中好好念完，可他毕竟不是她，因为那份血性和骄傲他宁愿选择一条坎坷的道路。

裴郛坤瞥她一眼，说："我不后悔。"

"我替你感到后悔。"

他笑："发小就是好，什么都为你着想，回头我穷得吃不起饭了你养我。"

李蔓凝视着前方："好啊。"

裴郛坤凑近她，说："你知道我问我那些个女朋友这个问题，她们都是怎么回答的吗？"

李蔓转过头和他对视："怎么回答？"

他勾了勾唇："她们都说好啊。"

"后来呢？"

"后来都跑了。"

裴郛坤盯着她看，目光下移落在她的唇上，说："我这人一穷二白，家里什么底细你比我还清楚，她们要是不跑那脑子肯定有问题。"

江风拂面，吹起李蔓的头发，她说："那上次那个呢？也因为这个跑的？"

"哪个？"

李蔓："你女朋友真多。"

"人自己贴过来，我有什么办法？"

李蔓身子往后仰，说："几年前你带回来的那个女人，不是说要结婚吗？"

裴郛坤轻描淡写道："她回去和她妈说了说，她妈不肯，不肯就算了呗。"

"戳到你痛处了？"

能带回来的女人，在他心里分量应该很重。

"你知道什么。"裴郛坤半眯着眼，说得很轻。

阳光穿透云层，天色亮了起来，江面的尽头旭日东升，水面波光粼粼。

李蔓仰头望着，又扭头看向裴邺坤，晨光洒在他身上，她都能看清他脸上细小的绒毛。

裴邺坤说："看着还真挺有希望的。"

李蔓问："是因为爷爷还是叔叔？来看日出的原因。"

裴邺坤垂眸一笑："老爷子人都走了谈什么希望，我爸——他给过我希望吗？"

"还有其他烦心事？"

"你说呢？"

他把"你"字咬得很重。

希望——

李蔓凝视着这份阳光，也许有那么一点希望吧。

短短几分钟太阳已经升得很高，不一会儿便开始泛热，人们大都准备散场。

"邺坤！小蔓！"

两人步子还没跨出去就听到有人喊他们的名字。

徐洁隔着人流向他们招手，快速穿过来，一脸惊喜地看着他们："真的是你们啊，咱好久没见了，你们也来看日出啊？"

徐洁是隔壁婶子的外甥女，小时候他们经常一起玩，人美成绩好，李蔓从小就不喜欢她，时隔多年，现在一看，她还是觉得不喜欢。

裴邺坤说："走路上认不出了，越来越漂亮了。"

徐洁笑了笑，指着身后的人说："那几个是我同事，一起来玩的，我们打算去公园那边烧烤，你们要一起吗？"

"行，正好不知道干吗。"

徐洁折回去和她的同事说情况，李蔓见人走了对裴邺坤说："天热，我先回去了。"

裴邺坤一把拉住她："你走了我怎么回去？"

"让徐洁送你，她应该有车。"

"老子就爱坐电动车兜风。"

"和她朋友也不熟，我不想去。"

裴郕坤握着她的手腕直接将人带走，说："反正闲着也没事做，不如一块玩玩。"

他知道她，从小性格比较冷，交不到什么好朋友，总喜欢一个人待着。

林林总总七八个人，徐洁的同事是两男两女。

公园有烧烤专区，靠湖，夏季荷花开得鼎盛，虽然有些炎热，但迎着风还是凉爽的。

徐洁的同事搬烧烤架，裴郕坤手受伤不能帮忙，徐洁则搬来啤酒给他们。

徐洁说："让他们俩烤去，我们打牌。"

徐洁外加两个女同事，怎么着都多了个人，李蔓便说："你们玩。"

裴郕坤拉过她，说："我的手不方便，让小蔓帮我拿牌。"

徐洁："行，玩点有趣的，正经打牌就没意思了，抽乌鸡行吗？谁最后是乌鸡就真心话大冒险。"

裴郕坤点上支烟："都行。"

长方形的石桌上一边坐一个人，裴郕坤和李蔓坐一起，徐洁洗牌。

徐洁问道："你的手怎么弄的？"

"工作时弄的。"

徐洁："我听外婆说你在铁路那里工作？"

"嗯。"

李蔓反手撑着下巴看着远处粉碧一片的荷花。

"小蔓你呢，做什么？"

李蔓："打算从事教师职业。"

徐洁发牌，李蔓接过牌一一握在手中，裴郕坤凑过脑袋看牌。

大家各自把手中相同的牌抽出，徐洁说："现在学生难管，而且上头的压力也很大，不是有很多学校要看升学率吗？你是去小学还是中学？”

“高中的。”

“高中的老师可不好当。”

“还好。”

裴郯坤握住她的手稳住，仔细看牌。

一来二去，只剩李蔓和徐洁手中有牌，李蔓手里两张，徐洁手里一张。

徐洁笑了笑：“怪紧张的。”她从李蔓手里抽过牌，大松一口气。

裴郯坤把李蔓手里的牌一扔，说：“得，输了，要怎么玩？”

徐洁说：“那就真心话吧，你……有女朋友吗？”

李蔓看向徐洁，徐洁是那种职场美人，五官很正，眼睛是月牙形的，标准的美人坯子，她看裴郯坤的眼神那么直白。

李蔓想到小时候，玩什么游戏徐洁都喜欢和裴郯坤一组，两个人年纪相仿，成绩也都好，总像是有说不完的话题，所以每次一到寒暑假李蔓都觉得心烦。

也是从那时候她才知道自己原来有嫉妒心这么强的一面。

裴郯坤回答得简单明了，就俩字：“有了。”

李蔓一顿。

徐洁有些失望，但依旧笑得好看，说：“再来一把，他们烤肉得一会儿。”

李蔓起身：“我去趟卫生间。”

徐洁：“我也去，一起呗。”

裴郯坤嘀咕道：“女人这都什么毛病？”

徐洁的同事一笑，说：“这你就不懂了吧，哎，我问你，你和徐洁是青梅竹马吗？我听她说过她小时候有个特别喜欢的人。”

裴郯坤抖烟灰：“青梅竹马可不是这么用的。”

洗手间里，李蔓站在洗手台前洗手，徐洁边补妆边说：“他女朋友你见过吗？”

李蔓：“见过挺多。”

从他初中开始，见过很多，最漂亮的属前几年带回来那个，最温顺的属初中帮他抄作业那个，最狂野的属他初三时谈的学姐。

徐洁：“那现在这个呢？”

“没见过。”

徐洁叹息一声：“小时候就挺喜欢他的，这么多年没见，看见他还是挺心动的，你说这人没个正经样，也没个好工作，可就是挺让人心动的。”

李蔓关上水龙头。

就像徐洁说的，他是个很容易让人心动的人。

徐洁抹完口红，说：“他有女朋友就算了，也断了我这份心思，毕竟他不合适。你呢，有男朋友了吗？没有的话你看我同事怎么样？穿黑色T恤那个，清华的，IT行业，要不要我给你们介绍啊？”

“不用了，谢谢。”

李蔓没有等她，径自走了出去。

徐洁冷哼一声：“什么脾气！”

回到烧烤区，长条形的石凳，李蔓坐在最边上，和他之间隔着距离。

徐洁把烤完的鱿鱼端上来：“趁热吃啊，尝尝那两位大厨的手艺。”

裴郢坤把啤酒罐递给李蔓：“打开。”

李蔓拉开易拉罐盖子给他，自己拿了串烤鱿鱼吃。

林炜端着烤鸡翅过来，问李蔓：“味道怎么样？”

林炜就是徐洁口中清华毕业搞IT的，人偏瘦，戴带着一副厚实的眼镜，看上去不是那种花花肠子的人。

徐洁啧了声，打趣道：“你怎么不问问我们好不好吃啊？”

林炜挠了挠头，转身回到烤架那边，似乎有些害羞。

另一个男生捅了下林炜的胳膊，边笑边说着什么。

徐洁的女同事对李蔓说：“妹子，老实和你招了吧，刚才徐洁叫你俩时林炜看你看得眼珠子都快要掉出来了，来这里烧烤是他提的，同事两三年，头一回见他对女生有好感，要不要试试？我们敢保证他是居家必备好男人，而且是清华——”

裴邺坤灌了几口啤酒，笑道：“合着你们早有预谋啊。”

徐洁同事说：“妹子，要不要考虑考虑，可以先加个微信啊？”

李蔓说：“这鱿鱼太辣了，我不喜欢吃辣。”

那俩同事面面相觑也默了声，干笑几声。

徐洁把东西搁一边，说：“来，继续玩牌，干坐着多无聊。”

也许是天气炎热，裴邺坤很快喝完一罐啤酒，他单手把易拉罐捏扁随手扔了个抛物线，易拉罐稳稳地躺在垃圾桶里。

裴邺坤用食指敲击桌面，说：“坐过来点，不然我怎么看牌。”

李蔓往他那边挪了点。

这把牌依旧是他们输了。

裴邺坤说：“今天运气不行啊。”

“真心话还是大冒险？”

“真心话。”

徐洁同事想了好半天才想出个问题，说：“你小时候对徐洁有没有非分之想啊？如果有的话要具体点的。”

裴邺坤：“没有。”

“真心话啊，不许撒谎。”

裴邺坤：“真没有。”

徐洁作势去捂住她们的嘴：“问的什么问题，什么小时候非分之想，龌龊不龌龊？”

又玩了几局，众人问不出什么，李蔓又不参与游戏，有些没劲。

林炜把烤好的东西都端上来，还拿来一瓶烧酒。

有人戏说：“烧酒晚上喝才带劲啊。”

裴邺坤喝了几罐啤酒，尿意上来，拨了拨裤腰带转身去厕所。

李蔓盯着他的背影，抿了口啤酒。

徐洁扶着额头也离席。

林炜在李蔓身边坐下，说：“要不要尝尝这个烧酒？你别误会，我不是灌你酒。这是我老家自己酿的，有点甜又挺辣的，不过容易上头，你可以尝一尝，味道很好。”

林炜边上的男人说：“这酒味道是真的好，就是太容易上头，上回在他家糊里糊涂喝了好几碗，睡了三天。”

林炜往小酒杯里倒了半杯给李蔓：“半杯没事的。”

烧酒有一股米香，颜色清亮，香味浓醇。

起初是甜的，后面渐辣。

李蔓：“味道真的挺不错的。”

林炜笑了笑，说：“你喜欢的话我下次给你寄，家里有人喝酒吗？”

李蔓：“我家里没人喝酒，所以不用了，谢谢。”

林炜把双手撑在膝盖上，有些尴尬，本来都想好借此要微信号了。

林炜不知道怎么搭讪，硬生生憋出一句：“你穿这件衣服真好看。”

另外几个人哄笑，嘲笑林炜太差劲了。

李蔓说：“早上也有人这么说。”

林炜说：“你长得好看，穿什么都好看。”

烧酒甘甜醇辣的味道在嘴里扩散，李蔓说：“我可以再喝一杯吗？”

林炜给她倒，说：“不能多喝，女生酒量应该不好吧，这酒太容易醉，后劲足。”

李蔓喝了两杯，面色开始泛红，她一喝酒就会脸红。

中午的太阳越发毒辣，地上都快要冒气了，收拾完东西，一伙人打算回去睡个午觉。

徐洁他们住在附近的宾馆。

大家都喝得有点多，走路那叫一个轻飘。

裴邺坤从厕所回来就看见李蔓趴在桌子上，说是头晕，一趴趴到现在。

裴邺坤单手扛起她，李蔓的意识还是有的，就是头晕无力，就像得了软骨病，靠在裴邺坤怀里动也不动。

裴邺坤捏了捏她的臂膀：“李蔓？”

李蔓嗯了声，呢喃道：“好热……”

这大热天，两个人挨在一起，都汗流浃背。

徐洁说："你们要怎么回去？打车？"

裴郸坤看着怀里的人，顿了顿说："先待会儿，等她酒醒了再走，你们先走吧。"

大约坐了十几分钟，李蔓是真热到不行了，伸手按在他胸口试图推开他。

"热……"

裴郸坤本来单手就不方便，这会儿她又动来动去，他握紧她的腰，低头道："再乱动把你扔湖里凉快去。"

李蔓果真不动了。

裴郸坤嘴角一扬，心想：还挺听话。

当背心被浸湿的时候裴郸坤嘶了口气，他是忍不下去了，李蔓依旧昏昏沉沉的。

他拖起她就去找徐洁说的那个宾馆。

他在公园门口叫了辆三轮车，骑到宾馆也就五分钟。

李蔓带包了，里面有身份证，开了个标间。

一进房裴郸坤就把她扔床上，第一件事情就是开空调。

他把背心卷到腹部，看向倒在床上的李蔓。她面色通红，连脖子也是粉红色的，额前几缕发丝因为汗水黏在一起，腰腹露出的肌肤白皙细腻，裙裤下的两条腿又白又直，就这么肆无忌惮地昏睡着。

冷气打在他身上，身上那股热气很快消散。

裴郸坤去卫生间洗了把冷水脸，用毛巾把身子擦了个遍。

因为凉快了，李蔓不再像之前那样皱着眉，神情舒展，倒像个酣睡的婴儿。

裴郸坤躺上床的另一边，给她盖了点被子，自己躺在被子外面，倚在床头玩手机。

他平常也就打打小游戏看看新闻，也不觉得手机有多好玩，没几分钟就腻了，侧头盯着李蔓看。

她睡得倒是香。

他打开相机，给李蔓照了几张照片。

照片里她的唇那么红那么艳，裴邺坤低头看向李蔓，伸手捏住她的下巴，手指轻轻地在她的双唇上摩挲。

那天，她吻他的时候嘴唇是那么软。

李蔓侧了个身，是面朝他的，领口褶皱出空缺，露出形状姣好的圆弧曲线。她下意识推开被子，身体还是觉得热。

李蔓伸手握住他的手，不让他触碰自己的唇，半梦半醒似的说："痒……邺坤，别……"

裴邺坤喉结滚动，眸色如同燃着星火的木炭。

"叫我什么？"

"邺坤……"

他翻身，大手落在她的大腿上。她的皮肤滑得跟剥了壳的鸡蛋一样。

裴邺坤掐了把她的臀肉，说："我看你确实痒。"

李蔓真的睡着了，不动，呼吸均匀。

午后的阳光耀眼而光芒万丈，宾馆窗后有一棵大柳树，阳光穿透薄纱把树叶的剪影投到白色的床上，房间里弥漫着烟味和汗味，床头柜上摆放着醒目的特殊服务和一盒避孕套，房间业得昏暗又懒倦。

李蔓喝得不多，醉得快，退得也快，醒来的时候隐隐听到电视机的声音。

"醒了？"他声音特别低。

李蔓支起身体起来，和他一样半靠在床头，她揉了揉太阳穴，说："这哪儿啊？"

"宾馆。"裴邺坤抽了口烟，看着电视屏幕。

"现在几点？"

"两点多。"

还好，不晚。

"我醉了？"

"不然呢？"

李蔓环视一圈，渐渐缓过神来，两个人衣衫完整，她便下床去洗脸。

马桶上扔着一条用过的毛巾，牙刷也用过。

李蔓抹了几把脸，拿新毛巾擦干，脸色还有点红。

就记得问林炜多讨了杯酒喝，后面的事情她是怎么都想不起来了。

李蔓回到房间，说："要不要走？"

裴邺坤双腿交叠，俩大脚丫子赤裸着。他不紧不慢地抽着烟，说："急什么，外面热着呢，等太阳下山的时候再回去，凉快，反正都付钱了，多吹会儿空调。"

他拍拍床示意李蔓坐。

李蔓站在一边不肯动。

他勾起嘴唇："装什么矜持，刚才不知道谁像小狗一样黏在我身上，还喊着邺坤哥哥我热邺坤哥哥我热。"

李蔓知道他是胡扯的，不理他，走到窗边的位置坐下。

裴邺坤腿长，他伸腿戳李蔓的膝盖，说："再叫声哥哥听听。"

李蔓掐他的小腿，都是硬邦邦的肌肉，那人不为所动，把脚丫子搁在她的腿上。

李蔓："你对别的女孩也这样？"

裴邺坤："你觉得呢？"

李蔓起身，他的脚丫子落了空，她收拾东西要走。

裴邺坤："急什么，都说了外面热。"

李蔓说："你女朋友会误会。"

裴邺坤一愣，好一会儿才反应过来，自己刚才玩游戏的时候说自己有女朋友。

他看向李蔓："在给我脸色看？"

那脸板得，和豆腐干有一拼。

"没有。"

裴邺坤轻笑了声，说："女朋友那个我乱说的，人长得帅就是没办法，都说了有女朋友，徐洁还把电话号码塞给我，你说我要是说没有，那她岂不是要——"

裴郸坤又拍拍床，说：“看会儿电视，正放到最精彩的部分，要收网了。”

电视里放的是他喜欢的战争片，专打日本人的那种。

李蔓有随身带充电器的习惯，走到床头给手机充电，裴郸坤咬住烟一把扯过她的手腕，把人拽到床上。

“躺着吧，老子又不会对你怎么样。”

话音未落他被烟呛到，连咳好几声。

“操——”裴郸坤眉头皱成川字，喉咙里那股呛味好一会儿才散。

他心想，真有鬼了，不就掐了记屁股摸了摸大腿吗？

李蔓想着之前在公园的点滴，忽然问道：“徐洁跟着你去厕所给你塞电话号码？”

裴郸坤笑了声：“从前就觉得她挺风骚的，胆子倒也大，跟着我进男厕，吓得老子尿都憋回去了。她拉着我进隔间，对我又摸又亲的——”

李蔓看他一眼。

“摸的腰，亲的下巴，没让她占便宜。”

李蔓语气很淡：“你没占她便宜就不错了。”

裴郸坤：“那成，她约我打炮呢，回头我占她便宜去。”

李蔓：“那是你的事。”

她拿过遥控器换了个频道，法制栏目，主持人声音低沉，没了那些炮声、手榴弹爆炸声，房间里安静了很多。

突然，隔壁传来此起彼伏的呻吟声。

女的叫得断断续续，时高时低。

之前两人没听见，这会儿静了声音很好辨认。

李蔓把频道调回了战争片，正放到枪战，场面激烈。

裴郸坤捏住烟，侧身往边上的烟灰缸弹烟灰，说：“隔壁那男的不行，要是老子保管让女人全程都嗷嗷直叫。”

李蔓：“你少说话。”

外面一阵风吹过，树叶哗啦啦响，映在床上的树叶剪影随之飘动，细碎的阳光洋洋洒洒，他看到李蔓细长的眼睛里闪着光，浅淡色的瞳仁剔透晶莹。

裴邺坤扬眉："得，不说了。"

宾馆老旧的空调徐徐送着风，一集电视剧很快完结，两个人都安安静静地看电视，话也不多。

李蔓觉得口渴，把宾馆的水壶洗了洗烧水喝。

裴邺坤起床去上厕所，磨砂玻璃折射出他的背影，他站在马桶前，低着头。

除了热水壶的嗡嗡声还有他尿尿的声音。

李蔓背过身望向窗外，想到他说的徐洁对他又亲又摸，这几句话就像硌在她脚底的石子，磨得人难受，虽然明知道他说的话半真半假。

裴邺坤从卫生间出来往床上又一躺，像大爷似的吩咐道："给我也倒一杯，嘴里怪苦的。"

"你自己倒。"这话三分平静七分怒意。

裴邺坤瞧着她的背影笑了笑。

水开，李蔓还是给他倒了，陶瓷茶杯没柄，握起来很烫。

她倒了半杯，裴邺坤懒懒地支起身体伸手接。

李蔓松手松得快，两人都没拿稳，茶杯哐的一声摔在地上。

滚烫的茶水洒了他一裤裆，浅棕色的裤子中间那块成了深色。

李蔓拿过纸巾给他擦。

"烫到了吗？"她问。

裴邺坤眯眼看着她，戏言道："现在烫到了。"

李蔓的手顿住，随即起开。

地上的热水冒着热气，飘在两人之间。

李蔓想起上次给他系皮带时的情景。

裴邺坤支起一只脚，双腿张得很开，低头瞧了瞧自己裆部又抬头看她，深邃的双眸勾起一丝玩味的痕迹。

李蔓对他的话半知半解，不知是不是她想的那种意思。

裴邺坤起身，大摇大摆地走进卫生间，不一会儿那边传来吹风机的声音。

李蔓扶了扶额头，去清理地上的碎片。

电吹风打开就是热风，没过十秒，裴邺坤倒吸一口气，赶忙调了冷风，隔着裤子揉了揉自个儿的兄弟。

真烫。

夏天本来气温就高，电吹风一吹，那块很快就干了，裴邺坤出来时李蔓已经收拾好东西。

她说："再待着也是浪费时间，不如早点回去吧。"

裴邺坤漫不经心地笑笑，应了她。

顺着三四点的阳光，两个人像死鱼一样被太阳钉在柏油路上烤，李蔓的手臂晒得通红，最后紫外线过敏。

两个人又去了趟医院。

拿完药回去，她家里没人。

裴邺坤在她家厨房水池那边洗了把脸，说："你妈怎么一天到晚都不见人？"

李蔓拆着药包，说："她最近忙，等秋天更忙。"

李蔓自己给自己敷药，裴邺坤盯着她腰间那圈肉看，也很红，他说："叫你穿这么露的衣服，转过去，让我瞧瞧。"

他一把掀起她的衣服，后背露的地方都红了。

李蔓背脊一凉又一热，他的目光落在她的背上，仿佛能把皮肤灼伤。

裴邺坤拎起药袋，推着她上楼，说："去你房间，我给你敷后面。"

李蔓的房间很干净，大概是平常不太回来的原因，东西也少，边上的行李箱上倒是有些乱，旁边有一张躺椅，上面挂着内裤、胸罩、裙子。

裴邺坤把东西往床上一放，说："你趴着，我给你弄。"

李蔓不扭捏，解开衣服边上的拉链，把上衣往上推，伏在床上。

裴邺坤把药水倒在纱布上转眸就看见她光洁的背，一览无余，包括内衣带子。

他把纱布覆在红点处，笑了笑说："怎么，给我显摆你身材好？"

背后凉凉的，李蔓闭上眼，轻声道："难道不好吗？"声音带着点女人的柔和。

裴郅坤一愣，视线流连在她的腰腹处，线条纤细，没有多余的赘肉，淡蓝色的内衣结扣紧紧包裹住被她压着的美好。他想到了刚才在宾馆李蔓不经意间露出的沟壑。

他说："要胸没胸，要屁股没屁股，好个屁。"

李蔓不以为然。

裴郅坤给她敷好，说："我走了，热得一身汗要回去冲个澡，你自己躺着，二十分钟。"

李蔓心想：是挺热的。

裴郅坤回到家，浑身都在冒火，走到新楼房里的卫生间，打开淋浴对着自己下身就是一顿浇。

可身体里那股火就是不熄。

他已经七八年没有过女人了，从前年轻，人浑，这种事从来都是挺随便的，后来工作后，一是忙，二是人也成熟了，无论是感情还是欲望他都挺慎重的，再者，别的女人他总感觉不对味。

这会儿，他却一点即燃。

他把莲蓬头扔一边，看着自己的兄弟叹了口气，扶正后说："这点火的人很合你心意是吧？"

洗手台上手机屏幕亮着，是他今天偷拍的照片，照片里的女人面容干净、双唇娇艳。

那玩意儿激动地抖了抖。

裴郅坤微微蹙眉，靠在瓷砖壁上，歪头盯着那张照片看，手下动作不停。

在这炎炎烈火的夏季喘息都是烫人的。

隔天李蔓八点多起床，洗漱完走到厨房看到锅边上有张字条，黄美凤说煮了很多玉米，让李蔓给裴郅坤拿点过去。

李蔓忽然想到，这几天裴江都不在家，裴郅坤的吃饭问题要怎么解决？

她挑了几个最大的给他拿过去。

平屋的正门和后门都开着，风从后门灌入，大吊扇哗啦啦转着，偶有几只苍蝇停在他的手臂上。

门口摆着一张老式的躺椅，是由竹子编织而成的，这张椅子自李蔓记事起就有了。

裴邺坤躺在躺椅上，双脚搁在长凳上，左手枕在脑后，正在合眼休息。

万籁寂静，后门口那棵杨树树枝摇曳发出沙沙的声音，河边还有蛙叫。

李蔓站在门口，看着他。

他光着膀子，只穿了条灰色中裤，有些黝黑的皮肤透着深深的男人味，窄腰宽背，硬朗的胸腹肌肉随着呼吸起伏。

她的身影遮挡住光，在裴邺坤身下投下阴影，他皱皱眉似有所察觉，蓦地睁开眼，还未清醒就隐约见门口站着个女人。

裴邺坤捏了捏鼻梁骨，起身抬头再次看向门口，李蔓穿着纯白色棉质的睡裙，布料柔软贴身，风一吹，身材被勾勒得一清二楚。裙子长到脚踝，她穿了双黑色的夹脚拖，唯一的亮色就是白皙娇嫩的脚上那几抹妖冶的酒红色甲油。

梦里的余味还未褪去，梦里的人这会儿就站在眼前，昨日的快感涌上来，本就叫嚣的某处这下是硬得发疼了。

李蔓可能是刚洗完头，身上很香，裴邺坤瞧了几眼她的双脚，急躁地皱起眉，喉结滚动。

男人眼神幽深，李蔓没注意到，说：“我妈让拿给你的，要吃吗？”

玉米香甜软糯的味道散满整个屋子。

裴邺坤起身，拿过放在桌子上，说：“替我谢谢你妈。”

“嗯。”

裴邺坤从桌上拿过烟盒，倒出几支烟，随手拿了根叼在嘴里，点燃，余光瞥向她。

她是真的好看。

李蔓说："这几天你的吃饭问题要怎么解决，手能烧饭？"

裴邺坤凹着脸颊深吸了口烟，说："葬礼上剩下很多没开封的速冻食物，随便热热就能吃。"

李蔓点点头："那我先走了。"

"等会儿。"裴邺坤叫住她。

"嗯？"

裴邺坤抖了抖烟灰，说："昨天钱江海打我电话，说明天去试衣服，叫你也去，一起吃个饭，你要去吗？"

"好啊。"

裴邺坤："那明天早上八点，我在路口等你。"

李蔓微微一笑，说："好。"

裴邺坤一个人坐在长凳上啃玉米，他舔舔上牙齿，想着昨儿个他掐她屁股的那手感，薄唇弯出一道淡淡的弧度。

"等着吧，老子总有一天让你嗷嗷直叫。"他嘀咕了一句，埋头啃玉米。

次日清晨裴江从市里回来，裴邺坤倚在院子的水池上刷牙，时不时瞥几眼李蔓家。

裴江拧了毛巾擦脸，问道："你要出去？"

裴邺坤吐掉泡沫，嗯了一声。

裴江默了会儿说："你阿姨在市中心买了个两室一厅的房子，首付还缺点钱问我借了十万，装修又借了五万，好歹都是一家人，那五万我和她说算了。"

"你的钱不必和我交代。"裴邺坤拿过毛巾擦嘴，打开水龙头冲牙刷。

"你才是我儿子，我总归要为你打算的，以后钱还不都是留给你的。"

裴邺坤不屑地笑了声："你能留给我什么？"

“这边乡下的房子爸不都给你造好了，以后带女朋友回来也有地方住，你也二十八了，过年二十九,快奔三的人，女朋友找了吗？打算什么时候结婚？”

裴郅坤拿着牙刷杯进屋：“轮不到你催。”

裴江跟进屋：“你爷爷葬礼上张婶见了你觉得你模样好就做了个媒，十队有个姑娘，年纪跟小蔓差不多大，我看过照片挺清秀的，找个时间去见见。”

裴郅坤没回话，揣好钱包就走了。

李蔓在路口等他。

他穿得很干净利落，白色T恤和灰色中裤，袖下的双臂肌肉紧实，上面攀附的青筋脉络明显，风一吹，衣服贴在身上勾勒出整个胸肌轮廓。

那两条腿是真的长，没几步就走到她身边。

李蔓想起他初中时的打扮，也没多讲究，就像现在，只是普通的白T恤和裤子，可能因为他身形好，穿什么都很瞩目。

两人拐进小路，抄近路去车站等车。

近几年都在种植树木，周围很多田野都租出去用来种树，这条窄窄的小路被树叶的影子遮住，清晨寂静，阳光温和。

裴郅坤习惯性地点烟，刚叼上嘴就被李蔓拿走，她说：“让我戒烟，自己烟瘾却这么重，大早上，别抽了。”

“行。”裴郅坤把打火机塞回裤袋，“过敏好点了？”

“嗯，那药很好用，敷几次就好很多了。”

裴郅坤想到那天她红通通的样子笑了，说：“你昨天那两条手臂就跟鱿鱼似的。”

李蔓：“你皮糙肉厚当然晒不伤。”

裴郅坤捏了捏她的手臂：“倒真挺嫩的。”

“哪儿哪儿都嫩着呢。”

他盯着李蔓侧颜看，干干净净，早晨的阳光落在她身上，面孔上的细小绒毛也分外清晰。李蔓抹了橘色的口红，淡淡的却很璀璨。

裴郅坤扭头看向前方，吹起口哨，像是在盘算什么。

天气热，还好那家婚纱店不偏僻，街上晃悠几步就找到了。

两人刚进门，圆形沙发上跳起了三个男人，一吼，大喊道：“老坤！”

几个男人轮番给裴邺坤来了个热情的拥抱。

“真太久没见了！”

感慨完，几个男人齐齐看向李蔓，齐声哇哦了一声，再看看裴邺坤。

“行啊，找的女朋友一个比一个漂亮。”

裴邺坤踹他们一脚：“一边去。”

施涛朝李蔓眨了眨眼睛：“小妹妹今年多大？我告诉你你可别被他这皮相骗了，这人情场老手，油着呢。”

林子健附和道：“咱老坤那张脸是好看，但过日子还得看心，得走心，他这人专走肾。”

董昊说：“他就喜欢挑你这种清纯身材又好的女孩下手。”

裴邺坤手插口袋里，吊起眼皮就这么静静地看着他们。

这几个，李曼有点印象，当时他初中的死党吧，依稀记得玩过几次。

施涛朝裴邺坤眨眼睛，说：“给我们介绍介绍啊。”

裴邺坤说：“不都认识吗，介绍什么？”

三个男人脸上写满疑惑。

裴邺坤：“这李蔓。”

三个男人做惊讶状。

“就以前跟在我们后面跑的那小不点？”

“不会吧——”

“认不出认不出……”

三个男人一瞬间都静了下来，指着裴邺坤爆发出一声：“噢！”

“你禽兽不禽兽，自己的妹妹也——”

裴邺坤揽过李蔓的肩膀：“老子就禽兽了怎么着？”

李蔓看向他，明知道他是开玩笑，但总觉得这话有别样的意思。

钱江海从试衣间里走出来，见人都围在一起，看见裴邺坤打招呼道：

“来了，哟，小蔓也来了。”

林子健拍拍钱江海的肩膀，说：“老坤真禽兽，自个儿发小都不放过。”

钱江海消化完这句话，下巴差点掉地上，想起自己前段时间还对裴郅坤说要给李蔓牵红线，那时候明显他和李蔓没搞到一块儿，这速度他真是佩服得五体投地。

“你不是说小蔓单着吗？你们——你们怎么会——”

裴郅坤带李蔓坐下，搭起二郎腿，说：“开玩笑的。”

几个男人一提气又松了一口，几个手掌拍在裴郅坤的胸膛上。

“吓死了，还真以为你禽兽到连自己妹妹都不放过。”

裴郅坤沉了脸，咳了几声，问钱江海：“你老婆呢？”

“还在里面换呢。”钱江海把西装正了正，问道，“这套不错吧？”

“还行，就是你这张脸不行。”董昊说。

裴郅坤瞧了李蔓一眼，说：“这几个都认识吧？”

李蔓：“嗯，记得。”

钱江海的妻子从试衣间出来，婚纱很美，钱江海看着自己老婆笑得嘴都合不拢。

几个单身狗哀呼着，说羡慕。

裴郅坤余光看向李蔓，微微勾起嘴角。

李蔓看着新娘子，美是挺美，但她提不起兴趣，这样的氛围对她来说没什么意思。

她偏头朝他看去。

两个人视线撞一块儿。

李蔓一怔。

他的眼神未免太暧昧太宠溺。

钱江海说：“你们还愣着干什么？去试试西装。”

施涛说：“嫂子，你的伴娘呢，怎么不来试试衣服？”

钱江海的妻子叫纪舒灵，和钱江海从初中到现在爱情长跑十二年终成眷属，她看了裴郅坤一眼，说：“堵在路上了，等会儿就来。”

“几个伴娘？”

纪舒灵：“4个。”

几个男人哄笑：“正好正好！”

裴郅坤拍拍李蔓的肩膀：“我进去换衣服，等着。”

店员端来花茶，李蔓喝了一口，随手拿起桌上的杂志看，是这季新款婚纱。

纪舒灵对着镜子照，拨去耳边的发目光落在镜子里李蔓的倒影上，钱江海觉得腰间勒得紧要试下一套，纪舒灵提起裙摆走向李蔓，在她身边坐下。

她说：“还记得我吗，从前一起玩过？”

纪舒灵眼睛很大，很深的双眼皮，李蔓记得她，当时挺羡慕的。

李蔓合上杂志微微颔首。

纪舒灵笑了笑，似有些不知怎么开口。

李蔓：“想说什么？”她语气轻淡，携着几分柔软。

纪舒灵见李蔓迟疑，笑说：“那时候我们出去玩他经常把你带着，说实话，当时是觉得好得有些过头了，因为，他当时有女朋友的，出去玩不带女朋友带妹妹。”

李蔓很淡然，也认真听着。

纪舒灵终于讲到重点，说：“我有个闺密，叫苏怡，人很温顺，曾经和裴郅坤在一起过。两个人在一起谈了一年，我们都以为他们会像我和江海一样走得很远很远，苏怡很喜欢他，对他很好，裴郅坤也是，后来是苏怡提的分手，你知道原因吗？”

李蔓端起茶杯，是欧式碎花的，精致雅气，她抿了一口，摇头。

她从前只是纯粹喜欢裴郅坤，喜欢和他在一起，所以他有女朋友李蔓是没多大感触的。再者，裴郅坤那时候的状态太差，对那些女生能有几分真心？后来唯一让她产生异样感觉的是前几年他带回来的女人。

纪舒灵说：“因为那时候他总带你出去玩，都不带女朋友，女生都会闹别扭，很好的一段感情就这样断了。”

言下之意是怪她。

只听见纪舒灵说："等会儿她会来，是我的伴娘，你和裴邺坤熟，帮帮忙，行吗？"

门口高跟鞋的声音细细碎碎，纪舒灵站起身去迎接她的伴娘团，见李蔓不回答权当她答应了。纪舒灵走过的时候拍了拍李蔓的肩膀，像是敲定印章一样。

裴邺坤换上白衬衫和西裤，手里提着西装外套从试衣间出来，径自走向李蔓，把外套往她腿上一扔。

"手有点困难，帮我套上。"

李蔓抬头看他，领口微敞，衬衫剪裁得真好，窄腰宽背，身姿更显挺拔，俊气又狂野。

店员走过来说："先生，需要帮忙吗？"

裴邺坤："不用。"

李蔓见他皮带扣半拢着，秀眉微皱，起身给他系皮带，一回生二回熟。

"你就这么走出来，也不怕别人说你耍流氓。"

裴邺坤："手坏着呢，能怪我吗？"

李蔓给他套西装外套，不经意间看见门口站着个女孩，扎着马尾，一袭淡蓝色碎花裙，不知所措地看着他们。

她站在裴邺坤面前，踮起脚给他整理衬衫衣领，动作亲昵。

裴邺坤居高临下看着面前的女人，问道："帅不帅？"

李蔓勒紧他的衣领，细长的眸子微微眯起，官方地一笑，说："很帅。"

几个伴娘聚在一起挑伴娘服，苏怡安安静静站在她们身边。

钱江海看到裴邺坤，低骂了几声，说："还好你断了一只手，不然风头都被你抢了。"

李蔓给裴邺坤扣好扣子，说："现在是夏天，你这样穿到时候会很热。"

裴邺坤："到时候只穿衬衫就可以了。"

李蔓朝他身后看了一眼，说："我妈快过生日了，一直想给她买条项链，我出去逛逛，等会儿再来找你。”

“行，等会儿我打你电话。”

苏怡再回头时只见裴郧坤坐在沙发上喝水。

喝的是李蔓刚才那杯。

几个男人忽然围坐在裴郧坤身边，贼兮兮地说道：“老坤，你瞧瞧那边，还认得出是谁吗？”

闻言，裴郧坤抬起眼皮望去，猝不及防的对视让苏怡心一紧，立刻转过身。

裴郧坤扬眉：“名字忘了，但记得。”

“果然，禽兽就是禽兽，你说你，招惹那么多小姑娘干什么？”

裴郧坤一脚踹过去：“老子什么时候追过女人了？”

都是自己靠过来的，说什么愿意为他付出一切，说什么要一辈子爱他，都是狗屁。

钱江海拉过裴郧坤，说：“我老婆刚才说了，人家对你余情未了，为了见你特意从美国回来的。”

裴郧坤：“关我屁事。”

钱江海说：“人可是个好姑娘，这些年一直惦记着你呢，都说初恋最难忘，果然是啊。”

董昊说：“都说谁没遇见过几个人渣呢。”

裴郧坤承认，他那时候是渣，记得有一回同时交往过七个女生，现在要问他为什么，大概只能说当时图个刺激。

苏怡一直盯着他，裴郧坤被盯得浑身难受，起身去厕所，董昊也跟着去。

钱江海对施涛说：“你看，董昊这小子耐不住了。”

施涛摸摸下巴：“小蔓是长得好看，真是认不出了。”

林子健往后一仰：“你们跟老坤一样都是禽兽，看着人姑娘漂亮就想泡。”

尿完尿，裴郧坤在吸烟室抽烟，烟是董昊递的。

董昊说：“哥，小蔓有男朋友了吗？”

裴郸坤睨他一眼，吐出口烟，问道：“想追她？”

董昊笑笑：“想追。”

“看上她什么？”

“挺漂亮的，可以先处着，放心，哥的妹子我肯定认真处。”

裴郸坤笑了笑，说：“她心里有人了。”

董昊：“有人？那人有我好吗？”

“比你高比你帅比你聪明。”

“我靠——”

烟尽，裴郸坤说：“死了这条心吧，你比不过那人的。”

董昊从里头垂头丧气地出来，裴郸坤抬着下巴出来。

女生试衣服总比较慢，四个伴娘折腾了一个小时才定好衣服。

裴郸坤换上自己的衣服躺在沙发上玩手机，对伴娘团那边的动静充耳不闻。

苏怡把纪舒灵拉进更衣室，小声问道：“刚刚那个女生……”

纪舒灵拍拍她的手：“是他发小，不是那种关系。”

“发小？不会就是以前他——”

“是那位。”

苏怡咬唇，回忆起那些往事犹如昨天。

纪舒灵说：“她和裴郸坤不是你想的那种关系，如果俩人有事不早成了吗？你别担心呀，总得试一试。”

苏怡说：“都隔十来年了，其实也说不上到底是什么样的感情，这些年我也交过一些男朋友，但心里总想着他，也不知道是真的忘不了他还是觉得不甘心。”

“不管是忘不了还是不甘心都得试一试，这都什么年代了，勇敢点吧。”

李蔓回来的时间掐得正好，一伙人正打算去饭店吃饭，钱江海订了附近饭店的包厢。

苏怡本来想边走边和裴郸坤搭几句，奈何裴郸坤一见到李蔓就走过去把人拽在身边，那样子说不是情侣真叫人很难相信。

数十来个人坐三辆车，纪舒灵带着苏怡挤上了裴郧坤那辆。

司机是董昊，纪舒灵坐在副驾驶位，裴郧坤坐在后面夹在两个女人中间。

他往李蔓那边靠了点，说：“买的什么项链，给我瞧瞧。”

“铂金的。”李蔓打开盒子给他看。

裴郧坤：“女人都喜欢这种？”

李蔓说：“我妈喜欢，可舍不得买。”

这些年黄美凤过得挺拮据的，一条项链好几千块钱，她也不舍得买。李蔓以前以为是因为家里经济情况不好，现在才知道她是为了存钱给她买房。

其实她们家说差不差说好也算不上。

李建忠是做生意的，不是什么大买卖，从前加上炒股的钱一年二三十万是有的，那时候即使家庭不和睦，但经济不是问题。

李蔓捏着项链吊坠，若有所思。

车子一个转弯，裴郧坤往李蔓身上倒，苏怡往他身上倒，压到裴郧坤的手臂，李蔓下意识地去护住他的右手。

“小心点，他手伤着呢。”

苏怡赶紧扶正自己：“对不起，我不是故意的。”

裴郧坤低头看着李蔓，眉眼间笑意甚浓。

他说：“没事，本来也伤得不重。”

说到伤口，李蔓问道：“隧道坍塌原因是什么？我怎么没见新闻上提起？”

裴郧坤说：“具体我也不清楚，这是上头的事情，那天急匆匆赶回来连会也没开，我估摸着那材料有问题。”

“那责任是属于供货商那边的？”

“上头会和那边协商，估计是让公司承担一部分赔偿，再补进新的没问题的材料，这不是咱们小老百姓担忧的事，能拿到赔偿金大难不死，已经是万幸。怎么问起这些？”

李蔓说：“大学的时候有个选修课，做过关于铁路的课题，谈到过铁路材料的问题，这些年隧道坍塌等铁路事故说少也不少，毕竟一出事都是大型事故。新闻多数不会做后续报道，当时查阅过许多资料，所以挺想知道后续如何处理的。”

裴邺坤神思有些惘然，默了片刻，说：“是啊，出一点点误差，那就是大型事故。”

他们之间的话题苏怡插不进去，只能默默坐在一边。

钱江海订的包厢是娱乐餐饮一体的，设施很齐全。

包厢古色古香，装潢华丽堂皇，圆桌正好十一张座位，裴邺坤就着董昊坐下，拉着李蔓在他自个儿边上坐下。纪舒灵使了个眼色给董昊，董昊秒懂，把位置让给苏怡。

钱江海对服务员说：“再加个位置。等会儿我还有个朋友要来。”

人活一世无非名利和家庭，在场的男人都二十七八岁，应该是成家的年龄，可只有钱江海一个人踏上这条大道，其他都是光棍一个。

说起这事，施涛抿口老酒，说：“男人三十一枝花，四十一只虎，也不愁娶老婆这事，可就家里人急，父母辈急着抱孙子，可你们说，这老婆会从天上掉下来？就算有也得讲究合适不合适，要是整到个八字不合的，简直就是受罪。”

林子健笑说：“你有钱才是花才是虎，穷小子永远都是一坨屎，兄弟，你得抓紧点。”

加上裴邺坤，这几个人里似乎就林子健发展得最好，做了点小本生意，日子还算可以。

四个伴娘也是这把年纪，女人二十七八不婚其实家里人更着急，纪舒灵看了眼苏怡，也就她没定下来，说是找不到很合心意的。

前一段时间聊起伴郎团，纪舒灵无意间提到裴邺坤，苏怡的反应出奇紧张，纪舒灵也就知晓一二，不说爱不爱也不说可能不可能，她让苏怡趁着这个机会试一试，不试永远不知道结果，也永远不会死心。

服务员陆续上菜，裴邺坤凑过脑袋问李蔓想喝什么。

李蔓在椰汁和果汁之间犹豫。

裴郸坤说："可别喝酒了，不然等会儿还得拉着你去开房，咱们老进出那地方不好。"

他说的声小，只有他们两个人能听见，包间内大家七嘴八舌讲着，这句玩笑话被掩盖在这些杂音之下，他低沉磁性的嗓音像是拨动暧昧的手指。

李蔓说："那再进去一次，你会对我做什么吗？"

"你觉得我会吗？"

四目相对，各自沉着试探。

李蔓说："你不会。"

他这个人不正经归不正经，对她从来都是好的，什么能做什么不能做，他都清楚。

裴郸坤把果汁拿给她，转话锋，说："喝这个吧，鲜榨的。"

他右手受伤不方便夹菜，也不是很饿，几乎不动筷，偶尔喝口啤酒抽几口烟，神态自若地倚在椅子上和他们谈笑风生。

李蔓侧过目光，他下颌线条有棱有角，鼻梁高挺，薄唇一张一合，举手投足透着几分洒脱。裴郸坤留的是板寸头，头发短而坚硬，他喝酒，喉结顺着滚动，满满的男人味。

苏怡见他不便吃菜，主动给他夹了一块鱼肉放在调羹上，说："吃点菜吧。"

一桌人起哄，发出各种声音。

裴郸坤神色不变，说："等会儿吃。"

纪舒灵说："我记得那个时候我们四个人经常逃体育课，一起逃到后面废弃的教学楼里打牌吃东西，那时候可真开心。"

苏怡低下头，面色有些红。

李蔓静静听着。

大家都不说话了，似乎在等裴郸坤的发言。

裴郸坤说："十来年前的事情记不清了。"

他的态度显而易见，气氛僵硬几秒，钱江海用尴尬的笑声救场，说：

“对了，小蔓，我听老坤说你没对象，上回过年在镇上遇到，记得吗？我旁边有个男的，是我朋友，对你有点意思，后来一忙我就忘了，这会儿要办婚礼才想起这茬，他现在依旧单着，等会儿他来，你看看人，中不中意？”

李蔓礼貌性地说了个好字。

裴郧坤想到徐洁的那个朋友，这会儿又蹦出一个，他对李蔓说：“你挺吃香的。”

李蔓说：“你也是。”

能让女生念念不忘那么多年，这本事她比不上。

裴郧坤呼出口烟，轻烟如丝，他漫不经心地说：“那咱俩倒是挺配。”

坐在边上的苏怡把这话听得一清二楚，他这句话似乎正好能印证他从前的那些举动，答案刚刚好。

他这句听不出任何情绪的话杀得李蔓猝不及防，她冷静片刻，权当又是一句玩笑话。

张绍云踏入这间包厢前整了整仪表，推门而入，迎来钱江海的欢迎。

裴郧坤抬起眼皮看去，男人穿着衬衫西裤，戴着金丝边眼镜，估摸着应该是什么国企单位的。

李蔓头也没抬，吃了几口凉拌莴笋，举止文雅。

钱江海把董昊挪开，让张绍云在李蔓身边坐下。

他给张绍云介绍说：“喏，这就是李蔓。”

张绍云打量着李蔓，近看更好看，皮肤也白，他伸出手，说：“你好，我叫张绍云。”

李蔓伸手握手，触碰到很快松开，说：“李蔓。”

钱江海说：“你别紧张，别把和客户谈生意那套拿出来，放松点。”

钱江海回到座位，董昊凑过去，用手挡住嘴说：“你这兄弟我和你打赌，没戏。”

“你怎么知道？”

“刚才在婚纱店我问老坤了，人姑娘心里有人了，喜欢得很。”

裴郧坤倒是不知道钱江海会借着这顿饭给李蔓介绍对象，昨儿和他说的是大家一起聚聚，他当初好歹也把李蔓当亲妹妹疼来着。

裴郧坤对李蔓说：“给我拿个鸡爪啃啃。”

李蔓给他夹，他又说：“帮我戴手套。”

张绍云看向钱江海，用眼神询问。

钱江海说：“忘了介绍，这是小蔓的哥，我好兄弟，他们一块儿长大的。”

张绍云点点头，对李蔓说：“我今年三十，做销售部经理，在江州有房，独生子，条件大约就是这样。嗯……你平常喜欢做些什么？”

李蔓想了想，坦诚道：“我没有什么特别的喜好。”

在学校上课下课，买菜做饭，闲着的时候看看电影，这会儿暑假她打算去做家教。她的生活平静如湖面，很难激起涟漪，可这也是她想要的生活，只是还差一点就完美了。

张绍云不知怎么接话，面对客户时的滔滔不绝这会儿一点都派不上用场。

裴郧坤靠在椅子上，慢悠悠地啃鸡爪。

张绍云说：“啊，对了，还不知道你的职业呢。”

李蔓：“美术老师。”

仿佛找到一个切入点，张绍云说：“老师好啊，这个职业很适合女孩子，我以前也学过一段时间的绘画，可惜怎么也画不好，你平常都教学生画什么？”

李蔓其实并没有多大兴趣，但出于礼貌还是回答，道：“按照高考的要求给他们选好画作让他们自己临摹，有问题再讲解修改。”

“你教高中的？”

“嗯。”

“真了不起。”

裴郧坤把骨头扔盘子里，手伸到李蔓面前：“摘了。”

钱江海说：“来来来，大家干一杯，咱们都好几年没见了，各自有各自的事业，平日里忙根本没时间聚，下次聚也不知道是哪位兄弟的婚礼了，就你们这些光棍也不知道什么时候才能‘嫁’出去，来，干杯！”

五六个男人起身碰杯，玻璃声音清脆，酒水撞击在一起微微洒出，裴邺坤仰头一口干完。

钱江海又说：“这一杯，敬咱们几个人的青春友谊！”他看向李蔓和裴邺坤，又看向苏怡和自己老婆。

李蔓拿起边上的酒却被裴邺坤拦下。

纪舒灵说：“小蔓不能喝酒吗？”

裴邺坤说：“她一喝酒脸就红，酒量也不好，回头喝醉了辛苦的还是我。”

李蔓拿起果汁和他们碰杯，苏怡皱着眉强忍着啤酒苦涩的味道一饮而尽。

男人喝起酒来十八头牛都拉不回，一喝多就变话痨。

施涛醉得最快，从脖子红到脸，拍桌说：“你们还记得当初上课咱们传卫生巾吗？就把那卫生巾夹在英语本子里用胶水粘住，哈哈哈哈，那老头还问我们是什么，那谁，对，老坤这老油条说是糖，结果被老头叫到外面吃了一节课的糖。”

裴邺坤嚼着花生懒洋洋笑着。

回忆起那些往事，当时的点点滴滴现在讲来都沾上一丝搞笑。

而那个年龄段里唯一慎重又宝贵不能亵渎的回忆，只有他和李蔓的，在那些张扬轻浮的往事下总会有些有分量的事情垫着，就像土壤支撑着花朵，表面花香四溢底下却泥泞腥脏。他和李蔓互相见证过彼此的泥。

连喝好几瓶，尿意上来，裴邺坤拉开椅子起身去厕所。

苏怡也起身跟了出去。

李蔓想到了上次徐洁跟着裴邺坤出去。

张绍云还在找话题聊，李蔓却有些无心应付。

裴邺坤尿完出来洗手时，镜子里突然出现个人影，他脑袋有些晕，被吓一跳。

苏怡右手搭在左臂上，踌躇又紧张。

裴邺坤走到走廊边上，倚在窗户边上呼吸了几口夏天闷热的空气，动作娴熟地点烟，绿色植物旁是垃圾桶，上面有烟灰盒，他弹了几次烟灰终于忍不住，看向苏怡。

“你想说什么？”

苏怡走到植物边上，植物叶子尖角剐到她的手臂，又刺又凉。

她说：“我们……他们应该和你说了吧，我这次回来……”

“嗯。”

“我不是胡搅蛮缠，时隔这么多年，我自己也分不清到底对你是什么感情，不求以后，就想问问你，当初和我在一起真的喜欢过我吗？”

裴邺坤长眸轻眯，顺着她的话端思绪飘到那时候，隐隐约约记得些吧。

他说：“我那时候很浑，谈恋爱没个正经，也没喜欢过谁。”

苏怡得到答案，这些年悬在心里的石头终于落地，但还是有些失落。

她说：“你喜欢她，对吗？”

裴邺坤看着窗外的景色，高楼大厦，车水马龙。

苏怡说：“你喜欢李蔓，那个时候就喜欢了，对不对？所以当我提出分手，你也无所谓，你不会为了我或者其他人去和她断绝关系。”

她那时候吃醋死这个妹妹了，比她们小四年又怎么样？还在小学又怎么样？一次两次说得过去，凭什么次次都以她为重？

“那时候啊……”裴邺坤这会儿思路倒是清晰起来，说，“那时候也谈不上喜欢，我只是喜欢和她在一块儿待着，舒服，自在。”逗逗她，欺负欺负她，挺开心的。

“那现在呢，难道不喜欢她？”

裴邺坤说：“除了我妈，她是我生命里第二个重要的女人，无论我和她是什么关系。”

苏怡说：“我本来听说前几年你要结婚了，后来又听说没结成，既然她这么重要，你娶她不就好了，何必招惹别人？”

“哪里是几句话能说清楚的事情。”裴邺坤眉间皱成川字。而他也不必和一个外人解释。

李蔓倚在转角的墙上，听得一清二楚。

那边不再有声音，李蔓离开，迎面碰上张绍云，喝了点酒胆子也大起来了。

他说："能不能留个电话，我真的挺中意你的。"

李蔓轻轻摇头，嘴角却带着笑意，说："对不起。"

如果她真想以结婚为目的，好好谈一次恋爱，那她当初也不会决定和韩傅明分手，韩傅明的条件比绝大多数人都要好，是很好的选择。

在年龄还不大不被逼着结婚的时候，在自己情感分明的时候，她不想卷入这种纠结的感情中，她只想好好喜欢他，好好过生活，如果有一天真的到了成家的时候，她会去顺从，但至少不是现在。

这场鸿门宴结束的时候正是午后太阳最毒辣时，一伙人分道扬镳，陆陆续续都走了，酒店大门口只剩下裴邺坤和李蔓。

裴邺坤考虑到李蔓过敏，说："我们打车回去。"

李蔓凝视他，他和苏怡说的话还在她耳边回荡。

日光鼎盛，褪去她在酒店染上的冷气，这段短暂的交替瞬间竟有一丝丝的温暖，这烈日更像是春日的暖阳，裴邺坤口中的"希望"如杂草般疯狂在心头滋长，她甚至开始无法控制，也许爱情真的是摧毁理智的毒药。

裴邺坤："怎么，我很帅？看傻了？"

李蔓眼睛弯了弯，清淡的瞳仁里夹着细微的柔和。

裴邺坤说："刚才在婚纱店故意走的？"

李蔓敛敛神，说："嗯，给你们一点空间，你和我一直在一起也许她会误会。不过看来，你似乎没处理好。"

"你倒是明事理。"

"纪舒灵说让我帮帮她。"

裴邺坤吊起眼皮，额头有些许褶皱："那你怎么不把我灌醉回头开个房把我和她放一块儿？"

"这样做了，你就会对她负责吗？你不是这样的人。"

他这人爱憎分明，谁都勉强不了。

风卷起几片树叶很快落下，他说：“得分人。”

李蔓嗯了声。

裴郕坤问：“你和那人怎么样？看得中他吗？”他问得很随意，似乎早已知晓答案。

李蔓说：“没成。那你和她呢？”明知故问也不是一个人的把戏。

他说：“也没成。”

李蔓张张嘴，似欲言又止。

燠热的风打在身上，吹散一些混沌想法。

她沉下心，深深吸口气。

黄美凤从银行存钱回来正巧看见裴郕坤和李蔓从出租车上下来。

自从裴郕坤回来后，他就和李蔓走得很近，也许街坊邻居不在意或觉得没什么异样，毕竟两个人自小一起长大，感情好，所有的举动似乎都理所当然，但黄美凤都看在眼里，自己的女儿什么心思多少能知晓一二，特别是那天看到她和裴郕坤握在一起的手后。

吃过晚饭，母女二人在阳台上乘凉。乡下不似城里，没有灯火辉煌的夜景，无边无际的黑暗中只有附近人家的零星灯火，安静祥和，天边的繁星也比城市里的明亮闪烁。

李蔓把切好的西瓜插上牙签递给黄美凤，说：“昨晚和陆家联系好了，后天开始去做家教，做二十天，我8月中旬回桐城，学校差不多那时候开补习班。”

“打算一直待在那边？”

“嗯。”

黄美凤说：“和妈说老实话，当初考那边的大学是不是因为郕坤那孩子？”

李蔓注视着远处，黑蒙蒙一片，她说：“不是。”低柔的嗓音出卖了她。

黄美凤叹了口气，说：“郕坤那孩子相貌什么的是好，人看着也精神有朝气，先不说他的家庭，就说他的学历和工作，你觉得配吗？妈本来不想干涉你太多，知道这些你也懂。可妈还是想和你说一说，这时代是开放了、进步了，不像妈年轻那会儿，那时候自由恋爱其实还是挺困难的，多数依旧是听家里的，有些人熬一熬一辈子就这么过来了，有些人就是凑不成，就像我和你爸，好就好在家里有点钱你从小也没受什么苦。你说你要找个喜欢的人，妈妈很同意，可妈妈也希望你能找个相匹配的，结婚是两个家庭的事情。其实这年头，对方太有钱你嫁过去日子不顺心，对方太穷你过日子会苦，依旧讲究门当户对。你觉得妈妈自私也好，要面子也罢，你如果和郕坤在一起，一个大学生和技校毕业的谈恋爱，别人会怎么说我们？妈妈走出去会被人说三道四。”

她说的这些李蔓都懂，如果不懂，那么这些年也不会只单单暗恋了。

人活一世，不可能事事顺心，每个人都被世俗和规则捆绑，能有几人洒脱抽身。她也不是青春期的少女，做不到为爱不顾一切，现实的羁绊牢牢锁住了她的双脚。

李蔓把头发别到耳后，细眉微微一蹙，平静地说：“我和他没在一起，今天一起去见了他的朋友，以前一起玩过。”

“妈知道你们没在一起，就想这么告诉你，把其中道理和你讲一讲。郕坤那孩子呢，打小也不容易，妈也挺心疼他的，他母亲去世得早，你裴叔又娶了你顾阿姨，明着是一家人，背地里呢，其实都是各过各的，我记得那会儿顾兰没少给郕坤脸色看，苦了他了。”

李蔓安安静静地听着，晚风和煦，她有一瞬间的错觉，好似回到童年。

也许是上了年纪，黄美凤提起过去有些停不下来，她说：“那时候你还小，还在婴儿车里，郕坤六七岁，经常上我们家来玩，我们在一边聊天他就逗你玩，我和你爸那会儿的关系也算融洽，都挺喜欢他的，有什么好吃的都拿点给他，这孩子聪明，很讨人喜欢。你裴叔就一大老粗，是真的没文化，妻子走了留下儿子，男人粗心大意总疏忽孩子，后来顾兰嫁进来，郕坤真的算是彻底毁了。还好，现在看上去一个人在外头过得不错，也算有志气。”

李蔓说：“他妈妈长什么样子？”

"儿子像母亲，邺坤长得端正，他妈是个美人。"

李蔓从来没见过他妈，很多都是从长辈口中得知，他妈妈似乎是在他五岁时走的，听说是在回江州的列车上，列车追尾，发生意外，裴邺坤当时也在这趟列车上，死里逃生，捡回一条命。

李蔓知道，他之所以选择在铁路部门工作多数是这个原因。可那的的确确是一份苦差事，在那儿工作的，特别是工务段的，到老了能有几个身体好的。

母女俩陆陆续续聊了很多，是这几年里难得的一次交心。

黄美凤再也没提恋爱这茬，她知道李蔓自己能权衡好。她从小就很独立，也有正确的是非观念，黄美凤唯一心疼的是李蔓的倔脾气全都是因为她和李建忠，她没有给李蔓一个完整的家庭甚至比较美好的童年，欣慰的是李蔓没有做过什么出格的事情，一直很让她放心。

临睡前李蔓说："明天早上我带你去医院复检。妈，以后别弄这些了，每天早出晚归对身体不好，不然那些药不是白喝了吗？"

黄美凤嘴上应了，可心里还在想还差多少钱可以给李蔓买套一室一厅。

李蔓躺在床上，有点睡不着，可能是触觉出问题了，身下的竹席硌得慌，辗转反侧几次，她打开床头灯支起身子。

灯光招虫，没一会儿窗纱边上便伏了好些昆虫。

家境比较优越的韩傅明、清华毕业的IT男、国企单位的销售部经理，这些都符合母亲的要求。

她不是没有尝试去开启新的生活，也努力试着让自己去爱上韩傅明，可爱情这东西狭隘又自私，一颗心只能给一个人，想收回可能得历经千难万险，其中滋味李蔓也体验过，疼得人再难去往前走一步。

李蔓想打开手机，可黑屏，没电了，她通上电源后跳出好些微信信息，都是裴邺坤的。

他不知哪里收集到的表情包，各种关于猪的。

他说：看着和你挺像的。

消息是一个小时前的。

李蔓把每一个表情包认真看过，甚至存下来。

她回了一串省略号。

裴郸坤秒回，问：你和你妈在阳台上聊什么呢？

她回：没什么。

李蔓盯着屏幕看了会儿，下床，从包里翻出烟，打火机一点就燃。她抽了两口吐尽烟雾，眉间的愁绪似乎也淡了些。

手机又振动两下，他说：你走到窗边往我这边看。

李蔓夹着烟走到窗边朝东望去。

月色皎洁，灰云缭绕，袅袅云雾缥缈，幽暗的月光下他靠在老旧平房的墙上，手机灯光打在他脸上，他仰头望着李蔓。

李蔓放下烟。

裴郸坤说：我都看到了，眼睛好着呢，又被我逮到了。

李蔓回复：是蚊香，刚点的，窗边蚊虫多。

裴郸坤忽地一笑，回复：那就当作是蚊香吧。

李蔓：深更半夜，你站那里干什么？

裴郸坤：撒尿。

李蔓：……

裴郸坤：得，现在人我也瞧见了，晚安。

他朝李蔓挥挥手，扭头往屋里走。

李蔓回了个晚安，倚在窗边把剩余的烟抽完。

第三章　白色口哨

李蔓早在回来那天就预约好医生做检查。半年前黄美凤咳血的时候查出肺癌早期，好比一颗种子刚发芽，甚至都没伸出泥土，这是不幸中的万幸，是可以用药物治疗的。

那半年恰好是李蔓忙着毕业论文答辩的时间，所以一直留在桐城几乎没回来，忙完学校的事情，6月份回来过。黄美凤看上去面色红润，没什么不适，这趟复检就是想确定病有没有被治愈，不然心里总像是扎着根刺。

黄美凤晕血，抽完血整个人都昏昏沉沉，李蔓将她扶到走廊座椅上休息，她还要去配药，那药得吃一年，家里所剩不多。

医院人来人往，略微有点窒息感。

李蔓配完药上楼时遇到一个人，那人倒是一下子就认出她来，亲切地喊了声小蔓。

李蔓思忖许久，对此人毫无印象。

男人穿着病服，腿脚似乎不利索，说："我是杨伯伯呀，不认识了？你小时候我经常去你家吃饭的。"

这么一说，李蔓记起几分。他是李建忠的朋友。

男人说："你怎么在医院？生病了？"

李蔓不想多聊，说："嗯，有点发烧。"

"夏天高烧可难受了，自个儿当心点。"

出于礼貌，李蔓说："杨伯伯生了什么病？"

"人老了身体经不起折腾，前段时间出车祸，倒也不严重，就是压迫到神经，腿脚有时候不灵活。"

"老杨！"话音刚落，不远处响起一个男人的声音。

李蔓挺起背脊，这声音熟得不能再熟。

"哟，你爸来了。"

李建忠完全没预料到李蔓会在这儿，还和老杨站一块儿，上次两人见面还是一年前。

李建忠说："老杨，我先和我女儿说两句，等会儿再来找你。"

李蔓给他面子，等人走了才说："我和你没什么话好说。"

见她手里拎着药品，李建忠问："你生病还是你妈——"

"和你没关系。"李蔓看也不看他，绕过他往楼上走。

李建忠追上去，他也是五十五岁的人了，却不显老，西装皮鞋，是个生意人的样子。

"小蔓，就不能好好和爸说几句话吗？"

楼梯转角，阳光从玻璃窗透进来，玻璃窗上积了薄薄一层灰，这阳光就显得浑浊了。

李蔓顿住脚，说："行，那你说，我听着。"

李建忠一噎，想说的话无非嘘寒问暖。

李建忠说："那些陈年往事爸爸和你解释过很多遍，你依旧怨恨我，我也不想再多说，事情已成定局，爸爸也不后悔。血脉相连，我们永远是父女，你永远都是我的女儿。"

李蔓："我没有不承认你是我父亲。"

"我也是半只脚入土的人了，你是爸爸唯一的孩子，这么多年过去，爸爸希望有一天和你无意中见面的时候，比如今天，我们能够平和地聊几句。"

"平和？你的愿望未免太强人所难。"她平静的音色犹如泛着光的刀刃。

楼上有行人下来，两人暂时静默。

待人走了，李蔓说："过去那点事情我也不想反复拿出来说。就像你说的，事情已成定局，大路朝天各走一边。"

李建忠说："爸爸不想和你的关系这么僵，从前你还小，爸爸知道你是不会理解的，可现在能不能换个角度想想？"

李蔓说："你知道我恨你什么吗？"

李建忠微怔，难道李蔓不是恨他离婚吗？

李蔓仿佛知道他在想什么，把目光挪到玻璃窗上，窗角有个小小的蜘蛛网。

她说："你和妈的婚姻没有爱情基础，过不下去想离婚，也许从前我是不能理解，可换作现在我能理解一点，也许埋怨你几年也就淡了。可你是这样的吗？我什么都知道，从幼儿园开始我就都知道。"

男人有钱就变坏，这句话真是一点错都没有。

他对婚姻不忠，一次两次母亲都选择原谅隐忍，无非为了她，次数多了是人都会心灰意懒，母亲是，李蔓也是。

再到后来他因为那个女人提出离婚，奔向他的爱情大道，李蔓积累多年的怨气终于在这一瞬爆发。

再多的忍耐和原谅最后换来的依然是不忠。

见他目瞪口呆，李蔓嘴角勾出一抹嘲笑，但很快被刺眼的阳光抹平，她说："我能给的，就是像现在这样平和地对话。"

李建忠张张嘴，似有些无奈，说："爸爸是不好。"

他甚至不知道李蔓从那么小的时候就知道他在外面的那些事。

李蔓说："总会有人还的。"

她走了，李建忠垂下脑袋没有追上去。

复检结果要到下午四五点才能出来，其间空荡荡的时间李蔓不知该怎么打发，她也不想再遇见李建忠，更不想让母亲碰见他。母亲性格好，纵使碰见也不会激起水花，可她真的厌烦极了这样的场面。

李蔓想起许久未和她逛街，母亲似乎也很久没买过衣服。

两个人把商场走了个遍，午饭在一家还算高档的餐厅吃的。黄美凤虽然节俭，但偶尔和女儿出来玩用的吃的都很大方，这是李蔓教她的，该开心的时候就得开心点。

四五点的太阳有些懒倦，但依旧光芒万丈。

李蔓让黄美凤在走廊等她，她自己走进医生办公室。

黄美凤坐在椅子上神情渐渐淡下去。

医生说恢复得很好，只不过还要坚持吃药。

李蔓心里的那根刺终于拔了，从办公室走出来眉梢都带着笑意。

小时候总有各种愿望想要实现，如今她却只想要母亲身体健康，大抵世上儿女都有着这样简单却虔诚的心愿。

黄美凤听到结果会心一笑，挽住李蔓的手臂，两个人不急不缓地往家走。

公交车上人不多，橘色的日头布满整个车厢，有一段路比较坎坷，整个车都上下摇晃，李蔓的手肘撑在窗户边上，慢慢闭上眼，在这动荡中倦怠之意侵袭而来。

傍晚，天边云霞渐暗，裴郱坤和裴江在院子里吃晚饭，一盘咸瓜炒毛豆、一只猪耳朵、两瓶啤酒，够两个老爷们吃上好一会儿。

他们父子间本就话少，裴江是想和他多说几句话，可起不来头，能嚼的无非婚姻问题，裴郱坤像在桐城扎了根死活都不愿意回来，一开始裴江还发火，后来见他发展得不错也就不管了。裴郱坤从小就难管，不过这娶媳妇的问题是真的让人头疼。

裴江嘴巴刚张开，一个音也未发，裴郱坤就说："我知道你要说什么，别瞎掺和我的事。"

"什么叫瞎掺和，我是你爸，别的我也不管你，就问问你结婚的事，越往后拖越难找，咱家又不是大户，拖不起。你忘了，前几年你带回来的那姑娘，后来还不是黄了。"

裴郱坤挑起半边眉若有若无地笑了声，不想和裴江扯这事。

李蔓回来，和他遥遥一望，两人都很平静。

饭后，裴江去隔壁串门散步，裴郱坤站在院子里那棵白玉兰下咬冰棍吃，手指不停歇，给李蔓发微信问要不要吃。

李蔓刚收拾好碗筷，黄美凤正在欣赏今儿的战利品，一直说这件衣服买得实惠。李蔓看了看手机又放下，有些出神，但附和着说这衣服是挺值的。

黄美凤一眼就看穿，语重心长道："妈知道你自己心里有分寸，这份感情能处理好，可妈没让你们连朋友都不做，邺坤找你你就去，饭后散散步聊聊天是很正常的事情。"

李蔓知道母亲足够信任她，也不想让她彻底断绝关系使自己活得更狭窄，可越是这样她肩上的分量就越重，好似稍不留心踏错步就会毁天灭地。

李蔓还是出去找他了，裴邺坤就站在那里等她，见她出来弯了弯嘴角，晃动手里的冰棍。

裴邺坤说："去消化消化。"

两个人往海棠林的方向走，乡间小路边上立着稀疏的路灯，有几个还是坏的。

盐水棒冰被裴邺坤咬几口就没了，他把棒子一扔懒懒地说："小时候还是五毛一根，这会儿都要一块钱了。"

李蔓吃东西不像他，她吃的时候比较细比较小口。

她说："社会进步，人民生活水平提高，物价上涨，没什么不对。"

裴邺坤借月光看她，水光潋滟的小嘴含着洁白的冰块，额边的发因为这气温有些潮，脖颈雪白，线条姣好，他眸子忽然沉下，脑海中飘过一些龌龊刺激的想法。

李蔓感受到他的目光，没有看他，就这么一直往前走。

裴邺坤手插口袋，说："今天和你妈去逛街了？"声音有点哑。

还剩半根，李蔓倒也没什么胃口，她的手僵在那儿，扔也不是吃也不是。裴邺坤瞥她一眼，顺其自然地拿过冰棍就着她吃过的那里咬。

李蔓微微一怔，其实两人都明白，这样的举动有些越界，又不是小时候。

他跟个没事人一样，李蔓也装作不在意，说："陪我妈去医院复检。"

"复检？阿姨生病了？什么病？"

"和你爷爷一样。"

裴邺坤有些惊愕："肺癌？"

李蔓说："早期的，还有的治，这次检查下来没多大问题，没事了。"

"那就好，没事就好，我看你妈忙进忙出的，还是好好休息着吧，你不也工作了吗？她不用这么拼。"

"我也这么劝她，可我妈看着软，其实挺固执的。"

裴邺坤咬冰棍，嘎吱嘎吱，冰块在嘴里鼓起碎化，他说："看得出来，你和你妈一个性格。"面上看着软，骨子里那叫一个硬，能把地球撬起的杠杆都撬不动她。

水渠边有水泥砌成的小堤坝，李蔓走得背脊冒汗，倚着堤坝而坐，今晚天闷，没风，旁边的芦苇丛纹丝不动。

裴邺坤靠在她边上，两个人默了好久他才打破这份宁静，说："我爸催我娶媳妇呢，给我介绍了个，你说我要不要去？"

他说得随意，反倒是有几分试探之意。

自从在桐城遇见后李蔓总是不自觉地想要靠近他，有时候完全丢失了理智，但昨晚黄美凤把话一说，那些她原本就明白的道理这会儿再一次被烙印在心。

李蔓把头扭向一边，说："你是应该结婚了，可以试试。"

"这样啊……"裴邺坤冷笑一声，说，"那就试试呗。"

裴邺坤掏烟抽，一根、两根，抽了四五根后，李蔓说要回去，他靠在那儿不动。

李蔓说："那我先走了。"

"随你。"

李蔓背对着他，也就愣了一秒随即离开，看起来没有半丝留恋。

裴邺坤凝视着她的背影渐渐消失在黑夜里。

他微微抖动烟灰，眼睛半眯，低低道："老子有的是时间，就和你慢慢磨。"

死鸭子嘴硬，总有一天他要撬开她那张嘴，让她知道心口不一的后果是什么滋味。

7月底，钱江海的婚礼订在市中心的世纪桃源酒店，婚礼办一天。

这段时间李蔓一直忙补习的事情，也在刻意疏远裴邺坤，裴邺坤在帮钱江海弄婚礼流程，两人好些日子没碰面。李蔓想过不来参加婚礼，可她和裴邺坤其实什么都没发生，没必要事事回避他，她想还是自然点罢了。

男方的亲友团提前一天入住酒店，除了伴郎还有一些朋友，李蔓也算其中之一，到时候要跟着一起去接新娘。

钱江海很大方，一人订一间房。

李蔓白天给学生做家教，下课便匆匆收拾东西赶去市中心，到那儿时只剩夕阳余晖。

裴邺坤在酒店大堂等她，拿她的身份证开了间房。

五星级酒店的房间十分干净整洁，装潢布局都很雅致，桌面墙角没有一丝灰尘。

李蔓把东西放下，去卫生间洗脸。

裴邺坤倚在卫生间门边上，说："我住507，就你旁边，有事喊我。"

李蔓低低地应了声。

钱江海从隔壁房赶来，说："晚上单身夜派对，去酒吧玩，小蔓一起呗。"

李蔓扎好头发，把冷水拍脸上，顿时消暑不少，她说："你不怕错过婚礼吗？就像那个喜剧里演的那样，喝多了把婚礼睡过去。"

"嘿，哪会喝一整夜，就玩两三个小时，这几天兄弟们帮我筹备婚礼都辛苦了，放松下。"

李蔓说："我就不去了，今天有点累，想早点睡。"

钱江海："也行，好好休息。明天打扮得漂漂亮亮的，婚礼上好好玩。"

李蔓笑了笑。

她就带了一件换洗的衣服，一条小白裙。

裴邺坤说："洗完了吗？来我房间，有东西给你。"

李蔓放下毛巾跟他出去。

钱江海想跟进去看看，却被砰的一声无情关在门外。

裴邺坤拿过床头柜上的袋子扔给李蔓，他一屁股坐床上，说："打开看看。"

是一条黑色抹胸的小洋裙，长度大概在膝盖上面一点，还有一双高跟鞋。

裴郧坤说："怕你胸小撑不住，胸垫也买了，在里面。"

李蔓掏出一看，还真是胸垫。

她说："你自己去买的？"

"不然呢，天上掉的？"

李蔓若有所思地看着他，难以想象一个一米八九的大男人在女装店左挑右看，最后还不忘买俩胸垫的场景。

"裙子很好看。"她说。

裴郧坤懒洋洋地说："老子的眼光能差吗？"

"你知道我的尺码？"

"你不过也就B罩杯，这么小，难不成还是C？"

李蔓："我说鞋子的尺码。"

裴郧坤："你有什么我不知道的。"

李蔓把裙子叠好放进纸袋里，说："晚上玩的时候当心点手。"

"哟，不理不睬我几天这会儿知道关心我了？"

李蔓："……"

裴郧坤往床头一靠，手里玩着打火机，啪嗒啪嗒响。李蔓站在小灯下，她的轮廓在暖色的灯光下更柔和，耳边发丝沾水黏在一起，透着几分妩媚，紧身牛仔裤下的两条腿纤细笔直。

裴郧坤说："晚上要是有人敲你门别开。"

李蔓点点头，"好，我回房间了。"

"急什么，和我多说几句话会怎样，怕我吃了你？"

李蔓："最近没休息好，想早点睡。"

裴郧坤鼻间发出一声哼，吊着眼皮看她，满脸写着"老子会信你"？

晚上，走廊里有男人的哄笑声，李蔓知道他们应该是出去玩了，躺在柔软的被窝里，空调凉风徐徐，她开始困乏。

钱江海好奇心足，一直追问裴郧坤送了什么好东西给李蔓，裴郧坤只回他四个字，关你屁事。

钱江海饶有意味地一笑，说：“你们这兄妹之情倒是深。”

上次饭局上他也算看出点苗头了，张绍云来了之后，裴郧坤表面上不动声色，可那双眼睛看向张绍云的时候仿佛有无数利剑飞出，这哪是哥哥呀，就一亚洲醋王。

那天回去的路上钱江海十分感慨地和董昊说：“你能从卫生间里活着出来真是万幸。”随后又感慨道，“我也能活着，真是万幸。”

还好裴郧坤和李蔓没在一块儿，要是两个人背地里勾搭在一起了，董昊再冲上去估计裴郧坤能把人削了，顺便把他也削了。

钱江海知道裴郧坤，他上了心的人谁也不能动，对兄弟是这样，对女人想必也是这样。不过他倒是挺想看看裴郧坤能护一个女人到什么份上，毕竟李蔓是第一人。

也就这样想想，他可不敢惹裴郧坤。

酒吧霓虹灯闪烁，音乐声震破耳膜，钱江海订了个包间，该吃吃该喝喝该玩玩，有些兄弟不甘寂寞起哄要叫人陪，还说最后的单身夜得放纵，钱江海左右是没这胆的。

林子健玩得开，出去跳个舞的工夫就左拥右抱回来俩。

裴郧坤坐在角落，搭着二郎腿，灯光晦暗，看不清他的神情，那腿一抖一抖颇有规律，像在思虑。

林子健对一女人说：“去，陪陪咱老坤。”

女人走过去一瞧，男人虽然右臂受伤，但人高马大面容俊朗，男人味十足。女人心里欢喜坏了，想着也许今晚能开心一下，像这样的男人要是发起狂来不知道得多得劲。

女人屁股还没挨到沙发只听见那男人口气不佳地说：“滚一边去。”

林子健笑着说：“老坤你至于吗？怎么，改做好人了？”

钱江海啧一声，说：“子健，你少捣乱了，人家现在得洁身自好，不然——”钱江海做了个抹脖子的动作。

裴郧坤吃完一块西瓜起身。

“你不会要走吧？刚开始呢！”

裴郸坤："出去买点东西。"

钱江海似懂非懂，说："酒店都有，不用买。"

裴郸坤抬脚就是一下。

李蔓又做那个梦了。

四年前的冬天，他带了个女人回来，举止亲密，他们很相配，所有亲戚都这样说。

雪下得又深又厚，茫茫白絮中他和她是两个世界的人。

她并不喜欢和他有差别的感觉，越是在意，这个部分的记忆就会越深刻。关于那个女人，李蔓也记得很清楚，女人的面容眉眼，她都记得。

因为记得，所以反馈在梦境里。

她很排斥这个梦，所以每每都会在半道惊醒。

厚重的窗帘遮住房间唯一的自然光源，不透一丝光。李蔓没有睡觉留灯的习惯，深夜里的房间黑黢黢的，伸手不见五指，只有电视柜那边一个小绿点死气沉沉地伫立在那儿。

李蔓睁眼，试图在这黑暗中寻找一处喘息之地。

她伸手捏眉心，手臂和被褥摩擦，细微的声音在寂静的黑夜里被无限放大。

走廊里有杂乱的脚步声。

咚咚咚——

房门突然被敲响，也许是夜里神经比较敏感，她瞬间清醒，摸过床头的手机看时间，凌晨十二点十一分。

她开灯，亮光的一瞬间梦里遗留下的感觉消失殆尽。

李蔓从猫眼里看，只见裴郸坤手撑着门垂着脑袋。

她打开门，裴郸坤没想到她突然开门，撑在门上的手支着整个身体的重量，他重心不稳往李蔓身上倒去。

李蔓抱住他，小心翼翼不碰到他的右手。他人高马大，李蔓连连往后退了好几步才稳住。

走廊风吹过，门有惯性，就这么关上了。

他的脑袋搁在她肩上，吐出的呼吸洒在她下颌边，李蔓闻到了浓浓的酒精味。

裴邺坤揽住她的腰，嘴唇贴到她耳边，说：“不是告诉你有人敲门别开吗？怎么不听话？嗯？”

李蔓说：“你醉了？”

裴邺坤从她身上起开，倒在墙上，垂眼看着她，说：“没醉。”

李蔓穿的是酒店的浴袍，领口V字开得很大，露出一大片雪白肌肤。她应该没穿内衣，裴邺坤忽然觉得喉咙有些干。

李蔓：“我扶你回房间。”

裴邺坤说：“我真没醉，那酒味道大而已。”

“那你大半夜敲我的门就是为了测试我会不会开门？”

裴邺坤沉沉道：“就想看看你。”

他的眼神还是有些涣散的，李蔓知道他是醉了，她走上前在他裤袋里翻找房卡。

她身形瘦弱，白色浴袍下的双腿光洁滑亮，手伸进裤袋隔着薄薄的一层布料触碰到他的大腿根部，裴邺坤一把按住她的手。

他哑着声道：“我真没醉，我要是醉了，你以为你这会儿还能好端端地站在这儿？”

他肯定干她个底朝天。

这念头只不过一闪而过，他就浑身冒火了。

李蔓抽出房卡：“我送你回去。”

裴邺坤戳戳自己的太阳穴，说：“真没醉，理智还在呢，我就是来看看你，顺便给你个东西。”

“什么？”

裴邺坤从另一个裤袋里摸出一条项链：“刚买的，搭裙子好看。”

他把项链放李蔓手里，说：“我手伤着也不能帮你戴，自己戴吧。”

李蔓：“多少钱？”

她知道他不会买几百块钱的给她。

“老贵了，三千多呢，老子半个月工资呢，你戴久点。”

“我有项链，不需要——”

“真磨叽，给你你就拿着。”

李蔓把发拨到一边，双手绕后，将项链戴上，自说自话道：“那谢谢了。从小到大你也没送过我什么东西，就当作你补上的吧，这样倒是有了哥哥的感觉。”

裴郧坤的脸冷了几分，他哼笑一声：“这会儿知道我是你哥了，划得可真清楚。可来不及了，李蔓，我不是你哥。”后面一句话他说得又慢又低，恨不得一字一顿地给她解释清楚。

李蔓抬起下巴淡淡地看着他。

她知道这份礼物他是不会收回的，她只不过需要个理由去接受而已。

裴郧坤说：“还有，谁说我从小到大没送过你东西，你脑子果然不灵光，猪脑子。”

他斜睨着她。

三块钱两个口哨，这么不值钱的玩意儿她不是当宝贝一样供着吗？

在桐城李蔓家睡午觉时他看见了，床头柜上立着个精致的盒子，里面是那枚白色口哨，承载着童年记忆的口哨。

那时候顾兰已经嫁过来，还没去市区开出租车，管他管得牢，仿佛他不在规定的时间待在家或者她回来见不到他的人就是犯了什么大错。他们不允许他到处走，总觉得他会到处闯祸。那时他也就十一二岁。

李蔓找他也变得有点困难，哪怕是邻居。

有大人在的时候李蔓不能找他，他也不能出门。

那会儿李蔓的性格相对现在来说软一些，整天跟在他后面郧坤哥哥郧坤哥哥地叫。而那天李蔓醉酒在宾馆叫他郧坤，细细柔柔的，听得他骨头都酥了。

有一天她突然说：“郧坤哥哥，我们来做个暗号吧，如果我想见你了，我就用这个暗号，你听到就出来，怎么样？”

裴郧坤问她是什么暗号。

李蔓翘着俩小辫子突然爆发出一声“啊——”，差点吓得他把刚喝进去的水喷出来。

这算什么暗号，简直就是神经病，她一喊不止他出来，估计邻里都要探头出来看一看。

后来他在学校小卖部看到这个口哨，两个小小的白色口哨被包装在一个袋里，粘在出售板上，他撕下一对掏钱买了，当时三块钱是他两天的饭钱。

不过就是儿时的玩具，她却珍藏到现在，而他现在才发现。

李蔓说："我送你回房间。"

裴邺坤从她手里拿过房卡："我自己回去，你睡觉去，有人敲门可别再开了。"

他步伐稳健，倒真不像醉酒的人。

李蔓站在镜子面前盯着这条项链看。

那天他和苏怡说的话翻译过来就是——我喜欢她。

李蔓不愚钝，虽然不知道他是什么时候开始的，但这段时间他的一举一动都太明显。

那天回去后她一整晚没有睡着，暗恋许多年的人竟然也喜欢自己。起初她是欣喜，渐渐这种感性就会被理性取代，再后来母亲也提起这个话题，她和他之间阻隔太多。她不是青春期为爱奋不顾身的少女，也许是家庭原因，她比较早熟，考虑问题一向全面。

但其实她这根理性的小树苗被他这阵风吹得摇摇欲坠，只不过还在苦苦挣扎罢了。

面对自己喜欢的人，她无法不去靠近。

而李蔓不确定他知不知道她的心思，她回想许多遍，除了那天偷亲他以外没有其他特别明显的表现，她对他好但不至于逾越，她一直小心翼翼地把握着度。

偷亲——

李蔓想到什么霍地睁大眼，想到那天裴邺坤微信发的状态。

但也许说的不是她。

她的思绪瞬间乱了。

李蔓揉了揉太阳穴，回到房间继续睡觉。

裴郯坤回到房间沉在沙发椅里，夜色从玻璃窗里慢慢蔓延进来。到底喝了点酒，脑子有些跟不上，想半天他才想起自己接下来要干吗。

他爬起来懒懒地走进卫生间开始冲澡。

洗完人也精神了点，裴郯坤换上酒店的浴袍，大大咧咧地躺在床上，习惯性地点烟抽。

他用一支烟的时间决定了一件事。

这段时间李蔓的态度显而易见，突然生疏起来，他不想等了，也不想和她打持久战了。

他本来是想等着她先开口的，磨蹭这么久现在又打回原形。

招惹了他还想全身而退，做梦吧。

上午十点要出发去接新娘，大伙七点就起床了。

裴郯坤衣衫不整地敲李蔓的房门，李蔓的裙子拉链拉到一半，后背够不着，她给他打开门。

"帮我扣皮带——"

"帮我拉拉链——"

两人异口同声。

李蔓穿着酒店的白色拖鞋，身上是黑裙，白与黑颜色分明，视觉冲击强烈，裙下两条腿白花花的，他看得有些愣。

李蔓转过身，说："还差一点。"

裴郯坤回过神，把她的头发拨到前面，捏住拉链一拉到底，上回过敏的痕迹一点都没有了。李蔓瘦，背脊没点肉，带着点骨感美。

腰间裹得很紧，完全将曲线勾勒出来，李蔓穿着正好，不松不紧。他眼光是真的好。

李蔓自觉地给他系皮带，说："你自己单手应该也行吧。"

"累，你有手，我干吗累自己？"

裴郯坤穿的内裤边是深蓝色的，隐没在白色衬衫的边角下。

李蔓帮他把衬衫塞进西裤里，再稍微留出点空余，规规矩矩地抹平衬衫褶皱。

李蔓给他翻衬衫衣领，她仰头，纤细的脖颈线条细腻，她胸口的坠子不偏不倚正正好好坠在中间。其实李蔓的罩杯已经有C，两团肉被黑色小洋裙裹住一半，挤出幽深的沟壑。

裴郅坤皱起眉，说："这裙子够牢吧，不会一扯就掉吧？"

当初买的时候他怎么没发觉这么暴露。

李蔓："不会的。"

裴郅坤："有外套吗？等会儿披着。"

李蔓："现在是夏天。"

她给他挽起袖口，他的手臂青筋脉络清晰，十分具有男人的力量感。

裴郅坤不满道："那店员还和我说不露，就瞎唬人。"

李蔓说："抹胸的裙子都这样，没关系。"

董昊来催两人下楼吃早餐，一见李蔓的打扮整个人都蒙了，裴郅坤往前一站挡住他的视线，把他撵出门。

李蔓落落大方，换上他送的高跟鞋，说："下楼去吧。"

她穿的是他送的衣服和鞋子，戴的是他送的项链，身边站的也是他，在电梯里，两个人挨得近，这种感觉让裴郅坤感到愉悦。

一帮单身糙老爷们儿只管吃只管喝，也只有钱江海这个有家室的人能看穿裴郅坤的想法，吃早饭的时候坐裴郅坤和李蔓对面，戏说："你们俩穿得看起来挺配。"

裴郅坤挑起半边眉，不动声色。

李蔓微微一笑，波澜不惊。

钱江海看到李蔓脖子上的项链，突然想起昨晚裴郅坤从外面回来时手里拎的袋子，很精致高档，一看就知道是珠宝店的盒子，合着原来是买东西给小蔓了。钱江海在桌底下踢了裴郅坤一脚，若有所指地说："再卖力点，快坐实你禽兽的标签吧。"

裴郅坤："你想今天喝到进医院？"

钱江海立马闭上嘴。

从酒店到纪舒灵家四十分钟的车程，伴娘也设计了几关游戏，李蔓手上的红包都快塞完了，门还不给开。

董昊抹了把脸，哭号道："大姐们，我脸都被画成这样了，求求你们开门吧。"

上一关是新郎要用口红画脸然后发自拍照，一般这种情况伴郎要来挡，几个兄弟一齐把董昊推了出去。

放人进去后还不算，一伙人在房里翻箱倒柜找鞋，伴娘又说来三十个俯卧撑，钱江海平日里不锻炼，纪舒灵坐在他背上做七个就趴地上了，大伙一齐哄笑，伴娘说剩余的得伴郎补完。

关键时候就得插兄弟两刀，裴邺坤倚在门那边静静地看游戏，结果一帮人都回过头来看向他。

李蔓立马说："他手伤着，不行的。"

裴邺坤本不想做的，但李蔓居然说他不行，男人有时候就喜欢在喜欢的女人面前争这一口气。

裴邺坤走到空地，准备趴下，对李蔓说："你上来，老子让你看看行不行。"

狭小的房间里有认识的有不认识的，他这话信息量太大，李蔓再淡定也绯红了脸。

苏怡别开眼。

李蔓说："别闹了。"她说得很轻。

裴邺坤："你上来。"

不知情的众人起哄让李蔓坐上去，李蔓把东西放一边也不想过分矫情，小心翼翼地坐上他的腰，手撑在他的背脊上。

他真的单手撑起李蔓，小臂青筋暴起，一上一下，节奏把控得很好。

李蔓说："你慢点。"

她很怕他一不小心倒在地上压到右手。

钱江海说："小蔓不应该坐在上面，应该躺在下面，我看老坤能做几下。"

纪舒灵掐了一记钱江海，他也不看看苏怡的脸色。

钱江海悻悻一笑不说话了。

裴郯坤的腰很结实也很有力量，挺得笔直，起初李蔓有些担心，但他做了十来下后她也就放下心了。他游刃有余，她不用怕他受不住她的重量。

李蔓能感受到他浑身紧绷的肌肉，肩胛骨微微凸起隐藏在白色衬衫下，他前几天应该去剃过头，头发更短更硬，细密的汗从他额边后脖颈处沁出，他微微喘着气。

李蔓撑在他背上的手掌心烫了起来。

“咱老坤腰力真好，以后娶到的那姑娘可真是幸福了！”

“你真下流，哈哈哈。”

剩余的二十三个他一个不落地做完，一结束李蔓立刻下来将他扶起来，他满头汗，她知道他不是累的，是热的。

新娘的鞋找到了，钱江海将人抱出去。李蔓和裴郯坤走在最后面，她递给他面纸擦汗。

她的脸颊还是粉粉的，也许是她今天化妆的原因，原本清秀的眉眼这会儿添了几丝妩媚。

裴郯坤拿过纸巾随意抹了几下脖子，气息还未匀，说：“你觉得我行吗？”

李蔓：“……”

裴郯坤揽住她光滑的肩，忽然贴近，鼻尖蹭到她的耳骨，他压低声说：“我到底行不行，你很快就知道了。”

李蔓不自觉地缩肩，他的气息比这温度还高。

李蔓推开他，踩着高跟鞋快步往前走。

裴郯坤歪着脑袋，慢悠悠地跟在后面，目光凝在她的两条腿上，脑海里飘出她穿着高跟鞋两腿架在他肩上的样子。

李蔓一路没和他说一句话，裴郯坤也不说话，偶尔瞧她几眼再笑笑，开车的林子健和坐副驾驶位的施涛对视一眼，想着肯定是老坤那禽兽惹到小蔓了。

李蔓一直偏头看着窗外路过的风景，可神思完全跟不上，还停留在刚刚他说的那句话上。

她既没有生气也没有紧张害怕，而是在想如果他摊牌，她该怎么选择，如果问心，她想和他在一起。

婚礼誓词和交换戒指的环节在酒店后花园举行，蓝天白云，绿草白纱，虽然有点热，但氛围是幸福的。

举行完仪式去用餐，李蔓和钱江海的同学同事一桌，一桌人也就只认识张绍云一个。她不想搭话，一个人默默用餐，扭头望去，新郎新娘和伴郎团在一桌一桌敬酒，裴邺坤酒量好，应该会为钱江海挡不少酒。

轮到李蔓这一桌时，裴邺坤站在她身后。钱江海的同学同事刁难他，一直灌他酒，本就喝得稀里糊涂了，这会儿直接倒在椅子上大喊不行了不行了。

裴邺坤自然而然地上去挡酒喝，李蔓终于开口和他说话。

“你少喝点，伤口还没好。”

裴邺坤睨着她一饮而尽，她坐在座位上只是侧过头提醒他，他往前走一步，站在她身侧，放下酒杯，手绕到她左耳边上轻轻捏住耳垂蹭了蹭，弯腰低声道：“你这妹妹管得可真宽。”

李蔓说：“你想喝那就喝吧。”

裴邺坤又蹭了蹭她的耳垂，粗粝的指腹有薄茧，他说：“还有十来桌呢，再挡几杯就不喝了，得了，别又给我脸色看。”

裴邺坤随人走到下一桌，临走前说：“回头再收拾你。”

李蔓转头只能望到他的背影，高大挺拔，身躯伟岸。

一些亲戚长辈都只喝白酒，度数高，酒又烈，一般小辈哪能是他们的对手，就连裴邺坤也是喝得站不稳脚。

纪舒灵的几个大伯搀着钱江海把他扶回房间，李蔓一直关注着那边的情况，见裴邺坤倚在墙上似晕晕乎乎的，她忙离席朝他走去。

裴邺坤只觉得胃里一阵火烧，头昏脑涨，心想着钱家的亲戚真厉害，钱家估计只有钱江海一个人是这种破酒量。

新郎伴郎齐齐醉倒，歪七扭八的样子逗乐了大家，三姑六婆都说：“快把人带回去休息休息，估摸着晚上还得再灌一趟呢。”

裴郯坤腿一软，往边上倒，好在李蔓手疾眼快撑住他。

苏怡站在纪舒灵边上帮衬着，想着也许这趟就不该来。

裴郯坤睁睁眼让自己清醒些，随即搂住李蔓的腰，说：“就有点晕。”

李蔓说：“我带你回房间休息。”

裴郯坤笑了笑，跟着李蔓去搭电梯。

他握着她的腰，胃里的火烧感瞬间爬满全身。

好在他没完全醉，顶多就是走路有些晃，但重心还是在李蔓身上，短短三层楼的高度，李蔓被他搂着出了一身汗，男人体温天生比女人高，更别提喝了酒的男人了，身上仿佛有火焰在烧。

裴郯坤嫌床躺着太平不舒服，李蔓扶他到沙发椅上坐。

他说：“胃里都是酒，一躺估计得吐。”

李蔓见他喝得耳朵发红，说：“吐了人才会舒服点。”

裴郯坤盯着她的嘴笑笑不说话。

李蔓开完空调去卫生间拧毛巾，裴郯坤懒洋洋地单手解开衬衫扣子，一排解到底，粗鲁地将衬衫从西裤里抽出。房里窗帘紧闭，顶上的小灯漾着橘色的光，打在他的胸膛上，带着野性十足的性感。

长年累月在轨道上工作，一天要走好几公里路，腿部肌肉结实，可这行太伤身体，裴郯坤一有空就会在宿舍锻炼，做做俯卧撑仰卧起坐，时间一长，腹肌、二头肌什么的手到擒来，职工宿舍的男员工里就数他身材最好。

李蔓走出来第一眼看到的是他纹理清晰的腹肌，胸膛随呼吸起伏。

他这人，热了就脱，丝毫不避讳，李蔓倒是习以为常，从前他也是这样，夏天的时候一般光着膀子。

那时候他的身体不像现在这样厚实，少年时期虽然有肌肉但是清瘦类型的，那会儿皮肤也挺白。

这会儿酒劲上来裴郯坤的眼开始花，只瞧见李蔓黑裙下两条大细腿慢慢向他走来，裙边摆动，时而贴上腿，时而抛出弧度。

见他紧皱着眉，李蔓问：“反胃了？头痛不痛？”她说得很轻，像春风细雨那般柔，吹得他心头痒。

他的两条腿张得开，无拘无束，李蔓走到他面前，走进他的两腿之间，俯身给他擦脸，凉快的触感让裴邺坤回过神。

李蔓说：“要不要喝点热水？”

李蔓见他不回话，看向他的眼睛才发觉他视线的走向，她抬手遮住他的双眼，另一只手给他擦脖子，用上了些力道。

“非礼勿视没听过吗？”

裴邺坤嘴角一扬，笑容邪里邪气又夹着几分醉意的懒散，说：“李老师真是博学多才，我瞧瞧我送的项链也不行了？”

“那我摘下来给你看。”

“那我如果看的是你那里，你是不是要脱了给我看？”

李蔓沉默片刻，说：“你真醉了。”

他的眼睛被蒙住，眼前一片漆黑，女人的手细皮嫩肉，还带着幽幽的香，身上滚烫，可被毛巾拭过的地方又凉飕飕的，视觉、嗅觉、触觉都受到刺激，再清晰的思路这会儿都被斩断。

裴邺坤双腿突然并拢夹住李蔓，伸手搭在她的腰间将人往前一勾，李蔓第一反应是不能压到他受伤的手，双手抵着他的肩膀死死不往他身上靠。

他低哑着声说：“我是醉了，还记得上回你问我的问题吗？”

李蔓动了动，完全挣脱不开。

“上回什么？”李蔓佯装从容，她有预感，也许今天是一道分界线。

裴邺坤揽着她的腰让她坐在他的腿上，另一条腿依然夹着她，防止她逃开。

西装裤贴上她的腿的瞬间有些凉，面料柔软薄滑，很快，他的体温就侵占了所有能跟她接触的布料。

裴邺坤抬起下巴注视着她，说：“你问我再进一次宾馆我会不会对你做些什么，你说不会。我现在告诉你，我不仅会还会——”

他贴近她的耳边，格外低声地说了三个字，露骨且直接。

“别说醉话了，先松开我。”她语气很淡。

李蔓的指甲抠进毛巾里，努力克制自己战栗的身体。她不是被他直白的话语所震惊，而是为接下来他要的答案担心。

如果她能给予，这些年又何必闷声不响，就连知道他心意后也不敢迈出步伐。她做事一向果断，也只有在这份感情上面进进退退，下不了决心。

“你觉得我会松开你？”

他要动真格的吗？

李蔓轻轻推他的肩膀，说：“你酒醒了会后悔的。”

他对她什么时候这么放肆过，他对她一向有分寸。

裴邺坤敛了笑意，扣住李蔓的脑袋仰头吻上她的唇，唇齿相依间飘着烈酒的清冽味，李蔓嗅了一下感觉自己也快泛醉。

她的手牢牢抓住他的肩膀，衬衫衣领快被她抓烂了。

他的吻又急又猛。

裴邺坤只觉得受伤的右手碍事，他恨不得把石膏拆了好好抱一抱她。

他放慢基调终于结束这个吻，两人额头抵着额头，李蔓扎着的发已经被他弄得凌乱，额边垂下几丝秀发。四目相对，她媚眼如丝，眼眸水光粼粼，她对他也有欲望。

他喘着气，说：“老子死也不会后悔。”

李蔓反手止住他越发肆意的举动，说：“上次你和苏怡说的话我都听到了。”

裴邺坤笑了笑：“我知道你听到了。”

手微顿，李蔓随即说：“你什么时候知道的？”

“知道什么？知道你对我有意思？”

李蔓敛起眸子看他。

裴邺坤挑眉：“你留我过夜那晚，看出点苗头，直到那天你亲了我。”

果然。果然那个时候他就知道了。

李蔓说：“现在是等不了吗？”

这段时间他一直在装模作样，吊着她，配合她，李蔓想，可能是那次试探激怒了他，她微微叹了口气。

“换谁谁也等不了，李蔓，我已经够耐心了。”

这么多年，他一直绝口不提，这会儿好不容易逮到个机会，就算前面是穷途末路他也得一试。

李蔓没有经验，那些理论知识也不过是从新闻或者网络上粗略了解过，即使决定好把自己给他，可实际操作起来还是困难的。

李蔓脑海里闪过许多片段，他各个阶段的模样变化，从青涩到沉稳，她被这样一个熟悉的人压着做着最亲密的事情，好似偷吃禁果一样，从头发丝到脚趾都是刺激的。

裴郯坤红着脖子呢喃，说的每一句话都让人脸红心跳。

李蔓暗叹一声，想着随他吧。

这场赛事终止的时候周围好像一瞬间变安静了，空调风吹动窗帘的一角，顶上的一层流苏微微动荡，几丝光从细缝中挤进来，空气中隐约能看到飘动的尘埃。

走廊里传来嘈杂的人声和脚步声，应该是楼下宾客吃完宴席上来休息了，隐隐能听出讲话的人的醉意。

李蔓躺在床上一动不动，心尖有些颤，她抬眼看向他，轻声问道："你喜欢我吗？"

即使知道答案，但她还是想听，大概是女人的天性。

他翻身躺在李蔓身边，搂过她，边喘边说："你说喜不喜欢？"

李蔓："我不知道。"

裴郯坤笑了，手一伸，捏了捏她软绵绵的手臂，说："那我也不知道，你自己思量去吧。"

李蔓望着天花板，腿开始泛软，眼神渐渐恢复清明。

裴郯坤说："你觉得我行吗？"

李蔓："……"

欲望得到满足，加上酒精的作用，他开始倦怠，眼皮都打架了。

李蔓说："你是不是很久没碰过女人了？"

"七八年了。"

"你什么时候开始喜欢我的？"

裴郯坤脑袋歪在一侧，睡意袭来，他轻声说："七八年前。"

李蔓见他搂她的手松了，朝他望去，他已经睡着。

李蔓用手肘撑起身体，细细打量他的五官，额头上还淌着汗，凑近点就能闻到欢爱后男人身上浓烈的荷尔蒙味道，李蔓靠在他臂膀那边找到个舒服的躺姿，贴着这份炙热小憩。

李蔓细声说："我比你早。"

他没听见，睡得很沉。

李蔓闭着眼，却睡不着，整个人很轻很空，但又好像一直在往下坠落。

她和他亲密接触了，再也没有退路了。

七八年前是什么时候呢？李蔓算了算，大约是她初三的时候。

她记不太清那会儿和裴郅坤有过什么接触了，只记得那年李建忠回来要和母亲离婚，往后的一段时光里天都是灰的。母亲不想离婚却无力反抗，而她不忍看母亲变成这个样子，从初夏到深秋，时间在走，但是好像很难让人有所察觉。

初中那段日子，她的力量太微小，走过最远的距离就是在镇上乘公交去几公里外的小市街，去补课，而他早就在外面的世界闯荡。

上了市中心的高中后，每个星期五回家的一个小时路程成了她走过的最远的距离。

高中生活忙碌，李蔓两点一线，生活静如死水，即使一个人在那边生活，她也不会乱跑。同学晚上溜出去打游戏，放学后去逛街，逃课睡觉，这些她都没做过。黄美凤时常说李蔓让她放心，每次说的时候黄美凤都红了眼，李蔓知道，她应该是很庆幸自己的女儿懂事，她也欣慰没让母亲多为她担一份心。

高二临近暑期的时候李蔓第一次向黄美凤撒谎，她说学校要补一个星期的课后才放学，黄美凤无疑是相信的。

李蔓买了火车票去了桐城，她一路都没合眼。火车上什么人都有，吵闹的孩童、咳嗽的老人、贼眉鼠眼的大叔、凶巴巴的大婶，她一直保持着高度警惕，而路过的风景那么广袤，有几次路过的地方有铁路工人在整修，李蔓的目光瞬间亮了起来，即使知道不可能，但她还是会在人群中寻找他的身影。

她在火车站附近的旅馆待了一晚，第二天清晨买票回江州。

这是她第一次来到这座城市，匆匆而来，匆匆而去，什么都没留下，什么都没带走，她能记住的只有桐城火车站几个大字，还有沿路的山河，还有她想象中的他。

她回去以后又要过千篇一律的生活，她也觉得枯燥乏味，可是她别无选择，她不能像别人一样放肆地活着，她也不知道自己要扛起什么，可是肩膀上沉甸甸的。

她想到母亲没日没夜地流泪，想到母亲这两年为了她到处打工，有次中暑呕吐到脸色铁青，牙疼了一宿，想到母亲期盼的目光，她说，小蔓，妈妈希望你以后过得好，别像我这样。

李建忠一直漂泊在外，李蔓自小是她带大的，她有多辛苦李蔓都知道。

越长大她活得越沉重，她不能像李建忠一样做个没有责任感的人。

而裴郅坤，可能是她生活里唯一的狂热追求。

李蔓托着下巴望着窗外，她想到一部电影的几句台词：

当我对世事厌倦的时候，我就会想到你，

想到你在世界的某个地方生活着，存在着，我就愿意忍受一切。

你的存在对我很重要。

李蔓问他什么时候开始喜欢她的，他很想细细和她说一说，可奈何周公唤得急，眼睛一闭就跟着走了，这问题便深深刻在脑海里，有所思便有所梦，梦里回到七八年前，虽然梦境有些扭歪，但总体意思是对的，他对那个十六岁的小丫头动心了，而男人总是身体比心先行动。

那会儿他也不过二十出头一点，在此之前身边女人总不会断，自诩风流倜傥万花丛中过。要说对付女人的手段他很有招，可这些都因为她破功了。

那年五 一，裴郅坤从外地回来，当时刚踏上社会大半年，介于青涩和沉稳之间，比稚嫩的少年多了一分担当，比阅历丰富的男人少了一分稳重。

因为工作的关系接触到的女性不多，即便有也是阿姨婶婶辈的，再者有年纪相当的，但他也不是什么人都往兜里收。从前喜欢他的姑娘和他联系，说要谈恋爱，裴郧坤向来无所谓，谈就谈，时间一久，其实也不久，顶多就三个月吧，女方一般很难忍受这种见不到面的痛苦，女人一批走一批来，他无所谓。

回来的时候裴郧坤刚被一女的甩了，那女的在电话里哭哭啼啼好半天，说是舍不得，说是很无奈，说她其实很爱他。

他听她诉说完挂断电话，懒洋洋地上了火车。

他想到许久没和李蔓见面，算算日子她正好是初三，想给她买点什么东西，但转念一想，李蔓的家境在那片地方算是好的了，她从小就不缺什么。

于是他在江州火车站买了包好烟，自个儿抽得很乐。

从火车站乘车转车到家，天都黑了，家里没人，顾兰那对母子一年到头几乎都待在市中心，估摸着裴江去田里拔草了。

裴郧坤拌着冷菜还没吃上几口米饭就听见隔壁李蔓家声嘶力竭的争吵声，以及哗啦啦的锅碗瓢盆碎一地的声音。

他走出去一看，门口有两个人在打架，各拿着一把扫帚你一句我一句对着吵。有时候夫妻吵架不为什么，就是争口气。

他看到李蔓冷着脸从屋里出来头也不回往外走，淡漠的眼神里充斥着无数负面情绪，厌恶、憎恨、忍耐。她穿了件米色的V领针织衫，显得整个人很淡却又很显眼。

裴郧坤对她家情况多少是知道点的，村里嘛，有点动静就传得邻里皆知，都知道李建忠这人收不住心在外面有女人。这几年两口子似乎没少吵过，次次都因为这个。

他拔腿追了上去，倒不担心她情绪崩溃，只是觉得大晚上的一小姑娘一个人瞎跑不好，万一出点事呢。

附近有片地给人包了种葡萄，周围圈上绿色的栅栏，看起来规规整整，李蔓走了几十米停住，往栅栏上一靠，整个人像是被拖进黑暗里。

听到窸窸窣窣的脚步声李蔓知道有人来了，下意识抬头望去，一眼就认出来了。

他很高，就像屹立在河边的梧桐树，英挺高大，挡住月光，阴影完全遮盖住她。

李蔓敛起神色，说："回来了？"

她自小就瘦，牛仔裤下的两条腿就跟铅笔似的，好在身高不矮，高高瘦瘦的女孩子倒是有那么点气场。

裴邺坤也倚在栅栏上，铁栅栏哐哐作响。

他说："嗯，五一作业多不多，中考想考哪个中学？"

李蔓："二中吧，一中考不上。"

"那也挺有出息的。"

李蔓垂下眼，脚边的小草一刺一刺的，她有些心烦，这会儿满脑子都是李建忠的事情，她又在想他们什么时候吵完，她得算好时间回去。

裴邺坤睨她一眼，说："几个月不见，你又长开了点。"

李蔓："……"

他笑了声："老子变相夸你好看呢。"

李蔓："你这些年倒是没长开。"

她说得很轻很淡，却是十足的嘲讽，裴邺坤抬手就是一记，不轻不重地打在她的后脑勺上，有点分量但更像是抚摸。

5月，气候温暖，风夹杂着花香和暖意，身后的葡萄园枝叶渐翠，夜色为这些镀上一层温柔。

他托着她的脑袋，大手温热，随即揉了揉。

李蔓咬住下唇，定定地瞧着前方，即使黑暗中一切都很朦胧，大约有香樟树，有狗尾草，有电线杆……

裴邺坤扣着她的脑袋连人带进他怀里，另一只手搭在她的肩膀上。

李蔓的身高只能挨到他的胸膛，脑门抵着他的胸口，悄无声息地落了几滴泪，也就这么几滴。她把情绪控制得很好，甚至连开口说话的声音也一如既往地平静。

她说："虽然已经习惯，但还是觉得他们不讲话或者假惺惺地客气一点比较舒服。"平静的表面至少前方看得见路，一旦争吵波涛汹涌，就连沉在最底下的陈旧瓦片也会被翻出来，岁月将这些瓦片磨砺得很尖锐，谁提起谁就受伤，就连旁观者心上也要被剐几刀。

“家家都有本难念的经，谁都在挨着。”

他说话的时候胸腔微震，十分有力。

李蔓闻到他T恤上的阳光味道，肩膀一松，身上那股倔劲渐渐散去。

静了会儿，裴邺坤只觉得胸口发热，戏谑道：“安慰安慰你，还赖在我怀里不走了，不知道的还以为我和你在偷情呢。”

李蔓双手握拳，下一秒圈住他的腰，又瘦又结实，她的两手贴在他的腰窝处。

裴邺坤一怔。

少女纤细的身体贴着他。

她面不改色，说：“我没求你安慰我。”

裴邺坤抬起眼皮盯着繁星，说：“那你撒手，老子是你想抱就能抱的吗？有多少女人投怀送抱连根手指头都碰不到，你倒是不稀罕。”

李蔓不说话，死死抱着他。

裴邺坤搂着她单薄的身子心底涌现出无限的保护欲，男人都这样，喜欢护着弱小的女人，可她吧，牙尖嘴利得很，也就外表柔弱了点，但他知道，她都在强打着。

李蔓三四岁的时候，他会抱着她玩，再大点也就没这么亲密接触过了，一是抱不动，二是哪个哥哥像变态一样整天抱着妹妹玩，到底男女有别。

这是第一次，他本意只想摸摸头安慰安慰她。

裴邺坤舔舔后槽牙，心想，是她自己撞进来的。

李蔓抱了他有十来分钟，撒手的时候很果决，像嫖客，嫖完就走，头也不回，只留下一句：“你身上汗味挺重，回去洗个澡吧。”

她扎着高高的马尾，头发挺长，发尾有点卷，随着步伐晃动，脚上的帆布鞋是白色的，纯洁又干净，像极了今晚的月光。

裴邺坤胸口一凉，她留下的热气被风吹走，他揪起T恤闻，嘀咕道：“汗个屁，男人味懂不懂。”

他回去还是仔仔细细擦了个身，特意用肥皂抹好几遍，躺在床上一伸胳膊自己都能闻到一股香味。

李蔓穿的针织衫是宽松款的，可依旧掩盖不住少女正在发育的那处。

裴郕坤倚在床边，点支烟，发觉自己起了歪心思暗骂一声畜生。

他早几年就干过这事了，第一次是和比他大两年的学姐，他刚到职校的第一年，那学姐出了名地浪，其实滋味也就那样，不过是当时血气方刚又没尝过所以觉得挺妙。

入睡前，他想着对谁禽兽也不能对李蔓禽兽。

可越是这样想就越是背道而驰。

梦里，他梦到李蔓穿着他的T恤躺在他的床上，轻声说，郕坤哥哥，我想要你。他告诉自己不行，转身要走，却被她抱了个结实，少女的柔软触感很真实，她胆大地握住他那里，把他推到床上，跨坐在他身上，动作青涩又熟稔。

第二天早上起来，内裤黏糊糊一片。

裴郕坤烦躁地一脚踢开被子，觉得自己简直猪狗不如。

少年时期第一次梦遗，他梦到的是毛片里的女演员，那活叫一个好。他只能庆幸还好不是李蔓，不然他可能真是个变态。

李建忠第二天一早就走了，不是因为吵架走而是忙生意，他在别的城市做生意，一年到头很少回家，五次回家三次吵架。李蔓母亲的性格其实挺软，但哪个女人喜欢逆来顺受，即使要忍受，但还是希望能有个宣泄口，而导致这一切的男人就是宣泄口。

家里灯泡坏了，裴江让裴郕坤去镇上买，裴郕坤刚把电动车推出来正好看见李蔓在她家院子里捣鼓着她的自行车。

裴江扛起锄头要去田里，路过李蔓家门口随口一问：“小蔓，车坏了？要去哪里啊？”

李蔓：“嗯，要去学校出黑板报。”

裴江：“没事，让郕坤送你去，他正巧要去镇上。”

李蔓直起身望向他。

这5月的太阳真大，他的额头瞬间冒出一层汗，裤裆里的兄弟半硬着。

他发誓，昨晚的那场春梦比他任何一次实地操作都来得刺激和热血沸腾。

从家到镇上的学校也就十来分钟的路程，李蔓跨坐在他后面，没有任何肢体接触，只不过她的衣摆时不时蹭到他的大腿。

在校门口遇到一起出板报的同学，女生羞羞地问道：“小蔓，那是你男朋友吗？好帅啊。”

他们初中早恋的挺多，有男女朋友都不是稀奇事。

裴郅坤叼上支烟，单手握着车把掉头，晃晃悠悠地走了。

李蔓凝着他的背影，没否认，只说：“走吧，去门卫那里拿教室钥匙去。”

几个女孩子还是念念不忘，说：“你男朋友个子好高，脸好看就算了，身材感觉也很棒，主要是那种气质，有点痞哎，我最近好喜欢这类型的男生。”

“小蔓，他抽烟、喝酒、打架吗？就是为了爱情把情敌揍得满脸青的那种。”

李蔓：“少看点小说吧，那样的男生并不可靠。”

他抽烟、喝酒什么都来，身边的女人换了又换，如书中人物一样，对那些女生来说是不可靠的。

可他对她从来没做过什么越界之事，对她来说，是可靠的。

李蔓和他说的是下午四点来接她，其实五点半左右李蔓和同学就已经分别，坐在操场草地上等他。夕阳西下，大地都被敷上一层暖橘色，春风拂面，惬意至极。

裴郅坤在门口等了会儿等不到人就要进学校，门卫老头一眼就认出他来，又惊又喜道：“臭小子！怎么来学校了？看老师？这会儿都放假呢。”

裴郅坤骑在电动车上，双腿撑地，递给门卫大叔一根烟，说：“来接我妹，她搞什么黑板报。”

两人唠了几句他就晃着电动车往里走。操场在教学楼前，他一下就看到李蔓了，按喇叭提醒她。

李蔓盘腿坐着，向他招手。

裴郅坤下车，披着夕阳的光辉缓缓走去，旧色的牛仔裤有些宽松，随着长腿松动，匪气十足。

他蹲下，抬起眼皮，说："怎么，还想邀我一起在操场看夕阳？"

李蔓说："你坐会儿，我就想和你聊聊天。"昨晚还没来得及好好说说话，她也不想在家那边和他聊天，感觉这里更自由一些，至少周遭没有人，只有鸟儿划过天空的振翅声。

他一屁股坐下，说："想聊什么？"

裴邺坤被阳光照得刺眼，不自觉眯起眼，一时兴起吐了几个烟圈。

李蔓："技能还挺多。"

"帅不帅？"

李蔓轻轻笑了，说："你怎么回来了？"

她还不知道他，如果真喜欢这里也不会跑到外地工作，上次回来是春节。

裴邺坤说："想回来就回来，再差劲也是我的窝。"

李蔓说："下次呢，下次什么时候回来？"

"哟，是不是我不在生活很没味啊？一直想着要见我？"

李蔓："是啊，我想见你。"她的视线落在校园的林荫道上，说得漫不经心，叫人难以分辨真假，好似枯叶蝶的伪装，堪称完美。

小姑娘面容清秀，眉眼干净，那瘦瘦小小的身体散发着一股与年龄不符的成熟和淡然。裴邺坤咬着烟一时走神，那半截烟灰直直落在他手上，细软的触感有些痒。

李蔓扭头与他对视，柔声道："我说的是真的。"

那双细长的眼睛闪着粼粼的水光，清淡如流水，笃定又自信。

裴邺坤脑子一炸，昨晚梦里她的那双眼睛也是这样，她看着他说，邺坤哥哥，我想要你。

他从来不缺女人，也没仔细研究过爱情到底是什么玩意儿，一直以为就是亲嘴抚摸那档子事，直到今天才发觉，爱情大概是他想狠狠疼她，狠到粉身碎骨的那种。

他被她看得心烦意乱，大手按住她的脑袋强制她转向另一边，沉沉道："老子忙着呢，你以为想见就能见？好好读书去。"

他以为她是纯粹想见他，毕竟两人从小一起长大，感情深厚，但被这十六岁的小丫头片子撩得心像被蚂蚁啃，真是——

他已经踏上社会，人也渐渐步向成熟，考虑的东西不会再局限于情爱，这世界从来不是拐个人就能结婚的。

喜欢就喜欢吧，他从小就疼她，再多疼一点也没事，更何况一年到头见不到几次面，以后总会淡。

再者，李蔓对他纯属依恋，根本不是什么爱情，他不想显得自己太禽兽。

他和她之间，不能捅破这层关系，否则就是永远失去。

男人对感情突然开窍，又被现实的千斤顶狠狠压下去，只能死撑着往前走。

他知道他和李蔓是不可能的，单不说她会不会喜欢他，就说他这样子，能给她什么?

若这个时候问他后不后悔当初没好好读书，他倒是有些动摇了。

可世上没有后悔药，他第一次感受到没有能力所带来的深深挫败感，三百六十行，行行出状元，他琢磨着自己得干出点成绩，至少不能被李蔓瞧不起。

李蔓昨夜睡了很久，休息足够，即使这会儿被他折腾得浑身酸软，但并不是很疲惫，她很快醒来，触碰到边上他的胳膊才反应过来之前发生了什么。习惯一个人睡的她，思路难免有些跟不上。

裴邺坤依旧在熟睡。

她身上沾上了他的气味，甚是浓烈，好似刻下印记在表示她是他的所属物。

李蔓捡起地上的衣物走向浴室，双腿微颤，有些使不上力。

热水的雾气很快充斥整个浴室，玻璃门上水滴流淌，流水声温柔而缓慢。

裴邺坤被一泡尿憋醒，似醒非醒地侧身后挠头起床，身边没人，转眼望去，卫生间里有水声，灯也亮着。

他走进去，边尿尿边看着浴室的玻璃门，里面李蔓的身影模糊又清晰。冲完水，他倚在边上敲玻璃门。

“洗完了吗？”他问。

李蔓听到声音心一紧，随即关了莲蓬头裹上浴巾。

“洗完了，你要洗你洗吧。”

她把头发盘着，只有发尾被打湿，水珠滴落在肩胛骨上，开门的一瞬间，里头的热气涌出来，夹杂着沐浴露的香气。

裴郧坤勾着嘴角笑，伸手捏她的脸颊，他的眼神还有些混沌，应该是酒未醒透。

“累不累？”他问。

李蔓摇头，从他身边走过，拿起马桶盖上的衣服打算去外面换，却被他一把夺过。

裴郧坤将人拉入怀中。她刚洗完澡，皮肤清凉，和他的掌心形成对比。

“怎么了？一脸不开心，弄疼你了是不是？让我看看。”

李蔓揪着浴巾不让他为所欲为：“不疼，我没事，你洗吧，洗完我们再说。”

“说什么？”

李蔓不语。

裴郧坤捏着她的脸颊凑上去吻她，李蔓往后仰，但躲不开他，一股酒味，他吻得又急又贪恋。

“我换衣服，你洗澡吧。”李蔓费了些劲才推开他。

他说：“再让我亲一口。”

李蔓收紧下颌，轻淡道：“我有话要和你说，洗漱完我再和你好好谈。”

“想说什么？怕我不负责还是你不信我？”

“不是……”

“那是什么？”

咚咚咚——

门被敲了个震天响：“老坤！老坤！”

裴郧坤不满地挑起半边眉，松开李蔓，到房间去穿衣服，对她说：“你待在这儿别出来。”

李蔓俨然微微松口气，不疾不徐地擦干身体穿衣服。

裴郑坤套上内裤就开门，是董昊。

董昊说："楼下都开席了，你和小蔓——老坤，你……"董昊见他光着膀子又隐约闻到什么味道，迟钝几秒后瞪大眼睛惊呼道，"老坤，你不会叫小姐了吧？还是酒后乱性？"

裴郑坤："楼下开席了？现在几点？"

"六点多了……"

"行，一会儿就下去。"

砰——裴郑坤毫不留情地关上门，董昊被门风扇了个巴掌，一脸蒙地愣在门口，心想，老坤果然还是个禽兽，这么风流快活！

董昊摇摇头又走到李蔓房间门口，敲了好半天都没人回应。

李蔓穿戴整齐出来，喝了一杯凉水，裴郑坤双腿交叠倚在床头，等她喝完水说："过来。"

李蔓没有过去，绕到床的另一边穿上他送的高跟鞋，说："起床准备下去吃晚饭吧。"

她无比平静，像是他们之间什么都没发生过一样，裴郑坤觉得有些异样，从床上蹦起来三两步跨到她身后，将她抱了个满怀，下巴搁在她的肩膀上。

"怎么这么冷淡？伺候得不舒服？"

他知道，刚才李蔓一直在忍着，额头上冷汗阵阵，可就是不阻止他，左右也不过说了两句轻点，是他兽性大发一时控制不住，猛了点。

女人啊，真是容易生气。

李蔓不动了，像是在思考什么。

裴郑坤双手圈住她的手臂，揉捏着她的掌心，说："是我不好，刚才那会儿真的忍不住。生气了？要不你打我？"

李蔓摇摇头："我没有生气。"

他亲吻她的脸颊，说："那你板着脸给谁看？嗯？哪里疼就和我说，我想想办法看看有没有什么药膏，不用这么没有安全感，我会对你好的，以后永远都会对你好。"

以后。

李蔓觉得这两个字真刺耳。

她抓住他的手掰开，转过身和他面对面，高跟鞋为她增添不少气势。

李蔓说："我没答应你。"她很平静，却有豁出去的意味。

裴邺坤眼中的温柔逐渐冷却："你什么意思？"

"我是很喜欢你，也只喜欢过你。"也许这一辈子只会喜欢他。

裴邺坤仿佛猜到什么，冷笑一声说："所以呢？"

李蔓说："你知道的，我从来不打破我们关系的原因，你应该知道的。"

裴邺坤抬起下巴，眼中怒火燃烧，双颊线条收紧，静静盯了她几秒走到床头拿烟抽，他狠狠吸了两口，烟雾弥漫着。

他说："你要是没有这份心思就不该招惹我。"

李蔓："你不是喜欢我吗？喜欢我你能忍住不靠近我吗？"

"老子忍不住前几年会差点和别人结婚？"

"你要是忍得住那天在隧道边你就不该对我关心过多。"

"老子那是心疼你，疼惯你了！"他一脚踹在椅子上。

一瞬间房间里静了。

半支烟后裴邺坤嗤笑一声，说："你有个做生意的爹，又是好大学毕业的，现在还是人民教师，我是什么？只不过是个技校毕业的工人，粗俗没文化，家里一穷二白，怎么配得上你？"

李蔓说："我说过，你酒醒后会后悔的。"

裴邺坤踩灭烟，发狠地拽住她的手臂一字一顿说："老子不后悔！就算配不上你又怎么样？只要你心里装的是我，我就得试一试。李蔓，我今天就把话撂这儿，我是什么都没有，但你如果要跟我，我这条命就是你的，不能保你吃香喝辣，但老子绝不让你掉一滴眼泪！这辈子只管死命疼你。"

他一直在等她主动开口，就是因为知道他们之间的阻隔，他想等她开口然后光明正大地拥有她，她如果心甘情愿也许他就会少几丝愧疚感，毕竟他什么都没有。

可世上哪有事事顺心的，她开始像龙虾一样，一碰就往后缩，这个时候他才发现他根本不是在等待，他也没有耐心再等待。

李蔓双手握拳，两颊绷紧，犹豫就像是越勒越紧的藤蔓，快要将她撕碎。

他似要将她的手腕握断，力道之大，仿佛这一辈子的狠劲都用在这儿了。

裴邺坤沉沉道："要不要跟我？就问你这一次。"

他在博弈，天堂地狱一步之差。

李蔓凝视着他，感觉喉咙被堵住，细秀微皱的眉、抠进血肉的指甲、划过背脊的战栗感，无一不诉说着她的情绪。

沉静许久，李蔓别过头，轻声说："对不起。"

这三个字实在是俗不可耐却又如利刃般锋利，而她卡在喉咙里的那句我想再考虑考虑没说出口。

他和她太熟，有好也有坏，好的是如果不说破他就这么永远拥有她，坏的是彼此太熟悉，这份感情一旦变质就再难回头。

他本来也没想捅破，也想自己好好过日子，娶个老婆谈不上多深爱但相敬如宾过一生就好，可当他知道李蔓对他的感情后便再难克制，如果他不试一试，这辈子怕都是遗憾，即使知道自己和她之间的阻碍多，家庭、现实问题，这些都是羁绊，他懂，她也懂。

这次他才不管什么狗屁现实，他就想赌一次，结果真是输得倾家荡产。

他以为她没有在性事上拒绝他就是接受了他，接受了这份感情。

裴邺坤松开她的手，讥笑一声："行，反正我也不亏。"

李蔓知道，今天以后两人也许再也不会有牵扯，明明已经断绝所有后路，可她并不觉得舒心安然，反而像是坠入深渊。

李蔓说："我先走了。"

她简直是将她的性格发挥到淋漓尽致，连步伐都不会慌乱一丝。

"你真有种。"在她快走出房前他突然说。

李蔓顿住脚步，头也没回，说："随你怎么想。"

房门关上的一瞬间才是真正的寂静，空气中的暧昧味道还提醒着他就在几个小时前他们上床了。

裴郎坤站在原地许久，纹丝不动。

不知时隔多久，他一脚踢翻边上的小圆桌，茶杯水壶倒一地，四分五裂。

李蔓也不知道自己是做错还是做对了，这已经是她全部的理智了。

她将自己所有的第一次给了他，是遗憾中的最圆满。

裴郎坤梳洗完满身戾气地下楼吃晚宴。钱江海依旧是醉醺醺的状态，中午的酒还未醒，裴郎坤坐在伴郎桌，随手夹了几筷子菜。

董昊说："哟，磨蹭这么久，是不是又来了一炮？"

裴郎坤冷冷道："滚一边去。"

董昊抖三抖，刚才开门时还春风拂面，这会儿已经步入寒冬了。

李蔓换上自己的衣服，也下来吃晚餐，没看他一眼，简单吃了点食物，随后找到纪舒灵说等会儿就要回去，因为明天有课。

裴郎坤听不见她在说什么，如墨的瞳仁一直紧紧盯着她，眼中情绪复杂。

董昊看见李蔓朝她招手喊道："小蔓，来！"

李蔓转头，视线正好对上裴郎坤的，她看向别处，朝他们那边走去。

董昊说："我刚才去你房间找你，怎么都找不到你人啊？"

裴郎坤灌几大口啤酒，低头吃菜。

李蔓说："有点事出去了。"

董昊见她背着包，说："你要走？晚上还要闹洞房呢，可好玩了，明天再走呗。"

李蔓说："明天上午要去给学生补习。"

董昊瞧瞧裴郎坤，感觉有点奇怪：怎么一句话都不说？

李蔓："那我先走了。"她举止大方悠然。

人一走，裴郎坤将筷子一摔，虚盯着前方一个劲地喝酒，愤怒的红爬上他的脖子和耳朵，额角暴着青筋。

董昊咽咽口水，不敢再多说一句，他眼睛又不瞎。

这俩人绝对有猫腻。

昨夜下了场暴雨，下午的时候淅淅沥沥又开始下起小雨，一晃多日，自从钱江海的婚礼后李蔓没再见过他，他没有回来。

李蔓站在窗前，窗外是鳞次栉比的居民房，在左边有个三岔路口，车辆来往密集，路边有些年代的香樟树巍峨耸立，树叶飘动，雨点细密，阴凉的雨天冲刷走尘埃，雨后的世界好似一切都是新的，同时也是浑浊的。

陆彬瞅她，把笔一放，说："李老师，我写完了。"

李蔓回过神，给他改试卷。

"老师，今晚能不能少布置点作业？"

陆彬是初二学生，现在的学生都普遍早熟，他对李蔓一点都不拘谨，连着三年都是她做的暑假家教。

李蔓说："给个理由。"

陆彬抓了抓头："女朋友嫌我最近不找她聊天，和我闹脾气。"

李蔓笑了声："试卷做得挺好，那就少做一点吧。"

陆彬："老师我爱你！"

李蔓把试卷挪到他眼前："这几道错了，再算算。"

陆彬是个成绩不错的孩子，这会儿补习快结束，有点分心了，边想题目边唠起嗑来，问道："李老师，你说你们女人都在想什么，不聊天又不代表变心不喜欢了，怎么这么作呢？还难哄，真是女人心海底针。"

"专心点做题目。"

陆彬嘿嘿一笑："李老师，我这都认识你第三年了，找到男朋友了吗？"

李蔓："没有。"

"追你的人很多吧？长这么漂亮，脾气也好，比我那位不知道温柔多少。"

"不多。"

陆彬说："你怎么都不谈恋爱？老师，你有喜欢的人吗？"

陆彬把重做的题目给李蔓看，李蔓静了会儿说："有。"

"那他呢，喜欢你吗？"

“嗯。”

“那不是两情相悦？那你们为什么不在一起？”

李蔓没有回答。

陆彬靠在椅子上，像是一眼看穿，侃侃道：“老师，你太畏首畏尾了，你年纪又不大，如果觉得这场感情没结果就直接放弃那也太怂了。”

李蔓：“等你再大点会懂的，爱情不是促成婚姻的全部，爱情也不是生活的全部。”

“老师，你知道我见过最残忍的人是什么人吗？”陆彬说，“是减肥成功的女人，而你，比那些女人对自己更残忍。”

虽然少年老成的模样让人想笑，但李蔓还是记住了陆彬的话，他说的也不无道理。

回去的路上李蔓想，如果她在陆彬这个年纪知晓裴邺坤对她的感情，也许她会不顾一切地奔向他，哪怕最后猴子捞月一场空，但现在的处境和年龄实在不允许她放肆。一个人思想慢慢成熟后就会被世俗的点点滴滴捆绑，庸俗并且顽固。

到家的时候裤脚衣袖还是被雨打湿了，李蔓上楼洗澡，刚拐到二楼就听见干呕声，一声比一声激烈，她一滞，跑到黄美凤的房间推开门，她躺在床上半屈着身子对着垃圾桶干呕个不停。

李蔓给她顺背，黄美凤呕得喘不过气，苦胆水都吐了出来。

李蔓有些恨铁不成钢，说：“即使医生说没大碍，可是不排除复发的可能，你能不能好好休息？我不需要你为我赚钱买什么房子。”

黄美凤摆摆手又干呕几下终于停下，虚弱道：“妈没事，就睡午觉突然干呕起来，大概天热有些中暑。”

“那我给你刮痧。”

李蔓拿来水和陶瓷调羹，一刮果然背后通红。

李蔓说：“还有半个月我就回桐城，国庆再回来，你一个人当心点，药还是要吃，少干活多休息。”

黄美凤欣慰地笑着，说：“你一个人在外地才叫我不放心，你说你要在那边工作，那随你，可考虑过结婚的事情了吗？今年过年你就二十五了，是时候找个对象了，最好和你工作的地方近一点，这样有个照顾，我也就不总担心你了，得找个踏实可靠的，当然相貌也得端正一点。”

“妈，我工作还没稳定，不急。”

“工作和谈恋爱不挨边，世上好男人多的是，你别放不下那一个。前几天……是不是和邺坤吵架了？我看你那天回来后一直冷着脸，胃口也不好。”

“没有。”

黄美凤叹息一声，自己的女儿说真话假话如果分辨不出来那她也白活了。

黄美凤说：“你愿意和妈说说喜欢他什么吗？”

李蔓给调羹蘸上点水继续刮，默着声，黄美凤以为她不愿意说，打算说点别的，李蔓忽然开口了。

她说：“和他相处比较自由。”

两个人的性格天差地别，却正好互补，他带给她奔放狂野的自由之感，她带给他温润细腻的幸福之感，相互索取，相互信任。

他那天说除了他的母亲她是他生命里第二个重要的女人，对她来说，他是她生命里唯一的星火，燃烧着她的枯寂草原，生生不息，此生不灭。

黄美凤说：“你们从小一起长大，彼此熟悉，相处起来当然自由。小蔓，别钻牛角尖，再看看别人，相处久了一样也可以的。妈希望今年你能带个男朋友回来让我看看，这样我就放心了。”

“再说吧，再过两年恋爱结婚也不晚。我不想这么快。”

黄美凤闭上眼，忧心忡忡。

晚餐是李蔓煮的，青椒炒毛豆、冬瓜排骨汤。

雨滴从屋檐落下，好似珠帘，风雨将院子里的柿子树打下不少叶，就连圆润碧青的小柿子果也滚落一地。夏天落雨的傍晚安宁而静谧，只有蛙叫得颇为欢快。

母女俩映着雨帘慢慢享用晚餐，这样的宁静和美好不知道还能有多少次，吃着吃着黄美凤眼睛有点酸，低下头不让李蔓看见。

李蔓这几日有些失眠，烟瘾也是从未有过地重。

九十点钟的时候又是一阵暴雨，伴随着几个响天雷，远处的几棵水杉树尖细的尾巴剧烈摇晃，风和着雨噼里啪啦打在玻璃窗上。

裴邺坤的家亮着一丝微光，但莫名地很空，李蔓知道今天他依旧没回来，她不知道那天以后他去了哪里，甚至她觉得他可能已经回来过一趟，拿走行李去了桐城，就这么一声不响地彻底离开了。

李蔓想起从前有一次他也是这样离开好几天，她以为他再也不会回来了。

那时候他十二三岁的年纪，清瘦却倔强如牛。他对顾兰本来就有成见，但他什么都没有，依附着这个家庭就只能唯命是从，生活里的一点矛盾都能引起轩然大波，旁人都劝说顾兰孩子小不懂事，劝她宽心点。

明面上大家都帮着顾兰，可都知道孩子才是真正受苦的，所以说，亲妈再差也比后妈强。

顾兰满脸的委屈和无奈，裴江的立场也很难站，到底还是怪在裴邺坤身上，他想自己的儿子是亲的，打骂都没事，顾兰即使是妻子但终归不是自己人。

大人们懂这个理，可孩子不懂，李蔓站在母亲身边看着他，她也不懂。她知道他从来都没有错。

第二天裴邺坤去上学，晚上到点了还没回来，再晚点打电话给老师一说，才确定人没了，谁也不知道他去哪了，把班主任吓得一夜没睡好。

裴江跑了几个同学家，都没寻着人，镇上的网吧里也没找着他。

顾兰说：“大晚上净折腾人。”

那时候她还在上小学，午饭是在校外的一个餐馆吃的，吃完会去小店买份零食，她在小店外面看见了裴邺坤，他倚在电线杆上和几个男生说话，阳光晃眼，照在他身上慵懒而散漫。

她跑过去，说：“你回家吗？”

她在他眼睛里看到一丝蔑视。

她说：“不回来了吗？”

那一刻，她第一次有种要失去他的感觉，一个从小就陪在身边的人再难相见，这种感觉不知该怎么形容。

李蔓没有告诉裴江她见到裴郕坤了。

隔了十来天，那天晚上放学她看见裴郕坤在院子里打井水，他看上去很压抑又很愤恨。

她想他总有一天会离开这里的，头也不回地离开。后来事实证明确实如此，只不过岁月让人实现想法的同时也赋予他成熟的思想。

裴郕坤考别处的技校离开家，去别的城市工作离开江州，可他还是会回来的，就像那时候他说的，再差劲这里也是他的窝，落叶归根，这里是他的根，他对裴江再埋怨可终究是唯一的亲人。

李蔓倚在窗边抽烟，第三根的时候她被呛到，咳到眼泪都流出来。

骤雨初歇，隔日太阳重新升起，温度又要开始上升。

李蔓上镇买菜，只是没想到会在镇上看见他。

裴郕坤靠在一辆轿车边上吸烟，时不时和边上的钱江海说些什么，扬眉低笑，看起来没有任何不适。

钱江海一脸烦躁，说道："你还笑得出来，这倒的什么霉运？莫名其妙怎么就萎了？"

裴郕坤被这晨光照出一身虚汗，却觉得挺舒服的，说："得了，你再踢车轮都要被你踢爆了，再等会儿，拖车一会儿就来。"

"你不急？不是说一点的火车吗？"

"嘁，错过了就再买下一趟呗，又不是什么大不了的事情。"

钱江海说："那人错过了，也换下一个？"

裴郕坤抬起眼皮看他，钱江海往李蔓的方向努努嘴，李蔓正在路边挑水果，背影纤细窈窕。

钱江海不知道裴郕坤和李蔓到底怎么了，但就这几天裴郕坤那个状态，他敢拿结婚证打赌，这俩人闹掰了。

你有见过婚礼上比新郎醉得更死的吗？他见过，那就是裴郕坤。

好家伙，睡了整整两天，婚礼宾客都散了，他和纪舒灵留下处理后续，所有房都退了，只有裴郕坤的没退，怎么都叫不醒他。

第三天裴郕坤从房里走出来的时候眼睛猩红得像被泼了红油漆，浑身酒味，客房服务都是捂着鼻子进去的。

钱江海算着离蜜月还有十来天，也就好好陪了陪这位兄弟，问他到底怎么了，死活也不说，醉意当头也只不过蹦出一句：你真有种。

裴邺坤死死盯着李蔓的背影看，嘴角淡薄的笑意渐渐被扯平。

钱江海说：“虽然不知道你俩怎么了，但你们那点小九九兄弟我可是看得一清二楚，小蔓对你也有意思吧，既然这么喜欢，吵架了就去哄哄，你不是少女杀手嘛，这会儿搞不定了？还整天借酒消愁，像个样？”

裴邺坤斜睨他一眼，背过身不再看李蔓，沉默不语，只是烟抽得猛。

李蔓买完水果忍不住朝他望去，正好对上钱江海的视线，钱江海手一挥，喊道：“小蔓！”

裴邺坤倚靠在车门上，微仰下巴迎着刺眼的日光吐烟圈。

李蔓本想装作没听见，可钱江海不肯罢休，边上的叔叔阿姨都朝她看，李蔓推着车走到他们边上。

钱江海说：“喊你这么久都没听见，故意的吧？哎，对了，帮我个忙，帮我把老坤捎回去，我的车坏了，别耽误他下午的火车。”

他只留给她一个侧颜，李蔓说：“要跟我回去吗？”

裴邺坤弹烟灰，没回答，长腿一跨直接坐在电动车后座上，沉重的分量压下来，车身颠了颠。

钱江海笑说：“快走吧，走吧。”

李蔓发动车子，缓慢稳定地启程。

看着越行越远的两个人，钱江海默叹一声，心想，今儿这车坏得值。

他一路都不说话，李蔓只闻到不间断的烟味，她不知道他在后面是用怎样的眼神看她，也许他都没有看她。

李蔓放慢车速，说：“一定要这样吗？”

“哪样？”他一开口，声音沙哑得可怕，像是吸血鬼见了阳光濒临死亡的那种喑哑。

李蔓摇摇头，低声道：“没什么。”

第四章　我想见你

走在李蔓前面的阿姨骑着自行车和边上的朋友扯开嗓子嚷嚷着那些琐碎事，李蔓心思不在这儿，加快速度想越过人流快点回去。

那妇女突然哎呀呀叫起来，说：“阿姐你东西掉了！是什么？豆腐吗？”

那阿姨赶忙下车，车还没停稳就看见豆腐被别的车压碎了，火气噌噌噌地从脚底心直冲脑门，骂道：“你这人眼睛瞎啊，没看到前面有东西？怎么开车的？”

李蔓回过神发现那阿姨指着她骂骂咧咧，她停住车，往回一望才发觉把人的菜给碾了。

“抱歉，不是故意的。豆腐多少钱？我给您。”李蔓拿出钱包欲付钱却被制止，裴邺坤抽过她的钱包拉上拉链往电动车前面的储物兜里一扔。

他说：“东西是您自个儿不留心掉的，怪谁？”

阿姨双手叉腰，一头蓬松的鬈发红得嚣张，喋喋不休道：“谁要你的钱了！走路不长眼睛！真晦气，买个菜还这么晦气！最近倒了什么霉了！”

路人行过，投来目光，李蔓没听他的话，拿了十块钱给那个阿姨，说：“是我不当心，抱歉了。”

阿姨手里拽着十块钱，嘀咕几句翻个白眼上车了。

两人走了一段，李蔓说：“她们这一辈的人节俭，弄坏点东西会很心疼，不用这么——”

他打断她：“是，是老子多管闲事。”

吃饱了撑的看不得她受半点委屈。

李蔓说：“我不是这个意思。”

后面的人不说话了，但隐隐能感觉到不满的情绪。

李蔓走的是大道，会路过一座桥，桥往前有一个向下的斜坡，很陡，车轮卡到石子导致车身颠簸，裴邺坤身体往前倾，下意识地用手捏住李蔓的腰来控制平衡，两腿夹着她的臀部。

被他灼热的身体包围的李蔓背脊一僵。

车从坡上下来驶入平稳的路面，裴邺坤松开手和腿，往后仰，手上的触感挥之不去，他烦躁地眯起眼，目光落在她的腰间。

转进家附近的小路口，边上是小河和田野，玉米秆子高高竖起，像一堵墙，朝阳赫赫，玉米叶上的露水逐渐蒸发。

沉默让氛围很凝重，她试图缓和，说：“你今天要回桐城？”

“和你有关系？”他声音冷硬。

“好好说句话也不行吗？”

风吹起她的马尾露出白皙的脖颈，她正视着前方，像只永不低头的白天鹅。

他冷笑一声，更多的是不屑。

“我没你看得开啊，和人上了床转头可以当作什么也没发生，怎么，这会儿还想和我保持友谊关系？有些话一说出口就再难回头了，你要是舍不得老子，可以当炮友。”

“别太过分。”她平缓的语调中带着一丝愠怒。

“过分？你自己不也主动得很吗？”

李蔓刹车，手紧紧攥住车头，说：“你知道你现在像什么吗？就像一个要不到糖果就撒泼的小孩。”

天空广袤，绿树遮阴，边上一个人影也没有。

裴郅坤忽然扣住她的腰，身子往前贴，下巴蹭到她的耳骨，说：“那你一开始就别给我剥糖果衣，引得我嘴馋了控制不住了给我舔一口就收回去，逗我玩呢？”

李蔓薄唇微启，看嘴型裴郅坤就知道她要说什么，他抢先一步说：“得了，你别又提一遍，有意思吗？我知道自己穷，哪配得上你啊。”

裴郅坤从车上跨下，拿下别在耳后的烟，站在一侧点燃，眉间的阴霾连烈日都照不亮。

李蔓说：“我没有因为这些看不起你。”

在她心里，他一直都是她追随的方向。

她说得很认真，两条秀眉柔柔地拧着，她的眼睛是淡淡的琥珀色，阳光一照光泽盈盈。

裴郅坤凝视她半晌，说道：“李蔓，递糖的是你，扔掉的也是你，扔了就脏了，老子也不想吃了。”

他一字一顿说得都很清楚，也不想听她再多言，转身进了玉米地的小泥路，抄近道回家。

李蔓停在原地许久，夏日寂静，她却心生浮躁。

选择不由心，大概就是现在的后果。

裴郅坤本来就没多少东西收拾，三两下就整理好行李。裴江刚烧完早饭，让他吃个饭再走。几天没人影这会儿突然又要走了，裴江叹口气也知道自己管不了他。

裴郅坤在院里的水池上洗头，冷水一浇，抹点洗发露，板寸的头发一两分钟的事。

裴江说：“上次和你说的那个姑娘，你觉得怎么样？要是觉得不错那就试着处处。”他不知道裴郅坤下回什么时候再回来，只能抓紧时间催催他提醒提醒他，老大不小了，别到时候光棍一辈子。

李蔓正好拐进来，裴郅坤说：“想跟我的女人多的是，你别老操心这个。”他声音有力，李蔓想不听清都难。

裴江嘀咕几句让他赶紧洗完来吃饭，别耽误火车。

李蔓帮黄美凤在阳台上晾衣服时听到讲话声，是裴江在叮嘱他什么，李蔓把衣裙挂好，忍不住回头看了一眼。

裴邺坤手拎着黑色箱包，敷衍地点头应付裴江，然后跨着步子离开，裴江送他到家门前的路口，望着他离去。裴江的背看上去有点弓，而远去的那个人身姿挺拔。

他没有朝李蔓的方向看一眼，连余光也没有。

黄美凤在楼下对着李蔓说："我去你奶奶坟上烧纸，你去不去？"

"好。"

今天是李蔓奶奶的祭日，简单祭拜一下，烧些元宝钞票，每年也就过一下这样的仪式。其实黄美凤和李建忠离婚了就完全没有这个义务，可当初离婚的时候李建忠把这里的房子地皮都给了她们母女俩，他两袖清风走了。

黄美凤不离开的原因也很简单，这是李蔓的家，自小生活在这里她觉得孩子已经习惯了，二是黄美凤婆家没人，房子也很旧，根本不能住人。

要说分割财产，那时候的李建忠不像现在赚这么多，做点小本生意比普通打工的强一点，家里有个二十来万的存款，各分一半。

这些都是那么容易划分，可人情上的东西就难说清了。

离婚后李建忠几乎没回来过这里，就算和李蔓见面也是在外头，更别提回来上坟了，更多的时候是拜托黄美凤多买一份阴钞一起烧给老太太。

今早是李蔓上镇买的，但只买了一份。

坟在田野里，那里从前是老宅，后来才迁徙到这边盖房的，落叶归根，得埋在最初的地方。

李蔓在路边看到停着辆黑色轿车，她几乎是本能地竖起了身上的刺。

黄美凤说："你爸前几天给我打过电话了，说是会回来上坟的。"

李蔓把东西一放，头也不回地走了，她不想看到李建忠。

黄美凤引燃阴钞，一沓一沓地烧给老太太。

她本想借着这个机会让李蔓和李建忠缓和一下关系，可实在是难啊。

李建忠把自己买的金元宝放一旁，说："有什么事就说，如果是经济上有什么困难——"

本来他这段时间一直待在江州，一是看望老杨，二是谈个生意，算算日子也到了老太太祭日了，本来就想回来一趟，结果正巧她给他打电话说想见一面。

黄美凤说："小蔓和你倔了这么多年，也就这方面孩子气，她孩子气是因为把你当父亲，嘴上说着恨你，但心里肯定是念着你的。你从前外边的那些事她都知道，别看孩子小，可脑袋瓜聪明着呢，你不常回家所以她对你格外喜欢，可孩子哪接受得了你外面那些事情。我也知道，我们的问题是我们的事情，你对小蔓也很疼爱，可你到底现在有了自己的家庭，不能顾着我们，这我都明白。你给的钱小蔓虽然收下了，但她是肯定不会用的。我就希望以后你能多照顾着点她，她的路还长，一个人多难扛，再恨你她也只有你了。"

她说着说着声音就哽咽起来，袅袅灰烟熏得人睁不开眼。

李建忠觉得不对劲，这后面的话怎么听都是不对的。

"什么叫她只有我一个？美凤，把话说清楚。"

黄美凤拿过他买的元宝继续烧，背对着他，说："一年前身体查出了点毛病，前几日去复查，没好，估计活不了多久了。"

李建忠想起上次在医院碰见李蔓，当时他还以为是李蔓感冒发烧了，原来是这样。

李建忠问："什么病？"

"肺癌，治不好的。"

"你没告诉小蔓？"

"提前和医生打了个招呼，把她骗过去了。她以为我这病好了，我也不打算告诉她，等哪一天真的熬不下去了再和她说吧，不想给她心里添堵。"她如果现在告诉李蔓，估计她会辞掉桐城的工作守在这里，可守在这里又能怎么样？到时候她眼一闭走了，李蔓呢，工作没工作，亲人没亲人的，没必要。

李建忠说："唉，还是去医院住着吧。"

“那地方太花钱，待着恐怕人去得更快，还是家里舒服。”她起身面对他，说，“叫你来是想和你说，多照顾照顾小蔓，她以后怕是要定居在桐城了，你不也在那儿吗，应该方便吧？这些年我攒了点钱，加上你给的，大概能给她买个一室一厅的房子，等把这儿落实了，她再找个可靠的人结婚，我也就能放心去了。可就怕以后有个什么事，你离她近——”

“我知道的，我都知道的，她也是我女儿，就算你没有生这病……我也会照顾她的，血缘关系上的孩子我也就她一个。你要给她买房，钱够不够？要不我买吧，买个三室两厅的。”

“别了，你一下子拿出一两百万她没意见？你有自己的家庭，小蔓这边只需你留点心看着，这样拜托你以后我心里踏实不少。”

曾经她和李建忠也吵得不可开交，和李蔓一样恨他怨他，可时间久了，看开一些，发现只要女儿好就好了，她这一生格局已定，只期盼李蔓能活得幸福一点。

他这人虽然从前在外面拈花惹草，但对李蔓是真的疼，黄美凤能信赖的也只有他了。

夏天的夜凉快清爽，不像冬夜，总带着一股孤寂萧瑟之感，虫蛙鸣叫，心静则无声，心躁则有声，人在忧虑时一丁点的声音都会被放大。

一连半个月，李蔓都要到凌晨两三点才能入睡，清爽的夜晚让她清醒，动物的叫声让她混沌。

黄美凤一眼就看出端倪，她也很想和女儿说要不去试一试，可终究没开这个口，她不放心，裴郢坤那孩子她不放心。

8月20号学校进行补习，18号开教师会议，李蔓买了17号的车票。

李蔓说：“我国庆再回来，记得吃药，多休息。到了那边我给你电话。”

黄美凤点点头，说：“我给你在行李箱里塞了红枣，都是我挑过的，有空煮点红枣汤喝，对身体好。自己在那边也要注意身体，按时吃饭，别弄得胃疼，胃需要好好养着。”

母女俩都是欲言又止。

到达桐城时正是下午太阳最烈的时候，从动车站出来吸一口空气，闷热到让人窒息。

小区里有些冷清，这里的租户多半是学生，估计19号左右就又会热闹起来了。

李蔓给房间通风，简单打扫后冲澡换衣服，上回那两个学生还没出院，腿部骨折，大概还得住一阵子。

她在医院门口的超市里买了点营养品和水果，天边云兴霞蔚，暮色即将降临。

“坤哥，你看啥呢？”周金走了几步发现身边人忽然没了，回头一看裴郸坤戳在原地盯着医院大门口看，这里人来人往，不知道他看什么。

裴郸坤收回视线，抬了抬下颌说：“你不是要买补品吗？我在外面等你。”

“你不买？”

“我这都来第七回了，该买的都买了，再买我也别吃饭了。”

周金笑笑：“也对，赵师傅的病房估计都要被你的东西堆满了，那你帮我去挑挑啊，我也不懂，万一买的不好呢。”

裴郸坤挨着街道上的圆形矮柱坐下，背脊弯曲挡着风点烟，说：“那些本来就是唬人的，随便拿点就成，老赵吃了也不会一下子从床上蹦起来。”

“行，那我随便买点。”

圆形矮柱光滑的表面日晒一天，他坐下的时候烫了一屁股。

他就想着来碰碰运气，结果，还真撞上了。

她对所有人都仁慈好心，唯独对他独断又残忍。

他们这工作忙，几乎抽不出时间，也就他受伤不能干活，整天晃来晃去，周金也是硬挤出时间来瞧老赵，整个过程只能用一个字形容，那就是急。

病房里没唠上几句就要走，人来一趟心意也算到了。

周金和他乘电梯下楼，裴郸坤站在电梯门口突然说：“你先回去吧，我晚点回。”

周金拍他胸脯：“坤哥，你趁着这受伤的间隙好好玩乐休息吧，回头忙起来喝口水都没工夫，这花花世界好好玩一玩哈。”

“你想玩啊？那你回头躺火车底下碾一碾，也能这么逍遥。”

周金连忙摆手：“吓死宝宝了。”

老赵的病房在五楼，他知道那俩学生在三楼，裴郫坤慢悠悠走楼梯下去，从楼梯间里拐出来左右望着，走廊里病人护士挤了一堆，没有她。

他沉下眼，心想自己真犯贱，转身要下楼打算去外面街上转转。

“郫坤。”

脚还没下楼梯，身后有人叫他，这声音不是李蔓的，但有些熟悉。

周蔚初穿的是便服，细腰细腿，文文静静，面容干净清澈。

裴郫坤看清来人后神情很淡然，问道：“有事？”

周蔚初笑笑：“没，就看见你了，和你打声招呼，手好些了吗？再过不久就可以拆石膏了吧？”

“还得大半个月吧。”

周蔚初说：“你烟瘾重，还是少抽些，有助于恢复健康。”

“嗯。”

“我下班了，你吃过晚饭了吗？要一起吃吗？”

裴郫坤口中的“不”字刚发一半音就活生生被咽下，他看见李蔓从病房里出来，正往他们的方向走来。

他说：“想去哪吃？”

周蔚初一愣，原以为他会拒绝，这出乎她的意料，忙说：“那去以前我们常去的那家店吧，很久没吃那里的拉面了。”

裴郫坤漫不经心地嗯了声。

周蔚初说：“你要走楼梯？”

裴郫坤：“坐电梯吧。”

李蔓在等电梯，感觉身后有人也在排队等待，那人的影子随着灯光折射过来，将她笼罩住。电梯门开，她走进去转身按楼层的时候才发现站在她后边的人是裴郫坤，她的指尖在楼层按钮上止住。

周蔚初说：“一层，谢谢。”

李蔓按下一层，抬起头目视前方。

从电梯的反射镜里李蔓看到周蔚初嘴角挂着淡淡笑意，双颊粉嫩，就和那个冬天一样。周蔚初有酒窝，笑起来很甜，李蔓瞥了几眼微微皱眉，垂下眼，思绪翻腾。

周蔚初没认出李蔓，上次匆匆一眼印象不是很深刻，她光记着裴郕坤了。

周蔚初有点踌躇不安，轻声说道：“我还以为你会拒绝我呢，我上次发你短信你也没回，我以为——”

裴郕坤说：“别想太多。”

他的余光在李蔓身上停留几秒后快速收回。

她今天穿的是吊带碎花裙，还是偏紧身的那种，粉白色的雪纺布料柔软飘荡，蝴蝶骨深深凹凸，光滑的皮肤细腻白嫩，他那天就着她的背吻了很久。

周蔚初说：“我们挺久没联系过了，你找到合适的结婚对象了吗？可别像我和你一样……”

裴郕坤的视线在镜子的反射下和李蔓对上，他不避开，说：“我什么都没有，真到那一步谁会跟我，还不都是玩玩而已？”

周蔚初以为他在责怪她，难堪地低下头，细声说：“对不起，我不是——我没有玩过你。”

到达一层，李蔓率先走出电梯，步伐没有一丝慌乱，笃定地离开医院，没有回头。

裴郕坤咬紧牙，喉咙里溢出一声哂笑。

城市的夜空并不是那种沉闷的黑色，更像是一种深不见底的蓝，街边路灯亮起，一盏接一盏，间距很小，恍如白昼。

晚风微凉，医院门口的小摊贩多了起来，有卖气球的，有算命的，有卖水果的，行人来往，每个人都步伐匆匆。

李蔓站在斑马线前等红绿灯，周围有人在说笑。

他真的很招女人喜欢，就算是前女友也对他念念不忘，他没体面的工作，没较好的学历，没富裕的家庭，可女人就是被他迷得神魂颠倒。

裴郕坤走出医院大门的时候人群里已经不见她的踪影，周蔚初有些跟不上他，他也没有停下等她。

他是个细微体贴的人，以前能把她各方面照顾得很到位，现在这样的细节对比总让人有些伤感。

笔挺的路灯杆子支撑着圆润的灯泡，暗橘色的光从顶上投下，将香樟树树叶的剪影贴在地表，风吹过，影子也随之摇曳，忽暗忽明。

裴郕坤满脑子都是李蔓高傲清冷的身影，他也不知道自己在想些什么，兜兜转转想不出个所以然，但就是莫名地烦。

他恼她不给他机会，却也明白她这样的选择，可就是不甘心，心心念念爱了这么多年的女人，明知道她也很喜欢他，却是这样的结局。这半个月他憋着一股气，今天再见到李蔓，差不多要爆炸了。

周蔚初看他接连抽了好几根烟，忍不住提醒道："还是少抽点吧。"

裴郕坤吸一口，鼻子吐烟，说："习惯了。"

"所以还是尽量把这习惯改了吧。"

他没回她话，要是换作别的女人他可能直接甩一句关你屁事，可周蔚初性子软，指不定会掉眼泪，他最烦哄女人了。

那时候周蔚初和他在一起的时候偶尔会哭，工作压力大或者有不顺心的事情讲几句就掉泪珠，他哄半天她的眼睛还是红的，有时候真的耐心有限。

哪像李蔓，咬死嘴唇落一滴泪后能立马收回去，犟死也不低头。

都说会撒娇的女人惹人疼，其实不然，他就喜欢李蔓那种牛脾气，那样的女人偶尔撒回娇，他命都能给交代了。

那家拉面店在小吃街中央，当初是她带他来的，因为便宜实惠，而她也比较喜欢吃面食。

晚上店里生意好，排队等了十来分钟才有座位。

周蔚初招呼老板，说："两碗红烧牛肉面。"

老板应了声，笑说："好几年没见你们了。"

裴郧坤手肘撑在桌面上，望着窗外的夜景发愣，压根没听到，周蔚初朝老板尴尬地一笑，回头打量裴郧坤的反应，见他无动于衷，心里的失望又厚一层。

周蔚初手托着下巴，想起从前，说："我记得有一次冬天，你大晚上来找我，街上的店大多关门了，只有这家拉面店开着，你抱着我——"

"蔚初。"他打断她，说，"过去的别提了。"

周蔚初默了声，转而说："只是突然想到。"

她想到裴郧坤在电梯里说的话，解释道："我和你在一起那两年，没玩过，当初是真的想和你结婚的，可我父母那边我实在无能为力。"

那会儿裴郧坤还不是工长，只是个小工人，工资一个月也就三千多。

裴郧坤说："我没怪你。"

周蔚初说："这几年我妈也给我介绍过一些对象，可能是年龄大了，怎么处也没恋爱的感觉，我也不想将就着结婚。他们都不像你。"

要论愧疚，他才应该是愧疚的。他和她在一起的时候虽然很认真，没对不起她，也想过和她过一辈子，安安稳稳的，以后好好疼她，但李蔓是他心里的一根刺，时不时扎一下他。

裴郧坤说："你条件好，总会碰到适合你的，高富帅那种。你也别想太多了，往前看。"

他自动忽略她最后一句话。

周蔚初说："对了，上次在医院看到你和一个女生在一起，是你女朋友吧，看着不像你说的那种，如果她听到你今天在电梯里说的那话应该会伤心的。"

裴郧坤终于转过眼珠子看她，冷哼一声："她不会。"

周蔚初皱眉，随即一笑，说："吵架了？"他默认了他有女朋友。

裴郧坤说："掰了。"

"那去哄哄，女生嘛。"

"哪那么容易。"

"那你们就这么掰了？"

"呵，掰了我也得把她拽回来。"

拉面上来，他吃得很快，也不说一句话。

周蔚初几度欲开口，最后还是安静地吃面。

两个人吃完差不多八点，周蔚初说开车送他被拒绝了，他说了句路上开车小心后就消失在小巷子里。

她站在晦暗的霓虹灯下望着漆黑的巷子，心底涌起一股难以言说的滋味。

李蔓洗完澡吹干头发，滚烫的风吹出一身汗，刚洗完身上又有些黏糊糊，她把头发用夹子固定，按照生活流程，不急不缓地洗衣服晾衣服。

窝在沙发上休息看电视时才想起今天到这边后还未用过餐，李蔓点了个外卖。

正是黄金档时间，放的是青春偶像剧，女主角家穷，配不上男主角，男主角不放弃，女主角却一直在退缩。

李蔓换了个频道，旅游节目，蓝天白云，看着还算赏心悦目。

主持人流利地说了一大段英语，随后又用中文和观众解释，李蔓拿过抱枕，身子倾斜靠在沙发边上，棉质的裙子往上卷起露出白皙的小腿肚。

她开了小灯，灯光不是很强烈，淡淡的暖色，这样不招蚊虫。

电视屏幕场景变化，五颜六色的光线映在她的脸上，二十分钟一晃，有人敲门，李蔓如梦初醒。

外卖小哥说："大排饭，这是送的饮料，祝您用餐愉快。"

"谢谢。"

关上门之前，外卖小哥忽然说："小姐，你一个人住吧？"

李蔓敛起目光，警惕起来。

外卖小哥慌忙摆手，说："我在楼下看到个男人使劲盯着你这户望，看上去不像正经人，注意安全。"

"男人？"

"对，手臂上还打着石膏呢。"

李蔓点头道谢，把房间里所有的光源都熄灭，走到阳台向下望。

楼下桂花树旁边有一盏路灯，皎洁如明月，男人站在路灯底下抽烟，时而低头时而张望，柔和的光洒在他宽阔的双肩上勾勒出男人的轮廓，硬朗深沉，像一座孤独的山。

现在左右不过九点，她不知道他站了多久，只能说他和那个女人吃饭吃得挺快。

李蔓回到客厅，在一片寂静中伴着月光吃饭，静到开饮料罐气泡起伏的声音都清晰分明，她并不是很饿，眼下却更加食不知味，味同嚼蜡。

这么多年，因为知道自己不能肆意选择，所以她喜欢得很辛苦，忍得很辛苦。她一直觉得那天她做了个正确的抉择，但是正确却不快乐，现在比从前更辛苦。

她最近不止一次地试想——如果，如果她和他在一起了会是什么样子？

她放下筷子，静静矗立在这无边黑暗中，厨房水龙头没拧紧，水声滴答滴答响。

砰砰砰，忽然有人拍门。

李蔓的心猛地收紧，下意识地猜想门外是谁，她的第一反应是他，可感觉不像。

徐荞倚在楼梯的扶手边上，边玩手机边等人开门，感应灯暗，她跺脚，楼梯间重新亮起光。

李蔓和她不是很熟，但对她感觉还算好，看得出，徐荞是个率真直接的人，比那些拐弯抹角的人好太多。

徐荞抬下巴指指外面，说：“楼下那个男人是上次你带回来那个吧，人一直在楼下徘徊着，我半个小时前去跑步就见他蹲在那儿了，这会儿还在，赶紧去认领家属，别等会儿让保安以为来了小偷。”

“不用，他等会儿会走的。”

“吵架了？李蔓，你至于吗？甩了韩傅明这会儿又推开心上人，什么都得不到，不觉得亏吗？”

李蔓说：“那我去找傅明和好？”

徐荞立刻板起脸：“你故意的吧？好心提醒你一声，还故意气我。”

李蔓被她的神情逗笑，说：“谢谢。”

徐荞喊一声，开门进屋。

李蔓的笑容渐敛，想到他站了半个多小时心情复杂，有点心疼，有点犹豫，有点不知所措。

他对她冷漠，对她生气，对她视而不见，可到底还是很在意她，她又何尝不是呢?

即使是她拒绝这份感情，可有时候潜意识里总觉得自己和他有过亲密关系，他应该是她的。就像今天见到他和那个女孩说笑，占有欲强烈，她就觉得不应该是这样的，可转念一想，她有什么资格这样想，让局面发展成这样的人是她啊，而她这么多年一直信奉的理性告诉她：明明做了个正确的决定。她就这样，一直陷入思想死循环。

纵使她处事再果断决绝，大概也只有面对他时会忍不住，会犹豫，可能，这就是爱情的面貌，它让人陷入挣扎，让人变得不像自己。

李蔓想到他在路灯下的身影，微微叹息一声下楼，暗了的感应灯又亮起，微弱的光从楼道的窗户溜了出去。

他弓背坐在花坛边上，咬着烟，左手啪一声打在自己的小腿肚上，弹走蚊子尸体，拿下烟，喃喃自语道：“老子的血也敢吸。”

李蔓站在底楼墙角，踌躇几秒向他走去。

裴郅坤低头抽烟，见眼前多了道影子，便知道人来了，他当作没看见只管抽自个儿的。

李蔓说：“今天风小，蚊虫多，别待在这儿。”

他的手搁在膝盖上一口接一口地吸，佯装没看见她这个人。

李蔓静默几秒，说：“早点回去吧。”

他没话说，李蔓也不知该说什么，转身想上楼。

裴郅坤起身，踩灭烟头，一声不吭地离开，步子大大咧咧潇洒沉稳。李蔓听到声响回过神，一直目送他离开，花坛里的桂花树遮住视野，她收回目光也往回走。

她刚抬起步子只听见一两百米外传来一声女人的尖叫，零零碎碎的，只听见人说：“撞死人了！”

李蔓的心猛地快跳起来，即使知道这概率很小，但她依旧控制不住地胡思乱想。她转身飞奔下楼，一路狂奔到小区外。

十字路口那里停着辆车，车灯一闪一闪，路过的行人渐渐将现场围起来。

李蔓在人群中不断搜寻他的身影。

路过的人说："撞得真惨，脑浆都出来了，直接就没气了，这小伙子看着还挺年轻的。"

李蔓双手握拳往事发地点走，挤进人群，当看清死者后她陡然松一口气，仿佛在窒息的最后一刻她又活了过来。

忽然眼前一黑，温暖的手掌遮住了她的眼睛。

"你出来看什么，不怕晚上睡不着觉？"

声音的主人不言而喻。

李蔓抓住他的手拉下，转过身凝视他，微微抿唇。

裴郅坤知道她在想什么，冷哼一声："这么担心我？"

她这人一紧张脸色就会异常惨白，上回在隧道那边也是这样，她什么心思他都能看穿。

李蔓说："没事就好。"

"用不着你瞎关心。"裴郅坤收回手，挤出人群。

李蔓抹了把脸，慢腾腾地往家走，身后警笛声、救护车声、人声混在一起，刺得人耳膜疼。

虚惊一场，她却背后一身汗。

从小区到路口短短几百米路程，当自己的思绪被自己的设想吞没的时候她觉得绝望，那是一种让人再无生存欲望的绝望。

走到家门口李蔓才发觉她没带钥匙，手机什么的一样都没带出来。

她捏着眉心沉下心，刚才一心想着怎么面对他，却完全把生活习惯忘记。

李蔓敲响徐荞的门。

刚洗完澡的徐荞头上还裹着毛巾，沐浴露的香味扑鼻而来，她看着李蔓疑问地嗯一声。

李蔓说："刚才下楼忘记带钥匙了，能不能借个电话？我找人开锁。"

小区里唯一的好处是墙上的小广告很多，一打一个准。

徐荞好笑地瞧着她，敞开门，说："先进来。"

徐荞的房间格局和她的一样，只是被布置得很少女，粉色的桌布，粉色的窗帘，很舒服的环境。

李蔓换上她递过来的拖鞋。

徐荞给她拿饮料，说："这个点锁匠都拥着他老婆睡大觉了，你还是明天请吧，要是不介意就和我挤一晚。"

李蔓在宽敞的沙发上坐下，手里的饮料冰凉舒畅，她道了声谢。

徐荞打开电扇，把头发放下，坐在她身边对着电扇一阵吹。她打开电视机，和李蔓闲聊起来。

"我也不是让你白住的，来，我现在问一个你答一个。"

李蔓脑海里还回荡着刚才的突发事件，有些漫不经心，她开始后怕，如果这种小概率的事情真的发生了呢？

徐荞说："你和韩傅明进展到什么程度了？"

李蔓一怔，说："似乎是拥抱吧。"而且是那种分别时短暂客气地一抱。

"那你觉得他有多喜欢你？"

李蔓算是看出来了，眼前的女人真是"居心不良"，她反问："那你觉得他有多喜欢我？"

徐荞努努嘴，也说不上来。

李蔓说："我和他其实更像是很好很知心的朋友，你那么喜欢他那你应该知道，他这个人很诚恳、很善良，当然也有点木讷，我和他之间的相处很和睦，可这并不是爱情的样子。所以我想他只是单纯喜欢我，谈不上什么爱情。"

徐荞仰靠在沙发上，拨弄湿发，说："也不知道他看上你什么。"

李蔓想了想，说："可能当初是一个班，接触比较多。"

徐荞问："我那天问他你们为什么分手，他不肯说，不过我这火眼金睛一看就看出来了，话说，你到底怎么回事？拿韩傅明当备胎？”

李蔓垂下眼，神情有些凝重，她不知道从何说起，在组织语言，徐荞以为她对自己有防备，啧一声说：“不想说就算了，反正咱俩也不是什么朋友。”

李蔓说：“我没有拿他当备胎，只不过说来话长。”

徐荞把双脚搁茶几上，悠悠道：“那就慢慢说呗，反正闲着也没事干。”

李蔓放松身子，陷入柔软的沙发海绵之中。也许近日太过压抑，也无人诉说，也许是徐荞这人的性格让她喜欢，她说：“和他在一起是因为我知道他这样的人很适合我，或者说他是一个很好的结婚对象，我也想尝试着去喜欢他，我和他在一起的半年，相处得很愉快，但我发现人一旦违背本心就会过得不快活。”

“噢……你是发现自己还是很喜欢楼下那个男人吗？”

“嗯。”

徐荞说：“那你们现在在搞什么飞机，吵架了？”

李蔓双手抱臂，说得很慢：“我不知道你能不能理解，他的家庭、他的学历、他的工资都不符合我家人的要求，而我们这个年龄段的女生其实思想已经成熟，我们知道什么该要什么不该要，但我也不是看不起他，只是我知道他不适合。”

中学时父母离婚，母亲把精力都放在她身上，母亲希望她活得开心幸福，希望她过得好，而她也想让母亲放心，加上母亲生病，李蔓觉得自己没资格再肆意选择什么。母亲为她付出太多，她不想让她再操心。

徐荞明了了，说：“你说得很有道理，结婚是一辈子的选择，得谨慎些。男人离婚还是花，女人二婚是垃圾，这种传统观念简直深入人心。既然觉得不合适那就快刀斩乱麻。”

“快刀斩乱麻，面对喜欢的人你做得到吗？”

徐荞说：“我当然做不到，要是做得到用得着现在还看你不顺眼吗？你上次不是和我说喜欢就去追吗，怎么到你这儿就不行了？还以为你是多豁达的人呢，平常一副潇洒的模样，这么舍不得他那就去追啊。”

李蔓靠在沙发上，蜷缩起身体，外头的车祸依旧徘徊在她的脑海里，越想越后怕。

徐荞说：“你这么纠结，还不如放手一搏，就算没有结果至少不会有遗憾，现在才二十四五的年纪，还来得及，等以后老了，他成家了，你就算离婚去追他也没机会了。没听过那句话吗，过了这村就没这店。我看你啊就是想太多，这样活着多辛苦。”

李蔓说：“其实我不是在意他穷或者不穷，也许他给不了我很好的生活，但我还是很愿意和他在一起的。我只是还有点——我不知道该怎么说。”

也许就像陆彬说的，她太畏首畏尾，考虑这方面考虑那方面，被这些无形的东西束缚住，就像那些深入人心的封建思想一样，她也被传统的思想伦理和母亲的期望封住了。

人活得太规矩也不是好事。

徐荞说：“换位思考，假如韩傅明是这么个情况，我也依旧会喜欢他追求他，因为我知道他是个有出息的人，即使将来生活不够富足，但他不是个会让人失望的人，你那位是这样的人吗？如果他品性好，李蔓，我觉得你应该和他在一起。世上没有比遗憾和后悔更恐怖的东西了。”

李蔓眯起眼睛，徐荞的话字字都踩在点上，最后一句她十来分钟前真是感触颇深。

徐荞也听到外头的警笛声，问道：“外面怎么了？着火了？”

“车祸。”

“真的假的，严重吗？”

“现场死亡。”

“你去看了？”

“嗯。”

徐荞脑子转得快，一下子就联想到了，说：“其实你早就做了选择。”

李蔓扭头看向徐荞，瞳仁渐深，宁静的夜晚忽然扬起一阵热风，阳台上的衣物飘飘荡荡。

李蔓说："洗手间在哪边？我想洗个脸。"

徐荞努努嘴示意方向。

李蔓摸索好一会儿才找到电灯开关，白炽灯灯光柔和，洗手台镜子里的她看起来并不开心，就像被海浪冲上沙滩的鲸鱼，在无声无息中慢慢迎接死亡。

她不疾不徐地洗了个冷水脸，脑海里闪过他在电梯里的眼神、在楼下的背影、他那天说的誓言。

不了解的人可能觉得他不学无术，人生平平，可她什么都知道，他并不是那种没骨气没志气的人。因为喜欢一个人，所以可以列出无数条优点，她心里一瞬间涌出无数他的好。

人的一生既漫长又短暂，当你排斥它的时候它就会很漫长，当你享受它的时候你才会觉得短暂，而这半个多月李蔓感觉度日如年。

李蔓抽纸巾擦干脸。

她直视着镜子里的自己，目光渐定。

有时候真是一语惊醒梦中人，也终于有个人告诉她：你可以这样做。徐荞的话就像落在薄冰上的一粒尘埃，轻微，却足以碎冰。

她也不希望自己的一生都是遗憾和后悔。

可能因为是陌生电话，裴郱坤隔了挺久才接。

那头还没说一个字，李蔓先开口说："是我。"

电话里他呼吸声浅低，只听见他懒懒地嗯了声。

李蔓说："你在哪？"

"公交站。"

"你别走，我有事和你说。"

裴郱坤坐在小区边上的奶茶店里，店里就他一人，老板娘在看电视，老板娘的儿子在写作业，裴郱坤倚在靠椅上，把电话用肩膀夹着，随后吸了口奶茶。

他说："车快来了，有事改天说吧。"

"我现在想见你。"

他听出点猫腻，但语气依旧很冷，说："你是我谁啊？我妹妹还是我一夜情对象？想见就见？"

李蔓说："我在小区门口等你，我刚才出门没带手机，借的别人的电话打的，我就在那里等你。"

裴郅坤还没问上话她就把电话挂断了，他用力吸了几口，嘬得啧啧响，喃喃自语道："你就认准老子会来。"

他走出奶茶店，扑面而来的热风和室内的冷气形成对比，身体很快热起来，琢磨半天他也猜不着李蔓想和他说啥，总不会说"我要和你在一起"吧。

他想，就算她这么说，他也不会答应的，想要他，哪那么容易？

写作业的男孩转头问道："妈妈，妹妹和一夜情有什么联系吗？什么叫一夜情？"

老板娘像赶鸭子那样嘘嘘两声："你给我写作业，都快开学了，字都没写几个。"

从奶茶店到小区门口左右也不过五十米，他腿长步子跨得大，一分钟的事情。

李蔓从楼道里出来，只见熟悉的人影倚在斑驳的围墙边上在喝奶茶，她没料到他会这么快，还想着得多等一会儿。

裴郅坤抬起眼皮，睨她一眼。

李蔓的眼睛就像天上的月亮，细细长长，温柔，皎洁，光亮。她看起来似乎心情不错，就像一只甩了壳的蜗牛。

刚才搭话他没仔细看她，这会儿可是看得清清楚楚，她穿的是棉质的无袖长裙睡衣，月光打在她身上，皮肤白如雪。

"想说什么？"

李蔓看到奶茶明白了，他压根不在车站。

她走上前，站在他面前，吹起的发蹭到他的胸膛。

李蔓脱口而出的话被她咽下，她转而问道："今天和她一起吃饭开心吗？"

裴郅坤凝她几眼："和你有关系？"

“她要和你旧情复燃？”

“是啊，老子行情好，从不缺女人。”

李蔓长长地嗯了声，说：“那没事了，你回去吧。”

裴郧坤被她的三言两语挠得心火烧。见她转身要走，他几步跨到她面前，高大的身影笼罩住她。

“把我叫过来就是为了逗我玩？李蔓，你——”

“我后悔了。”

裴郧坤原本松散的眼神一瞬间集中起来望着她，黑漆漆的，他把奶茶杯握扁，发出窸窣的声音。

原本想说的话被截住，他问：“后悔什么？”

李蔓凝视着他，一字一顿道：“我后悔为什么自己那么迂腐，又很胆小，还自以为是地认为自己做了个正确的决定。”

她看到他滚动的喉结和越发深沉的瞳仁，漆黑的眸子里是她的倒影，李蔓看清了自己，这一瞬间也许是她这一生最好的样子。

做自己想做的事情，说自己想说的话，她自由得无边无际，那些压在肩上的厚重灰尘通通落下。

裴郧坤倒吸一口气，他发誓当初上她的时候都没现在紧张。

李蔓将他所有的神情变化都捕捉在眼里，她又上前一步，和他贴紧，说：“我跟你，你要我吗？”

裴郧坤的胸膛鼓起又渐渐缓下去，他抿着唇，眼睛有点弯。李蔓身上好闻的香味将他环绕，她仰头看他，娇艳的唇唾手可得。

他冷哼一声，学着她那天的口气说：“那可真对不起，我要不起你。”

李蔓知道他在生气，是故意的，她一点都不生气，反而觉得很快乐，她知道自己让他伤心了，她伸手抱住他的腰，平缓地说道：“这样啊，没关系，我倒贴你。”

裴郧坤仰头，嘴巴快翘到天上却还故意沉下声说：“李老师为人师表，这样不好吧。”

李蔓抱紧他，心底涌上无限的踏实感。

见他没回应，李蔓拉开距离，说：“那……算了，我走了。”

“回来。”他干练地一吼。

李蔓看着他，笑盈盈地说：“我想要你。”

裴郅坤一下子就想到多年前他做的那个梦，现在真应景。

他捏着奶茶杯子一把搂住她的细腰，把李蔓的身子往自己身上压。

他把脑袋凑到她耳边，说：“李老师说说清楚，想要我什么？我这人没文化，听不懂。”

小区外就是马路，行人来来往往，多数是这边几个小区的一些叔叔阿姨，有的出来锻炼，有的出来散步，这会儿都回家了，其余的都在车祸现场围观。

李蔓缩在他怀里，想着别人从后面应该看不到什么，更何况这个破小区的路灯也没几盏，在两人紧密的缝隙中她戳了戳硬如钢铁的某物。

她说：“这个，懂了吗？”她又点点他的心房位置，“还有这里。”

裴郅坤绷不住了，对着她的脖颈咬了一口：“没看出来啊，你还挺下流。”

李蔓双手勾住他的脖子，呼吸温热。

她听到不远处依旧嘈杂的人声和警笛声，抱紧了他。

他说：“要老子上你也行，这回咱们先把话说前面，我这人是个穷光蛋，没什么家底，这些年也就自己存了十来万，想好了吗？”

“想好了。”

“走，开房去。”

他把奶茶扔进绿色的大垃圾桶，随手一抛，准得很，随即提着她的腰揉在怀里带人去宾馆。

他本来想带她去酒店，可李蔓怕要身份证，拉着他找了个小宾馆，他随身带了皮夹子，用他的身份证开了个房间。

裴郅坤把门一关，拥着人就往床上倒，李蔓双手抵住他的胸膛。

“先洗澡吧。”

“嫌我臭？”

“有汗味。”

裴郲坤从她身上起来，边解裤腰带边去卫生间，喃喃道：“男人味懂不懂？”

他简单冲了个澡，围了浴巾出来。

李蔓躺着想看时间，打开手机发现他没有设置解锁密码。

裴郲坤在床边坐下：“哟，现在就开始查勤了？”

李蔓把手机递给他：“什么时候拍的？”屏保是她的照片。

“就上次。”

裴郲坤夺过手机往边上一扔，整个人压上去，补充道：“打飞机的时候用得着。”

李蔓双手抵着他的胸膛，上面还挂着水珠，麦色的肌肤性感撩人，健硕的胸肌和腹肌令人垂涎。她两手搁在他的腰窝处，又渐渐攀上他的脊椎骨，拥抱住他。

她说：“以后用不着了。”

他单手抱起李蔓，两个人依偎着坐在床上，他的双腿圈着她，搂紧了她的腰，下巴抵在她的额头处。

没聊几句，他便翻身吻她。

李蔓勾住他的脖子，耳朵像是耳鸣一般，除了他的喘息其他的都听不见，睁眼瞧天花板也只觉得天旋地转。这次和上次不一样，他们都很清醒，也确定好了彼此。

战役结束时，两个人都气喘吁吁。

他只要了她一次，无比满足的一次。

裴郲坤搂着她，边喘气边说道：“真得劲。”

李蔓扯过被子一同盖住。她没上回累，精神也还算抖擞。小宾馆一共就两层楼，窗户高高方方的，还有防盗窗，泛旧的红色碎花窗帘只拉了一半，月光从窗户溜进来，白色床被上倒映出防盗栏杆的影子。

两人做的时候关了灯，她要求的，所以这会儿房内月光显得特别明亮。

李蔓环住他的腰，整个人依在他怀里，她的两条腿被裴郲坤的大腿一夹收在他的腿下，浓密粗糙的腿毛蹭到她的皮肤，触感粗粝。

他吻她的额头，好似在亲吻一件宝贝。

激情褪去，这个夜晚安宁清凉，女人在夜晚容易感性，也最容易吐露心声。

李蔓说："这半个多月其实我都挺不开心的，总以为自己做的是对的事情，可是一想到你——从小到大母亲一直告诉我她希望我成为什么样的人，我也下意识地觉得我应该活成她所期盼的样子，不让她担心，不让她失望。从来没有人告诉我，李蔓，你想做什么就做什么，别管那么多。今天，我遇到个好人。"

裴邺坤说："那我可得去好好谢谢这个人，让我抱得媳妇归。"

李蔓说："邺坤，既然我做了这个决定，以后无论如何都不会变，无论如何。"

"我知道你妈肯定对我有意见，但我真的不想就这么和你散了，我还年轻，还可以再努力点。你放心，只要你肯跟我，不说多好的日子，但肯定能给你一个窝，特温暖的那种。"他靠近她，压低声音说，"我真的想好好疼你。"

李蔓嗯一声。

裴邺坤又说："你跟着我，想做什么就做什么吧，我都支持你。"

李蔓笑了笑："我没什么特别想做的，当教师一直都是我的愿望，现在很完美。"

他嘚瑟地一笑："那是，我和你刚刚好，深度、长度，契合得完美。"

李蔓："……"

温存了一会儿，裴邺坤拍拍她的肩膀示意她离开，他支起身子靠在床头，开灯，习惯性地抽了支烟。

李蔓起身去梳洗，望着浴室玻璃上的倒影，裴邺坤抖了抖烟灰心满意足地一笑，眯眼抬头瞥着窗外的月光。

这么多年，他终于搞到手了，还是两情相悦那种。

想着想着，他忽然想到一个问题：这丫头什么时候开始喜欢他的，总不可能是上回见面后吧。

他掐灭烟，三两步走进浴室。

李蔓不拘谨，招他过去，细心地打好泡沫想帮他洗澡，却被裴邺坤制止，将她抵在浴室瓷砖墙上。

裴邺坤勾唇一笑，亲了亲她，柔声问道："我想知道，我的好妹妹是什么时候喜欢上她哥的？回答得让我满意那就赏你一次。"

李蔓手里握着花洒，喷口朝下，水流唰唰往下走，浴霸极暖的光源从顶上倾泻而下，他的脸庞坚毅硬朗，墨眸直勾勾地注视着她。

她说："初一的时候。"她记得很清楚。

裴邺坤一算，那可真是老早以前了，到现在为止也有十来年了。人一生有多少个十年啊，这么些年他忍得辛苦，其实她比他更辛苦，细想从前，他真的没有丝毫察觉，可想而知，她掩藏得多么好。

他捏了捏她的脸颊："咱们还是郎有情妾有意。"

裴邺坤像二大爷似的享受了一次李老师的搓澡服务，细致到位。洗完澡两个人都一身轻，即使床单湿黏，但身上没汗，干爽舒服，空调的冷气一打，整个人都慢慢静下心来。

李蔓睡在外侧，习惯使然。

裴邺坤边往里挪边说："得，以后结婚了，我的地位显而易见。"

李蔓不听他嘀咕，用他的手机调了个明早八点的闹钟。

她说："明天下午我有个会，早上早点起来请锁匠开门，你什么时候回去？"

裴邺坤左臂一扬，垫在她脑后将整个人都拢入怀里，说："我得跟着党走。"

李蔓抬头亲了下他的下巴，胡楂有些刺，她说："那明天一起去我那儿，睡吧，都半夜了。"

裴邺坤搂紧她，下巴抵在她的脑袋上，说："你睡，我等会儿，让我缓缓。"

他缓的不是身体上的冲动，而是现在妙不可言的一刻，真怕一觉醒来是个梦。

这大半个月来他几乎每晚都梦到李蔓，什么都有，包括她在梦里说“我要和你在一起”，醒来后心里挺空的，很不是滋味。

一个男人说这些虽然矫情，但他心里就是堵得慌。

李蔓入睡很快，他的怀抱很温暖，也很安心，失眠已久的她难得好眠。

怀里的人传来均匀的呼吸声，裴郕坤知道她睡着了，吻一下她的额头，低低道：“我会对你好的。”

李蔓自小因为她父亲的关系难受过很多回，这事也像个印记刻在她心里。

他都知道，就因为什么都知道所以他这辈子绝不会背叛她、辜负她。

夏日的太阳都升得很早，稍不留神就已经遍地阳光，清澈的光芒照进来，空气中的尘埃都能瞧见。

九点左右，街上的店铺刚开张，行人不多。

两个人在一家馄饨店吃早餐，裴郕坤右手不便，李蔓用汤勺喂他，裴大爷悠然自得地享受着。

老板娘打趣道：“你们俩刚结婚吧。”

裴郕坤勾了勾李蔓的下巴，和老板娘说：“您眼光真准，这是我媳妇，刚弄到的。”

老板娘被他不恰当的用词引得咯咯直笑，对李蔓说：“你丈夫真有趣。”

李蔓笑了笑，伸手喂他一嘴，差点让他烫掉层皮。

等老板娘走了，李蔓说：“在外面正经点。”

裴郕坤哼笑一声：“李老师真是表里不一，床下淑女床上——嘶——”

李蔓狠狠掐他的大腿，他的两道眉拧成螺旋状。

视线撞一块儿，裴郕坤见她板着小脸，含糊几句：“行，不说了不说了，晚上再教训你。”

艳阳似火的天，这一碗馄饨吃得人汗流浃背。从集市到小区，十来分钟的路，再热他也不撒手，就是要搂着她。

李蔓想拿开他的手，可他压得紧。

李蔓想起上次他说的话，这会儿故意拿来说他："这糖不是脏了吗？你怎么还吃？"

上次说的那是气话，他回到桐城没过几天就抛到脑后，李蔓现在提起这茬，裴郕坤一时没反应过来，思索片刻才懂。

"谁不吃谁就是二愣子。"

他又俯头去亲她的耳朵，一躲一凑，像是嬉闹。

李蔓被他拱得额角都是汗。

她推开他，悄声说："你是流氓吗？"

裴郕坤扣住她的脑袋就是重重一吻，吊儿郎当地说："我不仅是流氓，还是禽兽呢，你说是吧，好妹妹。"

李蔓狠狠地瞪他，又有点无奈，偏偏还挣脱不开他，真是被吃得死死的。

一只小黄狗飞奔而过，黑溜溜的眼睛瞟他们几眼，小身板一跃消失在转角处。

李蔓请的是楼下开锁修锁多年的老师傅。老师傅每天都候在那边，戴着副老花镜一天到晚都在琢磨东西。李蔓毕业后来到这里不久，是生面孔，师傅不认得她，但她听房东说过，这里最好的锁匠就属楼下的那老头了。

老师傅平易近人，边撬锁边唠嗑，问道："你们小夫妻俩最近搬来的？"

裴郕坤说："我媳妇住这儿。"

李蔓站在一侧不说话，安安静静的模样十分贤淑。

裴郕坤掏出烟递给师傅，师傅笑呵呵地摇摇头，说："这东西不好，老了，保命要紧。"

裴郕坤叼住烟，打火机响一声便点着了，他往下走两步倚在楼梯扶手上，将烟背对着李蔓和师傅。

十点不到，但阳光已经开始灼热，温度也随之攀升，他的影子不规整地倒映在老旧的阶梯上，吸烟的时候眉头会深皱一下。

楼道里闷热，李蔓见他鼻尖额头都是汗，细心地帮他抹去，动作自然，只是他盯着她瞧，眼睛里都是笑意。

老师傅说："你们俩做的什么工作呀？孩子有了吗？"

裴郕坤说："我媳妇是老师，我就是个混混，孩子还早。"他几口抽完那支烟，抬脚一踬，空手拉住李蔓的手，捏着她的手背。

老师傅乐呵一声："那小伙子你倒是命好，找到这么好的姑娘。"

"那是，这辈子的福气都用在这儿了。"

李蔓反手掐他。

他今天像是恨不得告诉全世界她是他的了。

裴郕坤和她咬耳朵，用特别低的音量说："你就假正经吧。"

师傅手艺好，一刻钟就解决了问题，裴郕坤掏钱付给他。

这夏天，一天冲八遍澡都不能解汗，李蔓一进屋也不管身后的人，径自走进卧室拿换洗的衣物洗澡。

裴郕坤把门一关，喊道："我也要洗澡。"

李蔓手疾眼快地将他隔绝在浴室外，他像大猩猩般捶门，最后低骂一声没良心。

裴郕坤窝在沙发里看打仗片，看着看着打了个哈欠，浴室里的水流声依旧哗然，茶几上的手机一振，提示不到百分之二十的电，屏幕刚暗下又突然亮起来。

是周金的电话。

周金贼兮兮地说："忙了一宿回来，他们说你没回来过，啧啧，我昨晚可是都看见了。"

裴郕坤弓起肩膀夹手机，把T恤撩到胸口，都是汗，风扇吹着渐渐凉快下来。

"看见什么了？"

周金说：“我可是看见你和那谁一起走来着，今天还回来吗？哦不，这段时间还回来吗？不回来我就把衣服搁你床上了。”

“瞎说什么。这段时间先不回去了，要搁你就搁吧，别给我整成猪窝就行。”

周金一蒙：“坤哥，那你浪在外面干什么？你住哪儿啊？”

“住我媳妇这儿。”

“媳妇——媳妇？！你刚不说我……不是，啥情况啊？”

手机电量不到百分之十了，裴郕坤说：“没电了，下回介绍给你们认识，反正不是你看见的那个，别乱说，省得回头传到我媳妇耳朵里惹她不开心。”

“得了，明白。”

电话没彻底挂断，裴郕坤听见周金大呼一声，说：“陆北！坤哥拱着白菜了！我和你说——”

断线了。

裴郕坤嘀咕道：“臭小子！”

李蔓不知何时已经倚在边上，边擦头发边直勾勾地注视着他。

裴郕坤拍拍沙发：“过来。”

李蔓想起还没和他算旧账，站在那儿不动，说：“昨天在电梯里——”

话音未落裴郕坤像是知道她要说什么似的，截话道：“打住！我错了！”

李蔓没忍住笑了出来，但她还是想知道他们昨晚说了些什么。

她说：“她……真的想跟你和好？”

裴郕坤琢磨会儿回答道：“有那么点意思在吧。怎么，很在意？”

李蔓说：“她是你唯一带回过家的人。”

裴郕坤向她伸手，李蔓走过去依着他坐下，他揽住她的肩膀道：“你要是问我对她什么感情，我不能骗你说我从来只喜欢过你，当初和她在一起我也是真心实意的，虽然谈不上多么爱，我也知道你们女人都小心眼，但我还是想好好和你说……”他故意瞥一眼李蔓，笑道，“你的脸板得都可以当砧板了，行了，这事我认栽，你要是不信我以后慢慢考验我，大不了就一脚踹了我。”

李蔓戳了戳他的腹肌说：“你上次说你六七年没碰过女人了，没和她那个过？”

说起这个裴郰坤骄傲得恨不得用下巴戳破天花板，他说：“我这双糙手都快把我兄弟的皮磨掉了，它就是念着你，我说过了，我梦到——”

李蔓拿毛巾塞住了他的嘴。

裴郰坤举手投降。

艳阳似火，毒辣的阳光明晃晃地照进来，黑色薄纱的窗帘被风吹起一角，城市没有蝉鸣，只有外头沙沙的树叶拨动声。

有了房屋的遮蔽，这样的光芒大概只能用明媚来形容。

李蔓也是昨天刚到的桐城，冰箱里空荡荡的，什么都还没来得及购置，中午两个人点的外卖，简单的两个炒菜。

一晃十二点半了，李蔓进房间换衣服，裴郰坤躺在她那张小床上看她脱衣服穿衣服。

李蔓说：“我估计一个小时左右吧，不会太久的，钥匙我放桌上，你要出门记得带着，我就不带了。”

“就你那记性还叮嘱我，身边就一把钥匙？”

“嗯，房东就给了我一把。”

李蔓套上牛仔裤，扣纽扣，随手扎了个马尾。

裴郰坤说：“我在你这儿住一段时间，等会儿下去到那师傅那儿配两把钥匙去。”

李蔓转身看他一眼，走到书桌边上涂粉底，说：“你不回宿舍吗？”

“手伤着也不能干活，那边也没什么好待的，就一帮老爷们儿臭烘烘的，这里舒坦，舒坦死了。”

“那你换洗的衣服呢？”

“等你开完会回来咱去逛街，该买的都买个全。”裴郰坤拍拍这床，说，“最好把你这床也换了，一看就不结实，估计动两下就得塌。”

说着他还弹压几下，床上的几个娃娃被震得东倒西歪。

李蔓画好眉毛制止他："这床是房东的，弄坏得赔。"她捡起滚到地上的娃娃往床里头一扔。

裴郕坤捏起一个黄色的娃娃，说："你什么眼光，买这么丑的。"

说起这个，李蔓觉得还是有必要和他坦诚，把话说清楚。

李蔓从抽屉里翻出马甲袋，把一个个小娃娃都装进去，说："这不是我买的，是别人送的。"

裴郕坤的手指抠进娃娃的眼珠子里，一下子就抓到重点，低低地重复道："别人？"

李蔓抢过他手里的那只一起打包进马甲袋，说："前男友。"

裴郕坤舔舔牙齿："就上次在门口等你手里还拿玫瑰花的那个？"

"嗯。"

他微微勾着嘴角："我说我当时怎么一见他就觉得这人像个白痴。"

李蔓说："他是个品行端正的人。哦，对了，我把娃娃放床上只是纯粹觉得好看，不用多想。"

哧——

"我先去开会，走了。"她走到卧室门口顿住脚回过身说，"你心眼也不大。"

裴郕坤的脚丫子搭在一起，身子微微陷入软床中，他盯着人离去的方向嗤笑一声。

"小样儿。"

夏天的困乏劲上来，没一会儿他便入了梦乡，李蔓的床再小那也比宿舍的大、软，更何况这里比宿舍干净舒适，也没什么大大小小的动静，能睡得很安稳。

要不是这次意外他也不知道什么时候有个长假休息，这些年三班日夜倒，所谓的好觉十根手指头都能掰清。

趁着现在得空，他就想好好和她在一起，多些时间相处，回头上班了，指不定多久见一次面，他不知道她能不能忍，反正他光是现在这样想想就觉得蛋疼了。

从前上课或出行有什么事宜李蔓一般都会早到个十来分钟，她不喜欢给别人添麻烦也不喜欢踩点的节奏，偌大的会议室里空无一人，12：47分，离一点还有点时间。

她挑了靠左边窗户第五排的位子坐下，会议室用的桌椅和窗帘都是蓝色的，大概有人来提前开过冷气了，室内阴凉阴凉的。

陆陆续续有人进来，都是这学校的老教师，有些李蔓也不认得，微微颔首是比较礼貌而客气的打招呼方式。

6月份她刚来这个学校实习的时候也开过一次会，大抵是关于暑期学生安排和7月专业课补习的事情，那次她还是有点紧张的，先不说心理上的问题，踏出校园初入社会紧张也是难免的。这次相对而言好很多，也许是因为上次写生回来校长狠狠批斗过，最坏的事情发生过后后面怎么看都只能是康庄大道。

徐荞和她的性格截然相反，她就是那种喜欢踩点到的，眼看还有一分钟就一点，副校长坐在台上都快张嘴讲了，她噔噔噔跑进来，眼睛一瞟坐在了李蔓的后排。

李蔓拿出纸笔打算记一些要点，边上的陈玉将她的东西一收甩一边，笑说："不用这么细致，开会不过是走个流程，年年都这样，听听就好。"

副校长翻翻稿子，咳两声，说道："这次会议有几个点要着重说一下。第一，关于7月份写生的事故问题，后续已经得到完善的处理，但还是对学校的形象造成了负面影响，所以明年的写生活动先暂时取消，具体到时候再安排，也希望各位老师给学生做好安全工作，无论是有活动外出还是在校学习期间，每年各个学校都会有大大小小的意外发生，令人惋惜心痛。高中生处于青春期，叛逆的心理不可避免，容易做出冲动的事情，但生命安全是第一……"

李蔓听得很认真，也十分赞同，即使就像陈玉说的，这是个流程，年年都这样，就像从前在读书时每每寒暑假前夕班主任都会讲一些安全问题，但也像副校长说的，年年各个学校都会有大大小小的意外发生。

李蔓记得，初中时隔壁班两个男孩子周末出来玩，在学校的大河边，具体也不清楚，听说是男孩子之间攀比，说敢不敢下去游泳，结果一男孩跳下去，河水深，挣扎几下人就沉了下去，另外那个男孩吓得魂都没了，俩人都不会游泳。

上次也是，徐鹏和杨盼与同宿舍的同学闹了点小分歧，把桌椅稀里哗啦砸得那叫一个响，陈玉当时有事是李蔓上楼去劝说的。也许因为是新来的老师，学生不怕她，和她顶嘴句句都是粗话，最后还是教导主任来处理的，明面上说知错了，谁知转眼两个男生憋着气就跑外头去了，也幸好只是受了点伤。

徐荞戳戳李蔓的肩膀，靠过去掩住嘴小声道："昨晚成了没？"

李蔓身子往后仰，微微侧过头："嗯，谢谢你。"

徐荞说："那我就放心了，至少韩傅明没戏了。"

李蔓笑笑，目光又重新聚集在副校长身上，在说8月补习的安排。李蔓和陈玉带的这届要升高三了，而美术高考在12月底，也就是说还有四个月就考试，其实比起文化课学校更看重美术分数，美术考高了的话文化课的分数不用太高，除非是要去特别好的一本学校。

散会的时候李蔓叫住陈玉，她没有艺考的经验，不知道该怎么去带高三的学生，再者，高三是个敏感时期，学生压力大，老师压力也大，她没有把握自己可以做得很好。

陈玉拍拍她的肩膀，她一向豁达开朗，笑着说："我知道你做事细心，也知道你心里没底，可每个老师都是这么过来的，画画这事先天勤奋是优势，后天努力也可补拙，和文化课学习不一样，老师的教法也不一样，不必遵循死法。现在的孩子压力都很大，如果说美术对他们来说是考试，我更希望他们把这个当作放松的一种方式，太紧张太担忧反而坏事。学生要有这样的心态，老师也是。"

李蔓做事喜欢井井有条，甚至可以说她喜欢规划得一丝不苟，陈玉无疑是散养类型的。

陈玉说："懂了吗？"

李蔓说："我尽量。"

“不用太心焦，轻松点，职业是生活的一部分，尽心尽责的同时也不能让生活重心都压在这里从而失去了原本的惬意。”

其他老师路过，戏说：“陈老师的人生准则就一个字，乐。”

陈玉说：“说得好像你们不乐似的。”

大家哄笑一番。也不知怎的，工作的这段时间李蔓是觉得比较轻松的，老师与老师之间的氛围，他们的生活理念、思想教育，相对而言都是比较开放的，这和她读书时接触到的不同。

陈玉戴上墨镜，说：“后天见了。”

“好。”

徐荞接了个电话，回头发现李蔓还没走远，几步追上去。

楼道里回荡着徐荞的高跟鞋与地面接触的清脆声，徐荞说：“我在追韩傅明。”

李蔓并不意外，说：“那进展怎么样？”

“还不错。”

“嗯？”李蔓若有所思地看向她，浅色的瞳仁漾着笑意。

徐荞长相精致，身高和她差不多，人虽瘦但与生俱来有股性感的味道，她性格直爽，有时候又言语犀利，不像是那种表里不一的人，李蔓觉得是可以结交的朋友。

从小她要好的朋友屈指可数，初中毕业和顾七夕去了不同高中后联系比较少，大学顾七夕又去了国外，高中和大学零星有过几个比较知心的朋友，但一毕业关系也就显而易见。女生之间钩心斗角的事大学时见多了也经历多了，因为性格本就比较独立，没有那些朋友李蔓也能过得很好，而且独行的她能省去不少麻烦。

徐荞双手扣在腰后，说：“我中午约他一起吃饭，把话都直说了。他……很容易脸红啊，跟扎进了番茄缸里似的。”

“那他呢，怎么回应你的？”

“他什么也没说，吃完送我到校门口。从前不知道，他原来还挺可爱的。”

短短三四分钟的路程，徐荞问了挺多问题，李蔓把知道的都告诉她了，可说完之后她才发现她并不是很了解韩傅明，只知道他是个很好的人，但他喜欢吃什么，喜欢什么颜色，爱好和兴趣是什么，她通通不知道。

徐荞问她："那你现在这位你了解他吗？他喜欢的不喜欢的，说得上来？"

李蔓把那些问题在脑海里过滤一遍，点头："嗯，我都清楚。"

徐荞说："嘁，我就知道，韩警察还是我来守护吧。你以后和他保持点距离，我最烦你们这种前女友了。"

李蔓知道她是玩笑话，却也很干脆地应了。

李蔓下班回到小区后直接在楼下开锁的老师傅那儿配了两把钥匙。

李蔓到家后先洗了把脸，卧室门虚掩着，他枕着自己的手仰面大睡，即使电扇吹着但鼻尖还是渗出了一层薄薄的汗。

李蔓打开空调，从橱柜里拿出小毛毯，抖了抖，盖在他的肚脐眼上，天再热肚子还是要盖住的，不然容易受凉。

他闭眼的时候睫毛会显得特别浓密黑长，李蔓盯着看了会儿，视线又渐渐往下移，男人的皮肤总归糙一点，也没有女生的红润细腻。

李蔓俯身吻他的眼睛，男人眉毛一动，她又吻他的唇，刚贴上脑袋就被人按住了，他依旧闭着眼，含住她的唇瓣使劲吸舔。

裴郸坤刚醒，声音慵懒沙哑，他松开李蔓，说："李老师光天化日竟然干这种苟且之事。"

李蔓和他额头抵着额头，她又亲了他一下，低声说："要不要一起去超市买东西？我这里昨晚还没来得及打扫，扫把和拖把也得重新买，洗衣液也没了。"

裴郸坤抱住她，她半个身子倚在他怀里。

他说："咱们以后就过这种生活好不好？"

李蔓说："那得等你退休。"

她深知他的工作性质。

裴郸坤说："我回去上班以后可能很少有时间陪你，你耐得住吗？"

“我想你了就会去找你，你等我就好。”

就像她追随着他，放弃江州一等一的院校，高考志愿填了桐城的大学，虽然也是好大学，但比不上江州那所，她也知道桐城那么大，岂是想遇见就能遇见的，可她就想离他近一点。

李蔓有时候觉得她喜欢他喜欢到一种变态痴狂的地步。那时候抬头看到月亮她会想她和他看的是同一个月亮，呼吸一口空气她会想他们呼吸的是同一片空气，明明好几年没见过面，明明根本不存在什么联系，可她就是不自觉地想方设法将他们联系在一起。

裴郢坤蹭蹭她的耳朵，说：“就不想让我换个工作？”

李蔓说：“我之前让你换工作是因为这份工作太累了，我希望你过得稍微轻松点，你若坚持这份工作我也很支持，我……知道你的想法和初衷，如果我没自作多情猜错的话。你一定不知道，那天看见你，你真像个英雄。”

短短几句话把他夸得美滋滋的。

裴郢坤说：“就算是英雄，媳妇眼睛一瞪也得变狗熊。”

李蔓支起身子看他：“怎么没变呢？”

裴郢坤配合地汪汪两声，挑眉说：“先给你变个狗，熊等天黑了再给你变。”

超市就在小区边上，是这条街道上最大的一家，因为附近有一个学校和两个高档小区，所以超市生意一向很好。这会儿还没到开学时间又正值下午，超市里人比较少。

午后一两点阳光毒辣，照在人身上火辣辣地疼，街边上的老香樟树静静伫立着，叶子纹丝不动，空气中涌动的热流黏稠密集，勒得人喘不过气。

裴郢坤抱着她腻歪好一会儿才懒洋洋地从床上爬起来，下楼时把那一袋娃娃狠狠往垃圾桶里一扔，还不忘骂几句。

“没品位的人才会送这种东西。”

李蔓说：“你真小心眼。”她很从容，明着暗着就是故意激他。

裴郸坤搂着她的脖子，反手拨弄她脖颈上的项链，说："瞧瞧，瞧瞧，这才是有品位的人会送的东西。"

李蔓抿唇，淡淡笑着，说："可怎么办？我就喜欢那些洋娃娃。"

"喜欢是吧？行，那今晚看着，是那些丑东西陪你睡觉舒服还是大狗熊陪你睡觉舒服。"

李蔓伸手揽住他的腰，往他胸口一靠，小声说："当然是大狗熊舒服。"

裴郸坤痞痞一笑，大手揉了揉她的耳朵，说："李老师满意就好。"

超市门口的水杉树下有老汉在摆摊卖甜芦粟，老汉头上遮的湿毛巾已经被晒干，捆在地上的甜芦粟叶虽有点蔫了，但看着还是很新鲜。

人刚挨近超市大门，里头的冷气就扑面而来，小腿肚一阵凉快，李蔓收起伞，见裴郸坤眼珠子还盯在甜芦粟上。

她问："你想吃吗？想吃的话等会儿出来买。"

裴郸坤揽着她往里走，说："不是想吃，我是看那老头面色不太好。"

"这么热的天还守在这里卖，谁的面色能好。"

要买的东西多，李蔓在出门前还特意列了个清单，她推着购物车走在前面，裴郸坤跟在后面看清单。

李蔓的字迹十分娟秀，裴郸坤一目十行，说："这些东西脑子记不住，还得写下来？我看这上面还缺一样东西。"

李蔓绕进生活用品区，正好拖鞋在打折，她挑起一双深灰色的查看，问道："还缺什么？"

"还得买个猪脑子补补。"说着，他摸了摸她的头。

李蔓捏着拖鞋打开他的手，说："你穿44的对吧？"

"还真了解我。"

他要入住，牙刷、牙杯、拖鞋、剃须刀等一样不可少，李蔓做事细致，绝不会漏一样。

裴郸坤慢悠悠地跟在她后面走，她很认真地对比挑选，黑色的长发温婉地垂在一侧，女人的手臂如玉藕般白皙纤细，有点贤妻良母的意味。

超市里的蔬菜和肉类也都是新鲜的，李蔓考虑着晚餐，却不知道该做什么。

裴郵坤拿了一捆芹菜和半圈冬瓜，又去称了小半袋的毛豆。

他说："晚上哥给你露一手，芹菜炒肉丝，毛豆冬瓜汤，行不行？"

李蔓知道他厨艺好，可能是因为家庭的关系，他从前在家的时候除了平常上学一日三餐几乎都是他做的。

那时候周末一起玩，一到饭点他会准时地回去。那会儿村里人为了节俭用的都是炉灶，没过一会儿烟囱里就冒出滚滚白烟，她见过他坐在炉灶前烧饭递柴的样子，好看的人做什么都是好看的。

李蔓说："我不挑食，都可以。"

切肉的大妈清闲着，忍不住插嘴笑说几句："小姑娘，这你哥哥呀？对你真是好，手都受伤了还做饭，少见的，我家里也是一儿一女，整天吵得不可开交，真不让人省心。"

李蔓刚想解释，毕竟以后要在这里长期住，可裴郵坤朝她眨眨眼又干咳两声同那大妈一本正经地瞎扯起来。

他说："我妹脾气软，小时候我也经常闹她，昨晚还折腾她呢，但总归是一家人，疼都来不及。"

李蔓："……"

大妈说："我儿女还小，只盼他们长大后能懂这种感情。"

李蔓侧过头无法直视大妈，心想，这种感情，还是不要懂比较好。

李蔓催他去结账，裴郵坤离开前还不忘和大妈探讨几句。

因为超市人少所以收银台只开放了三个，前面有人在结账，李蔓挑了处人少的排队。

裴郵坤说："这大妈真逗。"

李蔓："是你在逗人家。"

"不是，她见过这么腻歪的兄妹吗？她不懂，咱们这是情趣——"话音未落，他眼睛一拐看到边上花花绿绿的盒子，说，"你真的忘了写一样东西。"

李蔓以为他又要揶揄她，没理他。

裴郢坤单手插在裤袋里，仔细打量着，问道：“你要薄点的还是带香味的？”

李蔓顺着他的视线望去，他低头看她，笑得很有深意。

裴郢坤说：“喜欢哪个？”

李蔓其实对那些不懂，对她来说避孕套就是避孕套没有那么多花样：“你喜欢哪个？”

他弯腰蹭到她的耳边，声音特别低地说：“我喜欢直接进去。”

李蔓说：“那就薄一点的吧。”

“行。”裴郢坤顺手拿了两盒。

结完账，东西整整装了三大马甲袋，裴郢坤把量少的那个袋子给她拿，他一只手提两个，胳膊里还夹一个拖把。

李蔓看他胳膊肘的肌肉都暴起了，她也知道那几袋东西重，有些心疼，试图去分担一些，裴郢坤绕开她的手，说：“就你那细胳膊细腿别给拎坏了，拎坏了谁照顾我兄弟，好好抱着你的面包牛奶，别惦记我的。”

李蔓被日光照得背后湿黏，她没有再伸手，心底涌起一股难以言说的滋味。

上高中后她的日常起居都是自己打理的，不需要任何人帮忙，她也不习惯去麻烦别人，再累再难她自己都会想办法去解决，再重的东西她都拎过，回到住所手掌心已经被勒得泛白，第二天起来胳膊都抬不起来，这样的事情数不胜数。她一直觉得自己可以，不需要去依靠别人，当初和韩傅明交往的时候也是，她不会让他过多干涉她的生活，也不会去叨扰麻烦他。

走了几步李蔓突然说：“你这样，过段时间你不在我身边了，我会不习惯的，不用太娇惯我。”

她害怕自己变成依附别人的人，如果有一天那个人不在了，她也将毁灭，她不想这样，也不喜欢这样。

她不想做第二个黄美凤。那时候李建忠和她离婚后，母亲没有工作，没有什么一技之长，很长一段时间都无法从失败的婚姻中走出来，也没有事情做，李蔓觉得太可悲。

裴邺坤深深凝视着她。

他说："我不惯你那谁惯你？有什么好怕的，你男人在的时候就小鸟依人做个公主，不在的时候就做个汉子，有松有紧，小蔓，别绷得太紧，也别使劲将自己固定在一个位置，随心点，快乐点。"

他说话的时候额角的汗不断滴下。

他说："你信我，依靠我不会错的。"

裴邺坤太了解她了，她这人的表象不能信，越是整得坚强如铁打，那颗心就越是空荡不安。也不能怪她，她父母那事对她影响太大，一个人的家庭观决定一个人的性格和观念。本来离婚也不是什么大不了的事情，可坏就坏在李蔓六七岁就知道自己父亲在外边有人，几年熬下来，婚不离架一直吵，搁谁谁都有点阴影，走出去还被人指指点点。别看孩子年纪小，其实都懂的，最可悲的是大人以为孩子天真无邪不会明白他们之间的烦琐事。

李蔓说："你真肉麻。"

"肉麻是吧？肉麻你还笑得像朵花一样，你就一天到晚假正经。"

李蔓显然心情不错，说："你不也喜欢得不得了？"

"哎哟——那人怎么倒了？"

"大爷！大爷！你醒醒！"

听到身后有动静，两个人对视一眼往后看，那位卖甜芦粟的老汉倒在地上，头顶的干毛巾飘在一边，有个男人正在掐他的人中。

裴邺坤放下东西三两步小跑过去，李蔓也跟了过去。

裴邺坤见人昏死不动，说："打120吧，老人年纪大，等会儿别出点其他的意外。"他转头对李蔓说，"把我们买的矿泉水拿来。"

裴邺坤把水倒在毛巾上，给老汉擦脸，试图给他降降温，这多半是中暑休克，但他也不是学医的，不敢轻举妄动，路边的好心人给老汉撑伞遮阴。

救护车三分钟内赶到，医护人员抬来架子。

周蔚初从车上下来一眼就看到裴邺坤，但救人要紧，她没搭话，反倒是裴邺坤先说话了。

他说："要是这老人没事麻烦你回头给我发个短信，谢谢了。"

周蔚初点点头，又看到裴郸坤身边的李蔓，越看越觉得眼熟。

周蔚初坐在救护车里透过车窗往后看了眼，她看见裴郸坤和那个女孩并排走在一起，他与她说笑然后抹了把她额头上的汗，渐行渐远，其他的看不清了。

到达医院的时候周蔚初猛地想起，那个女孩就是那次在医院花园和他说话的那个，也是那天在电梯里的那位，电梯——

周蔚初一瞬间都想明白了，她苦笑，怪不得他会答应和她一起吃饭。

那些话想必也都是说给那个女孩听的吧，她一想到自己的自作多情就觉得难堪。

都是女孩子，有些东西明眼人一下就能看懂。

李蔓想起那个护士看他的眼神越发肯定一件事情，她还是很喜欢裴郸坤，非常非常喜欢，就跟四年前一样。

快到家门口的时候李蔓问道："你们分开之后她联系过你吗？"

他刚想说没有，陡然想到什么改口说："上次事故，去医院包扎是她给我包的，后来给我发过个短信，再后来也没什么，也就上次你知道的，再者就今儿个了。你别误会啊，我让她给我发短信不是为了和她——"

"我不是说这个，你紧张什么？"李蔓开门。

裴郸坤说："还不是怕你吃醋，四年前的醋坛子翻了这会儿还酸麻麻的呢。"

李蔓说："她叫什么名字？"

"问这干什么？"

李蔓说："随便问问。那个时候听爷爷说是她家里不同意，可我看她很喜欢你啊，怎么会轻易舍得放弃？"

"她家教挺严的，跟我在一起本来就是瞒着她妈的。我记得那年她和她妈吵架了，说是要跟我回老家，当时也是真想和她好好处来着，就把人带回来了，后来她和家里人说了这事情，不同意，不同意就不同意吧，熬了一段时间她说有点熬不下去，我就说那算了吧，然后就散了。"

李蔓懂了，说：“原来是你变相甩了她啊，不是说想要结婚的吗？”

裴邺坤把拖把、抹布通通倒在地上整理：“还不都是因为你。”

李蔓把蔬菜装一个袋子里，不解地抬眸看他。

裴邺坤指着心口说：“你扎这里头每天搅得我魂不守舍，叫我怎么静得下心来和别人过日子。”

李蔓看着他说：“我好像突然平衡点了，至少过去不是我一个人在难受。”

“你就不能吃亏。”裴邺坤坐在地上背靠着沙发角，问道，“你要打扫哪里，一起弄。”

李蔓说：“不用，我一个人可以。”

裴邺坤从袋子里倒出那两盒套，往她面前一甩：“我要是闲着大概满脑子都是这玩意儿。”

李蔓把拖把往他手里一塞，说：“那你去把浴室扫扫干净。”

男女搭档干活不累，屋子本就小，一两个小时就打扫得干干净净，李蔓有轻微的洁癖，所以不会放过一些小角落。

裴邺坤抱着她窝在沙发里，说：“你男人不赖吧，一只手干起活来照样溜。”

李蔓嗅了嗅他的脖颈，说：“你身上一股汗味。”

他立刻握紧她的腰死命把她往自己怀里按，坏笑道：“来，让你闻个够，叫你嫌弃。”

李蔓被他逗笑，嘴巴鼻子时不时撞到他的锁骨处和脖子上。

裴邺坤的目光始终跟随着她，如墨的瞳仁里倒映的是她的笑容。

他将她的头发拨到一侧，说：“我媳妇真好看，从小美到大。”

李蔓被这突如其来的情话戳到，她觉得很动听。

裴邺坤勾唇笑，说：“啧，就是智商低。”

李蔓：“……”

第五章　年少的怦然心动

夏日五六点的太阳依旧光芒万丈，厨房西侧有一扇小窗，阳光从窗纱里透进，穿过一个个小方格子洋洋洒洒落在煤气灶台上。

裴郅坤叼着烟在冲洗毛豆，他要下厨，李蔓便帮他把菜和肉都切好洗好，她刀法还行，切的冬瓜片不薄不厚正正好好。

裴郅坤关水龙头，将毛豆搁在边上，拿下烟背对着她吐了几口，说：“煤气用完的时候谁给你装的？”

“这罐是刚搬来时装的，还没换过。”

“还挺省，那是送煤气的人给你装的？”

李蔓淘米，说：“我让他送到门口自己搬进来的。”

裴郅坤眯着眼看她，说：“力气很大嘛。”

李蔓说：“出门在外防人之心不可无，你上次不是还提到这几年女大学生失踪的事情吗？不怕一万就怕万一，我爱惜自己的生命。”

“不错，怪不得你妈放心你。”

李蔓按下煮饭键，洗洗手问道：“裴大厨还有什么需要我打下手的吗？”

他的肩头落了一层金灿灿的夕阳，背对着阳光轮廓模糊又硬朗。

“没了，你去外头等着，等会儿别呛着。”

裴邺坤掐灭烟将烟头弹进垃圾桶，拧开煤气灶开关，大火旺盛，待锅里剩余的水珠吱吱吱地蒸发干净，几缕轻烟冒上来，他把油倒进锅里，再将辣椒、生姜、蒜一齐倒进油里翻炒，香味很快蔓延至整个屋子。

他单手翻炒，动作潇洒，颇有几分大厨的感觉。

李蔓去阳台收衣服和竹席，她放在茶几上的手机响个不停，人在卧室听不见，还是裴邺坤喊了几声她才知晓。

李蔓拿着手机到卧室接电话，顺手带上了门。

黄美凤唠了几句家常话，又说：“你一走家里就显得冷清了，以前也是，高中的时候周末回来家里就热闹起来，人不在就我一个人怪冷清的，也是老了冷清不得。”

李蔓将竹席规规整整铺好，说：“妈，你有没有想过再找一个？”

找一个踏实可靠的，安安稳稳过完下半辈子，总一个人李蔓不放心。

黄美凤笑两声说：“有什么好找的，万一找的那户人家自己有儿女，我过去就是当保姆，说不定还不讨好，一个人挺自在。”

“那就打听打听清楚，找一户无儿无女的，人老实的，有个人陪日子会快乐点。”

李蔓知道母亲和他离婚后也不是没人做媒，母亲本来就长得端正大气，脾气也好，就算多个拖油瓶也是有人抢着要的，可她就是不肯。从前她不告诉李蔓，后来才说，她不想让李蔓有太复杂的家庭，也不想李蔓跟着她嫁进去后看人脸色，倒不如母女两个人清清净净地生活。

黄美凤只是笑着，也不松口说去找一个，连玩笑话也不说。

李蔓坐在床上瞥见枕头，中午他刚枕过的。她几度欲开口坦白可话到嘴边实在是说不出口，电话里讲也许过于草率。

李蔓说：“你注意身体，还是不要太累，房子什么的暂时不买，就算要买我自己存钱买，你只要好好养着，赚钱的事情不用你操心。”

“好，妈知道。你一个人在外地多注意着点安全，到底是女孩子，还一个人住，晚上别一个人出去，缺什么东西白天就去买，虽然知道你的性子但总归有点放心不下。”

孩子再大在父母眼里那也永远都是孩子，黄美凤忽然发觉自己放心不下。她活这一辈子倒也没什么牵挂，就是放不下李蔓，女儿的将来、女儿的生活她无法不去操心，也许是死亡的感觉越发强烈，她恨不得将李蔓的一生都叮嘱好。

裴郸坤将炒菜端上桌，锅里还滚着汤。

他说："你妈的电话？"

李蔓点点头，说："昨天到这边后还没给她打过电话，我一时忘了。"

"我们的事想好怎么和你妈说了吗？"

李蔓帮他一起拿碗筷，说："她知道我对你的心思，当然她肯定是不同意的，前阵子还催过我谈恋爱，这事慢慢来吧，电话里讲不清，国庆我回去再和她说吧。"

裴郸坤说："等春节的时候再说吧，春节我回去，我来讲。"

"你国庆没假期吗？"

"有，能休息一天，你国庆要回江州？"

"嗯，我妈一个人，能多陪着点就多陪着点。以前总恨不得离家越远越好，高中三年这种聚少离多的日子过够了才发觉人这一生能和父母在一起的时间实在太少。"

"你妈病刚好，是该多陪着点。那你国庆都在家待着，我这个孤寡老人怎么办？"

李蔓摆完筷子去厨房端汤，说："你哪天休假？"

"可以排班，你要是愿意提前一天回来，我就排最后一天。我相信丈母娘以后知道了能体谅的，她女婿工作忙很难得才有一天的假期。"

"你认亲戚倒是认得挺快。"

李蔓在试汤喝，他从背后抱住她，问道："好喝吗？"

他往冬瓜汤里放了点肉丝，带着点肉腥味汤汁就浓郁香醇起来了，李蔓说："挺有家的味道。"

江州人偏爱吃甜，桐城这边不然，吃辣的比较多，待久了李蔓多少也能吃点辣，可家乡的味道永远都是最好的。

吃完喝完两个人整理好饭桌出门散步，临近七点，天边紫霞翻腾，层层缭绕的云彩下夕阳渐沉，晚间起风，柏油马路上涌动的热流被吹散，淡淡的余晖从茂密的树叶间落下，晃动的树叶剪影斑驳而安静。

周遭有人在遛狗，三三两两的，说说笑笑。

裴郅坤握着她的手慢悠悠地往街上走。

李蔓说："现在夏季的T恤应该都在打折，裤子的话你也想要身上这种中裤吗？"

"能穿就行。"

夏天不比冬天，一动就出汗，每天的衣服都要换洗，他偏偏不愿回去拿。

华灯初上，夜市繁华，路边挂在树上的霓虹灯管如流星雨般闪烁明亮，街边小食颇多，香味缭绕，几家餐厅门口已经排起长龙。

裴郅坤看到电影院门口有人在卖玫瑰花，眼珠子一转，餐厅门口也有人在卖，边上有个大横幅，写着七夕情人节活动。

他从来不在意这种节日，也不知道是不是今天，可一想到上次那个男人拿着花站在她家门口的样子他就不爽。

李蔓挽着他的胳膊，说："去那家店看看，买两件打八折。"

裴郅坤说："你先去帮我挑着，我去那边小店买包烟。"

"嗯，那我在店里等你，你快点。"

裴郅坤挪挪下巴："急什么，怕老子把你丢这儿？这黏人劲儿。"

李蔓睨他一眼。

见她进了店裴郅坤慢慢移步到卖花的那边，有红的粉的蓝的，看着都很新鲜。

"这多少钱一朵？"

"七块，蓝的十块钱一朵。"

裴郅坤抽出一枝闻味，淡淡的玫瑰香，也没什么特别，他说："送货上门吗？"

老板娘哎哟一声，说："我的花店就在边上，送是送的，但是今天是情人节，正赶上最忙的时候，送货上门得加挺多钱。"

"没事，给我拿二十枝吧，不，二十四枝吧。"

“行，那把地址写一下，要几点送去？”

裴邺坤边写边说：“十点送来吧，这钱怎么算，先给一半还是？”

老板娘说：“不用，货到付款，做生意讲个诚信，顾客至上。”

“够爽朗的，那就这么着，可别忘了，不然我媳妇得打我。”

老板娘翘着嘴角笑：“肯定不给你忘了，这多美的日子不能破你们兴致，你说是不？”

裴邺坤耸肩一笑：“都是过来人。”

李蔓直接绕进男装那边，现在都已经上秋装了，夏装都在做打折处理，几排衣架挂着断码T恤，买一送一，李蔓仔细查看他能穿的尺寸，一般175cm的居多，要找到件185cm的真是难，也不知道他长那么高干什么。

李蔓招来服务员，问道：“还有185cm的吗？”她只找到一件，黑色带字母花纹的，款式简单大方。

服务员歉意地摇头：“只有这一件了。小姐，这衣服买一送一，料子都是纯棉的，很透气，你可以拿一件你男朋友穿的然后再拿一件小点的尺寸自己穿，和情侣装没差的。”

一件一百块，怎么算都是划算的，李蔓又拿了件170cm的。

服务员说：“除了这款特价外，男款的T恤里面还有，也在做活动，两件打八折，这边请。”

服装店左边是男装右边是女装，生意很好，人来人往。

周蔚初和朋友结完账，刚转身就对上李蔓的视线。周蔚初这次认出她来了，下午她给自己的印象太过深刻。

李蔓看她一眼，直接绕过她。

周蔚初不知道她叫什么，只是轻轻喂了一声，李蔓顿住脚步转过身看她。

周蔚初和朋友打个招呼，径自朝李蔓走去。

李蔓微微扬眉。

周蔚初说：“你是邺坤的女朋友，对吧？我们昨天在电梯里见过是不是？”她的声音很轻柔，犹如绵羊毛般柔软。

李蔓说："你想说什么？"

"我没有恶意，我只是……"

"只是想问问我什么时候和他在一起的？"

周蔚初轻轻皱眉，眼前的女人眼睛里漾着淡泊的光，却让人不敢直视，她居然知道。

李蔓说："昨天。从某种意义上来说是因为你。"

周蔚初张张嘴，却不知该说什么。

李蔓淡淡地说："我知道你是他前女友，也知道你们差不多走到谈婚论嫁的地步，我也知道你现在还是很喜欢他，如果不甘心那就来争取，光明正大，不用和我绕弯子。"

周蔚初没想到她把话说得这么直白，她看不透李蔓。

周蔚初说："光明正大地争取？你不怕我——"

"你抢得走那是你的本事。"李蔓走近她，轻轻地又说了几句。

周蔚初蒙住，愣怔几秒不再搭话，转身离去，刚出店门，远远地瞧见裴郢坤掐着一只熊娃娃往这边走，月光温柔，他也是如此。

李蔓快速挑好三件T恤一同结账，裴郢坤不知何时悄无声息地站在了她身后，付完钱转身的一刹那李蔓毫无预兆地撞在了软绵绵的熊上。

裴郢坤把娃娃往她怀里一塞："拿着。"

旁边的几个小姑娘悄悄看他们，眼神那叫一个羡慕，女人大概天生对毛绒玩具和鲜花没有抵抗力。

李蔓用眼神询问他。

裴郢坤说："给你放床头。"

李蔓接过，说："我很喜欢。"

他揽过她往外走："就知道你们女人喜欢这些，庸俗。"

七夕的月很圆，星光也格外璀璨，街上活动很多，粉色的气球、粉色的布条、粉色的泡泡，一对对的不是手拉手就是搂腰搂肩，哪个女生怀里不捧着点东西。

他这个一米八九的大高个怀里依着个纤瘦的女人，女人怀里抱着软胖的熊仔，画面协调又温暖。

裴郕坤说：“刚买烟的时候老板说今天是七夕，烟都贵了好几块。”

李蔓也从来不过这种节日，不曾在意过，也不觉得有什么特别。

她说：“怪不得街上情侣挺多。”

“你这智商。”裴郕坤说，“和你讲话还不能暗示了，非得我说明白是吧？”

裴郕坤捏捏她的小嘴，低声道：“今晚给点福利行不？”

李蔓只是笑着不给他明确的回应。

她想起他的内衣裤还没买，指着右边的内衣店说：“去那边。”

橱窗柜里模特身上展示着不同的诱惑衣裙，裴郕坤挑起半边眉，心想这福利好啊！

“蔚初，你怎么了？怎么和那人说几句话就心不在焉的？那人谁啊？”柳欣将买好的奶茶递给周蔚初，一路逛过来显然周蔚初兴致不怎么高，本来还好好的。

“谢谢。”周蔚初接过却没喝，垂眸像是在思忖什么，踌躇半晌问道，“柳欣，如果你遇到你男朋友的前女友你会怎么办？”

“怎么办？当然打死她啊！”

周蔚初说：“是啊，正常人不都应该这样吗？”

柳欣虽然说得夸张，但至少应该是充满恨意的，而不是像她那样，无所谓，甚至挑衅她，说那些话，太反常了。

周蔚初没心思再逛街，和柳欣分别后去车库取车，路上正好接到周国昌的电话。

周国昌说：“爸差点忘了，今天是你生日，现在有空吗？来爸这里一趟，有个东西给你。”

周蔚初发动车子：“不用，您的钱自己留着用吧。”

一个五十多岁的工人赚点钱不容易，她也不缺。

周国昌说：“我知道你什么都不缺，可还是想给你些什么，这些年欠了你太多。”

“那我现在过去，等我半个小时。”

“好，路上注意安全。”

电话刚挂断母亲的电话又进来，无非问她什么时候回去，说是买了蛋糕要庆祝。周蔚初有些无奈，每年都这样，其实她并不是很喜欢过生日，可是母亲就喜欢搞那些虚的，就爱那份热闹劲。

周国昌的住所她只去过一次，挺偏远的，从市里出来往南边的大道转进去后就是乡下了，还要再往里好一段路，岔路口附近都在搞建设，拆民房搭小区，晚上只有几盏零星的路灯亮着，荒芜寂寥。

还好她记忆力好，依稀能摸清楚路，狭窄的柏油马路两侧水杉树高大挺拔，墨绿的树叶层层交叠，月光都难穿透，蜿蜒悠长的路黑茫茫的，夏蝉嘶叫，莫名透着一股瘆人的寒意。

路边上是稻田，青葱的水稻苗被风吹起阵阵波浪。

周蔚初不自觉地又想起在服装店里李蔓和她说的话，还有她当时说话的神情和语气，仿佛她早就认识自己一般，她的反应也是出奇地难以捉摸。

她想，如果是她遇到男朋友的前女友，铁定是不会和对方说你光明正大地来争取，甚至不会搭理，或者就是气急败坏地宣布主权。

可那个女孩居然贴在她耳边说：“我刚和他在一起，感情基础不牢，万一他新鲜感过了，也许我还争不过你。”

她仿佛是在说你来抢他啊，我无所谓。

周蔚初扶着额头，眉心紧锁，从昨天裴邺坤的三言两语中她能看出他很喜欢那个女孩，可那女孩如果爱他怎么会对她说这种话?

她拿起手机盯着裴邺坤的电话犹豫不决，她应该多管闲事告诉他吗?

她也不知道自己是什么心理，心中有个小恶魔不停地告诉她，快去和他说，让他们吵架分手，这样你就能乘虚而入了，你和他曾经感情那么要好，如果不是当时自己懦弱了点也许现在连孩子都有了。越是这样想她就越是难受。

他的温柔贴心曾经是属于她的，她以前也知道他过去是个什么样的人，可他和她在一起后很认真，他很认真地在经营这段感情。

她记得那年生日，也是七夕，她在这辆车里亲他抱他，明明他都有了生理反应却没有要她。

他说，没结婚前不能害了你。

她神思恍惚，一抬眸什么东西猛地从眼前窜过，心被一惊，她下意识地踩刹车，车子却猛地冲飞出去。

油门还未松开，车头砰的一声撞到什么，寂静的马路上发出一声刺耳而短暂的摩擦声，哐当一声，水杉树下隐隐冒出白烟，车子的灯光一闪一闪打在整齐划一的树干上，路边的狗尾巴草早已被压扁，一个车轮滚了几圈最终倒下。

她急匆匆地踩下刹车，刹太重安全气囊都弹了出来，周蔚初的头磕在方向盘上，额角血迹斑斑。

被她撞飞的电动车仿佛已经被解体，银色的躯壳四分五裂，前轮飞出去，后轮倒在地上还在急速转动，车上的人不知所终。

夏蝉依旧在嘶叫，一声高过一声，空旷的小路上行人罕见。

李蔓从未买过男人的贴身衣物，还好店员热情大方，她也就没那么多不自在，一本正经地听店员介绍男人内裤。店员滔滔不绝，李蔓也是第一次知道原来男人的内裤还分那么多种类，她轻轻地应声，店员打开了她的新世界大门。

裴郅坤摸摸鼻子在女士睡衣那边溜达一圈走到她边上，贴耳低声道：“我看着睡衣挺漂亮，你要不要买件穿穿？”

李蔓朝那边瞟一眼立刻明白了他的心思，说：“你去外边等我。”

这里一排排的胸罩内裤，五花八门，他个大男人站这里确实不舒服，裴郅坤拎过她手里的东西边往外走边吹起口哨。

李蔓挑了五条平角内裤，都是纯色的，说：“橱窗那边第二件睡衣帮我拿一件吧。”

“好的，请稍等。”

李蔓走出店门的时候深呼吸了一下，心想也没什么好害臊的，以后这些总归是要她帮他打理的。

裴郅坤瞥见袋子里粉紫色的一角就知道她肯定买了。

他说："想吃点什么吗？哥请你，毕竟等会儿是体力活。"

"没什么想吃的。"

李蔓抱着熊仔太热，塞进他怀里，而他脸上，仿佛已经开出了花。

一回到家，李蔓都还没把钥匙拔下来，这人就捏着她的下巴吻了下来，砰的一声，门关上的同时他把她抵在了门上，李蔓手里的熊仔、马甲袋落了一地。

他的胡子一天没刮，刺刺密密的，蹭着她的下巴，有男人独有的粗糙感。

他的吻凶猛而急促，李蔓笑了笑，轻咬他的唇，柔声道："挺热的，洗完澡好吗？"

"先让我亲一会儿。"

李蔓推开他："你身上火气大，贴着太热了，本来就走得一身汗。"

裴邺坤欲火难耐，又是一番缠绵亲吻，这才放过她，说："那你先去洗。"他把袋子捡起来给她，"洗完穿给我看看。"

李蔓拎起熊仔把购置的东西放入卧室，裴邺坤脱了上衣倚在沙发上看电视，电扇哗啦啦地吹。李蔓从卧室走出来的时候手里拿着那件睡衣，粉紫色的蕾丝柔软垂下，裴邺坤挠挠胸口，心痒得不得了。

若不是要等送花的人他肯定冲进去和她来个鸳鸯浴。

李蔓洗得十分细致，可能是因为知道接下来要发生什么，所以会格外注意自己的卫生。想到前两次他的癖好，李蔓倒了点洁液仔细清理下面，温热的水流与浅浅的泡沫混在一起，有种异常的湿润感。

她拿莲蓬头冲洗的时候低头一看，静了许久最后无奈一笑，鲜红的血丝顺着大腿根徐徐往下流。

算算日子是差不多了，比上个月晚到两三天，可怎么偏偏赶在这节骨眼上。

李蔓套上内裤，贴上卫生巾，揣了揣那件睡裙最后还是穿上了，吊带蕾丝V领的，长度到大腿根，因为是真丝的，所以穿在身上特别滑凉。

送花的人十点准时敲响门，裴邺坤瞧着浴室里的人还在捣腾，慢悠悠地开门付钱，幽蓝色的花朵鲜艳绽放，老板娘包得也特好看，总之他觉得很好看。

李蔓往脖颈上抹了点乳液，出来问道："刚才有人在敲门？"

她转出来就看到裴邺坤捧着一束花像木鸡似的看着她，李蔓瞬间明了。她拨了拨花骨朵，明知故问道："还挺新鲜的，谁送给我的？"

他的注意力全放在了她的身段上，镂空花纹下的腰细若无骨，皮肤白得像嫩豆腐，他都快被身体里的火烧死了李蔓还跟他绕圈。

"还能谁送的？"

"我不知道……"

裴邺坤把花扔一边拥着人就往沙发上推，他高大的身躯完全遮盖住李蔓，一腿跪在沙发上一腿支撑在地，李蔓被他圈得死死的，本来洗完澡身上还算清凉，他一吻又开始热起来了。

"就穿了裙子？嗯？"

李蔓见他气喘得急，有些不忍，但现在这个情况实在是没办法。

裴邺坤拉住她的手往自个儿肩膀上搭，李蔓顺势搂住他的脖子。

他转而吻上她的耳朵，鼻尖抵着她的耳朵磨蹭了几下，嘶哑道："要在客厅还是卧室？"

李蔓说："你记得上个月我和你碰面的时候，你不是说我脸色不好吗，我说是因为我生理期，你还记得是——"

裴邺坤一听到生理期三个字身体蓦地一僵，后面的话不用多说他也知晓了。

"靠——"他不甘心地将手伸进去，碰到才彻底甘心。

"什么时候来的？"他问。

李蔓抚摸他的短发，说："刚刚。"

裴邺坤把头埋在她的颈窝处，深深叹口气，有点幽怨地说："我这一腔热血都被你给浇没了。"

李蔓轻轻笑着，说："偶尔节制有助于身体健康。"

"早知道昨天就多弄你几次了。"

他们才刚在一起，左右他就在她身上释放过三次而已。节制？节制个屁。

裴郢坤气呼呼地从她身上起开倒在边上。

李蔓靠在他的肩上，电视里放的是动画片，两只熊，她说："那花你什么时候买的？"

裴郢坤揽过她的肩膀，不罢休地捏了捏柔软，说："去买烟的时候。你看看，有品位的人都送蓝玫瑰，就那种没品位的人才拿红玫瑰。"

李蔓知道他是在说韩傅明，心眼小得跟米粒似的。

"没看出来，你还挺浪漫。"

裴郢坤说："你就好好受着吧，老子头一回给女人买花。"

李蔓沉下身子完全依靠在他怀里。

他给她买礼服买项链买花买玩偶，听上去似乎不是多么了不起的事情，可他的的确确把心思都放在了她身上。

裴郢坤握住她的手，揉着捏着，又抬起来亲了几下。

李蔓仰头钩住他的脖子凑上去吻他。

明月清风，星光银河，阳台上的窗纱飘起落下，屋内的人口齿交融。

李蔓从卫生间漱口出来，裴郢坤围着浴巾站在桌边倒牛奶，抬起的手臂肌肉结实有力，肩膀线条流畅，他个子高，伫立在那儿宛如挺拔的松柏。

裴郢坤扭头看她一眼，盖上牛奶盖子，说："还酸不？"

李蔓无视这个问题，拿过牛奶喝。

裴郢坤挑眉一笑，艳红的唇瓣边上溢出牛奶的纯白，他倚在桌边上说："李老师学东西学得真快。"

李蔓喝了小半杯，说："你再说下次就没这个服务了。"

裴郢坤伸出长臂将人轻轻揽入怀里，低头吻她，一股牛奶香。

他说："还不到十一点，有些睡不着，看电影吗？"

李蔓摇头："下午没停过，晚上又走了那么多路，有点累，我想睡了。"

"也对，我们李老师干了太多活。"

李蔓的床真的不大，两人躺着最多能翻个小身，裴郢坤被驱赶到里侧，李蔓将熊仔也扔在了里侧，他整个人把熊仔压在背后。

李蔓给他盖被子，说：“它可是你兄弟，别压死了。”

裴郎坤故意往下压：“它长得没我帅，一看就不是一家人。”

李蔓关灯，一躺下脑后就硌到硬硬的臂膀。

“这样睡不舒服，把手拿开吧。”

裴郎坤伸过去一只腿压住李蔓，她身上凉凉的特舒服，他说：“好好珍惜吧，以后老了你要枕我还不给呢。”

夜色如浓稠的墨砚，星光点点滴滴洒在这幅黑色画作上，空调的指示灯亮着微弱的绿光，窗帘没拉实，几缕星光携着月光悄悄溜进来，一室的温柔。

李蔓说：“也是，等新鲜劲过了，你就烦我了。”说着她心安理得地完全枕在他的胳膊肘上。

“随便一说还当真了，女人真矫情。”

说到新鲜劲，李蔓想起她和周蔚初说的话，静静地凝视着天花板，说：“我有个事要和你说。”

裴郎坤下意识地心咯噔一下，简直有阴影，上回上完床李蔓就是用这个口气和他说的。

他说：“不重要的话别说了。”语气闷闷的。

李蔓忽地一笑，转头看他，戏说：“还挺重要的，关乎到我们的感情问题。”

他反手拍她的脑门：“有屁快放，找打呢？”

李蔓组织了下语言，说：“晚上给你买衣服的时候碰到了你前女友，噢……是前女友吧？”

“谁？周蔚初？”

“她叫周蔚初？”

“你说的是谁？”

“除了她你还有其他的？”

裴郎坤：“……”

李蔓说：“就昨天和你一起吃饭的那个。”

“噢……她就是周蔚初，遇到了，然后呢？”

“我先问几个问题。”

裴邺坤喉结滚动，不知道紧张什么，故作淡定道：“你问吧。”翻旧账什么的太让人心虚。

李蔓说：“她多大？”

“和我同年。”

那就是比她大四岁。

李蔓：“她的家庭情况你了解吗？”

裴邺坤拧起眉毛疑思一番，回忆道：“她是重组家庭，挺小的时候父母就离了，继父似乎条件挺好，我和她在一起的时候大家都很少提到自己的家庭，就大约有个了解。”

李蔓说：“今天我和她说，让她来抢你，我说我们刚在一起感情基础不牢。”

裴邺坤不解地看向她：“你倒是大方，把男朋友往前女友怀里推。”

李蔓双手合十搭在胸前，淡淡道：“你说她会不会来追你，我希望她来追你。”

裴邺坤听出点不对劲，问道：“你说明白点。”

李蔓说：“她那么喜欢你，如果眼睁睁地看着我和你恩爱缠绵会难过吧。”

“四年前的醋还吃呢？还想着报仇，李蔓，你坏不坏？”

“邺坤。”李蔓定定地叫了声他的名字，顿了片刻说，“我现在和你说这个是希望以后不要造成什么误会。我就是想看看她难过的样子。”

裴邺坤说：“我和她没什么，其实也犯不着中伤人，你如果觉得不爽这次以后就别——”

“她是李建忠的女儿。”

裴邺坤话说一半被活生生噎住，半晌后道：“怎么可能？”

这天底下哪有这么巧合的事情？

李蔓说：“我亲眼看到的。”

四年前裴邺坤将人带回来的时候她深深记住了周蔚初的样子，她嫉妒周蔚初，所以记得格外牢。高考过后她来到桐城读大学，一个周末被室友拖着去逛街，天气也和这几天差不多热，夜市热闹非凡。

喷泉广场附近有个小型车展，还在搭台子，但已经有几辆车子被推上展示台。她对这方面不懂，但室友算得上是个富二代，对车还算感兴趣，拉着她打算去围观一圈。那边人不多，她一眼就看见了李建忠，他身边还站着个女生。

室友催她走快点，隔着广告牌她站在离李建忠两三米处。

李建忠说："这车不错，要不给你换辆，把旧的给你妈开？"

"等会儿妈来了我得把这话告诉她。"

对话内容明了又简洁，李蔓喝着甜甜的可乐，静静听着。

李建忠说："等你下次升职爸给你换辆车，开出去拉风的那种。"

"谢谢爸爸。"

李蔓攥紧手里的易拉罐，青葱般的手指将易拉罐捏得变了形，她依旧面无表情地注视着前方，台上那辆白色的跑车闪耀着刺眼的光芒。

"走，上那边等你妈去，等会儿她又找不到人了。"

听到离去的脚步声李蔓回过头看向他们，那个女孩转过头和李建忠说着什么，李蔓一怔，直到回到宿舍她才不得不确信那个女孩就是半年前裴郷坤带过来的女孩。

裴郷坤听完依旧不能缓过神来，说："有点巧，那你爸怎么会不知道——哦，也对，那时候她没和家里人提过我，你爸不知道。"

李蔓十分平静地说："他活得多好啊，得到了自己的初恋情人，继女还乖巧孝顺，家庭幸福美满，多好啊。"

裴郷坤揉揉她的脑袋，说："你没有和你妈说过是不是？"

"有什么好说的。"李蔓合上眼，说，"我就想看看她难过的样子，凭什么她们活得那么快乐？她们凭什么呢？我知道这不关她的事情，可我就想这么做。"

周蔚初的母亲拥有了她的父亲，周蔚初又曾经拥有过她喜欢的男人，她嫉妒得发疯。

裴郷坤说："你没做错，你只不过是向情敌示威而已。"虽然他不想伤害周蔚初，但如果她自己撞上来他无疑会推开她，她什么情绪什么感受都和他无关。

这个秘密这几年李蔓没有对任何人提起过，就像一颗镶嵌在心里的尖石子，她恨她怨却无人知晓，如今全部讲给他听，憋着的这口气终于得到释放，她心里平静很多。

李蔓轻轻地说："我和她说的是假话，你以后要是听到些什么不用在意。"

裴郸坤笑笑："那真话是什么？"

李蔓支起半边身子，望着他，贴在他耳边软糯地讲了一句话。

裴郸坤按住她的脑袋吻她。

长夜寂静，李蔓入眠很快，她睡相一向好，安安静静地依偎在他身旁，裴郸坤没有抽出手，就这么一直让她枕着。

中考前夕，李建忠从桐城回来和母亲提了离婚，两人又是大吵一架，从家门口吵到后院的路上，街坊邻居都来劝架，母亲哭到眼睛红肿。

那是初夏的黄昏，李蔓刚放学，初三放学晚，还好夏天白昼长，到家的时候还能踩到点夕阳余晖，她刚从路口转进来就见小路上哄围了一圈人。

黄美凤指着李蔓说："你女儿也不要了？"

李建忠说："离婚和女儿有什么关系，她永远是我女儿。"

李蔓推着自行车慢慢走进家里，心想，终于走到这一步了。

闹腾了一个多小时，李蔓扶着黄美凤进家门，看戏的人也各自离去。一家三口坐在桌前，李建忠沉着脸一言不发，对他来说黄美凤大吵大闹太丢脸了。

李蔓知道，这只不过是一个女人最后的挣扎，她太无助了，手里一点筹码都没有。

黄美凤说："小蔓，你先上楼。"她刚才是气昏了头才让女儿面对这种场面。

李蔓不动，看着李建忠说："为什么要离婚？"其实她大约能猜到一二，应该是外面有了特别喜欢的女人吧。

李建忠没有逃避李蔓，说："爸爸很爱你，即使和你妈妈离婚了你也永远都是爸爸的女儿。你年纪还小，爸爸不求你明白原谅，但爸爸想和自己喜欢的人在一起，快快乐乐地活着，这里的房子啊钱啊都可以给你们。"

李蔓觉得，这台词像极了电视剧里的。

晚上，黄美凤和李蔓睡一个房间，黄美凤言下之意是不愿意，她不想好好一个家庭就这样破碎，忍了这么多年不差剩余的半辈子，离婚对他们这个年纪的人来说是很不好的，离婚了好像就不值钱了，李蔓无法解释这种心理。

李蔓说："妈，离婚吧。"

她已经厌倦了这种生活，李建忠不常在家，回来一次吵一次，有他没他，不过是几张钞票的事情，硬揪着这个名分何苦呢?

黄美凤不知所措地看着李蔓，她以为李蔓会很不愿意。

李蔓说："离婚了以后你还有我，我们开开心心过日子就好，以后我养你。"

黄美凤哭得不成样。她这一辈子最大的福气大概就是生了个懂事的女儿。

离婚以后李建忠离开了江州，世人对留下的女人无非同情怜悯，偶尔也成为别人的饭后谈资。

也是后来李蔓才知道李建忠之所以坚决离婚，是因为他遇见了从前的初恋情人，两人很是合拍。

又是电视剧般的情节。

可以让他这样到处拈花惹草的人收心，那个女人也不简单。

黄美凤经常告诉她，她希望李蔓成为什么样的人，告诉李蔓什么是应该做的什么是不应该的，她并不限制李蔓的想法和自由。这些期盼和教导也都在理，李蔓也知道她为自己付出许多，她也告诉自己应该成为怎么样的人，至少有担当有责任感，而不是像李建忠一样为了什么所谓的爱情将一切都抛在脑后。

当她的爱情和期望相冲撞的时候她开始渐渐明白李建忠的义无反顾，可情况不同也不好做比较，她能原谅他的追求，但实在无法原谅他从始至终的不忠，从头到尾他付出的从来都不算多，连婚姻基本的忠诚都做不到。

人的失望都是渐渐累积起来的。李蔓想，从小到大他假如尽过父亲一半的责任也许现在她还愿意叫他一声爸爸。

这样的一个人嘴上说爱她，却对别人的女儿宠爱，她不恨周蔚初母女，她只是嫉妒她们。

身边的怀抱温暖踏实，她在梦里的不安得到安抚。

从童年到现在所有难以开口的话语她都只跟他说过。当她试着去和别人交往时，当对方无法理解她的时候，李蔓根本无法将这些一一解释清楚，她也没有意愿去说明，不愉快的事情没有人想一次次翻出来，而有些人不用说得太清楚，有时候一个眼神就能懂。

这世界上，到哪里再去找一个如此知心的人？

十三四岁的年纪情窦初开，加上一些爱情小说的催化，人开始渴望爱情，书中的轻轻一吻都足以叫人红了脸。

班里出现第一对情侣的时候好一番轰动，男生被兄弟说不厚道，女生被围着盘问，一个放荡得意一个娇羞闪躲，大家很羡慕。

李蔓也看过不少爱情小说，她喜欢书中人物的两情相悦，但回归现实她并不觉得爱情是个多美好的东西，就像她的父母，没有爱情却依旧成为夫妻，也是因为没有爱情所以无法幸福美满。

那个时候台湾偶像剧十分流行，顾七夕迷上了明道，总推荐她去看《王子变青蛙》和《爱情魔发师》，她说自己已经看了几十遍，台词都能背出来的那种，她说自己以后要找个王子或者理发师。

李蔓闲着无事去看了，故事确实动人，也赚了她几颗眼泪，可以说是她的爱情启蒙读物。

一个为了爱情奋不顾身跨越阶级，一个终于看清自己的心意选择在一起。

4月的油菜花都开了，金灿灿一大片，空气都变得暧昧浑浊起来。

裴邺坤去了隔壁市区的技校，一个月回来一次，回来的时候人黑了一圈，说是军训晒的。

人一往外走，家长似乎就管不住了，从前他总是缩着脑袋活在那个家里，现在根本不将裴江和顾兰放在眼里，意气风发又肆意狂妄。

远远望去，李蔓觉得有点陌生，他变黑了，个子又长高不少，从前清瘦的胳膊肘开始有肌肉了，他在慢慢变成男人的样子。

他约她出去走走，还丢给她一条巧克力。

春意阑珊，绿草如茵，高耸的油菜花将他们的身影淹没，花香袅袅。

裴郅坤说："你怎么长这么慢？"

他一开口李蔓倒不觉得陌生了。

她说："女生发育慢。"但思想比男生早熟，她想他和她现在的思想成熟度是相等的。

她问："在那个学校开心吗？学到些什么？"

"还能学什么，又不是什么正儿八经的学校，不就混个日子。"

"那总能学到些什么吧，技多不压身。"

春风习习，艳阳高照，裴郅坤半眯起眼，说："那些玩意儿再怎么学都是死读书，实习了才真正能学到东西。你可要好好读书啊，别像我，技校的日子不怎么太平，特别是你们女生，漂亮的——算了，你这姿色摆那儿都不会有人瞧一眼，瘦得跟小鸡似的。"

李蔓蔑视地看他一眼。

她搁她班里也算得上中上等，才没有他说的那么不堪。

河边的柳树随着河岸塌陷，根渐渐陷入水里，歪七扭八地拼命伫立，投下条条柳枝，尖尖的嫩芽随着春风生长，青葱得让人心动。

裴郅坤在柳树下停住，阳光穿过树叶投在泥地上，斑驳一片。河水清澈，里头的游鱼灵活有生机。

他掏出烟抽，动作熟稔。

这是李蔓第一次看他抽烟。

她说："怎么刚去就染上了坏习惯？"

"这东西解愁。"

"借口。"

他耸肩笑笑，很快半支烟就没了。

李蔓想伸手去拿走他的烟，刚跨出一步手还没抬起，脚底一滑，带着几声叫就咚一下滚到河里去了。

裴邺坤下意识地想拉她的手，可昨夜刚下过一场春雨，岸边泥土湿滑塌陷。

两个人呈抛物线，双双落水，好在河水浅，最多淹没到她的胸口，李蔓从河里挣扎着探出头踉跄几下才站稳，浑身湿透，摔了一身泥，河底的淤泥腥味很重很难闻。

那半截烟漂在河上沿着水流慢腾腾地游走了。

裴邺坤站起来的时候肩膀上挂了几条水草，小小的水葫芦黏在他的白色T恤上。

李蔓傻愣地盯着他看，几只鸟飞过高空，她骤然间笑了出来。

裴邺坤抹了把脸，狠狠地瞪她一眼，抬手就捏住她的脸颊扯："你故意的吧？一回来就给我个惊喜！"

李蔓往后躲，可往后退步的时候就是站不稳，她的重心难以控制，直直地往后倒，情急之下一把拉住他的手腕希望得到援助。

咚咚——

激起一阵水花。

裴邺坤手疾眼快地去抱她，却不料又被她带了一波节奏。

李蔓刚呛到几口河水就猝不及防地被人捞起，眼还没睁开就撞上了一堵硬硬的人形墙，他的T恤完全湿透，呈半透明状，能隐隐看清胸肌。

裴邺坤的手还掐着她的腰，他恨铁不成钢，用力挠她。为了防止她再摔倒，他另外一只手稳稳地钳住她的胳膊，任李蔓再躲也不会再滑下去。

"我不是故意的，有你这么欺负人的吗？裴邺坤！"李蔓怕痒，她被挠的时候不会想笑，只会想骂人。

连名带姓地叫人就是她骂人的方式，表示她真的怒了。

"真生气了？"他微微弯腰瞧她，手指勾起她的下巴，小脸圆鼓鼓的，像只小青蛙。

蔚蓝的天空下柳枝飘荡，男人浑身湿漉漉的，额角还在滴水，居高临下看着她，他背着光，阳光在他身上镀上一层光芒，李蔓想到小说里用来形容男人眼睛的一个词语——深邃，他终于很好地诠释了这个词。

微凉的手指轻轻捏着她的下巴，男人的手臂青筋脉络明显，他不再是男孩了。

李蔓的心突然咯噔一下，想说的话莫名被噎住。

他忽然靠近，纤长的睫毛都要扫到她的脸上，他笑说："再鼓点就更像小青蛙了。"

李蔓分不清自己身上是汗还是水，冷道："你放手。"

"你们女生就是爱计较，哪都碰不得。"裴邺坤收回手，三两步爬上岸，朝她伸出手，说，"傻愣什么，不上来打算在里面捉泥鳅啊？"

李蔓刚伸出手就被他拽住。

回去的路上她想到电视剧里的一个情景，女主在水里抽筋男主跳下去救她，救起后在游艇上起了争执两个人又一同落水，噢，他给她做人工呼吸了，他也教会她什么叫作吻，这个片段她记忆深刻，既诙谐又浪漫。

春日再暖但还是有些料峭，李蔓打了个哆嗦，忍不住抖，却不冷，她一点都不冷，像是有什么在心底破壳而出，那种感觉让她止不住战栗。

裴邺坤被她吓一跳赶紧搂住人快步往回走，李蔓一直低头不敢看他。

春日易生病，李蔓的体质不是很好，落水后理所当然地发高烧了。

大病一场后的李蔓回到学校被顾七夕抱了好久，问起高烧缘由，李蔓说："掉河里了。"

顾七夕笑了半节课。

顾七夕又迷上了另外一部偶像剧，她说以后要嫁给张栋梁。

李蔓说："明道的那两部不是很好看吗？你不是说要嫁给他吗？"

顾七夕说："你看了呀，既然你喜欢我就忍痛割爱把他让给你吧。"

李蔓："……"

李蔓上课神思恍惚，被老师点名却回答不出问题，一次是意外，两次是巧合，三次就不对劲了。

在顾七夕的再三逼问下，李蔓说："我可能发春了。"

顾七夕笑得贼兮兮的，拱着她追问，李蔓将事情从头到尾讲了一遍。

李蔓说："可能是看外表吧，当一个长相英俊的男人站在你面前多少会有点心动的吧，也可能是我被电视剧毒害了。"

李蔓原以为只是一个一闪而过的念头，可有些东西一旦发生很难叫人不去在意，越是不想在意就偏偏越适得其反。无数个夜里她反复揣摩自己的心意，导致后来再和他见面的时候越发不自然，他的一次挑逗或者一句玩笑话就能让她晚上睡不着觉。

那次李建忠回来，不出意外，吃饭的时候两个人又吵了起来。李蔓出去走走，见他正在院子里打井水，他在里面冰镇了啤酒。

匆匆的一个对视，李蔓没去找他，随手捏了根狗尾巴草往外走，没走几步身后传来脚步声。

他双手插袋，问道："你爸妈又在……"

他跟在她身后，影子盖住她的。

李蔓淡淡嗯一声。

裴郱坤说："谁家没点事，你看我不是还有个后妈吗，放宽心。走，去小店买汽水喝，哥请你。"

橘子汽水，两块钱一瓶。

李蔓说："这汽水都快要停产了。"

"新事物总要淘汰旧事物，所以好好珍惜眼下。"

"你还说道理给我听，自己又做不到。"李蔓坐在堆起的水泥钢板上，双腿悬空着。

"我这不是在哄你吗，你们女人多麻烦，什么事情都要哄。"

"你经验很足嘛。"

"那是，老子可是众星捧月，小姑娘追着跑。"裴郱坤转过头指着自己的脸说，"长得帅没办法。"

李蔓盯着他英挺的五官不语。

喝完汽水两个人慢悠悠地回去，分别时裴郱坤叫住她，说："知道你今晚又要睡不着了，睡不着吹个哨，我带你私奔，私奔去喂蚊子。"

李蔓说："你又知道我睡不着了？"

他背对着她挥挥手："我不了解你还有谁了解你，小丫头片子。"

回去后李蔓站在镜子面前仔仔细细打量自己，以她的体形、她的身高跟他站在一起，确实是两个不同的阶级，男人和女孩。

那晚她确实没睡着，因为她很确定自己喜欢上了那个人。

夜色苍茫，万籁俱寂，李蔓握着白色口哨走到窗边，犹豫着要不要吹，她只是心血来潮要见他一下。

乌云飘过，皎洁的月露了出来，银色的月光照亮田野。

屋檐下亮起一丝橘色的亮光。

她看见他倚在墙上抽烟，抬头朝她看来的时候两个人的目光正好撞在一起。

李蔓看见他在笑，笑得那么有把握，仿佛知道她会出来一样。

她轻轻张合一下唇，说了一句连明月也不知晓的话。

裴郧坤笑笑："那句话是什么？"

李蔓支起半边身子，望着他，贴在他耳边软糯地讲了一句话。

"除了你，我再也无法喜欢上别人了。"

每月一到中旬，日子就过得特别快，一眨眼又是月底，8月将近半个月的暑期补习临近尾声，9月初学校开学，街上真的热闹起来，四面八方的学生都从老家赶来。

李蔓的工作量其实不大，美术老师和文化课老师的区别明显，补习期间是上午八点到十一点半，下午一点半到四点，学校设施齐全，炎炎夏日空调可以从早开到晚，老师坐在沙发椅里喝茶，偶尔指点一番，学生听听音乐挥挥画笔，放轻松点看还是比较惬意的。可临近艺考学生的头顶总会绕着低气压，也有学生开始着急焦躁，事到临头发现自己连三庭五眼都不知道，陈玉骂了一通，隔天拿来教材PPT又讲了一遍五官比例和色彩搭配。

9月3号正式上课，9月1号最后一天全天美术补习，李蔓起了个早去市场买来馄饨面。

裴郧坤在她这里住了半个月，成功承包了一日三餐，早上起来买早餐，中午做菜或者提前点好外卖，晚上和她一起买菜做饭。他一天到晚无所事事，和小区里的老大爷下起了围棋，成了棋友，导致李蔓每天早上出门都要被打太极的大爷问一遍小裴醒了没。

昨天有场足球比赛他一个人看到凌晨，早上迷迷糊糊醒过一次说是要去买早餐，李蔓让他安心睡。

七点的晨光明媚而清新，李蔓怕面糊将他拉起来吃饭，裴邺坤抹了把脸，被自己的胡子扎一手。

李蔓弯腰捧住他的脸颊，盯了好一会儿说："完了，熬一个夜你的英俊就不复存在了。"

裴邺坤打了个哈欠把人往怀里揽，靠在她的肩上，哑声道："明天你休息对吧？"

"嗯。"

"那咱们白天干点啥，我过几天也要拆石膏了，在这里也待不了几天了。"

"你想做什么？"

"我啊……"他懒懒一笑，低声道，"想做你啊。"

李蔓拍拍他的背，不想和他扯，说："先起来吃点东西，等会儿再睡。哦，对了，蒋大爷问我你醒了没，我给拒绝了，我说你今天有点累要睡到好晚。"

"嗯。"他睡眼惺忪还没彻底缓过神，脑门抵着她的肩头不动。

李蔓想起蒋大爷的反应，犹豫几番还是说了："我好像说错话了。"

"什么？"

"蒋大爷说，小裴这小子可真行啊。"

裴邺坤的肩膀抖动起来，他无声地笑着，半晌后说："人大爷说的是实话。"

可能是恋爱初期，男人的欲望总是格外旺盛，她做什么这个男人都跟在后面，时不时吃点豆腐，夜夜都是熊。累归累，李蔓倒是不反感，能和自己喜欢的人有亲密接触其实是件很幸福的事情。

李蔓说他自恋，回头就把人从床上拖起来。

裴邺坤没打算放过她，因为知道相处的时间不多了，他黏她黏得紧，扣着她的腰一齐挪去卫生间刷牙洗脸。

李蔓的拖鞋被遗失在去卫生间的路上，一只掉在卧室一只滚在客厅。裴郅坤将人一提，她稳稳地站在他的脚背上。

李蔓被他抵在洗手台前，他刷牙，她给他倒水。

她说："开学后不会那么忙，学校没有给美术老师设置专门的办公室，学生一般是上午文化课下午美术课，所以我下午才会去学校，还能多陪你一会儿。"

"你这工作倒是轻松，我听蒋大爷说这学校福利挺好的，这几年本科升学率特高，但就是风气不好，听说现在好很多啊，从前学生打架、旷课很严重。"

"不是重点高中，也没重点高中的好风气，但是学校本身要求严格，陈老师和我讲过，确实比以前好很多。我带的那个班的学生大多还是很亲近的，可每个班都会有几个坏学生，不都这样吗？"

裴郅坤低眉："哟，我怎么听着像是在说我呢？"

李蔓："你能归为好学生？"

裴郅坤吐一口泡沫："是，我是坏学生，那李老师可得好好管教我，不听话就把我绑起来拿小皮鞭抽，怎么样？"

"恶趣味。"

他接过水杯漱口，说话时满嘴的清凉薄荷味，李蔓拧毛巾给他擦脸。

她说："你最近有点上火，眼屎挺多。"

"说得好像你没眼屎一样，你以为拍偶像剧呢，你知不知道我早上起来去给你买早餐，你那额头和鼻子油得都可以刮下来炒菜了，老子还不嫌弃地亲你，献上我的早安吻。"

李蔓把毛巾拍他脸上，用力揉虐，说："我说呢，怎么每天早上都能闻到一股口臭。"

他拿开她的手，低头张嘴就哈气："来，我不熏死你。"

李蔓踮起脚，双手钩住他的脖子亲了下他的下巴，笑道："好了，封印口臭技能。"

裴郅坤哼笑："还挺会讨人欢心。"

“面都要成面疙瘩了。”

他捏着她的屁股将人往上一扛，大步走向客厅，怎么着就是不肯放掉她，连吃饭都让她坐在他的腿上，李蔓喂给他吃，左手吃面到底不方便。

七点四十五分李蔓去学校，裴邺坤依依不舍地将人放开，李蔓弯腰换鞋，说：“你好好睡，中午不用做菜，我们点外卖。”

裴邺坤拍了下她的屁股：“知道了。”

李蔓穿了紧身裙，弯腰的时候衬得屁股又圆又翘，他忍不住多摸了几下。

李蔓开门的时候他还在摸，对面的徐荞正好也开门，双双对视，徐荞的视线落在裴邺坤的手上，特有深意地望着他们，李蔓打掉他的手，裴邺坤摸摸鼻子。

徐荞和李蔓一起走，徐荞说：“最近发现你挺爱笑的，果然女人恋爱会大变样。”

“开心就会笑啊。总之，那天很谢谢你。”

“有什么好谢的，我也是为了自己。”

徐荞这人不装，有什么话都明着说，相处起来让人觉得舒服，李蔓也不喜欢那些绕弯子的女生，坦坦荡荡的行事方式更得她心意。

两人闲聊到学校，四五个男生看到徐荞热情地打招呼，他们称徐荞为美女，从不叫老师。

李蔓说：“你和学生相处得很好。”

徐荞冲那几个男生眨眨眼，对李蔓说：“他们是高中生又不是小孩子，干吗非得拿严师那套管教人？这个年纪的孩子叛逆心理强，打成一片后教育起来他们更听得进去，什么人用什么教育方式，因人而异吧。”

“是啊，严师那套太苛刻，真的要因人而异。”

徐荞说：“每个老师的教育方法都不同，我这人不想管他们太多，怎么开心怎么来，但如果做出什么出格的事情我绝不买账，万事都有底线。”

李蔓和这个班级接触的时间加起来两个月不到，因为平日里画画都是各自画各自的，安安静静的气氛，可时间稍微长点还是能看出点东西，班里有个女生被孤立了。

她坐在第一排靠左，总一个人默默地画画，默默地洗颜料盘，放学也是一个人悄悄收拾东西就走了。学校有很多学生不是住宿就是外出租房子，总会三三两两结伴走，可她一直是一个人。

李蔓问过其他女生，她们说她从高一到现在就一直一个人，从军训开始她就一个人了。

那个女生短头发，微胖，脸上青春痘很多，戴着副眼镜看起来有些木愣愣的。

李蔓也是无意之间听到了女生们疏远她的原因。

“我真受不了，上个星期换位子她坐在我旁边，不知道身上什么味道，又腥又难闻，那节英语课我差点就要吐了。”

“她本来就不爱干净，头发天天那么油腻，勤快地洗一下也不行。”

“其实我还是觉得她的痘痘吓人，真的没办法做朋友。”

“反正我就是看她不顺眼，整天阴气沉沉的，硌硬死了。”

李蔓从厕所里出来，真的觉得这是获取信息的好地方。

所以8月上课的时候李蔓特意观察了这个学生，也和陈玉交流过，陈玉说这她们也管不了，学校其实是个小社会，学生自己要在其中历练，学会去处理人际关系，再者她们只是美术老师不是班主任，真要做教育还得班主任来。

老师给学生们订了一些美术资料书，要去二楼拿，班里的男生都被叫去搬书，李蔓走了一圈看看他们画的东西，一个小时了都在打酱油，唯有那女生已经开始上色。

李蔓走到她身后，轻轻拍了下她的肩膀，拿过她的画笔说：“色彩不能单一，得有环境色，要学会调色，我给你画个瓶子，你看看。”

女生安安静静站在边上看。

李蔓说：“你好像素描好一点，我记得上次期末你的人物头像画得挺出彩的。”

女生不语。

“速写也还可以，只是水粉水平忽高忽低，再努力一把，这样艺考的时候稳定点，填志愿的时候也能估分好填学校。”

女生细声说：“我不会。”

“不会就说，缴了学费可不能吃亏。”

她又不说话了，咬唇静静地看李蔓示范。

一到十一点半学生都特别默契，准时扔了笔杆子揣着钱包赶去吃饭，李蔓收拾东西也打算回去，刚走到底楼一摸口袋手机没拿，折回教室的时候走廊里已经空无一人，推开门却听到哭声。

她看到那个女生坐在座位上埋头抽泣，肩膀一抖一抖的，眼泪滴滴答答落在大腿上。

她听到动静抬头看到是李蔓连忙擦眼泪，背过身装作整理书包的样子。

李蔓关上门，说：“愿意和我说说吗？”

女生沉默不语，背影看起来十分狼狈。

李蔓轻轻按住她的手，柔声道：“我大约知道你的情况，高三压力大，如果没人听你说话，那就说给我听吧，我不会告诉别人。”

她抬头看李蔓，眼里有一定的敌意。

对视几秒，她甩开李蔓的手，夹着书包落荒而逃。

李蔓敢肯定，这孩子心理有问题，她不会调节自己也不信任别人，防备心很强。

李蔓看着她画作下的署名——吴巧，她记在了心里。

下午的时候陈玉和她提起晚上给学生补习的事情，因为还没几个月就考试，得抓紧点时间。李蔓不是很愿意私下开补习班，对她来说这更像是老师敛财的工具，可事实也是事实，学生不会自觉地在家多画多练习，带回家的作业交上来也是比平日的敷衍。

学校每个带高三的老师都会私下开补习班，一个星期上两次或者三次。

陈玉比较民主，问了学生们的意愿，说：“你们自己什么水平自己心里清楚，补不补随你们，我这边收十个人左右，多余的我也嫌烦，你们要是好学可以找找别的班级的老师，反正他们都有教室的。要补的去班长那儿报个名。”

李蔓这才知道其余老师会在外面租房子当画室用来给学生补习，而陈玉很少会开这种私下补习班，所以打算少收点人在家里让学生画。

学生相当热情，都埋怨说老师收的人太少。

有人问：“李老师收人吗？”

李蔓说：“你们想去我那儿吗？”

“想啊！”

“我那边地方小，我也没钱去租房子给你们补习，我最多只能收五六个人。”

李蔓点名了吴巧，又收了三个女生两个男生，说：“我不收费，自己带好工具来就好，我就住在学校前面的公寓里。”

陈玉喝口茶说：“我可是收费的，不给你们白干。”

学生一番哄笑，有人说：“陈老师你太爱财了！”

晚上，李蔓把裴郕坤哄开心后倒在床上休息片刻开始进入正题，裴郕坤浑身舒爽还在回味。

李蔓说：“我开了个补习班。”

“挺好。”

“不收费的。”

“那也挺好。”

李蔓：“地点是家里。”

裴郕坤：“嗯……嗯？”

“一共六个学生，开学后一三五来我这里上夜课画画，七点半到十点。”

裴郕坤一脚蹬开被子：“我说你今天怎么那么主动呢，就知道没好事。我再待个把星期就走了，你还整一些小兔崽子过来分我时间。”

李蔓拉过被子重新给他盖好：“这事情已经定了。”

“还一、三、五，他们什么时候考试？”

“12月。”

“我去，三四个月的一、三、五都给他们了？”

“说得好像你平时一、三、五就很有空一样。”

裴郳坤掀开被子翻身压上来：“得，李老师为人师表，为了学生无私奉献，作为李老师的老公我也得学习这种精神，多奉献点爱给她。”

半个多月里李蔓难得一次全天休息，两人临睡前想了许多地方，可思来想去总有不满意的点，户外天太热，室内鲜有有趣的活动，最后裴郳坤说要去看电影，最近上映了一部国外冒险片子，口碑不错，他说他踏上工作岗位后几乎就没踏进电影院过，包括和周蔚初交往的时候。

李蔓想想也就同意了，她除了小时候学校组织去看电影外自己从未单独去过，大学里的电影院哪怕电影票只要两块钱她也没去过。她不太热衷于看电影，网络发达用手机就可以看，她也一直不懂其中情趣。

打发时间还能吹空调，她是这样想的。

桐城中心街上的这家电影院开了二十几年，边上有一家肯德基，差不多的年数，由于两家挨得近又十分具有特色，已经成了这里地标性的建筑。

下午3：11分的电影，两人买完票距离开场还有四十几分钟，日头毒辣谁也没有逛街的心思，隔壁肯德基是最好的去处。

周末人流量大，几乎没有空位，但还好不是饭点，不然恐怕门都挤不进去。

裴郳坤让她去二楼找位子，他点餐。

多数是学生，偶尔还能看见一两个他们学校的学生，李蔓环视一圈在最角落的窗边看到一个熟悉的身影。

吴巧穿着粉色的T恤戴着耳机在写东西，似乎在做试卷，偶尔推一推挂在鼻梁上的眼镜，十分专注，但看上去并不开心。

李蔓在她对面坐下，吴巧手一顿抬头看到李蔓的时候愣住了。

李蔓说：“位置都满了，不介意我坐这里吧？”

吴巧摇摇头，垂下眼继续做题。

二楼的视野很好，可以将这里最繁华的十字路口尽收眼底，底下川流不息，人们走走停停，丝毫不畏惧阳光的侵害，李蔓拉下点帘子，几道阴影遮住吴巧的试卷。

李蔓说："光线很强，对眼睛不好。"

李蔓瞥了一眼她做的试卷，是数学卷子。她才做到填空题第八道，草稿纸已经写满了好几张，她一个人摸索不知道答案到底对不对，或者说她根本不会做，摊在边上的数学笔记本已经被翻烂，边角磨损得厉害。

吴巧划来划去就是算不出，她知道李蔓在看她，越来越焦躁。

裴邺坤只看到李蔓，把端盘一放才发现这里还有个小孩，吴巧看见裴邺坤立刻皱起眉，开始收拾东西要走。

李蔓把圣代递到她面前，说："老师有话想和你说，能不能给一点时间？这是老师的男朋友，希望你不要介意。"

到底是十七八岁的小大人了，沟通起来还是比较轻松，吴巧没有像上次一样逃走，也没有接冰激凌，只是呆呆地坐着，等李蔓问话。

李蔓让裴邺坤去楼下再买一份，裴邺坤走了几步又折回来，说："你要吃什么？师公请你。"他抬抬下巴，带着摸不着边际的自豪。

吴巧轻轻摇头，说："谢谢，不用了。"

"小屁孩，还矜持。"裴邺坤转着皮夹子下楼。

李蔓想问的挺多，一时之间不知道从何说起，吴巧就这么怯怯地看着她。李蔓有些紧张，她以前没面对过这样的情况，毕竟是学生，她很怕说错话伤害到她。

吴巧说："其实快毕业了，都没关系了。"她声音很细，就像蚊子的叫声。

李蔓说："高中是过去了，那大学呢，将来工作的单位呢，要以现在的状态过一辈子吗？"

吴巧很迷茫，却觉得李蔓说得很对。

李蔓："老师想问你一些问题，可能用词会不恰当，也可能会让你不舒服，但希望你能够倾诉出来。我对你们班级其实并不是很了解，毕竟6月份才开始接触你们，整个班级三四十人你是让我最先注意到的，最开始以为你只是单纯压力大，后来陆续听到一些事情，你能告诉我，是她们排挤你，还是你自己不去争取呢？”

吴巧说：“我不知道……军训第一天大家似乎都找到了朋友，就我没有……后来就是现在这样了……我真的不知道……”她的声音有点颤抖，眼眶红了一圈，李蔓的问题一针见血。

如她所说，她真的不知道也不明白，为什么会变成这样。

李蔓把塑料调羹插进圣代，说：“吃点东西，甜的食物会让人心情愉悦。”

吴巧慢腾腾地吃了一口。

李蔓说：“你性格挺内向，过于内向不是好事，人活着怎么能没有朋友？独立和内向是两个不同的概念，老师希望你到了大学能开朗一些，多交一些朋友。”

吴巧的眼泪瞬间哗啦啦掉下来，她哽咽道：“我考不上，考不上，我文化课成绩不好，美术也不好……我考不上。”

她很努力，可就是不行。

“怎么会考不上，即使不是本科，专科也是可以的，有很多职业都是很好的选择，比如护士，考大学是为了以后的工作，工作是为了生活，要选择适合自己的。”

吴巧慌忙摇头否定：“我一定要考本科……”

木色的桌面上都是她的泪水，边上有人路过，投来异样的目光，李蔓递给她纸巾。

“是你父母的意思吗？”

吴巧耷拉着脑袋，眼泪收不住，像是有无限委屈，她蜷缩起自己，恨不得将自己变成别人看不见的一个影子。

李蔓大致从陈玉那边了解过，吴巧是农村家庭出身，父母四十多岁才有她，是靠种田为生的，望子成龙望女成凤也无可厚非，可能在教育这方面她的父母做得并不好，只顾着自己的期望没顾及孩子的压力。

这样家庭的孩子其实很懂事，他们知道父母辛苦所以会努力争取，可有时候努力也不一定能得到回报，好比美术，真的看天分，有些人在起跑线就赢了。

吴巧说："是我太笨了……怎么都学不好，他们因为我考上高中特别自豪，可是我现在……"

她的负面情绪一齐爆发，掩面哭泣，话都说不完全。这些是她心里的痛，长久压抑着，如今一碰就直戳心窝，根本无法控制。

等她哭够了，李蔓说："还有时间，不冲一冲谁能知道结果呢？你愿意花点时间在我这里吗？美术和文化课我都能帮你，等跨过高中这个坎，到了大学要过得开心点。"

吴巧很犹豫："我很差……我是班里倒数的……老师都看不起……"最后一个"我"字几乎不可闻。

李蔓手指微微一僵，她终于抓住了问题的所在。

最应该给予鼓励的人都对她冷嘲热讽视而不见，哪个学生会有信心再走下去？文化课那边的情况李蔓不是很清楚，但吴巧说的也是常态，老师都偏爱成绩好的学生，对差生多数不想管也懒得管，虽然有些是真的管不了。

一个孩子从白纸一张到色彩缤纷，家长和教师是最重要的挥笔者，他们的思想行为都影响着孩子的成长，任何一方面有偏差这张纸就容易染上不适的颜色。

父母给的压力、同学的排挤疏远、老师的放弃，你让她怎么无畏地走下去？现在这个样子其实已经很好了，她还在默默努力，即使摔得一身泥。

李蔓许久都说不出话。

吴巧怯生生地问道："李老师也看不起——"

"没有。"李蔓轻轻说道，"课上好好听，不会的记得去问老师，理直气壮一点。你父母那么辛苦，缴了昂贵的学费，艺术生的学费可比普通的贵很多，你来是学东西的，老师就是要教给你东西的人，他有义务为你摆平不解，现在高三刚开学，还来得及。"

吴巧依旧懦弱："我做不到……"

要她一个人面对老师吗？光想想办公室的低气压和老师的指责她就打

了个寒战。

裴郸坤在后面站了好一会儿，见时机差不多就把儿童套餐往吴巧面前一堆，拎起送的玩具说：“喏，师公的礼物。”

李蔓不想让吴巧在别人面前难堪，收住这个话题。

裴郸坤打趣道：“你李老师小时候笨死了，数学一直考不及格的，你看就她这个脑子现在还能当老师，你一定能行的。看看别人，都在卿卿我我谈恋爱，就你还在做题目，你已经悄悄领先他们了。”

裴郸坤站得远其实什么都没听到，就是大约猜着可能是因为高三的压力，总不可能是失恋了找老师寻求安慰吧，看着就不像早恋的孩子。

吴巧怕生，但知道这个男人是李老师的男朋友所以放下戒备心，点头道谢。

这样尴尬地坐着让吴巧不适应，她抹干眼泪要走，李蔓叫住她，说：“如果信任我，我们以后可以多说说话。”

吴巧抿唇微微点头。

裴郸坤往嘴里扔了个鸡块，说：“你还挺能耐，把孩子都惹哭了。”

“哭出来才好。”

“怎么，那孩子考试失利？”

“不是。”李蔓轻叹一声，端起可乐喝几口说，“她身上问题挺多，不是几句话就能开导好的，得慢慢来，高中三年应该过得挺辛苦。”

裴郸坤拿薯条蘸好番茄酱递到她嘴边，说：“没事，咱们李老师铁定能解开她的心结，回头她也能考个特牛的学校，到时候你就等着人家来感谢你吧。”

“你别说话了。”李蔓不喜欢番茄酱，没吃。

他往自己嘴里一塞：“我说的是实话，就拿李老师自身的事迹来说，很励志。我记得那会儿你考了个不及格回家被你妈打，你还特别凶地把卷子撕了。”

李蔓：“……”

裴郸坤想到她小时候的样子不自觉地笑出声：“我就看见你哭得眼睛都肿了，俩小辫子翘在那里顶嘴的时候一抖一抖的，凶得像只小老虎。”

李蔓："我记得当时不知道是谁，翻瓦片翻出条蛇，吓得魂都没有了。"

裴郸坤勾着嘴角斜眼看她，小声道："也不知道是谁不吃饭我一口一口把米浆喂进她嘴里的。"说着他捏捏李蔓的手臂，"瘦得跟竹竿似的，再不多吃点我再喂你些米浆补补。"

李蔓对上他幽深的眸子，瞬间明白他说的是什么意思。

她低头喝可乐，不想理他。

那人来劲了，拱她手臂，嘚瑟地问道："吃不吃？有营养着呢！"

电影开场前十分钟进场，李蔓和他从肯德基出来刚进入电影院大厅迎面撞上徐荞，她手里的可乐差点洒了。

徐荞脸上就写着两个字——火大！

她还在打电话，避开李蔓，对电话那头气鼓鼓地问道："昨晚都说好了，你现在才和我说不来了，有你这么做人的吗？韩傅明你就仗着我喜欢你就可劲欺负我！"

韩傅明有点无奈，耐心解释道："本来已经在来的路上了，可临时发现些线索，要去现场勘查。徐荞，这是我上任以来第一件案子，躺在棺材里的人尸骨未寒，我不能丢了我的责任。"

徐荞闷闷地哦一声。

韩傅明说："下次，等案子了结，我请你吃饭。"

徐荞深吸一口气："韩傅明，我觉得我要死了。"

"嗯？"他心里一紧。

这些日子他被徐荞缠得自己都没了方向，也像被她牵着鼻子走。

徐荞说："我要死了，我就喜欢你这种正义感，怎么办？我真的要死了，被你迷死了。"

韩傅明呼吸一窒，还好是隔着电话，要是当面说这些他根本不知道如何面对。

挂断电话，徐荞才和李蔓打招呼，李蔓大约听懂了，韩傅明有事没能来赴约。

李蔓说："你的告白挺震撼的。"

徐荞把电影票塞包里，说："你以为我是你啊，磨磨叽叽。他是警察，又刚上任，前几天东郊那边出车祸，司机逃逸，他们查了半个多月都没头绪，又是人命关天的案子，现在有线索当然是要以事业为重啦，这样的男人不迷人还有什么样的迷人？"

说到磨磨叽叽，裴郸坤对徐荞心怀感激，说："大媒人，回头一起吃饭怎么样？"

徐荞摆摆手："得了吧，看你们俩秀恩爱？我才不讨虐，先走了。"

裴郸坤说："你这朋友挺个性。你什么时候也和我说说那种我被你迷死了的话？"

李蔓把票给检票员，说："你有什么迷人的点吗？"

"我胸口两点不迷人吗？"他拥着她走进放映厅，人不多，他低沉道，"不是把你迷得使劲儿含吗？"

他笑得狂妄，李蔓觉得好气又好笑，这人就没个正经样，好在只在她面前这样。

周一开学，教师会议接踵而至，学校一次又一次强调安全问题，再者就是关于高三学生的成绩问题，学校的名气一年比一年响，升学率是绝不允许往下降的。校长十分负责任，接管这个学校后学生填的志愿他都一个个亲自看过去然后给出建议，今年更是用心，把学生高二四次考试的成绩逐个看过去，将学生分为三个层次，一是比较稳定的，二是中等却时高时低的，三是需要努力的，让老师重点照顾成绩较落后的，学校的目标是本科升学率达到96%，去年是95.7%。

周一至周四下午是高三的美术课，周日全天补习，刚开学学生忙老师也忙。星期一和星期三李蔓没让学生来补习美术，周五放学早，学生也各自都稳定下来，她打了杨盼的电话让他组织好其他学生周五晚上七点半来补习。

星期五临近放学之时李蔓去了趟学校。前几天课后空余时间她和吴巧又聊过几次，这孩子太胆小，只知道自顾自地埋头苦干，给她提出解决方法她也不愿去尝试，可想而知她有多害怕。

李蔓敲了敲门，办公室里只剩两三个老师，一个在改作业一个在用电脑，另一个正在收拾东西要走。

李蔓是助教，又是新来的，和这位班主任只见过几次面，平日里美术楼和教学楼又是分开的，几乎很难碰面。

“黄老师，我有事情想和你说一下。”

黄卫兵是吴巧他们班的班主任，教政治的。

李蔓的意思是希望私下和他谈，谁知黄卫兵随意讲道：“你说吧，我听着。”他在收拾东西。

李蔓走近他身边，轻声道：“想问一下吴巧的情况，能去外面谈吗？”

“吴巧啊，她有什么问题？没事，你就在这儿说，施老师和王老师都是班级里的老师，施老师教语文的，王老师教数学的。”

李蔓静默一会儿，说：“前几天校长开会，我看了下她高二考试的成绩，并不是很理想，我私下也和她交流过，她确实对课业有所——”

“那姑娘，小李，我和你说，高一开始我也陆陆续续找她谈过几次，看着挺认真的孩子成绩就是上不去，我也急啊，也不是没和她父母沟通过，死活就是不行，哎哟，没办法。读书啊，还是得认真专心，她肯定有什么分心的地方，问她也不说，太文静话太少，难交流。我们班总考第一的那个女生，勤奋又好学，不搞那些乱七八糟的，你也知道，现在学生难管，在市里读书诱惑也多，玩的心思重了就读不好书，老师也不是跟班一天到晚追着跑，高中读书全靠自觉。”

“不是，她很努力去学，但是可能少了老师的引导。她性格比较内向，这样的学生是需要老师主动去指点，女生心思比较敏感，处理的时候态度口吻温柔一点会比较好，一味死板地谈话只会让这样的学生却步。我也不是教文化课的，没有办法过多地帮助她，只是现在发现这个问题想和您说一说，希望她能得到重视。”

黄卫兵皱眉叹了口气，思索后点头：“行，回头我再给她做做思想教育。小李，你刚来，我知道新上任的老师都特别有激情，但你没什么经验，等做老师做久了你就会明白，有些学生你怎么也说不听管不了，如果个个都能改邪归正，那学校也不用愁什么升学率了。”

李蔓说：“吴巧和别的孩子不一样，她不是那种打架逃课说不听的学生，她需要多一点的心理辅导。她的家境您也了解吧，肩膀上扛的责任太重有时候不见得是好事。除此之外，她不太会社交，和同学的关系也处理得不是很好，这可能导致她在高一高二的时候无法专心学习，这个年纪的学生心理敏感脆弱，需要有人点灯带路。”

如果学校不在乎学生的心理问题又何必开设心理课程，就连高三这么忙碌的年级也不撤销这门课。

边上批改作业的语文老师笑笑，说：“黄老师，小李说得有道理，吴巧那学生确实太内向了，需要好好耐心地聊一聊，你啊，聊天的时候别板着脸，活像谁欠了你五百万，对女生温柔点，打开心扉好好地聊。我看她平日里上课认真得很，当然，语文成绩还是不错的，可能理科偏弱一点。”

语文老师是个四十多岁的女老师，瘦瘦的，戴着眼镜，十分端正。

李蔓说：“我看她挺不容易的，也很想学好，高三努力一把还来得及，所以来找黄老师您反映一下情况，多关注一下她，帮一帮她，他们一辈子还长，也许我们多点耐心就改变了他们的人生呢。”

语文老师抬头看李蔓一眼，宽慰地一笑。

黄卫兵边琢磨边收拾东西：“你说得确实有道理，是得重视一下这类学生。哎，高三了，有些人还在玩，玩着玩着前途都玩没了，家境富裕的倒没关系，可大多是普通人家的孩子，也不知道他们怎么想的。”

李蔓从办公室出来的时候正好打下课铃，不出十秒学校像炸开了锅，学生都背着书包要冲出这个牢笼，有些班最后一节是体育课，学生早就背好书包在操场上等着校门开。

办公室里冷气太凉，她走出来的时候被太阳一晒手心出了点冷汗。

第六章　所谓真实，唯你我

李蔓第一次给学生私下补课，生怕有什么环节出错，反反复复对了很多遍，她将客厅的茶几搬到边上，空出一块地方，阳台上的衣物、卫生间里的私人用品，她都收了起来。

临近七点半的时候李蔓突然发现家里没饮料了，这几天他都在看足球赛，早就被他喝完了。

裴郸坤看她转来转去觉得莫名可爱，很少能看见她慌乱的时候，就连上次学生出事故她都能极力平静下来。

“好了，别看了，不该有的东西都给你收好了，干净得连只蚊子都没有。”

李蔓说：“你去超市买点饮料，可乐、牛奶、果汁都买一点，哦，再买点小面包和水果，我怕他们晚上肚子饿。”

裴郸坤无奈，边换鞋边说：“你小时候补课有老师给你买吃的喝的吗？人家补课都是为了赚钱，你倒好还倒贴钱，倒贴就倒贴了，还占用我宝贵的时间。你说说，我明天就拆石膏，再待个两三天就走了，还得分些给这些兔崽子，真憋屈。”

李蔓满脑子都是学生，她怕他们找不到路，也怕路上出什么意外，把钱包递给裴郅坤，完全没听进去他的话。

裴郅坤捏着钱包连带着人一起拉了过来。

“听没听我讲话？”

“什么？”

裴郅坤极为不满地打了下她的屁股：“还什么，找打是不是。”

他低头刚想亲一口门被敲响。

李蔓推开他：“快去快回。”说着她去开门。

杨盼和徐鹏站在门口一脸蒙地看着裴郅坤，两人异口同声道：“师公！”

“哟，还认得我呢，俩臭小子，长点记性，别到处乱蹦跶。”裴郅坤掏出烟叼在嘴里，拍了记徐鹏的后脑勺，下楼去买饮料。

李蔓问道：“怎么就你们两个，那四个女孩子呢？”

“她们说她们一起来，说找得到路。”

“先进来，准备一下。”

裴郅坤下楼的时候蒋大爷刚吃饱饭出来散步，见面第一句就是：“小裴，明儿个来两局？”

裴郅坤点上烟：“不了，明天我媳妇休息，陪陪她。”

“哟，对了，你这手快好了吧，啥时候走啊，你走了我就少了个伴，这边几个老头都不如你下得好。”

“明天去拆，再待个几天就走，休息两个月了，是该回去干活了，不然怎么养老婆。”

蒋大爷晃晃手做拉伸运动，说：“两个人在一起开销大着呢，以后还要养孩子，趁着现在年轻做得动，多挣点钱，小李也是，两个人拼搏一下，好日子长着呢。”

裴郅坤深吸一口烟，抿唇笑笑：“一步步来吧，只要她不嫌我，该有的我都给她整出来。”

“哎哟哟，你媳妇还嫌你？两个人眉来眼去，你们的感情不要太要好。”

“她跟着我，委屈了，不对她好怎么对得起她。”

蒋大爷说："我跟我老伴风风雨雨几十年，什么苦都吃过，歪心思也不是没动过，有时候总会有点浑想法，可回来一看她吧，好好一姑娘跟着我硬是折腾老了，再有什么心思也不敢想了。当初啊，她是家里的老小，父母不同意可就是要跟我，我一个穷小子，家里兄弟姐妹还多，她嫁过来还帮我一起还债，当时两千多啊，什么概念。这男人和女人啊，不能比，你外出工作累，其实她们更累。我记得那时候和她吵架，差点离婚，就因为带孩子的事情，她说她累，我说我在外面搬砖更累，她火气一上来把孩子扔给我就走了，我一个人带了两天，哎哟，是真的吃不消，求着把她哄了回来。是爷们儿，就得在外面扛得起苦，在里面对得起人。你能这样想，小李绝对不会嫌你的。"

裴邺坤抖抖烟灰，笑着点头，唠了一会儿就和蒋大爷分别。

他也不知道学生爱喝什么，零零散散买了一袋子，还挺沉，走到一半才想起李蔓说水果，又折回去。

水果摊就在超市右边，周五晚上热闹，路上来来往往的学生也很多，有些住校不回去，闲着无聊出来逛街购物。

水果摊那边一个小小的身影让他觉得十分熟悉，还没想起来是谁就有人给解答了。

边上的女生嘲讽似的叫道："吴巧！"

夜色下的路灯闪烁明亮，几辆跑车连着呼啸而过，与马路摩擦出刺耳的机车声，漾起的风卷起路边的树叶，水果摊吊在棚顶的大灯泡安静地亮着。

香樟树茂密的树叶遮住灯光在地上投下一片黑色阴影，裴邺坤站在树下眯起眼。

围着吴巧的三个女生穿的是校服，宽松的裤子挽到脚跟，脚上绑了红绳，不是披头散发就是颇为精心束起的马尾，灯光下发色偏黄，面容精致青春，一看就知道和吴巧不是一个类型的女孩。

吴巧低头挑樱桃，没有理睬那几个女生，短短的头发遮住脸颊，厚实的镜片下看不清她的眼神。

扎马尾的女生高傲地仰着脖子，巴掌般大小的脸上凝着一股深深的鄙视，她伸手不客气地戳了一下吴巧的肩膀，说："装聋子啊？哟，还买樱桃，买得起吗？你父母知道你这么花钱吗？"

吴巧的头垂得更深，手上动作没有停，拣饱满光泽的挑。

"算了，我们走吧。"

扎马尾的女生不肯，继续讽刺道："初中的时候我对你那么好，你呢，也不照照镜子看看自己什么样，居然和我男朋友告白，谁给你的自信？还告诉老师我早恋，你可真有能耐。我这人记仇，特别记仇，所以看见你一次就想提醒你一次，你这样的人注定什么都不会有的，要样貌没样貌，要钱没钱，学习也不好，啊，最可笑的是老师都看不起你。你以为你们班主任就是传说中无私奉献的那种吗？他也不过是个见钱眼开的人，这社会其实所有人都是这样的，你啊，以后一辈子只能待在最底层。"她竖起大拇指朝下指。

吴巧的手顿住，目光定定地愣住。

裴郸坤舔舔牙齿，这小姑娘说话太锋利，扎得人耳朵疼，他刚想上前把人带走就见吴巧双手握拳狠狠地瞪着那个女生。

"你对我好？把我当狗一样呼来唤去就是对我好吗？胡静，你以为所有人都要围着你转吗？你家是有钱，但谁规定你是公主我们是奴隶了？谁说我喜欢你男朋友了？染个黄毛真以为自己很了不起吗？我如果不做点什么怎么才能摆脱你？你早恋是事实，我恨你讨厌你为什么要帮你隐瞒？我活在底层怎么了，你有钱又怎么了，你有本事现在杀了我啊！"

胡静没想到一向懦弱的吴巧会一下子说这么多话，还句句带刺。她一向心高气傲，面子重要气势也重要，人活着就讲一份魄力，她火气上来二话不说扬手就是一巴掌，狠到自己手心也火辣辣地疼。

这一巴掌清脆响亮，水果店老板本来还在看电视，看到这一幕嘴巴大得都可以塞进哈密瓜，裴郸坤也吓一跳。

"吴巧，你也就只能说说这种话了。好好珍惜你高中生涯的最后一年，说不定等到了大学你能交到朋友，哦，不会，你考不上，因为啊，老师都不管你了，你这种智商教你还不如教猪。"

吴巧抬头，目光锐利，她朝胡静扑过去，刺了临死前最后一刀。

袋子里的樱桃滚落一地，场面混乱，血红的樱桃汁溅了一地。

另外两个女生似劝非劝，胆小地躲到一边，胡静一吼，她俩又走上来帮忙，试图制止吴巧。可谁也没想到吴巧力气大得跟牛似的，她一推，一女生直直倒在西瓜摊上，西瓜滚在地上裂了好几个。

水果店老板耐不住了，大骂道：“要打架去别地儿，搞什么！赔钱！”

胡静把皮夹子一甩，反手又给吴巧一个巴掌，刚抬腿想踢上去，衣领就被人拎住往后拖走。

裴郑坤将人拽到一边：“什么玩意儿，小屁孩还打架，长得挺好看的怎么凶得像母夜叉？”

吴巧两边脸颊都很肿，可能是挥了几拳心中的怨气得到些宽慰，她像泄气的皮球又开始变得胆小沉默。

胡静打掉他的手：“你谁啊？少多管闲事。”

裴郑坤晃了晃石膏手，说：“我谁？我天王老子，看到没，前些天帮人去讨债被砍的。”

“你和她什么关系呀？我教训人关你屁事。”

“这事老子就管了，怎么着？有胆量就和我打一架。”

“神经病！”

胡静瞪瞪眼捡起钱包带人撤退。

到底是女生，心里没底，胆小。

裴郑坤转过身看向吴巧，一时之间不知说什么。他不像李蔓学过什么心理学能说会道，哄女人他得法，哄小孩这就尴尬了。

吴巧蹲下来捡樱桃，闷声不响。

裴郑坤抽出一百块给老板，示意赔不是。

他走到吴巧面前也蹲下，说：“不是多大的事，谁没被欺负过，买完东西就快点回去吧。周末了，开开心心地玩一玩。”

吴巧的眼泪一滴滴落在地上，碾碎的樱桃粘在地上，她的指甲盖里都渗上这种幽深的红。

裴郑坤的手僵在半空中，他刚想拍拍她的肩膀，可吴巧突然起身推开他转身逃走了。她跑得很快，像是一只没有头绪的无头苍蝇，跌跌撞撞消失在边上的小巷子里，一转眼人影就没了。

裴郦坤挠挠头，问老板买了个西瓜，拎起饮料袋往回走。

女人的心思难猜，女孩的心思更难猜。从前他上学那会儿，没见过女孩打架，最后就是他们几个混混干架，在外面玩的女孩子都拿男人当枪使从来不会自己动手，果然社会在进步啊，女人当自强。

这么胡乱想了一通，他回去和李蔓说的第一句话就是："我刚才仔细想了想，以后我们得生儿子。"

儿子被打不心疼，女儿被人欺负他得心疼死了。

几个在画画的学生偷听到，憋着笑。

李蔓睨他一眼，把饮料分给学生，问裴郦坤："刚才在楼下有看见学生吗？还差一个，都7：45了。"

裴郦坤拨弄领口扇风，把可乐扔给杨盼："帮师公开一瓶，热死了。"他回答道，"有啊，就上次你在肯德基惹哭的那个，和几个女生吵架——"

"吵架？她人呢？"

裴郦坤不明所以："跑了。"

李蔓扶额头："往哪边跑了？"

"就水果摊边上的小巷子。怎么，缺人就缺她？"裴郦坤想到吴巧逃走时的神情有些担忧，两道剑眉皱起，将李蔓拉进卧室。

他说："不是吵架，是打架，她和另外几个女生打起来了，我还没说几句话人就跑了。大晚上的别出什么事情，你有她父母的电话吗？打一个。"

李蔓怔住："打架？怎么可能？吴巧她……怎么会打起来？"

"我哪知道这么清楚，总归是矛盾太多了爆发了，越是那种不声不响的人被逼得没办法的时候就越是吓人。"

裴郦坤弹她的脑门："吓傻了？赶紧打个电话，人是来你这儿补课的，万一出啥事到时候得怪在你头上。"

李蔓："我先问人要个吴巧的手机号吧，万一她等会儿是要来的呢，直接打到父母那儿不好。"

杨盼他们都没有吴巧的手机号，平时吴巧就没朋友，谁也没想过要留她的号码。李蔓又等了一刻钟左右，一颗心悬在那儿不上不下，一是晚上女孩子一个人在外不安全，二是就像裴郸坤所说，有些人被逼到没办法的时候可能会有超出理智的做法。

吴巧胆子小到连和老师对话的勇气都没有，今晚却和别人吵架打架，李蔓觉得，她可能是破罐子破摔了，也许她现在冷静下来正在回家的路上，也许一个人躲在哪里哭，也许……

李蔓回卧室翻手册找家长的联系电话。

杨盼凑过脑袋问道："师公，吴巧是出什么事情了吗？和谁吵架啊？"

裴郸坤窝在沙发上，喝一口可乐，说："专心搞你的艺术，男人还这么八卦。"

"不是啊，我就是好奇心比较重，吴巧她……看起来文文静静的，怎么可能和别人吵架啊？"

裴郸坤说："那你可就不知道了，再文静的女孩子凶起来都是母老虎。"

徐鹏摘下耳机，贼兮兮地问道："师公，你是不是在说李老师？我要去打小报告！"

裴郸坤哼笑一声："她再凶我也治得住。"

再凶晚上还不是哭着喊着向他求饶。

卧室门没关紧，李蔓在里头徘徊的身影他都看在眼里。

裴郸坤说："你们李老师补课都不收费，好好学习，回头考个好大学她准是最开心的。"

杨盼沉思道："师公，你这话我怎么听出一股狗粮味，好虐。"

"怎么，小伙子这么俊俏没女朋友？"

"没喜欢的，做一个单身贵族挺好。"

裴郸坤笑笑，叽歪几句瞎聊聊还挺有意思。

李蔓挂断电话坐在床边深深吸了口气，吴巧和她母亲在学校附近租了个小房间，她们之间的距离步行也不过几分钟，可转眼已经快要二十分钟了，吴巧没回家，将情况一说明她母亲顿时慌了手脚。

见房间里的人没动静，裴郦坤进去找她，李蔓说：“我要出去找找人，她没回去。你在这里帮我看着学生，到点了就放学。”

“你一个人出去找？”

“她母亲也出去找人，这边不大，总不可能坐车乱跑，附近的一个公园、街上的餐馆、开放的体育场，还有一些奶茶店零食店，别的也没什么地方了，很快的。”

裴郦坤摸摸她的脸颊：“没事的，又不是三岁小孩，我看这孩子挺懂事的，估计就是心里难受躲在哪里哭，哭够了心情平复了就会回来，你要是找到了人记得给我打个电话，她一个女孩子大晚上在外面你们不放心，你一个人在外面到处走我还不放心呢。”

李蔓点头，拿上手机和钱包出门，临走前特意嘱咐几个学生画作要完成一半，她回来检查。

李蔓和吴巧的母亲在学校门口碰面，吴巧的母亲已经年过半百，头发都白了一半，穿着旧花色的宽松短袖衬衫，人很瘦还有点驼背。

吴巧的母亲说打不通孩子的电话，起初是通的一直被挂断，后来直接关机了。

说着说着眼里有了泪花，她拉住李蔓的手着急道：“巧巧她从来没让我们担心过，这怎么会和同学动手打架呢？平时也没听她说和同学有什么矛盾啊，她性格文静不是会惹事的那种孩子。”

李蔓拍拍她的手，安慰道：“十七八岁的年纪总会有点冲动，青春期的孩子都这样，只要找到人就好了，其他的都不急。”

李蔓没有办法告诉她她的孩子整个高中都是一个人挺过来的，吴巧不愿意和家里人说应该是不想让父母担心，这也不是父母能解决的问题。

两个人分别找中心街的两侧，吴巧的母亲有辆自行车绕起弯来倒不觉得远，李蔓是徒步的。夏天夜晚闷热，人一急汗出得就多，从西边的小吃店寻完再走到三岔路口的体育场，李蔓快步走了一个多小时，脚底已经隐隐发疼。

体育场人很多，跑步的，放风筝的，跳广场舞的，高高竖起的照明灯再亮也抵不过夜色的侵袭，茫茫人海她不知道该怎么找到吴巧。汗水不断滑落，汇聚在下巴尖上，李蔓大喘几口气，闷热的空气简直让人窒息。

裴郯坤光着脚丫子躺在沙发上玩手机，左等右等就是等不到李蔓的电话。

因为老师不在学生就会放肆些，画几笔玩几下手机，将近两个小时一张水粉稿才勉强铺完底色。

三个女生叽叽喳喳小声议论着什么，两个男生更是得劲地讲游戏。

裴郯坤扭过头瞥了一眼，说道："亏你们李老师还怕你们晚上肚子饿，画的东西还没我画得好，看到桌上那西瓜了吗，赶紧的，完成老师的任务后吃西瓜凉快凉快。"

徐鹏喊一声："那师公你给我们示范一个呗，李老师平常都给我们画示范画的。"

裴郯坤闲得还真答应了，拿上干净的素描纸，有模有样地对着画板要下笔。

"看好了，给你们画个李老师。"

"我去，师公你左手也行？"

裴郯坤轻轻勾勒几笔大致体形已经出来，他挑眉一笑："男人哪能说不行。"

"哦哦哦哦哦！"

都懂得很。

可能因为裴郯坤比较外放，两个男生渐渐黏上他了，左一句师公右一句大哥，称兄道弟分分钟的事情。

他画得并不细致，但是形态很到位，画画讲究的就是个感觉。纸上的人背对着他们，穿着无袖连衣裙，长发飘扬，站在厨房里切东西，画面给人的感觉十分娴静，可女人边上还有个小孩子，刚够到她膝盖那边，穿着小熊连体衣伸手抓着女人的裙子，像是在撒娇。

"师公，你和李老师已经有孩子了呀？"

裴郯坤把画搁一边，烟瘾上来，拿过烟盒抖抖，倒出一根叼嘴上，说："结婚证还没领呢，哪来的孩子。得了，好好画去，苹果画得像屁股似的，我去阳台上抽根烟。"

已经快九点半了，他抽到一半也有些担心那孩子，忍不住给李蔓打电话。

她接得很快，说："已经找到人了。"

裴郰坤吸一口烟："没啥事吧？"

"没事，我现在回去。"

"路上小心点，我媳妇这么漂亮，万一被色狼盯上了呢。"

李蔓嗯一声，声音很虚，有气无力的。

开放的新地公园中心地带正在展示音乐喷泉，幽深的夜空染上彩灯的绚烂，人工湖边上挤满人，欢声笑语接连不断。

吴巧一个人坐在假山后面的长椅上，像块木头，纹丝不动。

人是李蔓找到的，她逛遍整个公园，T恤后背那一块已经湿透。李蔓试图安慰她，开导她，可吴巧什么话也不说，最多摇头点头，她显然已经大哭过一场，眼皮红肿，像被蜜蜂蜇过一般。

吴巧的母亲是骑车过来的，速度还算快。谁都没有责怪她，宽慰几句要带她回家，吴巧看见自己的母亲急得满头是汗，咬咬唇忍住不掉眼泪，安安静静地坐上自行车后座。

吴巧的母亲对李蔓好一通感谢，说是给添麻烦了。

李蔓背后虚汗阵阵，对吴巧说："回去好好休息，下次发生这种情况可以找我，你看，我们不是说要好好努力的吗？今天为了不值得的人生气逃避，已经和一起补课的几位同学有了差距，他们比你多画了一张，星期一来补课的时候要更努力一点追上他们。"

吴巧泪眼婆娑地看向李蔓，小声说了句谢谢。

吴巧的母亲晃晃悠悠地骑车带人离去，母女俩的影子被路灯拉得长而淡，很快消失在热闹的马路上。

李蔓突然觉得心口发闷，心跳也莫名加快，她在公园街边买了瓶水，心悸的感觉渐渐缓和，两条腿却像被灌了铅，抬也抬不动。

吴巧的母亲还是忍不住问她为什么要打架。

吴巧坐在后面低下头，说："是她们先动手的，是她们……"她抬手擦眼泪的时候闻到手上香甜的樱桃味，她从口袋里掏出母亲给的一百块，这是原本要给李蔓买水果的钱。

吴巧捏紧一百块，蜷缩起自己，就像被煮熟的虾子。

李蔓到家的时候差不多已经十点，几个学生刚啃完西瓜打算回去。

裴邺坤给她开门，一眼就瞧出她的不对劲，脸蛋没有一点血色，满脸的汗，热成这样怎么可能脸色这么惨白？她换鞋进屋，像步履蹒跚的老人慢慢腾腾坐在沙发上。

"哪不舒服？嗯？"

李蔓见学生还在就未说什么，大致巡视了一眼他们的画作，努力平静道："今天偷懒了啊，星期一晚上过来把这幅画完。"

学生点点头，关心道："老师，你……没事吧？吴巧没事吧？"

李蔓："没事，吴巧也没事，这件事只有我们几个知道，别告诉其他同学，行吗？"

"放心，造谣的男人不是男人。"

裴邺坤像赶鸭子一样把几个人赶走，关门前不断叮嘱路上小心，说到家给他发微信。

李蔓彻底放松下来，瘫软在沙发上，说："你们加了微信？"

"得让他们报平安。管孩子操心的事真多，咱们以后还是不要生了，忒烦。"

边说边走向卫生间，裴邺坤给她拧了毛巾，帮她擦汗，说："累着了？衣服都湿透了，上床的时候都没见你流这么多汗。"

冰凉的毛巾贴在脖颈处让人觉得舒适，李蔓说："走了太多路，天又热，有些不舒服，别擦了，我休息一会儿就去洗澡。"

裴邺坤把电扇对准她吹："在哪里找到的？那孩子情绪怎么样？"

李蔓靠在他的肩膀上，轻轻道："在公园，还好，就像你说的，她只是找个地方躲起来哭。你仔细想想，她们到底为什么吵起来打起来？"

裴邺坤握住她软软的手捏着，思索道："听得不是很清楚，那女孩子讲话挺冲，一听就不是什么好话，明着暗着嘲讽她吧，小蔓，我觉得这是校园欺凌。前些日子不是有很多新闻是关于校园欺凌的吗，初中生，扇巴掌踢肚子，我觉着，就跟那些差不多。"

李蔓说："在找她的路上我也猜到了这一点，起初还以为更多的原因在于老师和她家庭的问题，没考虑到这方面。"

她读书的时候从未发生过这样的事情，虽然知道校园里会有这种情况存在，但下意识地会认为这是少数，她认为可能十个学校里有一个学校有这样的情况。

当有些东西真真实实发生在自己周围的时候，再荒诞也不得不去相信。

他的肩膀宽阔厚实，靠着好似头疼都好了很多，李蔓看到了茶几上的一张铅笔画。

她拿过来看，简单的线条绘出了他理想的生活，李蔓说："你画得挺可爱的。"边上的小孩子特别可爱。

他头脑聪明，什么都会一点，小时候元宵节的灯笼是他折的，劳动课的手工作业是他帮忙做的，什么模型船也是他做的，更别提画画了，他如果愿意完全可以很出色地完成。

裴邺坤戳纸上的小人，说："将来我的儿子要是不听话就扔臭水沟里。"

"说得好像你小时候多听话一样。"

"这能比吗？"

"自己做了父母会开始担心管束孩子，自己还是个孩子的时候厌烦这种束缚，人好似都是这么过来的，所以有时候要学会换位思考。"李蔓拍拍他的大腿起身去洗澡。

短暂的休息让她的身体彻底放松，脚一落地钻心疼，还没站稳人就支撑不住倒了下来，裴邺坤快速接住她。

李蔓眉头紧锁，抬起脚心一看，脚板那里好几个水泡，有一个已经破水了。

裴邺坤眉头拧得比她还扭曲，厉声道："另外一只脚抬起来给我看看。"

另一只脚也是如此，透明鼓起的水泡十分显眼。

“还好你不是体育老师，不然看你怎么上班。”他单手扛起她走向浴室，李蔓抱住他，脚触不到地却不会没有安全感。

李蔓被他扔坐在马桶盖上，他拿过脸盆放热水，蹲在她面前试水温，轻轻捏住她的脚往下按。

李蔓头疼得像是要炸开，实在没力气多言语，就这么直勾勾看着他。

裴邺坤单膝跪在地上，拿过她的脚搁在自己大腿上，小心翼翼地按摩，他的手上有茧子，此时此刻却更像是戴了按摩手套的师傅。

“说你是猪脑子真是夸奖你了，不会打辆出租车找？”

她轻哼一声，闭上眼，享受他的服务，虽然有些疼，但脚底舒畅不少。

裴邺坤仔细捏一通后去卧室找来针，李蔓知道他要扎破水泡，十分信任地交与他做，他很细心，丝毫没有弄疼她。

裴邺坤说：“你要是下回还这样我就学容嬷嬷扎你，好好长一长记性。把上衣脱了，我给你擦身子。”

“没事，我自己洗吧。”

“矜持什么，你身上几颗痣我都知道。”

“真的不用，我自己冲澡，很快的，你先出去。帮我拿套内衣和睡衣进来。谢谢坤嬷嬷。”

“还知道开玩笑。”裴邺坤起身给她去拿。

李蔓坐在折叠小凳子上冲澡，站着脚心实在疼。

她背对着浴室门的方向，光洁的背一览无余，裴邺坤把睡衣和内衣放在马桶盖上，倚在边上不走了。

他说：“明天我可就拆石膏了。”

李蔓没转过头，给自己抹沐浴露，说：“我陪你一起去。”

他盯着她洁白的背脊说：“猪脑子就是猪脑子，今晚先放过你，明天做好心理准备。”

李蔓反手拉上帘子，一连串的小圈圈哗啦啦朝右滑去，蓝白色的帘布遮住了他的视线。

“遮个屁，快点洗，洗完抱你去床上休息。”

李蔓洗完澡，脸色并不是很红润，裴邺坤的眉心始终放松不下来。

“还有哪里不舒服？”

李蔓撑着他的肩膀：“有些反胃。”

“现在想吐吗？你这体质真的不行，从小有什么流感没一次逃过的，一到换季不感冒发烧都不正常，是不是中暑了？我给你刮一刮？”

李蔓的体质随她母亲，很容易中暑。

李蔓说：“先让我去躺一会儿，等会儿刮，等我吐了再刮。”

她已经十分有经验了。

李蔓一瘸一拐地走到卧室，吃了几颗龙虎丹。

裴邺坤简单冲洗过后拿个盆走到卧室放在床边，他没上床，拉过边上的椅子坐下，拿毛巾粗略地擦着头发，飞溅出几滴水珠。

李蔓说：“不躺上来吗？”

“等你吐完。”

“这不是我想吐就能吐的，靠感觉。”

裴邺坤觉得脸上有些干巴巴的，随手拿过书桌上的瓶瓶罐罐，挑了个中意的抹脸。

李蔓闻到淡淡的香味，扭头看过去，寂静许久后说：“那是我的眼霜。”

他抹了抹下巴：“能涂就行。”

李蔓叹口气，说：“明天给你买个大宝吧。”

“家里没套了，顺便再拿两盒，你不是喜欢记在纸上吗，记得写上啊。”

李蔓目视天花板，问道：“星期几走？”

“下个星期三吧，再陪你两天。”

“那边工作平日没有假期吗？”

“有是有，就是人少，一休假忙不过来，我已经闲两个月了，再不回去职位不保啊。”

李蔓说：“我会想你的。”

刚说完这句话她突然支起身子捂住嘴巴，肩膀一抖一抖的，裴邺坤手疾眼快将盆接过去，李蔓觉得脏不愿意吐在盆里，她本想奔去厕所，结果来势汹汹，都吐在了盆里，还溅到了他手上。

她晚饭吃得不多，吐到后面都是苦水。

李蔓眼圈有点红，是呕吐带来的自然反应。

“你快去洗手。”

裴郕坤放下盆，抽纸巾给她擦嘴：“我都不嫌脏你嫌什么，自己擦着，我给你拿瓶水去，漱漱口。”

裴郕坤一进一出，来来回回几趟把地板清理干净，又端着那盆走了出去。

李蔓倚在床头，身体的不适渐渐得到缓解，她听到外面的冲洗声，即使两个人无比熟悉，但她还是觉得有些羞愧。

除了母亲也只有他不会嫌弃这些了。

裴郕坤弄完进卧室休息，把手伸到她面前：“你闻闻，臭死了，老子对你这么好，今晚你睡觉再挤我我就把胳膊塞你嘴里，老是得寸进尺，把我逼到墙角，投怀送抱也不见这么猛的。”

李蔓拍拍里床，说：“坤嬷嬷辛苦了。”

裴郕坤躺进去，把脸凑过去：“什么表示都没有，还得我来讨要。”

“虽然漱口了，但是还会有味道，别了。”李蔓关灯，床头留了一盏暖色的小夜灯。

他不由分说地捏住她的下巴就是一个深吻，哪有什么味道，干干净净只有漱口水的清凉味。

幽幽的光线中他的轮廓依然清晰。

她心里有股道不明的滋味，爱情和生活好似在这短短的半个多月里已经融为一体，他们甚至不需要所谓的磨合期，不需要过渡期，仿佛天生就适合在一起生活。

“郕坤。”她轻声叫他。

“怎么，想要？”

李蔓：“……”

“想说什么？”

“没什么。”李蔓吻他的眼睛，说，“睡吧，明天早点起来陪你去拆石膏。”

裴郇坤也不知道何时养成了一个习惯，他习惯性等李蔓睡着后才能入睡，有时候喊她名字她半梦半醒还会应答，人在梦里会说真话也会讲胡话。

他有次闲着无事就问她，你爱我吗？

李老师说，不想再做爱了……好累……

大半夜他笑得差点背过气。

裴郇坤弯弯嘴角，被窝下的大手钩住她的小手。

李蔓侧个身贴着他的手臂睡，他的臂膀肌肉结实又宽厚，特别有安全感。

她细软的头发蹭在他的臂膀上，酥酥麻麻的，裴郇坤亲吻她的脑袋："真把我当熊仔靠着睡了。看你以后怎么离得开我。"

李蔓动了动，贴得更紧了。

"我去，又开始逼我了，明天非打到你屁股开花。"

晨曦拉开帷幕，恬静的光从细缝中漫入。昨日半夜下过一场暴雨，来得快去得也快，浇灭了积累多日的闷热，温度降下几度，微风里携着湿润的凉气。人入眠时体温本就会下降一点，夜里凉爽，会不自觉地寻找温暖之处靠近。

薄薄的棉被包裹着两人，李蔓几乎是贴在他身上的。男人体温天生比女人高，靠着也不会嫌热。

裴郇坤是活生生被热醒的，怀里一个，背后一个，他热得额头冒汗，随手扯出背后的熊仔扔到地上，没了毛绒的倚靠背脊凉快不少。

李蔓被他的动作吵到，似醒非醒地翻过身卷着被子继续睡，怀里突然一空，裴郇坤不习惯，蹭到她边上从后面抱住她，那手习惯性地往她两腿之间伸，手指时不时磨蹭几下。

男人早上敏感，女人也是，如果起初李蔓对这方面没有太多反应，那现在可谓是敏感至极。

她按住他的手，呢喃道："别闹了。"

裴郇坤合着眼，哑声道："我就摸摸，过几天就没的摸了。"

李蔓钳制他的手，想接着睡。

除了熬夜看球他早上起不来以外，平日他都醒得早，这会儿也是。

裴邺坤揽住她的腰，大手贴着她的小腹轻柔地揉了揉，问道："胃里还难受吗？"

"不了。"

"不难受就好，这样老子就能放心干你了。"

李蔓不睬他，困意缭绕，她真的想多睡会儿。

裴邺坤懒洋洋地睁开眼，墙上的时钟显示已经快八点了，他支起半边身子打量着李蔓，她脸蛋小，皮肤白嫩，怎么看都好看，干净的耳朵粉白通透，耳鬓几缕细发映着阳光有些泛黄，小耳那里有粒红痣。

裴邺坤捏住她的鼻子："起床了。"

李蔓透不过气，有些恼怒又好笑地推开他。

"别闹了，几点了？"

"快八点了，再不起来太阳照屁股了。"

李蔓睁睁眼，努力让自己清醒，苍白的天花板染上几丝阳光的暖色，李蔓偏头看他。

裴邺坤半倚在床头，他睡觉从来只穿一条内裤，裸着的胸膛肌肉健硕，结实的胸肌像是铜墙铁壁，李蔓伸手抚摸他的胸膛。

裴邺坤拿过床头的烟，熟稔地点上："摸什么摸，是不是觉得你的胸还没我的大？小色狼。"

他咬住烟，揉她的脑袋，随后拿过烟灰缸。

李蔓不反对他抽烟，但很讨厌他在卧室抽，她的手还流连在他的胸部，反手就是一掐，裴邺坤倒吸一口气被烟呛到。

李蔓说："去阳台抽。"

"得得得，别掐了别掐了，我去。"裴邺坤从床上跳起，长腿几步迈下床，香烟的雾一路飘到阳台。

他穿的平角内裤，黑色的布料紧贴着他的大腿根，紧实修长的腿条子宛如笔直的电线杆，小腿浓密的腿毛为这糙色的皮肤添上了几分野性。

李蔓起床，开窗通风。

楼下晨练的大爷大妈已经准备打道回府。

他在阳台边抽还哼起了歌，显然心情十分好。

李蔓洗漱完出来起长发进厨房，打了两个蛋，叮叮当当，铁筷子和瓷碗碰撞的响声像是清脆的风铃声。

煎锅上热油，她把切片面包两面都蘸上蛋液，油热的时候放进去煎，热气吱吱冒。

裴郳坤倚在阳台边上，顶上他和她的衣物随着微风飘荡，漾着干净的皂角香，日光越发明亮，厨房像是被洒上一层金光。李蔓长发绾得随意，垂下的几缕发丝柔柔地荡在一侧，她喜欢穿棉质的纯色长裙当睡衣，不露肉却更能勾引人。

她不疾不徐地煎好面包片，细心地摆盘，开火煎火腿。

李蔓开冰箱拿牛奶，见他盯着她看，说："抽完烟把衣服收了，记得分类。"

她不知道男人是不是都这样，让他收衣服，总是把内裤袜子一起放，总是不知道棉质的或者比较薄的衣服要挂不能叠，她唠叨过很多次，他总是左耳朵进右耳朵出，想发火的时候看看他一脸无辜的样子李蔓根本生不起气来。

裴郳坤掐灭烟，听话地收衣服。

李蔓做的早餐很简单，火腿面包，她手艺好，面包煎得金黄娇嫩，火候把握得很好。

裴郳坤不由得感慨道："娶妻还得娶贤啊。"

李蔓："你以前的女朋友难道没有一个是这种属性的吗？我看你前女友就是这款的。"

她说得不轻不重。

裴郳坤挑起半边眉："你快去厨房看看那瓶千年老陈醋是不是被打翻了，酸得我牙齿都要掉了。"

李蔓说："她对你不好吗？"

裴郳坤喝完剩余的牛奶："你一天到晚瞎猜，老子就和你一个人同居过，现在楼下的大爷大妈都知道我是你的人了，李老师可要对我负责啊。"

他和周蔚初，简单得不能再简单，平日里打打电话，有空出来陪她逛个街吃个饭，哪会像现在这样，清晨傍晚床边都躺着个人，催他干这干那，时而像只猫时而像只虎，简单的一日三餐，生活烦琐的小事，日子平淡却真实。

这样的生活像是漂在大海上的一根浮木，他栖身在此，得以喘息，漂泊流浪却不再置身海洋。

李蔓收拾碗筷，督促他去换衣服。

裴邺坤路过她，顺手拍打她的屁股，嘀咕一声："小娘们，晚上再收拾你。"

"蔚初，没事，爸爸在啊，没事。"

"爸爸现在送你回去，这车就搁在我这儿，你妈问起就说你看爸爸可怜就把车子给我开了，今天是你的生日，开心点，出什么事情爸爸给你担着。

"爸爸一把年纪了，又不是没蹲过牢，还有什么好怕的。"

朦胧的光线里周国昌的脸黝黑不堪，苍老粗糙的双手紧紧握着她的手，不断说着有他在。

画面突变，荒芜的小路上月光惨淡，鲜血蔓延了一地，她颤颤巍巍地顺着血迹摸索过去，地上那人已经咽气。

她几乎是本能地逃离了现场，边哭边开向周国昌的住所，见到自己父亲的时候腿软得都站不稳。

她不是有意的，可她的的确确撞死了人，而这后果她承担不起。

"蔚初……蔚初……醒醒。"

有人在叫她，周蔚初从梦里惊醒，满头满脑的汗，目光涣散，木然抬起头。

换班的护士见她脸色不好，问道："你最近怎么老心不在焉的，都已经快十二点了，不下班吗？"

周蔚初摸着心口，一阵阵心悸的感觉让她快要窒息，太阳穴也突突跳着，她看向时钟，已是中午。

这段时间她几乎彻夜难眠，身子疲乏到一定程度就再也撑不住，本来还有十多分钟就下班，她想趴在桌子上合一会儿眼，没想到一睡就是三个小时。

小护士说：“你没事吧？我看你最近都瘦了好多，眼睛也没有神，是不是出了什么事，要是严重的话还是请假休息吧，万一马虎做错事酿成大祸咱们担不起责任的。”

周蔚初喉咙一噎，酸涩的感觉涌上鼻尖，她摇摇头背过身努力让自己静下心来，可梦中那一幕幕不断在提醒她，她这一生已经毁了。

被恐惧支配的她只是一具行尸走肉，每每夜晚到那个点她的恐惧就会被加深，她无时无刻不在担心警察是不是已经发现了什么。

那天晚上后来下了场大雨，父亲告诉她那小路周边都没有摄像头，不用担心。这雨也是来得巧，估计该冲的都冲掉了，就算查到什么也有他扛着。

她无数次恶毒地想过，让父亲被抓走吧，她不要进监狱，可越是这样想她就越害怕，她是一个凶手，现在也成了一个不孝者。

手机上有李建忠的几个未接电话。

听说她把车给了周国昌，李建忠说要给她买辆新车，早些年他就想给她买了，可是碍于这车记载了太多她和裴邺坤的回忆，周蔚初一直不愿意换。

周蔚初回拨过去。

李建忠说：“怎么打你电话都不接，你在哪呢？我和你妈都在车行等着呢。

“还在医院，不小心睡着了，一会儿就去。”

“那你在医院等着，我们开车去接你。”

周蔚初抬手揉捏太阳穴。让她觉得累的，是每天装作什么都没有发生的样子，还要笑着和父母说话。母亲一向很会察言观色，她很害怕被看出点什么，也怕他们知道真相后痛心难过。

本来是吃完早餐就来医院拆石膏，可偏偏裴邺坤做事没一样让她放心，让他把衣服分类，他倒好，把自己的T恤整整齐齐地挂在衣柜里，把她的衣服通通叠放，有些雪纺衬衫一叠就会有印子，回头穿着不好看。唯一长记性的是他把内裤和袜子分开了。李蔓做事细致，她喜欢把袜子一对一对卷起来，男人做事粗糙，就随手堆一块。

让他把卧室垃圾收一下等会儿带下去，真听话地只收了卧室的垃圾袋。

李蔓再好的性子也忍不住唠叨几句。

裴郅坤靠在床上十分委屈："我哪知道你这衣服什么料子。"他在宿舍都是随手塞的，捞起来能穿就行，管它有没有印记。

李蔓一板一眼地给他展示讲解，告诉他什么该挂什么可以叠放，她大概真生气了，腮帮子鼓鼓的。

裴郅坤似笑非笑地看着她，认真听她讲着。

"懂了吗？"

"懂了懂了。"

李蔓瞪他一眼，一看就是应付她的。

裴郅坤走到她身后抱住她："老太婆才碎碎念，让我看看我家李老师有没有变老。"他把手伸进她的衣服里，"没老没老，弹性足着呢。"

"你还闹。"

"那别气了，下回保证只挂你的衣服，捎上我兄弟一起给你赔罪。"他弯下腰，胯间对准她的屁股缝，顶了几下。

什么叫下回保证只挂她的衣服？李蔓气到发笑，挣脱开他，背后那人却扶着她的腰开始动作起来。

"快点拆完快点回来，我受不了了。"

裴郅坤撩起她的裙摆推到腰腹，让磨蹭的隔阂更少一点。

李蔓就在他发情期间整完了衣服。

"李老师，你都把我裤子弄湿了。"

李蔓关上衣橱门。

三秒钟后——"啊，媳妇我错了，错了。别掐，错了！"

临走前他心有不满，唠叨道："不就仗着老子惯着你。"

裴郅坤要去拍片复查，李蔓在走廊等他，中途接到吴巧的电话，那孩子畏畏缩缩半天才把事情说清楚。

昨晚打翻了老板的水果摊，钱是裴郸坤付的，她现在要去找李蔓，把钱给李蔓。

吴巧支支吾吾半晌又说："对不起，让你担心了。"

李蔓说："我现在在医院陪他拆石膏，不在家，至于钱，你可以明天去学校补课时给我。老师要的不是你的对不起，你没做错什么，只是别让爱你的人担心啊，有问题可以和我说，我会想办法帮你解决，一个人躲着藏着不正视问题是不行的。"

结束通话的时候李蔓本想去里头找裴郸坤，起身却遇上李建忠，他本来走得挺快，风风火火，看见她脚步不自觉地慢了下来。

李蔓大约能猜到他来医院干什么，多半是来找他女儿的。

感情真好，不是吗？

李建忠知道她在桐城这边读书工作，也曾在李蔓上大学的时候去她学校找过她，可李蔓从来都不愿意见他，就算见面，其实也没有什么话好说。

李建忠想到黄美凤的病不由得叹口气，上前搭话道："怎么在医院？生病了吗？"

李蔓说："那你呢，来干什么？"

"来接个人。"

"接谁？"李蔓不打算留给他余地。

李建忠回避这个问题，他不说，是因为知道李蔓知晓了心里会不舒服。

他的不语在李蔓看来不过是心虚，或者说他也知道他自己对她亏欠多少。

李建忠说："爸爸知道你不愿意和我讲话，但爸爸真的想和你缓和关系，下次出来和爸爸吃个饭吧。"

周蔚初收拾东西要走的时候护士长匆匆进来吼道："蔚初，骨科那边缺人，去帮个忙。"

周蔚初点点头，神思恍惚地走过去，直至看见裴郸坤坐在那里，他也看见了她，没有打招呼也没有任何示意。

医生说："给他把石膏拆了，我现在有个手术。"

有建筑工地坍塌，大批工人受伤都送来了这里，医生都忙得不可开交，一窝蜂往急诊门口赶。

周蔚初拿过剪刀，心里不知怎的，觉得很不平衡。

她说："拆了以后还是要注意休息，不要用力过度，骨头刚愈合，多吃点含蛋白质的补补。"

裴郸坤嗯一声。

周蔚初觉得自己这番话就像是在拱手让人，她现在什么都没有了，真的什么都没有了。

她说："那天，你只是利用我对吗？后来你们就在一起了对吗？"

裴郸坤坦白承认："如果你不多想的话那就是一顿普通的饭，我们的关系没僵到那种地步。"

他和她和平分手，是见面还能点头打招呼的关系，一顿饭其实并没有什么不妥，坏就坏在人的心思上。

"可你明明知道我对你什么心思，利用我成全你自己的爱情，一定要这样吗？"

"蔚初，别让我把话说得难听，别说这个了。"

他们已经散了，扯过去没必要。

"你觉得她真的爱你吗？如果她真的爱你，怎么让我去争取你？这是爱一个人的姿态吗？你们认识多久，她对你真的是真心吗？"

裴郸坤不想伤害她，他知道周蔚初是个好人，没必要撕破脸，但这番话着实让他感到不舒服。

"我们很久以前就结束了，在一起的时候我没有对不起你过，也是真心实意想要和你结婚过一辈子，唯一愧对你的地方就是我没有你想象的那么喜欢你。至于我媳妇，她爱不爱我我自己能感受到。还有，我什么心思你不也知道吗？"

他明着暗着拒绝，可她就是想掺和一脚，他的耐心快要用尽。

媳妇——

这个称呼让周蔚初狠狠愣住，多么亲昵而宠溺的口吻，何时对她有过？

她说："我哪里比不过她？就算是因为当初的事情你可以恨我，我们在一起那么久，我从来都不觉得是别人可以轻易取代的。"分手两三年，可她一直关注着他。

裴邺坤拿过剪子，猛地剪开石膏，将石膏扔一边，摆脱这束缚的感觉让他觉得舒坦。

“她不是别人。”

从她出现在他的生命里开始，她就不是“别人”。

周蔚初一颤，他的目光太过尖锐。

挂在白墙上的圆形钟嘀嗒嘀嗒地走着，秒针转动的声音无比刺耳，他扔在地上的石膏片断裂粉碎，死气沉沉地躺着。

裴邺坤扭动手腕，骨头咯吱咯吱响。

周蔚初不明所以，只觉得他没了过去的温柔，就像冷硬的石膏，对她都是防备和抗拒。

“你真的很爱她吗？”

裴邺坤沉下眸子：“不管我爱不爱她，我们都已经结束了，以后也不会有结果。往前看吧，你条件不差，不怕找不到好的对象。”

周蔚初抿唇，暗暗咬着唇肉，直到口腔里弥漫出血腥味，她握紧的双手慢慢松开。她近日没睡过好觉，眼睛本就布满血丝，这会儿哭意上来，眼睛更是红得厉害，显得有些狰狞。

所有拼命克制的情绪一齐涌上来，她很想忍，但越是克制就越是想哭。

她什么都得不到了，爱的人，平静的生活，未来的幻想，上帝连一丝机会也不给她，她却还是垂死挣扎着想得到些什么。

她双手掩面，眼泪从指缝里溢出，抽泣声很小，却悲伤十足。

他见不得女人哭，莫名觉得烦躁，重叹一口气，说：“我和她自小就认识了，这种感情我不知道怎么说，你也不一定会理解，我和她也不容易，将来要走的路并不平坦，但不会变了。该说的我都说了。”

裴邺坤活动手臂往外走，高大的身影被微光投下阴影，笼罩住了她却又离开了她。

周蔚初抹干眼泪，深吸一口气跟着走出去。

李蔓看见裴郢坤出来，对李建忠说：“别总口头上说好听的，想给钱那就直接给，想请我吃饭那先订好饭店，我已经听够了，就这样吧。”

裴郢坤没认出李建忠，朝李蔓挥挥手，炫耀他的胳膊，走近打量一眼才发现是她爸，礼貌性地叫了声李叔。

李建忠差不多有十几年没见过裴郢坤了，愣怔几秒才反应过来，笑说：“长得都不认识了。”他看向李蔓，眼珠子在他们两个人之间转，有点明白但又觉得不可能。

李蔓说：“我们先走了。”她不想和他解释什么，没必要也不重要。

“你们……小蔓，你们……”李建忠犹豫着要不要问，他不知道黄美凤知不知道这事。

谈恋爱挺正常的，但这两个人在一起实在出乎意料。

“爸……”周蔚初淡淡地唤了声。

李蔓和裴郢坤的脚步同时顿住，他紧紧攥住她的手。

李建忠也是一愣，瞧瞧李蔓的背影转过头应周蔚初。

周蔚初看见裴郢坤和那个女生紧握的手，垂下眼，说道：“走吧，让你等久了。”

李建忠第一次见她眼睛红成这样，问道：“是不是医院这几天特别忙？眼睛红得都是血丝，我来的时候看到下面都是救护车，累不累啊？累的话改天再去买车。”

周蔚初扶着额头摇摇头：“没事，回去休息一会儿就行。”

李蔓浑身僵硬，裴郢坤示意她走，她犯倔不肯走，挣开他的手转身走向李建忠。

周蔚初见她走来，感到莫名其妙，以为是裴郢坤告诉了她刚刚他们之间的谈话，她来挑衅或者警告，目光随之锋利起来。

李蔓看也不看周蔚初，对李建忠说道：“爸，你可别忘了你刚才说的。”

她这一声“爸”惊呆了三个人。

李建忠是怎么也没想到李蔓会开口叫他爸爸，激动得手都抖了，连连道好。

周蔚初愣在原地，一时之间理不清关系，她看着李蔓的脸，确实和李建忠有几分相似，眉眼和脸颊，像得不得了。

裴邺坤轻蹙眉，他知道李蔓在想什么。

李建忠握住李蔓的手，笑道："那回头订好了饭店爸爸打你的电话啊，小蔓……爸爸……"他有些哽咽，想说的话太多反而不知道该说什么。

李蔓扯出个淡淡的笑容，抽回自己的手，说："等你安排好我们再好好谈，我是你亲生女儿，有些东西本来就应该是我的。"

这话也不知是说给谁听的。

周蔚初背脊一冷，看看裴邺坤，视线又飘到李建忠身上，他注视着李蔓，激动万分，这种眼神，好似失而复得了宝贝。

她眼前闪过自己撞死人的场面，她想到自己夜夜难寐，想到自己悲惨的结局，心脏猛然间剧烈收缩，她几乎喘不上气，所有的事情堆在一起纠缠成一根导火线，引燃她脑袋里的炸弹，一瞬间，所有的坚持都四分五裂。

周蔚初看向李蔓，眼底的恨意昭然若揭，血红的眼狠狠盯着她，瘦弱的身躯因为强烈的愤恨和不甘颤抖得厉害，她甚至觉得难以控制自己的手脚。

她扑上去打断李建忠和李蔓握着的手，狠狠将李蔓推到一边，李蔓撞在墙上，震得整个背脊发疼。

"为什么都是你的？为什么？"

"周蔚初！"裴邺坤大吼一声，上去将人拉开，毫不留情甩开她，搂过李蔓，着急忙慌地询问揉背。

李建忠也拉住周蔚初："蔚初，你这是干什么？"

医院走廊里人来人往，都探头看热闹，还有几个认识周蔚初的护士指指点点。

李蔓平静地看向周蔚初，朝裴邺坤摇摇头说不疼。

周蔚初早已泪流满面，像疯了一样哭泣嘶吼，她心中的恐惧终于得到宣泄。

“我什么都没有了，什么都没有了……你为什么要抢我的东西？为什么？我的人生不应该是这样的！爸爸，爸爸……你是我爸爸啊……你也偏爱她吗？我们七八年的感情也不能让你疼我吗？”

“蔚初，傻孩子，你在说什么？是不是累坏了？爸爸当然也疼你啊，可小蔓也是我的女儿。”

周蔚初推开李建忠，力气之大，以致李建忠踉跄好几步才站稳脚。

她向李蔓冲过去，扣住她的手，短短的指甲在李蔓手上刺出血痕，李蔓微微皱眉却不为所动。

“你早就知道了对不对，所以现在什么都要抢走？”

裴郧坤护住李蔓，硬生生将周蔚初的手扒开，他拽住周蔚初的手臂，握得手背上青筋凸起。

“别太过分，这里是医院。”

他甩下她的手，周蔚初被他的力量带动，整个人朝边上歪去，她苦苦笑着，好在李建忠扶住她，不然就瘫坐在地上了。

李蔓说：“你口口声声称为爸爸的人是我的父亲，而我也没有插足你们的感情，我没有抢走你的任何东西。”

李建忠哎哟几声：“有话好好说，干吗呢这是？”

李蔓看到了她想看到的，心中却不痛快。

李建忠只关心周蔚初有没有事，却不慰问她一句，李蔓自嘲般一笑，她在喊出那声爸的时候居然还有一丝期待。

裴郧坤看周蔚初怎么看怎么不对劲，她不是不会忍的人，怎么会因为这点事就疯成这样？但关他屁事。

他拍拍李蔓的肩膀带她离开。

李蔓什么心思，他都看得明白。

走出医院，裴郧坤把她拉到边上的小公园，小型喷泉流着水，水柱时高时低，飞溅出些许水花，溅到人臂膀上凉凉的。

李蔓心中的不满像是可乐的气泡，渐渐消散以后再也激不起任何波澜。她坐在长椅上，日光灼灼，晃得人睁不开眼睛，他站在她面前，投下的阴影笼住她。

她抬头看他：“不坐吗？”

裴郱坤上前一步，双手捧住她的脸，凝视一会儿说：“报仇了还不开心？”

李蔓笑了笑，伸手圈住他的腰，脸埋在他的腰腹间，似有些疲惫。

“郱坤哥哥，你刚刚好男人啊。”她的语气很软，像只撒娇的小猫咪。

“哟，还和我说俏皮话，看来心情很好？”

李蔓脸上的笑容渐敛，她低声道：“我当然开心啊，憋了这么久的一口气终于可以释放，可我不觉得有多痛快或者说我赢了，有些东西不是你的真的不会是你的。”

“李叔还是在意你的，你那声爸差点把他叫哭了，如果不在意你周蔚初反应也不会这么大，他现在有他的家庭，肯定是以这个家庭为重，但也不会亏待你。道理你都懂，我也不想多说，这些事说多了没意思，日子是自己的，不靠他也能过好。”

“我知道，我都知道，可还是忍不住会有期待。”

裴郱坤一手揽住她一手抚摸她的脑袋：“乖，以后哥哥罩你。”

李蔓收紧手臂加深抱住他的力道，烈日打在她的背上，灼热而温暖。

他知道她需要一个安静的地方，需要一点点时间来缓冲，表面再风轻云淡的人心里总有一个角落是脆弱的，你不能逼她使劲往前走。

裴郱坤逗她，说：“两只手抱你是不是感觉很好？”

“有点不习惯。”

他抚摸她的头发，柔顺的发丝在阳光下泛着淡淡的黄色。

裴郱坤带着痞气道：“等会儿你不习惯的多着呢。”

李蔓的脸贴着他硬邦邦的小腹上，他穿的是牛仔裤，皮带凸出一圈，T恤有几道褶皱陷进皮带缝里描绘出轮廓，腰部窄瘦线条硬朗，没有一点赘肉。

她的心情不好不坏，这么多年，其实早就习惯，就算有一点失落也可以很快痊愈。

李蔓松开他，拉过他的手查看，打石膏的那截肤色明显比其他地方要白很多，有些不伦不类。

她说："还是当心着点吧，刚拆。你这肤色也是真够奇怪的。"

"有什么奇怪的，跟裤裆里的兄弟一个色儿。"

"不要脸。"李蔓打了记他的手臂，起身要走。

李蔓想，明明不是这个颜色。

裴邺坤从后面一把揽住她，将人拽到自己怀里："你这女人真下流，说到我兄弟就乐呵得不行，哎，也不枉费它跋山涉水历经险阻地去讨好你。"

他力道大，搂了个满怀，李蔓撞到他结实的胸膛上，被他钩着脖子动弹不得。

裴邺坤故意使坏，就是不让她逃脱，手臂紧紧钳制住她，像是拖了一头小猪。

"你说你下不下流，还赖在我怀里不走了。"

"……"

两人看似在走路，可摇摇晃晃根本没跨出几步，鹅卵石小路边上栽种的杨柳树枝条软细，纤长的柳叶随风飘荡，撞在一起发出窸窸窣窣的响声，流到地上的阳光被细叶剪碎，裴邺坤一个转身就把人抵在厚实的树干上。

这树不知道活了多少年，又粗又糙，也可能是李蔓纤瘦，树干完全可以遮住她的身体。

"老子现在可是两只手了，想弄你分分钟的事情，听话点啊，不然——"他装作冷冷一笑，活像个打劫的痞子。

李蔓说："你不是说快点拆完快点回家吗，不想回去？"

裴邺坤把她的头发别到耳后，有柳絮飘落到她的头发上，他轻轻拿开，动作温柔，言语却依旧不正经。

"家里哪有这边刺激，大热天的公园没人，要不咱们——"他放低尾音，意有所指。

他一手抚摸她的脸颊，一手撑在树上，将人死死圈在怀里，弓着背将视线与她放平，日光灼灼，更衬得他眉眼深邃，嘴角微扬，笑容有些倨傲。

“别闹。”李蔓双手抵在他的胸口防止他有什么突发动作。

“哎呀呀，李老师思想真龌龊，我只是想亲一下。”

“亲一下也不许，我指的就是这个。”

“口是心非，你看看你，嘴巴都快噘成火箭炮了。”

李蔓讲不过他，只能瞪他，可她眼眸里都是笑意，这哪是瞪他，明明就是勾引他。

裴邺坤一只手就能擒住她的手腕，像副手铐牢牢锁住，捏着她的下巴低头就是一个深深的吻。

李蔓处于被动的姿势，就连唇齿间的交锋她也处在弱势，她追不上他的狂，抵不住他的缠。

公园就在街道边上，面积不算大，杨柳树后面有一座假山，挡住十字路口的转弯视线。

知了一声接一声地叫，可还是被夏日独有的宁静抹平，李蔓听到他吸吮她唇舌的声音，迫切又贪婪。

他吻到她脑子都空白。

闷热的气流也催出她一身的汗，鼻尖都开始冒汗珠，可情侣之间一亲热仿佛什么都察觉不到。

本来淡粉的唇硬是被他折腾成了娇艳的红色，裴邺坤心满意足地笑笑，低眸却看见她血迹斑斑的双手，手背上几条抓痕不算深，但血印子都出来了，他握住她的手递到嘴边亲了口。

“疼不？给你呼呼？”

“又不是小孩子，哪有这么娇贵，被蚊子咬两下也就这样了。”

裴邺坤想着周蔚初多半是因为他而迁怒于李蔓，那这事也算得上是因他而起。

“她以前不是这样的人，文文静静的一姑娘，挺好的，我也不知道怎么就成这样了，大概狗急跳墙？石膏是她帮我拆的，搭了几句话，后来出来事情就那样发展了。你坦白你和李叔的关系可能刺激到她了，但主要导火线大概还是因为我。唉，我愧疚啊，我家李老师肤白貌美的，现在毁容了。”说着他亲吻她的手背，还亲出了声。

“毁容了正好，你回去找她，好好安慰她，也许她就又是那个文文静静的好姑娘了，回头再带回家给你爸看，找来亲戚朋友摆酒介绍，顺理成章。”李蔓挑起细细的眉峰。

嘶——

裴邺坤倒吸一口气，手心被李蔓捏得钻心疼。

果然女人都是小心眼的动物。

“我就喜欢你这么丑的，没事，关了灯我啥也看不见。”裴邺坤等她捏够了抽手，伸到她背后捏住她的臀瓣把她往自己身上压，“我爸你不从小看到大吗，家里也没少来蹭饭，亲戚朋友哪个不认识你？”

说到这方面，李蔓眉头渐渐皱起，如果他们两个的事情告诉裴江和她母亲，一个可能吃惊得几天吃不下饭，一个可能忧虑得不同意，再想想周遭邻居的议论声，相邻的两户人家的儿女在一起了，怎么说都有点别扭，也不是从小结娃娃亲的那种，也从来没人拿她和裴邺坤开玩笑说以后他们会怎么样。小时候大人们只会说裴邺坤挺有哥哥的样子，而她则是聪明啊可爱之类的，不会有人给他们贴上伴侣的标签，因为大家都觉得不可能。

李蔓说：“意义不一样啊。真走到那一步，我不知道会是怎样的情形。”

“刀山火海也得扛过去，你就趴老子背上，我背你过去。”

她相信他会为她抵挡一切，可她更愿意和他一起面对。女人天生柔弱需要保护，可人心都是一样的，一样脆弱，一样坚强，一样需要被人爱护，她的男人有坚硬宽阔的身躯，可他的心是柔软的。

她深深凝视着他，所有的柔情蜜意一个眼神他就能懂。李蔓并不擅长讲情话，那些誓言啊，表达爱意的词句啊，她很难自然地说出口，那个晚上圆满了青春时期的告白，那句话要不是有黑夜映衬着，要不是当时气氛到位，她铁定不会说的。

她打趣道：“那你这是猪八戒背媳妇？”

“哎，对！就是猪八戒背媳妇了，怎么着，看不起猪八戒啊，人家好歹也是天蓬元帅，美男子一枚。”

“你就会往你脸上贴金。”

李蔓的身体和他紧贴着，他的身体烫，传染给她，想推又推不开，这胸膛简直是个大火炉。

他无赖道：“我这张脸可是曾经风靡青雾乡，俘获一众少女芳心，你敢说你没看上老子的颜？”

李蔓细细回想，当初还真是先被他的脸吸引的，原本从小看到大不会有太大感触，可是青春期开始之后女生会关注好看的男生，男生会偷瞄美丽的女生，还会研究不可描述的杂志、书籍、碟片，她很难不注意他的脸。

李蔓反问他：“那你呢，你又喜欢我什么？”

裴邺坤不假思索道：“当然是你前凸后翘的身材！”

李蔓想听点好话，比如没有理由，我就是喜欢你之类的肉麻不切实际的好话，但这人，就没个正经，她作势要走，脸上的笑容也收起。

裴邺坤托着她的臀瓣，十指一掐，轻而易举地制住她。

“玩笑话都说不得，再说了老子有说错吗？你什么身材自己不知道？”

“……”

当然，一个女人被夸身材好，自己的男人又很喜欢，心底还是高兴的。

裴邺坤知道她在装腔作势，大手又一用力，弯下腰靠在她的颈窝处，温暖的身躯将她裹住，低低道：“就算你长得很普通，就算你身材不好，我也会爱你，所以啊，不用担心老了样貌变形我会变心嫌弃。我从小就疼你宠你，虽然也欺负你，但说到底还是把你放在心尖上疼的，这种感情哪有什么理由可以列举。我这些天也在想，自己到底在过什么样的生活，我到底想要什么样的人生，可早上醒来却发现像现在这样就很好了，我很知足，真的很知足。轻易得到的东西可能不会被珍惜，可我能得到你，真的太不容易，先不说我们错过的好几年，不说我们之间的阻碍，就说我什么都没做，什么都没为你付出，就这样得到了你，怎么想我都得好好攥紧你。如果你硬要问我喜欢你什么，倒不如看看未来的人生我是怎么去喜欢你的。说得多不如做得多。”

这段真情告白李蔓听着挺满意，软下身子让他抱。

裴郢坤揉拍她的屁股：“你就和我作，非要我说点好话才开心，真难搞。”他拱李蔓的脖子，鼻尖蹭着，鼻息间都是她身上好闻的香味，淡淡的清甜味。

“你猪八戒附身吗？痒……”

他就是要拱到她痒，拱到她受不了，一个拼命推一个使劲蹭，哪个路人瞧了，也就是小情侣打打闹闹。

好一会儿，他突然说：“现在开心了吗？心情好点了吗？”

李蔓这才发现之前心中的一点阴霾已经烟消云散，他逗她，吻她，和她道歉，和她讲情话，而此刻的天空碧蓝无云，阳光耀眼。

李蔓搂住他的脖子，点头。

她说：“你这哄人的套路挺深。”怼几句耍耍流氓再给颗蜜枣。

“也就对你这样了，还阴阳怪气地和我说话，醋嘛，吃得快要打嗝了，还老虐待我，你瞧瞧我身上，青一块紫一块的，回头我回宿舍他们该怎么想？”

“怎么想？”

“还能怎么想，当然是觉得，我去，这李老师还有虐待的倾向啊！”

她就知道他要说这个，所以才顺着他的话竿子爬。

玩笑话说够了，裴郢坤亲亲她的耳朵正经起来：“不说别人，就说我自己，媳妇儿，以后挡风遮雨的活交给我就行，家里灯泡坏了、水管漏水、扛水搬箱，这些也都我来干。乖，我保管疼够你。”

不用去羡慕别人的家庭，不用觉得依靠自己就行。

从前李蔓家里有个什么事情，李建忠都不在家，都是李蔓母亲自己一点点扛过来，自己想方设法解决。李蔓再大点，有些事就轮到她头上，别人有一家之主，都有个父亲在前面冲锋陷阵，可她没有。

李蔓说：“我并没有很失望，只是有一点点失落，因为我对他不敢有期望，虽然有时候自己无法控制，可是已经习惯了，结局总是这样。我不要求你给我什么承诺，我只希望我们两个在一起像以前一样，彼此不会欺瞒对方，虽说要保留点隐私，但我不想我们之间有什么大的误会，信任这个东西坚韧又脆弱，没了它再美好的爱情也很难走下去。我珍惜我们的现在，也十足地信任你，我希望以后都像现在这样。”

李蔓想了想，也许这番话过于深重，她补充道：“但是刚刚你既然已经这样说了，那就说到做到。”

裴郧坤耍赖：“你是说修灯泡还是修水管还是……疼你？”

“疼我吧。灯泡和水管我自己会修。”

裴郧坤松开她，牵着她的手往公园外走，乐呵道：“我媳妇真能干啊。”

杨柳树下的深吻早就让人欲火中烧，一路走到小区边上的超市他裤裆里像揣了个雷，硌得人难受也快要爆炸，好在是牛仔裤，看起来不是很明显。

上次买的两盒套用得有点腻，正巧快没了，他想搞点新花样。

男人欲望起来的时候眼睛都是红的，什么理智什么绅士早就抛到九霄云外去了。

裴郧坤搂着她，在她耳边不正经地说着些荤话，粗俗的字眼听得李蔓想装正经也装不了，忍无可忍伸手去堵他的嘴，他顺势吻她手心。

李蔓：“……”

裴郧坤想拉她进超市买套，光想着这玩意儿了眼睛都不知道长在哪里，直到听到一声小裴，他转过身找了几眼看见老赵站在一辆轿车边上。

他一拍脑袋，今天是老赵出院的日子。

裴郧坤带李蔓过去打招呼。

赵师傅第一句就是：“有烟不？”

“刚出院就抽烟？有也不能给您。站这儿做啥呢？”

“我孙子要买点零食，我儿子儿媳带他进去逛，我在这里等他们。哟，这不是上次来医院和你一起看望我的姑娘吗？”赵师傅看见他俩牵在一起的手笑笑，不言而喻，就他小子嘴硬，上回还说不是。

赵师傅对李蔓说："正好，上回见了你以后一直觉得你长得端正，我小儿子还没讨老婆，愿不愿意留个联系方式？"

"老赵，不带这样挖墙脚的。"

"哎，不是你说的嘛，人家不是你女朋友。"

"那会儿不是，现在，你说是不是？"裴郕坤半眯着眼看向李蔓。

赵师傅一顿笑："谈个恋爱脑子都丢了，我哪里来的小儿子，瞧你那护犊样。"

裴郕坤倒也不觉得丢脸，附和道："我可是被她整得魂都丢了，脑子算啥。"

"哎哟哟，这话酸掉我的老牙。"

李蔓不知想到什么，嘴角抹上一点笑，和裴郕坤说："我先回去了，你买完东西自己回来。"

四目相对，惺惺相惜，裴郕坤舔舔腮帮子，扬手拍打了一下她的屁股："去吧。"

赵师傅认识裴郕坤七八年了，从他什么也不会做教到他样样精通，要说了解，整个工区没人敢排在他前面。

他也不是没见过这小子谈恋爱，可这腻歪劲儿还是头一次看到。

赵师傅说："回头办喜酒可得叫我啊。那姑娘是做什么的？哪里人？多大了？"询问关心的口气让裴郕坤微微蹙眉，随即一笑。

有些人比亲人还戳心窝。

裴郕坤说："老家的，打小就认识，比我小四岁，在旁边那所学校当老师。"

又是老乡又是老师的，赵师傅连连点头，直说合适！

转而，赵师傅又说："娶媳妇缺钱不？"

"缺。"

"嘿，上回和你说还不信。遇到个想好好过日子的人，再多钱都觉得缺，你小子脑袋瓜聪明，好好干活，有的是机会，可千万别走歪门邪道。就电务段的小刘，记得不，就想靠赌博发财，结果差点连命都搭上了，本来多好一人，被债务弄得妻离子散，家里鸡飞狗跳，下半生还怎么安宁。”赵师傅招手让他靠近点，说，“就隧道坍塌这事，上面办得可严厉了，处长段长几个高层领导那是大换血，黄主任那位置也是跺了好几下脚才稳住，你还年轻，路又长又宽敞，不愁没机会。但是啊，小裴，人想往上爬就得有往上爬的资本，现在这社会没关系的人只能拿文凭和本事说话，你本事是不用说的，那文凭呢？”

“前脚夸我聪明后脚替我操心，这事儿我最近也在琢磨，这个文凭从前还行，现在拿不出手。”裴郕坤掏烟，打火机响两声，一束火苗点燃烟头。

他回头还得拜见丈母娘，手上得有点好东西才能把她女儿骗走。

赵师傅拍拍他的肩膀：“就知道你做事周全，你自个儿有计划那就好，趁着年轻多打拼，守一个家是要费力气的。”

裴郕坤笑笑，吐出一口烟：“得了，我没文化你还和我瞎扯，喏，你孙子来了，我先走了，买点东西去。”

说话的时候他早就注意到斜对面一块闪烁的牌子——橘色成人。

这就比超市有趣多了。

赵师傅嘀咕道：“臭小子，什么玩意儿，回头喜酒要叫我啊！”

裴郕坤跨着步子离去，朝他摆摆手。

手机上有几个未接电话，两个是黄美凤的，三个是李建忠的。李蔓没有存李建忠的电话，但一看便知，她给黄美凤回拨了电话。

黄美凤其实没什么事，就想和李蔓说说话。

李蔓声音有点沉，她在想要不要将刚才的事情告诉母亲，可是转念一想，又有什么好说的。

黄美凤说：“最近的蚊子最厉害，多注意着点，平常睡觉窗户和门一定要检查，要锁好，前几天八队的一户人家，半夜里睡觉都被人把钱偷了，你一个人在外面我总是不放心。”

“晚上都锁好的。”

李蔓想，不锁也没关系，这段时间他住这里，很有安全感。

“要是学校里有看对眼的男老师，那就试试看。”

“妈，没有，学校里那些都四十多了。”

“我的意思是让你对谈恋爱的事情上点心，别吊死在一棵树上。”

李蔓嗯了几声。

黄美凤叹息一声，好像是察觉到了什么，倒也不再提了，转而叮嘱了些别的。

挂断电话的时候李蔓想，她其实早就吊死在一棵树上了，只不过现在她有勇气和决心去好好守护这棵树。

李蔓回到家换鞋脱衣洗澡，她不等他的原因，一是跟着他进去买东西挺不好意思的，二是天气热，在公园就被他抱了一身汗，她想赶紧回来冲去汗水，三是等会儿总得洗澡，还不如先洗好然后等他，毕竟……他已经急得两眼猩红了。

李蔓冲洗头发泡沫的时候听到开门声，随即浴室门也被打开。

裴郧坤把袋子放在马桶盖上，上面搁着李蔓的换洗衣服，她倒是有心，拿的是上回逛街买的睡衣。

他抖搂出老板的赠品，两套衣裙，瞅着挺一般，也不是很对他的口味，他还是喜欢那套白的，整整齐齐给李蔓放上，顺手拿走她预备的睡衣。

他说：“我在外面等着你啊。”

“好。”李蔓松一口气，还以为这人会直接冲进来。

裴郧坤吹起口哨，将卧室和客厅的窗帘拉了个严实，黑色的窗帘再密实也抵不过白日的亮光，屋内像被抹上一层星夜，暗沉朦胧却又透着些许微光。

他坐在沙发上，把东西一并倒出来，有些玩意儿他只听过但没用过，老板人好还送电池，不多不少正好够装。

裴郧坤拿起电动棒，安上电池，一扭，嗡嗡嗡就抖动起来，这东西有长度没硬度，他伸手捏着顶端左右掰，嗤笑一声，嘟囔道：“软得跟棉花糖似的。”话落，他关闭电源把棒子扔回袋里。

就算硬得跟石头一样今儿也轮不到它上场。

另外那两个小东西看着倒是好使。

李蔓看到那几团少得可怜的布料时丝毫不震惊，她就知道他刚进来准是谋划什么，只是这衣服不像超市里会卖的。

裴郸坤听到动静，把两个小东西往沙发枕头下一塞，长腿轻搭，手臂搁在沙发顶上，好整以暇地看向她。

裴郸坤抬下巴："过来。"

李蔓不为所动，转而去厨房拿水喝，说："你去洗澡吧。"

裴郸坤三两步走到她身后，环抱住软细的腰肢，手拨动那枚铃铛，响得清脆。

"好看吗？我一眼就相中了。"

李蔓："你的特殊嗜好还挺多。"

他轻佻一笑："这就特殊了？回头带你看看片，好好给你欣赏一下什么叫特殊嗜好。"

"你在哪里买的？"

"超市斜对面的店。"

李蔓："……"

裴郸坤把脑袋靠在她的肩上，她刚洗完澡皮肤凉凉的，像是炎炎夏日里漂在水面上的薄荷叶，清爽微凉，身上香气清新，他就着她的脸颊亲了口。

"你就先裹着吧，我不急，慢慢来，现在才一点多，咱们有一下午的时间。"裴郸坤拍拍她的脑袋，松开她，边走向浴室边脱衣服，顺便活动了下右手，长时间不活络，有点恹恹的。

李蔓垂眸，灌下大半杯水。

昨夜几个学生画的作业还摆在客厅，画架是李蔓从学校仓库那里借的，画板是学生自己带的，钉在画板上的画着实不走心，她本想着她出去找吴巧，有裴郸坤看着学生能自觉点，想不到还是这样，那这样的补课也没有意义，现在她也终于明白学生时代老师常说的那句话的含义了，学习全靠自觉。

李蔓站在画架前细细观摩，认真看每一个学生作品的毛病，有的人色彩感不强，有的人形体打不准，有的人很有天赋就是懒惰，他们也不是不会画，一到正经考试一个个都很认真，只是平常太放松。

星期一她要同他们好好说一说。

李蔓放下水杯，又瞥见裴郧坤的画，她看一次笑一次。她把这画钉在画板上打量，有些地方处理得不够细致，她给他修改，橡皮屑从画纸上悉数滚落，昏昏沉沉的光线里漾着笔尖与纸面的摩擦声。

她在做饭的女人边上加了个男人，男人半裸着身子倚靠在琉璃台上，偏头凝视着女人。

裴郧坤冲澡一向很快，出来的时候就瞧见李蔓弯着腰在画画。她的身高不算矮，身体比例好，长腿细腰，皮肤还白，关键是人瘦但前凸后翘。

他赤脚走到她身后，她画得专心没听到声响，猝不及防被他抱了个结实。

笔一抖，线条歪了。

他轻轻捏住她的下巴，吻落了下来。

卧室四面八方的光源都被遮住，偶有几丝阳光溜进，空调风打在窗帘上，帘布一动掐灭最后一点光芒，房间晦暗不清。

他横抱起她："洗个澡再睡？"

李蔓摇头："先让我躺一会儿。"

裴郧坤抱着她坐到床上，让李蔓靠在他怀里睡，像在哄一个孩子。

他身上有道不明的男人味，闻着很安心。两个人都出了一身汗，靠在一起特腻歪，好在冷气打得猛，不一会儿身上的汗水便被吹干。

裴郧坤拿过毯子给她盖上，一热一冷，别感冒了。

他再低头看她，李蔓合着眼，呼吸均匀，早就陷入了梦乡。

他嘴角弯着浅浅的笑，轻手轻脚将她放到床上，把被子给她掖好。

帘十里

著

口白 × 哨色 [下册]

KOU BAI SHAO SE

青岛出版社
QINGDAO PUBLISHING HOUSE

第七章　这世上和她一样的人

裴邺坤晾完衣服站阳台上抽烟，前面那幢楼灯火亮着，仔细一瞧还能看见学生用功的身影。

衣服下坠的水滴滴答滴答落在盆里，厚重的窗帘将阳台和里屋分隔成两个世界，阳台只有他的手机亮光和烟头亮光，忽明忽暗。

裴邺坤拉开点窗户透风，省得烟味都跑到衣服上，回头李蔓又得教育他。有时候她讲起话来就像个小老太婆，但就是中听，他就喜欢她管着他，那感觉没法形容。

他和周金几个有微信群，周金说高温放假就是爽，以后就没高温假了。

裴邺坤难得在里头冒了个泡，问道：工资拿到了吗？

一伙人嘲笑他：都拿到了，就你没工资拿，老婆本上又少了一笔钱。

裴邺坤：可我捞到个老婆，不能比。

大伙：……

他不常上微信，底下堆积了好几条信息，钱江海问道：和小蔓怎么样了？

裴郦坤深吸了口气，勾着嘴角回复：等着来喝喜酒吧。

钱江海秒回：厉害啊！到底是禽兽！祖国的大好花朵都被你摧残了。

裴郦坤忽然问道：你说，我们这个年纪读书还来得及吗？

钱江海哈哈大笑，激动地发来语音：读书？别逗了，脑子早就生锈了，早干吗去了？你别作了，有这工夫还不如多搬几块砖头。

裴郦坤没回他的消息，抬眸看向对面正在发奋读书的学生。

是啊，早干吗去了？他过去的人生活出了什么名堂？就像个废人一样。

李蔓要是再问他一遍后不后悔，他后悔了，很后悔，如果早知道有一天会喜欢上她，如果早知道有一天喜欢她喜欢到除了她再也没法爱别人，如果早知道有一天他要和她过一辈子，他当初也许就该忍气吞声，不和裴江犟那口气，好好读书考个好学校，也许现在能有更好更体面的工作，风风光光地要了她。

裴郦坤伸手往外抖了抖烟灰，打开搜索页面，输入几个字，一行行浏览，大多数是广告，网上五花八门的答案都有，没几个有用，他关了手机继续抽烟。

他抽了四五支烟，身后的盆里已经积了一小片水，他抽完进屋烧饭，好一阵忙活才完事。

他进屋一瞧，李蔓睡得很死。

裴郦坤坐在床边，捏她的鼻子，她没知觉，他低低笑着："猪到底是猪，脑子笨还爱睡觉。"

他把她伸出来的脚给放进去。

裴郦坤随便吃了点，洗澡上床睡觉，一躺床上李蔓总会不自觉向他靠近，说好听点就是蛾子和火光，难听点的比喻就是苍蝇和咸鱼。

他自动把一条胳膊给李蔓抱。

"老这么黏人。"

小时候她就挺黏他的，老跟在他屁股后面，拽着两根狗尾巴草，喊着郦坤哥哥郦坤哥哥，四五岁那会儿还老摔跤。

后来越长大她就越内敛，她和他讲话不会带称呼，也没了小时候那种可爱活泼劲，小白兔长成了小刺猬。

家家有本难念的经，可他还是希望李蔓活得快乐点，她就是太懂事，太明事理，过头了就适得其反。

现在和她在一块，他倒有点以前的感觉，她笑起来和小时候一样，很甜。

裴邺坤关灯，亲吻她的额头："媳妇，晚安。"

裴邺坤闭上眼想到他第一次偷偷去看李蔓的时候，就像她那个时候说的，喜欢一个人会忍不住去靠近她，心里蠢蠢欲动，脚下早已迈开步伐。

意识到喜欢上李蔓的那年，那个夏天他都过得云里雾里，心里、脑袋里都乱作一团，他不知道是自己一时混账了还是闲的。

她不过是个十五六岁的女孩。

可转念一想，他十五六岁的时候不知谈过多少女朋友了，可李蔓在他心里总还是个小女生。

浑浑噩噩了近半年，李蔓上高一那年的国庆，他回江州去她学校了。

他不知道高中的学校几点放学，从下午两点就开始等，学校门口有个车站，有张椅子，他就坐在那里边抽烟边等，公交车来来往往不知过了多少辆。

当听到校门口传来人声的时候他立刻起身向那边望去，学生都穿着校服，感觉都是一个模子刻出来的，他看得眼花。

他又害怕李蔓看见他，躲在树后遮遮掩掩，可他皮相好，引来不少女生的目光。

李蔓很晚才出来，似乎是回宿舍整理了东西。她出来的时候学校只有操场上有几个人，她拖着行李箱，神情淡淡，不急不缓地往前走，在学校门口拦了三轮车去车站。

她没看见他，可裴邺坤瞧得仔仔细细，从初中步入高中，她的变化很大，一头马尾变成了柔顺的直发，幼稚的衣服变成了好看的连衣裙。

他倚在树上点烟，眉头紧锁。

"那人傻笑什么，长得挺帅的，怎么看起来——"

“嘘——”

要不是旁人提醒，他都不知道自己在笑。

乱成毛线团的思绪好像因为这一面开始变得清晰。

喜欢就喜欢了呗，也不掉块肉，也不会成，就这么喜欢着，不碍事。

可心里总是怪怪的，他坐火车回桐城的时候开始越发看不起自己，但又阻止自己这么想，他不许自己后悔，他做的事情都不后悔，因为不后悔才不会难受，理所应当是另一种心理安慰。

将来他也不会娶她，后悔也没用，还不如就这么过下去。他是这么想的。

裴郅坤合眼暗叹一声，李蔓温热的呼吸洒在他的臂膀上，没有什么比现在更真实了。

能撼动他的大概也只有李蔓了。

他侧身抱住她，轻轻亲她。

李蔓这一觉睡到第二天早上四点多，其间裴郅坤叫她起床吃饭也都被搪塞过去。

夏日的凌晨四点，万籁俱寂，天色灰蒙，交织的云层间微微有几丝光亮，一切都笼罩在柔和的轻纱中。

屋里还残留着昨日欢爱的味道，空气浑浊。

他背对着她睡的，面朝墙，被压在里床的熊仔木讷地歪坐着，黑不溜秋的眼珠子俏皮地盯着前方看，他可能是嫌枕头低，拉过熊腿垫着睡。

他只把被子盖到腰腹，露出的背脊宽阔结实，脊梁骨凹进去，肌肉曲线流畅。李蔓睡得很足，现下一睁眼就再难入睡，从后面轻轻抱住他。

身子一动她才发觉两腿还是酥酥软软的，那种无力感从骨子里散发出来。

她将手搭在他的腰腹处，指尖微凉，裴郅坤有所知觉，下意识握住那只手往他胸口拉，握紧了，继续睡。

大约躺了半个钟头，李蔓有些饿，起床洗漱吃东西，她动作很轻，床上的男人睡得沉。

打开冰箱的时候李蔓有些意想不到，他是个细心的人，但在生活琐事上依旧保持着男人天生的粗线条，冰箱里有昨晚没吃完的红烧肉、炒芹菜，但还有一份他特意装在陶瓷保鲜碗里的瘦肉粥。圆形大碗里盛满米饭，想必这粥是他后来煮的，应该是怕她突然醒来饿吧，又知道她肠胃不好，所以才煮了粥。

李蔓把粥拿到微波炉里转。

天渐渐破晓，银白的曙光显出咖红色，暗红的云彩浮上天际，温和的光束透过窗户落到厨房的琉璃台上，安详一片。

李蔓喝完一杯清水洗了杯子。

客厅的窗帘还是昨天合上的模样，光线过于暗沉，她逐一拉开，阳台上飘着衣物，其中，有那套内衣，风一吹，铃铛便响了。

他昨儿还把换洗的衣服都洗了。

李蔓想，还挺勤劳。

李蔓收拾客厅，捡起掉在地上的铅笔，抬眼看见那幅画，不想半途而废或者说让这么美好的东西停在这里，那歪了的一笔也有些滑稽。

清晨凉爽的风从阳台涌入，铃铛脆响，窗帘飘纱，时光娴静。

李蔓很快画完剩余的，画面变得完整不可分割。

粥也热完，她端到客厅吃，有个电视频道在播考古类节目——千年干尸的秘密，李蔓边看边吃。

粥的味道很好，应该是用生米熬的，瘦肉也不腥气，米粒分明，口感不黏腻。

广告时间李蔓想换个频道，遥控器被随手一放，这会儿不知道躲哪里去了，人生最大的烦恼之一——找遥控器。

翻翻找找，她看到沙发枕后面的一个小袋子，倒出来一看，里面的东西让李蔓记起昨日的一切。

当时唯一的感觉就是她可能要去了，虽然现在回想起来觉得是自己太过娇气，但如果再来一遍她肯定不愿意，那种感觉她不想再体验第二次，她受不住。

李蔓把东西塞好，原封不动放回枕头后面。

裴郧坤醒来的时候李蔓正在梳头发，也已经化好妆，细眉红唇，好看得不行。

他手肘撑在床上，手掌托着脸颊懒洋洋地看她，她穿的是浅蓝色的碎花长裙，干净清爽不失女人味。

“腿还软吗？”

“有一点点。”

裴郱坤拿过熊仔垫在怀里，说：“还生气吗？”

她其实哪有生气，不过是女人的一点矫情劲。李蔓睨他一眼，用发圈束住头发，口是心非道：“嗯，所以你今天最好收敛一点。”

“冰箱里的粥看到了吗？”

“吃了。”

“行，中午回来想吃什么？我给你做。”

男人吃饱喝足，还算有良心，知道讨好她。

李蔓走到他面前，俯身吻他，也不嫌弃他没刷牙。她难得主动，裴郱坤便闭着眼美滋滋地享受。

李蔓把手伸进被子里，他还没反应过来，裤裆那处就被嗡嗡嗡的小东西震了个朝天响，裴郱坤像龙虾似的往后弓，从床上跳起。

“我去，搞偷袭啊！”

震得他都要飞起来了。

李蔓关掉跳蛋，嘴角挂着浅笑，抬起眼皮看他，裴郱坤贴在墙上，身下早已一柱擎天。

她说：“这东西男人也受用啊。”

裴郱坤愣是没反应过来，裤裆里那玩意儿上还残留着酥麻麻的快感，等火气降下些他转转手腕，一步一步朝她走去。

“还学会伸爪子挠人了，看老子今天不好好治治你！”他口吻凶恶，却难掩宠溺的味道。

他扑过来，一把抱住李蔓，手臂从她的小腿后穿过，腾空抱起人往床上一抛，拎起她的腰，扬手就是一顿打。

“就知道你不会那么听话，打几下就记住了。”

这个女人，看起来清清淡淡，骨子里的那倔劲才叫厉害，哪会甘愿做个软到没脾气的人。

从小，他欺负了她以后，哪次她不想着报仇搞点小动作。

他打得轻，不疼，也就是玩点情趣。

李蔓笑说："7：40了，我得走了。"

裴邺坤从后面抱住她拉她起来，双手牢牢钳制住她的腰，问道："以后还敢不敢挑衅你男人的权威了？"

"不敢了。"

她就成全一下他男人的自尊心。

"还用美人计，我说怎么大清早不嫌我嘴巴臭献上热吻，女人心机就是重。"

李蔓扭头亲了他一下，顺带扒他的手，说道："我真的要走了，你自己处理早餐问题。"

不管怎么说，这个吻让他挺乐，裴邺坤抱起她一路护送到门口，给她拿鞋。

八点的阳光已经十分刺眼，停放自行车的走廊上方爬满紫藤花，花期即将到头，这块地终于不再弥漫着略刺鼻的香味，只是有些花还没完全败，地上落花扫不完，小小的花瓣卷着枯萎泛黄的边缘，风一吹，不知飘向哪里。

吴巧早上起晚了，怕步行迟到，便骑上母亲的自行车上学。高中三年她没骑过几次车，但也遵守学校的规定，将车尾和车头与其他车对齐停放。

吴巧刚一转身就对上好几号人，带头的是胡静。

一阵风刮过，树叶唰唰响，胡静高挑的马尾也扬了起来。

吴巧不想和她再有什么瓜葛或者冲突，她绕开她们走，可是人家就是来堵她的。

有钱有势的美女在学校总是风云人物，边上路过的学生看几眼就走了，谁也不多管闲事。

但大庭广众，还会有老师路过，胡静也不敢贸然有所行动，说："你跟我走，我有话问你。”

几个人推推搡搡把吴巧带到一楼的空画室。这间画室是用来堆放多余的桌椅、板凳、画架之类的杂物的，平常没有人进，推开门就是一股木头的淡淡霉味，空气闷热浑浊。

吴巧站在靠近门口的地方，不愿往里走，胡静却戳着她的肩膀把她往里逼，门被关上，她的姐妹守在门口。

胡静双手抱臂，说：“那天晚上帮你的那个混混是谁啊？你后来是不是告诉老师了？”

吴巧只回答后半个问题：“没有。”

“你没告诉？没告诉老师有千里眼顺风耳知道我们打架的事情？”

吴巧想到李蔓，可李蔓告诉过吴巧，不会告诉陈玉或者班主任，她还是相信李蔓的。

吴巧说：“我不知道。”

胡静不知道，那天晚上，有个老师正好开车路过，在十字路口被红灯拦住，恰巧看到这一幕，后来在微信上告诉了她的班主任，周五晚上班主任就打她父母的电话说明情况，随后胡静被教育一顿，家境虽富裕但她父母管教还是严厉的。

她左思右想，认定是吴巧去告状的，即使吴巧性格懦弱，但初中时不就在她背后插了一刀吗？现在告个状又算什么！

胡静一想到今天班主任要找她谈话就恼火，语气也狠了几分，说道：“狗就是狗，瘸腿逃跑时还不忘咬你一口。哦，对了，你知道为什么你从开学开始就交不到朋友吗？我猜你一定认为是自己的原因，什么我性格内向啦，不善言语啦。看你这么可怜，我就帮你去打听了一下。”

她故意卡在这儿，瞧着吴巧笑得得意。

吴巧看她一眼又低下头。她想知道但又害怕知道，因为答案，一定是伤人的。

胡静说：“确实是你自己的原因呢，你抬起胳膊闻闻你身上的味道，你再照照镜子看看你的脸，这模样哪个女生敢和你靠近做朋友。知道你家里穷，但没必要节省到一个星期洗一次头发吧，就算想富得流油，也不是你这么个求法的。我猜，老师不喜欢你大概也是这个原因。”

对，她是满脸痘痘，是头发容易出油，身上是没香味，但这些不代表她不干净。

“说完了吗？说完了我就先走了。”

胡静啧一声：“看你这三年挺惨，我挺同情的，可我这人就是记仇。”

她有股优越感，觉得别人只能奉承她，谁踩胡静一脚胡静就记她一辈子，想到一次折磨一次，因为她不允许别人踩她。

吴巧临走前，胡静说：“你这样的人到了大学，到了社会，也还是孤独一生，简直没有存在感。”

吴巧一声不吭地上楼进画室，上午画人物头像，她坐在位置上开始削铅笔。

李蔓进来的时候多看了她一眼，也没说什么，只让学生快点做完准备工作动笔画。

有些人画画眼里有光，有些人则灵魂出窍，吴巧是后者，虚无的线条，偶尔停住的笔尖，表明她的心思不在这里。

李蔓在给一位男同学画完示范画后，走到吴巧身边按住她的肩膀，吴巧一抖，开始动笔画。

中午放学时，吴巧叫住李蔓，从口袋里掏出一张崭新的一百元钞票。

李蔓没有拒绝，很自然地收下。

班上的同学像被捆在网里的沙丁鱼，都朝门口这个细缝一拥而出，着急忙慌地赶去吃饭，等人都走得差不多了，李蔓才问她：“还在想那天晚上的事情吗？”

平常她画画精神还算集中，所以今天的不对劲就格外明显。

吴巧默认。

“当别人看你不顺眼的时候最好的办法就是让自己强大起来，让他们既看得不顺眼又恨得牙痒痒。”

“我……不行……”

她那么努力却还是徘徊在谷底，岩石陡峭，双手抓得血淋淋也无法往上攀一步。

李蔓说："成绩不是衡量一个人的标准，强大的定义有很多。老师只是希望你不要被这些影响得太严重，艺考在即，高考紧随其后，这一年会很忙碌，要学会调节自己。"

吴巧低低道了句好，去厕所洗手，小指那一侧都是铅笔印，黑得发亮，她搓了很久才洗干净。

班里几个女同学从厕所的隔间里出来，小女生暗暗嘟囔几句，朝吴巧问道："你那天晚上怎么没来？李老师还出去找你了，没什么事吧？"

她们没有恶意，但也让吴巧觉得不适，她们不是关心她，只是八卦，想知道事情的原委。

吴巧摇摇头说没事，转身离开不愿多聊。

几个女生还在讨论。

"她和谁吵架啊？她平常看起来温温暾暾的，还会跟人吵架？"

"我看她好像没什么朋友吧，能和谁起冲突啊？"

"其实我觉得她也挺可怜的。"

"可怜什么啊，身上的味道腥死了，反正我是受不了。"

吴巧站在门外，她本来想折回来说声谢谢，毕竟从来没有人询问过她是否安好，就算是八卦她也心存感激，可原来真的像胡静说的那样。

她快步下楼，抬起胳膊闻，很腥吗？很恶心吗？为什么她闻不到？

她越走越快，那层层的阶梯都快要有叠影，心尖的酸涩就像慢慢在汇聚滴落的水珠，不断涌出，不断扩大，滴答一声，落在地上碎裂。

柏油马路被烈日烤得油光发亮，这样的高温也没多少天了，等到9月中旬气温大概就会降下来。

李蔓刚从楼梯口拐上来就闻到一阵饭香，是从自家门里传出来的。

男人光着膀子在厨房挥舞刀铲，肩膀脖颈热得油光灿灿。

裴郧坤把昨晚的剩菜热了热，又做了个黑椒鲈鱼。鲈鱼是超市里今天新进的，鱼骨头少，肉质嫩，吃起来比较方便。因为李蔓不太会吃鱼，容易卡刺。

脑袋笨的人想吃点鱼变聪明都没机会。

裴郕坤把鲈鱼的肉切开，蘸上淀粉液，放进油锅里炸，一炸便香味四溢。把握好火候，才能炸得不焦不生。

李蔓洗手，看了一眼，夸他刀功不错，鱼肉切得整整齐齐有棱有角，像是饭店里烧的那种。

裴郕坤切了点洋葱细丝放油锅里炒，然后装在盘子底部，将炸好的鲈鱼按上去。

他说："那超市的大妈都认得我了，说我天天去买菜，说我们兄妹感情深，逗死了。"

"你不打算解释一下？回头传出去，不知道的会以为我乱伦。"

"没事，等以后领证了再说。"

他在调黑椒汁，手法格外娴熟。

李蔓伸手蘸了点尝味，评价道："还不错。"

裴郕坤把黑椒汁煎热，往鲈鱼上一淋，撒上点葱花，这菜就完成了。

他拿筷子给李蔓："尝尝，放心吃，鱼骨头都炸软了，刺不到的。"

李蔓夹起鱼肉反倒是先喂到他嘴边，裴郕坤挑起半边眉吃下这口媳妇喂的菜，王婆卖瓜自卖自夸，一个劲地说绝。

李蔓吃了几口，味道确实不错。

吃饭的时候李蔓说起吴巧，说吴巧给了她水果的钱。

裴郕坤啧啧两声："学生的钱你也好意思收？"

李蔓说："你不收才是不尊重人，弄坏人家的东西赔偿是基本道德，别人为你垫付你要偿还也是。"

不过，人情味多点才会显得社会温暖。

李蔓："吃完我就走，我去趟文宝斋。"

"那是什么玩意儿？你不一点上班吗？现在才十二点，那么早去干吗，一起躺会儿眯几眼。"

"我去给她买套新的水粉笔，我看她的那些笔都快开花了。"

裴郕坤给她夹菜："李老师到底是李老师，记得打伞，外面日头毒，你这小身板挨不住。”

吴巧回到出租房。房子离学校不远，是私人的房子，房东是一对老夫妻，把家里的房间都租给了学生。她起初两年都是自己住的，但现在高三，母亲说要来陪读，给她烧饭洗衣，其实她觉得没必要，自己可以打理好一切，而她的成绩也并不理想。

吴母简单炒了两个菜，就等着她回来。

昨天吴巧看起来心情还挺好的，今天不知道怎么又没有笑容了，吴母估摸着还是因为周五晚上的事情，于是安慰几句，说不怪她，都过去了。

吴巧知道母亲只知道她和别人吵架了打架了，她不会知道为什么会起冲突，她大概以为学生之间闹点小矛盾过去了就过去了。

有时候大人活得比孩子还天真，而他们明明也都是这么走过来的。

吴母说："高三了，把心思都放在学习上，那些乱七八糟的不要管不要想，争气点念个大学，这样我和你爸走出去也有面子。为了供你读书你爸爸高温天还在田里忙，家里什么情况你也知道，妈妈只想你考个大学，妈妈和爸爸就算是砸锅卖铁也会供你上学的，只盼着你能有出息，有出息了将来你自己也能活得轻松点。妈妈吃的苦够多了，所以不希望你以后吃苦，那滋味太难熬。咱们没关系没背景，读书才是硬出路。那天，那个李老师和我说，你再努力一把能行的，好好冲一冲。来，吃饭了。"

也许是天太热，吴巧不是很有胃口，食不知味。

吴巧吃完饭坐在床上发呆，电风扇调到最大也还是不解热，鼻翼两侧不用摸都能感受到油腻。吴巧又闻了闻自己，她拿过镜子照，脸上坑坑洼洼，粉刺痘印像一张面饼糊在她脸上。恶心吗？她忽然也觉得好恶心。

她去卫生间洗了把脸，一摸自己的头发，也好像油得不行，可昨晚才洗过啊。

见她大中午突然洗起头，吴母问她怎么了，她不说话，倒了很多洗发露，揉出大把泡沫，用清水冲了许久才冲干净。

头发半湿半干她就出门了，不过十二点多。

"巧巧你去哪？"

吴巧神色淡淡，下楼前应道："去画室。"

她不想待在这里，空气闷热，母亲说的话让她心头闷热，整个人就像被封在塑料薄膜里，像被人勒住了喉咙，总之，她闷得快要死亡。

还没到上课的点，整栋画室似被掏空的面包，空有其壳。

吴巧打开画室的空调，燥热的心逐渐被冷风冷却，画室的桌椅窗帘都是蓝色的，隐隐透着一股寒气。

同学们画的人物头像姿态百出，那一张张呆若木鸡的脸眉头深皱，漆黑的瞳仁诉说着岁月的苍老和艰辛，它们齐齐看着她。

她站在窗边，玻璃被阳光照得泛白，楼底下的花草树木郁郁葱葱，顺着教学楼之间的缝隙望去还能看到操场。

初中被胡静压在底下像狗一样呼来唤去，胡静骄傲得像个公主，吴巧卑微得像个奴仆，晚上一个人躲在被窝里哭，想着忍过去就好。然而长此以往，她甚至开始厌恶上学，可是谁也不知道她的想法，黎明到来，她只能顶着千斤石柱走向地狱，反复接受别人的愚弄嘲讽。在这个小社会里，她没有人权。

中考幸运，靠着较高的语文成绩上了普通高中，她也想过从头开始努力生活，可从军训的第一天开始，所有同学都迅速有了小分队，就只有她孤零零一个人。后来她发觉胡静也在这个学校，碰见一次被她嘲讽一次，当着所有人的面揶揄她捉弄她，她没有办法反抗，隐约听说胡静外面认识很多小混混，她害怕被找麻烦。

同学不愿靠近她，老师也不喜爱她，父母对自己又抱有深深的期望，可偏偏自己差劲得很，榆木脑子不开窍，读不好书。

立式空调不一会儿就让画室充满冷气，她觉得自己很冷静也很清醒，冷风打在身上起了一排鸡皮疙瘩，仿佛有冰霜从她脚趾开始冻结，咔嚓咔嚓往上蔓延。

她打开窗户，一股热风吹在她身上，她以为向她走来的是希望，但这只是堵塞她呼吸的"凶手"。

吴巧觉得自己喘不上气，她想哭却哭不出来。

为什么她活得这么累？

临近十二点半，楼底下陆陆续续有学生进来。

突然一个女生指着三楼尖叫："那人不会想跳楼吧！"

听到此话的同学纷纷抬起头，迎着刺眼的阳光仔细看，坐在窗户边上的人双腿垂在外面，面无表情地看着前方。

底下炸开了锅，有人开始打老师电话求救。

还有人大喊叫她下来，不要坐在那边。

吴巧的眼泪在那一瞬间就下来了。

原来在生死面前也会有人关心她，可是她像个傀儡一样活着，身不由己还碌碌无为，她就像苍茫草原上一捧没有养分的泥，下雨被冲刷时，没有草会伸出根去抓她，突然有一天地裂了，泥土变得稀少她才被人看见，可怜又可笑。

李蔓没有代步工具，从文宝斋买完水粉笔绕小路，从学校后门进去。

挨着后门的是宿舍楼，边上就是画室，隔了两三百米，画室楼底下人头攒动，纷纷议论着什么，有些高高指着的手都伸向同一个方向，李蔓微微抬起伞目光随之向上。

目光聚焦对准，她清晰地看到他们的画室窗户边上坐着个学生，外形像极了吴巧，李蔓心一紧，瞬间一身冷汗。她握着伞一步步走去，每走近一步看清一点，她的心就不安一点，像流沙堆积般汇成高高的山坡。

吴巧哭得看不清前方，揉到眼睛发痒，太阳穴突突跳着，脑壳发疼，底下什么声响她都听不见。

这些年所有刺在她心头的画面都一一涌现，同学们嘲笑疏远时的嘴脸，老师无奈的叹息，父母黝黑的脸上漾着希望的眼神，她自己卑微的模样。

背后冷风涌动，正面热浪侵蚀。

李蔓的嘴唇抿成一条线，整个人开始发抖，抖到牙齿都打战，根本无法从嘴里挤出一个字。

她觉得害怕，也觉得生气，走到画室楼下，清清楚楚地认准了人，是吴巧。

李蔓扔下伞，转身往楼里奔，就在这时——砰！

啊！

周遭爆发出震天的尖叫声，一浪高过一浪。

李蔓的脚像被胶水粘住，她背脊一僵，垂在边侧的双手渐渐握成拳。

“好吓人啊！怎么办啊？”

“快打120叫救护车！”

“她……还有气吗？”

“手还动呢，没死！快打电话！”

“好多血，你看，好多血，不行了，我不敢看了。”

前些天园艺师傅刚铺上草坪，鲜嫩翠绿，花园里几棵白玉兰身姿挺拔，树叶莫名透着一股圆润，鲜血混着泥土发出诡异的气味。

李蔓不知道自己站了多久，回过神来的时候救护车声响已经挨近。

她没敢走近看，那里被学生和保安围着，她只知道吴巧……跳楼了。

“哪个是老师？跟着一起去，通知家长！”

医生将吴巧抬上救护车，血蔓延了一地。李蔓沉下心，跟上去坐进救护车里。

医生在做急救。

吴巧浑身血迹斑斑，脑袋歪在一侧，顶上的鸣笛一声一声揪着人心，李蔓愣愣地看着她紧闭的双眼，全身的力气像被抽光。

她心里的压力到底大到什么程度，才将人逼到这一步，还是理智崩溃后的一时冲动？

李蔓静静问道：“人能活吗？”

医生睨她一眼：“悬。”

比较幸运的是她落在草坪上，刚翻新过的，草地柔软，能减少不少伤害。

血腥味很快爬满整个车厢，这种猩红的气味犹如满山坡盛开的彼岸花，红得让人心悸。

李蔓握着手机，页面是吴巧母亲的电话号码，她一时之间不知道该怎么说，她往下拉，先拨了陈玉的电话。

陈玉说她已经知道了，事情传得很快，早就传到校长那边，刚才校长才打完她的电话，都在往医院赶。

从学校到医院，直通车，一分半钟。

李蔓从车里下来，迎来灼灼日光，照得她头晕眼花。吴巧被医生护士拥着推进手术室，车轮急速滚动，和地面青色的瓷砖摩擦出刺啦刺啦的响声，路过的人自动让出一条路。

李蔓抬手捏眉心，不知何时吴巧的血滴落到她的手背上，此刻已经凝固。

医院的走廊长而阴森，蓝色的座椅三个一排安静地屹立在墙边，李蔓坐下又起身，走几步又坐下。

她的学生跳楼了，她努力想开导的学生跳楼了。

她在反思是不是自己哪一步做错了，是不是让吴巧觉得有压力了？她害怕自己是在背后推波助澜的人，她害怕好意却成了致命的刀口。

李蔓想了很多，但其实什么都没想，她的大脑处于高度紧张状态，思维都是混乱的。

她弯腰，手肘撑在大腿上，双手合十托住下巴，像稻草人一样愣怔几分钟后拿出手机拨通吴巧母亲的电话。

她母亲似乎在睡午觉，声音有点哑。

李蔓以最平静的声音说："您好，我是李蔓，吴巧的老师，她身体有点不舒服现在在医院，您最好过来一下。"

"不舒服？这孩子怎么了？中午就觉得她怪怪的，不是发烧了吧？"

"还在检查，但有家长在比较好。"

"好好好，我马上就去。"

她说了个谎。

她没有办法直白地告诉吴巧母亲吴巧跳楼了，害怕对方承受不住可能会出现意外。

裴郢坤刷完碗觉得无聊，想到还有三天就走了，于是下楼去找蒋大爷唠唠嗑下下棋顺便道个别。

蒋大爷住一层，把家里布置得古色古香，门口还搭了花架，弄得花里胡哨的，别有风情，但都是蒋大妈打理的。

老夫妻有弄花花草草的闲情逸致，修身养性，这样的晚年生活虽然没有刺激，但安宁得让人羡慕。

蒋大爷坐在榻上扇着扇子喝着茶，自个儿和自个儿下棋，下得那叫一个愁眉苦脸，看见裴郢坤，立马招手让他来下两盘。

里头空调开着，小曲听着，香茶喝着，惬意到了顶峰。

裴郢坤盘腿上榻，半局还没下完蒋大妈风风火火从外面走进来哎哟几声，大喊出事了。

蒋大爷嫌弃地瞥她一眼，让裴郢坤甭管她，女人就爱一惊一乍小题大做，菜场上鸡蛋减价她也要喊一句出大事了。

裴郢坤笑笑："羡慕您这日子啊。"

蒋大妈喝上口水，说："隔壁那学校出人命了！"

此话一出，两个男人对视一眼，眼珠子都要瞪出来了，蒋大爷推推眼镜，眯眼皱眉问道："这好好的咋会出人命？"

"我哪知道那么清楚，就是刚刚听说有个学生跳楼自杀了，高三的。没听到刚才救护车来回地响啊？"

"哟，跳楼？这可不得了。这好端端的干吗这么想不开？命只有一条啊。"

蒋大妈叹口气，说："可不是嘛，年纪轻轻有啥想不开的。"

裴郢坤说："现在不一样，学生压力大，心理负担重，很容易出事情。"

蒋大妈一听忽然想到什么又咋呼起来，说："我得赶紧给儿子打个电话，别给恒恒太大压力，别回头也出什么事。"

"呸呸呸，乌鸦嘴。"蒋大爷嘀咕几句。

恒恒是他们的孙子，平日里就常听两位老人家提起，溺爱得很。

裴郢坤想，以后他们的孩子可不能给李蔓的母亲带，隔代亲，管不好孩子。

他手中的棋子刚挨到棋盘，脑袋忽然一炸，瞳孔一缩，问道：“蒋大妈，跳楼的是男的女的？”

“女孩子！”

“坏了！”裴郡坤扔下棋子，“等会儿，我先给我媳妇儿打个电话。”

一连五个电话李蔓都没接。

如果她这会儿在学校安安静静地上课，怎么可能不接。

李蔓等到吴巧的母亲后用很缓慢的语速将这个残忍的事实陈述给了她，手术室亮起的灯盏是生命脆弱的象征。

吴巧的母亲一下子瘫坐在地上，谁也拉不动，不哭不闹，就像失聪了般呆呆地望着手术室。

陈玉和校长还有一些其他领导先后赶到，逐一安慰吴巧的母亲，并提出赔偿等解决方案，既温暖又绝情。

李蔓退到一边，她只是个实习的助教老师，没资格去做善后工作。

陈玉拉住李蔓的手，两个人走远一些，陈玉说：“你这段时间挺关注吴巧的，听说你还去找过班主任，吴巧那边你知道多少？”

李蔓：“不多，她不愿意说。”

她忽然不是很想告诉陈玉一些事情，事情发展到现在这样，然后来关心吴巧，她觉得过于程序化，之前李蔓不是没和陈玉提过。

陈玉知道她在想什么，不想解释过多，只说：“这事情的责任是落在我和这班班主任头上的，校长和学校是背负骂名的，火不会烧到你身上。我有必要了解前因后果，这样也能给家长一个交代，也给我自己一个交代。当教师这么多年，不是没被批评过，不是没为学生操心过，可这样的事情我也是头一次经历，说心里不慌那是假的，上次俩孩子在隧道出事我后面硬是好几天没睡好觉。”说着，陈玉回头望了一眼手术室，“希望那孩子没事。”

李蔓的手机振动，眼下她才惊觉，说先接个电话。

果不其然，裴郡坤也已经知道了。

李蔓说是吴巧，电话那头裴郡坤沉默了许久，随后说来医院找她。

李蔓忽然觉得自己厌倦了这里，徐鹏和杨盼出事她来了两次，裴邺坤拆石膏她来了一次，现在吴巧自杀她又来了一次，每一次都让人筋疲力尽。

她拖着沉甸甸的步伐往回走，和陈玉细细道出她所知道的一切。

这9月的天，再明媚也总好似揣着几分晦暝。

陈玉在此之前大约了解过吴巧的家庭，除了美术课其他时段学生的举止思想都不归她管，但现在人是在周日的美术补习时出事的，她的责任和班主任一样重。

听李蔓说完她才知道这孩子的问题挺多，也才知道除了被班里同学孤立之外还和其他班的同学有恩怨，走到这一步看来是她自己承受不了了。想想也是情有可原，他们这些外人也许觉得她轻视生命，可如若发生在他们自己身上呢？每个阶段都有每个阶段的压力，每个人也都有每个人的压力，年年都有人跳楼自杀，年年都有人喝毒药自杀。至于吴巧，他们该反思的是他们给予她的环境压力和他们的粗心大意，而不是责怪她轻易放弃。

陈玉扶着额头坐在走廊椅上久久不出声，静静等待手术的结果。

学校领导安慰吴巧的母亲，也都是老师，句句带着人情味，都觉得惋惜，一番宽慰让发愣难以置信的吴母号啕大哭起来，哽咽到说不出话。她依旧不敢相信，活生生的人怎么会……中午还和她一起吃饭啊。

黄卫兵匆匆赶到，急得一头汗。今天是周日，他本来带着孩子老婆在公园玩，接到教务处主任的电话马不停蹄赶来，一路都在提心吊胆，那颗心差点飞出喉咙口。

见吴母情绪不稳定，黄卫兵也就没跟她聊吴巧的情况，道了个歉被校长带到一边，隐隐约约听到了呵斥声。

李蔓手心发寒，她觉得自己无法在这里待下去，这场手术也许要四五个小时，也许要十来个小时，边上是陈玉的沉默不语，前方是吴母的哭声，周围是领导的叹息声，远处是校长的斥责声，走廊顶上的天花板似摇摇欲坠即将跌落，要将他们都掩埋。

李蔓说："我去外面走走。"

陈玉点头。

李蔓没有坐电梯，走的楼梯，寂静的楼道里回荡着她的脚步声，一声声敲在心窝上，窗户敞亮，外面的几棵梧桐树挺拔如峰，阳光打在阔叶上竟有灼烧的错觉。

李蔓靠着窗户边上的栏杆，上面积了一层薄灰，尘埃在空气中飞舞，肉眼可见。

手肘撑在栏杆上，手掌贴面，她深深吸了一口气，闻到手上有淡淡的血腥味。

口袋里手机振动，是裴邺坤。

李蔓接起电话，一向平静的她声音难得有了几丝战栗。

裴邺坤在医院里跟无头苍蝇似的到处乱转，问道："你人呢？在哪？"

"在四楼楼梯间。"

"等着，我上来。"

"嗯。"

裴邺坤从楼梯口拐上来，李蔓面朝光，背影淡淡，地上的影子被拉扯得很长。

李蔓想得投入，没注意背后的声响，他双手从后面环住她的腰。

裴邺坤低声问道："那孩子在做手术？医生有没有说什么？伤得重吗？"

李蔓不觉得接近三十摄氏度的气温下被他抱着会热，她背脊发冷，只觉得温暖，就像消融冰雪的冬日暖阳。她转过身靠在他的胸口上，双手环住他的腰身，十指扣住。

"我不知道……我心里没有底，撞到学校新翻修的草地，挡去不少伤害，可三楼下来……"

裴邺坤一手搂住她的腰一手按住她的脑袋，轻轻拍着抚摸着。

"老天爷给了机会，会好的。"

"我一直在想我有没有做错过什么，上午的时候她就心不在焉，我以为她还在想周五晚上的事情，想着过几天她自己释怀了就好了，却没想到她其实已经钻进死胡同。如果我中午留下她和她谈一谈，也许……”

“这事不怪你，你都还没转正。再说了，这孩子的问题也不是一两个月就形成的，上回和她吵架的同学应该是她初中同学，祸根早早就种下了，不是一朝一夕单靠你就能解决的。”

李蔓闭上眼，嗓音微哑：“我没有把责任都揽到自己身上，可是身为她的老师我还是要承担一部分责任的。我不知道每个班级有多少学生像吴巧这样比较内向自闭，这类学生很敏感，虽然他们什么都不说，但其余人的一举一动都会影响到他们，未经历社会心理承受能力比较脆弱，很容易酿成畸形不健康的心理，我很想很想去帮助这样的学生。”

做教师是她初中毕业后的目标，也很幸运，现在她如愿以偿，可是眼下事情发展得离谱，这不是她要的。

裴郅坤叹口气：“世上的人形形色色，学生也是，要是每个都阳光积极，哪来后面的那么多事？”

李蔓这人没有什么坏心思，除了脾气倔点脑袋笨点有时候死板一些，其余都挺单纯的，做事也是一心一意的类型，她想做好的就会拼尽十二万分的力气去做好，坚韧得像石头缝中的小草。她想做教师，想帮助这类学生，不管本意是什么，但她肯定会十分负责用心地去做，只是现在这种情况，大概让她觉得心痛。

教师这个职业挺特殊，既是赋予知识的人，也是教人做人的人，更是学生的第二父母，世上绝大多数老师都是很好很好的，他们期盼自己的学生成绩耀眼前途光明，除了父母大概他们是第二个如此迫切希望学生成才的人。

她浅浅道：“你还记得小时候我和你说过的一位老师吗？我说我讨厌他，害怕他，我说我不想上学。你还说要帮我去揍他。”

裴郅坤以为她要说揍他这个梗，心虚道：“虽然那时候我很浑，但揍老师这种事不行的。”

李蔓说：“我是说，那段时间我真的很厌恶去上学，尤其是星期三，上午有他的数学课，下午还有一节。每次上课铃一响，他从窗户边出现走进来，我的手心就会出汗，手也会抖，持续一整节课，所以每天到放学的点我都会觉得‘真好，解放了，我又熬过了一天’。”

她从小数学成绩就不好，从幼儿园开始，真的是脑袋笨没有天赋，小学一年级第一次期中考试数学只考了六十多分，把黄美凤气得冲到老师办公室说要看卷子。

整个小学她的数学成绩都是倒数的。一年级的数学女老师很苛刻，看她的眉毛就知道，二年级的数学男老师戴着厚重的镜片凶巴巴的，三年级和四年级的数学老师温温和和，到了五年级，就算想好好学习可早就被贴上不识字的标签。那时候她也是无意间发觉就算换一个陌生的老师接管班级，也对学生有等级之分，他们看待学生的眼神区别太明显。

李蔓到现在还清清楚楚记得他的名字，郁立伟，人很高，单眼皮，细长的眼睛像是月光下的剑影，很犀利。

那时候都传言他是整个小学里最严格的老师，放学路上李蔓还听到家长叫好，说严格的老师好啊，黄美凤也是这样想的。

李蔓记得，有一次她很努力地写题，那次的四道数学题她不会的也去请教同学，所以那次上课她抬起了头，她想老师会觉得她进步了吧。

第一道题很简单，但还是有人做错了，郁立伟改完作业回到班级发了火，大约意思就是说了很多遍但是还有人做错，大概四个同学做错了。

他把题目讲解一遍后说："李蔓，我看四个人里肯定有你。"

李蔓看着手中的作业本一愣，她的明明是对的，顿时，她再也不手抖出汗了，她为什么要怕他？有什么好怕的？她有一种豁出去的冲动。

她咬牙，硬气地反驳，说："我是对的！"

全班同学双手交叠整齐地坐着，没人敢出声。

郁立伟瞧她几眼开始说下一题。

无声和无视携来最具冲击的侮辱，无声无息中一寸寸地削掉她的皮，疼不在血肉而在心头。

整堂课李蔓都没有学进去，她的胸腔像有火在烧，反驳之后的快感将她淹没，她没什么好怕的。

但到底才十来岁的年纪，还是女孩子，她的性格也不是强势的那种，这团火焰很快消失，往后的日子里她依旧会手心出汗，依旧会手抖腿抖，她甚至更害怕了，她在郁立伟眼里就是个差生，他戴着有色眼镜看她，她做什么都是错的，她害怕会再有那样的污蔑。

李蔓没有告诉黄美凤，对同学也没说，就只是和裴郧坤说她讨厌那个老师讨厌上学，可谁的学生年代没有这样的感想？裴郧坤当时以为她只是单纯发泄发泄。

随着太阳的西移，地上的光影微微蠕动，李蔓淡淡的声音飘在这层光晕之中，缥缈又带着赤裸裸的真实。

李蔓说："没有人能明白我当时的恐惧，真的度日如年。"

裴郧坤揉揉她的脑袋："小笨蛋。"

早知道这样，他当初就去揍那个人一顿了，管他什么伦理道德。

李蔓也有一位十分感激的人。五年级以后李蔓毕业离开了小学，到了初中，她本来以为自己会像过去一样混混日子，让老师看不起。

六年级要分班，有一场分班考试，她的成绩依旧不理想。

她的班主任是一位微胖的大叔，讲话笑呵呵的。李蔓坐在班长前面，两人自然而然成为好朋友，那就是顾七夕。她成绩很好，在小学的时候李蔓略有耳闻，原以为她是个比较不近人情的女生，可偏偏相反，她十分搞笑乐观。

班主任教的是数学，很有一套。

新学期新气象，李蔓也打算重新开始好好学习。

她的语文成绩一直不错，语文老师不知道怎的，格外器重她，大概是因为第一个周末的第一份作业，她习惯性地会把阅读填空的两行写满，语文老师觉得她是非常认真的人。

一个学期下来，各同学的优点都慢慢展现，李蔓也是，她有绘画天赋，班主任时常夸她。

第二个学期她做了宣传委员，人生中的第一个班干部职位。

班主任是个会挖掘学生长处的人，他懂得旁敲侧击地鼓励学生，他告诉李蔓，你很有天赋，将来说不定会成为大画家，他说你得努力学习，画家也需要知识。

那是李蔓第一次感受到所谓的一视同仁和公平对待，她被老师夸奖被老师寄予期待，她觉得自己是很棒的人，她可以做得更棒。

初中四年，李蔓从倒数的差生到年级前十，她最感激这位班主任，他真的如书中所说，是一盏引领学生往前走的灯。

李蔓到现在也会想起这两段截然不同的经历，她如果没有遇到这样一位恩师，如今她会是什么样子？

这世上也有和她一样的人吧，不太爱说话，性格内敛，怎么都做不好事情，怎么埋头学习都一团糟，被老师打入差生的分类从此不能翻身。这世上也有和她一样的人吧，想成为很好的人，可是迷茫得找不到方向。

有的老师像郁立伟一样严格，不能说不好，只是他的教育方法不一定适合每个学生；有的老师像那位班主任一样随和，他懂得随机应变去迎合学生，懂得怎么建立学生的信心。

李蔓一说，裴邺坤记起来了，那位胖胖的大叔他有印象，但没有教过他。

前几年那位老师退休回了老家，李蔓就再也没见过他，可是她会记一生，因为他改变了她的一生。

李蔓说："我想成为他这样的老师，我想少一些和我有同样经历的学生，这样的弱势群体太容易被人忽略……"

说起往事她难掩激动，话语里隐隐有了哭腔。

她从来没和任何人这样从头到尾明明白白说过，一直自己放在心里反复回想，压抑着束缚着，坦白于人前的时候她才明白自己心里有多酸涩。

裴邺坤抱紧她，轻拍她的肩膀。

李蔓想到吴巧，胸中情绪汹涌，几行眼泪不自觉地滑落，她不再说话，努力压制自己颤抖的肩膀。

救护车离去好一会儿画室楼下的吵闹劲还没退，临近上课时间学生都从外边回来，一传十十传百，大伙都围在吴巧跳楼的地方叽叽喳喳说个不停。

其他班的老师也是来了才知道有这么个事。

徐荞喜欢踩点到教室，来得晚，从音乐楼绕进来就看到画室楼前密密麻麻围了一堆人，宽阔的大路上还停了两辆警车，她走近一看，花园被警戒线围了起来，几个穿警服的男人拿着小本子在记什么。

上课铃响，老师遣散学生回去上课。

徐荞瞥到个熟悉的身影，走到他身后拍了下他的肩膀。

韩傅明朝右回头，没人，徐荞笑盈盈地站在他左后方。

她说："呆子，这也骗得到你。"

韩傅明压了压警帽，说："有事吗？"同事都在，又是工作时间，他不能处理私人事宜，更何况他入队时间短，算个新人，得把规矩守好。

"这儿发生什么事情了？"

"有学生跳楼自杀，我们正在——"

"自杀？！人没事吧？哪个班的？"

韩傅明说："人在医院抢救，是高三（1）班的。"

徐荞有些反应不过来，好一会儿才想到高三（1）班是李蔓教的那个班级。

草坪上一摊血迹，徐荞别过头不敢看，说："你们在调查什么？我有什么能帮忙的吗？"

"不用，差不多好了。"

韩傅明的几个同事用别样的眼光打量二人，说："一看就是老相好，傅明，装什么，讲几句话还一本正经。"

韩傅明干咳几声，对徐荞说："上次那场电影，这个周末吧，我请你。"

徐荞那声好还没出嘴巴他的手机就炸了般响起来。

韩傅明不知道听到什么眉头骤然皱起，神色突变，染上一层严峻，徐荞心想，好帅。

挂断电话，韩傅明收起本子，回头对同事道："东郊的车祸案有进展了，已经锁定了五个嫌疑人，队长说这里留两个人，其余的回警局办案。"

徐荞显然比他还开心，说："你忙这么久终于要水落石出了，韩警官，你真棒。"

他硬朗的脸庞有些绯红："周末见，我先走了。"

"嗯，处理完了记得给我打个电话。"

"好。"

桐城警局。

不眠不休将近一个星期，四五个人盯着监控逐一排查，因为车祸那个路段附近两千米是没有任何摄像头的，所以只能扩大范围排查，范围一广难度也增加，其中有个路段还是繁华路段，来往车辆多，难度大大加大，除此之外还要核对排查，费时费力，可没办法，那个时间点没有目击证人，现场被大雨冲洗得太干净，只能用这个硬办法。

队长器重韩傅明，这案子几乎是他一手包办。生命已逝，无论花多少时间和精力都要把肇事逃逸的人找出来，无论用什么样的办法。

小罗把五辆有嫌疑的车主身份信息调出来，把资料递给他们。

韩傅明翻了翻，手停在第五份资料上："周蔚初……她的父亲有前科？犯的什么事进去的？"

小罗敲响键盘很快调出资料，答道："二十三年前京州铁路案中他被判二十年，曾在指挥中心任职，事故发生原因是他和指挥中心的另一名职工疏于职守，未接收到列车长的指令从而间接导致火车追尾。当年这个事故引起很大的轰动，死亡人数达到40人，162人受伤。周国昌三年前出狱，在东郊附近的工地工作。"

"家庭状况呢？"

"当年出事故被判刑后妻子与其离婚，目前周国昌还是未婚状态。"

韩傅明看着纸上打印出来的监控画面："周蔚初晚上9：10分从建设路口进去，凌晨3：46分从五洲大道口出来，如果在父亲家里过夜何必凌晨三点多离开？把她从五洲大道口出来后的监控画面都调出来，放大。"

小罗按照指示操作。

韩傅明的同事观察得仔细，突然指着一张图片道："车后座有人影，她不是一个人离开的。”

“有没有这辆车再往返的记录？”

“车子在鼓浪屿大转盘那里拐出去后再没出现了。”

韩傅明眉头紧蹙：“大转盘……那里已经要接近市中心了，如果一直向西开，那边是荒废的开发区，路都没建完，没有摄像头，也不是不能再绕回东区，再仔细找找，总会有蛛丝马迹。”

“有了！是周国昌开的车！”

韩傅明心中了然：“走，抓人去。”

昨日在医院的一场好戏让周围的人对周蔚初议论纷纷，说她和另外一个女孩子打起来了，说她抢了别人的父亲使劲巴结，说要是我也有这么个有钱的继父我也巴结，最后说她婊，看她这面相就能看出来。

昨天回去以后周蔚初没有和母亲提起这事，她不想让他们两个人为了这事吵架，李建忠也没再多说什么，也许是看出她心情不好。

一觉睡醒，李建忠给她新买的车在楼下安静地待着，她睁眼望着天花板却没半点欣喜。她越来越慌，想抓住点什么可就怕抓住了到最后也会失去。她知道自己的罪行，不可能瞒一辈子的，就算有人为她顶罪她也不可能心安理得过一生。

她迟早，要被这恐惧折磨疯。

周蔚初给人打好点滴从病房里出来，路过值班室又听到些闲言碎语，她冷着脸走进去，那几个护士立刻收住嘴。

周蔚初把托盘一放，说：“刚刚在聊什么？”

几个小护士努努嘴，不说话。

周蔚初眼袋重，面色惨白，现在眼睛一瞪，略有几分恐怖，有个护士出来打圆场说：“哎呀，我们是在说刚刚送来的一个学生，就西城中学知道吧，有个学生跳楼自杀了，好在没死，学校的领导一窝蜂拥来，都候在手术室门口呢。”

“西城中学？”

“对啊，高三的一个女孩子，也真是想不开，正是花朵绽放的时候呢。”

周蔚初没再和她们多说话，收拾一番打算出去查房。

现在一听到“死”这种字眼她就觉得胸口闷。

她拐进洗手间躲在隔间里深吸一口气，觉得自己快支撑不下去了，一有点什么风吹草动她就觉得是关于自己的，她马上死到临头了，这种深深的惧怕就像毒品一样慢慢摧毁她的精神和身体。

可偏偏她还要在他们面前装出一副悠然自得的模样。昨天李建忠还只以为她是最近休息不好压力大，可能是为了讨好她，所以没和母亲说。

如果她坐牢了，别人会用怎样的眼光看母亲？别人会怎样议论他们？当初父亲被判入狱，她们母女搬离老家来到桐城才躲过那些如刀子一般的言论，母亲也害怕会有仇家寻上门。死那么多人，妻离子散家破人亡，而她的父亲是间接造成这一悲剧的凶手，难免会有人上门讨说法。

她们搬到桐城后也有一段日子十分惴惴不安，后来生活渐渐平静下来，平静得像是已经把过去掩埋。

也是巧，想到谁谁就出现，周蔚初微微吞咽让自己平静下来，接起母亲的电话。

电话那头：“我在你医院，你几点下班？等会儿都处理完了一起回家。”

“你来这里干什么？”一问出口周蔚初想到护士说的学生跳楼，问道，“跳楼的那个是你班级的学生吗？”

“嗯，还在手术，估计要六七个小时，脑袋撞到花园的水泥边了。”

“我七点下班，那晚上一起走。”

“蔚初，你现在方便过来一下吗？妈有事想当面问你。”

周蔚初心里咯噔一下，轻声说了句好。

李蔓靠在裴郢坤的胸膛上，久久不说话，她不想自己一开口声音颤抖得像三岁小孩子哭闹的样子。

太阳又往西偏了一点，原本打在他手臂上的阳光没了。

裴郢坤知道她心里难受，吴巧手术未结束她就很难安下心不去胡思乱想，至于李蔓说的过往，那种被侮辱被歧视的感觉他以前也不是没尝到过。

可他不以为然，因为他知道，只要自己想要，拿个满分轻而易举。

有些人怎么努力都不见得会进步，有些人天资聪颖，所谓高分信手拈来。

那时候班主任不喜欢他，一上课就吼他出去罚站，罚就罚，他这人心大不在意那些虚的，也不稀罕当个好学生兢兢业业地讨老师欢心。

初二的时候他和班主任打过一架，那次他是的的确确感受到了侮辱，男子汉大丈夫能屈能伸就是不能被践踏自尊。班主任在课上当着全班同学的面批了他一顿，这无所谓，可说着说着谩骂到他家里人身上，那句"你妈死得早怪不得你没教养"正好踩到他的雷点，上去就是干。

李蔓和他不一样，她一直很上进很努力，她渴望得到老师的青睐渴望有出息，所以当她受到歧视和不公平待遇的时候她会去记恨，记到现在，永永远远成了心底的一块荆棘地。

"哎，我们李老师受苦了，可正因为受过苦所以我们李老师现在是个非常好的老师，吴巧也会没事的，鬼门关走一趟就会知道生命的可贵了。你知道吗？其实人在寻死的那一刻是非常害怕死亡的，如果当时有人在窗户边上拉住她的手她肯定不会放手的。等人醒了，她就会发现父母、老师都为她担心为她难过，我觉得她是个很好的孩子，会想开的。"

李蔓哑声道："我知道。让我再靠一会儿，我有点冷。"

9月的艳阳天说冷，大概是真的冷了。

裴邺坤轻抚她的背部："有我在呢，天塌下来都给你扛着。"

李蔓抱着他，她发现她拥有的东西少之又少，但是珍贵十足，为她付出一切的母亲、真心爱护她的男友、远在国外的闺密、这里的良师益友陈玉和徐荞。

她的圈子小，生活也没什么波澜，可是已经足够了。

陈玉远远地就看见周蔚初走来，她起身将周蔚初拉到边上。

周蔚初这段时间精神很不好，她也不是没察觉，起初想着是不是医院太忙，本来护士就是个劳累的工作，但仔细一想总隐隐觉得哪里不对劲。昨天父女俩从医院里出来脸色都很不好，一个沉默不语，一个故作欢快。

周蔚初的波澜不惊看上去十分刻意，她轻声问道："想说什么？"

陈玉见孩子消瘦憔悴自然是心疼的，怜爱地摸了摸她的脸颊，说："你老实和妈说，是不是在医院里和谁有什么矛盾？是不是遇到了什么难处理的事情？有事就要学会沟通，也许我们不能给你很好的意见也不能帮你解决，但倾诉出来会好很多。班里学生发生这样的事情，让我更加觉得沟通是件很重要的事情。"

"妈，我只是最近太忙太累了，没事。"

陈玉上次见周蔚初这么无精打采是两三年前她和那个男人分手之后，有一段时间过得特别消沉。

"你这话和别人说大概他们会信，搁在我这儿没有信服度。昨天问你爸，他什么都不和我说，我也不想在家里问你这些，省得你爸听见了又说我瞎操心，母女两个单独待着也能说说贴心话。"

"我真的只是太累了，真的。"周蔚初不敢看陈玉的眼睛，低着头，肩膀微塌。

"也不知道你当初为什么执意学医，有时候熬夜熬得眼睛都肿了，当初如果听我的，念师范出来也做老师，日子稍微能轻松点，至少作息稳定。家里条件又不是不好，日子过得开心才是福气。"

周蔚初点点头，始终不敢抬眼。

是啊，日子过得开心才是福气。她的家庭虽然是重组的，但很和谐，虽然家里不是什么名门望族，但至少游刃有余，她拥有了绝大多数人羡慕的生活，可她也同时失去了去拥有的权利，仿佛是上天故意收回的。

陈玉叹口气，觉得女儿这嘴巴比金刚石还硬。

"累到扛不住了那就休息休息，能不能和别人换班给自己放一天假？下周末你爸正好也有空，我们可以出去郊游。"

可能因为陈玉是教师的关系，周蔚初从小就不敢瞒她什么事，她站在她面前像是透明的，根本没有秘密，陈玉的眼睛温和又犀利，总是能精准地洞悉一切。

陈玉拍拍她的肩膀，几下温柔的抚摸好似千军万马齐踏而来，踩断周蔚初努力克制的情绪。周蔚初依旧不愿意多说，抱住陈玉，靠在她的肩膀上哽咽。

“妈……我真的好累……我也好害怕……”

陈玉安抚她，等她继续往下说，可她哆嗦着，再无半个字。

李蔓和裴郯坤从楼梯口上来，两个人站在那边没动。李蔓怔怔地看着拥抱的周蔚初和陈玉，那一声妈叫得那么颤抖，李蔓耳边嗡嗡的，她觉得自己可能耳鸣了。

裴郯坤不知道陈玉是哪位，还以为是李蔓看到周蔚初心里不愉快，搂着她的肩轻抚几下，说道：“就当没看见吧，我陪你去那边坐一会儿。”

李蔓扯住裴郯坤的衣角示意他停下。

“怎么了？”

李蔓说：“你刚才听到周蔚初喊她什么了吗？”

裴郯坤不明所以：“什么？”

他一心都在她身上，哪管得着别人。

李蔓忽地一笑，极浅极淡的一笑，弯着的嘴角被走廊里流动的冷气冻住：“周蔚初喊她妈，喊她妈……”

裴郯坤的目光飘向周蔚初的母亲，那女人是齐耳短发，眉清目秀，看起来不像是尖酸刻薄的类型。

“咱先不管这些，行吗？她们的事和我们也没关系，先等吴巧的手术结果。”

她现在情绪低落，碰上周蔚初母女无疑是在汹涌的海底引燃导弹，也许一点燃，所有的风平浪静都将不复存在。

李蔓摇摇头：“不是的，郯坤，我觉得我们好像被上天捉弄了一般，这世上真的有因果报应吧，你说，怎么就这么巧？”

“你在说什么？嗯？”裴郯坤扳过她的身子，抬手将她的发别到耳后，四目相对，企图在她眼中寻找答案。

李蔓还未开口，便有人先给了答案。

陈玉帮周蔚初抹眼泪，说了几句傻孩子，转眼看到李蔓，知道李蔓心里不好受，看她的眼神软了几分。周蔚初顺着她的视线望去，心中一刺。

又是她和裴邺坤。

裴邺坤别完她的头发又摸了摸她的脑袋，举止温柔亲密。他似乎在说话，话毕宠溺地捏了捏李蔓的鼻子，眼里的爱意一览无余。

陈玉笑说：“小蔓，这你男朋友啊，之前都没听你提起过，谈多久了啊？”

裴邺坤眉头一蹙，怪不得李蔓反应奇怪，原来她们认识。

周蔚初站在陈玉身后满脸看不懂，李蔓看着她多变的表情缓缓笑着。想象不到是吗？她也想象不到，兜兜转转，原来世上真有这么蹊跷的缘分。

李蔓说：“没多久，陈老师。”

不经意的一句陈老师点醒裴邺坤和周蔚初，前者想不到周蔚初的母亲和李蔓是同事，后者想不到李蔓和母亲竟然有交集。

很显然，陈玉并不知道她是李建忠的女儿。李蔓猜，李建忠大概从未详细地和陈玉提起过她或者黄美凤，他不愿意将他的过去抛在他心爱的女人面前。

陈玉不知情，自然道：“你男朋友长得很俊，以后结婚请不请我喝喜酒啊？”

裴邺坤微微扬眉，这话实在尴尬，他没法接。

李蔓先前为吴巧的事流过泪，眼圈有些红，她很平静地看着陈玉，微红的双眼看起来没有丝毫脆弱，反而多了几分决绝，如同卷在刀刃上的血。

李蔓说：“照理来说，我结婚是要请你的。”

李蔓的话里满是讽刺，周蔚初不傻，拉住陈玉的胳膊气急道：“妈，她在耍你呢！什么请不请的，你知道她是谁吗？她是李建忠的亲生女儿！”

陈玉似乎并不是很惊愕，反应过来后说：“原来……你是建忠的女儿，都姓李，建忠说她女儿在桐城任教，我倒是没联系到一块儿。你爸昨晚倒是和我提到过，说要请你吃饭，要介绍我们认识，现在倒是省了。”

陈玉讲话温和，一如往常。她对李蔓没有什么敌意，反倒是周蔚初，看李蔓的眼神恨不得撕碎她。

陈玉止住周蔚初，对李蔓说："这是我女儿，叫周蔚初。你们好像已经认识了，可能有什么误会，等吴巧做完手术，我们一起去外面吃个饭，好好聊一下，好吗？"

她不知道蔚初这孩子怎么了，这么大人了，见到建忠的女儿又怎么了，明明可以很好地相处，就算李蔓对她们有什么误会有什么敌意那也是不可避免的，应该去化解去解决，而不是针锋相对。

"妈，你不知道——"

"闭嘴。"

李蔓开始觉得她不了解陈玉了，她6月初去学校实习任教，分配到陈玉的班级，陈玉给她的第一印象是她是个很开明很善良的老师，往后的种种接触也告诉她陈玉是个很好的老师。而此刻，她也像平常说笑那样和自己说话，也许这就是她，可李蔓总觉得陈玉像是披上了一层面纱。

信任且喜欢的老师，父亲心爱的初恋情人，当这两个身份重合在一起，李蔓很难明确理智地区分开。

而眼前这一场究竟又是什么戏码？

周蔚初难解地看着陈玉，她一向温和，有什么事情教育人会讲道理，很少会用"闭嘴"这种词语，更何况语气冷硬。

也许昨天她是不够冷静，是疯了，嫉妒和害怕涌上心头才会觉得是李蔓抢走了她的一切，可现在算什么？李建忠护着李蔓，是亲情，裴郢坤护着李蔓，是爱情，那现在她的母亲护着李蔓，算什么？母女情吗？

她已经什么都没有了，难道连这点亲情也要被夺走吗？

陈玉的样子让周蔚初觉得，她已经接受了李蔓，她在讨好李蔓，也许她是想让李蔓和李建忠和好如初，然后让李蔓加入他们的家庭一起生活。是啊，这样多美好，她母亲就是这样子的人，什么事情都求两全其美。

李蔓淡淡道："吃饭就算了吧，让我男朋友和他前女友同桌，我会觉得难受，前任现任这种关系多敏感，有点自知之明就能避开很多不必要的麻烦。"

陈玉这下是真听不懂了，她看向裴郸坤，用眼神询问。

裴郸坤挪开视线，揽着李蔓的腰的手臂收紧，将人护住。她这哪是说他和周蔚初啊，明明就是含沙射影。

周蔚初说话声音柔，但此刻她抖得厉害，声音像是荡在井底的铁链，柔中带颤，颤中携硬。

“妈，你是好心想处理好咱们和她的关系，可她不是，何必低声下气。什么前女友？是，我是前女友，可我没有不知廉耻地去缠着郸坤，我和他在一起两年，今年是分手的第三个年头。前女友又怎么了？喜欢他是我能控制的吗？我也想不到关系会如此复杂，我说你抢了我的东西，我以为我错了，其实我没有错，李蔓，是你抢走了我的！你看到了吗？我的母亲还试图接受你讨好你，所有人都关心你，而我呢……”

而她呢，再也没有未来。她的手上沾满鲜血，却不是救死扶伤的鲜血，她违背了当初学医的誓言，她没有拯救生命反而背道而驰。

周蔚初的这种模样是陈玉从未见到过的，她印象中的女儿温顺理智，什么时候像个没受过教育的市井妇人？

“蔚初，少说几句。”

裴郸坤只觉得几年不见她大变样，从前的周蔚初不会说出这种话，也不会像昨天那样扑上去打人。

听到动静学校的几位领导纷纷投来目光，陈玉不想闹笑话，拽住周蔚初的手腕：“冷静点！”

周蔚初挣开陈玉的手，走到李蔓面前，视线落在她腰间裴郸坤的手上，眼中的妒火似有燎原之势。

李蔓微微仰起下巴，淡然道：“就当是我抢走你的东西好了，什么都没有的你让我觉得很痛快。”

她不以为然的模样，她轻柔却傲慢的口吻，都成功激起周蔚初的怒火。

李蔓不明白自己为什么会这么在意，因为裴郸坤？因为李建忠？不至于，但是，周蔚初活得不痛快就够了，不用深究原因是什么。

李蔓说：“你现在心里的不甘、不愿，都是我曾经的感受。”

周蔚初恨得眼睛通红，双手握拳，扬手朝李蔓打去。

李蔓下意识闭眼。

寂静片刻，没有声音，没有疼痛。

裴郯坤准确无误地扣住周蔚初的手，男人高她一个头，气势上硬生生压倒了她。

周蔚初鼻尖一酸，一行泪落下，她从未想过，有一天会和裴郯坤走到这一步。

“这里是医院，闹一次就够了，别把自己整得像没家教的。”

母亲是教师，父亲也不是没有，可表现出来的样子像个泼妇。

裴郯坤甩开周蔚初的手，以为她就这样消停了，没想到周蔚初快准狠地给了李蔓一巴掌，响亮透彻，李蔓脑袋一偏重重撞到裴郯坤的胸膛上。

一记耳光声彻底让走廊静了下来。

“我什么都没有了，我还怕什么？痛快吗？看你现在的样子，我觉得很痛快。”周蔚初苦笑着，一字一顿咬得紧。

啪——

又是一记清脆的声音。

裴郯坤反手就是一掌，深邃的眉目间充斥着愤怒：“我从来不打女人，是你自找的。”

她再怎么闹再怎么言语攻击，他都能忍，能劝就劝，能制止就制止，给了警告她却还触犯底线。

李蔓脸上五指印明显，他不能忍，也忍不了。

第八章　善恶与仇终有果

脸颊火辣辣地疼，他没有手下留情，这一巴掌扇得她耳鸣，而他的话犹如万箭穿心。

周蔚初目光呆滞，脑子混沌一片，她缓缓抬起头来。

“蔚初！”陈玉万万没想到事情会演变成这样，她惊慌地走到女儿身边察看她的伤。

裴邺坤沉下眼：“相识一场，原本不必这样，适可而止吧。”

这不是他认识的周蔚初。

李蔓浅浅地呼一口气，舔了舔腮帮子，一股血腥味，她轻轻嘶了一声。

“很疼？”裴邺坤捏着她的下巴察看。

“还好。”

陈玉思路清晰，很快明白其中关系，她有些惘然，人都碰巧凑到一起，不是三言两语能说清的，双方都有错。

陈玉看周蔚初没什么事，静下来说：“妈妈从小到大怎么教你的？你现在的所作所为真的像个没家教的孩子，妈妈学校的领导都在边上，你不分青红皂白动手打人，像什么样子！小蔓是建忠的女儿，于理我们是一家人，于情至少以礼相待。能用嘴说清楚的事情为什么要动手？”

陈玉的言语让周蔚初诧异，她完完全全站在李蔓那一边，凭什么？

周蔚初甩开陈玉的手，难以置信道：“妈，你是我妈妈，为什么要帮她？你什么都不知道！什么都不知道！”

“不知道什么？你告诉我我才能试着理解你，现在这个状况你觉得你是对的吗？”陈玉教育起人来惯用严厉口吻，冷冰冰的。

她越是理智地和周蔚初讲道理，周蔚初就越不能理智地思考。

周蔚初觉得百口莫辩，她不能说，不能说她撞死了人，她无法用正确的语句说出她有多嫉妒李蔓。

当她身处绝境的时候却发现，李蔓和她心爱的男人站在了一起，李蔓更是她继父的亲生女儿，恍然之中，好似她所拥有的都被李蔓夺走了。

没有人能理解她的感受。

周蔚初抿紧唇转身跑开。

“蔚初——”

她不回头，陈玉也无可奈何。

陈玉看向李蔓，心怀愧疚。和她相处这些日子她知道李蔓是什么性格的人，话不是很多，处事相对比较冷静，也许外人会觉得她漠然，但其实她是个热心肠、善良、单纯的人。无论是性格还是她的工作态度和学习态度，陈玉都非常喜欢她并看好她。

“小蔓……”她叫李蔓的名字，沉着又轻柔。

李蔓说：“如果是站在学校长辈的立场上叫我一声小蔓我接受，如果是站在我并不承认的私下关系的立场上这样称呼我，还是算了吧。事情没有那么复杂，就算我知道了你是李建忠的妻子，也不会改变什么，不用吃饭聊天，在这里就能把话说清楚。”

李蔓拍拍裴邺坤的手示意他松开，裴邺坤说：“你们先聊着，我去抽根烟。”

李蔓走到陈玉面前不疾不徐地说道：“我并不打算和李建忠现在的家庭有什么关系，或者说所谓的和睦相处。他如果和你提起过我，那你一定知道我和他关系不好，虽说不完全是因为你，但也脱不了干系。我心没那么大，没有办法做到和让我家四分五裂的人笑脸相迎甚至和平共处。至于你女儿为什么对我意见这么深，也许是因为我的出现让她受到了威胁，毕竟李建忠还是有几个钱的，但也许是因为她对郯坤爱得太深所以对我恨之入骨。

她顿了顿继续说道："撇去私下的关系，在工作上我还是感激你的。我只想好好工作，希望你公私分明，不会把私下的东西带到工作上。"

陈玉："小蔓，我觉得有些东西你真误会了。蔚初那孩子我也不知道怎么了，这段时间心神恍惚的，是她不好。你爸爸其实还是很关心你的，他不常和我说起你，也许是怕我多想或者不开心，但他偷偷去看你我又不是不知道，昨晚说起要和你吃饭他乐了一晚上，说起你妈要给你买房的事情，你爸打算给你——"

"当一个不负责的人突然开始负责的时候，你觉得被他骗了一次又一次的那个人会心存感激吗？"

陈玉到嘴边的话被噎住。

李蔓说："别妄想改变我和他的关系了，你对我来说只是学校的长辈。"

"我只是希望你能了解一下你爸爸的想法，你或许恨他或者恨我，但也请给我们一个机会，明明可以和平共处的。"

李蔓知道陈玉一向追求安宁美好的生活，只是没想到她有点走火入魔了，李蔓想起过去，说话都急躁许多。

"那谁去了解一下我妈妈的想法，谁给我妈一个机会？我把该说的都说了，你却还试图捅到底。那我问你，当初李建忠从桐城回来坚决要和我妈离婚，那个时候你们走到哪一步了？是他离婚以后你们再在一起的还是你们在一起了他才要离婚的？我问他为什么，他说他遇到了自己喜欢的人，对我来说他是个不负责的父亲，可对我妈来说她这一生都白付出了，她得到的是不忠不义不爱。说到底，你不过是我父母婚姻中的一个第三者，说什么爱情，单靠爱情就能过一生吗？李建忠没有钱你会嫁给他吗？你会吗？"

陈玉被逼问得哑口无言，只能默声。

李蔓说："可我妈会。她嫁给我爸的时候他只不过是个小工厂的工人，后来两个人有了点存款，他说他要去做生意，明知道如果失败家里要欠一大笔债可我妈还是支持他去做。也许他们之间没有爱情，但这种信任和付出换作当时的你你做得到吗？李建忠是什么样的人，我比你更清楚，而我母亲受过什么苦我都记在心里。要我去理解你们去给你们机会，那岂不是给一个曾经差点杀死我母亲的凶手机会吗？你知道为什么世上大多前任和现任都无法和平共处吗？因为总有一个受尽苦楚，心里不甘不愿。"

陈玉沉静许久，李蔓显然不是很冷静，陈玉说："站在你的角度事实确实是这个样子，但站在我的角度就变得不一样了。我不想辩解也不需要你去理解我，我对于你们来说是外来者，但建忠不是，他始终是你父亲，对过去他也感到很愧疚，他想弥补你，给他个知错悔改的机会好吗？"

李蔓看不透陈玉，她现在没有办法很理性地去看待陈玉这个人，得知她的身份后总会不自觉地戴上有色眼镜去看她，她的一言一行都让李蔓觉得厌恶，所谓的公私分明眼下李蔓自己也做不到。

"如果是我母亲要我去原谅李建忠，倒是情有可原，你呢，你站在什么立场说这样的话？我和他和好，也许他的遗产我要分一杯羹，这样你也愿意吗？"

陈玉叹口气，她知道李蔓把她想得复杂化了。

"你父亲的财产是你应该得的。我和你父亲也走了七八年的路，都在真心过日子，我希望他过得开心，你是他唯一有血缘关系的女儿，他不会舍弃你的。血缘这种东西很奇妙，斩不断挥不去，如果有一天你能放下，彼此都会过得开心点。"

自从周国昌出事，经历过那段人云亦云的日子后，陈玉想通很多事情，一辈子很短，知足常乐才是生活原本。

李蔓嗤之以鼻，冷眼静看，道："你以为你什么都知道？站在旁观者的角度劝阻和评判对错不过是自己的臆想。我不是没给过李建忠机会，是他一次又一次让我失望，我凭什么要一直建立我和他的信用塔？就像一个一生做尽坏事的人难道因为他得了癌症就要去同情原谅他吗？"

“陈玉，陈老师，你就像活在网络里用自己的想法和观点去肆意评判别人的人生的键盘侠，操着跟你无关的事情的心。”

“小蔓，我是好心——蔚初！你干什么？”

周蔚初突然从楼梯口窜出来，手里挥着细长的手术刀，尖锐的刀头泛着白光。李蔓被陈玉一吼还未反应过来整个人就被陈玉拉住，她护住李蔓，那一刀擦过陈玉的手臂。

几个围观的领导一看出事了，一窝蜂拥上来拉开这几人，有两个人和陈玉熟知道这是她女儿，责骂道：“这是干什么！闹什么！有什么问题不能好好解决，闹出人命怎么办？”

陈玉手臂上的口子足足有十来厘米，手术刀很锋利，再深一点都能将肉剐下。

鲜血一滴一滴晕在地上。

李蔓下意识伸手想帮助陈玉，手却僵在半空中，她看向陈玉，几秒后收回手，说：“去找医生包扎一下吧。”

陈玉这会儿哪顾得上李蔓和伤口，走到周蔚初面前就是狠狠的一耳光，什么领导什么形象她都不要了，子女的教育才是最重要的事情。

“妈妈对你很失望，你用言语去攻击别人和用武器去伤害别人是两个不同的概念，你知道你在干什么吗？你这是在犯罪！平日里的新闻，我教你的东西都忘了吗？你最近到底怎么了？”

陈玉很少会发火，她忍着伤口带来的剧烈疼痛，咬牙质问自己的女儿。

周蔚初被副校长和年级主任拉住，动弹不得，她再也装不下去了，哭得没法说话，只是断断续续地说她害怕。

陈玉看到她这样子既觉得心痛又觉得不理解，她不知道自己女儿到底怎么了。

陈玉让他们松开她，周蔚初扑倒在她怀里，哭着喊着说害怕，说对不起。

校长说：“陈老师，带你女儿回去休息休息吧，这里的事情我们处理就好。”

裴郯坤抽完一支烟，从底楼坐电梯上来，电梯门快合上的时候瞧见一批警察冲了进来，行色匆匆，中间带头那个……

在休息室休息的护士听到敲门声回头一看吓一跳，看到警察条件反射地不安，想着肯定是医院出什么事情了。

可来人却是向她们询问周蔚初。

得到信息后一伙人朝四楼奔去。几个小护士瞬间炸成一锅，你一句我一句地讲着，总结出来就是——周蔚初出事了！

陈玉抚摸着周蔚初的脑袋，轻声道："妈妈带你回家好不好？护士长那边我去说。"

李蔓看见陈玉的手臂血迹斑斑，周蔚初的神情也越发奇怪，这哪像是一个正常人，居然疯狂到拿手术刀捅人！

她们之间的恩怨至于上升到这个地步吗？

"陈老师。"李蔓叫住她，淡淡道，"先处理一下伤口再回去吧。"

这一刀是她为自己挡的，李蔓不是个没心没肺的人，一码归一码吧。

陈玉微颔首，握住周蔚初的手想去搭电梯，和裴郯坤打了个照面。

她脚还没跨进电梯门，楼梯口冲出五六个人，身上的警服十分显眼。

韩傅明一个箭步冲上前扣住周蔚初的肩膀，说："想请你跟我们回一趟警局协助调查，耽误你一点时间，请配合一下，谢谢。"

一听到警局二字周蔚初双腿发软，陈玉也扶不住她，她说不出话，像小虾米似的往后退了几步。

陈玉："警官，是不是有什么误会？协助什么事情？"

韩傅明："半个月前在东郊发生的车祸，车主撞死人逃逸，经过警方排查，已锁定五名嫌疑人，周蔚初小姐与其父亲周国昌同志有作案嫌疑，请配合调查。"

"不可能——"陈玉眉头忽地一蹙，她想到半个月前蔚初突然说把车给了周国昌，说看父亲出入辛苦，她倒是没在意，想着蔚初孝顺也就没多想，更何况是辆旧车了，建忠也早有给周蔚初换车的打算。

韩傅明手指一动，两名警员带起周蔚初。

周蔚初不反抗不否认，陈玉开始后怕，可她不信。

陈玉说："我要和你们一起去警局，我不信，我的女儿怎么可能肇事逃逸？"

韩傅明让陈玉跟着一起去，信或者不信，水落石出的那一刻自会有分晓。

裴邺坤其实多少也是不信的，毕竟和周蔚初处过两年，就算这两天她精神不对头，可总还是觉得她应该和那些事情没关系。人都会下意识地去相信认识的或者曾经亲近的人吧。

他看韩傅明，有些吃味，走到李蔓边上拉住她的手。

韩傅明看见李蔓，点头示意，李蔓叫住他。

警员将周蔚初和陈玉带下去，韩傅明说等会儿就来。

李蔓问道："她……真的和肇事逃逸有关系？"

韩傅明说："是嫌疑人，但没有充足的证据。可刚刚她什么反应你也看见了，丝毫不反抗，这是做贼心虚的表现。当一个好人做了坏事选择逃避然后被发现的时候他会内疚自责，不会想辩解，因为在逃避的这段时间里他已经受尽了良心的谴责。等她自己说出实情吧。"

"那车祸的那个人死了？"

"嗯，法医鉴定是当场死亡。"

裴邺坤干咳两声，原本是十指紧扣，这会儿他直接将人搂入怀里，李蔓被一震，想说的话被打断。

韩傅明这才看到裴邺坤，不知道该说什么好，踌躇片刻，说："回头再聊，我先去忙了，还是上班时间。"

裴邺坤低头问道："回头再聊？你们还留着联系方式？"

李蔓眉心微沉，想着周蔚初的这档子事和陈玉，她思绪混乱，他还吃醋，李蔓不理他，在走廊椅上坐下，静等吴巧的手术结果。

裴邺坤捏她的鼻子："哄你玩呢，想让你转移转移注意力。"

李蔓靠在他的肩上："这一切好像一场梦。"又像狂风骤雨，打得人猝不及防。

她要求陈玉做到公私分明，以她的性格应该能做到，可自己呢？李蔓觉得自己做不到，以后还要共事，要接触的地方很多，也许陈玉会继续劝她，去缓和她和李建忠的关系，可她真的不需要。

没有李建忠，她现在也活得很好。

裴邺坤松散的眉头也渐渐拧起，周蔚初的事他也觉得不可思议。

他说：“这世上我们觉得不可能的事情太多，也许我们遇不到，可不代表没有。生活啊，真的就像是电视剧。她这两天人看着就不对劲，刚才你老相好说得也很有道理，估摸着八九不离十了。我在一个新闻上看到一句话，人可以活得没文化，但得活得有道德。”

裴邺坤把玩着她的手，继续道：“至于周蔚初的母亲和你，和李叔，我觉得不用想太多，工作的时候就工作，私下不想接触就不接触，我看她不像计较的人，又是老师，道理肯定都懂的。你要是想试着和李叔缓和缓和那咱们就给他一次机会，要是不想就安安心心地待在我身边，咱们不缺那点关心。有没有听过一句话，把你当女儿宠的男人才是好男人，唉，我就勉为其难给你既当爹又当老公好了。”

李蔓心头的愁绪被他三言两语化开。

李蔓没有和他说刚刚周蔚初的疯狂举动，抱着他：“什么老相好？”

“就那个小白脸！”

“胡说八道。”

裴邺坤见她脸色好了些，笑了笑，抬起她的下巴看：“脸还疼吗？肿得跟小笼包似的。”

李蔓：“不疼，不过你……扇得挺用力。”

“虽说男人打女人这种行为特别低级，但你得换位思考，站在我的角度，我已经给过警告，她还动手，谁能忍下这口气？就像上次张盛想打我，你不是边叫边跑过来还帮我一起打他，也就你瘦不拉几的反被推到树上去。”

他这一说李蔓倒是理解了。

爱一个人会下意识地去维护他，不忍心看他受一点点欺负，从这方面来说，她和裴邺坤一样，都是睚眦必报的人。

今日的夕阳来得特别晚，它慢慢沉下地平线，在西边留下五彩晚霞，云层压得低，好似飘浮在碧蓝湖上的雾气，一簇簇一团团，酝酿了一下午的热气都随之消散，几缕霞光从走廊尽头的窗户里洒进，金黄的光漾着希望。

吴巧的手术在六点多的时候结束，所有人都屏息等待医生宣布结果。

吴母颤抖着手，看向医生的双眸那么绝望却又使劲拽着最后一丝希望。

医生摘下口罩做了个手势，说：“手术很成功。”

吴母大喘一口气，抖着肩膀小声啜泣，护士将吴巧推出来，她身上裹的纱布太多，让李蔓觉得陌生。

医生说：“病人需要静养，留一个人候着就行，等人醒了再来探望。”

李蔓跟着手术推车走了几步，目光紧随着吴巧，裴郸坤将她拉住。

医生说吴巧最起码需要休养半年，如果是高考的话建议缓一年再说。

李蔓和其他几位老师也这么想，更何况心理的创伤比身体上的更难愈合。

李蔓扶住吴母，说：“等她醒了麻烦给我个电话，如果住院这方面经济上有什么困难也可以和我说，人活着就好，其他的总会有办法解决。”

李蔓从包里拿出一套水粉笔，递给吴母：“孩子选择轻生肯定是承受不住了，她心里多难受我们不能亲身体会，要是人醒了多安慰几句，不要去责怪她，得让她知道世界上除了那些不喜欢她的人还有很多爱她的人。她也没有做错过什么，老天给了她第二次机会，要好好珍惜才是。医生说得有道理，还是先休学一年吧，明年调整好心态和身体再来，她是个努力的人，以后会有出息的。”

吴母接过水粉笔，紧紧攥在手里，点头道谢。

裴郸坤牵着她的手走出医院，医院门口的几家小餐馆散发出阵阵饭菜香。路上卖气球的走来走去，那一团五颜六色的气球傻傻呆呆地飘着，黄昏的光将其色彩照得更为艳丽。

斑马线上亮起红灯，接踵而至的车流从眼前穿过。

裴郧坤五指扣住她的手指，十指相交，他掌心温暖，手指纤长硬朗，就像粗硬的链条紧紧抓着李蔓。

李蔓目光微滞，直到前方一辆公交车按喇叭，几声鸣笛惊醒她。

李蔓说："周蔚初那边，如果是真的，会怎么判？"

裴郧坤："怎么判都和你没关系，做错事就要付出相应的代价。"

"我虽然不喜欢她，但无论哪个人遇到这样的事情都会惊慌吧。我说怎么她看起来那么反常，我和她又不是什么血海深仇，她居然想——"李蔓抿唇，不想把刚才那事告诉裴郧坤。

裴郧坤耳朵尖，追问："她怎么？嗯？"

"她居然……想打我。"李蔓圆了回来。

绿灯亮起，裴郧坤牵着她过马路，说："就像那小白脸说的，当一个善良的人做了坏事，她不去直视这个问题反而逃避的时候她的内心会遭到谴责，会越来越钻牛角尖，你和她关系微妙，她可能是把心里的压力都转移到你身上了。"

李蔓嗯一声，不再说关于他们的话题。

路过肯德基，裴郧坤买了两杯可乐，又问服务员要了些冰块和一个保鲜袋。

窗外华灯初上，人流涌动。

李蔓坐在窗边的位置发呆，她也不知道自己在想什么，只是脑海里飘过陈玉、李建忠、周蔚初，最后想到自己的母亲。

裴郧坤把冰块装进保鲜袋里，打个结，扭过她的脸蛋，轻轻给她冰敷。

"你皮肤太白，一被外力撞到就很容易有痕迹，脆弱得像个糯米娃娃。"屁股总是被他掐得青一块紫一块。

"我自己来吧。"李蔓接过冰袋，他力道重揉得疼，冰块又太冷，搁在脸上有点刺刺的。

裴郧坤吸了两口可乐，说道："等会儿回去睡个好觉，别再想有的没的了，吴巧没事就皆大欢喜了，其他的都跟你挨不到边，咱们的生活归咱们的，听到了没？"

“嗯。”

裴郧坤捏住她的脸颊：“来，笑一个。”

李蔓打掉他的手：“疼。”

“娇气劲儿，瞧把你惯的。”

他搭起二郎腿，把玩纸巾，一杯小可很快见底，裴郧坤说：“我大后天走了，你自己好好待着，有什么事解决不了就和我说，别自个儿闷着。”

“好。”

裴郧坤哼笑一声，抬手摸她的脑袋：“别让人担心，笨得跟头猪一样，猪被杀还叫几声，你就眨眨眼任由别人宰割。”

“是啊，你今天叫得挺凶。”

他弹她的脑门：“嘴巴真厉害啊。”

周国昌在警局承认了一切，只是他承认的是他开车撞的人，而不是周蔚初，护女心切，都能理解，可混淆视听不说实话在警局就是妨碍公务。

几次盘问他都不改口，而在隔壁的周蔚初比他坦诚，一五一十都交代了。

韩傅明让人把陈玉带去医务室包扎伤口，陈玉脑子一片空白，哆哆嗦嗦地给李建忠打了个电话。李建忠本来在桐城边上的小城市谈生意，一听到周蔚初出事就着急忙慌地开车赶回来。

李建忠让陈玉联系律师，能把事情简单处理就简单处理，就算要坐牢能少则少，至于赔偿方面不是问题。

陈玉向学校请了一个月的事假。

李蔓周一上班才知道她要一个月不来，这样也好，至少自己能静下心来好好想一想以后到底该怎么和她相处。

吴巧在校跳楼自杀闹得沸沸扬扬，校长又一次陷入焦头烂额之中，两个月内出两件大事，教育部门很重视。

学校一天一个教师会议，翻来覆去做检讨工作和安全教育宣传，还有学生心理健康教育。

吴巧是在周一下午苏醒过来的，李蔓下班后打算去医院看她，班长叫住了李蔓，说是要一起去。

班长说："吴巧的事情大家都挺难过的，说起来其实我们每个人都有责任，还好现在人没事。班上每个人捐了点钱，然后从班费里拿出两百块买了点东西，我代表大家去看望一下。"

班长手里提着鲜花果篮，早早就准备好了。

其实这事对班里的同学影响都挺大，平常听多了什么自杀跳楼没多大感触，可发生在自己周围的时候心底的震惊难以言说。

裴邺坤和蒋大爷乘凉下棋，无疑又扯上几句跳楼的事情，蒋大爷又说："我今天看报纸，前些日子东郊那边撞死人的凶手找到了，听说是中心医院的护士，真是作孽啊。"

裴邺坤挑挑眉，不说什么，一看时间，已经五点了，他投下最后一颗棋，说："今天就下到这儿吧，我得去接我媳妇了。"

"哎呀你小子，故意和我溜着玩走棋呢！我不服，明天再来一局！"

"行，明天可就最后下一次了，后天我得回去上班了，大爷，赶紧再寻觅个棋友，不然这日子就无聊了。"

"说得你好像不来了似的，小李在这儿你会不来？不寻不寻，这儿附近的人都没你棋艺好，没劲。"

"来，怎么不来，她走哪我就跟到哪。"

李蔓下午发短信给他说吴巧醒了，让他陪她走一趟。裴邺坤在水果摊上买了两个果篮，叼上支烟慢悠悠地向校门口走去。

校门一开，穿黑校服的学生就像沙丁鱼一样游出来。

虽说他比这些学生大了十来岁，可他不显老，面孔干净，五官深邃，靠在树上吸烟，举止懒散，黑色T恤下是刚劲有力的手臂，而且高个子的男人本来就瞩目。

路过的女学生忍不住多看几眼，小声议论说好帅。

几个女生笑得青春靓丽，把其中一个人推到裴邺坤面前，那女生个子和李蔓差不多高，长得挺混血的，很漂亮。

女生踌躇几秒，非常不好意思地问道："帅哥，能给个微信号吗？"

裴郢坤拿开烟，抖了抖，笑道："你们学校早恋不管的？"

"啊？"

"管不管？"

"管……"

裴郢坤扬眉："那你快点跑，等会儿我女朋友看到了，你该受教育了，哟，我们李老师来了。"他抬起下巴，视线落在人群的后方。

女生没听懂，但知道这人有女朋友了，吐吐舌头回到姐妹群中走了。

李蔓一眼看到他，见他买了果篮是真觉得他细心。

班长打量了几眼裴郢坤，觉得这男人人高马大，气势逼人。

李蔓说："这是我班里的班长，和我们一起去，拦辆出租车去吧，走过去太费时间。"

裴郢坤踩灭烟："来，师公给你拿，细胳膊细腿的，拿得动吗？"

班长被这一声师公逗笑，道了句谢谢。

"小蔓！小蔓！"

三人正打算上车，李蔓听到熟悉的声音，环视一圈，李建忠站在自己车边上朝她招手。

裴郢坤让班长上车，把果篮塞进出租车里，看向李建忠。

他这节骨眼上来找人，不知道是何意。

李蔓对裴郢坤说："等我一会儿。"

马路上人声鼎沸，裴郢坤站得远听不清他们说什么，只是看见李建忠姿态低下。

周蔚初的案子在一个星期后开审，基本是什么情形律师也都讲明白了，陈玉昨夜哭了一宿，今早才合眼睡着，下午和他说起医院的事情，李建忠才知道李蔓在这所高中任教，还被陈玉带。他不知道这是好的缘分还是坏的缘分，只是有缘，那就再试一试吧。

李建忠说："你们昨天的事她都和我说了，这事情错在蔚初，陈玉她也觉得对不住你。爸爸今天来找你就是想和你说声对不起。"他重重叹口气，伸手想拍李蔓的肩膀却还是缩了回去，说，"好在你昨天没出什么事情，不然都不知道怎么跟你妈交代。爸爸知道从前忽视了你，对你没有尽到应有的责任，但就像陈玉说的，爸爸是想弥补你的。这次，真的好在你人没事，爸爸很抱歉，让她们给你造成了伤害。”

李蔓的脸颊依旧有些红。李建忠知道她是挨了周蔚初一巴掌，陈玉没坏心，都对他说了。

周蔚初现在出事让他心痛，可要是李蔓出事他也一样难过，人越老就越觉得血浓于水的亲情可贵，自己的亲生女儿和自己再不和睦，和外人比起来，也总归是亲生的好。

李蔓觉得诧异，他竟然会为了一句对不起特意跑来。

李蔓说：“我没有受到什么伤害，昨天的事情就事论事是陈玉帮我挡了一下，我感激她，工作上的事情我也感激她，但在其他方面就算了吧。没事的话别来找我了，你们的生活归你们的，我的归我的，你嘴巴里的弥补永远是空口而谈，算了吧。”

她难得用平缓的语气和李建忠说话，但这更像是失望到极点的放弃。

李建忠心头一酸，倒也不为自己辩解：“是爸爸不好，对不起你。”

“我先走了。”

裴邺坤没问她，只是揽着她的肩膀安抚她。

一路上，李蔓在想她为什么会对李建忠失望，说到底还是自己对他心存期望。在没和裴邺坤在一起的时候，她有的不过是母亲的疼爱和自己的独立，在一些生活琐事上其实她和母亲都需要一个顶梁柱，因此她会去想象，假如李建忠在的话是不是这些事情就能很快很好地解决了，于是这些想象变成了期待，而他的所作所为一次次地打破期待。

裴邺坤让她依靠让她安心，让她的生活有了一个顽强的支柱，所以她好像不再需要李建忠了。

而从前她缺少的渴望的，都变成了对他的埋怨，无论他怎么补偿都无法填补那些缺失。

更何况他总是开空头支票。

裴邺坤看她愁眉不展，知道她是因为李叔烦心，虽然不了解他们说了什么，但能猜到几分，还能说什么，周蔚初的事情和李蔓搭不到边，总归是和她道歉说一些关心的话，李叔越是这样李蔓就越难原谅他，没意义的话听多了，谁都会累。

裴郯坤揉捏着她的耳垂，将人搂到怀里，低头轻声说了几句话。

坐在副驾驶位上的班长偷偷从后视镜里瞄着两人，拿出手机发给同班的闺密说：猝不及防吃了口李老师的狗粮，话说，李老师的男朋友真的好帅啊！

吴巧初醒，还不能说话，她看见李蔓走进来的时候眼睛立刻蒙上一层水汽，李蔓和裴郯坤将果篮放在一边，李蔓拍拍班长示意她去和吴巧先说话。

身为一班之长，她没有戴有色眼镜看待过吴巧，但确实也没太关注过她。

班长将鲜花放在柜子上，十分抱歉地向吴巧鞠躬："这是代表全班同学鞠躬，我们都十分抱歉，从来没想过伤害你，希望你赶快好起来，和我们一起决战高考。大家都在等你。"

吴巧看着她，眼泪流了出来。

裴郯坤看不得这种煽情的场面，走出病房在走廊里晃悠玩手机。

连连看还差最后一步，周金的电话突然插进来。

周金在电话那头哀怨道："坤哥，你不会有了媳妇忘了兄弟吧，啥时候回来啊？我听老赵说你手都好了！"

裴郯坤倚在窗沿上，吊起眼皮瞟顶上的灯，说："后天就回去了。"

"那嫂子呢？啥时候带来给我们正式介绍介绍？我们都知道了，你这人真是蔫坏，上次还说什么对她没想法，结果转眼就把人给弄到手了！"

"这段日子她忙着呢，等过些时候吧。"

周金哎哟哟几声："合着前段时间跟吃了炸药似的原来是因为嫂子啊，还真是英雄难过美人关。"

"你得了，少卖弄你那点文化，没事挂电话了。"

"等等等等，坤哥，我有个事想和你说。"

裴郯坤："说。"

“我……不想干了。”

裴郕坤静默几秒，问道：“觉着累了？”

“一年到头能安安心心休息的时间没几天，和家里人接触也少，我还年轻，有些熬不住了。我爸跟我说给我在家附近的厂里找了个工作，让我回去。”

“那也挺好，打算什么时候辞职？”

周金说：“10月底吧，我还没跟陆北他们说，大家一起接触了两三年……”他顿了顿说，“怕他们揍我，哈哈哈。”

裴郕坤：“嘁，那行，后天回去我揍你。”

周金：“就想走之前叫上嫂子，我请大伙吃个饭。”

“行，我知道了。”

二十岁出头，在这里干了两三年，本就是躁动的年纪，每天重复地过日子，和外界就像断了联系，搁谁谁都耐不住。

裴郕坤挂断电话继续玩连连看，手残，最后一步点错了，重新开局。

想当初他刚步入这行，也耐不住性子，有时候躺在床上总想着跑到外边花天酒地，可转念一想，往事历历在目，那颗浮躁的心就渐渐被抚平。

周国昌被拘留半个月。

小罗做事认真，让他调周国昌当年入狱的资料，好家伙把那整起列车事故的资料都给印出来了，厚厚的一沓资料跟新华词典有一拼。

韩傅明没接稳，纸片哗啦啦掉一地。

“飞得跟鸡毛似的！”有人笑着打比喻。

韩傅明叹口气弯腰捡东西，碰巧徐荞来电话，他边捡边讲电话。

徐荞想约他明晚吃饭，她知道这案子暂时告一段落，韩傅明得空了，她等不到周末了。

韩傅明问她想去哪吃，徐荞左思右想，报上一堆菜馆名字。

韩傅明看到一张纸上一个颇为显眼的名字，他把电话夹在肩膀和耳朵之间，捡起细细确认。

裴郕坤。

他记得这个名字，从前李蔓不止一次和他提起过，所以印象深刻。

韩傅明愣了会儿收起资料，心想不会有这么巧的事情吧。

徐荞说想去吃大排档，韩傅明说好，挂断电话的时候韩傅明猛然间想起李蔓的那位恰巧是在铁路相关部门工作。

他抽出那张纸，盯着这个名字看了好一会儿。

巧合加巧合，那也许是真的了。

李蔓在医院探望过吴巧后和裴郢坤在外边吃饭，沙发椅宽阔，他偏偏要和她挤在一起坐。

餐桌在二楼东南角，四周装有一长条的镜子，谁来谁往即使背对着也能看个一清二楚。

裴郢坤的长臂搁在沙发上，盯着对面镜子里的人说："我看刚才你们三个就差抱头痛哭了。"

李蔓说："和她说话她点头，说明她听进去了，她一直哭个不停，说明她知道自己错了，错在不该轻生，阎王爷那儿走一趟，应该能彻底明白过来。"

李蔓没哭，只是眼圈有点红，人心都是肉做的，看到不相关的人受伤受累都会有几分感慨，更何况是自己的学生。

甜点上来，李蔓刚要开动，桌子上手机嗡嗡振动，三个字很显眼——韩傅明。

裴郢坤干咳一声："开扩音。"

李蔓笑他，却还是开了扩音。两人分开后韩傅明没有找过她，他一向是有事说事的人。

韩傅明开门见山，说道："小蔓，我有个事想问你。"

"你问。"

"你男朋友他……他母亲是不是不在了？"

裴郢坤喝着西瓜汁，抿唇听着，斜眼睨着屏幕，等韩傅明的下文。

李蔓一愣，说："嗯，不在了，你问这个——"

韩傅明更确定自己心中所想，问道："二十三年前因为列车事故去世的吗？”

李蔓反问道：“你怎么知道？”

韩傅明如实道：“周蔚初的案子牵扯到他父亲周国昌，我们调查的时候顺便把他的个人档案看了看，他的疏于职守是那起事故的主要原因之一，我在资料上看到你男朋友的名字，一开始觉得巧合，但我记得你和我提过他的工作。”

韩傅明想问是因为在办案的时候从周蔚初和她家人的三言两语能判断出，李蔓的那位和周蔚初曾经交往过，如今他又无意中得知周国昌这事，也许李蔓和裴郸坤不知道这层关系，但裴郸坤有权知道，韩傅明是这样想的。

裴郸坤拿过手机：“谁是那起事故的主要原因之一？说清楚。”

韩傅明没料到他在，但还是坦诚相告：“周国昌，这个名字你有印象吗？他是周蔚初的父亲，是造成二十三年前京州铁路事故的凶手之一。”

裴郸坤捏紧手机，手背上青筋凸起。

他当然记得周国昌这个名字，当初被判刑的两个人的名字他都记得。

那时候年幼，只知道母亲走了，其他的他什么都不懂，后来步入社会，拿手机查当年的事故，这才知道事故发生的真正原因，那两个罪犯的名字他也牢牢铭记在心。

事情已经过去二十多年，他也从未想过去追究，但现在，这个人就在这块土地上，而且是周蔚初的父亲。

李蔓轻轻按住他的手臂，裴郸坤回过神，眉眼之间的厉色渐渐淡下。

回去的一路他牵着她的手一言不发，他喝了一瓶烧酒，面色泛红，身上酒味也有，但好在人看起来还是清醒的。

李蔓洗完澡出来见他站在阳台上抽烟，高大的背影看起来格外深沉。

李蔓把毛巾挂在脖子里，走到阳台上，他开着窗，晚风徐徐，李蔓什么都没说，只是站在他身边陪他一起看夜景一起吹风。

抽完第五支烟的时候裴郸坤突然说道：“因为那时候太小，现在回想起来也还是觉得不可思议，有些细节也记不太清，当时只认为这是一场意外，后来有了手机，才无意中得知意外发生的原因。那两个人我不知道他们长什么样子，就这样记住他们的名字虚妄地恨着。他们已经接受了法律的制裁，事情过去许久，再恨也淡了很多。”他说得很慢很慢，嗓音微哑。

事故发生的原因，一是人为的过失，二是天气等外界因素。

被严重挤压的三节车厢里幸存的只有寥寥几人，而他就是这几人中的一人。

他继续说道：“他是周蔚初的父亲是挺让人吃惊，但我更在意的是这个凶手他就在离我不远的地方待着。”

李蔓：“你想见见那个人吗？”

他沉寂一晚的脸色终于有些起伏：“见他干什么？回头记住了样子这一辈子都忘不了，自讨苦吃。”

他又叼上根烟，打火机刚凑到跟前就被李蔓夺走，她说：“抽了挺多根了，别再抽了。让我戒烟，自己抽得那么欢乐。”

裴郧坤把烟塞回烟盒里，转头看见李蔓淡薄的脸色，她定定地看着他，眼里只有他，裴郧坤浅笑，捏捏她的耳朵。

“让你跟着不痛快一晚上了。”

“没有。”

两个人在一起除了享受对方带来的愉悦，也要学会分担彼此的痛苦，李蔓见惯了他吊儿郎当的样子，如今微醺红眼的模样让她心疼。

从小到大，每次他变得沉寂寡言，她就很心疼。

裴郧坤继续捏她的耳朵，深邃的瞳仁里漾着温柔。

他说：“我现在只有你了。”

从他的家庭变得不完整开始，他就孑然一身，独自闯荡这风雨世界，无论生活赋予他怎样的坎坷他都无所谓，一个一无所有的人从来都不怕什么。

可现在不一样，他有李蔓，他不知道自己到底有多爱她，她的存在贯穿了他的整个生命。

如果他能和她携手到白头，那他这一生其实是幸运的。

他喝了酒整个人看起来特别沉，就连讲话声音也跟着沉。

李蔓按住他的手，她知道他都懂，那些肉麻的话她有点说不出口。他浑身都是烟酒味，她便让他去洗漱。

裴郅坤就着这股烟酒味强制性地亲了她一口，得到的当然是李蔓的排斥，但还是得逞了，他拍拍她的脑袋大步往卫生间走。

李蔓则回卧室帮他拿换洗的衣物。

她帮他泡了杯蜂蜜水解酒，裴郅坤洗完澡坐在床边喝水，李蔓在边上叠衣服。

他注视着她。

“看什么？”她问。

“马上就看不到了，就多看几眼。”

李蔓把叠好的衣物放进柜子里：“后天上午走还是下午走？”

“上午。”

“嗯，到时候我送你去车站。”

已经夜里九点，李蔓要早些睡，明天上午学校还有会议，下午要上课。

她把头发吹干，上床。

裴郅坤喝了半杯喝不下去了，把杯子搁桌上，睡里床。

李蔓侧身关灯，人还没躺稳就被他圈入怀里，他身上的酒味还是挺重。

他的手臂穿过她的后脑勺，扳过她的脑袋，倾身吻上去。

他轻轻啄了几下便如狂风骤雨般席卷而来，李蔓从来都是被动的一方，她尝到了他嘴里微甜的蜂蜜味。

他抚摸她的脸庞，吻得投入。

李蔓的舌头被他吸得发麻的时候他终于放手了，两人抵着额头，黑暗中，李蔓看不清他的神色，裴郅坤低头又是轻轻一吻，吻落在她的鼻尖上。

他说：“我们好好过日子。”

“嗯。”

得到无比真诚的回应裴郅坤翻过身面朝上躺着，李蔓枕着他的手臂，他拉过被子给两人盖上。

“睡吧。”他说。

被窝里，他握住了她的手。

两个人都很快睡着，也许是因为这个夜晚比较清凉舒适，也许是这几天累到让人无力再挣扎。

人一想得多就容易做梦。

梦里小时候的画面一闪而过，有李建忠离去的背影，有黄美凤哭得通红的双眼，有顾兰四处找人大大咧咧骂人的样子，李蔓置身于这个虚幻的梦境里，看见裴郅坤站在对岸。

一到周末她觉得无聊就会找他玩，吹两声口哨他听到了就会出来。

钻过稻草搭的三角形屋子，爬过黄沙堆追逐，蹚过河水抓鱼，放过钩子钓螃蟹，攀过大树采桑葚。

一年四季，乐趣颇多。

裴郅坤被管得牢，每次两人商量着去哪玩、玩什么，像做贼一样。裴江和顾兰都不喜欢他跑出去，生怕他闯祸惹事。

李蔓能理解这种想法，就像黄美凤也不喜欢她到处乱跑，因为怕她出意外，可裴家给人的感觉很苛刻。

打个比方，李蔓不用做饭不用干家务，可在裴家这些都要裴郅坤做。

大约是夏天，两个人野了一上午到了饭点，黄美凤在外工作中午一般不回来，李蔓在奶奶家吃饭，早点晚点都没关系。

顾兰是开出租车的，李蔓有点怕她，虽然她对外人笑呵呵的，但她化妆，化完妆的样子看起来很凌厉，特别是烟熏色的眼线总给人一种锋利感。

本来说是今天中午不回来，却突然回来了，顾兰找不到人，便在院子里大喊裴郅坤的名字。

裴郅坤拉着李蔓躲在隔壁人家的橘子树下，边上是高高的杂草，茂密的绿色将两个人遮掩起来。

橘子树上开满了密密麻麻的小白花，香味熏人，时不时飘下来几朵。

李蔓小声问道："阿姨在叫你，要不要回去？"虽然她很想再和他待一会儿，但她怕裴邺坤被打骂。

裴邺坤做了个嘘的手势，示意她别说话。

李蔓立刻合上嘴，随手捏了片薄荷叶把玩。

顾兰还在喊，此刻的他们就像是古装电视剧里的逃犯，后面是追兵，两人躲在草丛里大气不敢出。

小小的薄荷叶被她折成对半，越叠越小，最后面目全非，手指上都是青绿色的叶汁，凑到鼻前一闻，清凉清凉的。

裴邺坤坐在地上，单腿屈膝，手靠在膝盖上，看着李蔓一动不动。

好一会儿，顾兰见没人，以为他去哪里野了也就放弃了。

李蔓这才敢抬头看他，四目相对，她一时不知该说什么。

狭长的眸子漆黑似夜，神色淡淡，看起来和平常一样，但平静的瞳仁里掺着太多情绪，李蔓分辨不出，但知道他此刻心情不悦。

后来他们去做了什么李蔓不记得了，她只记得他这个眼神，那种压抑的诉求就像被人用纱布笼住了面孔，无法喘气无法摆脱。

也许是小时候太没心没肺，不懂世事，很多东西她都是后来才明白的，每次想起来她都觉得心疼。

李蔓从梦中醒来，外边天还是黑的，她神思混沌，手一动，发现他还握着她的手，她往他那边靠了点继续睡。

周三上午裴邺坤回去，李蔓送他到总车站乘车，车站人不多，也不用担心他坐不到位置。

李蔓不知道下次和他见面是什么时候，却没有任何忐忑的感觉，她叮嘱了一些事情，比如还是要注意着点手，毕竟刚拆石膏，还需要多休息，比如不许和他们宿舍里那些女工人讲话，比如她会想他。

车子还没来，裴邺坤叼上支烟，眯眼笑着，拍拍她的屁股，说："醋劲儿还挺大。"

李蔓笑说："你魅力这么大，招蜂引蝶的，我不叮嘱几句万一你变成蝴蝶飞走了呢？”

裴邺坤调侃道：“那不正好，和你比翼双飞。”

“不正经。”

裴邺坤吸口烟，道：“你自己也多注意着点，一个人外边住不比在学校，这年头有坏心思的人多着呢，晚上尽量别出门。有什么事也别闷着，别瞒着我。”

“能有什么事，不都挺好的吗？”

就像他说的，吴巧没事就好了，其余的和他们都挨不到边。

裴邺坤逗她：“万一你特想要呢，闷着不好，给我打电话我给你口头解解馋。”

李蔓忍着笑意，推他的肩膀，裴邺坤拽住她的手腕一把将人拉入怀中，他居高临下凝视着她。

“还真舍不得，在你那儿待了大半个月回到宿舍我估计会不习惯。”

“你在那边都睡好几年了，怎么在我这里待几天回去就不习惯了？”

“能一样吗？在那儿我一个人睡一张床，左右横躺都没人管，在你这儿就吃力了，每天被压得死死的，翻身都不行，憋屈死我了。”

李蔓睡觉喜欢靠着他，不知不觉总会把他逼到最里面。

李蔓说：“那你以后别来了。”

裴邺坤掐灭烟，抬手刮她的鼻子：“怎么能不来，我这人有毛病，就喜欢被你吃得死死的。”

“你就逗我吧，不正经。”李蔓眼带笑意，嘴巴上是责骂，眼睛里是爱意。

候车室里只有五六个人，还都是阿姨老太太。

裴邺坤说：“大庭广众的，我也不能和你舌吻，你别再这么饥渴地瞧着我，不能的，不能的。”

李蔓哭笑不得，这人脸皮真是厚！

“谁要和你——嗯——”

话音未落，他低头吻住她，舌尖勾了一下她的，很快松开。

裴邺坤舔舔牙齿：“好了，勉为其难满足你一下，真是，那些老太太瞧得我都要不好意思了。”他笑得不羁。

李蔓捶他，他抱住她，靠在她耳边说：“别乱吃醋，我也不喜欢和别的女人弄那些乱七八糟的玩意儿，时刻牢记着要忠于党呢。你乖乖的，也别让我担心，平日里有空就去操场跑两圈，下次见面我要检查的，不合格的话吃苦的是你自己。”

“那些阿姨正看着呢，松开我。”

他抱得更紧了：“看就看呗，没见过小夫妻恩爱啊。她们准是羡慕你呢，想着，哎呀，我年轻的时候怎么没找到这么帅的老公？”

李蔓嘴角的浅笑一直没收拢过，她说：“谁和你是夫妻？”

“你呀，怎么，使了老子的冲锋枪还不认账？”

“……”

两人拥在一起说着悄悄话，时不时打闹一下。

车子来的时候李蔓脱离了他的怀抱，大夏天的她居然觉得一凉。

裴郝坤倒也没再和她腻歪，干练地上车。

李蔓叫了辆三轮车回家。

裴郝坤坐在座位上盯着韩傅明的那串电话号码看，昨晚他偷偷从李蔓手机里拿的。

在车子快要发动的时候他三两步跨下车，拨了韩傅明的电话。

他决定，还是去见一见周国昌，见一见这个让几十个家庭破碎的凶手之一。

周国昌和周蔚初眼睛很像，可能是坐了二十多年牢，他看起来比他同龄的人更老，脸上都是褶子。

周国昌不认识他，也不知道这人来看他是有什么意图，他满脑子都是周蔚初的事情，即使知道事情无法挽回，但依旧担心女儿。

周国昌双手拱着，对面的男人死死盯着他不开口说话，周国昌问道：“你是谁？找我到底有什么事情？”

裴郝坤仰靠在座椅上，冷笑一声。

周国昌立刻联想到过往，大约能知道他的身份，他吼道：“我已经接受了法律的制裁！你们还想怎么样？”

你们——

看来很多人都去找过他的麻烦。

裴邺坤说："我就想问问你，为什么——为什么在这样一个重要的岗位上工作却不以为然？你的一个不经意害死了多少人？法律的制裁？你在监狱里毫发无损，可那些出事故的人的家属这一辈子永远失去了亲人！"

周国昌低下头不予辩驳，所有找上门的人都这样质问他，甚至有些将他暗揍一顿。他也后悔，可是事情已经发生了。

裴邺坤仰头深吸一口气，搁在桌上的手握成拳头，手臂暴起的青筋充斥着愤怒。

周国昌这副模样让他觉得恼火，不言不语就能掩盖事实吗？就算意识到错了可生命逝去不会再回来了。

"周国昌，你就该被判死刑。"

周国昌的胸膛剧烈起伏，想到这些年日日夜夜提心吊胆，被人恐吓被人殴打，他一直没反抗。

"你以为我就过得心安理得吗？"

守在边上的警卫来不及阻止，裴邺坤跳上桌子一个拳头朝周国昌挥了过去，桌子椅子哐当倒了一地。

"你当然得过得生不如死！"

裴邺坤被制住，他像暴走的野兽，恨不得将敌人撕个稀巴烂。

韩傅明从外面冲进来，按住裴邺坤："冷静点。"

裴邺坤走出警局的时候正是烈日当头，天空碧蓝没有一朵白云，冷气不断从大门口里飘出，吹得他脚跟发冷。

韩傅明给他递了根烟，说："我能理解你的冲动，但在警察局打人不合规矩。"

要不是韩傅明，他可能也得在警察局待一天，裴邺坤接过烟，道了声谢。

他那一拳打得周国昌半边脸都肿了。

韩傅明说："再恨一个人也还是要遵守法律，周国昌那样的人其实已经得到报应了。他这辈子不会过得太安稳，你恨他，那些在事故中丧失家人的人也恨他，麻烦是肯定少不了的。他这个底子是找不到好工作的，想过好日子除非中彩票。痛苦窝囊地过一辈子也够折磨人了。”

要知道当初能在铁路指挥部门任职，不是有能力的就是有关系的，周国昌会在工作的时候开小差，和别人聊天戏语，想必他是个心高气傲的人。

裴邺坤坐在边上的大理石栏杆上，一口接一口地抽烟，慢慢冷静下来。

他看了韩傅明一眼：“谢了。”

韩傅明说：“都跟我道了两回谢了，我也是看在小蔓的面子上。”

裴邺坤一笑：“说得好像你们多亲近一样。”

韩傅明：“我和小蔓，也许就像她说的，更像是朋友，对她的喜欢可能更多的是欣赏。大学的时候她办事能力很强，而且很有效率，是人都会欣赏这样的女孩子。她那时候常常和我提起你，她很喜欢你。”

“她就是死心眼。”

韩傅明笑笑，还真是一语双关。

裴邺坤回到职工宿舍的时候已经是下午，周金他们轮到夜班，这个点都窝在宿舍睡大觉，听到开门声，几个人眯眯眼朝门口望去，一见是裴邺坤瞬间清醒了。

周金从床上蹦起来，大呼一声坤哥。

裴邺坤把一袋东西往他怀里一抛。

“我去，真的买了烤鸭！”

周金临睡前开玩笑给他发了条短信说想吃烤鸭。

裴邺坤把床上的裤衩揽起通通扔到周金床上：“不是和你说别给我整成猪窝吗？乱成什么样子！”

周金抱着烤鸭愣住，随后蒙蒙地问道：“陆北你说，乱吗？”

陆北：“不乱。”

“蒋城，你说呢？”

蒋城：“不乱。”

不就横了七八条裤子吗？被子都还整整齐齐地叠在那儿呢。

裴郅坤倚在床头，给李蔓发短信。

周金啧啧两声，招呼陆北和蒋城来吃烤鸭。

周金说："坤哥在嫂子那儿待了一阵果真大变样，都开始爱干净了。"

裴郅坤在打字，吊起眼皮瞥周金一眼："老子什么时候不爱干净了？"

"那是谁三天不洗脚倒头就睡，熏得苍蝇都死了？"

裴郅坤脱下袜子朝周金砸去："臭死你得了。"

李蔓正好来电话，裴郅坤穿上拖鞋走到阳台接电话。

周金喊道："嫂子！坤哥他欺负人！你好好教训他！"

裴郅坤拉上阳台门，说："都我教训她。"

李蔓在上课，抽空出来给他打个电话，他那边的打打闹闹她都听得清楚。

李蔓说："怎么这么晚才到？"

"那小子要吃烤鸭，路上耽搁了会儿。"

"明天上什么班？"

"夜班。"

"是不是很累？"

手撑在栏杆上，看远处群山茫茫，他弯了弯嘴角："都习惯了，没什么累不累的。快四点了，你下课后要去买菜就快点买，晚上别乱跑。"

李蔓静默片刻，深吸一口气，道："我有点不习惯。"

平日下班回家都有他在家，挺热闹的，现在回去屋子里空荡荡的，他的衣服还在阳台上飘着，更显寂寥。

"想我了？嗯？"他的声音压得很低，磁性而沉稳。

李蔓在走廊打电话，时不时有学生进进出出，她说："也不是。"

"总不说实话，屁股痒呢？"裴郅坤顿了顿道，"我这段时间肯定忙，老赵说最近进来不少新人，我还得带人，等一有空我就去找你。"

李蔓其实也只有周六一天有空，要找一个两人都对得上的日子，得看

缘分。

李蔓不想他来回奔波，路程太远。

她说："再说吧，先顾好眼下的事情。"

裴郅坤："你要是实在想我想得慌回头我自拍一个发给你，你自己解决。"

"我又不是你。"

"谁知道你半夜会不会躲在被窝里偷偷——嗯——对吧？"

"不想和你说话了，我回教室去了，挂了。"

裴郅坤："早点回家，别乱跑，乖，哥会想你的。"

"嗯。"

周金倚在门边，拉开一条缝偷听，浑身起了鸡皮疙瘩。

"坤哥正经谈起恋爱真硌硬人，乖，哥会想你的，嘶——冷。"

陆北和蒋城哈哈大笑，周金模仿得有模有样，刚把鸭腿递到嘴边屁股挨了裴郅坤一脚，差点把鸭腿塞进喉咙里。

"又找揍了。"

周金说："从前你和那个什么周的谈恋爱就没见你这么肉麻过。"

那时候裴郅坤很正经，和那女的打个电话也是规规矩矩，哪像现在，讲话温柔得像是吃了春药。

裴郅坤给了他后脑勺一记："嘴巴管管牢，别什么都瞎拎出来讲。"

"放心，有分寸着呢，嫂子在这儿的话我保管不会说的。可那天在医院我还看见你和那女的走一起呢，嫂子知道吗？不知道的话，啧，小心我告诉嫂子。"

裴郅坤拉过椅子坐下，戴上手套裹鸭肉吃："她知道的，我没什么瞒着她的。"

陆北调侃道："那嫂子知道你前段时间做梦喊她的名字吗？"

裴郅坤："我喊她的名字了？"

周金："可不是嘛，深情款款地叫，小蔓——小蔓——"

裴郅坤冷笑一声："你们谈过恋爱吗？懂个屁。"

三个人同时一怔，胸口隐隐作痛，哀呼暴击啊暴击。

9月快到底的时候陈玉还没回来，一直是李蔓一个人带高三（1）班。

李蔓没有去询问过关于陈玉的事情。

10月1日前的最后一个周日补课，学校开会通知关于十　一的安排，开完会徐荞和李蔓一起走去画室。

徐荞说："前些天那案子判了。"

"怎么判的？"李蔓知道她说的是周蔚初的案子。

"韩傅明说被判四年有期徒刑，其实我觉得不算重。先是隧道坍塌，再是学生自杀，然后又来个肇事逃逸，今年的桐城可真是热闹。我听说……那女的是你父亲的继女？那你和陈玉……"

韩傅明跟她说的时候差点没把她绕晕。

李蔓说："我也是前段时间知道的，其实没什么特别的，我和他们没有联系。"

徐荞："自己女儿出了这种事应该忙得焦头烂额吧，唉，学校里已经议论纷纷了，要真回来的话估计面子上和心理上都不好过。"

人云亦云，这是没办法避免的事情。

李蔓："和我也没太大关系。撇开私人恩怨，她的确是个很好的老师。"

徐荞说："平日里人看着也挺开心的，唉，可是我现在还是忍不住把她和你联系上，我这人思想古板，对那种插足别人婚姻的人实在提不起好感来。"

"你怎么知道她——"

"你真是不知道那些女人的厉害，背地里把陈玉的历史扒个底朝天了，我无聊就挤在里头听听八卦。听说她当年因为原配犯事进监狱就和他离婚了，后来和一个开咖啡馆的好过，但是不知道怎么就没成，再后来就傍上你爸爸这个生意人了，她们说当年她硬生生把人家庭拆散，要和那个男人结婚，似乎是因为有了孩子，后来没养好身体孩子掉了。你放心，我八卦归八卦，没和她们瞎说。"

李蔓笑笑："好事不出门坏事传千里。"

“人落魄了谁都想踩一脚，人富贵了谁都想攀一节。陈玉口碑很好，年年拿奖，虽然都是虚的，可人活着不就图这些吗？现在出事了她们就可劲踩。”

李蔓买了国庆假期第一天上午回江州的票，临走前的晚上她刚吃完饭门便被敲响，是快递。

她平常很少网购，有些诧异，不知道是谁寄来的，很大一盒，分量也重。

寄货地址是桐城本地。

李蔓想是不是裴郧坤。

大盒子里装满了大小各异的小盒子，包装精细，还扎了蝴蝶结，是礼物，李蔓随手一翻，有二十几个。

在最上面有一封信，写着李蔓收。

字迹稳重。

李蔓直接看写信人——李建忠。

她把信合上，看着满满的礼物不为所动，隔了好一会儿李蔓收起大盒子推到门口，打算下楼的时候扔了。

9月中旬一过就开始下秋雨，气温一下子降了很多，李蔓洗完澡套上件针织衫坐在沙发上擦头发，电视屏幕里放着最近很火的一个综艺，笑声不断，屋子里也只有笑声在张扬。

手机振动，裴郧坤发来一个小视频。

月色皎洁，他拍了铁轨附近的景色，视频里风呼呼地吹过。

裴郧坤发语音说：给你报告报告，没乱勾搭小姑娘，认真工作呢。

李蔓说：7号学校要补课，我5号回来，6号去找你，行吗？

裴郧坤：行，那我排6号的假，等那天带你和我兄弟一起吃个饭，愿意吗？

李蔓：嗯，你快去工作吧，到点了就早点休息。

语音里她声音柔柔的，听得裴郧坤心头一阵暖。

李蔓看了门口的盒子几眼，拿过茶几上的信，盘腿坐着，电风扇嗡嗡吹着，发梢上的水珠被风吹到信纸上化成一个小圆点。

信很长，李蔓看了很久。

李建忠说那些礼物是补给她的，从一岁到现在的二十四岁，他说以后她的生日他会按时给。

他不求李蔓原谅，但他想慢慢弥补她，尽到自己的责任和填补缺失的过去。上次上坟回来后他有去桐城一些较好的小区看房，只是生意太忙他又挑剔就耽搁了。

盒子里有个文件袋，里面是房产证之类的东西，填的是李蔓的名字。

李建忠挑了靠海的一套小别墅，他知道李蔓不会愿意住他买的房子，所以没买公寓，别墅的话也许她还愿意去待一待。

他说他现在不在桐城，去和陈玉度假了，陈玉打算辞职，所以让李蔓不用觉得尴尬。至于其他的，他将慢慢偿还。

李蔓回过神的时候头发都差不多被吹干了，她拉回礼物盒子，一件件拆。

李建忠选得还算用心，从洋娃娃到口红，从铅笔盒子到高跟鞋。

她没有太大感触，最多是有点欣慰，她就像个孩子，闹腾半天，终于得到了一块糖，可是在此期间别人给了她一块蛋糕，糖吃起来就不觉得甜了，只能打发打发时间，想着，终于吃到了。

李蔓把东西整理完塞进了床底下。

她给裴郢坤发消息：6号一起去海边玩吧。

正好李建忠送了套别墅，不要白不要。

李蔓临睡前给黄美凤打了个电话，说明天上午回去。

她觉得可笑，母亲拼死拼活赚钱给她买房，那个人手指一动就有了。真讽刺。

第九章　我爱你

10月，已经开始步入秋天，小山丘爬上一层暗黄，只有竹子长青。

李蔓抄的近路走，狭窄的水泥路边上是大片的田野，稻谷柔软地立着，颜色青黄，暖风一吹麦浪滚滚。

黄美凤正在院子里扫落叶，宽阔的柿子叶掉一地，裴江端着饭碗来串门，和黄美凤闲聊，说是谁家电动车被偷了。

裴江面朝大门，先看见李蔓，笑道：“小蔓回来了！怎么又瘦了？”

黄美凤把扫帚一放，招呼李蔓去吃晚饭，仔细一瞧，说：“真的瘦了，脸都小了一圈，很累吗？”

李蔓在外边的水池洗手：“学生出了点事，前段时间没睡好。”

裴江说：“到底是闺女好啊，唉，邺坤那孩子管不了了。”

李蔓说：“他挺忙的不是吗？不能怪他。”

也许小时候李蔓会觉得裴江不爱裴邺坤，觉得这人凶，不讲道理，可人都会变，就像母亲说的，裴江不是不爱儿子，只是太没文化，脑子有时候不清楚。

裴邺坤也不是不懂，就是憋着一口气，父子两人交流少，都懂，但就是没法沟通。

裴江想到裴邺坤眼底流露出一抹骄傲，说："他也算有出息，挺好的，不回来就不回来吧，可就是老大不小了，结婚的事还没个着落。"

黄美凤笑了笑，说："急什么，邺坤那孩子样貌好还怕找不到媳妇？"

"长得好有个屁用，就没个定性。"

"前几年不是带回来过人嘛，怎么就没定性了？"

裴江叹口气："本来以为能成，唉，钱这个东西愁死人哦。"

李蔓从屋里搬出小方桌，把菜端上桌，静静听着两个人的对话。

黄美凤说："拼拼凑凑总能凑出个漂亮的数字，你不是把房子都弄好了吗？"

"现在不都要男方在市里买房吗，哪有这个钱？"

"虽然是这么个理，但我倒还好，我只希望小蔓嫁个好一点的人，不说多富贵，但至少不会差距太大，要是对方和我条件差不多，两边各出一点钱贷款买房以后慢慢还，这也挺好的。"

裴江扒了几口饭："要是女方的家长都像你这么想哪里来这么多事。我和你说，就张盛前几年谈的朋友，见他没房走到谈婚论嫁这一步不愿意了，所以顾兰这几年开出租车拼死拼活地攒钱，现在也算如愿以偿了，买了个一室一厅。"

这是别人家的家事，黄美凤不适合说太多，只是说："顾兰赚头好，都一家人，以后都会好的。"

其实哪是一家人啊，只不过是明面上的夫妻。

裴江也都知道，点点头应付着，碗见底，他慢悠悠地说："回去睡觉，明天早上起来还要去给稻田打药水。哦，对了，队里发的药粉我给你放水池下了，喏，就那，这几天抽空就打了吧。"

黄美凤给李蔓夹菜，问道："学生出什么事了？多吃点，本来就瘦，再瘦下去只剩皮包骨了，胖点有福气。"

李蔓抬头看黄美凤，一看才发现她眼角的细纹越来越重，双颊凹陷，气色比之前差太多。

她没回答黄美凤的问题，反问道："妈，你是不是最近还在忙？我都和你说了，要好好休息，不要命了吗？别让我担心。”

“没一直忙，这不入秋了嘛，过段时间要去收黄豆，螃蟹也快到季节了，我随便收点。”

“我前段时间给你买的阿胶吃了吗？那些补品别不舍得吃。”

“哎哟，你不说我都忘了。”

李蔓很无奈，说：“给你讲个故事。从前有个女儿给她妈买了一袋苹果，她妈不舍得吃，就一直放着，过了一段时间女儿又买了一袋苹果，她妈发现第一袋的苹果开始烂了，于是先吃烂苹果，等回过头来却发现第二袋苹果也烂了。”

黄美凤听懂了，却笑呵呵地说：“苹果有啥好吃的。”

李蔓给她夹狮子头，说：“该吃的时候就吃，不用舍不得，不然永远只会吃到烂苹果，明明可以吃新鲜的。”

“妈知道了，今晚就开始喝。”

李蔓在大学时候就会出去打工，工资不算多，但她平日里的开销自己也能承担一部分，时不时给黄美凤买件衣服、买点好吃的寄回去，但每次寒暑假回去，补品原封不动地躺在楼梯间，衣服还挂着吊牌。

她不懂黄美凤在舍不得什么，人就这一辈子，该吃就吃该喝就喝。

黄美凤顿了顿筷子，装作不经意地说道：“昨天你爸给我打了一笔钱。”

她以为李蔓会发火，谁知李蔓一脸平静，淡淡嗯了声。

黄美凤又说：“我给还了回去，五十万不是五万块，他一年到头也不过赚个一两百万，给个几万块当你的生活费我能理解，五十万没必要，他自己也有自己的家庭，钱这个东西太敏感，我不想和他们掺和太多。”

“他给我买了套别墅，在桐城。”

黄美凤怔了：“别墅？”

李蔓：“嗯，我改天去看看，买了就买了吧，搁在那儿也没关系。”

五十万和一百来万的别墅，收了也无可厚非，不收也是情理之中。

李蔓说：“就像你说的，他有他自己的家庭，多顾着点那边正常，是不该和他们掺和，他们的归他们的，我们的归我们的。”

黄美凤没再多说什么，只是叫李蔓多吃点。

李建忠说那五十万是给她的，可黄美凤不想要这钱，如果是给李蔓的她会让李蔓选择，如今大家都各奔东西，离婚好几年，什么补偿都太多余。至于别墅，李蔓想要拿就拿着，李建忠真的亏欠李蔓太多。哪天她走了，还得期盼着李建忠以后稍微照顾一下李蔓，李建忠也不是真的狼心狗肺，这一点黄美凤是信他的。

李蔓没有告诉黄美凤关于陈玉和周蔚初的事情，对她来说都过去了，也着实和她没关系。

黄美凤洗完澡习惯去隔壁张婶家唠唠嗑，隔着一条河都能听见两个女人的笑声。

李蔓关上浴室门给裴郷坤打电话。

他第二通电话才接，电话那头风雨呼啸。

裴郷坤气喘得急："怎么了？"

李蔓："又下雨了？你在工作？"

"嗯，捡垃圾呢，风大，不知道从哪吹来些马甲袋。"

"那明天和你聊好了，你先忙。"

"没事，空着呢，你说吧，我就边捡垃圾边和你打电话，有情调着呢。"

李蔓坐在马桶盖上，浴霸将小小的浴室照得温暖堂皇，而他那边应该是夜黑风高，凉风刺骨。

李蔓其实也没什么特别的事情，就想听听他的声音。

李蔓说："刚才你爸在我家聊天呢，说起你的婚姻大事。"

裴郷坤插上耳机，把手机揣兜里，压低透明雨衣的帽檐，弯腰捡碎纸片，说："他就瞎操心，明明儿媳妇就在他跟前站着呢。"

李蔓双脚踩在软绵绵的拖鞋上，她今天赶路，大脚指头的指甲盖里有淤青，怪不得很疼。

她弯弯嘴角，说："你想几岁结婚？"

"只要你不跑，几岁都行。"

"说正经的呢，你过年都二十九了，你爸忧虑也是正常的。"

那边默了几秒忽地一笑，说："怎么，想嫁给我了？"

“嗯，想嫁给你。”

裴郅坤抬头看见远处亮着的路灯，光芒轻微，但好歹也照亮了一方土地。

他低低地笑道：“会娶你的，猴急样儿。”

李蔓开玩笑说：“都说你样貌好，我要是不逼婚，万一你被别人拐跑了呢。”

“谁说我样貌好了？”

“我妈。”

“挺好，至少在丈母娘面前先有了个印象分。”

李蔓说：“我妈其实不是那样的人，她就是希望我过得好。”

“我知道，咱妈很温柔，我都知道。”

“不要脸。”李蔓嘴上是这么说，可心里乐开了花。

李蔓套上拖鞋，起身去放水试温。

听到水声，裴郅坤问道：“刚尿完冲水呢？”

李蔓：“……”

“开玩笑呢，要洗澡了？”

“嗯，我妈出去遛弯了，洗澡前偷偷给你打个电话。”

“衣服脱了吗？”

“你边上没人吗？”

裴郅坤回头看了一眼五十米开外的人，说道：“没人，脱了吗？”

李蔓：“没有。”

“今儿穿的什么色儿？”

“裴郅坤！”

“我就是想你。”

地上冒出水汽，水流滴滴答答落下，李蔓说：“我也想你。”

裴郅坤正经道：“我就是想你穿的什么款式什么颜色。”

这人蔫坏蔫坏的，李蔓讲不过他。

听她不出声，裴郅坤沉沉道：“想你呢，真的想你。”

黄美凤站在浴室门口皱皱眉转身离去，把张婶给的哈密瓜搁在李蔓房间的桌上。

直到李蔓回桐城，黄美凤都没有和李蔓提起裴邺坤，那晚她躺在床上反复思量，琢磨来琢磨去，想着那俩孩子大概在一起了。

李蔓不和她开口，她就先等着吧。

她前两个月就能看出点苗头，现在好上了正常。

只是她这心里头不放心啊。

5号那天黄美凤将李蔓送到江州火车站，折回来的途中遇到裴江，两个人一同搭公交车回去。

黄美凤就问裴江去市里做什么。

裴江说："去问问贷款什么的怎么搞。"

"你贷款要买什么？"

"买房，这辈子什么都没给邺坤那小子留下，临死前得给他整个窝，让他过得安稳些。"

黄美凤寻思到那俩孩子的事，便探探裴江的口风，问道："你打算买多大的？准备了多少钱？"

裴江说："我手上呢还有十来万，顾兰上次拿走了五万，她说年底还我，老爷子去时留下六七万，琢磨着一共有二十来万吧，结婚也花钱啊，还得准备礼金，缺着呢。"

"你也不容易，一家人拼拼凑凑能有个窝就够了，以后孩子过得好那才叫真的好。"

黄美凤偏头看向窗外，微微叹息。

如果他们真走到这一步，两家人凑一凑，应该也能办得体面。

礼金什么的，就是明面上的事情，到时候也都是给孩子的，房子大家都出点钱也就成了。

到时候她眼一闭，那些三姑六婆的闲言碎语也挨不到她耳朵边上，小蔓和邺坤又生活在桐城，都挨不到边，裴江大老粗一个，倒也不是在意那些的人。

可黄美凤就是放不下心，她害怕裴邺坤不是一个值得李蔓托付一生的人，看起来吊儿郎当的，裴家也是要什么没什么，以后万一出点什么事，两夫妻要怎么熬？万一裴邺坤只是图一时新鲜呢，李蔓一个人该怎么办？

她从来不希望李蔓嫁给富贵人家，因为差距大了日子肯定不好过，可是太差太复杂的家庭也不好受，结婚这事啊，除了看男人还得看公婆什么样。

想着想着黄美凤只能叹气，裴江不知道又说了几句什么，黄美凤突然问道：“老裴，你觉得我家小蔓好吗？”

裴江一愣随即大笑几声：“哎哟，小蔓当然好啊，闺女长得标致，人又孝顺，脑袋瓜还聪明，不像邺坤，谁摊上这闺女都是几世修来的福气。这十里八村就小蔓最讨喜了，就考上复旦的徐洁都比不上小蔓，那孩子心眼太多，小蔓我从小看着长大，人单纯。”

黄美凤听到自己闺女被这么夸忍不住笑，说：“哪有你说的这么好，她脾气倔，有时候难哄着呢，就怕她不改一改她的牛脾气以后嫁人了吃亏。”

“瞧你说的，又不是不懂事的孩子，怎么会对谁都发脾气？”裴江开玩笑道，“得了，要不你也别操心了，把小蔓许给我们家，就在你眼前，你天天看得到，不用担心这担心那。”

“许给你们家我倒是不担心了，要是吃点亏我跨几步就能上门讨说法。”

裴江笑个不停：“那俩孩子从小打打闹闹，真凑一块儿不得把我新盖的房子给拆了。你还记得吗？就有一回两个人在稻草堆烤什么鱼吃，好家伙，把稻草都烧了，那火都快蹿到天上去了，我们都忙着扑火，两个人还在边上你一句我一句打闹，这顽皮劲。”

黄美凤当然记得，说：“也多亏了邺坤，我们附近孩子少，小蔓也就他一个玩伴，没邺坤啊她小时候都没人陪着玩，孩子都喜欢玩伴。”

“话不能这么说，邺坤那小子不好，没把小蔓带坏就不错了，要是真带坏了，我就是罪人。”

黄美凤说：“其实啊，你越管得牢孩子越叛逆，好在邺坤懂事，这几年我看他成熟了不少。”和裴江的关系也好了很多。

父母的爱表达出来可能会演变成千千万万种，有人理解有人不理解。

“好什么！依旧浑浑噩噩的。”

说着说着两个人对视一笑。

嘴巴上说着子女的不好，其实心底比谁都觉得骄傲。

李蔓下午回到桐城，在书店买了几本小说去医院看望吴巧。

她躺在病床上不能走动，但精神比以前好很多，没了高考的压力和复杂的环境可能放松下来了。

李蔓进去的时候正巧碰上从里头出来的两个人，一男一女，不知是谁。

吴巧轻轻叫了声李老师。

李蔓在床边的座椅上坐下，把书给她看，两本爱情小说，一本手绘涂鸦，封面包装郁郁葱葱，好似春天碧绿的草地。

“要是觉得无聊就看看故事涂涂颜色，彩铅也给你买了。”

吴巧右手能动，随手翻了几页，轻声说道：“老师不都不准学生看爱情小说的吗？”

李蔓说：“你已经十八了，成年了。老师不准学生看是因为怕他们学习分心，看看故事放松一下吧，挺美好的故事。”

吴巧见李蔓垂下眼似乎在想什么，说：“我怕看了以后我会分心。”

李蔓：“那就到了大学谈恋爱，你还小，将来的路很长，有很多东西都没体会到，别再……懂了吗？”

“老师，我跳下去的时候后悔了。”吴巧手指有意无意地刮着书本，细声道，“我很害怕……我害怕真的死了。”

李蔓看着她，吴巧说：“所以不会再做那样的事情了。”

李蔓说：“自己想得开就好。”

吴母从外面打水回来，看见李蔓客气地给她削苹果吃。

吴巧想到什么，突然说：“刚刚有记者来了，问了我一些问题。”

吴母说：“巧巧要上报纸了。”

李蔓：“问了你什么？”

吴巧：“就是压力大不大，轻生的理由，那个姐姐很温柔，还带来了礼物。”

近几年孩子教育问题越发被重视，现代人压力大别说孩子了，社会新闻对这一方面也很关注。

李蔓在回家的路上收到裴郅坤的短信，他说明天上午十点来接她。

他还发了个吹裙子的表情包，后面附加文字：和他们吃完饭再陪你去海边，记得穿裙子。

李蔓回复：天冷了，穿长裤比较好。

裴郅坤：随你，不过照样被我扒。

李蔓发了个小熊捂脸的表情，裴郅坤盯着手机傻乐，想着，真可爱。

李蔓和他有一月余没见面，从前几年没见也不会觉得有什么，现在真的度日如年。

次日李蔓起了个大早，选了条珊瑚色的碎花长裙，外面套了件白色小衬衫。她本就皮肤白，珊瑚色更能显气色，这样穿也不怕凉，而且还是他想要的裙子。

周金一伙人去饭店订包间，裴郅坤去接李蔓。

周金说："瞧瞧坤哥眼睛里的火，太旺盛了！"

陆北："我记得嫂子很瘦的，造孽。"

蒋城："他早上还洗澡了……"

裴郅坤脚下生风，走得快，那几个人嘴贫些什么他也没有心思听。

从市中心的饭店到李蔓那边，走路需十几分钟，他直接打车过去，让司机在小区门口等一会儿。

李蔓在楼道下的桂花树边上等着，走来走去，不知道在急什么。

裴郅坤从后面把人抱个满怀，李蔓被吓一跳，但立刻反应过来是他。旁边有大妈路过，拉着脸瞥了他们几眼。

裴郅坤把头埋在她的后脖颈处，深吸一口气："真香，刚洗澡了？"

"早上睡醒出汗了就洗了。"

他摸她的肚子："软软的，想死我了。"

李蔓听到楼上有下来的脚步声，按住他不安分的手说："有人。"

裴郅坤扳过她的脑袋，重重亲了一口，揽着人往外走，说："没人了再弄你。”

10月中午的气温不算低，他抱着搂着贴着不舍得和她有一点空隙，李蔓的手心被他牵出一层汗。

两人赶到包间的时候服务员正好在上菜，三个男人叽叽喳喳说个不停，一见李蔓立刻都合上嘴，特别整齐地叫道：“嫂子好！”

李蔓怔了一秒，点点头：“你们好。”

裴郸坤和她挨着坐，拿过玻璃杯给她倒果汁。

三个人目不转睛地盯着李蔓看，又傻乎乎地笑着，像腼腆的大男孩。

李蔓说：“我们上次见过了。”

陆北挠挠头，想起上次李蔓半跪在裴郸坤面前，有点不可描述，他说：“嗯，还有点劲爆。”

李蔓很快想起，说：“不是那样的，是误会。”

陆北：“现在可不是误会了。”

裴郸坤眼睛一斜：“还看，眼珠子给你们挖出来。”

李蔓和他们第一次见面的样子不同，那时候她有些狼狈，他们也没仔细看她，就觉得挺干净清爽的姑娘，今天李蔓化妆了，可以说是精心打扮，好看，真的太好看了。

周金撇嘴：“有了媳妇忘了兄弟，重色轻友说的就是你这种人。”

裴郸坤把烤鸭转到周金面前：“吃你的鸭。”

蒋城说：“别尬聊啊，坤哥，相互介绍一下呗。”

李蔓说：“我叫李蔓，蔓是张曼玉的曼再加个草字头。”

“我叫周金，金子的金。”周金伸手想握手，被裴郸坤狠狠用筷子打了一记。

“别动手动脚的。”

周金号道：“嫂子你看他，一天到晚倚老卖老。”

李蔓笑了笑。

裴郸坤指着人说：“这陆北，这蒋城，记不住也没关系。”

男人酒喝多了就变话痨，还好裴郸坤酒量好，顶多就是跑了几趟厕所。

周金赤红着脸说："兄弟们，请你们吃这顿饭是想说个事儿，这个月月底我干完就走了。"

人都没醉，就是有点晕乎。

陆北木然地看着周金，好一会儿才寻思过来："真不干了？"

周金："不干了，累得慌，我都还没谈过恋爱呢，看看坤哥和嫂子，真真羡慕死我了。"

"不干了就不干了，咱们一辈子都是兄弟。"陆北揽住周金，拍拍他的胸脯。

周金说："对，一辈子的兄弟！开心点，难得出来玩，来，玩游戏。"

周金把空酒瓶横放在桌上，说："转到谁就惩罚谁！"

几个人嘴巴里念叨："坤哥！坤哥！坤哥！"

瓶口稳稳地对准裴郰坤，几个人笑成一团，陆北使坏，说："坤哥，来吧，说说你最后一次看片什么时候？"

裴郰坤被气笑，这帮兔崽子，昨晚还给他塞片呢。

"昨晚。"

陆北："看的时候想着谁啊？"

裴郰坤："想着你。"

陆北："咦……"

李蔓听着觉得好笑。

裴郰坤下巴微抬："别整这些花里胡哨的玩意儿了，吃饭，吃完带你们去唱歌号几句。"

"嗷嗷嗷——卡拉OK我在行啊！"

裴郰坤给李蔓夹菜："多吃点，瘦得屁股上都没肉了。"

李蔓饮料喝得多，起身说："我先去趟卫生间。"

等人走了，周金调侃道："下不下流，当着我们面调情！"

裴郰坤懒洋洋地靠在椅背上，点烟，说："调什么情，关心懂不懂？"

裴郰坤见人久久不回来，去卫生间找人。

他站在女厕门口喊了几声李蔓的名字，隔一会儿李蔓磨磨蹭蹭地出来。

她似笑非笑地看着他。

“你那是什么眼神？”

李蔓洗手，说：“我先去楼下便利店一趟，你们先吃。”

“想买什么，我去给你买。”

李蔓凑到他耳边说了三个字，裴郵坤手里的烟慢慢燃着，半截烟灰折断落下。

三十秒后——

“我去——”

李蔓搂住他的脖子，见边上没人，亲了他一下，说：“提前了几天，你……”

“老子委屈。”

他说得一本正经，李蔓笑出声，说：“我先去买东西。”

裴郵坤拉住她：“你在这儿等着，我去给你买。”

他高大的身影消失在走廊尽头，李蔓倚在墙上低头笑着，拨弄一下裙摆。其实，她已经做好和他干柴烈火的准备了。

裴郵坤头回买这玩意儿，倒不羞涩，小店老板娘似乎见怪不怪，反倒是进饭店门时被迎宾的小姐多瞧了几眼。

李蔓弄完从洗手间里出来时只见他双手插袋，神色沉沉地望着她。

李蔓：“下次吧。”

裴郵坤：“下次是什么时候？”

“嗯……可能过年的时候？”

裴郵坤冷哼一声。

两人回到包间，一伙人贼兮兮地打量他俩，一脸的“并不简单”。

“你们这也磨蹭太久了吧？坤哥，你忒禽兽了！”

裴郵坤点上支烟，看向李蔓，问道：“我禽兽吗？”给你买卫生巾，禽兽吗？

李蔓拿走他的烟：“少抽点。”

她忍着笑，裴郵坤咬牙叹息，拽住李蔓的手放在掌心把玩，半垂着眸子像是在思量什么。

吃完饭，裴郕坤在饭店隔壁的KTV开了个包房，三个人抢着麦克风唱，李蔓和裴郕坤安安静静坐在角落嗑瓜子。

李蔓唱歌不好听，所以从前社团有这种类似的活动她一般不参与。

裴郕坤嗓子好，但耐不住心情郁闷。

他揽着李蔓的肩膀时不时捏一捏，低头瞥见她裙子上的花朵，他偏头靠近她，说："你没骗我吧？"

"没骗你。"

眼里最后一点亮光都没了，裴郕坤捏着她的下巴，亲了口，道："亏我早上还洗澡了。"

周金："你们怎么当着我们面亲嘴！要亲嘴去别地儿！"

裴郕坤6号早上要上班，所以今晚是没法过夜的，眼看着已经下午三点，他琢磨着时间差不多了，留下周金他们自个儿在这儿号，拥着李蔓陪她去看别墅。

陆北和周金说："坤哥会感激你的，正好给了他个理由光明正大地走。"

靠南海的别墅离市中心少说也有一个多小时的车程，那边算不上热闹，还属于新城开发区，商场什么的都在建设中，但往后几年肯定会十分发达，又靠海，到那时候房价也会疯长。

公交车一过郊区的站就只剩下李蔓和裴郕坤两人，售票员低头玩手机，车厢内寂静安宁，车外阳光艳丽。

裴郕坤握住她的手，问道："肚子疼吗？"

"没什么感觉。"

"这房子你打算要？"

李蔓低头看着自己的手背，阳光照在上面，青色筋脉明显，她说："给了就拿着吧，但不住那边，以后等那边建设好了把房子卖了也行，或者留给下一代。"

裴郕坤："这倒好，生个儿子，回头他泡妞还能炫耀炫耀，我家在海边有栋别墅。"

李蔓捏他的大拇指："你都在想什么呢？不干净。我妈和我说他给她打了五十万，我妈给还了。其实现在的生活挺好，可能不是很宽裕，但够了。他想给钱给房随便他，该拿的我都会拿。”

裴郅坤双腿轻搭，说：“得了，我傍上一个富婆。”

“你倒是美得很。他给的我都不会动，这钱用得不开心。你有没有想过，以后结婚生孩子，开销都不小，但如果把这些钱用在孩子身上我觉得心安理得。”

裴郅坤托着她的手指看，李蔓的手指很漂亮，他说：“你最近不对劲啊，又是要嫁给我又是要给我生孩子的，我就没见过你这么猴急的女人。”他的声音压得低，逗弄她玩。

李蔓对上他笑意满满的眼睛，不理他的调侃。到时候也不知道谁比谁急。

小区是今年新建的，住户很少，道路边上只有几辆私家车，两人摸索好一阵才找到李建忠购置的那套，在最南边，靠海最近，站在二楼阳台能看见海，矮山绵延，海面水光潋滟。

房子里空空荡荡什么都没有，地板的木头香隐隐飘着，楼梯是旋转式的，整个构架很洋气，如果好好装修一下真的不错。

李蔓说：“这里只适合度假，不适合居住。”

离她工作的地方远，离他也远。

裴郅坤关上门，明媚的光从大片的落地窗户透进，照得屋子亮堂堂的。

李蔓上了二楼，他跟在后面。

一共有三个卧室，都有独立的卫生间，有两间卧室有阳台，李蔓拉开玻璃门，阳台边角上还堆着一些杂物，阳台栏杆上有一层薄灰。

裴郅坤站在她身后，说：“风景不错，李叔应该费了些工夫。”

“他说年前会帮我把这里装修完，让我自己选装修风格和家具。”

“他什么时候找你的？”

“国庆前。”李蔓双手撑在黑色圆滑的栏杆上，掌心覆上一层灰，她遥望着山海，说，“他和陈玉去度假了，他说陈玉辞职不去学校了。你说，他是真的想对我好吗？”

裴郅坤从后面禁锢住她，宽大的手掌交叠覆盖在她的小腹那儿，海风一阵阵打来，吹起她的长发。

他说："李叔这人不坏，就是心思不在你们这个家庭上，不在你妈身上，是真的没有缘分，陈玉能管住他，你妈管不住，这就是差别。他对你……怎么说，他长期在外地做生意，一年到头本来就回来得少，想尽责任也难，换个角度说，如果他没有去做生意，你从小到大会过得衣食无忧吗？有些东西你可能不记得，你两三岁的时候李叔还没去做生意，常年在家，我一直看见他抱着你玩，哄你逗你喂你吃饭，还给你洗尿布。他是爱你的，只是他本身不是个极具责任感的人。"

衣食无忧是真的，那时候黄美凤在一家娃娃加工厂工作，活少人多，所以有一天没一天地上班，换作别家早就为钱愁死了，可她家不用，李建忠一年的赚头就能抵上别家夫妻俩一年的工资了。

那时候电动车刚出来，一两千一辆，他家却早早买上了，隔壁人家都是年底了见着钱有富余才去买。

可他对家庭不忠也是事实，他在外面不知道有过多少女人，可能因为李蔓是黄美凤带大的，理所当然会站在母亲这一边，即使那时候年纪小不懂，但至少知道对婚姻不忠是可耻的。

李蔓眯着眼不说话，裴邺坤弯腰把头靠在她肩上，说："我知道你怨他什么，你就是个小醋缸，嫉妒他对继女好对不对？"

"大概吧。"

裴邺坤吻她的耳朵："可你得想想，你从小怎么对他，每次见面都势不两立的，他想讨好你都无从下手却又忍不住想要讨好你。李叔到底怎么想的，我也不清楚，只是他不坏，可能脑子有点糊涂。你想知道他是不是真的要对你好，时间还长，慢慢就能看清一个人。"

"我不知道自己还能不能信他。"

"日久见人心，不用想太多。"

李蔓说："那我能信你吗？"

裴邺坤还是那句话："日久见人心。"

李蔓细眉微弯，说："我大概不能信你，你这么招女人喜欢，万一……"

"那我在脸上划几刀。你也挺招男人喜欢的，你也得来一刀。"说着他的手已经撩起她的裙摆，"你说……得给你在哪儿来一刀呢？"

他揉捏着她的臀瓣，暗示十足。

"不方便，下次行吗？"

"你觉得行吗？"

李蔓想推开他，裴邺坤将她的手按回栏杆上。

"别动，好好看你的风景。"

李蔓听到他解皮带的声音，一慌："你不会想在这里——会有人的。"

"有个屁的人，楼底下连只苍蝇都没有。"

好吧，是没人，这套别墅在最边上，少有的几家住户都选在靠近大门口的地方。

可李蔓还是觉得羞耻，光天化日，太大胆了。

裴邺坤拢着裤腰带，拉下拉链，掀起她的裙子。

她软绵绵的裙摆随着风时不时打在他的手臂上，从远处看男人女人依旧衣衫完好，只不过是相拥着看海的一对普通情侣。

裴邺坤掐着她的腰，低沉道："就稍微弄一弄。"

他之前六七年没碰过女人倒也不觉得有什么，可在李蔓那儿待了半个月回来后痒得难受。好不容易见着面了，怎么着也得释放一下。

只要是她，怎么弄都舒服。

李蔓紧紧抓着栏杆，脸颊红似三月桃花，他总是一次又一次打破她的底线，她破天荒地觉得刺激。

裴邺坤动了几下，说："腿夹紧点。"

海浪阵阵，雪白的浪花冲打在岩石上激起无数水花，一浪高过一浪，耳边风的呼啸声让人头晕目眩。

李蔓觉得大腿内侧都要被磨到脱皮了。

他没做多久，因为激动也没控制住。

李蔓埋在他的胸口，说："你越来越无耻了。"

他低头吻她。

李蔓拉住他的胳膊，十分主动地回应着他。

缠绵许久，裴邺坤松开她后说：“我最近在琢磨要不要去念书，拿个文凭玩玩。”

“念书？”

“不是有那个成人大学吗？也不用去上课，自己看看书到时候考试就行。”

李蔓说：“我对这块不是很了解，我记得好像是每年10月考试的吧。”

吻得太久，她的额头都出汗了，张合的唇娇艳动人，裴邺坤轻轻把她的发别到耳后，说：“10月就10月吧，这样一年的时间我也能好好准备。”

“可你工作已经很累了，还要读书，你……怎么会想要读书？”

裴邺坤：“人往高处走，从前一个人过日子怎么来都行，现在不一样了。这社会竞争多激烈你又不是不知道，就像你说的，以后结婚养孩子开销大，我是男人，不能让你扛，也不能依靠你的家庭背景生活。那天老赵和我说了些话，都很有道理，我现在的文凭左右是不能往上升的，虽说升职也不是想升就能升，但我心里有底，只要勤快点，总有一天能捞个好职位，到时候你和别人说起我你也有面子。”

裴邺坤将她抵在墙上，低头吻她的额头，继续道：“我爱你，爱一个人会努力想做个配得上她的人。”

海风从阳台的窗门里溜进，夹杂着阳光的味道，他声音低沉得如同广袤的大海，一点点涌入她的心里。

他有点大男子主义，自尊心强，李蔓知道他绝不会想活得比她差，她和他在某些方面其实确实不合适，当她决定和他在一起时其实就像赌博，她认定了他，不会再改变，她赌这一生他会对她好，他会做个努力上进的人。

李蔓想过无数遍，她不要求他能变得多好或者多有钱，她只希望他能够保持他现有的责任心和上进心。一生太长，单靠爱情也许很难熬过去，两个人在一起彼此包容彼此信任，给对方带来正能量，互相付出，这样才能让感情长长久久地走下去。

男人的尊严和自信往往来自事业的成就感，在一个家庭里当他比女人承担得更多的时候他会觉得自豪。女尊男卑对她和裴邺坤来说并不合适。

他从小是被李蔓崇拜的，他有他的骄傲，他想做一个一生都被她崇拜都让她依靠的人，李蔓都懂，所以她很开心也很支持他。

李蔓抬头仰望他，凝视片刻，说：“你这么聪明，应该很容易吧。”

“难说，都十几年没碰过课本了，abcd都忘光了，指不定我就失败了。”

“可我听说成人高考卷子不会很难，分数线也不会很高，你有想过报哪个大学吗？”

“财经大学。”

李蔓笑着，双手环住他的腰，说：“你一定可以的，以后别人问我男朋友是做什么的，哪里毕业的，我可能下巴得抬到天上去了。”

裴邺坤也笑了笑：“要不是为了讨好丈母娘，我会挑战这种高难度的事？”

“你是为了我妈？”

裴邺坤说：“我知道你不在意这些，可他们不一样，老一辈看人都看文凭，见面三句肯定有一句是你闺女、儿子在哪里读书？我家比你家还复杂，这些年闲言碎语还少吗？咱们俩在一起，指不定别人怎么说你妈和我爸呢，我得让丈母娘有底气啊，我家女婿多少工资什么文凭，有底气地甩他们一脸。”

“我妈这人胆小，早些年因为和我爸的事情没少被人说，她和我说过你，也确实提到了这方面的问题。”

“所以说啊，人言可畏。人活着有时候就图个面子，谁家孩子工作好谁家房子盖得好，就这些。”

李蔓静静地抱着他，他的胸口暖，贴着舒服。

裴邺坤说：“甭着急，慢慢来，我们的事先别告诉阿姨，等明年这个时候我考出来了，也攒了点钱，光明正大地去提亲。”

李蔓：“明年啊，明年这个时候可能我都结婚了。”

“嗯？”

“我妈催我结婚呢，也不知道怎么了，时不时问我有没有对象，国庆回去后倒是没再提了。”

“估计是怕你年纪越大越难看，越等越嫁不出去。”

“说得你好像多年轻一样。”

“男人三十一枝花没听过？更何况我还没三十呢。”

李蔓的手覆在他的胸膛上，她压了压，厚实的身板像是一堵墙，她说：“这花颜色挺黑的，还挺硬。”

原本挺正常的话进了他的耳朵就变味了。

裴邺坤撩起她的裙子又开始有所作为，痞痞地笑着：“黑不黑、硬不硬，你最清楚了。”

初秋不似夏天，太阳落山快，余晖也走得快，两人在海边走了一圈去搭公交车回到市里。

裴邺坤接到周金的电话，问他要不要一起回去，他握着李蔓的手，回绝了周金，说晚点回去。

周金颇有深意地说：“注意安全。”

裴邺坤哼唧一声：“我倒是想注意。”

李蔓问他：“你乘几点的车走？”

“八九点吧，我上楼蹭个饭。”他就想再安安静静和她处一会儿。

“小裴！”吃完饭出来散步的蒋大爷摇着芭蕉扇，远远就望见裴邺坤，走近一看还真是。

裴邺坤刚想点烟，便顺手把烟别到耳后，说：“好久不见啊老爷子。”

“回来待几天啊？”

裴邺坤一笑，说：“等会儿就走，没空陪您下棋。”

蒋大爷失望地摇扇子，寒暄几句笑呵呵地上街散步。

李蔓的房间没有什么变化，裴邺坤一踏进房间就觉得舒服，懒洋洋地倒在沙发上抽烟。

李蔓从冰箱里拿出水饺，说：“凑合着吃吧，我前段时间自己包的。”

“什么馅？”

“芹菜猪肉。”

“这个香，记得给我弄点辣椒。”

裴邺坤眼睛瞟到边上几个画架上，戏说：“这几个崽子画得倒是比前段时间好很多。”

李蔓烧水，说：“心静下来以后就能做好事情。”

裴郸坤说："那个吴巧怎么样了？"

"挺好的，人也比以前开朗了挺多，休息一年，明年再来。"

"是该休息休息，脑子里这根弦绷得太紧容易断。"

李蔓问："你吃几个？"

"三十个，够吗？"裴郸坤起身，走到厨房。

李蔓包的饺子就跟超市里卖的一样，很漂亮。

李蔓从冰箱里又拿出一袋："现在够了。"

"你怎么存这么多？"

"方便，有时候懒得煮东西。"

裴郸坤掐灭烟，洗两个碗，说："我看你是吃不下自己烧的吧，回头也把自己弄得食物中毒整医院里去。"

李蔓吃惯了他烧的饭菜，真轮到自己烧的时候确实有点难以下咽。

"怎么，我还真说对了？"他沾了点水溅她。

"别闹。"

裴郸坤给碗里倒油放盐，说："咱俩不能经常见面真的是个问题，我回头去问问，看看能不能换个部门。"

"那你当初为什么选工务段？"

裴郸坤挑眉不语。

李蔓说："我觉得现在挺好的，你还是工长，挺了不起的。"

李蔓怎么会不知道他，他无非想亲自检查轨道，亲力亲为会让他觉得安心。

"可很难抽出时间来找你。"

"我能去找你吗？"

"什么？"

"我说如果我去你那边找你会不会不太好？"

裴郸坤倚在流理台边上，拍拍她的脑袋："不是不好，是太远了。"

宿舍那边总有谁谁谁亲戚过来送这送那的，其实挺叫人羡慕的。

李蔓轻轻搅了搅水饺，盖上锅盖，说："不是很远。"

"那你来的话提前和我说，我去接你。"

“好。”

吃完饭，他拥着她看了会儿电视，两个人在一起时间总是溜得特别快，一转眼已9：17分，他要再不走就赶不上末班车了，况且明天一早五点就得起床上班。

裴郧坤就让她送到小区门口，让她赶快上去。

李蔓叮嘱几句往回走，裴郧坤望着她的背影笑了笑，大步往总车站走。

李蔓刚跨上一级台阶，踌躇几秒转身去找他。

昏黄的路灯下，他慢悠悠地走着。

李蔓站在路口没有追上去，直到他的身影消失在视线里她才回去。

徐荞从老家回来，正巧看到李蔓，行李箱的俩轱辘在水泥地上滚得很响。

“李蔓！”

李蔓见她大包小包的，帮她拿了两个。

徐荞特激动地说：“我有个小道消息告诉你！”

“嗯？”

“咱们可亲可爱的校长要给我们转正了！”

李蔓一愣：“你听谁说的？”

“你管我呢，你看好了，后天保证会开会。真好，终于可以稳定下来了，工资也能涨了。”

李蔓觉得徐荞说的是真的，并且不会有错。

她……终于要正式成为一名教师了。

徐荞的话只说对了一半，周一是开会了，但校长没提她们正式入职的事情，徐荞好一番失落，李蔓倒不急，不过是时间长点短点罢了。

11月初的《桐城日报》上刊登了这起学生跳楼自杀事件，李蔓不看报纸不知道有这回事，这报纸还是校长交给她看的。

校长说：“学校不会逃避这个事件，也不需要记者说好话，学校、老师、家长都有责任，都需要反思。报纸上学生说的是真的吗？”

李蔓一目十行，找到记者采访吴巧的那段。

李蔓松一口气，直到现在她也很难克服直面上头的紧张感，校长的长相属于古板那一类型，从某种感觉上讲和郁立伟很像，李蔓有一丝丝怕他。

李蔓说："没有她说的那么好，这些只是老师的本分。"

校长倒水，路过她身边时拍拍她的肩膀："任何一个工作岗位守好本分都是最基本的，小李啊，我们做老师的，教书育人，也许会影响一个人的一生，每时每刻都马虎不得，希望你坚守着这份初心到退休。"

李蔓颔首。

校长喝茶，示意她可以出去了。

隔天的教师会议上，这批实习的助教十个人里校长要了四个。

这下，徐荞可是都说对了。

李蔓下班的时候打了个电话给裴郸坤，冷空气袭来，风刮在脸上刺冷刺冷的，她单手抱臂，掌心贴在毛衣上拾取温暖。

远处的云翻涌着，云层低得似乎要压上这里的高楼，整个城市随着冷空气的到来陷入了一种阴蓝的色调中。电话久久没人接。

现在是4：15分，他上的是夜班，这个点应该在休息。

李蔓回到家泡了杯燕麦片缩在沙发上，拿毛毯盖住盘膝的双腿，桐城当地的电视台在播放天气预报，说是最近要迎来强降雨。

李蔓望了眼外边的天，像是要下暴雨的样子。

桐城一到夏季和秋季就多雨，估计等下完这场雨风雪也快来了。

李蔓给他发短信：最近要下大雨，出门注意安全。

距离艺考还有两个月不到，学校已经开始集训，文化课先搁一边，李蔓的工作量增大，平日一、三、五晚上还要给学生补课，她很想去找他，但实在应接不暇。

他们的通话也不算多，微信聊得更多一点，有时候聊着聊着他就没声了，一般是睡着了。

他也很累，听他说最近在忙什么平太线桐城南站集中维修，这个月月初开始的，估计得两三个月。

李蔓看了会儿电视，依旧没等到他的回复，她去厨房煮了把挂面，等着七点半学生来补课。

裴郷坤知道又是一波秋季降雨，他们管辖内东黑线15公里道口砂石路面被碾压出好几个大坑，要是这趟大雨一冲，估计那条路就不能走了。

正是秋收的季节，通过这个道口收农作物的农民很多，收割机、农用车辆来来往往，又挨着火车轨道，走得那叫一个吃力，生怕翻车或者撞上火车。

他睡了五个小时，叫醒陆北他们，套上工作服去别地儿装土填坑。

新来的两个显然对裴郷坤的举动不明白，睡了四五个小时还没睡饱就要出去干活，小伙子年轻气盛，脾气就上来了， 不满道："这又不是我们的工作，管那些干什么？"

裴郷坤扛起两把铲子，叼上烟，说："那回头等人被火车撞死了再管。"

陆北给两人一人一记脑瓜子："不愿意干就回家啃老去，金贵样儿。"

五个人骑了两辆电动三轮车去挖土，泥路坑坑洼洼，都快要把人的心肝颠出来，裴郷坤单手握着龙头，吸口烟，再两手握住。

陆北看着这天，说："看来咱们还得做一段时间的落汤鸡。"

裴郷坤说："这段时间要辛苦点，明天干完活去北山那边把树砍了，我看着那边枝头都快倒了，回头风一刮土一松，指不定怎么歪。"

"夏天被太阳晒成咸鱼干，冬天被风雪弄成冰冻狗，干这行以后冬天我手上都不生冻疮了，皮厚得就跟裹了十八层面皮子一样。"

说说笑笑，到荒山里装了两车土开往东黑线的15公里道口，几个人一个小时的工夫就把六个大坑填完了，土压得严实平整，不用怕被大雨给冲开。

开车的路过从窗户里探出头大喊了声："同志，感谢您哎！"

裴郷坤一手撑着铲子一手抽烟，朝那农民点头示意。

回去的路走到一半大雨倾泻而至，下得猝不及防，绵延阴沉的云朵里像是储存了一个海洋。

冰冷的雨点打在身上，激得人汗毛直竖。

裴郕坤回到宿舍，边走边拧衣服，水哗啦啦流一地，他抹了把脸倒吸一口气，真冷。

他边脱衣服边拿手机看，果不其然，上面有李蔓十五分钟前的一个未接电话和一条微信，黏人得很，每天都掐着点找他。

裴郕坤把干毛巾挂脖子上，回拨过去。

李蔓在吃面，说："最近要下暴雨了，你注意保暖。"

"别提了，刚淋了一身。"

"洗澡了吗？喝杯热水。"

"等会儿就洗。"

李蔓说："告诉你个好消息，我正式入职了。"

裴郕坤正找换洗的衣物，手一顿，笑了两声："不错啊，我家小笨蛋终于成为真正的老师了。"

陆北把胳膊伸在蒋城面前，用唇语说：看我的鸡皮疙瘩。

蒋城也将手一伸，回应道：你看我的。

李蔓说："想和你分享一下这个好消息，你刚刚在睡觉吗？"

"没，去填洞了。"裴郕坤去阳台上收衣服，顺带拉上门。

周金和蒋城捧着脸盆去浴室，见人走了，裴郕坤对电话那头说："什么时候让我填填你的洞？"他轻轻笑着，有点坏。

长臂一伸，他把衣服钩了下来。

李蔓拿筷子卷着面，有些坨了，她说："等我安排一下，我去找你。"

他就是开开玩笑，逗逗她，裴郕坤说："来什么来，不知道这段时间要下雨？好好在你那儿待着。"

李蔓低低地嗯一声，心里盘算着什么时候去见他。她很想见他，很想很想，哪怕只是当面说两句话。

"好了，我去冲澡，回头再聊，等会儿给你看看你男人的腹肌。"

李蔓："我不想看。"

这人有毒的，时不时发一些他的自拍照和腹肌给她看，人长得俊俏不知道为什么就是不上镜，他自己拍得也不走心，每张照片都感觉奇奇怪怪的。

“你这女人就口是心非吧，明明喜欢得紧。”

“……”

隔了一周，星期五学校开秋季运动会，连带周末放三天假。

李蔓在中午休息的空闲时间去蛋糕店订了个12寸的蛋糕。

下午举行400米接力赛的时候忽然下起了小雨，雨势渐大，操场上人越来越少，差不多四点的时候学校放学，这场运动会被迫终止。

李蔓回家换了身衣服去拿蛋糕。

去车站乘车的时候路过烤鸭店，她买了一只。

开往桐城北郊的公交车行驶一半雨点忽然增大，噼里啪啦地打在玻璃窗上，外面的世界瞬间模糊一片。

李蔓发微信给他，问他在干什么。

裴郅坤刚从附近的乡村医生那里打完点滴，他没告诉李蔓前些天淋了雨坠了湖给弄发烧了，好在他体质强，吊了两天水恢复得差不多了，就是身体还有些软。

他边回复李蔓边往宿舍走，往床上就是一躺，手背上扎的针孔溢出一点血凝结成了血痂。

蒋城正在拿锅煮泡面，问裴郅坤吃不吃。

裴郅坤摆摆手：“没那胃口。”

陆北说：“给我来一碗。坤哥，从前风里来雨里去的一年到头都不见你生病，现在怎么那么娇贵？”

蒋城：“老了呗。”

裴郅坤：“你们俩崽子好意思说，那天叫你们多拿一套防护用具，新来的那俩货什么德行又不是不知道，砍个树还能往下滚，像个废物一样，趁早回家喝奶去算了。”

当时在下暴雨，山坡泥滑，新来的一小伙没拽住树枝脚下一滑差点滚下去。底下是个湖，谁也不知道多深，裴邺坤手疾眼快拉住他，小伙子拽住了边上的一棵小树，裴邺坤反倒没支撑住像滚雪球一样咚地就摔进了湖里，爬上来的时候一身淤泥。

陆北想起当日的情形莫名觉得好笑，说："那是，咱坤哥厉害，上岸的时候裤裆里还揣了一条鱼。"

蒋城克制不住地哈哈大笑。

裴邺坤的手机响起来，是裴江的电话。

他从床上起来走到走廊接。

裴江说："在干啥呢？今儿你生日，别忘了吃碗面。"

裴邺坤一算日子，是他阴历的生日，他老早就不过这些了，没什么意思，裴江倒是每年都记得，可裴邺坤对这些真不稀罕。

他说："我妈祭日你还记得几月几吗？"

"人都走二十多年了……"

两人陷入一阵沉默。

裴邺坤说："没事我先挂了。"

走廊的窗户有几块玻璃碎了，漏着冷风，裴邺坤倚在墙边上，叹息一声随后回到屋里头取暖。

他的头有点晕又有点重，倒在床上不一会儿就睡着了，枕边的手机亮了又亮。

李蔓到达他那边的车站的时候天已经黑了。边上都是高山，悬在山坡上的树枝被风刮得瑟瑟发抖，四通八达的，她不知道他住的那个地方在哪个方向。

她坐在车站的椅子上，两边的广告牌挡去风雨，站台屋檐不断滴水，这儿的柏油路似乎很久没修整过，路面不平还有裂痕，雨点打在地上哗啦啦弹起，波涛汹涌。

她打裴邺坤的电话，雨声很大，嘟嘟嘟的声音都快被淹没，四下无人，这几十秒显得格外漫长。

他不接电话也不回微信，打到后面显示对方关机。

李蔓看了眼日历，这个星期他是夜班，这个点应该在休息。

也许他睡着了，也许他去吃饭忘记带手机了，也许换班了……

李蔓把蛋糕放在旁边，烤鸭冷得鸭油都泛白了。她低头玩手机，照片里都是裴邺坤那些有毒的自拍照，她看一次笑一次，这人总那么不要脸。

翻着翻着看到一张露骨的照片，李蔓手指一顿，多看了两眼然后略过。

越发黝黑的夜色慢慢蔓延过来，路边无垠的田野，眼前广袤的山峦，通通陷了进去。李蔓不知道自己坐了多久，回过神来的时候只有她这里亮着一小簇光，山间寂静，只有无边无际的落雨声。

她穿了黑色及膝的风衣，恰好与这夜色融在了一起。

李蔓收拢风衣的衣摆，遮住大腿，她里面只穿了件白色衬衫和薄款毛衣，白天气温高点，倒也还好，一到晚上就挨不住了。

手机电量也不多了，李蔓起身，抱臂来回走了几步，雨水混着泥土溅到她脚上，干净的白色帆布鞋上立刻晕出一朵棕色的小花。

深秋的寒意从脚底慢慢渗入整个身体里，会让人不自觉地打寒战。

已经八点了，公交车来来回回都四五趟了，李蔓试着再拨他的电话。

“妈妈！”

“小坤！不要动！抓紧我的手，快！”

“妈妈……我害怕，我们是不是要死了？”

“不会的，别动，妈妈过来。”

轰——

“妈妈！”

“妈……妈！”裴邺坤突然从床上坐起，满头满脑的汗，他喘着气，看到桌椅板凳才灵魂归位。

陆北他们睡得死，什么都没察觉。

裴邺坤屈起双膝，双手插入发里，大松一口气。

阳台门没关紧，夜晚的湿气不断渗入，雨声嘈杂。

他习惯性地拿手机看时间，按了几下打不开，才慢腾腾地起床找充电器。

手机屏幕亮起红格，裴郅坤拉开凳子在桌前坐下。手机幽幽的光三十秒后暗下，漆黑的屋里只有他香烟头的亮光，橘色的一小点，香烟的雾气来不及游走就被冷空气净化得一丝不剩。

吸了十来口烟，他打开手机，连上网络的那一刻跳出十几条李蔓的微信，他还没细看，她的电话突然插了进来。

裴郅坤接起，刚睡醒，声音低哑："怎么了？"

"你在哪儿？"

李蔓那头风的声音很大，她的声音也颤抖着，裴郅坤立刻意识到不对，反问道："你在哪儿？"

"我在你这边的车站，我不知道你那里该怎么走，是往左还是往右？"

静了一秒，裴郅坤低骂了声，开始套衣服和裤子，他压着怒火说："你在那儿多久了？"

李蔓："不久。"

"说实话！"

"六点左右到的。"

"你现在哪儿也别去，我去接你，等着我。"

李蔓光听他的声音都能想象出他此刻火急火燎的模样，她说："能不能带件衣服？有点冷。"

"等着，我先挂了，我去借车。"

裴郅坤随手携上一件秋季的工作服夺门而出，铁门哐当一声合上的时候把陆北和蒋城惊醒，两人一脸蒙，然后合上眼继续睡。

裴郅坤套上雨衣，骑着电动三轮车争分夺秒地朝车站行驶而去。

黑夜茫茫，路上路灯稀疏，淡薄的光下雨滴连成直线，一根接一根密集地落下，犹如银针。

弯曲绵长的道路上他的身影尤其瞩目。

得到他的回应，李蔓倒不觉得自己等得有多辛苦，她甚至开始觉得身体变暖了。

裴郸坤是打左边来的，整整开了二十多分钟，他脸上都是雨水，溅得人睁不开眼。

三轮车两盏灯光绵延得长而远，他脱下雨衣罩在座椅那块，三两步跨到站台的遮掩下，撩起衣服往脸上抹了几下。

他抬起眸子凝视李蔓，伸手去翻她的衣服："穿的什么啊，以为T台走秀啊，中看不中用，冷不冷啊？"

他双手捧住李蔓的脸，小脸冰凉冰凉的，李蔓缩了缩脖子，他的掌心很温暖。

"脚冷。"

裴郸坤低头一看，她的鞋子边上一圈都湿了。

"你来怎么不提前说？我不是和你说最近下雨，让你别来吗？瞎折腾。"他脱下工作服给她套上，"伸手。"

李蔓忽地抱住他："今天是你生日啊。"

裴郸坤搭在她背上的手顿住，随即落下也拥住她："你都记着呢？"

"嗯。"她一直记着，只是很开心，今年能够光明正大地陪他一起过，从前只能在心里偷偷说一句生日快乐。

"行了，就整这些没用的。今晚还打算回去吗？"

李蔓思忖片刻，说："我给你买了蛋糕，你带回去吧，我等会儿坐下一班车走。"

裴郸坤一笑，抱紧她："想走也不给你走，来了还想跑？门都没有。"

李蔓原本是真打算回去的，哪知现在耽搁了两个小时，如果在他那儿留宿，她始终觉得不妥。

裴郸坤知道她在想什么，揽着她上车，给她套上雨衣，李蔓坐在三轮车后面，将烤鸭和蛋糕护在雨衣下。

裴郸坤发动车子，一路颠簸一路风雨。

食堂里几个婆娘刚洗完澡，叽叽喳喳地从南边走来，林莉见到裴郸坤娇娇地喊了声坤哥，仔细一瞧才发现他身后还有个人，可不就是上次他说的"妹妹"嘛。

裴郅坤一手提着东西一手拉着李蔓，没理那帮娘儿们。

李蔓跟着他上楼，学着林莉的调叫道："坤哥……"

楼梯间的灯一亮，他脚步忽然止住，三秒后那顶灯就暗了。

他一个转身将人抵在墙上，装烤鸭的袋子撞到他的腿发出一阵窸窣的声音。

他的吻狠狠落下。

"还坤哥，皮痒呢？"

"她喜欢你啊？"

"你说呢？"

李蔓："声音挺酥的，你喜欢吗？"

裴郅坤拽紧她的手，贴在她耳边说："我最喜欢我家小醋缸的喘息声。"情话不过三秒，他补充道，"就跟鸭子似的，粗犷但又不失魅力。"

他低头又亲她，李蔓皱皱眉，他的唇比平常热很多，感觉整个人的火气也旺很多。

裴郅坤领人到宿舍的时候，蒋城刚从厕所出来，刚拉上裤衩转身看见女人吓得一溜烟钻到床上，看清人后特不好意思地喊了声嫂子。

裴郅坤从衣柜里翻出干净的T恤和毛衣扔给李蔓："我给你烧点热水，去卫生间擦一擦。"

李蔓脱下他的工作服，怀里捧着他给的衣服，可是很不好意思，这里是男人住的地方。

裴郅坤给热水壶插上电，又递给李蔓拖鞋，忙得像只打转的苍蝇。

蒋城睡不着了，问道："嫂子，你咋过来了？"

李蔓："今天他生日，我买了蛋糕，要一起吃吗？"

"蛋糕？好啊，正好肚子饿了，当夜宵。"

裴郅坤："你晚上不是吃了两桶泡面吗？"

蒋城："我还在长身体，容易饿肚子。"

"饿死鬼投胎！"裴郅坤拿上盆和毛巾往卫生间一放，见李蔓站着，让她坐。

李蔓挨着他的床边坐下，手撑到什么，低头一看，是退烧药，新买的，吃了一半。

她看向裴郅坤："你生病了？"

"没多大事。"

裴郅坤在她面前蹲下，扣着她脚后跟给她脱鞋，里头的袜子都湿了，剥下的时候她的脚指头已经被水泡得发白了，冷得像刚从冰块上踏过一样，裴郅坤握着她的双脚给她取暖。

"别……我等会儿泡脚就好了。"

他捂得更严实了。

裴郅坤捏着她的脚凑到鼻前一闻，嫌弃道："这味道酸的，你几天没洗脚了？"

李蔓想抬脚踹他，奈何有别人在，她只能瞪瞪他。

她伸手去摸他的额头，不用对比也知道他热度还在，眼睛里也没神。

"怎么发起高烧了？"她问。

"前几天滚湖里去了，又淋了一天雨。"

李蔓注视着他："好了，我不冷，别揉了。"

水壶呼呼地叫着，水蒸气从端口冒出，裴郅坤将水倒进热水壶里。

李蔓拘谨，实在不好意思在他们的卫生间擦身换衣服。

蒋城是个聪明人，踢醒陆北，陆北秒懂，两人麻溜地滚到走廊那处抽烟。

陆北："我一闭眼一睁眼寝室里突然多了个人，吓一跳，嫂子怎么过来了？"

"今儿个坤哥生日，嫂子来给他庆祝的。"

"哦哦哦，应该的应该的，哎，那咱们还睡那儿吗？要不去隔壁挤一挤？"

蒋城："挤个屁，再眯个仨小时就出去干活了。"

他们要到天亮才回来，裴郅坤病着没法去上班，这长夜漫漫，还不都是留给他们的？

陆北猛吸一口烟，敲蒋城的胸口，挤眉弄眼道："你小子原来都想好了。”

“还戳着干吗，进来。”裴郴坤把热水倒进盆里，拧了把毛巾。

李蔓走进雾气腾腾的卫生间，小小的方格子房间，只有一个蹲式马桶，裴郴坤拉上玻璃门上锁顺带拉上帘子，头顶的电灯泡亮着橘色的光，整个隔间好似温暖的帐篷。

裴郴坤把毛巾挂肩上，说：“愣得跟个木头一样，把毛衣脱了，不冷吗？赶紧擦完赶紧躺床上去。”他把她的风衣挂钩子上。

男人力道大，握着毛巾一来一回感觉能给她搓掉半层皮。

“轻点。”

“你懂什么，这样才能驱寒气。”

“别地儿也要我来擦？”

“你出去吧，我自己来。”

他把毛巾递给她，说：“行，我出去给你再烧壶水，等会儿泡脚。”

他走出去合上门的时候带进来一股冷风激得她一抖。

李蔓一想到蒋城和陆北在外面等着她弄完瞬间从脖子红到耳后根，她只让裴郴坤擦了背，前面可不敢让他造次，不然她都不好意思抬头和陆北他们对视。

她擦得很快，换上裴郴坤干净的T恤和短裤，有了对比才发现风衣早已湿湿黏黏了。

裴郴坤拿过宿舍里的红色大脚盆，倒上满满的热水，叫李蔓泡脚。

“泡脚能去寒气，晚上也能睡好，水可能有点烫，忍着。”

李蔓坐在他的床上，裴郴坤给她裹上毯子，花花绿绿的毛毯看上去十分幼稚，是大嘴猴的，上面都是他的气味。

裴郴坤拉好毯子，把李蔓的大腿遮住，对外号道：“进来吧。”

陆北抽了根烟，人彻底清醒了，一想到有个女人要在这里过夜不知道怎么就……就感觉脑子炸了，兴奋得睡不着。

俩小子坐在对床傻呵呵地看裴郴坤帮李蔓洗脚，裴郴坤摸着她的脚，爱不释手。

李蔓往后缩："不用，洗脚我自己会。"

他往水里一按："老实点，给你按按。"

陆北说："嫂子，坤哥按脚有一手的，那时候老赵犯腿疾，坤哥每天都给老赵按，就这么按好的。"

李蔓才知道他还有这手，问道："去学过？"

裴郛坤手法了得，说："读技校那会儿去足浴店，那帮妞按摩的本事真不小，可太贵了，去不起，就自己去学了，有事没事捧着脚丫子给自己按按。"

"足浴？"李蔓抓住关键词。

从前她以为足浴就是足浴，后来才明白这只不过是挂羊头卖狗肉，小时候她还说以后赚钱了要带黄美凤去做足底按摩，黄美凤说进去了会被骂的。

陆北起哄："对对对，足浴，啧啧，坤哥你说你，咋还去那种地方？对得起你的良心吗？"

裴郛坤捞起边上的拖鞋拍过去："找揍？"

裴郛坤给她换只脚按，说："正经按摩的地方，我没找过小姐。"

被他按压过的脚底感觉轻飘飘的，李蔓感觉从脚底心酥到骨头里，水冷了，他就加热水。

李蔓对陆北说："我给你买了烤鸭，在那边，不过冷了。"

陆北不饿，但十足地给面子："正馋着呢，嫂子你来得太及时了！可惜啊，最爱吃鸭的那小子飞走了。"

周金10月底就走了，宿舍里少了一个人，不得劲。

李蔓会想到买烤鸭也是上次裴郛坤在电话里提过，那天在饭店她也听到了，她不知道是谁爱吃，就想着买一份。

蒋城说："周金可真行，回去不到半个月女朋友都交好了，刚才还发我微信和我显摆呢，说是他媳妇长得贼漂亮。"

裴郛坤给她擦好脚，去陆北那儿捞回拖鞋给她套上，问道："睡不睡？"

李蔓："那蛋糕……"

陆北撕咬鸭腿，去拆蛋糕，点蜡烛，说："坤哥你太没情趣了，睡个屁，咱们先唱个生日快乐歌！"

两人性格热闹，说唱就唱，唱得震天响。

二十九的蜡烛亮着小小的光芒，蛋糕上盛开的花朵像是春天的芬芳草原，窗外的雨打在玻璃上，无法溜进，一下又一下，顺着玻璃滑落。

"祝你生日快乐！祝你生日快乐！祝你和嫂子天天快乐！祝你快点整个大胖小子出来——"

"走调了！"

"祝你……哈哈哈哈……"

陆北把蛋糕递到裴郅坤面前："来，许愿吹一个！"

裴郅坤眉头一皱，嫌弃地躲开："老子不搞这套，肉麻死了。"

"蒋城，上，把人给我按过来。"

裴郅坤半推半就被蒋城赶鸭子上架，特别有气势地一吹，刚抬头就被抹了一脸的奶油。

陆北笑得幸灾乐祸，护好剩余的蛋糕，说："好了，弄点奶油搞搞就行了，剩余的我要吃的，不许动啊！"

李蔓站在边上忍着笑，拿毛巾给裴郅坤擦脸，奶油香扑面而来，她踮起脚闻了闻，香甜得想让人吻他。

"你们俩小子，下回等着。"

蒋城是真饿了，吃得狼吞虎咽。陆北知道裴郅坤身体不适，小闹一下就够了，开心开心。

裴郅坤让李蔓上床睡觉，小小的铁床正好能挤下两个人，她睡在里侧。

熄灯的时候陆北和蒋城都没吱声，只是咳嗽几声，李蔓听到他们的笑声了，转个身背对裴郅坤，想了想对陆北他们说："今天打扰你们休息了。"

陆北："没事，都自家人，难得这么开心。"

裴郅坤从后面抱住她，将被子给她塞好，厚实高大的身躯将她包围，李蔓像陷在沙子里一样。

他亲她的额头，唇瓣滚烫干裂，李蔓摸他的额头，又对比了自己的，轻声问道："还晕吗？感觉还是有点烫。"

"还好，估计今晚睡一觉明天就好了。"

"可刚才你接我吹了风。"

"这有啥。"

"我怕——"

"怕什么，不就小感冒，不碍事，紧张成这样，就这么喜欢我？"

李蔓隔着黑暗摸到他的下巴，有胡楂，她攀附而上，摸他的脸颊，说："我当然会紧张你。"

裴郕坤抱紧她："这话窝心。"

陆北干咳两声："大半夜的，夫妻夜话这么虐狗？"

李蔓道歉道："吵到你们睡觉了，不好意思。"

"没事没事，我们就是没女朋友，羡慕嫉妒恨，哎，嫂子，你要是有什么朋友单身给我们介绍介绍。"

"好。"

裴郕坤嗤笑一声："等她给你们介绍还不如去当和尚，她圈子小，哪认识什么人，还单身？"

陆北："连个盼头都不给，真残忍。"

李蔓笑了笑，上前亲了他一下，小声道："我睡了，晚安。"

他的脑袋靠在她的后脑勺那里，沉沉道："睡吧。"

他在风里走了一趟，脑袋越发晕乎了。

李蔓按住他的手，示意他别乱动。

他低低笑着，胸腔在震动，那句睡吧不知道是说给谁听的。

他长腿压着李蔓，被窝里拱起一小块，灼热的体温像火炉，紧紧围绕李蔓。

腰、腿，都被他禁锢得死死的，她像条躺在砧板上的鱼，动弹不得。

静谧的夜静静流淌，黑稠的雨在外张牙舞爪，雨量惊人，堆积的雨水从顶楼的排水管哗哗地倾泻而下，偶尔有几声秋蝉的哀鸣，有声似无声。李蔓动一动，被子的窸窣声犹如惊天巨雷响彻在这间屋子里，如果太明显，只怕让陆北和蒋城看出来。

她绷紧身子，就像一根笔直的筷子。

裴郢坤无声地笑着，手穿过李蔓的后脖颈，让她与自己贴得更紧，裴郢坤闭着眼，没力气思考，只想好好抱抱她。

李蔓暗暗推他的大腿，推不动，硬得就像晒干的腊肉。

外面枪林弹雨，里头也是。

小铁床因为微小的动力咯吱了几下，李蔓脚趾蜷缩，死死扣着他的脚背。

隐隐有了水声，实在刺耳，李蔓握住他的手腕抗议。

可她哪玩得过他，他轻而易举就攻破她的城池。

他一直合着眼，表面上那样平静。

10：45分的时候陆北的闹钟响了，两个人起床洗漱去干活，就眯了一小会儿，迷迷糊糊的，隐约听到点动静，心照不宣的事情。

陆北洗漱打开了灯，屋里骤然一亮，李蔓不敢动了，紧紧闭着眼。

没几分钟，灯又灭了，他们两个关上宿舍门走了，又归于平静了。

实则不平静。

“媳妇……”他低低呢喃，偏头看她，借着楼底下幽幽的路灯灯光她看到他漆黑的眉眼，那么深那么沉。

裴郢坤拉过她，重重吻了上去。

他忽然说：“我很久没过过生日了。”久到他自己都记不清了。

李蔓说：“我也挺久没过过生日了。”

她对那些节日看得不重，从前在家黄美凤每年都会给她买蛋糕包馄饨，但后来上高中之后，她就渐渐不过了，没什么特别含义，李蔓就是对这些没多大兴致，因为她觉得没有什么快乐的点。

裴郢坤笑了声：“有人给你过生日你还不要，哪像我，我记得我好像没吃过几回蛋糕。”

小时候裴江不会给他买，因为贵，再大些，在外面混，有人叫他老大，奉承着给他过生日，几个男生在KTV喝得烂醉，蛋糕弄一地，也没吃到几口。

李蔓：“以后我给你过。”

“所以你就这样屁颠屁颠跑来了？”

裴郵坤将她的发别到耳后，下巴抵在她的额头处，李蔓讲话的时候嘴唇会蹭到他的喉结。

“我觉得两个人在一起后这些节日就开始变得有意义了。”

“比如三八妇女节？”

“……”

他笑道：“开玩笑呢，上回的七夕情人节有点匆忙，下次给你整得浪漫点。”

“能见到你就可以了。”

“牛郎织女一年才见一次面，咱们好多了，两次应该有的。”

“嗯，是挺好的。”

经历过失去，李蔓觉得能够拥有他就已经很好了，无论做什么事情只要想到他是属于她的好似动力都大了好几分。

他附和道：“嗯，知足常乐。”

李蔓说：“真睡了。”

“睡？我说完感谢词了得正式开业了，你还想睡？”

“你还在生病。”

“那也不碍事。”

他拉上被子盖住两个人。

外头风雨呼啸，几道闪电下来，屋子里被照得一亮一亮，几丝冷风从窗户细缝里溜进，被窝里在动。

第十章　菩萨说你会嫁给我

那张小床不知摇晃了多久，如同外面的雨，不停歇。

李蔓从他身上下来的时候有些腿软，裴邺坤给她盖上被子，在被窝里摸索着给她穿衣服。

“屁股抬一下。”

李蔓按住他的手，自己穿。

裴邺坤三两下套好衣服，转身将她拥入怀里，声音微哑：“这次真睡吧，不闹你了。”

他双腿夹着李蔓的，结实硬朗的肌肉压在她腿上，十分有安全感。

李蔓环住他的腰，心跳得很快，还未从剧烈运动中平整下来，她说：“他们几点下班回来？”

“八九点。”

“我明天早上七点就走。”

“不多睡会儿？”

李蔓：“有点尴尬。”

他笑了声，胸腔震动：“尴尬什么？”

“你说呢？”

“行，早上我送你。快睡吧。”他吻她的额头。

裴郸坤出了一身汗，早上天微微亮的时候醒来，胸口的汗水把衣服都浸湿了，他慢慢抽出手臂，下床刷牙洗脸，李蔓睡得沉，无所察觉。

高烧留下的一点余热都随着汗水蒸发了，裴郸坤一手刷牙一手撑在水池边上，动了动肩胛骨，身体通畅无比。

一夜的狂风暴雨后早上终于天晴了，楼底下的枝叶洋洋洒洒躺了一地，树叶还在滴水，空气又湿又腥，微风吹在身上冷得人一颤，在阳台上站得久了鼻子都有些僵。

一支烟尽，裴郸坤进屋，李蔓双脚露在外面，他给她盖好。

李蔓后半夜睡眠质量很好，眼下醒来也不觉得困或者睁不开眼。

裴郸坤给她拿衣服，说：“等会儿去吃个早饭再走，我和你一起去市里。”

李蔓在被窝里伸了个懒腰，脚又露了出来，裴郸坤坐在床边上捏着她的脚丫子亲了亲。

“怎么还这么臭？你不会是臭脚大仙转世吧？”

李蔓踢了他一脚，被他牢牢抓住，细密的吻落在她的脚背上，李蔓很怕痒，尤其是脚，他吻得她的脚指头都皱在一起了。

“痒，别闹了。”

裴郸坤双手撑在她两侧，低头要亲她：“来，你也尝尝你自己的味儿。”

李蔓捂住他的嘴：“哪有什么味儿，我换衣服，你起来。”

裴郸坤不逗她了，去给门上锁。

李蔓边换衣服边说：“你要去市里干什么？头还晕吗？”

“去买书，不是和你说我要念书吗？听了一个月的abcd，得弄点题目做做。”

“头还晕吗？”

“都好了，本来就不是多大事。我估摸着是我身体里憋着一股火，昨晚泄了就立马好了。”

李蔓给他叠被子：“是出了身汗吧，我夜里碰到你，脸上和手臂上都是汗。”

裴郸坤从后面抱住她：“哪有你湿得厉害，是不是？”他撩开她的头发，拱她的后脖颈亲。

“你说……他们昨晚听到了吗？”

“听到了又怎么样？”

李蔓：“我以后不来找你了，这样不太好。”

裴郸坤拍拍她的屁股，让她去刷牙洗脸。

裴郸坤切了块蛋糕吃，隔夜的蛋糕味道似乎更好，没那么油腻，五六口他就吃完了。这几天没胃口，病一好，整个人精神了，嘴巴也馋了，本来他不喜欢吃这种甜食的。

两个人在食堂吃了碗竹笋肉丝面，出来的时候云层里隐约有一抹橘色的亮光。李蔓穿得单薄，他一路搂着她，路上碰见几个弟兄，他特自豪地介绍：“这我媳妇。”

一来二去，一个小时的工夫都知道裴工长有老婆了，拿李蔓和林莉做比较，一帮老爷们儿直摇头，怎么比？根本没法比。

裴郸坤叫小刘开三轮车送他和李蔓到车站，天亮得透彻，李蔓这才看清沿路的风景，有山有水有人家，但始终荒芜了些。

一连几天的暴雨把有些地方都淹了，光亮的水面上竖着一棵棵水杉树，远处的群山云雾缭绕，路过几片稻田，稻谷被吹得东倒西歪的。

李蔓的头发被风吹得飘飘扬扬，裴郸坤坐她对面，一直盯着她看。车轮滚到石子的时候上下颠簸得厉害，铁皮哐哐响。

小刘送他们到车站，走的时候中气十足地喊了声嫂子再见。

从食堂出来的一路上，李蔓没少被人叫，她很高兴他把她介绍给他的朋友，但多少有些不自在，不过也能看出裴郸坤人缘好。

在公交车上，裴郸坤握着她的手说：“队里的兄弟人都挺好，有事互相帮衬一下，平日里低头不见抬头见，你帮别人忙别人也会来帮你，做人不就这样吗？”

李蔓看着两人十指紧扣的手没说话。

她或许了解他的从前，但她并不了解他的现在，而越是了解就越喜欢他，他没有一点让她失望。

他说他要参加成人高考，李蔓前段时间特意去咨询过别的老师，大约了解了一点。

周末，书店里人多，小孩坐在地上看书，学生穿梭着挑书，兜兜转转好几圈李蔓才找到高中英语那个分类。

裴郧坤不懂，书都扔十几年了，站在边上看李蔓挑书。

其实她高中毕业那么久，有很多都忘了，是难是易，她有些分辨不出。

李蔓说："其实不用急，你这段时间忙，不过完年后再学？"

"我都算好了，三个月念外语，三个月念语文，三个月搞数学，剩下的时间用来复习，你给我选几套卷子做做就行。哎对了，你班里那孩子有啥课堂笔记不？复制一份给我念念。"

"星期一我去问问。"

裴郧坤站在她身后，随手拨弄着书，说："这段时间确实忙，要不是正赶上我生病，我都没法照顾你。下次真要来记得给个电话，别一声不响跑来，好在我昨晚睡醒看手机，不然你一个人待在那儿万一出事了呢？你想急死我吗？"

李蔓把一份"金牌试卷"捧怀里，继续挑，答道："马上要艺考了，课程很多，我也是趁着这次运动会多放一天假才来找你的。"

他拍她的脑袋："好好教他们，让他们考个好成绩，这样过年就不用挨打了。"

说起过年，李蔓问道："你春节的假期有多少？学校放得肯定比你们早，我等你一起回去？"

"傻不拉几的，到时候你先走，我放了就回去。你在这里耽搁这么多天，你妈不怀疑不担心？"

他已经有三四个年头没回江州过年了，要是裴江看到他回去估计开心得睡不着觉。

裴家的年很冷清，顾兰和张盛有时候中午回来下午就走了，裴邺坤又不会回去，只剩裴江和老爷子，冷清还没年味。

李蔓说："那今年过年，热闹了。"

11月底的时候正式进入冬天了，北风呼啸，手指头都伸展不开，每次画水粉学生最不乐意，洗桶洗笔个个手冻得通红。

学校举行了一场模拟考，12月初的时候成绩出来，李蔓带的班级水平还算稳，但也不乏几个上下浮动得厉害。

周日的课程李蔓没让他们画画，拿着他们考试的画作一个个讲过去。

素描类考试有两个项目，一个是人物头像，一个是石膏像。学校按照每年的艺考规律推算，今年应该是人物头像，所以三年都注重于这一块，但这次模拟考学校出了石膏像的题目，打得学生们猝不及防，画出来的东西比例和感觉都不是很好。

李蔓从上午讲到下午，把每个人的优缺点都分析了一遍，晚上回家时嗓子都哑了。

裴邺坤打她电话她都没敢接，直接用文字聊天。

李蔓煮了碗汤圆，刚要盛出锅，门铃被按响，是送快递的。

拿蛇皮袋装的，沉甸甸的半袋东西，拆开一看是四件呢子大衣和一件羽绒服，都是新的，吊牌还在，一看这蛇皮袋李蔓就知道是谁寄的了。

她给黄美凤发短信，问她寄衣服干吗。

李蔓这边都有，裴邺坤前些天发工资还给她从网上买了两件羽绒服。她穿不下那么多的。

黄美凤大概在忙，隔天才给李蔓回电话。

她说："前几天去卖螃蟹，在街上看到，还挺好看的，就给你买了。你别老穿那种好看但不中用的，身体冻坏了后悔也来不及。"

李蔓刚下班，在回去的路上，冒着冷风，举步艰难，手缩在袖子里听电话。

李蔓叹一口气，说："不是说让你别弄那些了吗？钱我也打给你了，好好在家吃吃喝喝，打打牌逛逛街就好了。"

黄美凤含糊几句，扯到别的话题上，问道："什么时候回来啊？"

"1月10来号吧。"

"小蔓，你寒假回来去考个驾照吧，等你考完了我们买辆车，就十万块左右的那种。"

李蔓知道她什么都想给她准备好，但是没必要这么急。

"妈，不用。我的公寓就在学校边上，没什么地方能用到车。"

"我看西边的瘸子家都给他女儿买车了，进出方便，刮风下雨挨不着。"

"明年行吗？今年工作刚稳定，也没什么存款。"

"那你回来先考驾照，很快的。"

"等我回去了再说。"

电话那头传来嘈杂的人声，黄美凤叮嘱几句就挂了电话，李蔓猜她大概在做生意，总说不听，自己的身体自己不爱惜，李蔓不知道怎么样才能让她别去干活。

12月中下旬，艺考前两天突然下了场冰雹，部分地区特别严重，都不能出门，市里还好，冰块小砸在人身上不算疼。

裴郧坤在微信上传了个小视频，陆北拿着安全帽接冰雹，几个人比拼谁接得多，李蔓把视频反复看了几次确定那冰雹只比鸡蛋小点。

她不解，也心疼，晚上和他打电话，问起这种天气也需要工作？

裴郧坤倒显得不在意，说："是有假，但你不去做总得有人做，更何况特殊天气还有加班费。冰雹下得大，不加紧清理，火车不好走，不用担心，等过段时间下雪了，我在边上堆个大雪人拍给你看。

李蔓："……"

裴郧坤说："这两天学生考完了，你就没事了吧？"

"嗯，没事了。"等着做期末总结，开会，写报告，然后跟着学生一起放假就好了。

他说："那好好待着，别不声不响地跑来，我现在每天只能睡四五个钟头，活太多，过段时间春运，还得加班加点地干，等过了这阵子，咱们直接在江州见，身边缺什么和我说，老公给你买。"

李蔓："我不缺什么。你衣服够穿吗，厚吗？听说今年是近三十年最冷的一年，你注意保暖。"

"厚着呢，把你塞里面都能给你煮熟。"

李蔓想起他那床被子，又问道："厚一点的棉被有吗？你们宿舍好像没空调吧，热水袋记得灌着，别懒。"

"还没嫁给我呢，就唠叨成这样，像个小老太婆。"

元旦，李蔓去医院找吴巧，他们正准备出院，那是李蔓第一次见到吴巧的父亲，白发苍苍，与其说父亲不如说更像爷爷。

吴巧的腿还没好透，撑着拐杖勉强能走，吴母见到李蔓拉过自家老头迫不及待地给他介绍，反复说着，这巧巧的老师，好老师，好老师。

俩家长忙着办出院手续和整理东西，李蔓和他们简单地打过招呼后，坐在床边悄悄给吴巧塞了个红包。

吴巧看到红色的信封一惊，推托着不要。

李蔓说："钱不多，但买些笔啊颜料啊还是够的，你在家好好休养，明年9月再来过。前天开了个会，下学期我要带高一新生，可能没法教你，但有事还是可以找我。"

吴巧依旧不要，李蔓塞到她手心里。

吴巧很为难，说："李老师，不用的。"

"恭喜你出院，以后好好的，你爸妈很辛苦，你要是真出事了，他们老了怎么办？考不上好大学不代表以后没出息，能考上就是锦上添花，三百六十行，行行出状元。我小学的时候数学经常不及格，排名一直中下游，后来考的高中也不是市重点，可现在都过来了，我生活得很开心。以后的事谁说得准呢，生命只有一次，没了就真的没了。"李蔓摸摸她的头。

李蔓从医院回来，正午的暖阳挂在天空中，光芒万丈。李蔓是走回来的，二十多分钟的路程走得背脊发热，冷风打在身上令人觉得舒畅。

小区门口的路边上停着一辆黑色别克，李蔓瞥一眼车牌，停下脚步，果然，李建忠从后视镜看到她立马下车叫她，很急切，大概生怕她走掉。

李蔓轻拢着单肩包："有什么事？"她很平静，就像河面平滑的薄冰。

李建忠从后备厢里拿出两大袋东西，说："前段时间和她去旅行买的特产，吃的用的玩的都有。"

李蔓双手插在呢子大衣的袋里，没有伸手，说："不用，我不需要这些。"

李建忠："拿回去看看，要是不喜欢就扔了。那套别墅我已经找人设计装修了，爸爸知道你不会去住，那边风景挺好，以后你得空了就去度度假。你妈很辛苦，为你操心这操心那，要是有什么困难就和我说，不要让自己太累。如果你妈买房还缺钱，我来贴，行不行？小蔓，别一直拒绝爸爸，爸爸知道亏欠你，也一直想补偿你，对你好点，可你总把爸爸拒之门外。"

李蔓垂眸，看到呢子大衣的衣角，这是黄美凤上次寄来的，很厚实很暖，即使款式不是很新颖。

她说："我不是把你拒之门外，是你太让人失望了，小时候别人都有爸爸在家里支撑着，可是我家就我妈，一个月不见你来一个电话，从你开始出去做生意到你们离婚，你一直是这样，你要补偿我，可我没有办法回到小时候了。现在你给的这些我不是很缺，但你给了我也就拿了，说句不好听的，这些都是我应得的。那套别墅已经够了，你只要顾着你自己的家庭就好了，我听说她判了三年还是四年，以后出来了说不定要靠你养一辈子，我自己有双手我可以养活自己。"

李建忠拉过她的手把东西塞到她手里，说："东西你先拿着，不喜欢可以扔。你以后结婚生孩子，用钱的地方多着呢，你是我女儿，以前我没尽到责任，以后要尽到。小蔓，爸爸是错了，爸爸不否认。"李建忠拍拍她的手，"快放假了吧，放了就回去多陪陪你妈。我先走了，下次再来看你。"

他走了几步又回过头，说："你要是和邺坤真走到那一步别忘了通知我一声，别忘了。"

他的车消失在柏油路尽头，李蔓提着两个大袋子往楼上走。

特产也就那样，李蔓对这些没多大兴趣。

李蔓再次见到陈玉是在学期结束后的教师会议上，她瘦了一圈，精神似乎不太好，从前碰面她都是笑着的，这次走进来的时候整个人很阴郁，边上有人窃窃私语，李蔓和徐荞坐一起，当作没看见。

陈玉来做一些交接工作和结算工资，上次周蔚初出事后她就没来过学校。

散会后几个和她关系较好的老师相继安慰她，李蔓整理资料和笔记，徐荞拱拱她的手臂，问李蔓走不走。

李蔓头也没回，和徐荞一起回去。

徐荞说："这也算恶有恶报了吧。我听傅明说陈玉她女儿在牢里跟精神失常一样，估计是接受不了坐牢的苦也受不了自己撞死人的事实，心理压力太大脑子就不正常了。"

李蔓："如果是我的话，我也承受不住。"自己杀了人，良心这辈子都不会安稳。

徐荞："你说她开车的时候在想什么，怎么会把油门当刹车，又不是新手？"

"谁知道。"

李蔓是1月下旬回江州的，列车路过有湖泊的地方，上面结了很厚的冰，阳光一照亮晶晶的。

她坐在靠窗的位置，路上信号不好，坐着也没事干，她边听音乐边看风景，车速快，起初没发觉什么，过了一个多小时才发现地面上覆上了一层薄薄的白色。

坐在她面前的一女生激动地挽住男朋友的胳膊，说："下雪了哎！"

这是今年的第一场雪。

初雪什么的，她一直觉得是哄骗恋爱中的小女生的东西。李蔓不觉得下雪有多美，反而开始担心，担心这场雪下多久下多厚，桐城每年降雪量都很大，有一年大学放寒假的时候雪已经能淹到脚跟了。

李蔓给裴郧坤发短信，那个刷新符号转了很久才发出去。

她让他上班的时候小心点，雪天地滑，温度又低，整天站在风雪中别冻出什么病，现在是年轻力壮，到老了，可能关节炎、肩周炎都出来了，即使他身体再硬朗那也不是铁做的。

李蔓觉得自己果真如他所说，越来越啰嗦了。

以前只不过是想着他辛苦，现在天气一有点风吹草动她就恨不得拿什么把他罩起来，生怕他出一点点事情。

李蔓想，大年初一的时候她得去寺庙里上香，她希望裴郧坤和母亲都身体健康。

出站后，李蔓想给黄美凤打电话，这才发现手机停机了，她没赶上晚上最后一班公交车，打车到家门口，黄美凤站在院子门口眼巴巴地望着她，一见到人那颗心立马沉了下去。

她边帮李蔓提行李边嘀咕道："你这孩子怎么回事？打你电话都打不通，买这么晚的车票，万一回来的路上出点事情呢，你要担心死我啊！不知道这几年女大学生出事的特别多啊？"

李蔓拉过行李箱自己提，缓缓道："我就是手机关机没电了，我现在也不是大学生了。"

黄美凤依旧嘀嘀咕咕："所以你一个人在外地我就是不放心，出了事都没人照应，我总提心吊胆的。"

李蔓洗手帮她盛饭："都五年了，我不好好的吗？不用担心。"

黄美凤打掉她的手不让她忙，说："我这心口的肉都飞到别地儿了，我能不慌吗？"她多瞧了李蔓几眼，又嘀咕道，"让你多穿点，里面这什么毛衣，薄得跟没有似的，乡下不比城里，冷好几度呢，明天给我把羊毛衫套上，万一又感冒发烧，伤身体。"

李蔓笑笑没说话，其实她穿得很厚了，可能在母亲眼里孩子永远是吃不饱穿不暖的。

吃过饭，李蔓拿黄美凤的手机给自己充话费，刚复机就跳出裴郧坤的十几条短信，最后一条只有两个字：李蔓！

黄美凤在洗碗，李蔓关上卧室门，给他打电话。

裴郧坤秒接，一开口语气不善，质问道："手机为什么关机？我打了你一下午电话你知不知道？我不是和你说了吗？回去的路上手机要开着，别让我找不到你！万一你出事，被绑架什么的，你让我——”

“我停机了。”可能发完那条短信就停机了，然后又没电了。

裴郲坤：“……”

李蔓站在窗边，裴郲坤家后院的两棵杨树光秃秃的，萧瑟的枝干摇摆在晚风里。

李蔓：“你的反应怎么和我妈一样？”

“因为你是我和你妈的命！”

李蔓的笑慢慢敛起，手指刮着窗台，良久，她说：“下次不会了，让你担心了。你那边雪下得大吗？”

裴郲坤显然松了口气，口气柔和下来，他答：“挺厚了。”

“你上次说的什么修整，完工了吗？”

“天气预报说这段时间下雪，估计得延期了。”

李蔓：“我等你回来。”

“快了，顶多还有一个月，你在家多吃点，冬天长点肉才不怕冷。”

李蔓看到裴郲坤家的院子里有条小黄狗，说：“你爸好像养了条狗。”

“他就爱整那些小动物。”

人寂寞了才会想养猫养狗吧，李蔓说：“你回来，裴叔会很开心的。”

“我是好几年没回去了，是该回去过个年了。”再烂也是祖宅，是他的根，哪儿都比不上的。

李蔓说：“我知道你不喜欢这里，可我很喜欢，即使发生过很多不愉快的事情，可我还是很喜欢这里。”她看着这片土地，有时一恍惚仿佛能找到小时候的感觉，那种和他在一起的自由洒脱现在都很难感受到。

人越大就越被束缚得紧。

裴郲坤低低一笑：“我看你是喜欢我吧，你不会在睹物思人吧？”

李蔓：“最近在念语文吗？睹物思人这个词语用得挺好。”

裴郲坤说：“你说过年把这事和你妈摊牌好还是等明年我考上了

再说？”

“你觉得呢？”

“等考上了再说吧，不能给丈母娘开空头支票，有了粮食再问她要女儿也不迟。”

一通电话不知不觉聊了足足有半个钟头。

快挂电话的时候，李蔓忽然问道：“要是我被绑架了，要是我被撕票了，你怎么办？”

“殉情。”

“挺伟大的。”

“那换作是我呢？你怎么办？”

李蔓戏说：“我找个智勇双全的嫁了，好好过日子。”

裴邺坤冷笑一声：“等着，等我回去不弄死你。”

咚咚咚——房门被敲响，黄美凤站在门口定定地看着李蔓。

李蔓一惊，按断电话，故作镇定：“妈，怎么了？”

黄美凤擦擦手，在她床边坐下，说：“碗我都洗两遍了，电话还没打完？妈跟你聊聊。”

李蔓站在窗边没说话，几片雪花落到碧绿的窗户玻璃上化成水珠慢慢落下。

黄美凤说：“下雪了，今年下得挺早的。桐城那边下过了吗？”

“今天下了第一场。”

“邺坤那孩子今年回来不？”

“妈……”

黄美凤忽地一笑：“小时候考不及格回来也没见你紧张，怎么说起这件事情就紧张了？”

“我和他……”李蔓是真没打算现在和她说。

“他对你好吗？”

“嗯。”

黄美凤拍拍床，让李蔓过来坐，语重心长道：“你们俩那事我早就知道了，暑假那会儿就知道你们断不了，你又是什么性格，我说再多，你的那颗心早晚还是会扑到他身上的。妈之前和你说不同意你们是因为真觉得你们不合适，就算你们现在在一起了，我依旧觉得不合适。”

“妈，他——”

“你听我把话说完，郰坤那孩子呢，我就是觉得浮，有点心高气傲，上次见了一面看起来倒像是成熟了挺多，他自小没有大人好好教，喜欢在外面乱跑，交些乱七八糟的朋友，在我眼里始终不好，就觉得这人不值得托付。嫁对了，一辈子过得好，嫁错了，就像妈一样，懂吗？但你想和他在一起，我尊重你，只希望他对你好，一辈子好，虽说我们两家都不是什么富贵人家，但你们两个踏踏实实过日子别搞那些赌博或者传销之类的就能活得挺滋润。妈就是怕他以后……我这些天翻来覆去地想，心里总是不安稳。”

李蔓原以为黄美凤会极力反对，没想到她会松口同意。

李蔓轻轻道：“我知道你为我好，所以从小到大你希望我怎样我就努力去做，我不想让你担心，前段时间也试着和一个家庭好家教好人品好的人交往，谈了有半年吧，可后来真的熬不下去了。我不喜欢他，他很好，可是我不喜欢他，在一起做什么都不开心。”

黄美凤握住她的手：“我家蔓蔓就是个小傻瓜，妈不是强制你做什么，妈就是不希望你以后吃苦，有句老话说得好，我吃过的盐比你吃过的米都多。”她现在比从前更希望李蔓过得好，她真的恨不得都给她安排好叮嘱好，不然也许就没机会了。

“我都懂，我知道你是为我好，妈，我都知道的。”

“唉，那你喜欢他，他喜欢你吗？”

“嗯……”

“害羞什么。”黄美凤问道，“他在铁路那边做的什么工作？一个月工资多少？你们将来的事情他有没有和你提过？”

“工务段的，什么都干，风里来雨里去的，这段时间桐城大概要下大雪，工作就更苦了，我也是和他在一起以后才知道他是他们那区的工长，一个月六七千，已经很好了，至少比我好。”

“六七千？哎哟，那真的挺不错的，唉，也是不容易，一步步走到现在，不容易啊。”

别的家庭的孩子出来工作，多少有父母帮衬着，裴江就没管过他。

李蔓说：“至于将来，我们还没想太远，他最近在念书，说要去考本科的文凭。”

黄美凤笑了笑：“念书干啥？”

“他说，要让丈母娘走出去有面子。”

黄美凤乐得哈哈大笑：“这孩子，早知道现在这样，他小时候就多塞几个螃蟹给他补补了。哦对了，过年他回来不？我给他弄点螃蟹，现在的螃蟹不得了，肥得流油。”

“他放假了就会回来。”

“那行，等他回来了，来家里吃个饭，妈得好好看看他。”

黄美凤起身准备下楼，走了几步折回来说：“先别告诉他，回头我考验考验他。”

李蔓浅浅地笑着：“考验什么？”

“考验他对你好不好。”

李蔓手机上两个未接电话，她突然挂电话，裴郅坤被吓一跳。

李蔓倒在床上给他回拨电话。

裴郅坤第一句就是：“没出什么事吧？”

李蔓话到嘴边又咽下，说：“没事，手机没电了。你过年回来的时候穿好看点，记得给自己买几套新衣服。”

“怎么，嫌我穿得不够潮流？”

李蔓声音里满满都是笑意，她说：“新年都穿新衣服，穿得神气点，给我妈留个好印象。”

“说得挺有道理。”

李蔓说：“我等你。”

就如李蔓上次所说，今年过年，热闹了。

裴家来了些亲戚，是裴郅坤的叔伯阿婶，过年走亲戚，平常也不见得来的，今年突然到访，原本冷清的院子一下子热闹起来，大年三十阳光热烈温暖，一窝人坐在门口晒太阳，叽叽喳喳都是笑声。

李蔓起得晚，被这阵笑声吵醒的。

在刷牙洗脸的时候这声音更大了，李蔓提着牙刷杯好奇地朝那边望了一眼，院子里伫立着个高大挺拔的身影，穿着黑色的羽绒服，英气硬朗。

他回来了。

李蔓换上粉色的呢子大衣和黑色的短裙，这是前几天和黄美凤逛街新买的。其实她觉得粉色有点嫩，但黄美凤说她看电视，电视里的女主角都这么穿的，她总说李蔓穿的颜色太老气，黑色灰色是老太婆穿的，女孩子就该穿红色粉色。

李蔓之所以买是因为黄美凤后面说了一句戳心的话："穿得嫩点郏坤才会更喜欢你，哪个男人不喜欢花枝招展的小姑娘。"

李蔓给他发短信，说：我想见你。

裴郏坤正忙着烧饭，边放柴火边回道：那你来啊。

他以为李蔓不会来，毕竟光明正大地跑来万一被黄美凤看出点什么呢？没想到一分钟后，她真的出现在门口。

亲戚们追着问："这小姑娘谁啊，长得真好看。"

裴江剁羊肉呢，叼上支烟，说："隔壁邻居的女儿，长得美不？我们这里就属小蔓最好看了。"

她站在门口，背对着阳光，大衣上凸起的毛絮都瞧得清清楚楚，短裙下两条腿笔直纤细，裴郏坤拿烧火钳正塞柴火呢，眼睛贴在她身上，整个人都不动了。

李蔓走进去，颇为自然地问道："烧什么呢？"

门口的亲戚时不时朝里探头看，裴郏坤放下火钳，说："帮个忙，去后院一起搬点柴。"

有个阿婶说："小坤，你咋还叫姑娘弄那些，怪脏的。"

裴郏坤揽过李蔓，笑说："没事，她从小就力大如牛，本来就脏兮兮的，想吃我锅里的红烧肉啊那先干点活。"

李蔓几乎是强制性地被他拉到后院。

李蔓说："柴呢？"

青石板上光秃秃的，什么都没有。

裴邺坤从上到下打量她好几遍，一步步靠近她，将人抵在墙上。

李蔓抬头，目光和他对上，漆黑的眸子里能看到她的倒影。

后院边上就是小山丘，上面栽种着一小片竹林，很好地遮去了后面那户人家的视野，山丘和屋子之间有条小河，边上种着一排杨树，几十棵老树的树根死死缠在快要坍陷的河岸里，碧绿的河面上漂着一层枯萎的落叶。

今天没有风，阳光照了一上午，很暖，后院有些阴飕飕的，两个人都笼罩在房屋的阴影下。

"哟，大冬天光腿，不冷吗？"

说着，他的手攀附而上。

李蔓："好看吗？"

"这颜色还不错，穿丝袜了？怎么穿两条内裤？"

李蔓抽出他的手："那是安全裤，防止走光的。"

"你还知道走光？大冬天穿什么裙子，不怕冻？"裴邺坤一手撑在墙上，一手弹她的脑门。

"今天不算冷，阳光好。"李蔓始终凝视着他。

裴邺坤的视线从她的眼睛慢慢落到唇上，似笑非笑："嘴巴噘这么高，等着我亲呢？"

李蔓："……"

他扣住她的脑袋，唇贴了上去，微凉的唇渐渐热起来，李蔓卷到他嘴里淡淡的烟草味，搂住他的脖子，主动吻他。

裴邺坤不敢亲太久，就怕突然后院冲出个人。他把手伸进裙摆里，拍拍她的屁股："这么饥渴？小舌头灵活的。"

李蔓抱住他，说："我想你。"

忙的时候还好，一空下来她就会格外想他。

裴邺坤吻她的额头："我也想你。晚上和我去趟庙里，和你妈说一声，就说和我去上香，这样你妈不会说什么的。"

李蔓笑了，真觉得两个人心有灵犀。

“我本来也打算去烧香的，想大年初一去的，今晚会不会太晚？”

“要的就是晚，笨得可以。”裴郅坤弯腰贴在她耳边轻声说，“不知道今晚还有宾馆吗，要是没有——”

“郅坤！你小子人呢？锅里的肉不管了？”

裴江一吼，把两人都吓一跳，裴郅坤捏了捏眉心：“怪不得都说偷情刺激呢。”

李蔓推开他，从后门进屋，问道：“裴叔，我们找了一圈都没找到柴，您堆哪儿了？”

“柴？在仓库啊。”

裴郅坤后脚跟进来：“怪不得找不到。”

裴江往灶口一望：“找什么找，这不很多吗，够烧了。小蔓，等会儿留下来一起吃饭。”

李蔓摇摇头，委婉拒绝，突然想起什么，说：“我妈准备了些螃蟹，我去拿过来，刚刚忘了。”

她走的时候裙摆一晃一晃，肉色丝袜下的腿白得像雪，裴郅坤坐回灶头前，哼着歌烧火。

裴江往锅里装水，打算煮羊肉，说：“发生什么好事了，还唱小调？回来待几天？”

“一个星期左右吧，外面那些人来干什么？”

“你说还能干什么，还不是上次你爷爷走的时候你回来了一趟听说你在外头干得不错，打算让你开个后门把你二伯的儿子也弄进去。”

裴郅坤朝门口瞥了一眼，坐在中间的那个小伙子笑得傻乎乎的，他说：“得了吧，这种调子来了我也让他回家喝奶去。”

“说得轻点，大过年的别弄得不痛快。你都二十九了，今年抓紧点找个对象赶紧结婚，对方要是要房要车，我想办法给你整去。”

灶头的火红旺旺的，裴郅坤觉得背脊出汗，拉开羽绒服拉链凉快凉快，沉默不语。

裴江：“听到没？”

“你上哪儿整去？”

“这你别管，该给你的都给你。”

裴郧坤双臂搁在大腿上，弓着腰，有一下没一下地夹柴火往火坑里塞，说：“你有空管好自己就好了，别惹上什么病，好好活到老，不给我添麻烦才好。”

这下轮到裴江不说话了，只有锅里的水在翻腾，咕嘟咕嘟的。

黄美凤也正忙着烧午饭，见李蔓回来拿螃蟹，唠叨道：“嫁出去的女儿泼出去的水，一门心思都在他身上，叫你把螃蟹拿过去也抛在脑后。”

李蔓：“他说晚上一起去烧香。”

“去中心镇那个庙？拜拜佛挺好的，记得买串佛珠戴戴。”

“大概……明天早上回来。”

“早上早点回来，叫他来吃饭，我给你们煮南瓜粥，晚上记得多穿点衣服，大半夜排队冷得很。”

李蔓觉得黄美凤的反应出奇反常，几乎没反对过她和裴郧坤，她说尊重自己李蔓很开心，可眼下这么豁达实在不像她，从高中开始她就陆陆续续告诉李蔓，希望李蔓找个什么样的人，直到前段时间她还在催李蔓找个比较合适的对象。

现在自己说要出去过夜她居然都不说什么。

黄美凤关火，见李蔓盯着她看，说：“傻愣着干什么？衣服多穿点听到没？”

“嗯，知道了。妈……”

“怎么了？”

“你觉得他好吗？”

“好不好你比我清楚，说实话，郧坤那孩子人我是喜欢的，但就是家庭什么的不太合适。你们要是真走到那一步，好多事情我得和裴江好好商量。妈说得远一点，你要是嫁给他了，以后你们生活在桐城，平常不回来也没啥事，但比如这过年过节的，要是遇上顾兰，你得客客气气地叫声妈，就算郧坤再不喜欢，你的礼数还是要做全，等顾兰老了你也还是有义务去赡养她的，面子上和礼节上的东西要做好，要做到问心无愧，别人领不领情是别人的事情。郯坤也是要三十的人了，有些东西他也应该懂。这社会里的人际关系不都这样，谁都装个样子，谁都图个面子，脾气太倔没好处的，处事圆滑一点，谁也不要得罪，知道了没？”

“妈，我想以后和他好好生活，赚钱了让你和裴叔过好一点的日子，大家都开开心心的。”

李蔓从后面抱住她，黄美凤鼻子一酸，骂着打掉她的手。

“忙着呢还抱我，几岁的人了，还撒娇。你裴叔是个老实人，就是脑子缺根筋，别看郯坤和他不对头，但到底是父子，心连心，以后好好孝顺着，这辈子他也过得不容易。”

李蔓依旧贴着她：“以后都会好的。”

黄美凤动弹不得，边笑边骂：“像块牛皮糖还踢不掉了，妈老了，身上有味道，你不嫌弃？”

“没有味道。”

“去去去，赶紧把螃蟹给人拿过去，碍手碍脚的，我洗锅再炒个菜。”

隔壁邻居的大婶端来一盘豆沙馅的糯米团子，正巧看见李蔓往裴家走，对黄美凤说：“你女儿真是长大了，条子好得不得了，以后一定嫁个好人家。”

黄美凤接过糯米团子连声道谢，从提桶里拿出一袋螃蟹，说：“本来想让小蔓等会儿给你送去的，正好你来了，拿回去烧烧。她小孩子的心性还没扔，刚才还黏着我，长不大了。”

“哎哟，这螃蟹个头大的，镇上买的话得五六十块钱，客气了。”大婶在长凳上坐下，唠嗑道，“什么小孩子，你家女儿不要太好，真的，美凤啊，小蔓这孩子好得不得了，你看看隔壁队顾家的小女儿，去城市里读书以后整天跟不三不四的人混在一起，听说还弄出孩子了。小蔓高中开始就一个人在外面，给你惹过什么麻烦事没有？”

黄美凤咧着嘴笑意满满，颇为骄傲地说：“我家小蔓也就这点好了，懂事，不用我多说，省心得很。”

“我和你说，赚的钱多钱少真的是其次，养到个好孩子真的是福气中的福气。这附近又不是没例子，老K家的儿子一直弄那个老虎机，什么赌博，一直问别人借钱，嘴巴上一直讲得好听，其实根本没什么正经工作，好好的一家人硬是被折腾得见老底了。”

“我前几天还和小蔓说呢，赌、嫖、毒这三样不要碰，日子就能和和美美。”

大婶附和着点头，想起什么又说道：“我刚才见裴家那小子回来了，上次裴老走的时候见到他，哟，真的好几年不见人大变样，这模样真是俊俏得不得了，长得像他妈。老裴不是老忙着给他儿子找媳妇吗？我前些天上镇上正好碰到我张家的姐妹，说是有个姑娘，在五金厂里工作，我得去说说媒，先走了啊。”

“哎哎哎！”黄美凤挥着锅铲赶忙叫住她，“那什么……我听说郕坤有对象了。”

“啥？有了？昨儿个老裴还说犯愁呢。”

黄美凤语塞一阵，圆话道：“是小蔓和我说的，俩孩子关系好，什么都说，估摸着郕坤还没告诉老裴呢，你就别操这个心了。”

“哎哟，那我不管了，走了，螃蟹谢了啊。”

“客气什么，我还谢谢你的团子呢，我省得做了。”

黄美凤在家洗洗弄弄一下午，李蔓趁着空闲时间把对联贴了上去。他们家亲戚少，和李建忠离婚后李家的亲戚也没了来往，过年一直是她们娘儿俩，偶尔有收到过黄美凤恩惠的人送点东西来。

可能是现在生活水平高了，平常想吃什么就吃什么，想穿什么就穿什么，这年越发没年味了。

下午阳光慵懒暖和，隔壁几家人聚集在院子里晒晒太阳嗑嗑瓜子，从东边扯到西边，李蔓一直低头和他发微信。

裴郕坤说：我先睡会儿，晚上吃好饭带你去逛庙会。

他昨夜坐火车回来都没睡好，李蔓收了手机剥橘子吃。

过年无非那几个问题，有男朋友了吗？工作稳定了吗？工资多少呀？

一老太太说：“上次洁洁回来，说暑假的时候在东滩碰到你了，这几天她也在家，要是无聊就找她去玩，你们从小玩到大的，年轻人在一块儿有话聊。”

说到徐洁，还不等李蔓开口拒绝，几个大婶你一言我一句地张口问道：“徐洁今年二十九了吧，男朋友找了吗？光搞个学历可不行，结婚的事也不能落下啊。”

老太太叹气，又很无奈。

李蔓将半个橘子给黄美凤，进屋泡茶喝。

裴江那伙亲戚吃完午饭就走了，他揣着把花生过来唠嗑。

李蔓给他端茶，裴江说：“邺坤在家呢，无聊的话你俩就出去玩吧，买点什么爆竹放放。”

一伙人哄笑：“你还当他们是五岁小孩啊。”

黄美凤问道：“你那边的人怎么来了？”

裴江冷笑一声，耸耸肩：“还能干啥，不就上次见邺坤工作还不错，想来碰碰路子，这事我做不了主，那小子三言两语就把人打发了，这不，捞不到好处都回去了，大过年的，闹心。”

大妈说：“哎，我听说在铁路那边一个月也就两三千啊，谁会来碰这个路子？”

裴江吐掉花生：“你懂什么，什么两三千，我儿子是干部，管人的懂不懂？一个月七八千呢。”

“七八千？哪有这么高？”

黄美凤笑说：“真的有这么高的，现在铁路部门待遇不错的，就是辛苦了点。”

那大妈说：“当然辛苦，什么文凭的人做什么工作，像你家小蔓就是坐办公室的，舒服得不得了。”

裴江卡在喉咙里的话还没吐出来，李蔓先行一步，淡淡道：“我初中有个同学，初中毕业就去打工了，听说现在搞什么建材生意，一年好像要赚几十万。”

黄美凤打圆场，扯别的事情，说：“老张家外孙女那案子判了没？真作孽啊，好好的人被糟蹋了。”

“那男的脑子有问题，镇上又不是没有鸡，偏偏要睡那姑娘，不就看人家脑子有点不好使吗？我看这牢饭八九年是要的。”

李蔓被那人的一番话弄得挺不痛快，简单收拾下就上楼眯一会儿，今晚排队烧香，估计不能睡了。

冬天的夜黑得特别快，四点多的时候天色已经渐黑。

天一黑，周边放烟花的陆续出现，噼里啪啦震天响，南边的一整排天空无时无刻不飘着五彩的烟花，斑斓的光彩下田野树林隐约可见。

李蔓被烟花鞭炮声吵醒，后面那户放鞭炮，炸开的鞭炮还弹到她家后窗上，咚的一声彻底将她闹醒。

她往枕边一摸手机，已经五点多了。

裴家晚饭吃得早，这会儿裴江把饭碗都洗好了，裴郅坤站在院子里抽烟，听着裴江絮叨。

裴江说：“明天你阿姨回来，都一家人，别做得太难看。”

“她把你当一家人吗？”

“夫妻一场，好歹也是个伴儿。”

“一年到头给你洗过几个碗？还伴儿呢，累赘差不多。”

“你阿姨也是没办法，想赚钱就没法在这穷乡僻壤里待，城里赚钱快。”

裴郅坤深吸一口烟，没再搭理裴江。

“晚饭吃完了没？”

黄美凤出来倒垃圾，随手打了个招呼，可吓得裴郅坤整个人都僵住了。

黄美凤招手：“阿姨煮了甜汤，来喝一碗。”

裴郅坤掐灭烟，进屋前还特意整了整衣服，规规矩矩地叫了声阿姨。

李蔓从楼上下来，见到裴郅坤，再瞧瞧他的样子，忍着笑，问道：“你吃完饭了？”

“吃完了，等你吃完我们就走。”

黄美凤给他盛了一大碗，让他坐下吃。

李蔓坐在他对面，时不时打量他一眼，平日里张狂得不行，现在却乖得像只小白兔，李蔓觉得挺好笑。

裴邺坤抬碗喝，吊起眼皮瞪了她一眼。

黄美凤说："两个人出去注意安全，大过年的小偷也多，皮夹子放好。"

"好。"

黄美凤："邺坤啊，我最近老听你爸说要给你介绍对象，娶媳妇总得有规划吧，你自己有什么打算吗？"

李蔓不声不响地喝汤。

裴邺坤："先念个文凭出来吧，我自己有点存款，买房买车可以贷款，我这行其实待遇还行，以后还得起。"

"有计划就好，有计划就好。阿姨记得你小时候皮得跟猴一样，现在都长大了，做事懂得稳妥了。等会儿出去好好照顾下小蔓，她有时候粗心，今晚路上车多，庙会人多眼杂的，你看着点啊。"

"好。"

夜黑得就像一张稠密的网，铺天盖地地笼罩下来，月朗星稀，寒风冷冽，小路口最近新装了路灯，幽蓝的光照亮整个小山丘。

黄美凤本想着给李蔓去拿件大衣罩腿上，没想到裴邺坤从电动车后座里扯出一件大衣，让李蔓盖上。

黄美凤嘴角挂着笑意，又叮嘱了几句。

小车子渐渐远离小村庄，拐入大道的时候裴邺坤吊在喉咙口的心终于慢慢沉了下来。

李蔓抱着他的腰，双手插在他的大衣口袋里，他给她裹得密不透风，围巾围得只剩一双眼睛，寒风呼啸，倒真一点都不冷。

裴邺坤单手开车，另一只手伸进口袋握住她的手，侧过头说："我怎么听着你妈话里有话？是不是我们暴露了？"

李蔓："可能是你想多了吧。"

他攥紧她的手，总觉得哪里不对劲。

寺庙旁边的路上都摆满了小摊，烤番薯的香甜味飘向四方，五彩的小灯笼挂一串，几个孩子挪不开眼睛，人挤人，热闹非凡。两个人兜了好大一圈才找到停车的地儿。

裴郅坤拔下钥匙，转头看李蔓，没忍住，笑了出来。

他捧着她的脸蛋，说："刚才走得急，倒没注意，现在一看怎么把你裹成了小猪，肥头肥脑的。"

李蔓伸手去摘耳帽，三两下扯开围巾，刚露出脖子呼吸到一口新鲜空气，嘴还没张开就被他堵上了。

裴郅坤双手捧着她的脸，低头就是一个深深的吻。

边上的树灯璀璨靓丽，颇有规律地闪耀着，淡淡的光打在他们身上，给他们镀上一层月光般的银色。

他满嘴都是甜汤的红枣味，又甜又香。

"你刚才吃的什么？怎么那么腥？"裴郅坤捏她的脸，眉头皱着，无比嫌弃。

李蔓："……"

"我再尝尝，看看是不是我品错了。"

话落，他搂住她的腰将人往上一提，完全吻住她的嘴。

"妈妈，有人在亲亲……"

"不该看的别看。"

中午那个吻短促又着急，根本无法解他的渴，这一吻吻了五六分钟，他松开她的时候李蔓脸红得就像路边挂起的灯笼。

"路上都是人，都看到了。"

裴郅坤牵起她的手，吻她的手背："看到了就看到了，没见过小情侣打啵吗？更何况又不是站在大街上，我还特意挑了处树荫呢，人家要看我也没办法。"

"就你脸皮厚，刚刚在我妈面前的乖顺劲呢？"

"你不就喜欢我脸皮厚吗？我要不主动点，你的嘴都能噘到天上了，明明想要得很。"裴郅坤揽过她往人群中走，他的手指几乎能包住她的，手指骨坚硬粗糙，却很有男人的力量感。

李蔓比他矮一个头，在人流汹涌的街道中，她站在他身边，跟着他走，心头莫名涌上一股甜蜜感。

比他嘴里的枣味还甜。

寺庙的大门口已经排起长龙，排第一那人手捧巨型香烛，看那势头真是“来势汹汹”。

“糖人吃不吃？”裴邺坤拉着她站在小摊边上看糖人师傅雕花。

争着抢着要的都是七八岁的小孩，李蔓笑他，说：“你怎么馋得跟那些孩子一样，眼睛里都放光了。”

裴邺坤凑过脑袋，俩眼珠子快要贴她脸上了，低声道：“我是馋，馋着要吃你。”

边上的小孩推来推去，李蔓被撞到他怀里，裴邺坤顺势一搂，对做糖人的师傅说道：“师傅，给我画个玫瑰花。”

师傅笑两声，噌噌噌地动作起来，看李蔓的眼神仿佛在说：这姑娘倒是会撒娇，都扑人怀里了。

他的手扣得紧，李蔓被他死死禁锢在怀里。

裴邺坤自说自话道：“乖，别急，师傅一会儿就做好了。”

拿上糖人一转身，这人直往自己嘴里塞。

李蔓：“自己想吃还赖我头上。”

裴邺坤咬下薄薄的糖片，腮帮子鼓鼓的，没一会儿糖就在嘴里化开了，他低头亲了她一下：“甜不甜？”

“这是白砂糖熬的糖浆吧？”

“这味道比不上小时候的，你记得吗，那时候我们拿烧酒瓶的瓶盖，在边上裹上钢丝，然后把糖放进去煎，再用牙签做棒，味道是真的甜。”

他这么一说，李蔓倒是想起来了，小时候糖果其实还挺稀奇的，小孩子玩心重，就喜欢搞这些玩意儿。

她说：“我记得有一次放了只虾米在里面，那味道怎么说，感觉又甜又鲜。”

“还又甜又鲜，你嘴巴都被虾毛刺破了，一个劲儿地要再吃一个再吃一个，我就没见过你这么馋的女人。”

“我哪有，你老是乱说。”李蔓伸手想抢他的糖，他按住她的脑袋，另一只手高高举起。

“跟我耍心眼？嫩不嫩？”

那朵糖花三两下就被他吃光了，裴郧坤拥着她往桥上走。今天晚上热闹，河上还有花灯花船。

这桥是前年新修的，整个都扩建了，和左边的小广场直接连上，政府给桥起了个很好听的名字——战斗河桥。从前年修好开始过年都会在这块举行烟花表演，慢慢地，这桥就越发热闹起来了。

李蔓扶着桥的栏杆望向远处，河面上正有两艘花船行驶而来，船上敲锣打鼓，喜庆又闹腾。

裴郧坤站在她身后，双手圈住她撑在栏杆上，他投下的阴影包裹住她，宽厚的身躯为她挡去寒风。

他说：“好些年不来，这里真是大变样。”

“以前来过？”

“初中那会儿和朋友来过，就到处瞎跑，那时候听说这里新开了家网吧，就过来瞅瞅，那时候这路还是水泥的，现在都柏油路了。”

“我高考那年的春节来过，拜佛求运，后来就是高三暑假还愿的时候来过。”

“佛祖灵验吗？”

李蔓伸手盖住他的手，他大大咧咧撑在那儿，寒风将他的手背吹得通红，她给他捂着手。

她说：“挺灵验的。”

裴郧坤反握住她的，大手包着小手：“我看不灵的，桐城那所学校不算好，你不是考得挺好的吗？完全可以上江州的好大学。”

“我对佛祖说，我想去桐城的大学，我想离他近一点。”

裴郧坤垂眼看她，只看到个后脑勺，他又抬起眼目视前方，揉捏着她的手。

“那这佛祖倒是挺可靠的。”

突然间，河岸两边射出烟花，小小的一点亮光在夜空上炸成花，各种图案的烟花交织在一起，色彩夺目绚丽，半边天都被照亮了，不远处的广场上有个小型的喷泉表演。

裴郢坤捂住她的耳朵，他们离得近，爆竹声、烟花声震耳欲聋。离得太近看烟花不划算，其实根本看不到什么，简直闪瞎眼，就图个乐呵，边上还有孩子被吓哭，哭声一浪高过一浪，周围的大人逗着哄着笑着。

李蔓拉下他的手，道："没事，我不觉得吵。"

"你说什么，我听不清！"

"我说，我不觉得吵！"

"还是听不清！"

李蔓踮起脚，刚凑到他耳边，他转过头，正巧亲上她的嘴。

裴郢坤将她羽绒服的帽子扣起来，将人抵在桥栏杆上吻，只维持了十几秒，路人瞧见了也看不清李蔓的样子。

裴郢坤抱住她，李蔓靠在他的胸口，侧脸贴着，他下巴搁在她的脑袋上，两个人相拥着都不说话，河岸两边的人家张灯结彩，夜空中烟花璀璨耀眼。

烟花表演持续的时间不长，二十多分钟。

临近尾声的时候李蔓说："我们去排队吧，早点上完香早点回去。"

"你还想回去？门都没有，先去找个旅馆开房间。"

这个镇算这里的主要城镇，平日里街边小宾馆、小旅馆多的是，可今儿个是大年三十，家家关门闭户，裴郢坤拉着她兜了一大圈都没找到一家开门的。

李蔓说："你脸上只写了一个字。"

"什么？"

"色。"

裴郢坤冷哼一声："就你装矜持。"

他没找到旅馆肝火旺，见旁边没人，小路上黑灯瞎火的，趁机摸李蔓的屁股，她换了条打底袜，黑色的，但不算厚。

"你穿的什么裤子，薄得都跟没有似的，明儿个换一条，听到没有？"

“穿得厚了显腿粗。”

裴郅坤不懂女人的这种心思，只觉得有病，大手掌着她的臀瓣说：“你的腿又不粗，大腿根都没肉，夹都夹不住。”

“你正经点。”

“我现在恼火着呢，正经不起来，小心我等会儿就把你按在树上干。”

“别摸了，有人。”

他抽出手，心不甘情不愿地牵着人去排队。

两人排的地方边上正好有卖佛珠首饰之类的小玩意儿，李蔓挑了两条佛珠还有一个平安挂件，十块钱一样，总共三十。

老板吆喝道：“买不了吃亏买不了上当，十块钱一样，佛祖保佑哦！”

裴郅坤双手插袋，居高临下地瞥了一眼，对李蔓说：“浪费钱，进货大概只值一块钱。”

李蔓闻了闻佛珠，有股淡淡的香味，她拉过他的手，给他缠上。

老板听了不乐意，说道：“小伙子你这话就不对了，东西图的是个寓意，讲钱那当然不值钱，这方圆十里谁不知道我老方卖的货灵验。我和你说，戴上以后保你们小夫妻两个一生一世平平安安。”

老板递给李蔓一个平安挂件，说：“小姑娘，喏，再送你一个，一人一个，一生平安。”

“谢谢老板。”

裴郅坤对这种市井小贩的说辞一向不信，但李蔓要给他戴那就戴吧。

李蔓拿出他的钥匙扣，把挂件挂在钥匙扣上，说：“出入保平安。”

裴郅坤牵起她的手往口袋里藏，一个右手一个左手，两串佛珠安静地散发着木香。

李蔓说：“等会儿进去前，在前头买一包香。对了，你身上有硬币吗？”

“有几个钢镚儿。”

“佛前有功德箱，不用投太多，一个佛祖一个硬币就够了。”

裴邺坤点烟，说："你说这么多人，佛祖不得忙死了？"

"那就要看你许愿诚意有多大了。"

"你真信这种？"

"佛祖面前你这种话少说几句。"

"行呗，我也希望它灵验点。"

凌晨十二点，寺庙准时打开大门，排第一的人火急火燎地冲进去，插上第一炷香。

十二点，迎来新的一年，一时之间，鞭炮声齐齐发出，咚——咚——寺庙里的大钟一下又一下地响着。

李蔓和裴邺坤随着人流往庙里走。

她说："新年快乐。"

裴邺坤拍了拍她的脑袋，笑笑没说话。

李蔓在寺庙门口的铺子里买了一包香和两根蜡烛。寺庙门口的正中央有个烛缸，进来的人都会点上支蜡烛然后挂在缸的边上或者扔到里面，熊熊的火光照亮这个夜晚，住持大师双手合十站在门口欢迎前来拜佛的人们。

裴邺坤这辈子第一次烧香，学着李蔓的样子祈祷扔烛。

李蔓抽出六支香，让裴邺坤点上，在大鼎前虔诚拜祷，最后插香。

李蔓说："庙里的佛很多，我们反正有空，就一一拜过去吧。"

"你要求的东西倒是蛮多的。"

"不多，但心诚则灵吧。"

寺庙里人声鼎沸，佛前香火旺盛，还得排队拜佛，两人安安静静等待着，每拜一个佛李蔓就祈祷一次，她希望母亲和裴邺坤身体健康。

西边的观世音菩萨洁白如玉，高高立于堂上，大概位置偏僻，来拜的人不算多。

李蔓跪在草垫上，闭眼祈求。

裴邺坤磕了三个头，转而看向李蔓，从裤袋里掏出个东西。

李蔓的手忽然被他拉住，睁眼一看，无名指上套了个戒指，他没有单膝下跪，依旧双膝跪在菩萨面前。

“你……”

“我在向你求婚。”

“啊……”

裴邺坤说：“刚刚我问了菩萨，我说我现在向你求婚你会不会答应，菩萨说你会的。”

有点厚脸皮。

他低低道：“小蔓，嫁给我，甭管我以前多浑多烂，以后对你唯命是从，菩萨为证。”

裴邺坤看着她，漆黑的眸子像是要把她卷进去，外面的钟声还在响，庄重而虔诚。李蔓无声无息地点了个头。

裴邺坤握住她的手蜻蜓点水般吻了一下。

他朝菩萨叩拜，似是在道谢。

后面陆续有人来跪拜，但没有人知道这里有人求婚了，仿佛什么都没有发生，只有站在边上的和尚目睹了这个过程。

裴邺坤牢牢攥着她的手，十指紧扣，两个人走出佛门，汇入人群中，很平凡，不起眼。

李蔓时不时低头看戒指，刚才没什么感觉，现在反而越来越紧张。

“你……怎么会想求婚？”

“是你急着想嫁给我，那我就勉为其难要了你。”

“……”

裴邺坤牵起她的手看戒指，说：“挑得好看吧？这钻大不大？以后有钱了给你买个更大的。”

“什么时候买的？”

“就回来的时候路过小学旁边的两元店，随手拿了一个，你放心，以后给你买十块钱的。”

“老实点儿，好好说话。”

“想着要娶你就买了呗，你是不知道，我想了很久怎么求婚，是给你塞蛋糕里还是弄个什么电子屏幕。”

“那你怎么想到在菩萨面前求婚的？”她此刻讲话语气里都是甜味。

裴郕坤理所当然地说："还能怎么样，整那些太贵了，佛门清净地，不用整那些虚的。"

这人十句话九句都是不正经的，李蔓哭笑不得。

裴郕坤捏着她的无名指，说："新年快乐，裴太太。"

出寺庙的时候已经快凌晨两点，前来拜佛的人源源不断，两人逆着人群往外走，路边有卖热乎乎的椰子汁的，裴郕坤买了一杯，李蔓不是很口渴，喝了两口递给他，他捏在手里，吸几口塑料杯就扁了。

温暖从胃蔓延开来，他的手心更热了，李蔓动了动，他不让她逃离，攥得十分紧，她觉得她的手指骨都要被捻碎了。

小摊有卖孔明灯的，许多小年轻围着买，看上去都是学生，都在祈祷来年高考顺利。

老板说："求学业求爱情都很灵验的！"

裴郕坤仰下巴："要弄几个放放吗？"

闲着无事，李蔓也就答应了，她只买了一个，平日里只要十块钱的东西现在要二十块。

"去广场那边放吗？"

裴郕坤："先解决好我的问题再搞这个。"

"你什么问题？"话音刚落李蔓明白过来了。

他还想着那事啊。

周遭的烟火声接连不断，夜空上大大小小的都是亮光，一暗一亮，他的身影也忽暗忽明。李蔓看到他黑色羽绒服上钻出的一根小绒毛，厚暖的靴子磨蹭在柏油路上，发出干燥的沙沙声。

"要不……"李蔓拖尾音，看他脸色。

"要不什么？"

李蔓拢住他的胳膊："过两天再出来行吗？今天你也看到了，真的没店开着。"

"咱们多久没见了？"

"三个月多一点。"

裴郸坤：“上回弄你是什么滋味我都忘了，把衣服盖好，上车。”

“去哪？”

“瞎逛逛。”

还真是瞎逛逛，他骑着电动车里里外外走了一圈，车速不快，像是在找什么。

裴郸坤单手握把，另一只手握着李蔓的手。

小广场旁边有个天然公园，那里有个深水湖，此起彼伏的小山丘将湖围绕，山丘上栽了密密麻麻的水杉树，冬天树枝光秃，一根根犹如银针一般屹立着。政府沿着湖修了条小路，边上还安装了石椅，本意是想给人们用来跑步锻炼的，可这东西设在乡下几乎是废了，家家户户忙着工作，谁得空每天起床跑步？偶尔只有零星的几个人吃完饭来散步。

路灯十几米一个，灯光幽暗，高耸的水杉树像一张布，完完全全将公园笼罩在黑暗里。电动车碾过堆积在路上干脆的树叶，窸窣一阵。

越往里越黑。

“来这里干什么？”

风刮起枯叶，寂静无声，只有外头的鞭炮和烟火争相绽放。

“还能干什么，小树林用来干什么的不知道吗？”裴郸坤打量着周围，自言自语道，“这地方倒是挺好。”

李蔓：“别闹了，我们回去吧。”

“谁跟你闹了？”

李蔓头抵着他后背：“你越来越无耻了。”

裴郸坤继续往前开，在寻觅一个好位置：“不无耻能当饭吃吗？”

“你这什么歪理？”

“无耻一下我还爽了，何乐而不为？”

“歪理。”

有一张石椅面朝湖，旁边有两棵圆形的灌木，裴郸坤将车停在石椅后面。

天上烟花还在闪烁，几千米外人声鼎沸，仔细听还能听清小贩的吆喝声，而这里，黑得隐约只能看清一个人的轮廓。

裴郸坤拿手机照路，牵着李蔓往下走，是石阶，长时间没人来打扫，上面铺了厚厚的一层树叶，踩上去软绵绵的。

长椅上也落了叶，他把给她盖大腿的大衣往上面一垫，干净又暖和。

十来米开外的地方路灯亮着，如果有人来他还能看见。

裴郸坤拉开羽绒服拉链，拍拍大腿："坐上来。"

李蔓想在他边上坐，屁股还没挨着就被他拉到了他腿上，结结实实坐了个满怀，裴郸坤合拢腿，夹住她。

他挑起她的下颌："还想逃？老和我耍心眼。"

淡雅如雾的星光里，李蔓看到他如墨的瞳仁里漾着的光，有些狂妄有些轻佻，还有些难耐。

裴郸坤顺势捏住她的下腭，仰头吻了上去。

他里头穿的是羊毛衫，面料柔软温暖，李蔓几乎是蜷缩在他怀里，他宽大的羽绒服都能把她也裹里头。

李蔓浅浅地吸气，平复自己的呼吸，搂住他的脖子，说："我们待一会儿就走吧，万一有人来，不太好。"

"一会儿？你觉得我一会儿能完事吗？"

借着月光，她看到他无比郑重的表情，没想到他要来真的。

裴郸坤拍拍她的后脑勺："先给你放灯，有啥心意就写上面，虽然肯定不管用。"

"这里放？不会烧起来吧。"

"不会，这边是湖，顶上空，往那边放，过去就是河。"

李蔓拆袋子，说："大学的时候放过一次，社团活动，当时还觉得挺新奇。"

他站在她身后，抱着她，看她弄。

"社团活动还是和你的小男友一起放？"

"小男友。"

"欠打。"

"给我笔。"

李蔓想不到要写什么，裴郸坤夺过笔，大手一挥留下一行字：生个大胖小子，帅得像他爸。

李蔓：“……”

他点上火，孔明灯飘飘摇摇往上走，最后化作夜空里的一个点。那边又开始放大型烟花，亮光一闪一闪。

裴郢坤说：“好了，心愿许了就该努力了。”

“下次努力。”

“择日不如撞日。”

“这会儿语文倒是学得挺好。”李蔓转身要走。

裴郢坤反手一拉，人就被拽回来了，他在裤袋里掏东西，说：“你走了的话下一个惊喜就没了。”

钻戒在月光下泛着淡淡的光，李蔓想不出他还有什么惊喜。

裴郢坤嘴角勾起笑，掏出个方方的小东西：“惊喜吧？”

李蔓：“……”

裴郢坤紧紧抱住她，满足地长叹一声。

李蔓坐在椅子上，双颊泛红，裴郢坤蹲下给她拉衣服的拉链，顺手捏了捏她的脸。

裴郢坤将人抱在怀里转而坐下，像哄小孩似的，还抖腿。

李蔓靠在他肩上：“你还说不会有人来，刚刚差点被人看见了。”她抬头的时候似乎与路过的人对上了视线，哪怕短暂得只有两二秒，但还是觉得没脸做人。

“乌漆墨黑的，谁认得谁，人又不知道我们在干吗。”

怎么会不知道?

裴郢坤轻轻托起她的手，盯着那枚戒指看，钻石在月光下泛着银光，他在无名指上落下一个深深的吻。

“我觉得这一次特别有意义。”他一本正经道。

李蔓：“你少说话，现在几点了？”

“我看看啊，再过会儿就三点了。哟，我这一次时间可真够长的，下次得计时，看看自己最长纪录是多少。”

李蔓浅笑一声："那等你老了你会越来越自卑的。"

"找抽？起来点，我拿根烟。"

他刚吸上一口，李蔓说："真的少抽点吧。"

"在戒呢，你以为我是你，说不抽就不抽了？这玩意儿陪了我十来年，得慢慢戒。"

"我让你少抽点，不是让你戒。"

"你懂什么，以后咱还得养宝宝，这烟得戒。"

李蔓一愣，原来他想得那么仔细。

裴郰坤说："你是老师，以后孩子的养育问题就交给你了，希望他别学我，而是像你一样，有孝心，努力读书，长相还是随我好了，像你估计以后讨不到媳妇——嘶——"

李蔓狠狠掐了他一下。

他偏头吐烟，给她屁股一掌："计较劲儿，我哪说错了。我是不是想太远了？得先把丈母娘搞定，愁啊。对了，回头到了桐城，你给我整几本数学书和卷子，高中的瞧着挺难的。"

"要不要请个老师教一教？"

"你不就是吗？"

"我数学不好。"

"也对，你就一猪脑子。"他笑了两声，在她耳边低声道，"完了，咱们以后的孩子智商堪忧，你水平太低，我拯救不了。"

李蔓学他的口气说："完了，以后咱们孩子的肤色堪忧，你太黑，我拯救不了。"

"哪儿黑了？粉粉嫩嫩得像棒棒糖，你最喜欢了。"

李蔓真的说不过他，笑着看向别处，不理他。

早上五点多，路边的早饭摊已经开张，馄饨馒头的香味飘香四溢，裴郰坤问馄饨店的老板娘借了个充电器给电动车充电。

李蔓说："少吃点，我妈让我们早点回去，她说给我们做早饭吃。"

"我们？"

“嗯。”

“你妈怎么这么不对劲？从前可没留我吃过早饭。”

“你小时候她不经常留你吃饭的吗？你不会是紧张吧？”

裴邺坤盯着李蔓看，李蔓有点心虚，低头吃馄饨，他眼一眯，问道：“你妈是不是知道我们的事了？”

“没有吧。”

“李蔓，你每次撒谎的时候就会做出一副“天地良心我没骗你”的表情，你给我老实交代。”

李蔓忍不住笑了，说：“那天我回来，她找我说话了，她说她国庆的时候就知道了。”

裴邺坤筷子一顿：“然后呢？”

“说了挺多话，但其实也没什么。我选择了你，她选择尊重我。”

“还有呢？”

“就希望你对我好之类的，你怎么这么紧张？”李蔓瞧着他的模样觉得好笑，就像学生考完试查分数一样，紧张忐忑。

裴邺坤哼笑一声：“合着你们娘儿俩逗我玩呢，这笔账我可算在你头上。”

“我妈大概就想仔细观察观察你吧。”

“回来都没说上几句话，能观察出什么？”

“她对你印象其实还是不错的，毕竟从小看着你长大的。”

“你这话说得可真够假的，看着我长大能对我印象好？”

李蔓：“我对你印象挺好的。”

裴邺坤拍拍她的头：“赶紧吃吧，少占我便宜。吃完去趟超市，买点礼品给你妈捎回去。”

“不用，那些不实惠。”

“这叫心意，你现在和我说破了，我就得正式拜见一下丈母娘了，不然回头你怎么解释你手上的戒指？这么大的钻，你妈不一下就看到了。”

李蔓：“两块钱的戒指，我妈不会在意的。”

“还和我顶嘴，我是不是昨晚没让你尝尝顶嘴的滋味？”

第十一章　天堂列车

六点左右的时候天微微亮，路边的野生青菜上结了一层薄霜，车轮碾压过小枝干，咔嚓一声，折成两段。

电动车前头堆满礼品，李蔓让他买两盒意思一下就好，可这人精挑细选花了一千多块，还厚颜无耻地给她拿了条新的打底裤说是她的新年礼物。

黄美凤一大早就起床擀皮包饺子，用的大白菜都是自家种的，新鲜不打农药，还特地煮了六只大闸蟹，挑的个头都是最大的。

李蔓和裴邺坤到家的时候黄美凤正好要下汤圆。

两人提着礼品大包小包地进来，黄美凤一见心里大约有了数。

黄美凤说："你跟着小蔓上楼刷牙，牙刷有新的，你爸大清早就上镇里去了，估摸着家里门都锁了。"

裴邺坤将礼品放在边上，点头跟着李蔓上楼。

李蔓从橱柜里拿出新的牙刷，说："我妈对你什么态度，不用多说也能明白吧。"

她给他挤牙膏，裴邺坤拿她的水杯刷牙，一前一后站着，他说："不是说丈母娘看女婿越看越喜欢吗？就是这个理，再说了，我风流倜傥英俊潇洒，哪个女人不喜欢？”

“自恋。”

裴郅坤关上卫生间的门，咬住牙刷开始解皮带，李蔓生怕他再挑战“下限”，手疾眼快地按住他的手。

“不可以。”

“不可以什么？想什么玩意儿呢？松手，老子膀胱快爆了。”

“……”

他当着她的面对准马桶尿尿，嘴里那根牙刷翘着。

李蔓快速刷完，拧了毛巾擦脸，耳边哗啦啦的尿尿声比外面的鞭炮声还响。

他抖了抖往里塞，咬着牙刷含糊道：“大冬天的，裆里湿着真难受。”他在暗示昨晚。

李蔓瞥他一眼放下毛巾：“这是我的，你用我的洗就好，我先下楼了。”

裴郅坤一手刷牙一手拉住她：“跑什么，我又不会吃了你。”

旭日初升，浅浅的阳光从窗户透进，照得他眉眼更加深邃明亮。

“下流。”她轻轻地说。

他长臂圈住她，笑道：“你见过哪个男人在自己媳妇面前装正经的？”

他灌水漱口，拿过毛巾一擦，转头就对着她吻了下去。李蔓被他抵在玻璃门上，铝合金碰撞发出细微的响声，他的唇微凉，口齿间都是牙膏的清爽薄荷味。

饭桌上又是汤圆又是饺子，又是甜的又是咸的，黄美凤似乎还要烧什么，裴郅坤赶忙阻止道：“阿姨，随便吃点就行，烧这么多也吃不完。”

“那行，赶紧吃，不然等会儿汤圆就胀了。新年吃汤圆，来年又团圆。”

黄美凤做菜一流，红枣银耳汤圆，上面还撒了点桂花，和饭店里的有一拼。

黄美凤整理台面，流理台上面粉撒了一片，她问道："回来待几天啊？"

"年初六走。"

"你们假期挺少的吧？"

裴邺坤见李蔓不吃芝麻的，舀过她碗里的芝麻汤圆，边吃边答："假期有，就是一放假人手不够，所以一般不休息。"

"那得好好注意着点身体，我听小蔓说你们干这个作息不稳定啊。"

"有时候整修检查轨道得挑火车不经过的时候，我们那块儿正好挨上半夜，所以夜班比较多。"

黄美凤将一盆生饺递给李蔓，说："给隔壁阿婶送去。"

李蔓接过，没说什么，出门之前和裴邺坤对视了一下，这哪是送饺子啊。

裴邺坤放下筷子，微微坐正，静候发落。

黄美凤在他斜对面坐下，和蔼道："小蔓都和你说了吧？阿姨就开门见山地说了啊，你们俩要在一起我不反对，我们这家里什么情况你也清楚，小蔓什么性格你肯定也了解，她明面上看着没啥事，无所谓，其实这孩子心肠软，有时候也挺冲动。你比她大四岁，社会经验也比她多，以后两人过日子多稳着她点。阿姨这一辈子没活出什么，经历的婚姻也很失败，所以就希望她能活得开开心心，嫁个好人，过和和美美的生活。两个人在一起总有磕磕绊绊，哪对夫妻不吵架，吵过了就好了，别动不动就离婚，互相包容着点，理解着点。"

裴邺坤微微颔首："她比我懂事，在一起半年她包容得更多。"

她一直在体谅他、心疼他，长时间见不到面也不说什么，刮风下雪第一个想到的就是他，真遇上什么事其实还是她比较冷静，心肠也是真的软，也从不计较那些有的没的，所以和她在一起吵不起架。

黄美凤说："她性子直，脾气倔吧但其实很软，前几天坐在一起看新闻，什么大火烧了一家三口，这孩子看得眼睛都红了，所以我一直觉得啊，谁能娶到我女儿真是有福气。但一个家庭，男人若是斤斤计较，那日子也是过不下去的，好在你也是个大度的人，她要是犯倔钻牛角尖，邺坤啊，你就多包容着点，要不是因为她爸，小蔓的性格也不是这样的。”

裴邺坤笑了，说：“我是有福气能把她拐到手里。阿姨，我知道从别的一些方面来说我配不上小蔓，但我也在努力，我是真心实意要和她过一辈子。说老实话我也不知道将来会是什么样子，但事在人为，我能给的都给她。”

“我听小蔓说了，最近在念书？你这孩子啊，脑袋瓜那么聪明，当初真是可惜了，这方面你爸确实做得不够好。算了，都过去了，咱们不提这事，现在不照样混得好好的，要念就好好念，这世道就这样，你有高学历、高文凭，工资自然比别人多，你有钱了别人看得起你，你有文化了别人也看得起你，你要是什么都没有，他们只会冷嘲热讽，所以我们常说啊，读书都是为了自己。我盼着你们两个都好好的，都好好的。”

黄美凤顿了顿问道：“以后打算带着小蔓在桐城定居吗？”

裴邺坤：“我的工作在那儿，她的也在那儿，应该不回江州了。”

“好，那边挺好，小蔓放假回来，你有空的话也跟着一起回来，你爸年纪大了，越来越念叨你了，只是男人嘛，他对你说不出口，平日里来我这里唠嗑，左一句我家邺坤右一句我家邺坤。以前这是你们家的家事我一外人管不着，但现在是一家人了，我就说两句，甭管你爸以前怎么死脑筋，到底还是疼你爱你的，孩子都是父母心口的一块肉，男人不比女人，不会疼人。阿姨知道你现在大了，道理都懂，只是受了委屈谁不憋着口气，但我们这个年纪半只脚已经入土，谁知道明天一早会不会突然一闭眼就去了，你和裴江不比小蔓和她爸，孩子，看开点。”

“我都懂，阿姨，你说得也都在理，只是像你说的，有些话开不了口，他总归是我爸，这里总归是我的家。”

黄美凤叹息一声，感慨孩子是真的长大了。

“你别怪阿姨啰唆，我啊就生怕你们错过什么，别落了遗憾。那你俩这事你打算什么时候和裴江说？”

“等快结婚的时候再说吧，我怕现在说了你们回头见面尴尬。”

黄美凤笑了两声：“确实，叫了几十年老裴老裴突然要变亲家。那想过什么时候结婚吗？”

裴邺坤："等我念书这事落实了吧。"

"阿姨倒是比你急，盼着你们快点结婚，你年纪也不小了，是该成家了，趁着小蔓还年轻赶紧生孩子，好恢复。"

李蔓站在门口耳根一红，她以为母亲会问裴邺坤一些比较官方的问题，怎么扯到生孩子那块儿了？

裴邺坤抬眼看向她，扬眉笑笑，问道："你想几岁生？"定个目标，他加紧戒烟。

李蔓没回答他的问题，吃完早饭直接把人撵出门，黄美凤还在后面催她："早点生孩子听到没有，高龄产妇有危险，妈想早点抱孙子——"

李蔓昨晚一夜没睡，身体困乏，门一关倒头就睡，她埋进被子里，耳边还萦绕着生孩子的话题。

裴邺坤从李家出来，整个人神清气爽，丈母娘的饺子和汤圆暖胃又管饱。裴江还没回来，他没钥匙，就蹲在家门口玩手机。

李蔓收到一条微信：丈母娘既然都发话了，那以后得多点次数，你可别哭。

李蔓掩着笑容，想着这人怎么这么嘚瑟。

裴邺坤习惯性地点烟，掏出打火机自言自语道："儿子，爸最后抽几根，今儿开心。"

烟雾弥漫了他的眼，烟灰落在脚边，裴邺坤半眯着眼，思忖着他生出来的儿子长什么样，他如果有了孩子会是什么样，有了一个完整的家会是什么样。

他转而一想，那些都无所谓，有李蔓在身边就成，哪怕每天吃糠。

上次下了一场小雪，可大年初一的晚上下了一夜的大雪，第二天起来到处都是白茫茫一片，附近的孩子尖叫着，好几年不遇的大雪可把孩子乐坏了。

黄美凤一大早就起来铲雪，院子里堆起的雪像座小山。

李蔓白天睡了一觉，到晚上就睡不着，睁眼睁到凌晨才睡，裴邺坤白天都在打麻将，晚上倒是睡了个好觉。

他起得特别早，帮着裴江铲完雪吃完饭便来找李蔓，这会儿像进自家门，没什么拘束。他要帮黄美凤一起铲雪，黄美凤不乐意，让他上楼去叫李蔓起床。

楼上一共三间房，裴郅坤轻手轻脚地走着，李蔓的房间在东边，房门紧闭。

他一推开门飘来一股淡淡的香水味，上回进来的时候房间还乱得跟猪窝一样，现在倒是干净了。

李蔓盖了两条被，整个人陷在里面，中间拱起一小坨。

裴郅坤半倚在床边，手悄悄伸进被窝，李蔓光腿睡的，一下子被冷醒，睁眼就瞧见他的面孔，着实吓了一跳。

“亲一下。”他扳过她的脸，亲了口。

李蔓：“……”

裴郅坤用大拇指按在她眼角处揉了两下：“眼屎多的，别动。”

李蔓：“……”

“外面雪下得可厚了，起来堆雪人去。”

“你三岁小孩吗，还堆雪人？”

裴郅坤抱起她，拿过边上的衣服给她套：“浪漫懂不懂？哟，还挺性感的，大冬天穿吊带衫睡觉，没穿内衣？”他忍不住探索一番。

“我妈还在楼下，别太过分。”

“你妈不是急着让我们生孩了吗？我正努力呢。”

“我冷，先让我穿衣服……别闹……冷……裴郅坤——嗯——”

他把她按在床上就吻。

趁着李蔓洗漱的工夫，裴郅坤下楼赤手堆了个一米多高的大雪人，从垃圾桶里捡了蛋壳安上做鼻子，石子做眼睛，树枝做手臂。

黄美凤也十来年没见过这么大的雪了，心里莫名高兴，盯着雪人直笑。

边上邻居的孩子看到都围过来参观，小孩子玩心起，纷纷拿雪球扔那个雪人，没一会儿雪人就被打倒了。

裴郅坤捏起雪球追着孩子打：“小屁孩，敢坏我家蔓狗雕像。”

一帮孩子乐得哈哈大笑。

李蔓本来还心疼他冻红的手，一听到蔓狗二字，转身就进屋泡牛奶喝。

从小到大他给她起了多少外号，一个比一个难听。

裴郳坤陪孩子小闹了会儿，过去帮黄美凤铲雪，二话不说直接揽过铲子开始干活，那些孩子还想和他玩，砰砰砰雪球一个接一个砸他身上。

“顽皮劲儿。”

李蔓站在屋檐下看他干活，裴郳坤说：“别急，等会儿忙完了我重新给你整个雕像。”

砰——一个雪球正中他的屁股。

“小兔崽子，怎么这么皮！”

李蔓憋笑，进屋拿了副手套给他：“别冻出冻疮。”零下好几度，赤手空拳的谁吃得消，他的手指骨通红通红的。

裴郳坤低眉瞧着她，嘴角勾了勾，继续铲雪。

“叔叔，叔叔，一起玩嘛！”

“打雪仗！打雪仗！”

小孩子像苍蝇一样缠着他，裴郳坤铲子一挥，吓唬道：“再闹就把你们埋了。”

静了一秒，孩子们蜂拥而上，他被推倒在雪里，一个个都往他身上爬，有的已经开始用雪埋他。

黄美凤笑得气都喘不上：“哎哟，郳坤倒是招孩子喜欢。”

裴郳坤倒在雪地里分身乏术，朝李蔓伸手，用口型说：“媳妇，救命——”

李蔓笑着走过去，蹲在他边上，往他领口里塞了一把雪。

嘶——

“哈哈哈哈，叔叔在抖！”

裴郳坤逗小孩玩，偏头做出一副毙命的模样。

他躺在雪地里，悄无声息地握住李蔓的手，任由孩子在身上爬。

年初六的大早上裴郢坤出发去桐城，李蔓只将他送到路口，路上的雪依旧很厚，他提着黑色的行李包大步跨在雪地里，脚印一个比一个浅，挺拔的身影消失在路的转弯口。

李蔓拢紧衣领往回走，喉咙口隐隐发痛。

昨晚上他拉着她看星星，说什么浪漫，今早醒来她似乎感冒了，但她没和他说。

又是一波春运，火车上人挤人，裴郢坤没买到坐票，十来个小时都坐在自己的行李包上，到桐城时天黑得伸手不见五指。

整个春节坚守在岗位上的组终于有人来替换，裴郢坤进宿舍时一伙人刚收拾好东西要回家，迎面打了几声招呼。

桐城的雪下得比江州大，裴郢坤一路走来，鞋底都湿了。

陆北他俩都是下午到的，正躺在床上嗑瓜子，裴郢坤带着满身雪霜走了进来。

他简单收拾一番也躺在了床上，拿着手机和李蔓聊天。

陆北调侃道："嫂子什么时候再来玩啊？"

蒋城："那天早上你们走得可真够早的，话说，坤哥，你那枕头底下的套呢？"

裴郢坤发过去一个舌吻的表情包，抬眉瞥他们一眼："叽叽歪歪。"

"得了得了，我们孤家寡人看看片就好。"

"和嫂子求婚成功了吗？"蒋城问道。

那天蒋城陪他去挑钻戒，可真是跑断腿，走了好几家珠宝店左挑右选，好不容易他才看中了一个。

陆北说："你看坤哥那春风得意样，能不成功吗？"

裴郢坤起身去灌热水袋，说："生孩子都快了。"

"我去——"

隔了一个星期李蔓也回到了桐城，刚开学比较空闲，开完学校的会后李蔓去了一趟书店，随后搭车去找他。

春寒料峭，冰雪初融，他坐在电动三轮车上，边抽烟边等她，披着件军绿色的大衣，活像个要进城的农民工。

这几天天开始放晴，冬日正午的太阳还算暖和，看见那辆公交车驶来的时候他心里也被照得暖洋洋的。

李蔓手里提的东西多，他掐灭烟上去帮她提，白色马甲袋里沉甸甸的。

“这什么？”

“我妈过年蒸的糕，上回你只带了一点，她怕你不够吃后来又蒸了一笼让我给你带来。”

“丈母娘真是堪比亲娘啊，手给我看看，都勒红了。”他听着她的声音不对，问道，“感冒了？”

“没事，快好了。”李蔓把书和卷子给他，“你好好看，等学校期中考试的时候我把卷子印出来拿来给你也做做，150分的卷子你做到60分其实就行了。”

“怎么弄感冒的？声音哑得跟鸭子叫似的。”

“晚上睡觉没盖好被子。”

“现在开学了，晚上吃完饭就去操场上跑两圈，好好锻炼，细胳膊细腿的总容易生病。”

“好。”

裴郸坤把东西往三轮车上一扔，垂眸瞧着她：“要不要去我那儿坐坐，陪我睡个午觉？”

“不去。”她回答得很快。

裴郸坤往三轮车上一靠，双腿敞开，伸手：“过来。”

李蔓被他夹在两腿之间。

他捏她的脸，说：“今年开始我们的休息有调整，招了一大批新人，还有临时工，工资也加了，每天加二十块钱。”

“怎么调整？你怎么现在才和我说？”

“我也是前两天才接到通知，从4月份开始一个礼拜休一天，强制性的，不像以前有休假等于没休假。估摸着是那伙人跟上头反映了这个问题，今年就做出改革了。我真得好好谢谢那伙人，以后周日乖乖等我回家。”

裴郅坤握住她的腰，仰头看她，低声道：“周日乖乖等我回家生孩子。”

周遭荒芜，只有飘在群山半道的云雾缭绕浮动。

李蔓笑了笑：“怎么办？周日我上班。”

“要是轮到夜班，我周一下午再回去也不迟，你白天上班晚上总不用上班吧？我总归能弄你。”

“你怎么就想着这些？”

他脸不红心不跳地讲道：“没办法，我对你就是欲望强。”

李蔓推他，他拥住她，扣住她的脑袋就亲。

4月初，春暖花开，小区楼下花坛里几株野生的油菜花开得黄灿灿的。临近清明，小雨纷纷，梅雨季节，家里边边角角开始有霉斑。

周六，李蔓在家大扫除，接到黄美凤的电话，她那边人声嘈杂。

只听见她说：“小蔓啊，妈妈到了桐城的火车站，你那边怎么走？”

李蔓手中的抹布滑落，她以为自己听错了。

李蔓赶到火车站的时候黄美凤正待在边上的小饭馆里和老板娘聊天，外头细雨茫茫，下水道里泛出腥味，李蔓看到人这颗心才安定下来。

黄美凤从来都没踏出过江州，火车什么的这也是第一次坐，就这么不声不响地来了，万一出点事呢？

李蔓拦了辆出租车带她回公寓。

“妈，你怎么不提前和我说？火车坐过来十来个小时，多累，为什么不买高铁？”

“火车票便宜，高铁多贵，我买的是卧铺，不累的。”

出租车师傅从后视镜里打量这对母女，插话道：“大姐，你来这边看你女儿？哪里人啊？”

“我们江州的。”

“那还挺远的，你女儿在这里读书？”

"她在这里工作。"

李蔓见她面色还不错，彻底安心，问道："吃过饭了吗？要是没有等会儿我带你去学校边上的餐馆吃。"

"吃过了，刚在那儿吃了碗馄饨。"

黄美凤沿路看过来，觉得桐城不错，不是她想象的那种落后地方，高楼大厦的，看着就舒心。

车子路过学校，李蔓说："那就是我教书的学校。师傅，在前面的路口停。"

黄美凤看着学校连连点头："这学校挺气派的。"

师傅边找钱边说："这是全市最好的艺高了，去年刚翻修。"

"怪不得看上去这么新。"

李蔓先下车，给黄美凤撑伞。

李蔓本来在打扫卫生，接到她的电话半道上跑出来，家里一团乱，黄美凤见不得这样的房间。

"你这孩子，自己生活就这么邋遢？"她边说边整理起来。

李蔓将伞放到阳台上，去抢她手里的拖把："我今天刚好在打扫，平常不是这样的，妈，你别动，我自己一会儿就整理完了。"

黄美凤参观她的屋子，卧室倒是弄得井井有条。她闲不得，又给李蔓洗衣服又给她收衣服叠衣服，打开衣橱门一看，里头挂着几件男士的大衣和T恤，这不用多说也都能懂。

黄美凤说："我这次来是来给你买房的。"

李蔓愣是没反应过来。

黄美凤说："趁着你清明有假期，一起去看看房子，郰坤放假吗？放的话叫上他，咱们一起去挑，选个你们小两口喜欢的户型。"

"妈……"

"这事没的商量，我把银行卡和户口本都带来了。"

黄美凤也是来得巧，周日正赶上裴郰坤休息，李蔓请了一天假。

李蔓本意是叫裴郰坤来劝劝她，她不急买房买车，可母亲不知道在急什么，现在经济能力也不足，实在没必要赶着上。

两人你一句我一句，裴邺坤输给了丈母娘，说到最后，裴邺坤说：“买房的钱不能让你们来。”

黄美凤直说他傻，语重心长道：“什么你的我的，我们留下的以后都是你们两个的，谁买都一样。我顶多能给你们付个首付，再加上一些装修费，以后房贷还是得你们两个慢慢还。”

裴邺坤怎么想都觉得不妥，说：“首付的钱各出一半吧。”他不吃软饭，也不想落了别人口舌，回头说起来，这李家的女婿买房钱一分都没出，看不起他的同时也看不起李蔓和黄美凤。

黄美凤本来想找个比较折中的路段，可裴邺坤不想让李蔓离学校太远，中介给他们介绍了离学校两条街开外的一处小区，不算旧也不算新，附近超市菜场都有。

两室一厅的房子，大约六十平方米，在四楼，有电梯，视野也好。

一百一十万，首付二十万。

李蔓瞧着两人一搭一唱，这房子说买就买，她扶了扶额头，根本没有话语权。

黄美凤乐得不行，对裴邺坤说：“里头的粉刷地板你们来，家具我们来，这样合礼数。”

“行，回头我正式和我爸提这事。”

房产证上只填了李蔓一个人的名字，李蔓其实不讲究这些，她让裴邺坤把他的名字也填上，他笑了两声说：“你傻不傻，万一将来我对你不好呢？真走到那一步，你还有个保障。”

“你会对我不好？”

“那倒是不可能的。”

李蔓还是把他的名字填上了，说：“真走到那一步，房子留着也是累赘。”

她不想把这些东西划分得太清楚，她相信他。

“傻子。”裴邺坤拍拍她的头。

回到家的时候已经晚上十点多，裴邺坤本来打算来造人的，奈何丈母娘大驾光临，他不好在李蔓那儿过夜，送两人回去后正准备去打车，可黄美凤拉住他，让他在这儿将就一晚明天再走，忙活一天，她也心疼这孩子。

李蔓和黄美凤睡一屋，她给他在客厅铺了被子。春天的夜依旧冷得很，李蔓怕他冷，还特地灌了个热水袋，大半夜把裴邺坤热出一身汗。

他拧了毛巾擦脖子，从卫生间出来的时候撞上个人，闻到这香味他就知道是谁，李蔓迷迷糊糊地起来上厕所，坚硬结实的胸膛撞得她脑袋疼，瞬间清醒。

裴邺坤拉过人往卫生间里一闪，反锁，没开灯。

“让我摸摸我是不是逮到一只小老鼠。”他压低声音，“哟，这老鼠毛真少。”

李蔓穿的是棉质的套装睡衣，捏在手心里又软又暖，就跟她的人一样。

李蔓压制住他的手：“我妈还在呢，你——”

“我有贼心没贼胆，你怕什么？”

李蔓不信他这句话。

“我上厕所，你先出去。”

卫生间窗户半开着，外面的雨偶尔飘来几滴，清冷的空气时不时涌入，细雨绵绵，打在春叶上，嗡嗡作响。

借着夜色的幽光李蔓只看得清他的轮廓，突然，他往前一压，整个人和她贴近，他身上的热浪一阵阵传过来，万籁寂静，耳边都是他浅浅的呼吸声。

裴邺坤一手在探索一手按住她的脑袋，弯腰凑在她耳边说：“听说女人想上厕所的时候更容易——我试试。”

果不其然，没几下李蔓就已经贴在他身上泛软了，呼吸开始急促。

“邺坤……我——”

“嗯？你什么？”

“……”她想上厕所。

裴邺坤低头吻她，长驱直入，弄得李蔓上下都软。

但点到为止，他还真没胆大到在丈母娘面前动土。

“我五　一跟你一起回去，把咱们的事和我爸说了，两家人坐一起把婚事商量了，你觉得怎么样？”

“嗯……”

他沉沉笑着：“你这是回答我呢，还是在呻吟？”

“裴郸坤——”她总是说不过他，还老被他欺负。

“好好好，不逗你了。说正经的，等我爸那边搞定了，咱们就开始把房子装修了吧，然后把证一领，就真的是夫妻，真的是一家人了。你妈要买房其实是对的，人总得有个家，光想想就觉得稳定踏实。”

“会不会太快了？”

“快什么，就像你妈说的我都快三十了，和我年纪差不多的孩子都打酱油了。”他摸摸她的肚子，“你愿意给我生不？”

“你说我愿不愿意？”

“我猜你不愿意，生孩子怀胎十月，你十个月不能爽，你肯定不愿意的。”

李蔓被气笑，推搡着他，裴郸坤偏头，吻又落下来，还有低低的一句呢喃：“愿不愿意？嗯？”

“嗯……”

五　一，裴郸坤只有一天假期，来得快去得也快，和李蔓着急忙慌地回到江州，见到裴江就一五一十都交代了。

四方桌上四个人，面面相觑，裴江张着嘴愣得像木头。

“老裴。”黄美凤叫了声。

“哎。”裴江怔怔地看向她，又看看李蔓和裴郸坤，实在不知道该说什么。

沉寂许久裴江的脑子终于转过来一点，问道：“你们俩在一起多久了？”

“一年不到。”

裴江让裴郸坤和李蔓先出去，他有话和黄美凤单独说。

黄美凤知道他要说什么，先开口道：“咱们两家认识几十年，彼此家里什么底细都清楚得很，不要说什么配不配，我家小蔓喜欢邺坤喜欢得紧，这从小到大还是头一回这样。我自作主张让他们在桐城把房子买了，暂时先付了首付，剩余的等以后办完喜酒再慢慢还。我今儿就是想和你商量商量他们的婚事。”

“哎哟，话都给你说了，老妹啊，我不是不同意，小蔓嫁到我们家是我们家的福气，是那小子走了运，可我这心里总觉得亏欠啊，就像你说的，家里什么条件彼此都清楚，我能留给他的不多，留给小蔓的也不多，小蔓是个好姑娘，总感觉嫁给邺坤不值得。”

“你总以为你儿子有多差劲，你有空仔细瞧瞧他是个多么聪明的人。我不求小蔓嫁给什么有钱人，但求她嫁个能对她好一辈子的人，俩孩子感情深，我相信邺坤。”

“那也不着急结婚啊，现在结婚我真拿不出什么，得给我点时间好好筹备。”

黄美凤抿了抿唇，笑道：“那就让孩子先领证，我先听他们叫几声妈，事情定了我心里就踏实了，酒席回头再办。”

裴江种的半亩油菜花已经开始结籽，黄嫩的花瓣掉了一地，裴邺坤和李蔓站在白玉兰树下，日光灼灼。

李蔓说：“裴叔好像不是很乐意。”

裴邺坤几乎不抽烟了，嘴里含着薄荷糖，腮帮子一动一动，说：“他不乐意估摸着是觉得我配不上你。”

“本以为我妈会是那个极力反对的人，现在看来挺出乎意料的。”

“你妈……确实挺让我意外的。”

“也不知道她在急什么。”

“急一急也挺好，咱们爱的鸟巢不是有着落了？很快你就正式成为我的人了。”他眯起眼睛，瞳仁漆黑又亮澄。

不知哪儿吹来的残叶飘落在他的头上，李蔓伸手去拿，他握住她的手腕，低头双唇贴住她的，圆滑的薄荷糖不知不觉钻进了她的嘴里。

一大婶扛着锄头路过，板着脸看了几眼，回头又瞥了几眼，慢腾腾地离开了。

裴邺坤说："完蛋了，咱俩的事要传遍全村了。"

李蔓拿走头顶上的树叶："早晚都会知道的。"

"三姑八婆就爱叽歪这点事，叫你妈别放心上。"

"你不是把她哄得乐开了花吗？她觉得你好就不会在意别人的说法。"

买房那天，后来他回宿舍前带黄美凤在桐城转了一圈，高档饭店吃一顿，化妆品、衣服买一通。黄美凤嚷着别乱花钱，可他出手大方，钱是其次，心意最重要，黄美凤开心得不行，就乐他这份心。

她后来和李蔓说，小气的男人嫁不得，邺坤这孩子会做人。

裴邺坤倚在树上，拿了粒新的薄荷糖，说："你妈就是我妈，对她好应该的。"

李蔓知道他其实是个有孝心的人，表面上看上去和裴江势不两立，其实回来一趟都会给裴江塞点钱，用他的话来说就是想吃什么自己买。

两个长辈终于商讨出结果，叫他们进去。

黄美凤说："咱们先把房子装修好，家具添好，回头挑个好日子你们俩把结婚证领了，办酒席的日子再说。"

从她决定和他在一起到现在，李蔓觉得那些事情好像就发生在昨天，可现在已经走到领证的地步了。

"妈，会不会太快？"

"快什么快，邺坤都快三十岁了，别人这个年纪孩子都上幼儿园了。"

李蔓想，真的是亲妈。

裴邺坤下午就得走，中午吃饭的空当，裴江喝了点酒，说了一些有的没的，有些话喝酒他也说不出口，边叹气边憋着，可裴邺坤都懂，也就没戳破他。

裴江说："小蔓是个好孩子，你以后可得好好对她。哎，老妹先把房子买了，首付你们各付了一半对吧？这样应该的，不能让女方出太多，我这里拼拼凑凑二十万出头，我留十八万，其余的回头给你打卡上去，你那个房子里添点家具，十八万等你们结婚的时候我当作礼金给她们，别让别人瞧不起了。”

裴郅坤回了个好字。

裴郅坤忙着念书和工作，房子装修的事情几乎都是李蔓操办的。带高一比较清闲，李蔓几乎将所有时间都投入到装修这一块，对她而言，这是将来他们要生活的地方，该用心整。

6月末学校放假，李蔓完全得空了，家里的天花板、地板、墙壁都弄完了，只剩家具。

裴郅坤周日放假去找她，李蔓正在扫地，房间空旷整洁，阳台的窗帘飘着，深色的木地板上泛着阳光。

他拧开大门，钥匙圈上从此多了一把钥匙，上回李蔓买的平安挂件荡在钥匙圈上，已经有些旧了。

“别扫了，过几天家具运进来，地照样脏。”

“先简单整理一下，不然真的太脏。”

裴郅坤晃悠了一圈，说：“那个小房间将来给儿子，等会儿记得挑个男人味一点的书桌。”

“书桌还男人味，你最近语文白学了吗？”

“这叫夸张手法，形象生动。”

李蔓去卫生间洗手，他跟着去，一进去哎哟哟叫起来。

“怎么还装了浴缸？之前不是说只装淋浴的吗？”

“装修的人说卫生间空间大，可以装个浴缸，我想着给孩子洗澡方便就装了。”

裴郅坤半揽着她的腰：“挺好，回头一起泡澡，你就坐我身上——”

“你脑子里就这些。”

裴郅坤握着她的腰将人往上一提，李蔓稳稳地坐在了水池台上，他站在她面前，挤进她的两腿之间。

“最近很累是不是？过年腰上长的一点肉都没了。”裴郅坤仰头看她。

“嗯，每天几乎都要来跑一趟，挺锻炼身体的。”

裴郧坤捏了下她的小腿，打趣道：“肌肉见长啊，我看看，你这腿倒是粗了不少。你就该锻炼锻炼，省得每次都好像要晕过去一样，我有几次都不敢使劲。”

李蔓轻轻搂住他的脖子：“等这几天搬完家具我就住进来了，学校那边的房子我打算退掉。”

“不回江州了？”

“再过十来天回去。”

“那什么时候回来？”

“8月中旬吧。”

裴郧坤双手按着她的背脊，把人往下压，两人额头抵在一块儿，他说：“多陪陪你妈，完了再早点回来，抽空了我回去找你一趟。”

李蔓的那声好淹没在他的吻中。

李蔓拍了新家的照片和视频，本来她想让黄美凤过来亲自看看的，顺便带她玩几天，可黄美凤死活就是不愿意来，说天热她觉得不舒服。

李蔓把照片和视频给她看的时候黄美凤直说好。

夏天炎热，但晚风清凉，母女俩在阳台上乘凉，黄美凤说：“有了个窝做什么事都没有后顾之忧，人一定要有个家。”

李蔓给她削苹果：“嗯，他也说感觉不错。”

裴郧坤有几日一直在微信上和她重复一句话：我现在觉得踏实。

黄美凤说：“定好什么日子去领证了吗？”

“他说他还在看，其实也不急。”

“怎么不急，下回郧坤回来我就能听到一声妈了。”

“你好像越来越喜欢他了。”

黄美凤说：“本来就看这孩子挺顺眼的，这样貌真是没话说，他工资也挺高，对你也上心，我还有什么不满足？我就祈祷着你们俩一辈子都好好的，生个孩子聪明伶俐，就这么好好的。”

李蔓把苹果给她。

黄美凤说：“人都有缺点，人无完人，两个人携手要过一辈子，互相多包容着点，多理解着点。”

“妈，你很爱他吧？”

突然的问题让黄美凤一噎。

李蔓说：“爱一个人才会有度量去包容理解，我曾经尝试着和别人恋爱，我对他没有爱情，所以他所做的事情我要么不在意要么无法理解，可和郸坤在一起我总会试着从他的角度去看待问题。”

母亲和李建忠走了十几年，如果她不爱他，又怎么会一直忍着还不愿意离婚？

黄美凤没回答这个问题，只是说：“嫁给喜欢的人没错，但其实要嫁给一个合适的，彼此喜欢的，才是最好的。”

李蔓在家待了有大半个月，黄美凤便变相地催她回桐城，说是多陪陪郸坤。李蔓最近越发看不懂她，以前在外她总是问道什么时候回来什么时候回来，每次走的时候都说时间过太快，现在却赶她走。

“妈，你是不是有什么事情瞒着我？”

黄美凤往床上一躺，背对着她：“我能有什么事情瞒着你？哦对了，我存的那点钱都转你账上了，你替我保管着。”

李蔓盯着她的背影看，她似乎又瘦了不少。

“妈，你还在干活对不对？你怎么总是不听我的，我现在工作了，不需要你为我付出太多，我只希望你健健康康的。”

有些太肉麻的话李蔓没说出口，比如，我只有你和他了。

“健康着呢，你买的补品我都在吃，你看看这附近，就我吃得最好了。很晚了，快去睡觉，我也困了。”

“那你晚上冷了记得把空调关了，别感冒。”

“好，知道了。”

李蔓给她关灯，关上门的那一刹那黄美凤掩着面孔流泪，肩膀颤抖着，夏日蝉鸣不断，李蔓没听到。

8月初，早上李蔓正在晾衣服，突然接到裴郸坤的电话。

清晨的风微凉，茂盛的柿子树树枝从上面窜到阳台上，阔叶嫩绿，阳光若有似无。

裴郸坤的声音听起来如这个早晨一样干净清爽又带着天地间独有的低沉。

李蔓将盆里遗留的水倒在地上："你怎么突然回来了？"

"高温放假，就两天，我在肯德基吃早饭，你等会儿来一趟市里，带好户口本。"

"户口本？"

"领证去。"

李蔓倚在不锈钢阳台栏杆上，下面凝结了一排水珠，她手指轻轻一刮，悉数落下。

"怎么这么突然？"

"今天可是七夕情人节，去年答应你今年给你好好过的，在这个日子领证多浪漫。本来想让你回桐城再弄这个的，可是异地不可以办理结婚登记，正好高温放假，我就回来了。拖了这么久，你早就应该入我户籍了。"

"今天的话民政局应该挺多人的，你不回来拿户口本吗？"

"上回走的时候拿了，在兜里揣着呢，你打扮漂亮点再来，我在这儿等你，挂了，我先喝碗粥。"

黄美凤大清早就出去了，也不和李蔓说去哪儿，李蔓打她的手机打不通，出门前在饭桌上留了张字条。

从乡下到市里要坐一个小时的公交，李蔓到的时候裴郸坤的手机已经玩得没电了。他就坐在挨近大门口的座位，阳光打在他身上，照得睫毛根根分明，脸颊线条硬朗，时不时抬眉往窗外瞥一眼。

李蔓走得急，出了一身薄汗，一进入室内，迎面而来的冷气吹得人十分舒爽，与室外三十七八度的温度形成对比。

裴郸坤远远地就看见她走来，穿着一袭黑色碎花连衣裙，扎着简单的马尾，腿还是那么细那么白，每次隔段时间见她他浑身就会忍不住躁动，说不出来地痒。

他抬手招呼道："美女，这边。"

近一个月没见，他瘦了点，李蔓刚想说这个，他就摸着下巴道：“我是不是瘦了？”

李蔓点头，喝了口他的可乐。

裴郸坤搭起两条腿，倚在沙发上说：“也不枉费我减了半个月的肥。”

“你又不胖减肥干什么？”

“等会儿拍照，上镜好看。”

李蔓：“……”

就如李蔓所说，今儿个来登记的人特别多，民政局门口早就排起了长龙，天气炎热，但没有一对情侣打道回府，即使额头汗淋淋的也挡不住他们脸上幸福的神色。

香樟树投下大片阴影，热气从四面八方涌来，李蔓将遮阳伞往他那边挪了一点，裴郸坤点烟，瞧见了她的小动作，一手拿烟一手拿过遮阳伞，都撑在李蔓这边。

“细皮嫩肉的，别像上回那样晒坏了。”

李蔓拿湿纸巾给他擦汗：“弯点腰。”

裴郸坤偏头吐了口烟，弯腰凑脑袋，笑道：“你说你矮不矮，等会儿拍照咱俩也许都不能同框。”

“那你找个能和你同框的。”

他在她耳边低声道：“女人太高不得劲，我就喜欢你这么矮的。”

李蔓把纸巾拍他脸上。

裴郸坤把伞往下压，挡住后面人的视线，手疾眼快地亲了她一口，直起身子说道：“等会儿弄完了找个地儿凉快凉快。”

“你想去哪儿？”

“你说去哪儿？”

李蔓看着他，琢磨他是在询问她还是在暗示她。

排了四十多分钟的队两人才进去，还要等，室内凉还有座椅，不一会儿人就清净了下来。

裴郸坤搭着二郎腿，姿态惬意，李蔓坐得比较端正，边上一女的拽着男人的手直呼“老公我好紧张”，裴郱坤有意无意地瞧他们。

男人搂着女人，用甜言蜜语哄着。

裴郱坤扭头看向李蔓，问道：“媳妇儿，紧张吗？”

李蔓摇头：“等得有点无聊。”

裴郱坤十指交合搭在腿上，到填表格为止他都没说过一句话。

李蔓动作迅速，他填个东西都磨蹭许久，唯一快点的地方就是拍完照不用修，工作人员直说：“你们俩上镜，照得很好看，真有夫妻相。”

拿到红本本的时候李蔓要放包里，裴郱坤不愿意，一路走一路看。

李蔓说：“你也不怕撞到电线杆。”

“你懂什么，照得这么帅，不多看几眼真是可惜了。”

李蔓想起他给她发的一些自拍照，相比之下，确实结婚证上的照片比较好看。

裴郱坤一手握着她的手，一手拽着结婚证，大摇大摆地上街溜达。

他这儿买杯奶茶，那儿买包烟，有的老板客气，问道：“今天结婚？”

他立马答道：“刚领证。”

在酒店开房的时候他特意将结婚证往前台上一放，然后翻找身份证，明知故问道：“有没有什么适合新婚夫妻的房间？”

李蔓扯过他的身份证递给发愣的柜台小姐，说：“开个标间。”

裴郱坤加上一句：“要豪华的。”

正值中午，裴郱坤还点了午餐送到房间，房间在十二楼，能看到市里最繁华的街道。

李蔓洗完澡出来他还在看结婚证，就摊在小圆桌上，刚捏出一根烟他又塞了进去，突然懊悔道：“我怎么又抽烟了，还买烟了？”

李蔓没理他，坐在床边擦头发。

“真是对不住我儿子，怎么就给忘了？”

他喃喃自语着。

李蔓听不下去了：“你今天很紧张吗？”

裴郱坤：“我紧张个屁。”

李蔓微微扬眉，带着点笑意，就这么看着他，裴郯坤被盯得有点心虚，起身去洗澡。

服务员来送餐，李蔓换衣服开门，推桌上好大一束粉玫瑰。

服务员说：“新婚快乐，女士。”

李蔓大约数了数，大概有99朵，花很新鲜。

裴郯坤就裹了条浴巾，脖颈上都是水珠，一路往下滑，他是瘦了点，但不该瘦的地方一点都没瘦，反而腹肌越来越明显。

李蔓将结婚证放进包里，裴郯坤从后面抱住她，吻她的耳朵。

李蔓：“还紧张吗？”

“老子压根没紧张过。”

李蔓被他吻得浑身发热：“先吃午饭吧。”

“我这不正吃着嘛。”

裴郯坤拎起人往豪华大床上一抛，随即倾身压上来。

“婚后第一炮，好好记着。”

李蔓眼睛微微弯着，小声道：“先去拉窗帘。”

李蔓不知道他弄了多少次，一次措施都没做。

裴郯坤说：“我的目标就是年底之前整个儿子出来。”

两个人下午退房回乡下，裴郯坤又买了点补品给黄美凤，晚上五六点到家的时候黄美凤还没回来，裴江还没下班，两家都静悄悄的。

李蔓累，直接回房睡觉，裴郯坤等了会儿等不到丈母娘就回自个儿家休息，冰箱里有什么就做了点什么菜，等裴江回来吃。

这一年裴郯坤回来得勤快，裴江晚上回来见到人倒也不是多么惊讶，反而欣慰更多，觉得他和李蔓在一起后多多少少变了点。裴江始终觉得他们家能讨到李蔓做媳妇那是上辈子修来的福气。

黄美凤也差不多那时间回来的，李蔓还在楼上睡觉，裴郯坤见人回来了，跑去交代领证的事情。

黄美凤脸色极差，倒水喝的时候手还在抖，大夏天的，她穿着长袖。

“阿姨，身体没事吧？中暑了还是哪儿不舒服？”

黄美凤摆摆手，笑道：“能有什么事，天热，胸口稍微有点闷，你怎么突然回来了？”

“我回来和小蔓领证的，今儿已经领了。”

“领了？哟，那还叫我阿姨，该改口了。”

裴邺坤倒是有些不好意思，清清嗓子，干脆利落地叫了声妈。

黄美凤那叫一个乐，说：“以后真的就是一家人了，妈不求你别的，只希望你和小蔓好好的。”

“我懂。”

“吃饭了吗？小蔓人呢？”

“她估摸着还在睡觉。”

“我下点馄饨，你上楼把她叫下来。”

李蔓迷迷糊糊听到点动静，知道应该是黄美凤回来了，但她两条腿像是灌了铅，眼睛也睁不开。

电风扇嗡嗡吹着，吹起李蔓的衣角，露出一小截腰腹的皮肤，裴邺坤倾身侧躺上去，握住她的腰，他的身板挡住了电风扇，李蔓被热醒。

“妈叫你下去吃饭。”

李蔓依旧闭着眼：“叫得挺顺口。”

他拍她的屁股：“那你是不是也应该对我换个称呼了？”

李蔓睫毛微颤，睁眼，转头看他：“换什么？”

“你说呢？”

李蔓：“叫二狗子？”

“找打是不是？要不是看在我儿子分上，你屁股早就被我打开花了。”他大手掌在她腹部有意无意地揉抚着。

“哪有这么快。”

“老子的兵冲锋陷阵世界第一，这里说不定已经开始发芽了。”裴邺坤手往下移，“还黏不？”

“嗯。”

即使在酒店清理了许多，但多多少少还是有点。

李蔓翻过身和他面对面，看着他说：“你现在好像不紧张了。”

“你什么时候看见我紧张了？”

李蔓笑笑，不戳破他。

半个月前就开始减肥，排队的时候烟一根接一根地抽，等待的时候闷声不响，领完证到处炫耀，床上吻她的时候手都在抖。

裴郯坤捏起她的下巴，和她扯别的，说道：“换个称呼听到没？”

“我有点叫不出口。”

“有什么叫不出口的，别的小姑娘都老公老公地叫，怎么换你你就不行了？”

“感觉很别扭。”

这俩字很普通，听别人叫也很正常，李蔓也试着张嘴这样叫他，可就是卡在喉咙里出不来，莫名有股羞耻感。

她几乎很少会叫他的名字，小时候郯坤哥哥郯坤哥哥叫得勤快，后来渐渐地就没有任何称呼了。

裴郯坤不依不饶：“今晚不叫一声老公，你就别想下去吃饭。”他给李蔓捂上被子，“顺便热死你。”

幼稚鬼。

李蔓觉得自己也很幼稚，她就硬憋着，哪怕热得手心发烫，就这么和他耗着。

裴郯坤吹着电扇，舒服得不得了，也和她耗着。

五分钟一过，还是李蔓先受不了，她被他卷成寿司，怎么都逃不开。

“叫不叫？”

李蔓：“要捂出痱子了。”

“回头我给你买一箱痱子粉。”

“你——”李蔓哭笑不得。

裴郯坤压上她：“赶紧叫一个听听，我只是上来叫你吃饭的，磨蹭这么久不下去妈指不定以为咱俩干什么呢，不太好。”

厚颜无耻的程度无人能及。

李蔓妥协，张嘴却还是叫不出，她让他低头，靠在他耳边轻轻说了两个字。

裴郅坤在江州待了一晚，隔天中午两家人一起吃了顿饭，裴江一开心，喝得酩酊大醉。裴郅坤下午回桐城，李蔓送完他回来黄美凤又不在家，李蔓打她的电话一问，黄美凤说从前娃娃厂一起工作的那个阿姨得了病，她要去医院陪几天。

她确实有几个关系较好的姐们儿，李蔓倒也信了。

李蔓平日里一直在帮陆彬补课，和黄美凤接触的时间不算多，只是整个8月见的面真的太少了。晚上回家她没几次是在家的，不是那儿有事就是这儿有事，有时候一整晚不回来，李蔓以为她又去忙那些，有一天说要去找她，黄美凤心一慌，骗李蔓说是在和别人逛街。

回来的时候她真的买了衣服和食物，李蔓又信了。

只是人的憔悴和病态是瞒不住的，那晚李蔓回来，黄美凤正在烧饭，动作慢腾腾的，李蔓起初没注意到，帮她剥蒜的时候才发觉她颤抖的手。

“妈……”李蔓心口蓦地一跳，“你最近是不是身体不舒服？”

黄美凤点了点头，说：“最近天热，胸口总是有点闷，前段时间去照顾那个阿姨，在医院里待得不舒服，没胃口，一连好几天吃不下饭。你紧张什么，妈没事，就是太容易中暑，你又不是不知道。”

李蔓淡淡地看着她，那双细长的眼睛看得黄美凤越发心虚，挥起刀赶人：“别在厨房待着，油烟味道大。”

李蔓夺过她的刀：“我来烧吧，你去洗个澡休息会儿。”

“我来，你别弄这些。”

“妈。”

“行，那你弄。”黄美凤解围裙，“等会儿放点酱油，这样好吃。”

“嗯。”

李蔓洗手，随后拨了从前母亲主治医生的电话，大概因为是陌生电话，没人接，以前她都是用黄美凤的电话打的。

李蔓看到桌上黄美凤买的维生素片和高档水果，这些天她倒是一直在吃，想着想着李蔓觉得可能是自己多想了。

8月下旬，李蔓快走的时候黄美凤比她先行一步，说是要和几个姐妹去北京旅游，李蔓自然是同意的。忙活一辈子玩一玩应该的，她也很开心黄美凤终于不揪着那点钱了，行李是李蔓给她收拾的。

阳光明媚，黄美凤好像气色还不错，李蔓说："你在那边想吃什么就吃什么，觉得衣服好看就买，爬长城记得别走太远，太累的话身体也吃不消。"

黄美凤戴上遮阳帽点头，上了公交车，她说和朋友约在江州火车站见。

公交车上人声鼎沸，售票员问："去哪儿？"

手伸进遮阳帽下抹了抹，黄美凤回道："去市中心医院那个站。"

她摘下帽子，额前的发湿得黏在一块儿。公交车斜边上的小空调风吹得快，头发不一会儿就干了，可她的眼始终都是湿润的。

李蔓隔天就回去了，新学期开学，高一的升高二，也开始了美术补习，她原先租的房子已经还给房东，回的是新家。

正赶上周末，裴邺坤早早就在家里等她，躺在沙发上看电视喝啤酒，惬意得不得了，听到开门声，他从沙发上蹦了起来。

开门的一瞬间李蔓以为家里养了条狗。

"等会儿，我身上都是汗。"

裴邺坤上前就抱着她吻，门被关紧，两个人就直直地倒了进去，隔壁开门的大叔推了推眼镜，一副"我懂"的表情。

李蔓推开他，拿行李进屋。

新房子没有半点陌生的气息，像是住了很久。

裴邺坤说："我一放假就来，一直打扫，干净着呢。"

李蔓把行李拿进卧室，只见电视柜上两本结婚证笔直地摆在那边。

"这不是摆件，不要放那边。"李蔓收好结婚证放进抽屉。

裴邺坤抱着她倒在大床上，黑白色的床单凹陷，他说："还缺个结婚照，这屋子里头总是空荡荡的，年底咱尽量把宴席办了，你想去哪儿度蜜月？"

李蔓枕在他结实的手臂上，顶上的水晶吊灯光泽夺目，她说："你有时间去度蜜月吗？”

“过年不是有假期吗？你也有空，咱就出去玩，带着咱儿子一起去。”

“哪来的儿子？”

裴郥坤摸她的肚子：“这里。”

“我……没什么反应。”

从领证到现在，李蔓一直关注着自己的身体，她也在等待新生命的降临，可是实在没动静。

“你急什么，现在有时间了，多弄几次，马上就能有。”

夜幕正在悄悄降临，正是创造人类的好时机。

裴郥坤翻身压住她，也不急，细细地吻她。

李蔓：“我先洗澡，家里有吃的吗？我饿了。”

“有，等会儿我给你下面吃。”

两个人第一次在新房里做，第一次在这张床上做，有着难以言说的新奇感受。

裴郥坤自信道：“我觉得这次铁定能中。”

李蔓不知道能不能中，她躺在柔软的床上不想洗澡也不想吃东西。他对这方面需要大，或者说每次都体力充沛，她总是吃亏的那一方，照这个节奏，不中也困难。

裴郥坤给她掖好被子，将空调调高两度：“你先睡会儿，我去楼下买面条，等会儿煮完了叫你。”

李蔓给黄美凤发短信，问她到哪儿了，黄美凤说还在火车上，正打算睡觉。

裴郥坤在厨房下面条时李蔓正洗完澡，她穿了条无袖的长裙，头发半干半湿，边擦头发边出来，坐在客厅沙发上调电视频道。裴郥坤打了两个蛋，往客厅瞥一眼，随后煎蛋，心情好地吹着口哨。

李蔓心里记挂着黄美凤，总觉得哪里怪怪的，心不能静，她关了电视走进厨房。

“你有没有觉得我妈憔悴了很多？”

裴郸坤仔细回想了下："这半年的确瘦了挺多，人看着没精神。"

李蔓倚在门边上，油刺啦响着，她说："我真怕她是不是病复发了，她自个儿不知道，等她旅行回来，我抽空回趟江州，带她再去复诊一下。"

裴郸坤关上火，将两个爱心荷包蛋铺在面上："也成，到时候你也顺带查查肚子，看看我儿子长多大了。"

"你现在满口儿子，万一是女儿呢。"

裴郸坤给她端上桌："不能是女儿。"

李蔓笑着问道："为什么？"

"女儿容易被人欺负。"

李蔓想他大概是被吴巧的事情吓到了，她尝了一筷子面，咸淡正好。

"男孩也会被人欺负，就像小时候被你欺负的那些男生一样。"

"你放心，我儿子，只有他欺负别人的份。"

李蔓忽然说道："我们现在要孩子会不会太早？"

她的性格就是喜欢什么都稳稳地来，买房结婚生孩子一系列事情都集中在一块儿，李蔓其实反应不过来，对她来说脚步太快，她总觉得自己还没有做好心理准备去接受和面对，她不喜欢做自己心里没底的事情。

裴郸坤知道她的性子，说："对我来说一切都正好吧，现在这样不用觉得不安，我们有了个窝，证也领了，工作也稳定了，什么都在变好。"

李蔓低头吃面，明亮的灯光照亮屋子，地板光洁干净，墙壁也敞亮整洁，这里以后就是他们的家。

裴郸坤在厨房洗锅，动静倍儿响。

今年的成人高考提前了几天，在9月末，还有一个月，李蔓不知道他读得怎么样了，只是还挺用心的。

她躺在床上看电视，那人躺在她边上看书，就着灯光看得认真投入，脸颊流畅的线条延伸到颈部，下巴有些许胡楂，皮肤又黑了点，捏着书页的手指骨分明有力，凸起的骨节上有个结痂的小伤口，疤脱落了，只剩粉白的一小块。

淡灰色的窗帘隔绝外头的闷热，空调送风的时候吹动假花盆栽的叶子，又凉又有生机。

李蔓："你什么时候配的眼镜？"

金丝细边眼镜架在他高挺的鼻梁上，镜片微微反光，李蔓想到个词：衣冠禽兽。

"上次回来后，看东西有点模糊，就去配了。"

"多少度？"

"100度多一点，还好。"裴邺坤扭头看她，顺带推眼镜，突然勾唇一笑，"帅不帅？有没有电视剧里那种霸道总裁的感觉？"

他上半身没穿，胸肌健硕，锁骨那处还淌着几滴水珠，下巴有棱有角。他的面容一直是这么英俊，少年时是清瘦，成年后是结实，现在随着年龄的增长更多的是气质上的变化，越来越稳重，但面对她时依旧是个幼稚鬼。

李蔓打趣他："霸道总裁底下的包工头还差不多。"

"你个小娘们儿，皮痒是不是？"

他把被子一拉，床抖了起来。

黄美凤时不时在微信上给李蔓发旅游拍到的照片，只有景色没有人，李蔓说你得拍几张带人的，留个纪念。

黄美凤说带人的都在朋友相机里，回头洗出来了给她看。

9月下旬的时候黄美凤又突然和李蔓说她要和朋友去趟苏州，说是那个阿姨离婚了，心情不好，想去苏州逛逛。李蔓并没有觉得有什么异常，她很乐意母亲出去游玩散心，只是戏说道："你的朋友最近怎么好像一直有事？"

黄美凤说："人就这一辈子，谁知道下一秒会发生点什么。"

李蔓叮嘱了许多话，黄美凤笑着说："女儿大了，懂事了，知道心疼人了。"

从小到大，都一直是她在李蔓耳边唠叨，这个不要碰那个不能吃，出门带雨伞冬天多穿衣。黄美凤想，她是真的老了，她能做的都做了，女儿一向懂事，哪怕现在闭眼似乎也能安心了。

李蔓下班回家，顺道去超市买点菜，刚挂断电话裴邺坤的电话就进来了。

他明天要参加考试，正好碰上周末，李蔓有时间陪他。

这阵子碰上秋老虎，闷热一阵子，眼下开始下起了点点细雨。初秋的黄昏总带着一丝苍凉，李蔓把手机夹在肩头，打着伞。

裴邺坤那头响起几声喇叭声，他说："我现在在十字路口，一会儿就到家了，你到哪儿了？"

"我去买点东西，你请假了？"

"明天考试能不请假吗？念了大半年的abcd不能被这两三百块耽误了。"

李蔓已经走到超市，拿了辆推车，边走边问道："如果没过呢？"

"没过那就明年再来。"

"其实不用的。"

李蔓从前也觉得这些是阻碍，可走到这一步，事情都已经尘埃落定，这些虚的大可不必，只要以后过得开心就好。

绿灯亮起，他往前走，没带伞，细雨将他的面孔打湿，眉毛上都结了水珠。

"你懂什么，身为一家之主要光耀门楣，不有点实力以后怎么镇得住我儿子？"

一副大老爷们儿的口气。

李蔓下意识地看向自己的小腹，依旧没什么动静。

晚上躺在床上，李蔓看了会儿杂志，想了想还是开口了。

"你说，我们两个是不是其中一个有问题？"

"是，你智商低。"裴邺坤倚在床头背公式，他最烦数学，高中的不比初中，是难了点，更何况一把年纪记点东西不容易。

"我说正经的。"

裴邺坤摘下眼镜捏了捏鼻梁，眼眸微垂："有什么问题？"

"我是说怀孕的事情。"

"现在开始着急了？"

李蔓不语。

他每次回来都要弄很久，这么多次了，怎么可能一直没有呢?

裴邺坤重新戴上眼镜，一手拿书一手伸进被窝拉住她的手："别想那么多，咱儿子会来的，等我明天考完回来继续播种。"

"明天考试紧张吗？"

"有点儿。"

"到了九点就别看了，早点休息，明天我做早餐。"

裴邺坤点头，关了一侧的灯："你先睡，我等会儿就睡。"

她习惯性地靠着他睡，裴邺坤也习惯了把左边胳膊给她抱。

下了一夜雨后第二天出了个大太阳，空气清新湿润。

李蔓昨儿在超市里买了糕和粽子，早上特意煮给他吃，寓意为"高中"。

裴邺坤笑她："还迷信这种？"

李蔓："我中考、高考的时候我妈煮给我吃过，宁可信其有吧。"

"行，沾沾我们李老师的仙气。"

他拥着她来了个热吻。

高大的梧桐树几乎将整条马路都遮盖住，一大片树荫绵延到校门口。

李蔓将他送进去有种感觉，将来她的孩子中考、高考大概也是此刻的心情。

校门一关，刚才的一点人烟味渐渐消失，来送考的人都四面八方地散去，李蔓站了会儿后去马路对面的奶茶店坐着。

当年高考，烈日炎炎，黄美凤一个人挨着大树等她等了一上午，哪儿都不去就是这么干巴巴地等着她。

眼瞧着马上国庆了，李蔓想等她从苏州回来后去一趟医院，哪怕没什么事但体检也是有必要的。

李蔓喝着奶茶想了挺多，有的没的一堆，手机上又跳出李建忠的短信。

他一直断断续续在和她联系，李蔓倒不是贪他那点钱，她要的不是那些，可除了物质上的补偿连她自己也想不出还有什么其他可行的方法。

李建忠说给她打了三万块钱，让她买点吃的。

李蔓盯着那行字看了许久，她结婚的事情没告诉他，在桐城买好房的事情也没告诉他。

李蔓打了几个字，可最终还是没发出去，关闭短信页面。

裴郸坤从里头出来的时候神采奕奕，一个大写的得意摆在他脸上。

太阳偏移，树荫没了，那块地被灼烧得滚烫，李蔓给他撑遮阳伞，裴郸坤一把搂过她，大摇大摆地往市中心的街道走。

“考得很好？”

裴郸坤摸摸她的肚子：“放心吧，你爸可争气了，不给你们娘儿俩丢人。”

李蔓打掉他的手：“大街上，注意点。题目难吗？”

“你说难不难？这考试当然不能和正经高考比，题目难度降了一半，我前三十分钟就写完了，在那边数苍蝇玩，隔壁那大叔做得满头的汗。”

“别得意忘形，越是这样分数反而越低。”

“那是你，像我和我儿子都是高智商，做得好就是做得好。”他又去摸她的肚子，“是吧，儿子？”

李蔓笑着：“哪来的——”猛然间她心口一跳，有点反胃，一摸额头都是汗。

“怎么了？哪儿不舒服？”

“没事，天热，有点反胃。”

她提前半个小时等在校门口，被热气熏得内衣都湿了，她的体质和黄美凤一样，容易中暑。

下午还有考试，两人没回家，只在市里的餐馆里吃午餐，有沙发有空调，一坐就是一个多小时。

李蔓没什么胃口，喝了杯柠檬汁，一份牛排只吃了一半。

裴郸坤最难受她这样，她要是和中暑搭上点边，脸色都是白的，看着叫人心疼。

“下午你别等我了，回去洗澡睡觉。”

“没事，我坐一会儿等会儿就好了。”

“别不听话，乖，回去躺着，你这样在外边我没心思考试。”

李蔓默了会儿：“那我在家等你，晚上想吃点什么？”

“不用，我回去的时候买菜，晚上我烧，你回去只管睡觉。”

隔壁桌小姑娘掐她男朋友：“你看看别人，你再看看你，你给我做过几次饭？”

男人哀呼道：“我不会做饭啊！你吃得下的话我天天做都行！”

“还强词夺理！”

裴邺坤招手，让李蔓坐到他边上，他把李蔓剩下的小半杯柠檬汁一口气喝完，开始切牛排，一口一口喂给李蔓吃。

李蔓：“……”

这人夸不得，一夸就来劲。

裴邺坤：“像我这样的好男人已经没有了，你真是好福气。”

李蔓没有胃口，但他喂，也就吃了几块。

裴邺坤：“你其实就是想要我喂对不对？就可劲黏我吧。”

李蔓似乎从不会哈哈大笑，只是淡淡笑着，但浅淡的笑容足以表达她的幸福，她没反驳，就让他这样自恋下去。

周日上午考完，下午裴邺坤就匆匆回了宿舍，他晚上值班，趁着吃午饭的罅隙他吻了李蔓很久。一个星期见一次，他很珍惜，也正因为不能每天相见所以总是有新鲜感，每个周末回家成了他生活的动力，和她躺在沙发上看一晚上的动物世界也成了回家的诱惑。

李蔓提前和他说了，国庆一放假就回江州，他忙，不能一起回去，还是那句话，路上小心。

放假前最后一节课，学生们都没太多心思画画，但有规定的下课时间李蔓不能提前放。

突然教室门被敲响，李蔓一看，是徐鹏和杨盼，两个小伙子捧着鲜花水果傻兮兮地站在门口，有些羞涩。

一进入大学气质都变了许多，成熟了。

李蔓拉过椅子让他们坐。

徐鹏说："可惜陈老师不在，不然也想看看她。"

提起陈玉，李蔓如今没多大感想，她对陈玉有感激有憎恨，但这些在她的生活之外，她不想再自寻烦恼。

李蔓说："下次来别买这些东西了，你们还没工作，别浪费。"

杨盼把玫瑰花往李蔓怀里一塞："李老师，这叫鲜花配美人，我听说你和师公结婚了，真的吗？"

虽然只是几面之交，但两个学生特别喜欢裴邺坤，当初在李蔓家补课一直问她，师公怎么不来了。

李蔓："只是领证了，还没办酒席。"

杨盼："好羡慕师公。"

徐鹏说："这小子成天和我抱怨说学校里没有好看的妹子，别人军训都搞上了，宿舍里就他一条单身狗。"

一见李蔓和师哥聊得开心，底下的学生画笔一扔，肆无忌惮地开始玩手机等下课。

聊了一阵，徐鹏问起吴巧，他提得小心翼翼，说："她还好吧？出了那事以后我们私底下都挺愧疚的，也不知道怎么说这事，就是感觉大家都有责任，可是大家更加不知道怎么面对她了，现在错开了一届，也许是好事。"

李蔓开学的时候碰见过吴巧，她在小卖部买水，早上正好遇见。人还是那样羞羞涩涩，讲话轻声细语，依旧是个文静的姑娘，但和李蔓说话时变得有底气了，跌落泥潭的人能重新站起来也需要很大的勇气，她看似文静脆弱，其实柔韧得像小草。

李蔓说："她在高三（4）班，就在楼上的教室。她很好。"

两个男同学只是问问，自然没有去看望的意思，太尴尬，从前都没搭过话。

快到四点的时候，学生蠢蠢欲动，李蔓说："下回来我请你们吃喜糖，提前和我说一声。"

"好嘞！"

外面天阴了下来，像是又要下雨，夕阳的余晖半遮半掩，李蔓下楼的时候开始起风，长裙飘飘荡荡贴在身上，风夹着一股浑浊，云层慢慢压了下来。

李蔓走了一阵才发觉包里手机振动，是裴江的电话，他没有打过李蔓的电话，这是第一次。

“爸。”

裴江急切地喊道：“小蔓啊，快回来，你妈出事了！”

风卷着路边的尘埃呼啸，吹进李蔓的眼里，一时酸涩不已，闷热的空气宛如勒在脖颈上的绳，越勒越紧。

李蔓顿住脚步，裴江说：“刚才我看你妈在院子里乘凉，过去想讲两句话就怎么都叫不醒人，现在在医院做检查，你妈是不是生什么病了？瘦得肉都没了，这段时间看着就不对劲。”

李蔓手心出了层薄汗，薄唇微张：“是不是普通的休克，或者过度劳累？”

“不是不是！医生在抢救！”

云层越来越低，压迫死天地间最后一丝亮光，整个黄昏顷刻陷入狂风骤雨的前奏中，仿佛有千斤重的石头压住李蔓的双脚，麻木的痛感从脚底蹿到脑门，李蔓的脑袋一阵空白。

裴江听不到回应，以为电话线路断了：“小蔓？小蔓？听得到吗？”

那粒沙子磨着她的眼睛，李蔓抿唇抬头吸了一下鼻子，回答道：“我现在回去，要是她醒了，告诉她我快来了。”

挂断电话的一瞬间李蔓有些无所适从，她就站在那里，甚至不知道下一秒该干什么。

一时之间，前段时间的种种都涌现在脑海里，她一直催促的婚姻，越发缓慢疲惫的身影，难以捉摸的行踪，还有，什么旅行，谎话连篇。

李蔓不知道黄美凤是什么时候开始骗她的，她不明白，上次医生不是说都好了吗？不是说都好了吗？

她最讨厌黄美凤这一点，总是以为自己在做对的事情、对她好的事情，不管是从前李建忠出轨还是后来离婚后难以维持的生活，她心里的苦、怨、恨，都一同往肚子里咽，她不会告诉李蔓妈妈很难受妈妈很累，她只会说妈妈很好，为了你什么苦都能吃。

可李蔓都懂，因为什么都懂，所以她一直按照母亲所期望的轨道走。

沙子硌得眼睛酸疼，李蔓浅浅吸了口气，快步回家，她给裴郸坤打电话，没人接，李蔓无法等他回应后再去处理，她想立刻回江州。这个时刻回江州的飞机票已经没了，李蔓买了最近一趟回江州的高铁票。

她发短信给裴郸坤，大概意思是妈生病了，她回去，如果看到了给她回个电话。

她没收拾行李，拿上证件和皮夹转身就下楼拦车。

不知何时开始下雨，豆大的雨滴砸下来，一滴一滴，渐渐打湿晾在阳台的衣服，衣服被风一齐吹到右边，衣架刮过晾衣架，咯吱咯吱地响。

出租车师傅和李蔓搭话，她望着窗外充耳不闻。窗户上布满雨滴，外面的世界模糊不清，天好像一瞬间清凉了，几丝冷风从窗户缝隙里灌入，李蔓微微一颤。

高铁班次是晚间8：15分的，李蔓坐在候车室里，人来人往，人声喧闹，可她觉得安静极了。她垂眸看着手里的手机，她害怕裴江来电话，却又期待他来电话，她想听到人没事、虚惊一场这种话。

隔了许久李蔓才想起要和学校那边请个假，她拨通徐荞的电话，检票口正好开始检票，李蔓随着人群依次进站。

乘务员站在车厢门口微笑欢迎。

“欢迎乘坐明和号G156次列车。”

李蔓：“徐荞，明天帮我请个假，我家里有点事，大概这一个星期都不能来……”

天黑得像泼了墨一样，雨滴浓稠。

雨点打下来的瞬间一伙人匆匆忙忙抖出雨衣套上，随后继续量轨距捡垃圾。

陆北趴得腰酸背痛，直起腰扭了扭，弄了满脸的雨，他抹了把问道：“坤哥，你那考试成绩什么时候出来？和嫂子什么时候办酒席？”

“等俩月吧，酒席搁在年底办。”

“桐城这里办不办？”

“不了，就老家摆个酒。”

“这里酒店也办一场呗，兄弟们都想吃顿好的。”

裴郸坤往前挪了点，测量下一个：“回去我问问她。”

陆北坐在边上休息：“我最近老腰疼，真怕有什么毛病。”

裴郸坤压低雨衣帽檐笑了声：“有病就去看，别到老了才去，到时候后悔都来不及，平常有空多锻炼锻炼，除了吃就是睡。”

“每天都四五公里还不锻炼？”

“这只是锻炼脚力，别的地儿也整整，别回头找了媳妇，人掀开你衣服一看只有一块腹肌。”

陆北仰躺在石子道上，雨哗啦啦洒在他脸上：“还是躺着舒服，哪怕淋雨。”

“别偷懒，赶紧起来干活。”

陆北不动，忽然一个雷电，陆北打了个激灵跳起来。

“吓死人！今天这闪电怎么那么闪？”

“闪个屁。”

路边的灯光幽幽的，远处的群山隐没在疾风骤雨中，雨天没有繁星与皎月，一切看起来寂静极了，脚下的石子碰撞到一块儿摩擦出声。前些天防护栏两边的树枝修剪过，这会儿倒不显得张牙舞爪了。

弄了一个小时，裴郸坤蹲得腿麻，站起身动了动腿，掏出手机看时间，正巧看到李蔓的电话和短信，他眉头一皱，立刻回拨过去。

不远处的高架上一辆列车飞速前进，里头的光照亮这段路，但很快消失，天地间又恢复了宁静。

李蔓坐在窗边，窗外的景色她看不见，只有接连不断的电闪雷鸣，玻璃上倒映着车厢的一切，她侧头看着。

右边的座位坐了一家三口，小女孩只有五六岁，在列车上跑来跑去，叫着吵着，很活泼。

李蔓在玻璃的反射里看到女孩的父亲抱起她，眼睛里都是疼爱，问道：“等会儿就要见到爷爷奶奶了开心吗？”

女孩大声应答：“开心！还有舅舅，舅舅说给我红包！”

“贪心鬼！想要红包的话不能乱跑了，更不能大声说话，我们要做个文明礼貌的人，这样舅舅才会给你奖励。”

女孩笑起来的时候眼睛弯成了月牙。

李蔓忽然蹙眉，捂住嘴，一阵恶心反胃，边上的老婆婆问道：“小姑娘没事吧？要马甲袋吗？”

李蔓摆摆手，这股反胃很快消失：“谢谢，我没事。”

桌上的手机亮了，李蔓刚触到，突然一道雷劈向后面的那节车厢，窗外火星四溅，车里的人纷纷向后张望。

“怎么回事？不会出事吧？”

“太恐怖了！”

后面那节车厢里的人纷纷尖叫，一时炸开了锅，乘务员快步赶过去，李蔓回过头接电话。

裴邺坤说：“妈怎么了？”

“我不知道……可能……你明天回来一趟吧。”

裴邺坤一愣：“你在说什么呢，怎么可能，不好好的吗？”

李蔓声音有些抖：“是我不好。”

列车急速前进，后面吵吵嚷嚷，李蔓偏头看向窗外，闪电一个比一个亮，接连不断，就像是无数的闪光灯。

“傻瓜，你在自责什么，妈会没事的，你已经在车上了？”

“刚坐了一个小时。”

“哪个班次？”

李蔓从包里拿出车票：“G156，我十二点多到。”

“大半夜的，自己小心，到了记得给我电话，我等会儿就买票，买最近的一班回去。”

“好——”

猛然间列车急刹车，砰的一声巨响，李蔓往前一磕，手机直线甩出去，灯啪啪啪地一瞬间全黑了，一时之间天旋地转，上面的行李咚咚地都滚落下来。

摔落在外的手机一亮随后黑屏。

李蔓还没反应过来整个人已经颠倒，车厢像是在坠落，她后背撞到钢铁之类的东西，一阵钻心地痛，整个人上下摇晃颠簸，震得人心脏都快跳出嗓子眼。

坐她边上的老婆婆压着李蔓一起滚落，老人家眼睛翻白，喉咙口就卡着一口气。李蔓借着闪电的光看见她即将撞上座椅，一把拉住她的胳膊，可突然间车身一抖，老婆婆和她脱离开来，只听见咚的一声，李蔓看不清，又一个震动，李蔓摔到玻璃窗上，脑袋狠狠磕到了边角。

“妈妈！妈妈！”女孩哭得声嘶力竭。

那位母亲一把拉过孩子护在身下，紧皱的眉头像是抱着赴死的决心。

“救命啊！救命！”

一车厢的人都在呐喊尖叫。

李蔓拼命想抓住些什么，可动弹不得，只能任由车厢翻滚坠落，她扣住小桌板，车厢又一个旋转，她狠狠往下坠，上面的行李像是高山的滚石毫不留情地砸下来，坚硬的轱辘砰的一声砸在她的脑袋上。

李蔓头晕目眩，黑暗中什么都触碰不到，血腥味渐渐弥漫开来，脑袋似要崩裂，浑身的骨头像是被碾碎一般，李蔓连睁眼都觉得吃力，垂在一边的手臂卡在扭曲畸形的铁皮里。

四五个人从边上滑落，把她压在最里面，几件大件行李翻天覆地袭来，重重砸在他们身上。

她毫无知觉。

忽然间，所有人都静了，浅浅的呼吸声淹没在滂沱大雨中。

她动了动手指，再无动静。

黑沉沉的天像是要塌下来，暴雨犹如无数条鞭子，抽打着挤压变形的车厢铁皮，几缕轻烟从断裂的车厢中间冒出，大雨将其浇灭，但很快冒出新的，源源不断，像是人们离开的象征。

裴郯坤握着手机一愣，一声巨响之后电话便忙音了，再打过去无法接通。

陆北跑来："坤哥，这闪电太厉害了，这样下去搞不好会出事情，回去吧。"

裴郢坤抬头望了眼天，命令大家回去，他一门心思都在李蔓身上，走得很慢，而电话一直打不通。

忽然背脊一阵发麻，他心中有种说不出的滋味。

雨越下越大，像断了线的珍珠，水泥路上已经积了一汪水，裴郢坤摸着黑道前进，鞋底早已湿透。

他脚刚踏进宿舍，隔壁一老师傅着急忙慌地赶来吼道："出大事了！列车追尾！撞了！"

裴郢坤心口一震，脚底发冷，额角的雨水不断滴落，他站的地方脚下积水，握紧的双手手背青筋凸起，绷紧的双颊因为咬紧牙而微微颤抖，他忽然不敢问了，那种不安的感觉犹如藤蔓绞住他的心，让他窒息。

老师傅说："就今晚八点多从这儿开往江州的高铁，就在前面的十进路，两辆车追尾撞在一起，那车厢都从高架上脱轨掉下去了。"

陆北也怔住了，这可真不是一般的大事呀，车上几百条人命呢！

陆北结巴道："咋……咋会追尾？那边情况怎么样？"

老师傅对裴郢坤说："原因还在调查，上头发命令要我们全部赶过去救援！黄处长打不通你的电话急得都骂人了！"

裴郢坤双目通红，颤颤问道："车号多少？"

"G156和G152。"

第十二章　少年成了她的男人

“坤……坤哥，你怎么了？”

陆北头一回见他这模样，深如血色的唇紧紧抿着，喉结滚了滚，整个人都在抖，身上的雨滴滴答滴答悄然滑落，额头青筋暴起，他就那样狠厉地盯着老师傅看，牙齿上下打战，浑身上下透着一股说不出的凛冽感。

“裴……裴工长？别愣着了，赶紧组织人去救援。”

裴郱坤握紧双拳，指甲陷入掌肉里，他从牙缝里挤出一句话：“准备车子带好工具，立刻出发！”

最后四个字他几乎是吼出来的。

他坐在卡车后面，一路颠簸摇晃，黑压压的天不断掉着雨水，冷风穿透雨衣直直地渗入他的骨头，让人不寒而栗。

又是雨天，上个雨天让他遇见她，这个雨天，这个雨天……

裴郱坤哆哆嗦嗦地抬起手遮住脸，雨水从指缝里溜进灌入他的衣袖里。

他慢腾腾地拉下帽檐，靠在卡车的边上，随之晃动随之震荡，十根手指头渐渐变得麻木变得冰冷。

远远地就望见高架那处灯光亮堂，吊起的五盏强力照明灯下大雨的样子清晰可见，可周围不断涌来的黑夜像是忍不得这光芒，它要吞噬毁灭这一切。

长长的白色列车歪歪扭扭地倒在高架上，有一节车厢倾斜吊在高架边侧，整个车厢都翻了过来。

越靠近道路越泥泞，这是一条让人步步艰难的路，一路走去，迎接的也许是死亡。

有大批消防员和铁路工正在救援，还有大批附近的村民，高架上密密麻麻都是穿着橘色背心的救援人员，田边停着好几辆高档轿车，方头圆肚的领导人匆匆下车勘查情况进行指挥，属下欲打伞，被他一把推开，高声呵斥。

裴邺坤脱下雨衣甩在卡车上，他双脚陷进泥里，怔怔地望着眼前这一片荒芜惨痛的景象，扑面而来的铁腥味、淡淡的硝烟味，还有……浓烈的鲜血味，这一切都使人头晕目眩，他发觉自己迈不开步伐。

这场景一如当年，也是这样惨烈，也是这样绝望。

车厢挤压变形的一瞬间他被母亲护在身下，那千万斤重的钢铁就砸在母亲身上，她痛得尖叫，身形却不曾晃动，她趴在他身上，温暖的身体变成冰冷的尸体，鲜红的嘴唇变成阴紫的模样，她什么都没说就咽了气。

脑海里又回荡起母亲最后那几下声嘶力竭的呐喊，她重复地喊他的名字，直到抓到他护住他。

裴邺坤双手抖得厉害。

陆北什么都不知道，但就是瞧他不对劲，小心翼翼问道："不走吗？这里面都是人命，咱得救人，坤哥……咱得救人。"

陆北把雨衣给他："套上吧，雨量大，咱们得待很久，别把自己的身体弄出毛病。"

裴邺坤没接，陆北那句救人惊醒了他。

李蔓在这里，他要去找她，他要找到她。

他不知道她在哪节车厢，四周环视了一圈，不断有人从车厢里被抬出，有的奄奄一息有的还能走路，心中的希望开始不断被放大，那些活着的人就是他在悬崖边上勒紧的小草。

陆北不知道他在找什么，就是觉得怪。

裴郢坤抬头看到医护人员和救护车，冲进黑暗里，陆北赶紧跟上他。

“坤哥！得听领导安排！”

“有没有找到一个女的，二十几岁，黑发，G156车次的，很瘦。”裴郢坤拉住一个护士急切地形容并询问。

护士能理解家属此刻的心情，但她无能为力，指着右方说：“去那边查找伤患所乘坐的车次和车厢，如果还……还活着会有人通知的。”

陆北听到他的话心里一阵咯噔：“坤哥，你在找谁？”

裴郢坤满脑子嗡嗡地响，一个掉头冲过去，韩傅明正在做登记整理，他见到裴郢坤瞬间愣住。

裴郢坤双手扣住他的肩膀，厉声道：“小蔓在哪节车厢？”

韩傅明不敢相信，双目呆滞。

“她在哪节车厢？”

“你说小蔓……”

裴郢坤不顾他，夺过他的电脑：“怎么弄？她在哪里，在哪里……”

韩傅明反应过来，心脏跳得厉害，颤颤巍巍地输入李蔓的身份证号码。

“04车厢……”

陆北刚追上他，只见裴郢坤发了疯似的朝列车那儿跑，仿佛后面有无数鬼差在追赶一样。

裴郢坤爬上高架，这里的车厢多数还算完好，只是中间有两节已经被压扁像是镶嵌在了一起，他不敢看那里，李蔓一定在相对比较完好的车厢内。

“04车厢是哪节？”裴郢坤逮住一个消防员。

他浑身湿透，衣角滴的水比雨滴还大，消防员一看就知道是家属，安抚道：“先去那边登记，有消息就会通知。”

裴郢坤听够了这样的说辞，绷紧声音：“04车厢是哪节？”

消防员被他的狰狞神情吓到，指了指高架下倒在一侧的车厢：“那……那节。”

救援刚开始不久，底下的车厢还没动过。

陆北把人跟丢了，眼下这地儿来来往往都是人，又是大雨，实在很难看清人。

陆北被指派去挖掘清理底下的三节车厢，他看到一个熟悉的身影，穿着黑色的T恤和中裤，满身脏泥，像条疯狗一样趴在扭曲变形的车厢边上挖。那些铁皮条子比人还高，他一个人扛起来狠狠扔到一边，倒地的车厢和插在地上的车厢紧紧挨着，接触到地面的车首严重变形，地上都是玻璃碴子，在幽暗的光下泛着冰冷的光。消防员和工人都在试图进入车厢内部，一伙人围着，又挖又割，可都是徒劳，列车的材质不是轻易能割开的。

“坤哥……你在找什么？”陆北忽然感到害怕。

裴郧坤转过头看陆北，瞳仁和这天一样黑，望得人心寒。

“北子……”他声音沉得可怕。

陆北轻轻哎了声。

“我媳妇在这里。”

“嫂子怎么会在这里呢——坤哥，嫂子她……你……你别开玩笑。”

雨水铺天盖地地打在陆北的脸上，他被刺得睁不开眼，睫毛微颤。

裴郧坤红着双眼嘶吼道：“她在这里！她在这里！她就在这该死的破铜烂铁里面！”他狠狠朝它踢了一脚，翻倒的列车纹丝不动，像是在嘲笑他的自不量力。

人站在车厢边上显得格外渺小，掰不开坚硬的皮，撬不动分量沉重的碎片，挤不进扭曲的缝隙。

生死也渺小，匆匆一瞬间。

陆北被震撼得不能动。

其余一些认识裴郧坤的人听到这话也都愣住了，上回他带了人回来，大家都知道他有老婆了，前段时间他特地给大家发了喜糖，说是结婚了，这会儿怎么人就——

裴郧坤猩红着眼，手臂筋脉暴起，他一个人将两米宽三米长的长方形条框扛下，消防员见了赶紧过来帮忙。

“来，大伙过来，三个人站那边，三个人上去站头上，把这块钢板抬起来。”消防队长指挥道。

车厢上压着三条数十米长的列车碎件，几个壮汉拥上去，二话不说准备开扛，裴郯坤咬紧牙，握住钢材一角闷声一抬，一伙人小心翼翼地往下扛，生怕造成二次伤害。

搬第三根的时候裴郯坤明显有些吃力了，铆着劲死扛，转身下去的时候手臂被戳出的尖角划到，划开好长一道口子，鲜血直流，他却没有任何表情。

陆北在清理周边一些细小的碎片，也是扛得一身汗，过去察看情况的时候只见裴郯坤满身是血，着实把他吓一跳。

“坤哥……嫂子会没事的，你的手……”

几个认识裴郯坤的人也纷纷劝道：“人没事的，没事的，很快就救出来了，快去包扎一下。”

裴郯坤扛下一块铁板往边上一摔，厉声嘶哑道：“没事？这会没事？！”

大家默了声，如果能活着那已经是万幸。

他怒吼着，像脱逃的野兽，恨不得撕碎这世界。

陆北急得眼睛也红了，这事就发生在亲近的人身上他们都不能接受。

黄处长兜了一大圈终于找到裴郯坤，刚想骂他不听安排不接电话，却被裴郯坤一个箭步按倒在地，泥溅脏了他的白色衬衫，金丝眼镜也被甩在一边。

“你你你你干什么？”

裴郯坤揪住他的衣领，一个拳头挥上去：“这是你管辖的地方！为什么要出这样的事情？你到底干了什么？”

“这……这……这是意外！”

“意外？我天天兢兢业业地趴在铁轨上工作就是为了听你这一句意外？”他另一个拳头挥上去，黄处长已经脑袋眩晕。

一伙人上前赶紧拉开裴郯坤，四五个人钳制住他的手才勉强制止住他。

陆北觉得他疯了，但换作是自己也会疯，这叫什么事？

裴郯坤站不住，连连后退几步倒在车厢边上，冷风从他的背脊灌入，他的火气涌上来，只觉得热。

“要是今天找不到她，就把我也埋了！”

“坤哥！”

“干什么，都在干什么？人不救在干什么？”上级领导听到动静赶来。

一片混乱一片喧闹，悲鸣将其渐渐掩盖。

这一场小闹剧以上级领导的怒斥告终，裴郅坤倒在边上等消防员的下一步行动，他摸上冰冷的列车皮，整个人麻木到没有知觉。

“小蔓……”他靠着车厢，头垂着，轻声的呢喃已经有了颤音，雨滴从额角落下通通汇聚到下巴，带着点咸味。

“小蔓……小蔓……”

他不断唤着，像是得了失心疯。

消防员敲碎列车玻璃窗，试图进入察看有无生命迹象。

“妈妈……”

突然一声微弱的奶声传来，隔着滂沱大雨声音却还是如此清晰，雨打在人身上，心里却长出了嫩芽，带着希望。

被行李箱压满的狭小空间里有两条腿横在外面，消防员拿灯照，初步判断是个女人，声音是从行李箱底下传来的。

裴郅坤瞬间抬起头，屏气凝神，直到再次听到女孩的声音，他脑海忽然一片空白，可有什么指引着他，仿佛是上天在暗示他。

他敲碎另一块玻璃迅速爬进去，蜷缩在杂乱拥挤的空间里小心翼翼地搬出行李，陆北在外边接着，有个消防员蹲在上方给他们照明，映着微弱的光，雨水从窗户口灌入，清冷的空气疯魔般涌入，这初秋的雨夜宛如寒冬般凛冽。

微微倾斜的车厢所有物品都堆在一头，还有一些卡在座椅间，裴郅坤伸手触到什么软软的东西，冰冷的触感让他立刻反应过来，是尸体，没有任何温度，所以是尸体。

“妈妈……”

短暂僵滞后，听到女孩微弱的声音他咽了口口水，加快速度扔行李，照明歪了歪，裴郅坤瞥到边上的尸体，应该是个老人，满面的血，面容被撞击得模糊不可辨认。他的心一下子慌了，他害怕，害怕他会再次失去生命中最重要的人。

“妈妈……妈妈……”

裴邺坤搬开最后一件压着女孩的行李，那个女人弓着腰紧紧抱着女孩，女孩的手搭在女人脸上，一直在喊她。

消防员从另外那边爬过来，小心翼翼地抱起女孩，女人的手臂拢得紧，费了好大的劲道才掰开。

裴邺坤突然闻到一阵浓烈的血腥味，他眉头一皱，只见最深处无数行李堆积成山，下面伸着好几条腿。

“小蔓……”

后续进来两个消防员，清理着车内遗留物，尽可能腾出大的空间。

裴邺坤一件一件地往外扔，几男几女无力地挤在一块儿，能看出出事故的一瞬间他们的垂死挣扎，消防员快速探测生命迹象，却寥寥无几。

猛然间，裴邺坤看到一个男人腰后伸出的一只手，是女人的手，他看到，无名指上的钻石闪着光。

他死也不会忘记他送给她的戒指是什么模样。

“小蔓！”

裴邺坤拨开那些冰冷的尸体，一点一点地，终于，他见到了她。

李蔓的手臂都是淤青，额角鲜血横流，他一触碰手上就都是她的血。

裴邺坤慢慢伸手去探她的鼻息。

他喉咙发紧发酸，手指上感知到轻微呼吸的一瞬间他再也抑制不住地失声痛哭。

将近三十岁的男人在黑暗阴冷的废车厢里，在周遭尸体堆叠的黑夜里，在生与死交织的绝望里，抱着他九死一生的妻子痛哭流涕，他哀呼着嘶喊着，上气不接下气。

消防员鼻头一酸，视线模糊了起来。

“小蔓……小蔓……”

你要是走了我就陪你下黄泉。

风潇雨晦，这样悲痛欲绝的哭声此起彼伏，这片土地仿佛沉入了地狱，黑夜欺压，大雨如鞭，抽得人血肉模糊。

“同志，赶紧把人带出去，叫救护车！”

裴郢坤哆嗦着，小心翼翼地抽出李蔓被卡在里面的手，鼻涕眼泪淌了一手。她很瘦，此刻更是轻若无骨，那么脆弱，仿佛一不小心就会破碎。

消防员对外大喊道：“这里有人活着！有人活着！”

还在呢喃着妈妈二字的小女孩已经被抬上救护车。

裴郢坤抱起李蔓的时候发现她身后有两捆棉被垫着，棉被卷成一团，捆绑得结实，静静地躺在那儿，完全没有松散。

陆北候在外面打伞，两人身上都是血迹斑斑，已然分不清是谁的血了。

陆北第一次看到裴郢坤流眼泪，张着嘴一直在哽咽，雨水不断冲刷着他绷紧慌张的面容，而两道拧紧的眉就像是地狱的枷锁。

李蔓恍然间觉得额角一痛，那种痛感像是从脑门撕裂到脖颈，她的睫毛动了动，眼前的世界晕晕晃晃，就如战场，遍地狼烟，嘈杂的人声从四方八面汇来，耳朵一阵刺痛。

她像是被搁置在哪儿，带着点温暖。

干裂的唇微动，李蔓吃力地睁开眼，短暂的一眼，在狭小的缝隙间她看见了裴郢坤，他咬紧的下颌不断在滴水，就那么一刹那，她随即没有了知觉。

裴郢坤将人抱到抬架上，惊魂未定，指尖仍在发颤。

一伙人手疾眼快地将人抬上救护车，医生护士围了一圈。

“是家属吗？请上车跟我一起去医院。”

裴郢坤站在救护车车尾看着躺在那儿的李蔓，愣了半晌才跨上车。

他想去握她的手，却害怕伤到她，她穿的是牛仔裤，早就破得不像样子，割破的口子都隐隐泛着血色。

他注视着她，眼睛眨也不眨，像一尊年久的雕像，上面蒙着一层薄灰。

护士拉过他的手臂：“你这伤口需要处理，不然会感染。”

他没有什么反应。

医生给李蔓做着简单的检查，心电仪器上心跳很有规律，裴邺坤背脊上都是虚汗，短硬的发梢滴下水，糊了他的眼。

蓦地，他小拇指一暖，低头一看李蔓不知何时抓住了他的手指。

护士给他上药，他疼得嘶一声，眼下身体的感觉才慢慢恢复。

徐荞赶到医院的时候一身冷汗，只见一个人蹲坐在地上，背脊靠着墙壁，垂着脑袋，身影深沉如夜。

徐荞和他打过几次照面，他住李蔓家那阵，偶尔碰到搭几句话，字里行间能知道这个男人挺高傲的，如今却像只斗败的公鸡。

徐荞接到韩傅明的电话，让她来医院看着，他怕裴邺坤处理不好。听到这件事情的时候徐荞脑子都空白了，她无法接受这事实，一两个小时前李蔓还给她打电话，说是要请假。

徐荞走过去坐在走廊椅上静静等待，没同裴邺坤讲话。他就这么瘫坐在地上，白纱裹住的手臂搁在屈起的膝盖上，血慢慢渗了出来，在满身脏泥的他身上显得十分瞩目。

裴邺坤发怵似的盯着斜下方的一块瓷砖看，深沉的目光似能将其看穿。

往事历历在目，纵使有些画面片段已经开始模糊，但他永远也不会忘记母亲死在了他身边，她的双手牢牢抱着他，车厢翻倒的瞬间仿佛能看见死神就站在窗外。

那种恐惧那种心慌，他每次想起都还心有余悸。

从车厢里被营救出的时候他看到无数倒地的尸体，明明这些人半个小时前还在说说笑笑，烈日灼灼，再也无法温暖他们，同车厢嬉闹的孩子歪头倒在他父母身边，有人给他做检查，最后只能无奈摇头。

他们那节车厢，只有他活了下来，只有他。

他抬起瑟缩的手缓缓掩面，十指插入发里，深深地吸了口气。

她一定害怕极了。

手术不知道要进行多久，徐荞再次看向他的时候发现他抖得厉害，仔细一看，他浑身都湿漉漉的，徐荞去给他买了杯热奶茶。

裴邺坤摇摇头，他喝不下。

徐荞将奶茶塞进他手里：“那就焐焐手吧，她在里头手术，完了还得你来照顾，你要是倒了她可怎么办？”

裴邺坤哑声道了句谢。

徐荞一直担心着，问道：“伤得很严重吗？”

就连韩傅明也不知道伤势，只知道人活着，去医院了。

“我不知道……”

徐荞不再问了，扭头看向窗外，楼底下的树被风雨吹打得快要掉光所有的叶。

三个小时后手术室的大门终于打开，医生摘下口罩说的第一句话就是：“奇迹啊。”

今晚从那边送来不知多少伤患，有一个在送来的途中不幸离世，其余的，不是要截肢就是要做各种大型手术，先不说她头部的创伤，就说腹中的孩子，还健在就是个奇迹。

裴邺坤猛地从地上坐起，目光紧紧锁定着医生，他期望听到更多的好话。

医生陆陆续续说了很多。

裴邺坤听不懂医学上那些专业术语，但奇迹二字他还是能明白的。

“她没事对不对？只要好好休养就没事了对不对？”他拽住医生的双臂，拼命寻求安心良药。

医生迟疑了一下，说：“是要好好休养，病人体质不是很好，肚子里还有孩子，要注意营养，中度颅脑损伤，醒来还需要几天，醒来后可能会出现轻微的呕吐头晕症状，这一年都得好好养着。”

裴邺坤手指一僵，眼睛瞪大：“孩子？”

“已经有一个月左右。”

徐荞也蒙住了，一个月，可李蔓的身形完全看不出来什么，难道是因为日子还浅吗？

医生拍拍裴邺坤的肩膀：“孩子没事，丝毫没有受到影响，上天保佑啊。”

护士将李蔓推去病房，裴邺坤追随了一段路，走着走着他忽然走不动了，两行热泪从眼眶中滑落，走廊顶上的灯稳稳地亮着，将他的身影照得高大厚实。

李蔓的病房有独立的卫浴，徐荞多要了套病服拿给裴邺坤，让他洗个热水澡，裴邺坤只拿了毛巾擦了擦脸。

李蔓的一切都很稳定，他的灵魂开始慢慢归位。

裴邺坤忽然想到黄美凤的事情，心又被吊在嗓子眼里，他摸出自己的手机，水淋淋的，已经打不开了。

“借个电话，行吗？”

徐荞将手机递给他。

裴邺坤走到边上拨通裴江的号码，响了一下就通了。

“是我，小蔓她妈怎么样了？”

“阿弥陀佛，刚从手术室里出来，医生说命保住了，你们啥时候到啊？”

裴邺坤回头看了一眼李蔓，忽然不知道怎么开口。

裴江说：“小蔓她妈时日不多了，医生说就差那么一口气，快点回来，能多处一会儿就多处一会儿。”

“好，我们这里出了点事，这两天回江州的列车不能开，得再等等，让妈等着小蔓，千万等着。”

挂断电话裴邺坤陷入深思，肩膀微塌。

静了许久，裴邺坤对徐荞说：“麻烦你今晚照看一下了，要是觉得累那帮我找个护工，李蔓醒了的话告诉她我马上回来，不要让她太激动。”

徐荞听不明白：“哎，你要去哪儿？”

“我要回去。”

裴邺坤弯腰在李蔓额头裹着的纱布上落下一吻，轻声道：“等我。”

他在医院门口拦了辆出租车，出租车司机很震惊，问道：“真的去那边吗？那边发生了事故——”他从后视镜里一瞧，估摸着也许是遇难者家属，不再多说，启程而去。

凌晨四点多的时候雨渐停，天边灰白，刺眼的光照亮这座人间地狱，泥泞的土壤中散发着泥腥气和血腥味，那味道让人无法合眼定下心神。得到消息的亲人一堆接一堆地赶来，有一对老夫妻抱着儿子的尸体坐在那儿哭，哭得肝肠寸断，住附近赶来帮忙的农民手里握着铲子就这么看着他们，几个中年汉子看得眼泪汪汪。

裴郧坤和消防员合力搬开砸在一个男人身上的钢铁，那男人抽搐了几下忽然哭了起来，捧住自己的右腿哭得说不出话。

裴郧坤蹲下身，几个人合力扶着男子让他趴在裴郧坤背上，裴郧坤背着他快步走向接连赶来的救护车那儿。

男人绝望地喊道："我断腿了……我断腿了……"

裴郧坤牢牢钳制住他，加快步伐往救护车那边走去。

纵使一天一夜未眠，但他好像有用不完的力气，一想到李蔓和孩子都还在，他心中就涌出无限力量。

如果能多救一个人那是多美好的事情，救一个人等同于挽救了一个家庭。

他受不住边上人们的哭喊声，转而又一头扎进废墟里，即使磨得双手血淋淋也要拼命挖，黄金二十四小时，时间不会等人。

一个二十出头的女孩瘫坐在废墟里，边上躺着个年轻男子，像是在校大学生，她不哭不闹，就这么看着他。

裴郧坤收回视线，抬头望天，纵然阴雨散去，可大片的乌云缓缓蠕动着，像是一张巨大的网，打算将这里掩盖吞噬。

生与死大概就是老天的一个眼神，幸与不幸大概就是命。

她是他的幸，她是他的命，是他生与死的契石。

一夜之间，列车事故的新闻铺天盖地，引起全国人民的重视与默哀。

搜救队员进行了六次生命探测，直到后面探测仪上再无生命迹象的显示，上头下令进行后续整理工作，尽快空出线路以保其余列车能正常运行。

中午时分，陆北拿来盒饭，裴郧坤坐在一块大石头上喝水，眼睛通红布满血丝，干裂的唇上挂着水珠，他皱眉摇摇头，没什么胃口。

陆北抽出筷子硬塞他手里："不吃饭哪有力气干活，嫂子要是醒来看到你这样子会难过的。"

裴郧坤默了会儿接过盒饭吃起来，刚吃上三口韩傅明从不远处快步赶来。

“小蔓醒了，你要去医院看看吗？”

两个人听到这话都激动地站了起来，裴郱坤颤抖着手把盒饭给陆北，对韩傅明说道：“借个手机，我先和她说几句话。”

韩傅明拨了徐荞的电话，她接得很快。

裴郱坤走到边上听电话，那边传来李蔓的呼吸声，那么清晰那么均匀。

两人都久久没吱声，还是李蔓先开的口。

她声音轻如云烟，但字字清楚。

“我怀孕了。”

“嗯。”

“他没事……他……”

裴郱坤哽咽着：“这小子随我俩，命硬。”

李蔓的声音也颤抖着：“我想回去见我妈。”

“我给爸打过电话了，妈手术成功着呢，别急，等你好一点咱就回去，爸妈知道有孙子了肯定高兴。”

“手术没事吗？”

“嗯，没事，在等着我们呢。”

李蔓深吸一口气，忍住鼻腔里的酸涩：“那边……走了多少人？”

裴郱坤扭头望了一眼哭喊连天的人们，沉下声道：“很多。”

他听到李蔓细碎的哭声，她在忍却怎么也忍不住，他知道她吓坏了。

明明她很想立刻看到他，却什么都不说，也不问。

裴郱坤说：“救援已经结束了，我还有点后续的工作，晚上来找你好吗？”

“我没事，你忙完再来。”

“好好睡一会儿，睡醒的时候我就来了。”

“好。”

裴郱坤将那盒盒饭吃得一粒不剩。一下午阴云绵绵，收拾残骸弄得人一身汗，一冷一热，人的身体不是钢铁，到底最后还是吃不消了。

黄昏到来的时候裴郱坤头脑发昏，坐在边上使不上劲，身体烫得能煎两个蛋。

蒋城和陆北扶着他回宿舍。

裴邺坤吞了几粒上回发高烧留下的药片，撑着最后的意志擦身换好衣服，随后让陆北送他去车站。

公交车颠簸一路他睡了一路，好在他要到的就是最后一站。

徐荞照顾了李蔓一宿，李蔓让她回去休息，她不肯。

李蔓下午实在睡不着，满脑子都是发生事故那一瞬间的天旋地转，一闭眼就能看到在电闪雷鸣间老婆婆滚落的样子，最后那一刹那早就失去知觉的人们纷纷坠落，生命是这样脆弱。

徐荞下楼给她买了份银耳粥，里面的红枣又大又甜，补血。

“头还痛吗？”

李蔓点头，脑袋就是隐隐地疼。

“医生说是脑震荡，再熬一熬，估计明天就没事了。来，吃点东西，别把肚子里的小家伙饿坏了。”

徐荞摇起李蔓的床，把粥放在餐桌上。

“谢谢，徐荞，你回去睡一会儿吧。”

“等你老公来了我就回去睡大觉。”

徐荞刚放下粥突然啊了一声：“坏了，我钱包落那边了，你先吃着，我回去拿。”

徐荞开关病房门的那一瞬间李蔓似乎看到外面有个人影。

裴邺坤是被售票员叫醒的，眯了会儿，人像是稍微精神了点，他迎着凉风一路走到医院，步子还是有些昏昏沉沉。

安静的VIP病房的走廊里，那个苍老的身影尤其瞩目，对裴邺坤来说很瞩目。

裴邺坤停住脚步，张了张嘴，却不知道该叫他什么。

李建忠听到动静抬头看去。

这一抬头把裴邺坤震惊到了，李建忠满头白发，像是一下子老了二十岁。

“邺坤啊……”李建忠撑着膝盖站起来，似乎连声音都老了。

裴邺坤怕李蔓听到动静等会儿见了人动气，说：“咱们去那边说话。”

夜幕降临，对面一幢楼亮起灯火，医院里的灯光总带着一丝凄凉。

“小蔓她没事了对不对？”

“嗯。”裴邺坤瞧着他的样子，实在不像刚来的，问道，“您在这儿待多久了？”

“凌晨到的。”

“这事您怎么知道的？”

“新闻上看见的。”李建忠似乎也还没从这场灾难中缓过神，抬手摸了摸嘴巴，哑声道，“我昨晚接到她妈的电话，打过去打不通，后来你爸给我回电话说是美凤进抢救室了，我知道她这病熬不下去了。你爸说小蔓买了晚上回江州的车票，我想着还是别和她一起走了，省得她看见我不开心，哪知我在高速上车开一半突然听到这个新闻，不怕一万就怕万一，我托关系给里面认识的人打了个电话查了查小蔓的车次……”他踉跄一下，吸了口气继续道，“我就掉头连夜赶回来了。”

一路上提心吊胆，一个正在手术室里躺着一个又出了事，李建忠觉得这就像世界末日。

到底是有别，周蔚初被判刑他也没这么紧张，只是忙着打点关系找律师，后来判决下结果，他也欣然接受，可一想到李蔓在那列车上，听着新闻的播报他连方向盘都快抓不稳了。

他不知道李蔓是怎么个情况，就想着万一要输血呢，万一需要什么眼角膜肝啊肾啊，他就给她，都给她。

医院病房区后半夜不准人进去，他就在大厅坐了一晚，十点多开门他就一直徘徊在走廊这里。他不知道李蔓醒了没有或者什么时候醒，只是下午听到病房里传来讲话声，那颗心终于安定下来。

裴邺坤垂着眸子微微颔首，手肘靠着窗户边缘，台面冰凉，给他的身体降了一些温。

他说：“小蔓她没事了，您回去休息吧。”

“真的没事了？”

即使去询问过医生，他还是心有余悸。

“嗯，没事，放心吧。”

李建忠犹豫了会儿问道：“你们俩结婚了？医生说小蔓有孩子了。”

裴郯坤曾问过李蔓要不要把领证的事告诉李建忠，李蔓说不必，他尊重她，这事也就不了了之，现在李建忠问起多少有点尴尬。

李建忠说：“我不怪她，只是没喝上一口喜酒有些遗憾，但不怪她，是我不好。”

“我们就领了证还没办酒席，以后的事儿以后再说吧，您快回去休息，你的头发……”

“我的头发怎么了？”

李建忠往窗户里的反光镜一照，只见自己白发苍苍，像个七八十岁的老头子。

李建忠说：“小蔓要真出了事，我可能白的不只这头发了。”

他没有再多说什么，步履蹒跚地离去，边走边接电话。

陈玉质问他到底去了哪里。

李建忠无力地解释着，但陈玉问他为什么要去江州。

为什么要去？他知道黄美凤的病，知道她肯定是熬不下去了才给自己打电话，肯定是有事要叮嘱，纵使离婚了但情分还在。

陈玉的一声声询问让他觉得疲惫不堪，李建忠关了手机乘电梯下楼。

裴郯坤揉了揉太阳穴进屋，李蔓面前的那碗粥只动了几口。

“找到——”

听到开门声，李蔓以为是徐荞。

“怎么不吃？”他问。

李蔓撑起身子，眼圈一瞬间红了，什么也不说，望着他，似有千言万语。

裴郯坤坐在床边，喂她，笑说：“就等着我来喂是不是？矫情。”

李蔓只字未说，安安静静地吃完了这碗粥。

徐荞本来想进来，见裴郯坤在就没打扰他们。

裴郯坤小心翼翼扶着李蔓躺下：“还想吃点什么吗？有没有哪里依旧

不舒服？”

李蔓突然抓住他的手臂：“晚上别走。”

他吻她：“好，不走。”

李蔓立刻察觉到他的不对劲：“你身上怎么这么烫？你发烧了？”

“吃了药了，没事。你别管我，你好好养着就成。”裴邺坤轻轻摸她的肚子，“我说什么来着，儿子肯定有了，你还不信，有啥感觉吗？我看电视里说孩子会踢人，他踢你吗？”

“月份早，没什么感觉。你撑得住吗，要不去挂个号挂点水？”

“不用，睡一觉出身汗就好了。”

他很少生病，现在好像淋雨劳累就很容易生病，裴邺坤逗她，说：“我可能真的老了，动不动就生病，完了，回头儿子要是问我你是怎么娶到我妈这个青春美少女的，我该怎么回答？”

李蔓轻轻握着他的手，顺着他的话竿子爬：“就说你妈妈眼睛不太好。”

“我瞧瞧，眼睛到底好不好。”他凑近脑袋，温热的呼吸悉数洒在李蔓脸上，鲜活而真实。

李蔓的眼泪瞬间涌了出来，裴邺坤鼻子对着她的，面贴面，轻声道：“我媳妇的眼睛像星星，又亮又干净，上天都不舍得收走。”

李蔓不敢想象如果她真的去了，留下他他会怎么样。

“让你担心了，对不起。”

“傻瓜，和我需要说这种话？没事就好，现在很好，我很开心。”比起那些在事故中丧生的人，比起那些失去家人的人，他觉得此刻已经无比幸运满足。

李蔓抬手轻轻抱住他，他的背脊还是如此宽阔坚硬，他的怀抱还是如此温暖安全。

两个人靠在一起默了很久很久，裴邺坤怕她手酸，这才松开她。

“你手上还扎着针，别再乱动了，生病还想吃我豆腐，色不色。”裴邺坤给她掖好被角，“手冷不，要不我给你拧个热毛巾垫手下？”

“不冷。”李蔓瞥见外面徐荞的身影，说，“徐荞在外面，让她进来吧，估计等了一会儿了。”

徐荞倒也不客气，进来拿上包，说：“你老婆你自己看好了，老娘要回去补觉，明儿个来换班。”

裴郅坤送了她一段路。

“真谢谢你了。”

“有什么好谢的，我也就在这里玩了一个晚上手机而已，《王者荣耀》还打上钻石了呢。”

裴郅坤笑了笑，又道了声谢。

徐荞说：“虽然我大学的时候挺讨厌她的，但相处下来她比我过去交的任何一个朋友都要好，为朋友做点事应该的，更何况我干儿子的命还在她手里呢。”

李蔓有一说一，不会和她绕圈子，也不会骗她整那些有的没的，她会很自然地去帮你做一些事情，不求回报，就这么一个率真单纯的人，做事能力又强，徐荞能理解当时韩傅明为什么这么欣赏她了。

两个人一起上班下班，偶尔一起去跑步散步。也多亏了李蔓，徐荞觉得这日子不算无聊，韩傅明那货整天埋在案子里。

裴郅坤也开玩笑道：“我儿子是我一个人的，谁也别想分一杯羹。”

病床够两个人睡，夜晚时分，裴郅坤抱着李蔓睡觉，她伤到的地方不多，主要是脑袋，他轻抱着，尽量不碰到她，以免触到那些小伤口。

“我在这儿，你好好睡，别怕。”

李蔓嗯了声，房间里只留着一盏小夜灯，也好在有一丝亮光，不然黑漆漆的房间让她觉得窒息，就和灯灭时的那节车厢一样。

“我看到你了。”她说。

“什么？”

“那个时候，你来找我了是不是？”

“嗯。”

裴郅坤握住她的手，刚拔了针头，她手背冰凉，他给她暖着手。

李蔓：“和我一节车厢的有多少人活了下来？”

“还有一个小女孩。”

“就……一个吗？”

“嗯。”

李蔓沉默了，半晌道：“那女孩的父母呢？真的没有活下来吗？”

“发现的时候已经死亡了。”

他没有告诉李蔓，他跨过那些尸体找到了她。

李蔓望着天花板说：“回了江州，我们去庙里还愿吧。”

“好。”

微弱的光随着黑夜静静流淌，静谧的房里只有两人安稳的呼吸声，李蔓合上眼却没有困意，他吃了药困得很，没一会儿就睡着了。

李蔓有些想问的话终是没问出口。

她看到李建忠了，即使看上去有点不对劲，但她不会认错人。

一连几天大家都在处理残骸，头七那天几百人前来祭拜，那高架下堆满了洁白的花，10月的天还带着夏天的余温，明晃晃的日头照得人硬是出了一身冷汗。

裴郅坤拖着昏聩的身子一直站在岗位上，直到李蔓要出院回江州那天才真正有所好转。睡不好，吃不好，高强度劳累，让他短短几天就瘦了七八斤，脸消瘦了好一圈。

照理来说李蔓是不能出院的，她还在恢复期还不稳定，但时间不等人，和院方交涉好几次才同意放人，其中李建忠不免打点了一番。

住院期间，李蔓自从那天以后就没见过李建忠，她也没向裴郅坤问起。

她知道他来过了，这就可以了。

裴郅坤请了长假，买了两张飞机票和李蔓回江州，上头还在为事故忙得焦头烂额，他又要请长假，手底下的事没人管没人安排，黄处长升了另外一个人暂时替代裴郅坤。

李蔓坐在飞机靠窗的位置，外面白云飘飘，天空湛蓝清澈。

陆北来看望过她，她知道那天裴郅坤打了领导，眼下他又请长假，保不齐这职位就保不住了。这么多年辛辛苦苦好不容易爬上去的，李蔓觉得不值，可到底也没多说，他的决定他自己心里也有数，一定是想好了才这么做的。

裴郱坤攥住她的手："担心什么，早上和你说了之后你就没笑过。大不了就换个工作，给我点时间照样能出人头地。"

他不知道黄美凤能坚持多久，他要陪着李蔓，一是没人照顾她，二是她需要他，她需要他的时候他不能不在。

李蔓松了神色，带着点玩笑语气说："那你要努力一点，不然孩子出生的时候都没奶粉喝了。"

"这小子那么顽强，灌水也能长大，回头就在后门口的河里装上一车喝到他长大。"

旁边一对老夫妻听了掩着嘴角乐，老阿姨说："小姑娘这是有宝宝了？头上怎么受伤了？"

李蔓脑袋上的纱布很碍眼，但伤口没好，要过一个多月才能摘。

李蔓说："出了点意外，他很坚强地留在了我身边。"李蔓怀孕后总做的一个动作是摸小腹，纵使这个月份孩子可能只是一棵小苗，可是母子连心，她总觉得自己能感觉到他，这个小生命十分健壮顽强，仿佛有无穷的力量，支撑着李蔓支撑着裴郱坤。

"那想好名字了吗？男女各起一个。"

"还没。"

飞机上冷气足，裴郱坤从背包里拿出小毯子给她盖上，李蔓才在医院躺了十来天，看似稳定其实什么都还没个着落，不能在这时候落下病根，更何况还有孕在身，一冷一热都是值得注意的。

裴郱坤："名字啊，我最近正在想呢。"

累的时候他就想着孩子，想着他应该叫什么名，将来给买什么玩具，带他去什么地方旅行，甚至想到了以后孩子上幼儿园、小学、初中，每个阶段他都想给他最好的，想着想着裴郱坤就头疼了，万一这孩子像他，皮得管不住怎么办？

老夫妻说："起名得好好起，跟随人一生，说得迷信点，决定人的人生格局。"

外头几缕金光照入，透彻碧蓝的天边太阳光芒万丈，打在身上的那一刹那带来徐徐的暖意，而人一向对光有着诉求，它是幸运的象征，是希望的象征。

裴郅坤被阳光晃了神，李蔓推了推他的手臂。

裴郅坤说："想好了，咱们儿子就叫致煦。"

李蔓："嗯？"

她没想过孩子的名字就这么草率地诞生了。

裴郅坤揽着她，阳光依旧耀眼温暖，他说："致是送给、给予的意思，煦是阳光，他是上天送给我们的阳光。"

让他和她曾在绝望底下得以喘息。

李蔓靠在他的胸膛上，他的心跳有力而平稳。

"好，我很喜欢这个名字。"

"男孩女孩都可以用。"

李蔓："你一口一个儿子，如果是女孩以后应该不和你亲。"

裴郅坤一慌："那我以后给她买洋娃娃，想要多少买多少。"

边上的老夫妻又乐了，简单的对话光听着就觉得幸福。

黄美凤的情况裴江一直有打电话来说，还算好，人清醒着，东西也吃得下，但躺在这床上是起不来了。一把年纪癌症晚期，动刀子也没年轻人恢复得快，身体只能是越来越垮。

裴江老了也照顾不动她，手上还有一堆工作，给黄美凤找了个护工，他每天下班往医院里走一趟。

裴郅坤和李蔓下飞机直接赶去医院，在大门口正巧遇上裴江。两个月未见裴江差点认不出人，一个瘦了一圈，一个头绑纱布脸色煞白，这让他这颗心都吊了起来。

"你们俩这是怎么了？小蔓怎么受伤了？怎么弄的？啊？"

裴郅坤带着裴江到附近的馄饨馆里边吃边说。

听完这事裴江是一点胃口都没有了，额头被热气熏得都是汗。

裴郅坤说："都过去了，好在人没事。"

裴江怔怔地看着李蔓，忽然老泪纵横："闺女啊，还好你没事啊，不然你让你妈怎么熬，让我们怎么熬啊？"

"爸，都过去了，您的孙子也没事。"

"孙……孙子？"裴江又怔住了。

李蔓想说点开心的让他老人家高兴："嗯，有一个多月了。"

裴江双手合十拜老天："真是老天保佑，老天保佑，我孙子真是命大福大，以后肯定是个有福气的人。"

李蔓怕老人家重男轻女，补充道："也可能是孙女，性别还不知道。"

"没事，不管是孙子还是孙女，没事就好，没事就好。"

黄美凤住的是普通病房，三个床位一间，隔壁两个床位一个住的是七八十岁的老头子，还有一个是出车祸的妇人，年纪和黄美凤差不多，两家人边上都无子女照顾，只有老伴陪在身边，都说子女忙，不想他们来，那妇人干脆就没和她女儿说车祸这事。

李蔓和裴邺坤走进去的时候黄美凤眼睛忽然亮了，连带着边上两户人家也一齐有了精神。

"妈……"李蔓忍着情绪，装作很平静的样子。

黄美凤看见她脑袋上的伤，整张脸都要扭在一块儿了。

李蔓握住她的手，解释道："捡东西头磕到桌角，流了点血，他大惊小怪把我拉到医院包了几圈。"

裴邺坤帮着圆谎："怕她破相。"

黄美凤信了，紧紧拽着李蔓的手，仿佛用尽所有力气。

隔壁床的大爷说："老裴，这你儿子和儿媳妇？"

"哎，对对对。"

"你们两家人真是好福气，儿子长得俊女儿长得美，登对得很。"

裴邺坤弯腰叫了声妈，顿了顿说："回来晚了，桐城那边有点事要处理。"

黄美凤摇摇头，轻声道："工作要紧。"

裴邺坤："妈，小蔓怀孕了，名字已经起好了，不管女孩还是男孩都叫致煦。”

黄美凤缓缓笑了：“那小名呢？”

“这得您起。”

黄美凤看向裴江，裴江说：“我没文化，要不就叫小宝？”

黄美凤说：“那就叫小宝吧。”

李蔓笑说：“还真的是一家人，起名字都这么随便。”

黄美凤听不懂李蔓这话，只是喃喃道：“小宝小宝，我们全家的宝贝。”

裴郸坤陪着李蔓去了医生办公室，询问下来大致意思就是活不过半个月，撑到现在已经是奇迹，抢救那晚其实已经差不多了，医生说最后的一段日子好好陪陪她。

楼梯间里李蔓抱着裴郸坤哭了好久，她很少会哭成这样，就连出事故都没流多少眼泪。

见到李蔓之后黄美凤好像一天比一天虚弱了，变得没胃口，睁眼也吃力，时常喊痛，却束手无策。

黄美凤走的那天黄昏特别美，橘色的光辉绵延了整片天空，交错的云层间夹杂着朦胧的粉紫色，如梦似幻，云朵随着夕阳离去变得斑驳而立体，就像一幅肆意挥笔而成的画作，气势磅礴，自由洒脱。

赤橙的光芒从窗户里洒进，慢慢盖上她的身体。

李蔓坐在她身边陪着她，听她讲完了最后一句话。

她说：“别再……怪你爸爸了……他其实是爱你的。”

李蔓来不及答应她，她就走了，那么安静，李蔓要是不说隔壁两床的人还以为她睡着了。

黄美凤的葬礼没有放在乡下，李蔓选择了殡仪馆，干净整洁而庄重。

李蔓给李建忠打了电话，让他来。

整个葬礼李蔓没有掉一滴泪，她哭不出来，非常平静地处理完了母亲所有的身后事，反倒是李建忠哭得不成人样。李蔓见到他的时候被他的一头白发酸到，那天在医院走廊外他的头发似乎已经白了。

李建忠喝了点酒，一直说：“小蔓啊，是爸爸不好，是爸爸不好。”

李蔓自始至终没和他讲一句话。

她叫他来是因为母亲应该想见他的，裴江说母亲晕倒前给李建忠打了电话，而临走前的最后一句话是让她别恨他，其实是她想见他吧。

李建忠醒来的时候手机上都是陈玉的未接电话，她能理解他和李蔓接触，但不能理解他去江州见黄美凤，解释千万遍也不顶用。

黄美凤下午骨灰入土，李建忠祭拜完回了桐城，他同李蔓说了一些话，即使那些话从几年前说到现在，即使李蔓依旧是这副态度，但他还是要说。

他过去是不好，是没尽到父亲的责任，但他始终还是爱她的。

江州的家空了，一瞬间就空了，但李蔓好像还能看见黄美凤在厨房忙碌的身影。

裴邺坤把楼上的被子晒了晒，铺好床叫李蔓去洗澡然后睡觉。

最近她很累，无论是身体上还是心理上。

李蔓照他的话，洗完澡就躺在了床上，这里的房间和以前一样，什么都没变，但少了个人，李蔓并不习惯。

裴邺坤搂住她，轻轻拍着她的背："以后有我，还有儿子，咱们两个男人会一直保护你的，儿子，你说是不是？"

李蔓淡淡笑着，侧过身投入他的怀抱："我知道。"

"妈走得很安详，其实这是很多人求不到的。"

"我知道，我都知道。"

黄美凤很满足地离开了，交代完她想说的，做完她想给予的，叮嘱完她所不放心的，就这样心满意足地开始放弃生命，然后解脱。

李蔓细声道："我妈总是这样，总是这样，我却不能恨，她都是为了我，可我不喜欢这样。"

"每个人爱人的方式不同，最怕不理解，妈多开心，养的女儿那么懂事，她的苦心女儿都懂。"

李蔓在他的怀中睡去，睡得很安稳。

父母陪伴子女的前半生，而爱人将陪伴其下半生，离开一个港口总会在另外一个港口停泊。

两个人并未在江州久留，隔日就启程回桐城，裴江送别儿子千万次也不差这一次，只是裴郧坤难得同他说了句掏心窝子的话。

他说："爸，你自个儿的身体自个儿当心，弄不动了就把田租给别人，别揪着那点钱。"

裴江嘴上说着知道了，可一想到他们俩还要养个小孩，回头还要办酒席还贷款他就没法放弃这点小钱。

一回到桐城裴郧坤就带李蔓去医院做全面检查，她不想住院，裴郧坤遵循她的意见让她在家好好养着，学校也给李蔓批了假。

10月下旬他收到了录取通知书，倒是没多大惊喜，他自己知道能过。

一连在家当了几天"家庭主夫"，裴郧坤正琢磨着要找个新工作时忽然接到陆北的电话。

那小子在电话那头号叫道："坤哥！不得了！恭喜恭喜！"

"恭喜个屁，老子儿子还没生呢。"裴郧坤边说边切大葱。

"不是，上头要给你升职！"

裴郧坤刀一滑差点切到手："你听谁说的？"

"你是不知道，这次真是大换血，上次隧道的事情已经换了一批，这会儿上面的领导真的都换了，一个不留，恭喜恭喜，裴副处长。"

裴郧坤沉寂了很久："北子，这事不能开玩笑，我连共青团员都不是，怎么可能——"

"你没看报纸吗？你上《人民日报》了！把你夸得，简称最美铁路工人！"

裴郧坤掐断电话二话不说下楼买了份报纸，李蔓不明所以，切完他剩下的葱。

回来时他一把抱住李蔓转了个圈，贴着她的肚子说道："儿子，你爸真了不起，你看看你看看。"

李蔓拿过报纸看，一目十行，渐渐笑了，说："别说粗话。"

这阵喜悦很快就过去，裴郧坤忽然想到昏暗的天色下一个又一个逝去的生命，他慢慢直起腰，再看这份报纸时笑不出来了。

李蔓敛了笑容，说："我相信你一定会是个很好的领导，我相信你。”

裴郢坤摸了摸她的脸颊，低低地嗯了声。

关于这次事故的后续报道依旧铺天盖地，席卷着各新闻网站的首页，而祭奠每天都在进行，裴郢坤回去的那天李蔓跟着他去了趟事发地点。

地上摆放的鲜花很新鲜，有一个女孩坐在石头上盯着一处地方不言不语，像是丢了魂。

李蔓双腿微颤，当日的情形她恐怕这辈子都不会忘记。

她抬头，天空万里无云。

致煦致煦，致我以希望，煦他以余生。

2019年6月。

预产期是6月10号，6月1号那天李蔓正在家里和徐荞烤饼干，徐荞突然啊了一声，指着李蔓腿间说不出话。

羊水破了。

徐荞打了120，手忙脚乱地就把人送去了医院，预产期提前了。

徐荞打给裴郢坤的时候，他正在挖泥土填坑，吓得他把铲子一扔骑上三轮车一路奔向车站，把陆北他们都扔在后面。

徐荞对李蔓说："你要是疼就叫，实在受不了就咬医生的手，怎么爽怎么来！"

李蔓哭笑不得，除了肚子有点痛外其实感觉还好。

裴郢坤赶到的时候徐荞正在手术室外团团转，念着阿弥陀佛保佑我干儿子。

他裤脚都是泥，弄脏了医院的走廊，清洁工一边拖一边用白眼打量他。

"进去多长时间了？怎么还不出来？"

"你以为买菜啊，你知道女人生孩子多辛苦吗？"

裴郢坤一愣："你生过？"

徐荞："我可是陪李蔓看了很多生孩子的视频的，一个小孩子从下面出来这得撑多开，你说痛不痛？"

裴郕坤就跟愣头青一样只知道点头。

等待的时间不算长，护士抱出来一个哇哇大哭的婴儿时，裴郕坤慌得不知道怎么接，脱口而出："这怎么小得跟热水壶一样？"

徐荞哈哈大笑："你不要抱我抱。"

裴郕坤一瞪，小心翼翼地抱过孩子，掀开裹布："我就说是儿子！果然带把！"

小家伙四肢蹬着，哭声响彻天际。

裴郕坤一颗心怦怦直跳，笑得和傻子一样，对护士说："这我儿子，这我儿子，哭这么响以后肯定聪明。"

李蔓被推出来，她嘴唇发白，满头满脑的虚汗，脸上却挂着浅浅的笑容，裴郕坤将儿子给她看："咱儿子，帅不？"

李蔓第一次见刚出生的婴儿，实话实说道："不帅。"

小家伙哭得更响了。

"你一看就不是亲妈，小心儿子记仇。"裴郕坤把孩子给护士，随着李蔓回产房。

"辛苦了。"他吻她的额头，"谢谢你给了我一个完整的家。"

李蔓眼圈红了，他又说："以后我还是会疼你的，不会让那小子分了去，你也不能把对我的爱分给他。"

李蔓快要溢出的眼泪又活生生被压下。

这么计较的父亲大概有史以来第一个。

2020年1月春节前夕。

春节前夕裴郕坤和李蔓办酒席，在江州的酒店办的，规模不大不豪华，但足够幸福。

老人家抱了抱孙子就不肯再抱了，只是看着年轻人逗小孩，同桌的老头问起，裴江说："我身上脏，小孩子干净，老头子就别瞎掺和了。"

李建忠来得比较迟，和裴江也是十几年未见，两人喝点酒有的是话聊。

李蔓给了他请柬却依旧没和他说过话，李建忠却在婚礼上开心地哭了，裴江拍了拍他的肩膀。

台上的新人在举行仪式，台下徐荞和韩傅明在帮着带小孩，徐荞嘴对嘴亲了好几口，韩傅明在一边喝闷酒，忍无可忍的时候小声提醒道：“平常也没见你这么主动亲我。”

徐荞踹了他一脚。

“请新郎亲吻新娘。”司仪说。

裴邺坤穿着笔挺的黑西装，衬衫领洁白端正，身姿英挺，他缓缓掀开李蔓的头纱，李蔓看着他，微微笑着。

她以为他只是蜻蜓点水般吻一下，没想到他扣住她的腰低头就是一个缠绵的吻。

底下一群人起哄，裴邺坤那帮兄弟喊道：“老坤，禽兽！”

他用只有他们两个人听得见的音量说：“婚纱穿着真美，我快忍不住了。”

底下喊着：“禽兽！禽兽！禽兽！”

小家伙眨着黑溜溜的大眼睛看着台上的人咯咯咯地笑。

婚礼结束后酒店的婚房里，撒着玫瑰花的大床上小家伙爬来爬去，弄得皱巴巴的。

李蔓来不及换礼服，就给他换尿布喂奶。

她晚间穿的是一件红色的旗袍，解开两粒扣就可以喂奶。

裴邺坤已经眼馋一天了，却还得等这小子先享用，他痒得挠心挠肺，一个劲地咽口水。

李蔓背过身喂奶。

“还不给看了？”

“有什么好看的？”

“我媳妇的我还不能看了？”

都说当了父亲会变成熟，他怎么是倒退的，越发幼稚？

可其实也怪不得他，怀胎十月，他没碰过她，虽然中间几个月可以，但他不想出意外，硬是忍着，坐完月子一个多月后也可以，但他为了以防万一硬是拖到三个月以后，往后的日子里差不多半个月一次，他说她还没好。

李蔓哄完孩子转身只见他已经开始解衬衫扣子，露出一片健硕的肌肉，那张俊脸染上了点酒意反而显得更迷人。

他把领带一甩：“李老师，来。”

这人一喝醉就容易发狂，就跟当初一样。

两人弄到一半硬生生被儿子的哭声打断。

“你个小祖宗！”

2022年夏天。

裴致煦学会了走路。

当时裴郷坤正坐在沙发上边看电视边剥毛豆，李蔓在厨房摊饼，小家伙在卧室地毯上玩呢，突然就晃晃悠悠地走了过来。

裴郷坤当时就怔住了，这场面堪比去年小家伙开口叫爸爸的时候。

小家伙边走边叫道：“李……李老师……”

“儿子，来，过来。”

裴郷坤把他引到厨房，李蔓手里还拿着锅铲，同裴郷坤反应一样。

小家伙走得正得意，扑通一声摔了个狗吃屎，哇哇哭了起来，裴郷坤却乐得哈哈大笑，抱起他，他脑门上贴着一片菜叶。

多年后说起这事，裴郷坤和裴致煦说：“你摔得那叫一个滑稽，现在想起来还是想笑。”

小孩子当真好几天没理他，可李蔓知道裴郷坤笑的不是所谓的滑稽模样。

但她不管他们父子间的恩怨情仇，后来，裴郷坤买了个几百块的玩具给他赔罪才得到小祖宗的原谅。

2026年。

裴致煦上小学一年级，第一次考了100分，全班唯一的100分。开家长会的几乎都是母亲，裴郷坤扎在里头十分显眼，帅气的模样让班主任忍不住多看了几眼，自由活动时间，一帮小女孩围上来裴叔叔裴叔叔地喊。

回去的路上，裴郸坤说：“刚刚那里头有你女朋友吗？”

裴致煦坐在车上安安静静地看书，淡淡道：“爸，你能不能活得正常点？”

“翅膀硬了，还想不想要‘恐龙百科’？”

裴致煦乖乖地说了声想。

“你跟你妈一个样儿，也就表面乖巧。”

“妈妈还有狂野的一面吗？”

“当然！”

回家后裴致煦问了李蔓这个问题，晚上裴致煦刚想敲他们的房门就听见爸爸的跪地求饶。

“我错了！我错了！我错了！”

裴致煦在写完的语文作文中间加了一段话：我的爸爸是个顶天立地的英雄，但也是个跪在地上求饶的狗熊。

2028年。

结婚十周年，浪漫的七夕情人节，裴致煦已经习惯了他们在这一天无缘无故消失，十二点之前他们会回来。

裴郸坤订了高档的江景餐厅，李蔓吃完多点了一份牛排打包。

两人回来时裴致煦已经睡了，李蔓把牛排放进冰箱。

十年里能送的东西都送了，裴郸坤想不到还能送她什么，于是今晚送给了她一枚定做的金口哨，能当吊坠挂在脖子里，李蔓却没戴，只是收在盒子中。

生活水平越来越高，什么都不缺，房贷也快还完，他们有一笔不小的存款。

裴郸坤双手枕在脑后，说：“等过年的时候咱们一家出去旅游吧，来个七天七夜的自驾游，明天问问儿子想去哪儿。”

李蔓觉得是该让孩子出去看看外面的世界，她很同意。

“那玩意儿不戴着试试？”

李蔓擦完保养品躺上床说："放着吧，以后可以传给儿子。"

"……"

李蔓知道他花了心思："我不是不喜欢，只是项链很多了，戴不过来，况且，我有个更好的口哨。"

她从抽屉里拿出那枚越发老旧的白色口哨，随后小心翼翼地放好。

裴邺坤倾身压上来："哟，这哪个大帅哥送的，这么珍惜？"

李蔓想起当年那个清瘦的少年，带着稚气，眼里却闪耀着光，那么迷人。

裴邺坤的吻劈头盖脸落了下来。

少年成了她的男人。

2037年。

裴致煦高考，正巧碰上两天暴雨。

校门口挤满了撑着伞等待的家长，其中就有裴邺坤和李蔓。

雨滴抽打着梧桐阔叶，哗啦啦地落到雨伞上，最后在地上溅起水花。

裴邺坤搂紧李蔓尽量不让她淋湿。

"你说他会不会发挥失常？"裴邺坤不禁担心。

"你不是说你的儿子是世界上最聪明的吗？"

"那是，我儿子是清华、北大的料。"

确实，裴致煦被保送到清华，但他没接受，裴邺坤和李蔓知道的时候他已经自己做主推掉了，两人尊重他，也相信他，告诉他，自己的选择不能后悔。

晚上裴邺坤抱着李蔓踢被子："你说他是不是傻，保送还不要？"

李蔓笑了。这人在儿子面前装大气回头就唠叨得跟个老头一样。

这场暴雨从未间歇，李蔓抬头看他，这才发现，他耳边已经有了几缕白发。

即使是副处长，他也每天干普通工人的活，除了工资和责任，和以前无两样，这份工作始终太消耗精力，前些年陆北他们都陆续走了，只有他年复一年地守在那里。

李蔓想起十几年前她在高考场地外等他的情景，那天很热，她没什么胃口，其实那个时候小生命已经开始在孕育了。

李蔓静静地靠在他怀里，这漫天大雨带着初夏的清新，这世界都是新的。

可能是真的老了，他有了白发，而她开始频繁念旧。

2047年，冬。

裴致煦从公司加完班连夜提前赶回家过年，路走一半接到母亲的电话。

电话那头说："小清来不来？"

"在我边上坐着呢。"裴致煦看了一眼坐副驾驶位的女人，空出手拽紧她的手。

电话里传出一声淡淡的"好"。

挂断电话，裴致煦说："我妈电话，问我你来不来。"

夏清说："阿姨今年还要回江州？"

夏清和他恋爱六年，前年开始登门拜访，裴致煦的母亲人很温和，虽然已经五十出头但保养得很好，可能因为是教师的关系，浑身总透着一股别样的文雅正气。他母亲唯一奇怪的地方就是过年从不在桐城，这都第三回了，裴致煦带她回去吃年夜饭都是提前一个星期的。

裴致煦蹙眉，似有点无奈，说："她觉得开心就好，我爸把她惯坏了。"

外头不知何时开始下雪，白茫茫的雪花纷纷扬扬。

李蔓挂断电话在厨房里找东西，裴郢坤戴上眼镜问道："寻摸啥呢？"

"我刚洗的杯子呢？"

"你打电话的时候放桌上了。"

李蔓恍然大悟，拿过桌上的四个玻璃杯回到厨房又洗了一遍。

裴郢坤站在厨房门口看着她，眼镜片下的双眸越发深沉，他说："行李我都收拾好了，明天我们回江州。"

“好。”

这些年她的身材没什么变化，依旧很瘦，越是年纪大这份消瘦就越明显，她的黑发拢在一侧，样子温柔娴静。

都说女人老得快，可李蔓不是，她和当年一样美丽，反倒是他，头发白得快，一年要染一次才保得住帅伯伯的称号。

裴邺坤说：“今天小清来了问问他俩什么时候结婚，都二十八岁了还不整这事，他等得起人姑娘可耗不起。”

李蔓在熬汤，尝了一口：“是你想抱孙子吧。”

“家里冷清，他们生了孩子我给他们带。”

他五十五岁就退休了，体力跟不上，李蔓也不愿让他在风雪里再站着，本来关节就有病。裴邺坤在家闲了三年实在不知道要干什么好，只能一心盼个小宝贝来逗着玩。

他看了会儿电视，厨房里又传来李蔓的声音：“你上回买的浓汤宝怎么找不到了？”

裴邺坤走到厨房拉开第二层抽屉：“在这儿呢。”

“我最近好像记性不太好。”

“瞎想什么，你就是脑子笨，我下去给你买袋核桃去。”

李蔓以为他是开玩笑，没想到他套上大衣真出门了。

“记得买瓶饮料回来。”

“知道了。”

裴邺坤关上门，颤颤巍巍地点了支烟，深吸了口，神色深沉。

他在楼下的超市里买了一包核桃肉，还有她叮嘱的饮料，一路走一路抽烟。

当初要生孩子他戒烟后烟瘾就没那么重了，平日里最多抽个一两根解闷，可这两年他烟瘾又重了起来。

裴致煦按了几下喇叭：“爸，你买东西？”

裴邺坤扭头一看，没说话，只是挥挥手示意他们开车走不用管他。

“叔叔怎么了？我看着像有心事。”夏清说。

裴致煦在反照镜里多看了两眼：“不知道。”

这顿晚餐吃得其乐融融，除了裴致煦那句明年结婚。

裴邺坤说：“我二十九的时候你都出来了！”

“今年公司要准备上市，实在没时间没精力。”

“你个兔崽子！”

夏清打圆场：“叔叔，致煦确实很忙，明年很快的。”

快什么快，今年刚开头呢。

晚上睡觉的时候夏清说：“叔叔一年比一年心急了。”

“让你不开心了吗？”

“怎么可能！我很喜欢叔叔阿姨，对我很好，也没有电视剧里那种刁难。”

那倒是真的，他第一次把夏清带回来的时候李蔓要和她一起做蛋糕，裴邺坤要和她一起下棋，他站在边上仿佛一个透明人。

听他们说后来还想要个孩子的，想要个女儿，可是就怕还是个儿子，买不起第二套房子，所以就没生。

这理由也就他爸想得出来，明明是不想让妈受第二次苦。

隔天早上两人早早起床出发去机场，外面还在飘雪，俩孩子还在睡觉，李蔓想留个字条，可找笔找了好久。

从桐城到江州，飞机一个多小时。

李蔓从前在哪儿过年都很随意，三年前开始她说想回江州，她想做什么他都愿意陪，不问缘由，就这么陪着她。

江州的雪比桐城小得多，地上铺了薄薄的一层，一踩能化成水。

青雾乡很多人家都人去楼空，留了些老人守在这方土地上，李蔓家的房子空着，裴邺坤家的也空着，都不在了。

裴江六年前走了，肝癌。

人活到了一定年纪仿佛都会生一场病，从此一蹶不振，从此慢慢踏上黄泉路。

李蔓把锅碗瓢盆洗了个遍，裴邺坤躺在摇椅里吹着暖气悠然自得，边上都是八九十岁的老头老太，没人前来串门，落个清净。

李蔓说：“你去镇上买点菜和米。”

裴郯坤捶着背起身："那辆破电动车还能骑吗？"

"充点电去。"

李蔓转而上楼铺被子，刚铺完她愣住，急匆匆下楼，一看，筷子洗过了，随即上楼继续整理床铺。

裴郯坤将她的动作都看在眼里，不自觉地点上烟，给电动车充电。

两人晚餐吃得很简单，但够暖胃，晚餐是裴郯坤烧的，李蔓的厨艺始终不及他。

本来他想学学尔康看雪看月亮，结果晚上雪停了月亮也没有，只有黑乎乎的寒夜。

李蔓烧了两个热水袋，和他窝在被窝里看家庭伦理剧，床边的小台灯亮着暖光。

隔日清晨，裴郯坤很早就叫醒了李蔓："外面雪下得很大，要看吗？"

原来，后半夜突然开始强降雪。

李蔓想起那年除夕，他给她堆雪人，被一群孩子按倒在雪地里。

裴郯坤和她坐在摇椅里，雪下再大也飘不进屋檐底下，偶有几片落在脚边。

他搂着她，她捧着热茶杯，袅袅烟雾飘着，雪下得寂静而缓慢，世界被覆上一层雪白，枯枝受不住雪的重量，一抖，哗啦啦掉下一大片，宁静而美好。

李蔓靠在他的肩头，纵使老了，他的怀抱依旧温暖，他的肩膀依旧宽阔，李蔓觉得幸福极了。

"回家的感觉真好。"她说。

恍惚间似乎一切都能回到从前，虽有不堪，但也有快乐。

裴郯坤凝视着前方的皑皑白雪："过年是要在家过。"

"明天去买些对联回来吧。"

"好。"

李蔓觉得有些晨困便闭上了眼。小憩后，她轻轻道："我又想起以前了。"

“以前什么？”

七八岁的年纪，到处春意盎然生机勃勃，两人坐在青石板上吹风，风里带着泥土的腥气，但这是春天的味道。

她喜欢跟着他，似乎小孩子都喜欢跟年长几岁的孩子玩，而他也是她唯一的玩伴。

她俩小辫子绑得光溜溜，突然说：“邺坤哥哥，我们来做个暗号吧，如果我想见你了，我就用这个暗号，你听到就出来，怎么样？”

裴邺坤懒懒地抬起眼皮：“什么？”

李蔓张着嘴突然爆发出一声“啊”，差点吓得他把水喷出来。

隔了一个星期他从兜里掏出个口哨往她那边一扔：“想见我啊，吹三下，我就出来见你。”

她捧着这个小玩意儿满心欢喜，吹得整个村子都热闹起来。

这成了只有他们知道的小秘密。

也许是因为感情单纯，所以她总是肆无忌惮地吹响口哨想见他。

也许是因为年龄在增长，也许是因为他离开了青雾乡，口哨没有了用武之地。

也许是因为她喜欢上了他，口哨成了埋在心底的秘密。

裴邺坤说：“你记得真清楚。”

“最近总是会梦见从前。”

“关于我的吗？”

“嗯。”

“可千万别忘记我，来世黄泉路上还要再相认的。”裴邺坤给她掩好毯子。

“我怎么会忘记你。”她轻声说着。

雪花越来越大，落下的瞬间似能听见清脆的回音。

李蔓靠在他怀里睡着了，做了好些梦。

“邺坤哥哥你等等我，我要跟着你。”

“邺坤哥哥，我信你。”

“在那个学校开心吗？”

抬眸的一瞬间，少年深邃的眉目深深烙在她心里。

裴邺坤半眯着眼，偏头注视着窗户玻璃倒影中的李蔓，眼眸中暗影交错，唯有她清晰而明亮，她嘴角挂着浅淡的笑容，梦境应该很美好。

那年他在神明前祈求，他要的不多，只希望两个人能安安稳稳地过完一生。

走到现在他其实已经无欲无求，上天给了你一点东西总要收走一些，他只希望李蔓慢一点忘记他。

那场事故到底还是留下了后遗症，她不过五十出头，却患上了阿尔茨海默病。她的记性开始不好了，偶尔变得不知所措，但还好，这都只是暂时的，更多的时候还是好的。

可总有一天她会慢慢忘记这一切，忘记他，忘记怎么咀嚼。

“小蔓……”

李蔓睡着了并未应答。

裴邺坤浅浅吸了口气，压下鼻间的酸涩，轻柔道：“谢谢你，我爱你。”

云层间忽然挪出了浅淡的阳光，白雪在其照耀下更显洁净。

李蔓呼吸均匀，手里捧着的热茶杯不断冒出雾气，温热的气息似将人带回到那个夏夜。

少年倚在墙上抽烟，抬头朝她看来的时候两个人的目光正好撞在一块。

月色皎洁，他笑得那么有把握，仿佛知道她会出来一样。

她捏紧手里的口哨，无比确定她此刻的心意。

明月在上，苍天为证。

除了你，我再也无法喜欢上别人了。

番外一

婚纱照是在还没显孕肚的时候拍的，李蔓本想等孩子生了再拍，这样一家三口正好，可裴郸坤不同意，按他的想法就是生之前拍一套生完以后再拍一套，意义不一样。

李蔓一共有五套礼服，三套是婚纱，一套是旗袍，一套是制服。

这是裴郸坤第一次看到李蔓穿礼服，宝蓝色的旗袍，开衩到腿根，妆容精致，她虽然瘦但该有的地方都有，穿旗袍很显身材。

这也是李蔓第一次穿礼服，左看右看，都觉得有点奇怪，很不自在。

两个人视线撞一块儿，一个火热一个拘谨，李蔓耳根有点烫，这人眼神也太什么了点，像是饿透了的狼。

裴郸坤从后面抱住她，双手合十贴在她的腹部，镜子里的两个人，一高一矮，十分亲密地靠在一起。

他说："这感觉很奇妙。"

李蔓点头："确实是。"

裴郸坤摸了摸她的小腹："现在会有感觉吗？"

"还没有，不过好像长了点肉。"

他笑了笑："是他长大了点。"

李蔓还是在意自己的身材的，问了个所有女人都会问的问题。

"如果我变胖了你还会爱我吗？"

裴郧坤挑眉，啧了一声："这可难说，我这么英俊潇洒，指不定有多少女人往我身上贴。"

什么德行！就难得听到一句浪漫话，李蔓推开他，还没往前跨一步呢就被他拉了回来，撞进他怀里。

裴郧坤捏她的耳垂："越来越娇气了，就知道和我发嗲。"

"谁和你发嗲了？"回想一下，她几乎从没有和他撒过娇。

他低声道："除了你还有谁，那些个晚上你忘了？"

这人嘴皮子厉害，李蔓从来都说不过他，只觉得又气又好笑。

裴郧坤捏住她的下巴狠狠亲了一口，化妆师哎呀呀叫了起来："别亲别亲！口红要花的！"

裴郧坤干咳两声，似乎有点尴尬。

化妆师赶紧给李蔓补妆："你们这些新婚小夫妻啊，个个都这样，年轻真好啊，多有激情。"

其实拍婚纱照是个体力活，李蔓的身体刚恢复好，一套衣服一个妆容，每次几乎要一两个小时。怀孕会容易感到困乏，在椅子上坐着她坐着就忍不住眯眼打盹，化妆师有点无奈，却又不忍打扰。

下午最后一组的时候她明显是累了，说话声音很轻。

是室内的景，李蔓靠在他怀里做闭眼状，裴郧坤搂着她，轻声叫她的名字，她不应答，他笑了声，知道她是真的睡着了。

摄影师："来，换个姿势，你往——"

裴郧坤做了个嘘的动作："让她睡会儿，不拍了，就这样吧。"

摄影师还是头一回遇到这样的情况，工作人员掩嘴笑，影楼里不乏甜蜜的事儿，今儿个却是甜到家了。

李蔓迷迷糊糊醒来的时候已经是晚上六点了，她睡了一个小时，他就这样一动不动地抱了她一个小时，胳膊都麻了。

"好点了吗？"他吻她的额头。

“你怎么不叫醒我？”

“没事，还想睡吗？咱回家睡。”

李蔓从他怀里起来，给他捏胳膊：“麻吗？”

“麻啥，以后我要一手搂老婆一手扛儿子，男人这点都做不了还有个屁用。”

李蔓捶了他一下，却被他一把握住，两人相视一笑。

卸完妆回去，在路边摊买了个烤红薯，他说烤的食物有有害物质，所以只给李蔓吃了两口，其余的自个儿都吞了。

李蔓对他几乎没什么怨言和不满，但怀孕后在吃的方面她很无奈。

他前前后后看了十来本孕妇手册，什么能吃什么不能吃，他都牢牢记着，整个一食品监督局。

不好的是很多东西不能吃了，好的是他会亲自下厨做饭，堪比五星级大酒店，本来做菜就有一手，这会儿还专门去学了一趟，手艺不得了。

隔壁住的人家有一对双胞胎儿子，今年刚上四年级，大眼睛高鼻梁，长相颇为端正，刚在这儿买房住进来的时候李蔓前去打过招呼。因为装修的关系特别吵，她觉得不好意思，送过一些牛奶和水果，那对夫妻也是通情达理的人，一来二去邻里关系和睦。

正好是那对双胞胎的生日，俩孩子送来生日蛋糕，李蔓对奶油有点反胃，就都进了他的肚子里。

晚上李蔓靠在他怀里听他讲故事，他说这是学前教育，讲的是抗日英雄的伟大事迹，说要从小培养儿子的爱国精神。

李蔓用手指戳了戳他的腹肌：“不锻炼了还会变肥肉吗？”

“会啊，等中年的时候我啤酒肚比你肚子还大。”

“这样啊……”

“怎么，不要我了？”

“是啊，我那时候风韵犹存，不知道——啊！”她屁股被狠狠打了一下。

裴邺坤轻哼一声：“别以为我现在治不了你。”

李蔓安静了一会儿，随后想到那对双胞胎，她忽然觉得有两个孩子似乎是件不错的事情。

“你以后还想再要一个吗？”

“不想。”

“为什么？”

“养不起。”

李蔓：“……”

裴郅坤把眼镜一摘，两手搂着她：“一个就够了，我不常在家，你忙不过来的。有个人能常常陪着你，我不在的时候替我照顾你，已经够了，再来一个让你操心那不是找罪受？”

李蔓失笑：“有你这么当父亲的吗？”

裴郅坤望着天花板：“以后呢，你睡中间，我和儿子睡两侧，有什么事都有我们挡着。”

李蔓想象着这个场景忽然想起一件事。

“那个时候你到底和那两个男生说了什么？”

李蔓一年级的时候发生过两件重要的事情，一是她被两个男生亲了，二是她成了裴老大的人。

秋冬的阳光特别惹人喜爱，李蔓吃完中饭在教室坐了会儿便想出去晒太阳，廊檐下阳光温暖，她嫌站着累就靠着墙蹲下，呆呆地目视前方。

操场上充满欢声笑语。

她有点出神，但什么都没想，只觉得浑身开始暖了起来，俩小辫子翘着，发质很好。

蓦地，左边多了道阴影，右边也多了道阴影，两个小男生一左一右蹲在她边上，李蔓想，原来除了她还有人想晒太阳啊。

这念头刚浮上脑海，左脸颊忽然被啵了一下，紧接着，右脸颊也被啵了一下。

李蔓怔住了，眨了眨眼睛，双手渐渐握成拳。

两个男生依旧蹲在两侧，时间仿佛停止了，操场上依旧欢声笑语，没人发现没人看见。

她第一个想法是要告诉老师，他们亲了她！

可她胆小，终究没告诉老师，三个人就这样僵持许久，李蔓起身灰溜溜地逃走了。

大概是年纪小，对这种事没太多感触，唯一的想法就是他们怎么可以亲她，这是不好的行为，李蔓气了一天。

晚上放学，黄美凤来接她，人群中一眼就瞧见了她，还一副气鼓鼓的样子。李蔓见到母亲竟有种说不出的委屈，咬咬牙，到底还是没和黄美凤说。

正值收稻的季节，左邻右舍都忙着在田里收稻谷，收割机滚过稻田的声音盖过秋蝉的鸣叫，家家户户大门前的灯都亮着，你说一句我吼一声，时不时能听到女人的笑声，秋风扫落叶。这夜晚竟有点温暖。

黄美凤晚饭没吃就去忙活了，李蔓吃了几个饺子也就饱了，作业不多，没一会儿就写完了，月亮不知何时爬了上来。李蔓想去田边找黄美凤，迎面碰上裴郸坤，他扛着一袋稻谷正往队里的仓库走，这稻谷需要大风扇吹走杂质。

也不过是个十一岁左右的男生，身板还是比较单薄，可他就是能扛起一袋稻谷，虽然扛得咬牙切齿。

李蔓闲着无事："我帮你吧。"

这人也毫不客气："行，你在后面扶着。"

李蔓就拉了个角，其实没多大分量。

仓库离他们一百多米，不算远，裴郸坤将谷子往自家堆上一扔，累得直喘气，毛衣都湿透了，一屁股坐在谷袋上，抹了把脸上的汗。

李蔓："裴叔没借到推车吗？"

"都用着呢。"

"不嫌重？"

"你说呢？"

李蔓哦了句，在他身边坐下，风一吹，谷子的清香越发浓郁。

裴郸坤热得不行，肚子里像有一团火在烧，三两下把毛衣脱了。

李蔓："会感冒。"

"怕什么。"裴郸坤往后一躺，这谷袋软软的，不硌人，仓库这边没灯，周遭漆黑一片，似乎秋冬的夜格外黑，这仔细一看好像星星也格外亮。

裴郯坤双手枕在脑后，瞥了眼李蔓的背影，问道：“谁招你了？下午上体育课看你一个人坐在边上，被球砸到也不吭声，晚上放学坐在你妈后面都快哭出来了。”

李蔓垂下脑袋，俩辫子也垂下了。

裴郯坤屈起左腿，用膝盖顶了顶她：“说话啊，谁欺负你，哥给你报仇去。”

李蔓磨蹭好一会儿，说道：“他们……为什么要亲我？”

“亲？”裴郯坤噌一下坐起来，“谁亲你了？哇，不会有人在追你吧？”

李蔓瞪他一眼。

裴郯坤挠挠头：“谁啊，亲你你不开心了？”

“我觉得不好……”

“没看出来你还挺招人喜欢的。”

“不是。”

裴郯坤：“行了，亲的哪儿？哪个龟孙子？哥给你出气去。”

李蔓叹口气：“脸，一人一边，很突然。”

“啥？两个？”

“嗯，你……你别和别人说，我只告诉了你，你别闹事，其实也没什么。”就是心里怪怪的。

裴郯坤不知道李蔓怎么想的，要是有小姑娘亲他，他可乐死了。

背脊的汗干了，还真有点阴飕飕的，他把毛衣套上，拍拍她的脑袋。

“别瞎琢磨了，回家睡觉去。”

“哦……”

这个晚上李蔓做了个噩梦，梦到两只熊追着她亲，张着血盆大口更像是要吃人，她奔跑了一路，有点绝望。

隔天中午李蔓是不敢再出去晒太阳了，一个人窝在座位上切橡皮玩，突然教室门口来了个人，五年级的男生和一年级的男生个子差得不是一丁点，裴郯坤往门口一站，简直是身高八尺的代言人，年纪小的总会对学长有股敬畏之心，大伙瞬间停下手上的动作都看向他。

李蔓心忽地一跳，和他的视线对上。

裴邺坤朝她走去，往她桌上扔了一盒糖：“走了。”

李蔓脑袋上三个问号，隔一会儿昨儿那两个男生一齐走了过来，90度鞠躬。

“对不起！”

李蔓：“……”

下午的劳动课，几个小女生悄悄地问李蔓那学长是谁，李蔓说是我哥。

从此以后到初中为止，别人介绍李蔓时都会开玩笑说，这是裴老大的人。

“啊……”裴邺坤想起来了，是有这么个事。

他斜睨李蔓一眼，冷哼一声：“要是搁现在我能把他俩剁了，小小年纪不学好，搞那些花里胡哨的，亲他大屁眼子亲！”

“怎么那天就突然来道歉了？当时问你你也不说。”

裴邺坤：“还能怎么着，把那两人拎到小树林教育了一顿，我说，中午我来了之后就要听到你们道歉，不然——哼哼。”

“你这是恶霸，和校园欺凌有什么区别？”

“我是那种人吗？我说要是不道歉，我就把他们的赛车和卡牌都烧了。”

李蔓笑得肩膀在抖。

裴邺坤自小人缘好，男孩子都喜欢跟着他，拉帮结派的，但她知道他不会去做那种坏事，人痞了点，但其实一身正气。

裴邺坤越想越来气，翻身压了上来，把被子往上一拉。

“别闹……”

“你再笑！这肉不能吃，总能舔舔酱料吧？”

“别……裴邺坤！”

“你发个嗲我就放了你。”

“幼稚！啊！别！痒！”

“小样儿，和我斗。”

番外二

李蔓怀孕期间一直在家调理，所以身体养得很好，生完孩子很快恢复了。

别人生完孩子都有婆婆或者母亲在边上陪着，李蔓什么都没有，可裴邺坤是个细心周到的人，他请了一个半月的长假专门陪在她身边，照顾她和孩子。

李建忠寄来很多奶粉和尿布，说是从香港买来的，即使堆了好几箱，但用起来特别快。

他在家做饭洗衣哄小孩，一天到晚一刻都不得停。

关键是这小家伙白天呼呼大睡，晚上精神倍儿棒又吵又闹，还偏偏喜欢被人抱在手里，一撒手就哭，感觉楼板都要被他哭塌了。

裴邺坤半倚在床头，手里抱着这个热水壶大小的小不点。

他总说孩子跟热水壶一样。

但不同的是那么柔软那么脆弱。

小家伙蹬着四肢咯咯咯地笑，时不时伸手挠一下他的下巴，他本来打瞌睡要睡着了被小家伙一弄瞬间清醒。

“烦人，小心我不给你奶喝。”

小家伙听不懂依旧乐哈哈的，扑闪着大眼睛好奇地看着这个世界。

李蔓听到动静醒来，已经是半夜，她支起身子：“我来抱一会儿，你睡吧。”

“你睡，别管我。”

李蔓好笑地瞧着他，胡楂都能扎破气球了，两个眼睛下黑青一圈。

“我来守一夜，你好好睡。”她说。

“哇——”小家伙秒变脸突然大哭。

裴邺坤感觉手掌心上一热，连忙开灯：“这小子，屎尿怎么那么多。”

李蔓去拿尿布：“小孩子都这样的，你以前应该也这样。”

“你不说我都忘了，你小时候就这个德行，儿子准是遗传你的。”

他边说边利索地给孩子换尿布，那手法唰唰两下就搞定了，熟能生巧大约就是这么个理。

但他还没来得及给尿布搭上扣，咻——一道水光飙了出来。

李蔓愣在那里随即笑了起来。

裴邺坤抹了把脸：“你这小子，竟敢尿你爸一脸。”

李蔓给他拿换洗的衣服：“快去洗洗，孩子我来弄。”

他嘴上总是这小子这小子，仿佛嫌弃得很，但真有什么事比谁都急，李蔓觉得他比她更爱他们的孩子。

来年秋天的时候裴致煦发了次高烧，小孩子不同于大人，因为脆弱所以一点小毛病都可能要了他的命，裴邺坤就抱着他连夜赶去医院，折腾了一夜，他的汗把衬衫都浸湿了。

医生说没什么大碍的时候他又说：“我真是快被这小子给弄死了，我的小祖宗啊！”

他一边抱怨一边却笑得开心。

孩子前三个月的时候最折腾人，他又顾及她的身体，每天累死累活还只能看不能摸，那小子吸得叫一个香，裴邺坤就直勾勾地盯着看，完了自己去卫生间解决。

孩子小不懂事，在被窝里偷偷摸摸做点这种事倒是没关系，可等到五六岁的时候裴致煦有了自己的思想，口齿伶俐，思维敏捷，又很喜欢跟着李蔓，每个周末回来后一到晚上裴邺坤就得想方设法把他哄回自己房间去睡觉，又是给他讲故事又是陪他打游戏。

裴邺坤回到房间把房门一锁，窗帘一拉，裤子一脱，直接将人扑在床上。

以前他总肆无忌惮地和她做这事，现在两人都不敢出一点声，还要聚精会神地听隔壁房间的动静，生怕响起一声爸爸妈妈。

上回没上锁，他临时起意弄一弄，裴致煦拿着植物百科书站在门口说："妈妈，我想知道豆芽是谁发现的。"

裴邺坤当即萎成了豆芽。

好在两人衣裳都在，李蔓死死压住被子抽身坐起，给裴致煦讲解他心中的疑惑，裴邺坤躺在边上偷偷给"豆芽"套上裤衩。

而此刻，裴邺坤见李蔓眉头皱着，紧紧捂着嘴，他笑了笑，低声道："生了孩子以后你叫床的毛病都改了。"

其实裴致煦一向不屑和父母同床睡，所以一上小学就自己一个屋了，自己还整理得规规矩矩，俨然是个好学生的房间。

裴邺坤和别人说起儿子，都说："他随我媳妇，性格简直是一个模子里刻出来的，不过长相和智商随我。"

可他和李蔓说："儿子随你真好，都不用我操心。"

裴致煦很懂事，纵使家里条件还不错，但他也不会恃宠而骄，所以想要什么裴邺坤一般都会给他买，他要得最多的就是书。

裴致煦整个小学成绩都是名列前茅，每次去参加家长会都轮不到李蔓，回来后裴邺坤总会忍不住亲吻她。

躺在床上他握着她的手，音色平稳而深沉："你把孩子教育得很好，辛苦了。"

一个男人能在外心无旁骛地打拼也多亏了贤惠的妻子料理好家中一切。

裴致煦很招小姑娘喜欢，特别是在初中的时候，李蔓经常能在垃圾桶里看到他扔的情书。其实爱情这种东西不分年纪，只是这个社会现状不适合他们谈恋爱，因为无疾而终的多，太影响人。

不过李蔓猜想，也许他是有了女朋友，所以对那些不屑一顾。

裴邺坤回来的时候李蔓正在厨房里炒菜，见她神思恍惚，给了她屁股一掌："想什么呢？"

李蔓垂眼示意垃圾桶里那几封情书，裴邺坤不明所以拿出来看，读出封面上的字："初三（1）班裴致煦收。"边上还有个爱心。

"呀，这小子都有情书拿了，真有我当年的风采。"

想当初他课桌里书不多但情书从来都是满的，那些小姑娘路过窗口还给他抛媚眼。

李蔓："是啊，招蜂引蝶遗传你的。"

"哟，吃醋了，这坛陈醋隔了十几年才打翻啊？"裴邺坤把情书放回垃圾桶，说，"你操什么心，他要是想谈恋爱你管得住吗？再说了少男少女春心萌动是很正常的事情，你当初还不是对我芳心暗许？他随我，肯定是个痴情种。"

"少往你脸上贴金了。"

裴邺坤从后面抱住她，闻着她的头发，低声问道："今晚吃什么？"

"爸——"

他刚想伸进她衣服里，突如其来的声音吓得裴邺坤手一抖。

他干咳两声，松开李蔓："干什么？"

"我在做模型，遇到了点问题。"

"我帮你看看。"

文科类李蔓在行，物理和数学那种裴邺坤在行。

吃晚饭的时候李蔓踌躇几番还是开口了："小煦，你有在谈恋爱吗？"

她问得直白，裴致煦回答得也直白："没有。"

裴邺坤倒是觉得应该谈个恋爱，他喝了几口酒说："你要是有喜欢的就追，别以后后悔。"

裴致煦筷子一顿，清冽的眸子眯了眯，随后答道："没有喜欢的。"

纵观整个校园，真的没有他喜欢的。

裴郸坤真是为他的情商着急，这光智商高有屁用，小心以后讨不到老婆。

趁着裴郸坤洗澡的工夫，李蔓进裴致煦卧室和他谈话。

裴致煦知道她要说什么，先开口说："我真没有在恋爱。"

"我知道，可妈就想告诉你，就像你爸说的，遇到了喜欢的就去追，只要自己喜欢就好了，妈妈对未来儿媳没有太多的要求，只希望你娶一个自己喜欢的。"这样这一生才不会后悔。

裴致煦低头搞模型："你没要求，我有。"

李蔓笑了："什么要求？"

"智商高，长得好。"

裴郸坤听了以后哈哈大笑，这小子嘴巴毒的，合着他们学校里那些女生智商不高，长得不好？

裴致煦大二那年去澳大利亚留学，没多久打电话回来和李蔓说："妈，我有女朋友了。"

照片上的姑娘一头黑发，笑起来有两个小酒窝，身材纤细，裴致煦说是一起做项目认识的，很符合他的要求，智商高，长得好。

可谁也不知道，是夏清把他堵住夺走了他的初吻，裴少爷脸红了一晚上，第二天装作没事人一样出现在办公室。

夏清和别的男人在讲话，那是他们请来谈合作的一位经理，手脚不干净，裴致煦走过去很自然地揽住夏清的肩膀，换他谈项目。

这一搂两人很自然地滚到一起去了，第二天全项目组的人都知道他们俩滚到一起去了。

夏清对他一见钟情，彼此都是初吻初恋，她说她相信自己的直觉。

两人结婚那年李蔓的病重了些，有点反复无常，但还都是轻微的，可裴致煦察觉到了不对劲，再三逼问裴郸坤才把这事说了。

这病没的治。

他们只能眼睁睁地看着她慢慢遗忘身边的一切。

裴郸坤七十多岁的时候腿脚已经不能动，关节痛得走不动，他不能再陪她回江州过年了，而她几乎忘光了所有。

她坐在沙发上看电视，他给她剥橘子。

她口齿不清地呢喃道："我想见一见他。"

裴邺坤说："谁？"

"邺坤哥哥啊……"她说得很慢。

"他等会儿就来。"

她扭头看向他，木讷了好一会儿，扬起笑容说："你这么快就来了啊。"

"嗯，一直在呢。"

今年冬天没有下雪，窗外暖阳高照，电视里传出欢天喜地的锣鼓声。

裴邺坤又重复了一遍："一直都在。"

她像是忘了刚刚说的话，愣愣地瞧着他。

裴邺坤把剥好的橘子递到她嘴边。

她说："我想见一见他。"

他问："想见谁？"

"邺坤哥哥啊……"

番外三

1

从小学开始他的课桌里就会有情书，字迹笨拙并且行文内容简单明了：裴致煦，我喜欢你。

他的同桌是个话特别多的小姑娘，动不动就和他剑拔弩张，嚷道：“你手臂碰到我的地方了！”

其余小姑娘在边上看着，眼里流露出几分羡慕。

同桌画了条三八线：“以后你不准超过这条线。”

裴致煦看了一眼继续低头看书，没理睬，而同桌则像个打了胜仗的战士骄傲地抬着下巴，目光却始终流连在他身上。

第二天，裴致煦坐在了讲台边上的位置。

那原本是给差生坐的，但他想坐那里，班主任喜欢他，自然就同意了。

他的原同桌愣愣地看着，中午大哭了一场。

除了她，全班的小姑娘都在笑。

夏清随他一起参加小学同学会听说了这件事情，回去的路上脸上掩不住笑意。

她说：“你情商真低。”

裴致煦单手扶着方向盘，另一只手手肘靠在车窗边上，神情淡然。

夏清又说：“你当时不知道她喜欢你吗？”

裴致煦：“没在意。”

“你真的情商好低哦。”

他转过头看了她一眼，狭长的眸子深邃清亮：“真的低吗？”

短短的几个字让夏清想起他们交往后他的所作所为。

她脸一红：“你不正经。”

裴致煦勾了勾唇。

2

裴致煦第一次看片是高二的时候，同寝室的男生发给他的，他知道是什么但还是看完了，很安静地看完了，并且没有起任何反应。

“你你你你不会那里有问题吧？”同寝的人问道。

他把手机一关：“这片里有什么值得我起反应的点吗？”

也不知道是谁走漏的风声，大家都在传校草是个性冷淡，那些男生正想看好戏的时候没想到全校的女生都疯了，明着暗着说：“啊啊啊啊！好想做那个让他起反应的人！一定特别幸福！”

于是在他们的婚礼上，高中的语文课代表悄悄地问夏清：“咱们校草不是真的性冷淡吧？”

夏清似懂非懂。

课代表把那事说了一通，夏清说：“他……还行。”

课代表：“他这样的人，光棍这么久就栽你手里，你真幸福！祝福你们！”

婚礼的夜晚总是让人沉醉，而他一头扎进去不能自拔。

这是他们的第一次，整整七年，两人保留到现在。

他翻来覆去弄了三次，像是不知疲倦的机器，夏清对他的身体不陌生，他的哪里她都碰过，但是他进来的那一刹那她还是止不住地颤抖。

事实证明他不只还行。

夏清问他哪里学到的这么多花样，他一边摘套一边答道：“片里。”

他说：“我不是重欲的人，所以看那些没什么感觉。”

“咦……”夏清的眼里充满不信。

这还不重欲?

他干咳了两声：“当然，以后难说，我毕竟是个男人。”

3

夏清第一次见他是在飞机上，飞往澳大利亚的飞机上。他就坐在她斜对角，一袭干净的灰色卫衣和黑色牛仔裤，戴着细边金丝眼镜正在看书，长得很网红，意思就是很精致很好看，夏清看了看自己的手臂，他貌似和自己一样白。

意外的是在校门口下车的时候她又遇见了他，这才发现他个子很高，阳光下，他的皮肤更显白，两条大长腿笔直如树。

更意外的是两个月后参加一个项目的时候她在办公室里又遇见了他，他穿着白衬衫和黑色西裤，俨然有几分业界精英的味道，正在用流利的英文和客户介绍。

夏清想，事不过三，再不上她就是傻子。

一个月接触下来，夏清已经被他迷得神魂颠倒。

谈完合作案的周日晚上，老天爷助攻，下起了暴雨，那雨水感觉可以把人冲进泥里。

夏清收起伞，站在楼底下踌躇，她知道他等会儿会出来，他每天都是骑自行车回公寓的。是的，他自己租了个公寓，就前几天，她很心机地也在他边上的楼房租了屋。

没想到，他也站在楼底下踌躇了。

两人面面相觑，夏清说：“你有伞吗？”

“没有。”

“……”

过了很久，夏清从包里掏出伞：“我送你回去吧，正好顺路。”

“谢谢。”

他推着自行车，她站在边上打伞，走了有半个小时，一把小破伞能顶什么用，两个人照样被淋成落汤鸡。

他的屋子是黑白色调的，东西很少，屋内干净整洁。

夏清真不是装，真真切切连打了五个喷嚏。

裴致煦给她倒了杯热茶，他一时看愣了，竟然觉得她有点可爱。

后来夏清问他：你喜欢我什么呀？

裴致煦：你当时打喷嚏挺可爱的。

夏清：……

夏清为了拖时间断断续续喝了六杯热茶。

裴致煦问：“要一起吃晚餐吗？”

“嗯嗯嗯！”

他煮饭她在边上看，边看边崇拜道：“你好厉害，这都会烧！”

头一回给女生煮饭，还被这样夸，裴致煦脖子有点热。

他让夏清去冰箱拿鸡蛋，可她站在冰箱前紧绷着身子像是在犹豫什么。裴致煦关小火，几步走过去，刚想说话她就转了过来，脑袋撞在他的胸口上，咚的一下，然后他的心就咚咚咚了。

夏清被他看得心虚，舔了舔唇，一不做二不休搂上他的脖子献上她的初吻，就是简单的嘴唇贴嘴唇。

锅里的水咕嘟咕嘟冒泡。

夏清尿急，憋不住了，又不好意思在他这里借用厕所，现在又吻了他，掉头就跑了。

裴致煦摸摸自己的嘴巴，脸红成了番茄。

他竟然……被这么优秀的女生亲了。

4

隔天夏清早早就到了公司，故意装作很忙的样子。

可他一进门她就知道了，喜欢一个人怎么都控制不住不去关注。

“夏清，等会儿黄老板来，你招呼一下。”外国同学用英文说。

“好的。”

裴致煦进了自己屋里忙，坐在椅子上头一次出神了。

她穿裙子的模样为什么这么好看？

那位黄老板也是华人，手脚不干净，又是摸她的手又是搂她的肩，靠近的时候还能听见他深深吸气闻味道的声音。

裴致煦站在百叶窗后看得一清二楚，他走出去自然地揽过她的肩膀将她护在身后。

夏清那颗心都快跳出喉咙口了。

商谈结束，他解了两粒衬衫扣，问道：“中午要一起吃饭吗？”

夏清：“嗯嗯嗯！”

整顿饭她都在想，该不该问问他要不要和她交往。

回公司的路上她的脚崴了一下，高跟鞋特高，伤得不轻，他一把抱起她去了医院，和医生说：“我女朋友的脚扭了一下，严重吗？”

女朋友……

夏清感觉自己能跑800米。

这个晚上他们进行了友好的充满科学研究探讨的接吻。

夏清说：“我真的好喜欢你。”

虽然一开始喜欢的是你的脸。

第二天，她微肿的唇和他搭在她腰间的手让全组都知道他们俩滚到一起去了。

裴致煦说：“我不喜欢玩什么地下恋情，这样也省得他们对你有心思。”

夏清装作要倒在他怀里，一脸花痴道：“哥哥，你好帅。”

5

回中国的暑假，假期很短，因为项目整个核心都在澳大利亚，他回来一个星期，陪父母吃饭逛街，随即飞回了澳大利亚，而夏清因为奶奶过世留的时间比较长。

她却在处理完后事的那天在小区门口看见了他。

他说：“还没正式拜见过你父母，所以不适合在奶奶的葬礼上出现。”但她现在需要他。

夏清抱着他，没哭，两人热得一身汗。

酒店的空调倒是凉快。

在澳大利亚她经常往他那边跑，但他不会留她过夜，除了研究接吻其余的都挺正经的，他们会聊政治话题会聊自然百科会聊投资走向，永远有说不完的话，当然，还有接不完的吻。

可是现在，他就裹了条浴巾躺在床上，对着手机和那边的人在交流，一刻不得停。

他边聊边向她招手，于是夏清就像小白兔一样安安分分地躺在他怀里，手指在他的胸膛上画圈。

她看到他滚动的喉结，和被窝下支起的某物。

他空下来后只是抱着她，两人看了一集动物世界，随后换衣服回家。

6

夏清去他家拜访过父母后，一直遭到两位老人催婚，可他总是在拖，说实话，她有点伤心，难不成他不想娶她吗?

裴致煦回来后忙着在中国市场打拼，差不多等于重新开始，忙得不可开交。

她没有和他一起，她有自己的追求和事业。

于是那段时间莫名成了冷战期。

交往那么多年，两人没吵过架，她在想，是不是到了疲惫期?

周末她不上班，醒来的时候家里厨房里有个人，地上摆着玫瑰花，999朵，桌上放不下。

“你……”

“醒了？睡这么沉，小偷进来你大概都不会发觉。”

“可不是嘛，家里进来了小偷。”

她凑到边上看他煎蛋，裴致煦揽过她热吻。

他低低地说：“是啊，今天小偷要把你偷回家。”

他就穿着围裙掏出戒指求了婚。

夏清知道他父母当年的求婚方式，不满道："你就拿玫瑰花打发我？"

他给她套上戒指："我花了两个月学设计戒指。"

"啊……"

夏清扑上去抱住他，睁大眼睛不让里头的泪珠掉出来。

她贴着他的耳朵说："那……那你能让我做一下吗？"

裴致煦脸又是一红，正经道："不能。"

7

婚后的生活一直都很甜蜜，就和当初在一起的时候一样。

可夏清每天忍不住问："你能节制点吗？"

他正经道："不能。"